TORRES O+

CRISTINA MELO

A MISSÃO AGORA É AMAR

1ª Edição

2018

Direção Editorial: Roberta Teixeira
Fotografia: Fábio Neder
Diagramação: Carol Dias
Arte de Capa: Gisely Fernandes
Revisão: Kyanja Lee

Copyright © Cristina Melo, 2019
Copyright © The Gift Box, 2019
Todos os direitos reservados.

Nenhuma parte do conteúdo desse livro poderá ser reproduzida em qualquer meio ou forma – impresso, digital, áudio ou visual – sem a expressa autorização da editora sob penas criminais e ações civis.

Esta é uma obra de ficção. Nomes, personagens, lugares e acontecimentos descritos são produtos da imaginação da autora. Qualquer semelhança com nomes, datas ou acontecimentos reais é mera coincidência.

Este livro segue as regras da Nova Ortografia da Língua Portuguesa.

CIP-BRASIL. CATALOGAÇÃO NA PUBLICAÇÃO
SINDICATO NACIONAL DOS EDITORES DE LIVROS, RJ
Vanessa Mafra Xavier Salgado - Bibliotecária - CRB-7/6644

M485a

Melo, Cristina
　　Amor súbito / Cristina Melo. - 1. ed. - Rio de Janeiro : The Gift Box, 2019.
　　408 p. ; 23 cm.　　　(Missão bope ; 2)

Sequência de: A missão agora é amar
Continua com: Resgatando o amor
ISBN 978-85-52923-51-0

1. Romance brasileiro. I. Título. II. Série.

18-54532
　　　CDD: 869.3
　　　CDU: 82-31(81)

Em meio ao cenário de violência instaurado atualmente no Rio de Janeiro, dedico esta obra e a série Missão Bope aos heróis anônimos que, vocacionados pela sua coragem, saem de casa todos os dias arriscando a integridade física e, por muitas vezes, a própria vida, pelo ideal de garantir os direitos coletivos e individuais de uma sociedade que — em grande maioria — não os reconhece.

A vocês, o meu respeitoso muito obrigada!

E aos familiares dos bravos guerreiros que enfrentaram a morte, mas que foram tombados por essa violência que assola não somente o Estado do Rio de Janeiro, como todo país. Famílias dilaceradas, que convivem diariamente com essa dor imensurável; as minhas mais sinceras condolências e que Deus possa confortar e fortalecer seus corações.

NOTA DA EDITORA

A editora The Gift Box e a autora Cristina Melo decidiram fazer algo a mais, em virtude da função social com relação às várias mortes de policiais nos dias de hoje. Comovidos com o projeto #basta e Natal Azul, optaram por contribuir de alguma forma para esta causa: 10% do que for arrecadado com a venda do e-book do livro "A Missão Agora é Amar" será doado para esse projeto tão especial, que encanta com a iniciativa de abraçar essas famílias que perderam seu maior bem.

Conheça o projeto #basta e o Natal Azul abaixo e escolha a melhor forma de ajudar, principalmente na época de novembro para o Natal:

O #basta é um movimento iniciado em 2009 pela jornalista Roberta Trindade, que tem o objetivo de tornar pública a quantidade de policiais mortos e baleados no Estado do Rio de Janeiro. Além disso, denuncia a falta de estrutura e condições de trabalho a que são submetidos os policiais e ressalta as boas ações. Atualmente também integram o #basta uma viúva de PM e esposas de policiais civis e militares. Ao constatar que todos finais de ano ocorrem campanhas chamando a atenção para somente orfanatos, creches e asilos, o grupo teve a ideia de também despertar as pessoas para as crianças que convivem com a incerteza de verem seus pais voltando para casa do trabalho. O Natal Azul do #basta organiza uma festa natalina para os que já enfrentaram a tristeza de estarem crescendo sem eles e que costumam ser esquecidos nessa época do ano e não serem lembradas no restante dele. Voluntários se mobilizam para apadrinhar ou amadrinhar essas crianças e doam roupas, sapatos, brinquedos e itens para a realização da festa. Em 2016, 40 crianças fizeram parte do evento. Em 2017 foram 102 crianças e a previsão é de que a edição de 2018 reúna mais de 200 órfãos.

Para apadrinhar alguém no Natal Azul, basta entrar em contato através do e-mail: natalazul.basta@gmail.com

PRÓLOGO

Gustavo

— Desce do carro, porra! Anda logo, quero ver sua cara, seu desgraçado! — Nunca estive com tanto ódio. — Abre a porta devagar ou vai morrer! — ameaço, apontando o fuzil bem próximo à janela.

Só aí percebo que tem mais gente dentro do carro, e é uma mulher em pânico ao seu lado. Estraguei sua festinha, que bom!

— Desce todo mundo da porra do carro, estão surdos?! — É sempre assim com esses infelizes, todos valentões, mas quando chegam na nossa frente, viram umas moças.

Gesticulo para que o Michel vá para a porta do carona, onde está a garota. Ele aponta a arma na direção dela, que logo desce com as mãos para o alto, nitidamente trêmula — quem manda se envolver com bandido? Fica parada no mesmo gestual, aos cuidados de Michel. Agora esse infeliz será todo meu; se não sair do carro por bem, sairá por mal. Vou para a lateral do carro enquanto Carlos assume meu lugar, com Fernando à frente dele. Abro a porta do motorista violentamente, mas ao puxar o desgraçado de dentro, vejo mais uma mulher no banco de trás do automóvel. Está pálida e estática. Meu olhar rapidamente a varre de cima a baixo, percebendo que está sem armas à vista.

Então, puxo o infeliz com tudo para fora e o jogo ao chão, sob a mira de Carlos. Volto meu olhar na direção da mulher e enxergo pavor em seus olhos, mas também sinto sua intensidade e isso faz com que me distraia e até me perca neles — são lindos.

— Está maluca? Quer morrer?! Saia da porra do carro! — exijo, apontando a arma em sua direção.

Ela obedece, saindo pelo lado em que o Michel está — esse modelo de carro só tem três portas. Para ao lado da amiga e, por um segundo, contemplo sua beleza. Nossos olhos se encontram, e é como se só existíssemos nós dois ali. Encara-me bem séria, com uma intensidade que nunca senti antes com ninguém. Como pode uma mulher tão linda andar com um verme como esse? Então, me lembro do verdadeiro motivo para estar aqui. Nunca havia me distraído assim em uma operação. Que porra é essa?! Desfaço o contato visual com ela, retornando ao meu objetivo: abaixo-me e puxo o infeliz pela camisa, jogando-o em cima do capô do carro — vamos começar nosso acerto de contas.

— Você vai se arrepender de ter nascido, seu infeliz! — informo, encarando-o com frieza.

— Eu não sei o que está acontecendo, mas o senhor está enganado, não fiz nada, só viemos a uma festa aqui, só isso. — *Sério?* Vou fingir que acredito.

— E eu sou o papai Noel! — digo com toda a raiva.

— Ele está dizendo a verdade, nós não fizemos nada, e não é assim que se aborda um suspeito.

O quê? Não estou ouvindo isso: agora esse infeliz que tirou a vida do meu amigo, é um suspeito? Viro-me em direção à voz que quer me ensinar a fazer meu trabalho, e é ela, que me encara muito irritada.

CAPÍTULO 1

Lívia

— Então... — dirijo-me à minha amiga Bia, que me olha com cara de quem já sabe o que eu vou dizer. Ela me conhece muito bem e, na maioria das vezes, nem preciso falar nada para que saiba o que estou pensando.

— Eu sei que sou injusta com ele algumas vezes. — Seus olhos encontram os meus, e não disfarça o divertimento neles.

— Tudo bem, Lívia, não acho que ele seja esse santo todo que você imagina, sabe que eu tenho lá minhas dúvidas em relação à fofura dele... perfeito demais!

Bia tem suas cismas com Otávio, meu noivo. Diz que ele é perfeito demais, santo demais, compreensivo demais e nunca se manifesta contrário a nada que eu faça, diga, ou com qualquer atitude que eu tome. Ele sempre aceita tudo, e diz que o seu amor é capaz de superar qualquer coisa.

Estamos juntos há quase um ano e meio. É meu primeiro namorado sério, com seis meses de namoro me pediu em casamento; aceitei, pois nosso relacionamento é perfeito. É o noivo que qualquer mulher gostaria de ter: adora fazer surpresas, vive me paparicando e diz tudo que uma mulher gosta de ouvir. Apesar de amá-lo, nunca tive aquela paixão arrebatadora que se lê nos livros, mas acho que na vida real é assim mesmo e, para mim, funciona a contento.

— E então, mocinha, o que você está tramando para pedir desculpas ao seu namorado "perfeito"? — Bia enfim se manifesta, mas, claro, enfatiza o perfeito, não perdendo a oportunidade de implicar com Otávio.

Na verdade, Bia chama-se Bianca. Nós nos conhecemos no Ensino Fundamental, e desde então, nunca nos desgrudamos. Estudamos juntas todo o Ensino Médio e fazemos até a mesma faculdade. Estamos agora no último período de Educação Física. *A dupla imbatível*, é assim que nos chamam. Mas, prefiro pensar que é a irmã que nunca tive. Sei que é. Posso contar com ela para qualquer coisa que precisar, sempre estará lá por mim.

— Estou pensando em fazer uma surpresa em seu escritório hoje, já que nunca vou lá e ele vive reclamando disso.

Conheci Otávio quando tive que procurar um advogado para resolver as pendências do inventário do meu pai. Apesar da fase difícil que estava passando, fiquei totalmente deslumbrada com sua beleza e educação. Depois de uma semana indo ao seu escritório, ele me convidou para jantar. Após um mês de muita insistência, resolvi aceitar e, desde então, estamos juntos.

— E como você pretende fazer essa surpresa? Ah, claro, vai aparecer no escritório dele. Nossa, amiga, realmente uma coisa surpreendente; se não tivesse tido essa ideia, não seria capaz de pensar em algo assim — zomba. — Incrível, suas ideias andam cada vez melhores, Lívia! — Finge empolgação e seriedade, mas logo cai na gargalhada.

— Para, Bia! Estou falando sério e você fica de sacanagem! Estou precisando de uma dica séria, tenho que me redimir, pelo menos um pouco!

Balança a cabeça de um lado para o outro sem parar.

— Só não estou vendo motivos para tanto, Lívia; você dificulta tanto as coisas... Se quer ir lá e se desculpar com seu namorado, se desculpe e pronto, mas sabe qual é minha opinião.

Encaro-a, sua implicância está cada vez pior.

— Ele está perdendo a paciência, estou sentindo isso, nunca agiu como ontem, não sei mais o que fazer.

Sua gargalhada enche o ambiente.

— Que foi, qual a graça? — pergunto.

A Bia faz piada de tudo, não que isso me irrite; na maioria das vezes ela é muito engraçada, eu adoro seu senso de humor e de como faz piada e vê o lado bom de tudo. Peguei um pouco isso dela. Mas hoje, realmente estou nervosa e sem saber como agir. Queria só o lado das suas ideias mirabolantes, sempre brincamos que ela é o cérebro e eu, o coração. Bia me olha e vejo que tenta parar o riso, mas falha na sua tentativa.

— Estou tentando ter uma conversa séria, Bia, será que pode parar com a gracinha e ser minha amiga? — Suas mãos vão à boca, abafando os sons indesejados, a meu ver pelo menos.

— Desculpe, agora é sério: o cara te ama, e estou rindo porque você sabe exatamente o que o faria te perdoar na hora. Te garanto que se aparecer lá dizendo que, enfim se decidiu, não levará nem um milésimo de segundo para te perdoar; isso tudo só tem uma razão de estar acontecendo.

— E qual é? — pergunto confusa.

— Tesão acumulado!

— Bianca!!! — Jogo uma almofada na direção de sua cabeça, da qual se desvia.

— Que foi? Pediu conselho e eu estou te dando — fala bem séria, e pisca um dos olhos.

Então, caímos na gargalhada, como sempre acontece.

— Certo, sua maluca! Vou tomar um banho, e depois fazer uma visita ao meu noivo. Tenho que correr se não quiser dar de cara na porta. Já são quinze e trinta, e ele costuma sair às dezoito horas. Vou convidá-lo para jantar. — Pisco para ela e vou em direção ao meu quarto.

— Isso! Atitude! Provavelmente você vai se transformar no jantar, então não se esquece de ir preparada. Coloca aquela lingerie que comprou na semana passada; ele vai pirar.

— Bia, você não tem jeito! — Ela e suas gracinhas.

— Bom, divirta-se, espero que hoje seja o dia D! Qualquer coisa, passa uma mensagem pelo WhatsApp, e depois quero o relatório com todos os detalhes. — Assinto. — Todos mesmo — intima.

— Ok, dona Bia, fique tranquila que vou anotar tudo e te mando o relatório — grito sua resposta, pois já saiu do quarto.

— Boa garota! — grita de volta, e logo ouço a porta da sala bater.

De todas as amigas do mundo, eu tinha que arrumar a mais louca? Mas eu a amo desse jeito, sem tirar nem pôr. Quer saber? Com toda a sua maluquice, a Bia acabou de dizer algo muito importante. E eu acabei de me decidir: hoje realmente será o grande dia, não vejo motivos para esperar mais. Otávio vive dizendo que me ama e faz coisas lindas por mim. Essa minha insegurança não tem mais cabimento; afinal, sou uma mulher de 23 anos que mora sozinha, me sustento, e tenho um noivo com muita paciência em esperar um ano e meio — quem faz isso, hoje em dia? Nós temos nossos momentos mais íntimos, mas na hora H, eu travo. Está decidido! Depois do jantar, eu me entregarei a ele de corpo, alma e coração! Só espero não perder a coragem na hora.

Saio do banho após quinze minutos, com o pensamento de que não posso esquecer o crachá que Otávio me deu para ter livre acesso à empresa sem precisar ser anunciada. Bom, acho que ele vai ter uma grande surpresa mesmo, essa será a primeira vez que vou usar meu crachá especial.

Se quiser chegar a tempo, tenho que correr, sem demorar muito para escolher uma roupa. Esse é um grande problema que tenho: me decidir sobre o *look*.

Ainda bem que uso uniforme na clínica de estética em que trabalho, senão não conseguiria sair de casa a tempo, já que tenho que sair bem cedo.

Meu horário é às oito horas, e a clínica fica na Barra. Moro no Cachambi e, graças ao meu bom Deus, a Linha Amarela existe, mas também, quando engarrafa, só Jesus na causa! Por isso, meus itens principais na bolsa são um livro e meu iPod. Nunca dispenso boas músicas e bons livros.

Com um sorriso no rosto, escolho o conjunto de lingerie sugerido pela Bia: calcinha de renda e sutiã tomara que caia brancos.

Visto um vestido tomara que caia verde, colado até a cintura e soltinho embaixo, comprimento um pouco acima dos joelhos. O calor do Rio de Janeiro está castigando este ano, não dá para usar nada mais ou morrerei de calor.

Coloco uma sandália anabela *nude*, pego minha bolsa que transpasso no ombro e estou pronta. Olho para o celular e já são dezesseis e quarenta e cinco. Dou a última conferida no espelho e está ótimo. Tomara que dê tempo!

Desço minha rua até o ponto para pegar uma van até o metrô de Maria da Graça. Chego ao metrô às dezessete e dez. Fico aliviada, sei que vou chegar um pouco adiantada, estou ansiosa pela surpresa. Ligo meu iPod e começo a viajar na música que está tocando: foi Otávio que a colocou na minha *playlist*, disse que se lembrava de mim quando escutava a música... *Tudo que Você Quiser*, do Luan Santana.

> "(...) Tem gente que tem cheiro de rosa, e de avelã
> Tem o perfume doce de toda manhã
> Você tem tudo
> Você tem muito
> Muito mais que um dia eu sonhei pra mim
> Tem a pureza de um anjo querubim (...)"

Fecho os olhos e me lembro do dia anterior, da cara de decepção do Otávio...

Estava no estúdio de dança, no Méier, onde faço aulas de dança desde criança, e agora dou aulas duas vezes por semana para turmas iniciantes com idades de 3 a 6 anos. Assim, eu conseguia uma grana extra e praticava um pouco da minha paixão, que é a dança.

Dou aulas todas as terças e quintas, das dezesseis às dezessete horas. Entro às dezenove horas na faculdade, a UERJ, na Tijuca. Ou seja, terça e quinta só chego em casa à meia-noite, porque também saio um pouco mais tarde da faculdade nesses dias, mas já está acabando, é o último período. Ainda estou de férias, já que estamos em janeiro, mas no meio do ano eu estarei formada e tentarei realizar meu maior sonho: abrir uma academia com um grande estúdio de dança. A Bia ficará responsável pela academia e eu, pelo estúdio. Esse é nosso plano desde que entramos na faculdade.

— Lívia! — Estava saindo do estúdio quando escutei uma voz que conhecia muito bem.

— Otávio!? O que você está fazendo aqui a essa hora? Ainda são dezessete horas, você não tinha que estar no escritório?

Fiquei surpresa, apesar de ele viver aparecendo assim em todos os lugares possíveis. Ainda não tinha me acostumado com isso, afinal, ele era muito ocupado no escritório, mas sempre que podia, vinha ao meu encontro aqui, no trabalho, ou na faculdade.

— É tão ruim assim tirar um tempinho para ver minha noiva? — disse, fingindo-se magoado.

— Claro que não, só fiquei surpresa, só isso. Nós nos falamos mais cedo e não disse que viria.

— Normalmente, quando fazemos uma surpresa, não avisamos antes, Lívia — seu tom mudou.

Ai, meu Deus, eu e essa mania de falar demais! Não podia simplesmente aproveitar o momento, agarrar meu noivo e tudo certo? Não, tinha que pegar todas as informações, primeiro. Corri até ele e dei-lhe um beijo e um abraço bem apertado.

— Hum, agora sim, já valeu a pena ter vindo até aqui, só por causa desse beijo — disse todo satisfeito.

— Nossa! Você é facinho, facinho... — murmurei com a boca ainda em seu pescoço, e ele me deu mais um beijo.

— Sabe que sim, quem se faz de difícil aqui é você, minha linda.

Ouvi suas palavras, sabendo que estava jogando indiretas, e simplesmente odeio isso! Em segundos, o momento mágico se transformou.

— Você sabe muito bem que não estou me fazendo de difícil, só acho que ainda não chegou o momento, e não vou fazer nada que não queira só para agradar a você ou quem quer que seja — subi meu tom e mudei meu humor imediatamente.

Que saco! Já tínhamos conversado muito a respeito disso. Não que me importasse com esse lance de sexo só depois do casamento, não era isso,

A MISSÃO AGORA É AMAR

envolvia algo que nem eu mesma sabia explicar. Havia um bloqueio, meu cérebro travava e meu corpo não correspondia aos seus toques e carícias. Como se algo na minha cabeça gritasse: *Você não está pronta, não é o momento, não faça isso.* Otávio era muito carinhoso e compreensível, dizia que não se importava e que tudo teria seu tempo. Eu me sentia feliz e realizada com isso. No começo, tinha minhas inseguranças, achava que acabaria perdendo-o pela falta de sexo. Mas ele sempre disse que não tinha desejos com outras mulheres, que me esperaria o tempo que fosse preciso. Ele realmente era um noivo perfeito, e eu, uma sortuda filha da mãe por esse homem ser meu.

Mas, vez ou outra, jogava algum tipo de indireta, e eu ficava muito irritada com isso. Sentia-me cobrada e o peso da minha virgindade caindo sobre minha cabeça. Era como se tivesse algum prazo de validade.

— Vamos para o carro, vou te deixar em casa. — Seu tom foi seco, pegou minha mão e andamos em silêncio.

Entrei no carro com a cara emburrada.

— Que foi, Lívia, qual o seu problema? Por acaso é algum crime querer ir para cama com a mulher que amo? Caramba! Tenho sido super paciente em esperar seu tempo, mas porra, eu te amo! E quero ter você por inteiro na minha vida. O que mais preciso fazer para te provar o quanto te amo? Tenho 27 anos, Lívia, e já nessa espera há um ano e meio, e está complicado para o meu lado, não aguento mais tomar banho gelado! — disse um tanto exaltado.

Realmente era um bom advogado! Estava tentando me convencer, como se eu fosse o júri. Até que sua argumentação tinha sido boa, mas isso só me deixou com mais raiva. Sabia muito bem que levava uma vida sexual ativa antes de mim. Mas, poxa! Não o tinha forçado em nada, sempre deixei minha posição clara e ele sempre aceitou.

— Fique à vontade, Otávio, não quero atrapalhar sua vida e também não vou cair no seu drama. — Estava com muita raiva dele.

— Lívia, minha vida é você, só estou conversando com você, mas vou esperar o tempo necessário, juro!

— Faça o que for melhor para você, Otávio, só não quero que fique jogando indiretas ou me cobrando isso o tempo todo — exigi.

— Para com isso, que bicho te mordeu hoje? Você está cansada de saber que é o melhor para mim. — Me puxou para um beijo, e me afastei.

— Hoje realmente não é um bom dia, me leva pra casa, por favor.

Ele não disse mais nada, só ligou o carro e engatou a marcha. Nos minutos que se seguiram, nenhuma palavra foi dita. Comecei a pensar se realmente devia esperar mais, não que eu não tivesse vontade, afinal, sou humana, e por mais que bancasse a durona e ficasse irritada com suas investidas, entendia perfeitamente os seus argumentos. Meu noivo era o sonho de consumo de qualquer mulher: é lindo! Com um metro e oitenta e cinco de altura, moreno claro, cabelos escuros, olhos azuis, sorriso perfeito, corpo definido, nem magro nem forte demais, é na medida, uma tentação.

Mas enquanto tivesse essa dúvida dentro de mim, acho que não teríamos nosso momento perfeito e não me entregaria a ele.

Minutos depois encostou o carro na frente do meu prédio.

— Pronto, entregue — Foi só isso que disse. Olhei-o, confusa, estranhando sua atitude, mas não comentei nada, abri a porta do carro, e antes de descer dei uma última olhada para o lado, mas continuava parado, nem tentou me beijar ou me olhar, nada. Bati a porta, e logo arrancou com o carro.

Nunca vi Otávio desse jeito, nunca agiu assim.

Depois de tomar um banho, fui preparar algo para comer.

Quando terminei meu jantar, olhei o celular e vi que eram vinte e duas horas e nada de mensagem do Otávio. A essa altura, em outro dia qualquer, já teria pelo menos umas quatro mensagens. Resolvi que também não mandaria nenhuma, precisava dar esse tempo a ele; afinal, era a sua vida também e não queria ser egoísta a esse ponto.

Quando saí do trabalho, ainda não tinha nenhuma mensagem do Otávio. Nós precisávamos conversar, e sabia que dessa vez teria que tomar a iniciativa.

Peguei meu celular e liguei para Bia.

— Fala, sua maluca, qual a missão dessa vez? — perguntou toda eufórica.

— Me espera no ponto, Bia, devo estar chegando aí mais ou menos em quinze minutos. Preciso muito conversar com você, mas estou sem tempo, então temos que ir adiantando o assunto. — Bia morava em uma das ruas transversais à minha.

— Estou descendo, te encontro lá, beijos!

Quando desci do ônibus, ela já está lá me esperando.

— Espero que seja muito sério o assunto, só assim mesmo para eu te desculpar por estar torrando nesse sol. — A coitada estava toda suada.

— Desculpe, amiga, mas preciso da sua ajuda em uma coisa.

— Quem eu tenho que matar?! — Mas era muito palhaça, nem eu dizendo que o assunto é sério, não adiantava.

Continuamos andando até chegar ao meu prédio.

— Acho que vacilei com o Otávio, peguei pesado. Ele não falou mais comigo desde ontem.

— Não acredito! O senhor perfeito e bonzinho sente raiva! — seu tom era de ironia.

— Para, Bia, o assunto é sério, eu acho que falei demais e o magoei.

— E onde que isso é sério? Você fala demais o tempo todo, não estou entendendo.

— Hahaha... Muito engraçada! — fingi sorrir.

A Bia não conseguia mesmo levar nada a sério.

Assim que entramos em casa, peguei água para nós duas e comecei a contar a ela sobre Otávio e em como fui intolerante com ele.

Realmente queria muito que déssemos certo, sabia o quão paciente Otávio havia sido até aqui, não tinha motivos para adiar mais. Achei que estava preparada, precisava acertar as coisas entre nós.

Dessa vez, ou vai ou racha!

Acordo das minhas lembranças com aquela voz, conhecida por todos nós que usamos o metrô, anunciando a próxima estação: *CARIOCA*.

E é ali que desço. Apesar do frio na barriga, estou muito segura do que vou fazer; confesso que também um pouco curiosa para ver a reação do Otávio. Torço para que tenha a melhor reação do mundo, quando eu chegar ao escritório.

Em relação à segunda surpresa, acho que não vai acreditar que, enfim, vamos ter nossa noite perfeita.

E quanto a mim, estou mais calma do que achei que ficaria, sei que tomei a decisão certa, só quero que ele me faça feliz e eu a ele.

Subo as escadas do metrô e, agora, falta pouco para, finalmente, provar ao Otávio que o amo também.

Minutos depois chego à portaria do prédio e tenho a mesma reação que tive na primeira vez em que estive aqui.

A recepção é muito bem decorada. Apesar de ser um prédio de escritórios, eles tiveram muito bom gosto na decoração.

Pego o crachá em minha bolsa, apresento para a recepcionista e sigo para os elevadores. Aperto *Cobertura* e as portas se fecham. Olho-me no espelho para conferir o visual, e graças ao meu bom Deus, está tudo no lugar, mesmo com o calor insuportável que faz hoje.

O elevador chega ao seu destino e as portas se abrem. Minha barriga se comprime tanto, estou ansiosa e nervosa como nunca estive, as mãos suadas; a expectativa para saber sua reação chega a me sufocar.

Olho para a recepção, onde costuma ficar a secretária dele, e noto sua ausência. De repente, bate o desespero e pego meu celular para verificar as horas, mas vejo que ainda faltam dez minutos para as dezoito horas.

A porta do Otávio está fechada. É só o que me falta: depois desse trabalho todo, não o encontrar aqui será muito azar! Ando de um lado para o outro, pensando no que fazer. Penso em bater na porta do Otávio, mas me contenho; pode estar em alguma reunião importante.

Após cinco minutos de espera, resolvo bater na porta. Vai que todos já foram embora, e eu aqui pagando mico. Respiro fundo e dou uma batida tímida. Como ninguém responde, resolvo dar uma olhada para saber se realmente a sala está vazia, afinal, depois de tanto sacrifício, tenho que ter certeza.

Abro a porta devagar e vejo uma sandália feminina no canto da porta. Meu coração começa a disparar. Sigo com o olhar e me deparo com um vestido jogado no chão.

Não pode ser verdade...

Vou andando até abrir toda a porta e ter uma visão de onde fica sua mesa. A cena que vejo não pode ser real, não o Otávio...

Fico parada, me falta o ar... e não sinto uma parte sequer do meu corpo.

A MISSÃO AGORA É AMAR

CAPÍTULO 2

Lívia

Estou paralisada em meu lugar, simplesmente não posso acreditar no que meus olhos veem.

É como se eu tivesse sido colocada dentro da cena de um filme, no qual Bia é a diretora e falasse em meu ouvido: *Ele é santo demais, perfeito demais, compreensivo demais.* Somente as palavras dela vêm à minha mente no momento.

Otávio está por cima de uma mulher cujo rosto não consigo ver, porque se encontra de costas para ele, de quatro, e ele segura seus cabelos, puxando-os e cavalgando-a como um cão no cio.

Eu continuo imóvel. Ainda não notaram minha presença, e de repente, um grito agudo invade o ambiente.

Só então me dou conta de que o grito parte de mim. Coloco as mãos na boca, para abafar um outro som que já está escapando. Os dois se viram imediatamente na minha direção, atônitos — quer dizer, Otávio está em pânico. A cadela, entretanto, até tenta disfarçar um sorrisinho.

Vagabunda, ordinária!

Na minha cabeça, começam a passar mil coisas ao mesmo tempo, palavras não se formam, está muito difícil assimilar a cena que vejo diante de mim.

Otávio sai de cima da mulher e se afasta o máximo que consegue, e assim que o faz fica completamente paralisado no lugar, seus olhos transmitindo desespero. Já a vagabunda está de plateia, admirando a cena. Ele ameaça seguir em minha direção, e o detenho com um movimento de mão. E só agora, começam a se formar palavras em minha boca.

— Como pude ser tão cega? Tão idiota? E pensar que eu vim aqui para te fazer uma surpresa e, enfim, termos a nossa primeira noite juntos! — solto aos gritos enquanto ele continua parado me olhando, seus olhos azuis cheios de lágrimas.

— Como você teve coragem de fazer isso comigo? Eu tenho nojo de você! Você estava se fazendo de santo esse tempo todo, para quê? Não era obrigado a ficar comigo, por que me trair? Se não queria mais, por que não terminou? — exijo alto.

Não responde, paralisado, e a loira falsa, vagabunda, solta o riso preso.

— Guarde para a próxima trouxa que você encontrar, vai te poupar tempo e dinheiro. — Retiro a aliança do dedo e jogo na cara dele.

Mudo, ele continua me olhando, sem se preocupar em esconder as lágrimas que correm pelo seu rosto.

A ânsia toma conta de mim, preciso sair daqui o mais rápido possível, mas as pernas não obedecem ao meu comando, como se estivessem congeladas ao chão. Então, uso toda a raiva que estou sentindo como combustível e, enfim, começo a caminhar para a porta.

— Só mais uma coisinha: vai se foder! — grito antes de bater a porta atrás de mim, o que não me impede de ouvir seu grito em resposta.

— Lívia!!!

Corro em direção aos elevadores e aperto o botão em total desespero, minhas mãos e pernas com os mesmos sintomas de quando eu cheguei há pouco, mas agora o motivo não é mais ansiedade e, sim, ódio. Escuto o sinal do elevador parando, no mesmo instante em que vejo Otávio, ainda nu, correndo atrás de mim pelo corredor. Entro apressada, mas ele segura a porta, fazendo menção de entrar atrás de mim, e só para ao se dar conta de seu estado. Olho-o com um misto de repulsa e asco, até ele liberar a porta que, enfim, se fecha.

Fecho os olhos e encosto na parede gelada do elevador, que nesse momento é um refrigério. Busco conseguir o controle e me lembrar de como se respira. Preciso me acalmar um pouco, terei de chegar em casa.

Saio do elevador, dou graças pelo saguão vazio do prédio, sei que meu semblante não é dos melhores, mas logo um segurança vem em minha direção.

— Senhorita? — Continuo andando, mas me intercepta, me impedindo de prosseguir. — Senhorita, tenho ordens para não permitir sua saída — revela de forma ditadora.

— Tente me impedir. — Olho-o desafiadora.

Tento me afastar, mas segura meu braço, me fazendo perder o resto do controle que me resta. Aplico-lhe um golpe de defesa pessoal que meu pai me ensinou; giro meu braço para me libertar de sua pegada, dando uma cotovelada direto em seu queixo. Ele tonteia e prossigo com uma joelhada bem no seu saco, fazendo-o cair de joelhos, então aproveito para fugir dali. Quando olho para trás, vejo Otávio saindo do elevador só com as calças, a camisa ainda aberta e os sapatos na mão. A cara de surpresa dele ao ver o segurança grandão no chão é a melhor! Mexe comigo, seu idiota!

Saio correndo pelas ruas antes que me veja, quero esse imbecil bem longe de mim!

Misturo-me à multidão ainda sem acreditar no que me aconteceu co-

A MISSÃO AGORA É AMAR

migo hoje, só pode ser uma *pegadinha*. Não posso acreditar que tenha sido tão falso a esse ponto, que eu tenha me enganado tanto com uma pessoa. Confiava nele, como pôde fazer isso?

O que me choca mais é o fato dele ter me feito acreditar, esse tempo todo, de que me esperar valeria a pena, que teríamos juntos o nosso momento, que seria algo tão especial para mim quanto para ele. Por que não jogou as cartas na mesa, dizendo que dessa forma não dava mais? Teríamos arrumado um jeito, talvez me esforçasse mais, procuraria ajuda, não sei, só precisava ser sincero comigo.

Ele que foda quantas loiras quiser e a hora que quiser; por mim deixa de existir a partir de hoje. Maldito seja o dia em que fui ao seu escritório pela primeira vez!

Minha vizinha o havia me indicado como um excelente advogado, que realmente é. Dizem que todo bom advogado é um bom mentiroso. Agora eu acredito, realmente ficou craque na mentira, superou o personagem do filme *O Advogado do Diabo*. Eu lhe daria o Oscar sem pensar duas vezes por sua bela atuação. Ai, que ódio de mim!

Quando me dou conta, já estou na estação do metrô e lembro-me de um dito popular: *Todo castigo para corno é pouco*, que agora me cai como uma luva. A estação está superlotada!

Sou empurrada pela multidão até que me vejo dentro do vagão. Pelo menos consegui entrar.

Só quero ligar para a Bia, mas será uma missão impossível, vou ter que esperar chegar ao meu destino.

Fico em um estado absorto dentro do metrô, meus pensamentos viajando com lembranças de momentos que tive com Otávio. Lembrando-me de cada jura de amor, cada promessa feita, do seu romantismo, da sua paciência. Tudo fingimento, canalha!

Já nem sei o que é pior: pegar meu noivo fodendo outra mulher ou estar dentro desta lata de sardinhas com um fedorento do meu lado.

Nem acredito quando chego à estação Maria da Graça, e assim que saio do metrô e entro na van, busco o celular na bolsa.

Bia atende no segundo toque.

— Porra! Disse que queria o relatório, mas eu poderia esperar até amanhã sem problemas, mas já que ligou, adianta aí alguma coisa. Como foi?

Ele te perdoou? Claro que sim, o cara tem os quatros pneus arriados por você, diz qual foi a cara que ele fez? O que disse? Ele desmaiou? Espero que não...

Nossa, a Bia não para de falar e eu não consigo mandá-la parar. A cada pergunta que faz, a cena que presenciei volta novamente.

— Bia... — É a única palavra que consigo dizer, e é o bastante para que entre em desespero.

— O que foi, Lívia? Pelo amor de Deus, foi assaltada? Está machucada? Onde você está? Diga-me, Lívia, fala alguma coisa!

Sim, eu estou machucada, mas não dessa maneira. Forcei-me a dizer algo antes que pirasse.

— Posso ir pra sua casa? Eu já estou quase chegando.

— Claro que pode! Quer que eu vá te encontrar?

— Não precisa, já chego aí.

Encerro a chamada e peço forças a Deus, pois a decepção foi muito grande e eu só quero esquecer que esse dia existiu. Mas, antes, sei que terei que dar "o relatório", com todos os detalhes, para Bia.

Vejo-a no portão, e, assim que me vê também, corre em minha direção.

Ela me abraça tão forte que acho que vou quebrar. Logo, começa a me examinar de cima a baixo; quando não acha nada visível, me puxa pela mão em direção à sua casa.

— Agora fale, amiga, o que aquele infeliz metido a príncipe fez com você? Eu juro que vou capá-lo a sangue frio! — exige assim que me acomoda no sofá.

Sei que realmente faria isso se lhe pedisse, no entanto, ele não merece nem que me importe a esse ponto. Só quero seguir com minha vida e esquecer que um dia existiu.

— É, amiga, você não vai acreditar na surpresa que foi — sou irônica —, só que, no caso, a surpresa foi minha. Imagina a cena: entro no seu escritório, vejo uma sandália, depois um vestido jogado no chão, e quando viro para a esquerda... Boo! A grande cena armada com ele no papel principal, fodendo uma loira falsa em cima de sua mesa. Você consegue acreditar nisso? Porque eu, amiga, se não tivesse visto com meus próprios olhos, jamais acreditaria.

Bia está com a mesma cara de pânico que Otávio. Acho que vai ter um troço, nunca a vi assim sem ter nenhuma reação, mas isso dura pouco. Como é de se esperar, logo dispara:

— Que filho de uma boa puta! Fazer isso com você, amiga... Sempre desconfiei da perfeição dele, mas confesso que também não esperava isso! O que aquele miserável falou para você? — exige em tom de revolta.

— Não conseguiu dizer nada, ficou lá parado me olhando e chorando, acho que estava em choque.

— Mas ele vai ficar muito mais em choque quando eu arrancar as bolas dele e o fizer comê-las!

— Você não vai fazer nada, te proíbo de sequer falar com ele. — Sou firme, com o dedo em riste para ela.

— Mas, amiga, ele tem que pagar pelo que fez com você, isso não se faz.

— Ele não merece nem que me importe, Bia, deixa isso pra lá, vamos fingir que ele não existiu, ok? Como diz o Chico Pinheiro: *Vida que segue!* Mas sabe o que é mais engraçado? Foi a primeira vez que o vi pelado, e ainda por cima, correndo atrás de mim... Deu medo! — Não posso acreditar que eu mesma estou fazendo piada com a minha situação. De repente, me sinto leve, como se um grande peso fosse retirado das minhas costas. Não era para estar sentindo isso, caramba!

Bia começa a rir.

— Você não tem jeito, Lívia! Depois, sou eu que faço piada de tudo.

— É a convivência, aprendi com você. — Pisco.

Já estou mais calma, aprendi com uma professora de Artes que, nessa vida, comemos o que gostamos e o que não gostamos, não tem jeito, é daí que tiramos nossos aprendizados. E, por incrível que pareça, realmente estou me sentindo bem.

— Amiga, uma pergunta que não quer calar: como era o brinquedinho dele? Era um fusca? Um carro popular, tipo Palio, Logan, Voyage? Ou era um importado tipo X1 da BMW?

— Não tenho muito conhecimento de causa como você, mas acho que fica na classe dos populares.

— Livramento de Deus, amiga! — solta, e caímos na gargalhada.

— Bia, você não presta! Deixa eu te contar a melhor parte... Quando saí do elevador, desesperada para ir embora, ele simplesmente tinha mandado um segurança grandão me segurar.

— E aí, o que você fez?

— Tive que usar uns golpes de defesa pessoal que meu pai nos ensinou. E o grandão ficou lá, segurando o saco. — A gargalhada de Bia enche o ambiente e acabo rindo um pouco também, e continuamos rindo por um tempo. Só eu mesma para rir de mim mesma e toda essa situação.

— Posso dormir aqui? Não queria ir pra casa. — Fico receosa de ficar sozinha e meus sentimentos mudarem. Além do mais, receio que Otávio vá me procurar.

— E precisa perguntar? Claro que pode, vou pegar um baby-doll pra você. — Ela se levanta, me deixando sozinha com meus pensamentos.

Amanhã será um novo dia, tudo vai ser diferente, inclusive eu, digo a mim mesma, assim que saio do banho.

Quando acordo, olho o relógio e já são nove da manhã. *Caramba, que bom que é sábado!* É o meu único pensamento.

Ao chegar à sala, Bia está de costas para mim, berrando no celular.

— Eu já disse que não sei, o que sei é que ela saiu daqui ontem para te fazer uma grande surpresa, seu idiota! — grita, e seu tom é assassino. — O que você fez com ela? Você é a pessoa mais burra do planeta! Deixou escapar a melhor mulher do mundo! Eu te ajudar?! Isso só pode ser uma *piada!* Presta atenção, porque só vou dizer uma vez: se depender de mim, ela não olha nunca mais pra sua cara, seu idiota, vai pro inferno! — Desliga o celular com muita violência, sei muito bem com quem estava falando, tem um milhão de chamadas dele no meu telefone.

— Idiota! Canalha! Imbecil! Escroto!

— Nossa, seu repertório de xingamentos anda fraco — digo em tom ameno atrás dela, que leva um susto, se virando de frente para mim. Está com a cara toda vermelha de raiva, parece até o Hulk, só que na versão Chapolim Colorado.

— Posso saber com quem você estava falando com esse amor todo? — pergunto para ela com a voz mais calma ainda.

— Você sabe muito bem, Lívia, deixa de ser cínica!

— Bom dia para você também, amiga — digo com o meu melhor sorriso.

— Ficou doida ou o quê? — indaga com as mãos na cintura me olhando intrigada.

A MISSÃO AGORA É AMAR

— Bia, não vou ficar sofrendo por uma pessoa que não merece; o que está feito, está feito. Cada um escolhe seu destino, e ele escolheu o dele.

— Essa é boa, estou quase indo para a cadeia por assassinato e você super de boa com esse bastardo. — Ela me olha com cara de espanto.

Dou um sorriso meio sem vontade para minha amiga.

— Em primeiro lugar, dona Bia, para ir à cadeia, é preciso realmente ter cometido assassinato. Em segundo lugar, não estou super de boa com o que aconteceu ontem, só não vejo razão para ficar revivendo isso toda hora. — Ela balança a cabeça em negativa o tempo todo, já estou ficando tonta só de olhá-la. — E, em terceiro lugar, preciso muito tomar café, estou morrendo de fome e me recuso a sofrer por esse idiota.

— Então tudo bem, se você está dizendo... — Ela me olha com desconfiança. — Vou preparar mistos para nós duas, e você, já que está tão animada, pode colocar a mesa.

Vai para a cozinha e sigo atrás dela. Abro o armário para pegar os copos e os pratos.

— Ele está te procurando, sabia? Só queria ouvir a desculpa que vai te dar — diz enquanto coloca os pães na sanduicheira. — O cara é bom com palavras, amiga, você precisa ter cuidado. Se você não estivesse aqui e não soubesse o que te aprontou, ficaria com pena dele.

Começo a rir.

— Ele é advogado, Bia, tem a arte das palavras, mas não caio mais nessa, pode ficar tranquila.

Assente, e enfim iniciamos nosso café, logo o assunto Otávio é esquecido e substituído por outros muitos melhores.

Quase uma hora depois chego à portaria do meu prédio. Tenho muita coisa a colocar em dia para o resto da semana, por isso não pude evitar mais. A vida tem que seguir. Assim que passo pela portaria, o Sr. João, o porteiro, vem em minha direção.

— Bom dia, Srta. Lívia, tudo bem? — Acho muito engraçada sua formalidade.

— Bom dia, Sr. João, tudo bem, sim, e com o senhor? — pergunto e olha-me com um jeito esquisito, meio sem graça.

— É que não quero ser intrometido nem nada, mas o noivo da senhorita, o Sr. Otávio, está na sua porta desde as vinte e duas horas de ontem, e já bateu tanto nela, que não sei como não a derrubou.

Continuo olhando para o Sr. João, esperando terminar de falar.

— Os vizinhos queriam até chamar a polícia, mas os convenci a não chamar, disse que era seu noivo e devia ter acontecido alguma coisa, pelo estado deplorável em que se encontra. Subi lá várias vezes, mas se recusa a sair. — O tom do meu porteiro é de muita pena. Eu mereço!

É, não tem jeito, terei de encarar essa situação de frente e dizer para o Otávio tudo o que tenho vontade. Sabia que viria, por isso fui dormir na casa da Bia, precisava de uma boa noite de sono para me acalmar. Agora que estou mais centrada, é a hora de colocar os pingos nos is.

— Sr. João, pode deixar que eu vou resolver essa situação. Outra coisa: o Sr. Otávio está terminantemente proibido de subir ao meu apartamento. Obrigada por tudo mesmo!

Apesar de tudo ter terminado dessa maneira, estou me sentindo com uma força que jamais acreditei possuir. Desde aquele dia, há dois anos, quando meu mundo desabou de verdade, jurei para mim mesma que nunca mais sentiria uma dor daquelas.

Dois anos atrás...

Estava sentada em meu quarto verificando as notas do semestre quando, de repente, escutei vários disparos. Parecia que era dentro de casa. Saí correndo do quarto e chamei pela minha mãe, que terminava o almoço. Ela também estava assustada.

— O que será que foi isso, mãe? — Não sei por que todos os filhos do mundo têm essa mania de achar que a mãe é vidente e sabe tudo.

— Não tenho ideia, filha — disse num fio de voz e notei que seu semblante mudou de repente. Corremos ao mesmo tempo até a varanda e, ao chegarmos lá, tudo se tornou o maior pesadelo da minha vida.

— Nãããããooo!! — Escutei o grito de desespero da minha mãe, que caiu de joelhos e iniciou um choro desesperado. Somente ao me aproximar mais é que tive a mesma visão que a dela: o portão da garagem escancarado e meu pai estirado na calçada.

Saí correndo em sua direção, precisava ajudá-lo, ajoelhei-me ao seu lado e puxei o braço com o relógio que eu tinha lhe dado de presente no Dia dos Pais. De bruços no chão, ele não se mexia, havia muito sangue escorrendo em volta do seu corpo. Os vizinhos começaram a se aglomerar, mas ninguém fez nada, tentei virá-lo, mas era muito pesado.

— Amor?! — Minha mãe o chamou, ajoelhando ao meu lado.

— Pai! Levanta daí, por favor! — Lágrimas brotaram assim que o desespero alcançou seu ápice. — Pai, por favor! — chamei de novo, mas continuava imóvel. Passei a limpar o sangue em seu rosto para que pudesse me ver, no entanto, não obtive resposta.

— Paizinho, não faz isso comigo, abre os olhos, por favor! Você é meu Homem de Ferro, esqueceu? — Aquilo não podia ser verdade, não com o meu pai, que era o melhor policial do mundo!

— Alguém chama um médico! — exigi, mas não sei para quem. Minha mãe se debruçou sobre meu pai e seus soluços aumentaram. — Ele vai ficar bem, mãe! — disse, tentando convencer a mim mesma.

— Filha, o seu...

— Não, mãe! — eu a cortei. — Ele vai ficar bem, alguém ajuda aqui?! — pedi desesperada. — Vamos levá-lo para o hospital, mãe. — Seus olhos não encontraram os meus, só negou com a cabeça, voltando a se curvar sobre meu pai.

Escutei uma freada brusca de carro, de onde saíram alguns amigos do meu pai que me viram crescer. Eles correram em nossa direção, o tio Nelson se ajoelhou ao meu lado e tentou me erguer, mas travei no lugar.

— Graças a Deus, tio, temos que correr. A porcaria da ambulância não chega —expliquei, só queria que socorressem meu pai.

— Venha, filha, nós vamos cuidar de tudo. — Tentou me levantar novamente.

— Não, tio, temos que levá-lo agora mesmo! — Olhei em volta. Todos estavam em silêncio, a única coisa que escutei foi o som do choro de minha mãe, que não cessava. — Ele vai ficar bem, não vai?— perguntei ao meu tio, precisava que ele me confirmasse isso. Me puxou novamente, mas eu não queria ir, meu pai não podia ficar sozinho, precisava de mim. — Papai, vai ficar tudo bem... Tudo bem... Agora eu estou aqui, papai...Vou cuidar de você... Ninguém vai te tirar de mim, nunca, nunca...

Tio Nelson me abraçou forte e segurou meu rosto, seus olhos presos aos meus. Através de uma imagem embaçada, vi lágrimas em seus olhos. Já tinha minha resposta: meu pai tinha nos deixado, sua armadura tinha dado defeito.

— Ele não morreu, heróis nunca morrem, nunca faria isso comigo; não, não agora que tínhamos planejado tantas coisas juntos — confessei ao meu tio. Tanto minha cabeça quanto meu coração não queriam acreditar, não era verdade, não era.

Os braços fortes ao meu redor me levantaram.

— Vem, filha, eu... — Sua voz falhou. — Sei que é muito difícil, mas precisa ser forte, sua mãe vai precisar muito de você. — Sua voz embargada me faz chorar mais ainda.

O tio Elton e o tio Bento se aproximaram, e enxerguei consternação e dor em seus rostos.

— Quem fez isso, tio? — exigi transtornada.

— Nós vamos descobrir, filha, prometo. — Seus olhos não me deixaram duvidar de sua promessa.

Tinha perdido meu herói e meu porto seguro.

— Nós vamos descobrir quem fez isso, Cláudia, eu te prometo! Pode deixar que cuidaremos de tudo.

Minha mãe continuava junto ao meu pai no chão. Ai, meu Deus, nos dê forças, sei que nossa vida nunca mais será a mesma.

Era como se um pedaço do meu coração tivesse sido arrancado do peito, se não ele inteiro. Sabia que essa ferida demoraria muito tempo para cicatrizar.

Minutos depois, meu tio me deixava sentada no sofá de casa. Não conseguia parar de chorar, era tanta dor que me sufocava, parecia que um buraco se abrira no peito.

— Amiga... — Bia me abraçou, chorando muito. Meu pai tinha sido um pai para ela também, já que o seu se separou de sua mãe e nunca mais a procurou.

— Bia, ele se foi... Nos deixou... Como vai ser agora?

Negou com a cabeça, chorando muito, bastante abalada. Sabia o quanto ela o amava, estava sendo uma enorme perda para minha amiga também.

Ficamos abraçadas, uma querendo curar a dor da outra, mas infelizmente nada a fazia parar. Ergui os olhos e vi minha mãe sendo amparada por sua amiga. Tudo isso só podia ser um pesadelo — bastaria eu acordar para ter meu pai de novo comigo.

Uma hora depois, o corpo do meu pai foi levado ao IML.

Como era policial civil, foi rápida a sua remoção, seus amigos cuidaram de tudo.

Às vinte horas, seu corpo já tinha passado pela perícia e sido levado para a capela do cemitério Jardim da Saudade, que fica na Sulacap — era lá que a maioria dos policias eram enterrados. Meu pai mesmo tinha ido a inúmeros funerais lá, uma vez que a toda hora a vida de um policial era tirada, e ele perdia um de seus amigos. Hoje foi ele. Ninguém dava muita importância para isso, policiais mortos no nosso Estado não passam de estatísticas. Perdíamos mais policiais aqui do que em um país em guerra; o índice chegava a quase um policial por dia. Todos os dias famílias eram desfeitas por culpa de uma administração incompetente que não fazia nada para acabar com isso. Policiais para o Governo eram números, se esqueciam de que por trás daquele policial que nos defende nas ruas com sua própria vida, existia uma família que o amava e também precisava dele.

Policial civil havia vinte anos, meu pai encarava as piores operações possíveis, e agora foi morto covardemente na porta de casa.

Vesti uma calça *jeans* e uma blusa preta para ir ao cemitério, queria ficar perto do meu pai até o final. Minha mãe também já estava pronta. Saímos no carro com a tia Bethe e a Bia.

Quando entramos na capela, eu só queria acordar daquele pesadelo. Esperava a qualquer momento abrir os olhos, para a dor lancinante que adormecia todo meu corpo acabar. Meu pai tinha sido arrancado de mim e da minha mãe tão prematuramente, aos seus quarenta e cinco anos, com uma vida toda pela frente. Minha mãe se debruçou no caixão e chorou copiosamente. Nunca, em lugar algum, nem em filmes, tinha visto um amor como o dos dois. Nunca os tinha visto ficar mais que dez minutos brigados. Eles começaram a namorar no Ensino Médio, ambos com dezessete anos. E casados havia vinte e seis anos, agiam como um casal de namorados.

Fiquei sentada, observando aquela cena, sabendo que metade de minha mãe também seria enterrada aqui, nesse lugar, e isso era desesperador.

Sabia que nenhum de nós estava livre de morrer assim prematuramente, mas um policial tinha o triplo de chances, não só pelo risco que a profissão fornece, mas também pela impunidade em nosso país. Então, diante do corpo do meu pai e do desespero da minha mãe, fiz um juramento a mim mesma: nunca me apaixonaria por um policial. Não suportaria repetir essa cena de novo.

Passamos ali a noite toda, o enterro só seria pela manhã. Fiquei na capela, tentando me acostumar com a dor — e não havia nada com que pudesse compará-la, tamanha era sua intensidade. Ela estaria para sempre marcada em minha alma.

Na hora do enterro, tinha uma verdadeira multidão. Sabia que ele era muito considerado por todos, só não sabia o quanto. Isso indiretamente me confortou um pouco.

O enterro foi feito com todas as devidas honras. Colocaram a bandeira da Polícia Civil em seu caixão e a bandeira do seu time, o Fluminense — uma de suas paixões. Iniciou-se o toque de silêncio e, em seguida, a salva de tiros, antes de descerem o caixão. Eu e minha mãe nos aproximamos com rosas, e assim me despedi do meu herói, meu porto seguro, meu pai, pela última vez.

Subo pelas escadas para conseguir pensar melhor no que direi ao Otávio. Quando chego ao meu andar, a cena que vejo só me causa um sentimento: pena.

CAPÍTULO 3

Lívia

Paro ao entrar no meu andar. Otávio está sentado encostado em minha porta, a cabeça baixa entre os joelhos e com a mesma roupa de ontem.

Ele mesmo procurou isso, mas sou humana, o que irei fazer? Mas também, quem o mandou procurar sarna para se coçar? Tenho que resolver essa situação de uma vez por todas.

— Otávio — chamo-o, e quando ergue a cabeça para me olhar... parte meu coração. Seu rosto está inchado e vermelho; os olhos, vazios; e o jeito que me olha me causa certa tristeza. Mesmo sabendo que eu não tenho culpa, é de dar dó em qualquer ser humano com um resquício de emoção. Tento abrir a porta, mas sou impedida por seus braços que rodeiam minha cintura firmemente, seu rosto cola-se à minha barriga. Fico sem saber onde colocar minhas próprias mãos. Ficamos nessa posição alguns segundos, então, ergue a cabeça e prende seus olhos aos meus.

— Onde você estava, minha linda? Eu fiquei tão preocupado. Juro que estava quase indo à delegacia.

Removo suas mãos da minha cintura e dou um passo para trás, abrindo a porta.

— Vamos entrar, Otávio, não vou dar espetáculo aos vizinhos — meu tom sai sem nenhuma emoção. Ele fica de pé na mesma hora e segue atrás de mim.

Fecha a porta atrás de si e encosta-se a ela, parece buscar as palavras para falar comigo, mas nem o deixo começar.

— Você vai tomar um banho enquanto faço um café. Não temos condições de conversar estando nesse estado.

Olha-me confuso, mas não rebate; só entra no banheiro, que fica no corredor. Logo escuto o barulho da água caindo. Vou para meu quarto e pego na cômoda, onde guardo algumas peças de roupas dele, uma camiseta, uma bermuda e uma cueca. Pego seu chinelo no armário. Bato na porta do banheiro, abro, como sempre fazia, sem olhar às minhas costas, onde fica o boxe. Deposito as peças em cima da bancada e saio sem dizer nada.

Depois de alguns minutos, sai do banheiro, e entrego a xícara com café sem açúcar, como ele gosta, que preparei.

— Obrigado, sei que não mereço nada disso.

Meu pensamento é: Não merece mesmo. Mas não conseguirei dizer o que preciso se sentir pena dele. Agora o olho de igual para igual, já voltou a ser o Otávio que eu "achava" conhecer.

Senta-se no sofá e seus olhos não saem de mim enquanto toma café. Tenho certeza que deve estar pensando numa boa defesa.

— Lívia, não sei por onde começar... Sei que fiz a maior merda do mundo! Você não merecia ter visto aquilo.

A raiva me domina.

— Não?! E o que merecia? Continuar sendo enganada por você? Acreditando que era a mulher mais feliz do mundo por ter o noivo "perfeito"? — Esse tempo todo calado, achei que iria dizer algo mais inteligente. Afinal, ele não é o todo sabichão em usar suas palavras mentirosas? Esperava que viesse com um argumento melhor que esse. Começo a disparar várias perguntas ao mesmo tempo, vamos ver se o Sr. Advogado será bom nas respostas!

— Você ia me fazer de trouxa por quanto tempo? Até conseguir me comer? E quando conseguisse, iria cair fora? Ou iria ficar me comendo, e comendo as outras no intervalo? Responde aí, sabichão! Realmente, deve estar escrito "idiota" na minha testa! É muito cara de pau!

— Claro que não! Isso nunca aconteceu, juro! Foi a primeira vez! Estava muito chateado, e aquela mulher entrou lá e ficou dando em cima de mim, não pensei direito.

Nossa, um advogado conceituado como ele, chegar ao ponto de não pensar direito; sua carreira está com os dias contados! Coitado dele, gente... Foi praticamente violentado!

— Me poupe das suas desculpas esfarrapadas, Otávio! Não sou imbecil a esse ponto!

— Não é desculpa! Estou te contando a verdade... E, poxa, quem nunca errou? Mas é você quem eu quero, Lívia.

— Sério?! Não me pareceu isso quando peguei você fodendo aquela cadela na sua mesa!

Ele se levanta do sofá, passa a mão pelo rosto e se ajoelha à minha frente. Pronto, agora vem a cena do arrependimento...

— Eu faço o que você quiser, minha linda, mas por tudo que é mais sagrado, me perdoa, juro que isso nunca mais vai se repetir! Você é tudo pra mim! Não faz isso com a gente, não joga fora todos os momentos que tivemos por causa de uma fraqueza.

— Em primeiro lugar, Otávio, quem jogou tudo fora foi você! Se não tivesse feito essa merda, nós provavelmente estaríamos ainda deitados na

A MISSÃO AGORA É AMAR   31

minha cama ou na sua, depois de uma linda noite de amor! — Seus olhos só refletem desespero e me pedem clemência. — Em segundo lugar, não vou te perdoar. Não existe nada que faça ou diga que justifique sua atitude. — Seu pânico é visível. — E, em terceiro lugar, não existe mais nós, acabou! Acho que deixei isso bem claro em seu escritório, portanto, gostaria muito que você desaparecesse da minha vida.

Não haverá volta mesmo. Traição, em minha opinião, não tem perdão. Se você perdoa uma vez, terá que perdoar sempre. "Quem faz um cesto faz um cento, assim que tenha cipó e tempo", era o ditado que minha avó sempre dizia. Até acredito em regeneração, mas não quero pagar para ver.

Ele meneia a cabeça negativamente o tempo todo, acho que esperava que eu gritasse, batesse nele ou xingasse. Só não esperava essa atitude, nunca estive tão calma e certa do que estou fazendo.

— Não, Lívia, eu te amo! Não vou consegui viver sem você! Me perdoa, por favor! — Deita sua cabeça em meu colo e chora feito uma criança.

— Não, você não me ama, quem ama de verdade não trai, sou só aquele brinquedo que tem, mas que fica guardado em cima do guarda-roupa e não pode brincar.

— Não! Sei o que eu sinto, meu amor, e eu te amo, sim, e não vou deixá-la assim tão fácil! Vou lutar pelo nosso amor, sei que vai me perdoar um dia, vou te esperar o tempo que for preciso! — Ele se encaixa entre as minhas pernas, e continuo imóvel. Sua boca encontra meu pescoço, meu rosto, o canto da minha boca... mas não consigo sentir nada, além de desprezo. Quando percebo que vai chegar à boca, o encaro, fixando em seus olhos ainda cheios de lágrimas.

— Espere deitado dessa vez, caso contrário, pode se cansar. Agora, por favor, vá embora, tenho muitas coisas para fazer e já tomou muito meu tempo. Procure a loira, quem sabe possa te consolar?! Saia! — Empurro-o e me levanto para abrir a porta.

Ele continua lá, sentado sobre as pernas. Sigo para o meu quarto, pego uma bolsa de viagem e coloco todas as suas peças de roupas que ainda estão na gaveta; vou para o banheiro, pego seus produtos de higiene, guardo também a roupa suja que tirou, o sapato, jogando tudo de qualquer maneira dentro da bolsa. Volto para a sala e ele continua na mesma posição. Jogo a bolsa em cima dele, que a pega por reflexo.

— Entenda uma coisa, Otávio: toda atitude que tomamos tem uma consequência. Agora, vou te pedir encarecidamente: esqueça que eu existo! Saia! — grito dessa vez, para que abandone o estado de quase transe em que se encontra.

Vou em direção à porta e fico segurando-a aberta. Então se levanta e enfim passa pela porta; a fecho em seguida, respirando aliviada. Mais uma etapa concluída.

Noto algo curioso... Não é nessa hora que a mocinha começa a chorar desesperadamente, agachada atrás da porta que foi fechada? Por que isso não está acontecendo comigo agora? Afinal, era meu noivo, o mesmo cara a quem iria me entregar ontem, toda cheia de certezas. É aí que me vem uma constatação, como um balde de água fria sobre a cabeça.

Otávio foi apenas um remédio para toda aquela tristeza que estava sentindo quando o conheci, como se fosse uma quimioterapia; me distraiu e me ajudou a seguir em frente, depois da morte do meu pai. Por isso, nunca me entreguei a ele; vamos admitir que um ano e meio é muito tempo para se esperar quando amamos de verdade.

Minha avó sempre me dizia que Deus escreve certo por linhas tortas, e agora acabei de comprovar isso. Se tudo tivesse ocorrido da forma que imaginei, nós teríamos nossa "noite perfeita" e, a continuar assim, nos casaríamos sem que me desse conta de que estava à base de anestésicos. Quando o efeito passasse, seria devastador tanto para mim quanto para ele.

Vou até a varanda e me sento na cadeira que era da minha avó. Esse apartamento era dos meus avós; meu avô faleceu de um infarto quando eu ainda era bem pequena, tinha uns sete anos. Eu, que já era bem apegada a eles, fiquei muito mais apegada à minha avó. Sempre estava aqui com ela ouvindo suas histórias, morria de rir com seus ditados, até hoje levo alguns comigo e acho que vou levar para a vida toda.

Ela faleceu em decorrência de um AVC, quando eu tinha 17 anos. Foi um baque, mas já superei, e hoje guardo suas lembranças em minha memória. Esse apartamento ficou para o meu pai, por ser seu único filho.

Ele fez uma boa reforma e, no meu aniversário de 18 anos, me deu de presente. Disse que se um dia eu resolvesse sair de casa, me queria perto dele e da minha mãe. A casa em que morávamos é bem perto, a apenas cinco ruas daqui.

Quando meu pai foi assassinado há dois anos, meus tios descobriram que foi uma tentativa de assalto mesmo. Ao descobrirem que meu pai era policial, os bandidos atiraram nele sem dó nem piedade. Dois tiros pegaram na cabeça e um foi no peito, que perfurou o pulmão. Morreu na hora, virando mais um número na estatística do Estado, levando com ele todos os nossos sonhos e planos para o futuro.

Dias antes de morrer, estávamos planejando viajar para a Irlanda. Eu,

A MISSÃO AGORA É AMAR

ele, minha mãe e claro, a mala da Bia.

Era um de nossos sonhos, e aqueles miseráveis arrancaram de nós.

Em uma semana, os assassinos de meu pai estavam atrás das grades, aguardando julgamento. Por mim, mofariam lá dentro, mas sei que aqui no Brasil não funciona dessa forma, e daqui a uns anos estariam soltos e, quem sabe, destruindo outra família. Mas da justiça de Deus não iriam escapar!

Minha mãe resolveu que se mudaria, foi para a casa que tínhamos em Angra dos Reis — herança dos pais dela. Meus avós maternos morreram em um acidente de carro, quando ela tinha 19 anos. Nem cheguei a conhecê-los. Abriu uma lojinha de bijuterias no centro de Angra e está começando a se erguer novamente.

Eu optei por ficar aqui, precisava terminar a faculdade, era um sonho de meu pai me ver formada. Eu e minha mãe vivíamos brincando com ele, dizendo que nesse dia, e no dia do meu casamento, teria que usar terno.

Ele odiava terno, mas dizia que, por mim, faria o sacrifício. Sei que minha mãe está bem em Angra, com minha tia e meus primos que moram ao lado. Eu procuro ir para lá a cada quinze dias, para matar a saudade.

Hoje moro no apartamento que era da minha avó. Colocamos nossa casa para alugar até que o inventário ficasse pronto e, quando isso ocorreu, decidimos vendê-la. Desde que saí da casa, nunca mais consegui passar na rua em que morava — são muitas lembranças. Agora é a imobiliária que resolve tudo relacionado à casa.

Minutos depois, ainda estou embasbacada com o que acabei de descobrir. Nunca amei realmente Otávio.

Após duas horas, terminados meus afazeres, só preciso de um banho. Assim que entro no banheiro, escuto a porta da sala bater. Só pode ser a Bia, a única que tem a chave do meu apartamento e passagem livre na portaria. Não demora para que eu escute a batida na porta do banheiro.

— Oi, trouxe o rango. Achei que você hoje merecia um mimo! E adivinha o cardápio? Estrogonofe de camarão! — No mundo inteiro não existe amiga melhor que essa!

— É por isso que eu te amo, Bia! Você é a melhor! — respondo com animação, até esta ser substituída por uma grande preocupação. Todas as vezes que ela compra estrogonofe de camarão, a gentileza vem acompanhada de um pedido; sabendo que é meu prato predileto, tenta me comprar com isso, e o pior: sempre consegue. Sorrio sozinha embaixo da ducha.

Sei lá, mas dessa vez deve ser só por conta dos acontecimentos mesmo. Vamos esperar as cenas dos próximos capítulos.

Saio do banheiro enrolada na toalha, visto uma roupa confortável. Agora é só almoçar e ficar assistindo aos meus seriados até a hora de dormir. Minha programação está decidida.

Chego à sala e vejo a mesa arrumada; aí já tenho certeza de que, dessa vez, também haverá um pedido.

Sentamos para comer e, após uns cinco minutos comendo, Bia não disse uma só palavra. Muito estranho!

— Desembucha, dona Bia! O que você quer falar comigo? Ou melhor, me pedir?

— Quem, eu? — Faz-se de desentendida.

— Tem outra Bia aqui? — Finjo olhar em volta.

— Não é nada de mais, amiga. — *Medo! Quando diz isso, vem bomba pela frente.* — Só estava pensando, acho que você deveria sair hoje à noite, já que é sábado e você precisa espairecer um pouco. — *Hum, hum, que preciso espairecer... Sei que aí tem.*

— Não se preocupe comigo, Bia, eu estou bem, e vou espairecer deitada na minha cama, comendo porcarias e assistindo aos meus seriados. — Amo fazer isso, mas por falta de tempo, há muito tempo não o fazia.

— E aí vai engordar uns cinco quilos! É bem melhor fazer outra coisa que ame e que te faça perder e não ganhar calorias. — Agora está preocupada com minhas calorias, sei, é a primeira a fazer uma panela de brigadeiro e me obrigar a comer com ela. Terei que pressioná-la para me dizer o que está querendo.

— Não se preocupe, Bia, amanhã acordo cedo e vou correr. Assim, recupero o estrago de hoje. — Pisco.

— Lívia, por favor! Precisa ir comigo! — *Bingo! Sabia que aí tinha coisa.*

— E posso saber para onde tenho quer ir com essa urgência toda, e deixar de ficar em casa curtindo meus seriados?

— Amiga, é que o Flavinho, da faculdade, me chamou para uma festa hoje, e não queria ir sozinha com ele. Sabe que não desiste de dar em cima de mim, e não vejo como nós dois poderíamos funcionar. Eu o adoro, de verdade, mas só como amigo. Por favor?! Prometo que não te peço nada durante uns seis meses. — *Só se não a conhecesse, duvido!*

— Bia, ele convidou você, e não a mim. Não acho que vá ficar muito feliz em me ter de vela — tento convencê-la, hoje não estou nem um pouco a fim de sair de casa. — E onde é essa festa? Deve precisar de convites,

A MISSÃO AGORA É AMAR

não? E tenho certeza que ele não anda com um de reserva na carteira.

— Por favor! É uma festa superbadalada, faz tempo que estou a fim de ir. Até artista vai, sabia? — *Não respondeu minha pergunta, estranho.* — Fiquei sabendo que vai até ter show da Anitta e da Ludmilla. Você adora as músicas delas — *Jogando sujo, dona Bia...*

— Não adoro as músicas delas, gosto de dançar as músicas, é diferente.

— Que seja, dá no mesmo, vamos?

Vou tentar meu último argumento:

— E a tia Gisele? Não desembarca hoje? Quando chegar em casa e não te encontrar, vai ficar preocupada, melhor deixar para outro dia.

— Lívia, que papo é esse? Você está parecendo uma velha! Minha mãe só chega amanhã, e vou fazer vinte e quatro anos no próximo dia vinte e nove; minha mãe não tem mais essa neura comigo há muito tempo. — A mãe da Bia é enfermeira da Petrobrás e fica quinze dias embarcada nessas plataformas e quinze dias em casa.

— Hoje não estou com a mínima vontade de sair, Bia, deixa para a próxima.

Começa a fazer um bico de tristeza, misturado com a cara de gato do Shrek; pois é, ela também usa esse truque. Ai, meu Deus, tomara que não me arrependa disso.

— Está bem, Bia, a que horas é a tal festa, balada, seja lá o que for?

Imediatamente começa a gritar e dar pulos de alegrias. Não consigo segurar, sorrio. Nossa, ela está com muita vontade de ir nessa festa. Quem não vai ficar nada feliz será o Flavinho com minha presença.

— Então, ele vai nos pegar às vinte e duas horas, venho me arrumar aqui. Agora vou para casa acabar de arrumar as coisas, senão amanhã minha mãe me esfola. Mais tarde volto. — Sai batendo a porta atrás de si.

Ai, meu Deus, o que não fazemos pelas amigas. Pelo menos vou poder dormir um pouco...

CAPÍTULO 4

Otávio

Horas atrás...

Após ser expulso por Lívia, ando pelo corredor até o elevador, completamente destruído.

A lembrança do dia em que a conheci e de como chegamos a isso tudo, vem como um clarão; meu desespero é tanto que me agarro a ela, para aliviar um pouco do meu sofrimento.

Um ano e meio antes...

Hoje eu acordei com um mau humor do cão! Que foda mal dada! Puta que pariu, que mulher ruim! Nem com todos os meus conhecimentos consegui fazer com que ficasse boa. Até era bonita, com um corpo perfeito, mesmo porque não pegava qualquer coisa, mas essa me enganou direitinho.

Tinha começado a estagiar ontem, em uma empresa no mesmo prédio em que eu trabalhava. Como não sou bobo, queria ser o primeiro a pegá-la, mas porra, se arrependimento matasse... Isso só podia ser praga de outras que já havia pegado e que queriam uma segunda vez. Mas comigo só rolava uma noite mesmo, odiava figurinha repetida. Se a estatística mundial era de que havia sete mulheres para cada homem, por que ficaria com uma só?

Sou advogado, estou formado há quase quatro anos, trabalho no centro da cidade, no prédio do meu pai. Ele que me incentivou a fazer faculdade de Direito, do que não me arrependo: amo o que faço. Já conquistei algumas causas bem importantes e até tenho alguns clientes famosos, tudo por mérito próprio. Estou fazendo meu nome e, logo, logo, iria para um lugar só meu. Apesar de ter a cobertura só para mim, precisava conquistar o meu espaço.

Tomei banho, vesti um dos meus ternos Armani, tomei café e saí para o trabalho.

A caminho do escritório, fiquei pensando em como a noite de ontem havia sido péssima! Hoje eu teria que pegar uma mulher extraordinariamente gostosa, estava muito puto! Meu dia iria ser longo...

Quando cheguei ao estacionamento do prédio, a estagiária ruim de foda estava estacionando o carro também. Puta que pariu, era muito azar! Coloquei o meu na vaga, desci do veículo, e ela veio em minha direção com os dentes arreganhados. Fingi que nem a vi — se as boas eu não repetia, que dirá as ruins, sai fora! Entrei no elevador e apertei logo o botão, antes que ela conseguisse me alcançar.

Olhei na sua direção, e estava com uma cara de quem não estava entendendo nada. Agradeci quando as portas se fecharam antes que conseguisse entrar — quem mandou usar esses saltos altíssimos? Até achei interessante ontem, mas hoje não tinha a menor graça.

Cheguei ao meu andar e quase caí para trás com a visão à minha frente. Caralho, que mulher gostosa! Tinha tudo no lugar e no tamanho certo. Nossa, devia ter quase um metro e setenta de altura, pernas nem grossas, nem finas demais, cintura fina, peitos perfeitos e a bunda incrivelmente firme, bem empinada, do jeito que gosto. Além disso tudo, ainda tinha o benefício de ser linda de rosto; os olhos eram verdes, o nariz arrebitado, rosto fino, e a boca convidativa ao extremo. Os cabelos lisos, com mechas douradas. A mulher era perfeita e seria minha a qualquer custo.

Estava em pé, na frente da minha sala, e bem próxima à secretária.

Aproximei-me, colocando minha máscara de profissional.

— Bom dia, senhoras.

— Bom dia — Seus olhos encontraram os meus, e respondeu, abrindo um sorriso meio tímido. Nossa! Meu pau logo ganhou vida.

Minha secretária disse algo, me tirando dos pensamentos libertinos em relação à coisa linda à minha frente.

— A Senhorita Lívia está aguardando o Senhor.

— Ok, daqui a cinco minutos pode mandá-la entrar, tenho que fazer uma ligação rápida. — Encarei Lívia e pisquei de forma sedutora. Desviou o olhar e me devolveu um sorriso sem graça. *Liga não, gracinha, logo, logo, vai ser minha, ou não me chamo Otávio Câmara.*

Fechei a porta do escritório atrás de mim, pedi esse tempo de cinco minutos, porque precisava me recompor, senão não iria prestar a menor atenção em nada que dissesse. Ficaria o tempo todo só imaginando em que posições a comeria. Porra! Quando a tivesse, porque a teria, não a liberaria tão rápido como as outras — ela precisava de pelo menos uma semana. Eu a deixaria louca de desejo e a faria implorar por seu prazer; todas imploravam, e ela não seria diferente. Comecei a tentar adivinhar como ficaria o tom de sua voz quando estivesse no ápice do desejo, e como deveria ser vê-la gozar.

Nossa! Chega, porra! Que merda de profissional sou? Hora do trabalho é trabalho. Mas que a veria assim, ah, se iria.

Respirei mais um minuto, tentando controlar meus pensamentos, e pedi para Maria mandá-la entrar.

— Bom dia, senhorita Lívia. Em que posso ser útil? — Claro que poderia lhe ser útil em várias maneiras, e logo ela descobriria isso.

— Bom dia, Dr. Otávio, fui indicada pela minha vizinha, que é uma de suas clientes. O que preciso é relativamente simples: só quero resolver o inventário do meu pai, que faleceu há dois meses. — *Só isso, delícia? Isso é mole para a gente!*

— Ok! A senhorita trouxe toda a documentação? — Não conseguia desviar meu olhar, inteiramente focado nela.

— Creio que sim, gostaria que o senhor desse uma olhada.

Ah! Mesmo sendo advogado de família e não de sucessões, vou olhar tudinho, até os mínimos detalhes. Peguei o envelope de suas mãos e fingi dar uma olhada rápida.

— Acho que, por ora, aqui tem tudo de que preciso. — *Porra nenhuma! Eu preciso é te foder, até gritar meu nome.*

— Tudo bem! Estarei no aguardo — disse em tom ameno ao se levantar, sua voz era sexy pra caralho.

— Ok! Qualquer novidade, entro em contato. — Tentei manter meu tom profissional ao apertar sua mão em sinal de despedida. Logo saiu, me dando mais uma visão privilegiada da sua bunda maravilhosa. Estava decidido: iria ter essa mulher a qualquer preço.

Fiquei durante toda a semana inventando desculpas para que ela fosse ao escritório. Precisava de uma chance para colocar em prática meus pensamentos. Mas puta que pariu! Ela não me dava a abertura de que eu precisava. Todos os dias fodia uma garota diferente, pensando nessa escultura de mulher.

Convidei-a a semana toda para jantar, o que recusou todas as vezes, dando a desculpa da faculdade. Sábado à noite não teria como dizer não. Que nada! Tiro no escuro de novo! Continuei convidando-a insistentemente para sair, porra de cisma com essa mulher! Mas eu tinha colocado na minha cabeça que ela iria ser minha e não desistiria fácil.

Depois de um mês bancando o bom moço, obtive meu prêmio: ela finalmente aceitou meu convite. O grande dia chegou, e iria pôr em prática tudo o que havia planejado para essa mulher ao longo desse tempo. Durante todo o jantar, me comportei como um cavalheiro.

Quando estacionei em frente seu prédio, meu pau já estava doendo de tanto desejo.

Arrisquei-me com um beijo, que correspondeu — até que enfim! Seria hoje o grande dia! Tinha que tirá-la do meu sistema, não aguentava mais comer outras mulheres pensando nela! Aprofundei mais o beijo, mas ao passar as mãos pelo seu corpo, com mais pegada, se afastou. Que merda era essa?

— Tudo bem, Lívia? Fiz algo errado?

Olhou-me e vi certa dúvida em seus olhos... Mas acabou falando.

E puta que pariu! Porra! Por essa eu não esperava: era virgem! Sério isso? Hoje em dia, quem é virgem aos vinte e um, quase vinte e dois? Essa me pegou de surpresa. Então, comecei a pegar mais leve; deveria estar à espera do cara perfeito — então, eu seria esse cara e, quando enfim a comesse de todas as maneiras possíveis, seria só mais um nome em minha lista.

Mais um mês se passou, e nós continuamos saindo. Cara, nunca tinha saído tanto tempo assim com uma mulher para conseguir levá-la para cama. Mas tinha colocado isso na cabeça e agora iria até as últimas consequências. Continuava sendo o cara "perfeito" e nada a fazia querer algo mais quente. Puta merda, teria que apelar. Em uma noite, apareci na faculdade dela com um buquê de rosas na mão e a pedi em namoro. Ficou eufórica e aceitou. Pensei: *Agora vai*, mas nada aconteceu.

Comecei a aparecer no seu trabalho, no estúdio onde dava aulas de dança, mas nada da mulher ceder. Claro que não estava na seca, continuava com minha rotina de foder qualquer uma, depois que me despedia dela.

Nunca escondeu suas opiniões e desejos de mim, sempre deixou claro que queria uma noite especial com alguém que tivesse certeza de que era a pessoa certa. Eu me fingia de santo e dizia que esperaria o tempo necessário. Ia comê-la de qualquer jeito, e o fato de ser virgem só aumentou mais ainda meu desejo. Agora era questão de honra, então, passei a ser o namorado mais perfeito e carinhoso do mundo!

Não era isso que as mulheres queriam? Pois bem, logo estaria pegando meu prêmio acumulado. E a faria se arrepender por me fazer esperar tanto tempo.

Porra, seis meses de namoro perfeito e nada! Quer saber? Teria que tomar uma atitude drástica.

Fui a uma joalheria que ficava próxima ao meu trabalho e comprei uma aliança de noivado.

Liguei para ela e a convidei para um jantar na minha casa. Preparei tudo conforme manda a lei dos caras otários: jantar à luz de velas, pétalas pela casa... Hoje iria parar na minha cama!

Peguei-a em casa às vinte horas, ainda bem que a maldita faculdade estava em greve. Quando chegamos ao meu apartamento, encantou-se com a decoração, com o jantar, com tudo! Quando pedi sua mão, de joelhos então, ficou superemocionada.

Agora achei que realmente tivesse acreditado no personagem que eu tinha criado. Seria minha e, aí, ficaria com ela mais uma semana e a dispensaria, alegando incompatibilidades.

E no momento em que achei que rolaria, nada aconteceu. Ela veio novamente com aquele lenga-lenga de esperar a hora certa. Eu, por minha vez, fiz minha cara e sorriso de moço santo, aquele que aceitava tudo, a convenci de que não tinha problemas, e esperaria o tempo necessário, blá-blá-blá...

Levei-a para casa, e é claro que não ficaria na mão naquele dia. Liguei logo para duas mulheres maravilhosas e sem lenga-lenga. Elas topariam tudo, tinha certeza.

Tive uma noite bem cansativa e prazerosa, pelo menos isso, mas não desistiria do jogo com a Lívia. Sabia que, quando conseguisse, valeria muito a pena. Um bom advogado não aceita derrotas!

Mais uns meses se passaram, e continuei bancando o bom moço. Nossos momentos íntimos estavam ficando cada dia mais intensos. Mas, quando pensava que ia chegar até o fim, ela vinha com aquele papo de ainda não se sentir pronta. Tinha coisas minhas em sua casa, para facilitar a vida; afinal, eu morava no Humaitá e ela no Cachambi, e pelo menos para amenizar a "angústia" de esperar o dia em que finalmente resolvesse dar para mim, não teria que voltar para casa antes de passar na dela.

A MISSÃO AGORA É AMAR   41

Tudo estava prestes a mudar; tive a infeliz ideia de lhe fazer uma surpresa onde dava aulas de dança. Não que eu estivesse me sacrificando muito, estava bem perto do fórum que ficava a três ruas do estúdio. Quando a audiência acabou, olhei para o relógio e vi que daria tempo de pegá-la, então, por que não?

Cheguei lá e esperei uns dez minutos até que saísse. Porra, ficava muito gostosa nessa roupa que usava para dar aula. Uau! Era só a ver que meu pau dava sinal de vida! Cara, será que esse tesão não passaria nunca? Claro que passaria, era só fodê-la.

Ao se aproximar, ela me interrogou sobre minha presença ali. Como sempre, me fiz de apaixonado, respondendo calmamente suas perguntas, até que falei uma coisa sem pensar, e o clima bom em que estávamos se transformou. Porra, era muito tesão acumulado, não estava mais conseguindo me concentrar a ponto de evitar que a verdade me escapasse. Tentei argumentar, mas acabei piorando as coisas. Levei-a para casa. Já estava cheio dessa situação, então, resolvi que mudaria de tática: quem sabe, com um pouquinho de desprezo, ela veria o homem "maravilhoso" que estava perdendo e, enfim, cederia?

Quando parei o carro em frente ao seu prédio, fui até um pouco ríspido. O receio da tática adotada não funcionar passou pela minha cabeça, mas uma vez iniciada, iria até o fim. Ela me olhou de canto, estranhando minha atitude. Arranquei com o carro para dar mais ênfase ao momento. Olhei pelo retrovisor e estava lá, parada, encarando meu carro que se afastava. *Vamos ver que merda isso vai dar, cansei!*

Assim que entrei em casa, peguei o celular para enviar uma mensagem para ela — acho que até eu já estava acreditando que esse relacionamento era perfeito. Eu, hein? Tira isso da cabeça, Otávio, você não está apaixonado de verdade; isso é só cena, esqueceu? Então, por que essa preocupação e vontade de voltar à sua casa para pedir desculpas?

Fodeu, era só o que me faltava: essa mulher me amarrar! Devia ter feito algum feitiço ou eu que entrei demais no personagem. Porra, isso não deixaria acontecer, mulher nenhuma iria me dominar! Afinal, era Otávio Câmara! Saí, indo a uma boate no Leblon. Tinha certeza de que se ficasse em casa, iria acabar ligando ou indo à sua casa. Cheguei à boate que ainda estava um pouco vazia, dirigi-me até o bar. Precisava encher a cara, apagaria essa ideia idiota de que acabei me apaixonado pela Lívia. Que maluquice!

Não fiquei com ninguém, cheguei em casa muito bêbado, deitei na cama e só acordei na hora de ir ao trabalho.

Além de uma baita ressaca, encontrei minha mesa cheia de processos a serem analisados. Muita coisa mesmo! Resolvi chamar a nova estagiária para me ajudar em algumas análises. De vez em quando dava uma olhada, e não era de se jogar fora: uma loira de elite.

Comecei a pensar na Lívia, mas minhas lembranças se dissiparam quando Michele roçou a bunda em meu braço. Essa aí eu sabia que não precisaria de muito esforço.

No fim do dia, verifiquei meu celular mais uma vez para ver se havia alguma mensagem da Lívia, mas não tinha nada, perdi a conta de quantas vezes fiz isso. Nossa! Ela era dura na queda mesmo, e isso começou a me dar nos nervos. De repente, Michele roçou a bunda em mim mais uma vez; não dava mais para negar o que queria. Peguei o telefone em minha mesa:

— Maria, pode ir, não vou precisar mais de você hoje, obrigado.

A loira me olhou cheia de desejo e me deu um sorriso sem-vergonha. Pronto, era minha deixa.

Segui até ela com olhar de predador. Estava próxima à porta, não perdi tempo, puxei seu corpo contra o meu, e minha boca logo encontrou seu pescoço, desci o zíper do vestido, arrancando-o fora e o jogando no chão. Tirou as sandálias, jogando-as ali também. Suspendi-a em meu colo e suas pernas envolveram minha cintura, deitei-a na mesa e arranquei sua calcinha, deixando-a completamente nua.

Sem perder tempo, tirei minha própria roupa sob seu olhar sedento; não demorou muito mais tempo para que estivesse dentro dela.

Mudei nossas posições pela terceira vez, o tesão mandando na situação; adorava mulheres sem frescuras. Não conseguiria segurar por mais tempo. Aumentei a velocidade das investidas. Até que escutei um grito vindo da direção oposta, fazendo-me congelar. Eu e a Michele olhamos para trás, simultaneamente.

Puta que pariu mil vezes! Eu só podia estar vendo coisas! Não era possível! Afastei-me da Michele na mesa, mas foi só o que consegui fazer. Não conseguia mais mexer um músculo sequer, uma culpa nunca sentida antes me dominou. Lívia estava congelada em seu lugar, com as mãos sobre a boca, e o rosto totalmente horrorizado. Tentei me aproximar, mas fui impedido com um gesto de mão. Nesse momento foi como se estivesse sendo atingido com várias facadas ao mesmo tempo, me faltou o ar para respirar, minha boca seca. Pela primeira vez na minha vida, eu fiquei sem palavras. A dor em meu peito era insana, lágrimas surgiram no rosto sem que eu pudesse controlá-las. Estava muito ferrado. Ela nunca iria me perdoar. A realidade me atingiu nua e crua, sancionando o que já sabia: eu a amava com todas as forças do coração e tinha jogado tudo fora com meu machismo besta.

Ela começou a fazer várias perguntas ao mesmo tempo, sem que eu conseguisse responder a nenhuma — minha língua estava travada. Ao declarar que tinha ido ali para se entregar finalmente a mim, me amaldiçoei por ser tão idiota. Não consegui controlar as lágrimas, nunca havia chorado assim.

Ouvi o barulho de sua aliança atingindo o vidro da minha mesa e morri mil vezes! Assim que passou pela porta, o desespero me retirou do transe em que estava. Gritei seu nome e segui correndo atrás dela, não iria perdê-la assim. Tinha que me ouvir, precisava consertar a cagada que havia feito.

Quando me aproximei, já estava entrando no elevador. Segurei a porta para impedi-la de ir, e o olhar de desprezo que recebi dela acabou de me destruir. Ia entrar no elevador, e caiu minha ficha: estava nu. Então, dei um passo para trás e a porta se fechou, comprimindo meu coração. Corri para o escritório, peguei o telefone e exigi que o segurança a segurasse até a minha chegada. Vesti a calça sem cueca mesmo, a camisa, peguei os sapatos e a chave do carro.

Michele olhou-me com cara de quem estava sem entender nada; não estava nem aí para ela, que se danasse! Precisava ir atrás da única mulher que realmente me interessava. Pena ter descoberto isso agora, mas a conseguiria de volta, iria conseguir reverter isso. Ela me amava, seria difícil, mas sabia que me perdoaria. Entrei no elevador e quando cheguei ao térreo, acreditando que estaria me esperando, mesmo contra a sua vontade, encontrei o segurança de quase um metro e noventa jogado no chão. Fiquei embasbacado; essa era nova para mim, como tinha feito isso?

Limpei o rosto, segui para a rua, olhei de um lado para o outro e nada. Tinha desaparecido e, a essa hora na cidade, seria quase impossível encontrá-la. Voltei para o escritório, onde deixei meu celular. Precisava ligar para ela; Lívia teria que me ouvir. Liguei várias vezes, mas não atendia. Fiquei em total desespero. Deus, como fui burro em não querer admitir que a amava, não podia perdê-la!

Precisava saber ao menos se estava bem. Claro que não estava bem, seu idiota! Demorasse o tempo que fosse, ela seria minha novamente.

Depois de três horas de um engarrafamento infernal cheguei ao seu prédio e entrei com meu carro, como sempre fazia. Medo era o único sentimento que tinha agora. Assim que parei em frente à sua porta, fiquei alguns minutos pensando por onde começar, como a faria me escutar e perdoar?

Só me restava apelar para o amor que tinha sentido de sua parte. Sabia que, antes de tudo, me xingaria, ou até me bateria, e eu aturaria calado, pois era o que merecia! Se fosse preciso, imploraria.

Tomei coragem e toquei a campainha: nada! Toquei mais uma vez, outra, e nada de abrir a porta ou responder. Tinha certeza de que estava em casa; passei a esmurrar a porta com total desespero. Gritei pelo seu nome, até que os vizinhos começaram a sair de seus apartamentos, formando uma pequena plateia ao meu redor; não estava nem aí, tinha que ver Lívia. Bati tanto que só faltou derrubar a porta.

Um cara estressadinho disse que iria chamar a polícia se não parasse, porque eu o estava incomodando com o barulho. Nesse momento, chegou o porteiro para me convencer a ir embora. Não iria embora sem falar com Lívia. Então, me rendi, me abaixei e sentei-me no chão, encostado à sua porta. Ela teria de voltar, e eu só sairia dali quando isso acontecesse.

Tentei mais uma vez seu celular, mas agora a chamada estava sendo encaminhada para a caixa postal. Pensei em como fui um babaca em estragar tudo!

 Agi como o canalha de sempre, nem ao menos me dei conta de tudo que estava em jogo e isso me deixava puto e com ódio de mim mesmo. Não conseguia segurar as lágrimas que ainda teimavam em cair. Nunca havia chorado tanto em minha vida.

Quando dei por mim, já está amanhecendo. Estava muito preocupado com ela, onde tinha se enfiado, será que tinha acontecido algo? Só de pensar nisso, entrei em desespero.

De repente, algo veio à minha mente: claro, estava com a Bianca. Minha cabeça estava tão confusa, que não havia me lembrado dela. Puxei o celular e procurei seu número; liguei e ela atendeu no quarto toque.

— Alô? — Graças a Deus! Isso me deu um alívio, pelo menos teria notícias da Lívia.

— Bianca, sou eu, Otávio. A Lívia está com você? — perguntei, sedento por notícias.

— Não. — Sabia que era mentira.

— Por favor, Bianca, preciso muito falar com ela — implorei

— Já disse que não sei. — Claro que sabia.

— Só quero saber se está bem, chame-a — exigi.

— Já disse que não sei, o que sei é que saiu daqui ontem para te fazer uma grande surpresa, seu idiota! — esclareceu exaltada.

— Essa parte eu sei, Bianca, é justamente por isso que preciso falar com ela — disse num fio de voz.

— O que fez com ela? — exigiu.

— Fiz a maior cagada da minha vida, Bianca! Pisei feio na bola! E só quero acertar as coisas, não sou completo sem ela ao meu lado, é tudo pra mim. E não vou desistir até que me perdoe — confessei.

— Você é a pessoa mais burra do planeta! Deixou escapar a melhor mulher do mundo! — jogou na minha cara e só consegui concordar.

— Eu sei, Bianca! Fiz muita besteira, mas pode ter certeza que amo sua amiga de verdade, vou lutar para reconquistar sua confiança. Só estou pedindo sua ajuda, por favor!

— Eu te ajudar?! Isso só pode ser uma piada!

— Por tudo que é mais sagrado, Bianca, juro que estou falando a verdade.

— Presta atenção, porque eu só vou dizer uma vez: se depender de mim, ela não olha nunca mais pra sua cara, seu idiota, vai pro inferno! — Seu tom só transmite raiva, tinha absoluta certeza de que já sabia de tudo e estava tentando se fazer de desentendida.

Encerrou a chamada e nem me deixou lhe responder, puta que pariu! Se ela estava assim, imagina a Lívia! Mas merecia, sabia disso.

Baixei a cabeça sobre os joelhos, pensando em como seria minha vida se a Lívia não me perdoasse.

Depois de mais uma hora de agonia, escutei a voz que tanto queria. Ergui a cabeça e, nesse momento, o ar pareceu voltar aos meus pulmões. Precisava tocá-la, então fiquei sobre os joelhos e envolvi seu corpo, estava completamente submisso e entregue, faria qualquer coisa para não perder isso, para não ter que me afastar da mulher que me mostrou ser possível amar de novo. Prendi meus olhos aos seus, só queria que visse neles o quanto estava arrependido.

Seu semblante, ao contrário do que imaginei, estava tranquilo e isso me confundiu. Tinha me preparado para receber sua raiva, será que havia me entendido? Perdoado? Lívia era uma caixa de surpresas.

Ela me intimou a entrar e apenas obedeci. Comecei a buscar palavras para as minhas desculpas, mas nada me veio à cabeça. Isso até poderia ser normal se eu não fosse a porra de um advogado.

Minutos depois, estava de volta ao lado de fora, mas não era o que me incomodava, tinha ciência de que ela precisaria de um tempo. O que mais estava tirando minha paz era o vazio sem fim em seus olhos e a calma com que disse tudo, inclusive como deixou claro que nunca mais queria me ver.

Ela fechou a porta, e o medo de ser a última vez que a estava vendo me dominou.

Já dentro do elevador, outra certeza era de que perdi a batalha, mas não desistiria, lutaria com todas as minhas forças para vencer a guerra. Lívia seria minha de novo; custasse o que custasse, a teria de volta.

CAPÍTULO 5

Gustavo

O som insistente do meu celular me desperta, passo as mãos pelo rosto, antes de esticar o braço e pegar o aparelho na mesa ao lado da cama.

— Torres falando — atendo com os olhos semicerrados, não tenho noção das horas, estou exausto.

— Gustavo? Desculpe, sou eu, Isa... — Seu tom é angustiado, e suficiente para me fazer levantar da cama imediatamente e dar total atenção a ela. — O Guilherme foi baleado, está em estado grave, fizeram uma emboscada para ele... Estou desesperada, por favor, me ajuda! — Isadora está aos prantos do outro lado da linha.

— Quem fez isso, Isa? — A raiva chega sem pedir licença, irei pegar o desgraçado! Disso eu tenho certeza: irei caçá-lo até o inferno, se preciso.

— Não sei, eles metralharam o carro dele, me ligaram agora. Estou a caminho do hospital, e com tanto medo, não posso perdê-lo! — Chora muito.

— Fica calma, te encontro lá, já estou saindo de casa, pra que hospital o levaram?

Desligo o celular após receber a informação, em seguida ligo para Michel, que atende ao segundo toque.

— Porra, cara, são três da manhã, você não dorme nunca? — *Idiota! Será que se esquece que é da polícia e que, para nós, não tem hora?*

— Isa acabou de me ligar. Fizeram uma emboscada para o Guilherme, está no hospital em estado grave. Liga para o Carlos e para o Fernando, encontro vocês lá.

Não responde, sei que está em choque tanto quanto fiquei, mas não tenho tempo de esperar sua resposta, dou a ele o nome do hospital e desligo. Guilherme é muito querido por todos da corporação.

Preciso descobrir quem foi o infeliz que fez isso. Espero muito que saia dessa, tem que sair, a Isa precisa dele, eles acabaram de se casar, não seria justo!

Pego uma calça *jeans*, uma blusa de malha branca, minha pistola ao lado da cama, e saio o mais rápido possível.

Chego ao hospital em vinte minutos. Vou direto para a emergência, e logo que entro, vejo Isa. Está transtornada, ao notar minha presença corre em minha direção, jogando-se em meus braços.

— Eles não me dizem nada, Gustavo, já está lá dentro faz uma hora. — Seu rosto está muito vermelho e lavado em lágrimas.

— Calma, Isa, ele vai ficar bem, Guilherme é forte, vai sair dessa. — Tento não só convencê-la, como a mim mesmo.

— Ele não pode me deixar, não sei como será minha vida se não o tiver comigo. Isso é injusto! — Seu tom sai carregado, está muito nervosa, não existe uma parte de seu corpo que não esteja tremendo.

— Ele vai conseguir, Isa. — Beijo sua cabeça.

Eles se casaram há dois meses, mal saíram da lua de mel. Fui um dos padrinhos, sou amigo do Guilherme desde moleque. Entramos juntos para a polícia e, em seguida, para o Bope, Batalhão Operacional de Elite. Ele precisa sair dessa, não posso perder meu amigo. Michel chega, logo atrás estão Carlos e Fernando. Afasto-me um pouco de Isa e faço um gesto de cabeça para que eles me acompanhem.

Quando chegamos à porta do hospital, encaro os três.

— Quero o desgraçado que fez isso com o Tenente Aguiar, e tem que ser para ontem, entendidos? — exijo, assumindo minha postura de Capitão.

— Claro, Capitão, já tem uma viatura no local tentando descobrir o que houve — esclarece Carlos.

— Não quero que tentem, Sargento, quero que descubram! Quero os responsáveis por isso. Estamos entendidos? Essa é a prioridade, a partir de agora. Qualquer notícia informo aos senhores, agora vão fazer os seus trabalhos, quero uma pista de quem fez isso, para ontem. Sargento Targueta? — me reporto a Michel.

— Sim, Capitão Torres — responde.

— Você fica. — Preciso de alguém em quem confie, para o caso de precisar me ausentar. Não que não confie no resto da equipe. Ali eu só conto com os melhores. Odeio corruptos e maus-caracteres, tenho certeza de que todos eles amam a farda que vestem e tudo o que esta representa, e que farão tudo por ela e por um companheiro que precise.

A espera já dura duas horas, nenhuma notícia ainda.
Noto quando um médico vem em nossa direção.

A MISSÃO AGORA É AMAR   49

— Por favor, um familiar do Tenente Guilherme Aguiar?

Isa se levanta na mesma hora, e nós, com ela.

— Sou a esposa, eu posso vê-lo, doutor? — pergunta, esperançosa, mas o olhar do médico já me dá a resposta.

— Sinto muito, senhora, nós fizemos o possível, mas não resistiu aos ferimentos.

— Não é verdade! — Isa entra em desespero. — Deixe-me vê-lo, por favor!

Eu me aproximo mais dela e a abraço impotente. Não pode ser verdade, não com o Guilherme, o melhor policial que conheço.

— Quem fez isso, Gustavo? Ele estava vindo do trabalho e nem cheguei a vê-lo. — Seu choro é incessante e aquilo me parte o coração.

Qualquer um de nós está sujeito a esse tipo de emboscada, mas Guilherme não dava mole. Quem fez isso o pegou distraído, ou na pior das hipóteses, era alguém em quem confiava, senão não conseguiriam — a mira dele era certeira.

Isa está inconsolável. Eu perdi um grande amigo e ela, um grande amor. Justamente por isso não me envolvo em um relacionamento sério, não vou querer que o amor da minha vida passe por isso. Escolhemos servir e proteger com nossas próprias vidas se for preciso, esse é o nosso juramento. Não tenho nenhum detalhe de como foi a emboscada, mas tenho absoluta certeza: ele não se entregou fácil, mas, infelizmente, essa meu amigo perdeu.

— Isa, vamos pegar o desgraçado que fez isso! Pode ter certeza — prometo, nem que seja a última coisa que faça em vida, eu o pegarei.

Peço a Michel para cuidar de todos os detalhes do enterro, já que Isa não terá condições.

Volto meus olhos para ela novamente, seu corpo curvado sobre a cadeira, chora copiosamente, sua dor é palpável e parte dela também é sentida por mim. Perdi um dos meus melhores amigos hoje, o cara que sempre estava presente na hora em que precisasse.

Um dia depois do enterro de Guilherme, nós já sabemos quem é o responsável por sua morte. Foi um desgraçado, irmão de um traficante que o Guilherme havia prendido uns dias antes; ele armou uma emboscada para meu amigo com seus comparsas, na Linha Amarela. Fuzilaram o carro dele, mas Guilherme ainda conseguiu levar o veículo até uma cabine da polícia militar, logo à frente, onde foi socorrido. Será que o desgraçado que fez isso era tão burro a ponto de achar que não descobriríamos? Já dispomos de todas as pistas necessárias.

— A informação está correta, Sargento Targueta? É nessa comunidade mesmo que ele se encontra? — pergunto ao meu amigo e sócio Michel. Nós temos uma empresa de blindagem de veículos que vai muito bem.

Reuni a equipe para discutirmos e organizarmos a operação que pegará o assassino de Guilherme. Sua morte não ficará impune.

— É, sim, Capitão Torres, todos os dados já foram confirmados e checados. Temos até o modelo do carro — responde com formalidade.

Quero prender esse cara o mais rápido possível, por isso resolvi que a operação será hoje à noite.

— Só tem um fator que pode nos atrapalhar, Capitão Torres — intervém Tenente Fernando.

— Que fator seria esse, Tenente? — Meu tom sai áspero. Não esperarei nem mais um dia, nenhum fator mudará minha decisão, quero encarar o desgraçado e vê-lo se arrepender amargamente do que fez. Sendo do Bope, nada me detém, tenho uma caveira tatuada no meu coração.

— Hoje vai acontecer uma festa na comunidade, bem badalada, será frequentada por muita gente de fora. — *Só o que me faltava, não estou nem aí para festa alguma, vou entrar naquela comunidade com o único objetivo: caçar aquele desgraçado!*

— E você quer dizer o que com isso, Tenente? Está sugerindo que abortemos a operação? — pergunto furioso sob seu olhar desconfiado.

— Não, Capitão, acredito apenas que podemos oferecer mais riscos aos civis.

Meneio a cabeça em negação e me debruço sobre a mesa, encarando-o nos olhos.

— O senhor desaprendeu como se trabalha ou só está querendo sair da missão? — indago, descontando nele toda minha raiva e frustração pela perda do meu amigo. — Fique à vontade, Tenente. O quê? O senhor estava pensando em participar dessa festa? Estou estragando a sua noite de sábado, Tenente? — Sou irônico e todos na sala sentem minha raiva, inclusive ele, que balança a cabeça em negativa.

Encaro-o e sei que nota nesse momento que nada me fará desistir da operação, e que deverá ser hoje. Um membro de nossa equipe foi assassinado covardemente, e ele de "frescurinha" por causa de uma festa?! Eu quero é mais que a festa acabe!

A MISSÃO AGORA É AMAR

— Desculpe, Capitão, é claro que estou dentro! — *Ah, mas ai dele se não estivesse, quem manda nessa porra sou eu!*

— E aí, alguém mais com algum fator? — pergunto muito puto, porque não irei deixar barato a morte do meu amigo. Todos me encaram negando com a cabeça. — Agora podemos começar a definir como vamos entrar lá? Se alguém quiser desistir, esse é o momento, mas tenho certeza de que o Tenente Aguiar faria isso por qualquer um aqui. — Deixo claro que minha posição não admite frouxo na minha equipe.

Amo minha profissão, mesmo sabendo que convivo com riscos vinte e quatro horas por dia. Estou ali com o coração, sou insubornável e odeio corruptos!

Trabalho muito para conquistar minhas coisas, por isso abri a empresa com o Michel. Não aceito dinheiro sujo, sou caveira por opção e por amor, defenderei minha farda e corporação até o final.

Passamos a manhã de sábado definindo cada estratégia, posicionamento e como chegaremos até o desgraçado. Sairemos em cinco viaturas, eu irei na frente com Michel, Fernando e Carlos. Chegaremos à comunidade por volta de uma hora da manhã, assim teremos o fator surpresa ao nosso lado.

Passo o resto da tarde em casa descansando. Quero estar bem-disposto para pegar aquele infeliz, não deixarei a comunidade enquanto não o achar!

Saio de casa às vinte e três horas e vou direto para o batalhão, onde a equipe está reunida, e sairemos de lá. Tenho dez anos de corporação e nunca estive com tanta sede para capturar um vagabundo — e olha que já passei por poucas e boas; nossa vida é um filme de ação todos os dias. E não é brincadeira; aqui, o bicho pega de verdade. Minha adrenalina está no nível máximo e meus batimentos a mil por minuto.

Minutos depois de chegar ao batalhão e definir os últimos detalhes com todos que participarão da operação, estamos saindo. É uma hora da manhã quando partimos em direção à comunidade e ao nosso objetivo.

Levamos cerca de trinta minutos até nosso destino. Começamos a subir a rua que leva à comunidade; está todo mundo muito tenso — é assim que todos ficam antes de uma operação como essa. Michel está no volante, eu no carona, Carlos e Fernando estão no banco de trás. Temos mais quatro viaturas atrás de nós.

De repente, vem descendo um carro em nossa direção. Fico em estado de alerta quando me dou conta de que tem as mesmas descrições do carro do infeliz que tirou a vida de Guilherme. O resto acontece em fração de segundos.

— É ele, porra! — grito para Michel, que logo atravessa o carro no meio da pista, bloqueando a passagem, e descemos à toda para cima do automóvel.

Vou à frente, já apontando meu fuzil. O carro dá uma freada brusca. Ele está cercado, não achava que o pegaria tão rápido assim. O veículo do assassino rapidamente é rodeado por meus homens. Vou em direção à sua janela.

— Desce do carro, porra! Anda logo, quero ver sua cara, seu desgraçado! — Nunca estive com tanto ódio! — Abre a porta devagar ou vai morrer! — ameaço, apontando o fuzil bem próximo à janela.

Só aí percebo que tem mais gente dentro do carro, e é uma mulher que está em pânico ao seu lado. Estraguei sua festinha, que bom!

— Desce todo mundo da porra do carro, estão surdos?! — É sempre assim com esses infelizes, todos valentões, mas quando chegam na nossa frente, viram umas moças.

Gesticulo para que o Michel vá para a porta do carona, onde está a garota. Ele aponta a arma na direção dela, que logo desce do carro com as mãos para o alto, nitidamente trêmula — quem manda se envolver com bandido? Fica parada no mesmo gestual, aos cuidados de Michel. Agora esse infeliz será todo meu; se não sair do carro por bem, sairá por mal. Vou para a lateral do carro enquanto Carlos assume meu lugar, com Fernando à frente dele. Abro a porta do carona violentamente, mas ao puxar o desgraçado de dentro, vejo mais uma mulher no banco de trás do automóvel. Está pálida e completamente parada. Meu olhar rapidamente a varre de cima a baixo, percebendo que está sem armas à vista.

Então, puxo o infeliz com tudo para fora e o jogo ao chão, sob a mira de Carlos. Volto meu olhar na direção da mulher e enxergo pavor em seus olhos, mas também sinto sua intensidade e isso faz com que me distraia e até me perca neles — são lindos.

— Está maluca?! Quer morrer?! Saia da porra do carro! — exijo apontando a arma em sua direção.

Ela obedece, saindo pelo lado em que o Michel está — esse modelo de carro só tem três portas. Para ao lado da amiga e, por um segundo, contemplo sua beleza. Nossos olhos se encontram, e é como se só existíssemos nós dois ali. Encara-me bem séria, com uma intensidade que nunca

A MISSÃO AGORA É AMAR

senti antes com ninguém. Como pode uma mulher tão linda andar com um verme como esse? Então, me lembro do verdadeiro motivo para estar aqui. Nunca havia me distraído assim em uma operação. Que porra é essa?! Desfaço o contato visual com ela, retornando ao meu objetivo: abaixo-me e puxo o infeliz pela camisa, jogando-o em cima do capô — vamos começar nosso acerto de contas.

— Você vai se arrepender de ter nascido, seu infeliz! — informo, encarando-o com frieza.

— Eu não sei o que está acontecendo, mas o senhor está enganado, não fiz nada, só viemos a uma festa aqui, só isso. — *Sério? Vou fingir que acredito.*

— E eu sou o papai Noel! — digo com toda a raiva.

— Ele está dizendo a verdade, nós não fizemos nada, e não é assim que se aborda um suspeito.

O quê? Não estou ouvindo isso: agora esse infeliz que tirou a vida do meu amigo, é um suspeito? Viro-me em direção à voz que quer me ensinar a fazer meu trabalho, e é ela, que me encara muito irritada.

— Você deveria escolher melhor suas companhias, pois quem se mistura com porcos, farelo come — revido, e parece ficar mais irritada ainda.

— Fica quieta, Lívia! — pede a mulher que estava no carona.

— Fico quieta nada, Bia, olha o que ele está fazendo com o Flavinho! Nós não fizemos nada. Eles nem nos pediram documentos.

Flavinho, que porra é essa? Aproximo-me do Fernando.

— Cadê a foto do cara e a placa do carro? — exijo em um sussurro. Porra, muita coincidência, o cara está com o mesmo carro e no mesmo local. Mas nada é impossível. O Tenente Fernando volta com o envelope contendo as informações; quando vou abri-lo, escuto mais uma vez a voz da mocinha briguenta.

— Quem está no comando dessa operação? Isso é um absurdo!

Ergo os olhos em sua direção. Parece muito irritada, mas não mais do que eu; quero intimidá-la com meu olhar, mas não alcanço meu objetivo. Continua a me encarar de igual, e isso me desarma — é a primeira vez que não fogem do meu olhar, sei o quão ameaçador consigo soar.

— A senhora tem algo contra o modo com que eu trabalho? — pergunto em tom ameaçador, mas nem isso a abala. Continua me olhando com audácia, o medo da abordagem inicial já não mais existe.

— Lógico que tenho! Por isso quero falar com quem está no comando.

— Seu tom é altivo, a amiga a olha com desespero e meneia a cabeça em negativa o tempo todo. Não lhe respondo, abro o envelope e puxo o papel contendo as informações corretas e percebo que de fato cometi um erro: o cara nem de longe se parece com o que está à minha frente, e a placa também não é a mesma.

— Tenente, você assume o comando, sobe com as viaturas 3, 4 e 5. Eu vou logo em seguida com as viaturas 1 e 2. Quero o cara vivo, entendido? — oriento o Tenente Fernando.

— Sim senhor, Capitão! — Ele se vira, reúne os outros e vai à frente pelo outro lado da rua.

— Todos a postos para qualquer surpresa que apareça, vou resolver esse mal-entendido e já subimos — dou a ordem e me aproximo novamente do tal Flavinho.

— De pé. Documentos, por favor. — Claro que tenho certeza de que está sem pendências antes de liberá-lo.

— Engraçado, depois de toda essa palhaçada é que você pede os documentos? — Agora realmente está me tirando do sério!

— Senhor! — ensino a maneira correta de se dirigir a um oficial e vejo quando revira os olhos em zombaria, me deixando muito irritado.

Vou dar um pequeno susto nela, só para aprender a respeitar uma autoridade. Não a deixarei me desafiar, muito menos na frente da minha equipe.

— À frente do carro, Senhora! — exijo com o tom autoritário, bem sério, encarando-a.

Então, vem andando bem devagar, com o ar de deboche, parece me desafiar, seus olhos o tempo todo conectados aos meus, encosta-se à lateral do automóvel, ficando à minha frente, com ar provocativo. Meus olhos a fitam de cima a baixo, e caralho! A mulher, o que tem de abusada, tem de linda — é perfeita! Está com um vestido preto que fica incrível nela; para completar, uma sandália altíssima, que é o que a faz ficar quase da minha altura — quase, eu tenho um metro e noventa e ainda há uns centímetros de diferença. Fico bons segundos encarando-a bem sério, mas também decorando cada pedacinho do seu corpo lindo.

Isso nunca havia acontecido, não desvio meu foco de uma missão, mas ela conseguiu me desviar. Espero que ninguém tenha percebido como estou abalado, senão será zoação na certa!

— Que foi? Já estou aqui, e agora, vai fazer o quê? — diz impetuosa, e não posso deixar barato.

— A senhora sabia que posso prendê-la por desacato à autoridade?

A MISSÃO AGORA É AMAR

Respira pesadamente, revirando os olhos de novo, como se estivesse com raiva e impaciente, e isso me irrita, ao mesmo tempo que me encanta. Adoro desafios.

— O senhor sabia que eu posso denunciá-lo por abuso de autoridade? — revida, imitando meu tom com deboche, e tenho que me controlar muito para não sorrir, coisa que não faço há dias.

Sei que não devo, mas queria irritá-la mais — que ideia é essa, Gustavo?, brigo comigo mesmo, e o lado insensato acaba vencendo. Então, aproximo-me mais e seu cheiro doce e delicioso invade meus sentidos.

— Documentos! — O meu grito a assusta, ela se desequilibra um pouco, e eu paro o movimento do meu braço a tempo. Quase cometo o erro de envolver seu corpo, para ajudá-la a se equilibrar.

Seus olhos dessa vez demonstram o sobressalto, sua respiração está carregada; não é tão imune e corajosa como quer demonstrar, e por algum motivo não consigo desviar os meus olhos dos dela, e a última coisa que quero é desfazer o contato, mas ela o faz, se virando de frente para o carro. Como um ímã que me atraísse para ela, meu corpo busca o seu involuntariamente, aproximando-se mais. No momento em que se curva para pegar a bolsa, a bunda dela encosta em mim e, então, todo meu corpo reage de uma forma que me assusta. Sinto-me um adolescente que não pode ser controlado. Volta rapidamente já com o documento em mãos, noto estranheza em seus olhos ao me encarar, por conta de eu estar tão perto. Aproximo-me mais, se é que é possível, minha boca na lateral do seu rosto, e praticamente encosto o nariz em seus cabelos.

— Desacato e, agora, tentativa de suborno — sussurro, e tenho certeza de que só ela é capaz de ouvir. Suas sobrancelhas se juntam, olha-me confusa.

— Está ficando louco? Não lhe ofereci dinheiro algum, está querendo mostrar trabalho em cima de inocentes? — pergunta indignada enquanto sorrio por dentro. Realmente não entendeu que me referia à sua bunda deliciosa.

— Vamos combinar que de inocente você não tem nada — afirmo com o tom tão baixo quanto da primeira vez e pisco para ela, que está com a respiração bem ofegante. Sei que está sentindo a mesma tensão que estou.

Pego o documento de suas mãos e anoto os dados no meu celular bem lentamente, sentindo seu olhar em mim. Ergo os olhos e vejo que está impaciente, balançando a cabeça de um lado para o outro, como se não concordasse com minha atitude. Passa a língua entre os lábios e, puta que pariu! Se estivesse em qualquer outro lugar, a agarraria, mas, no momento, isso será impossível. Fecho os olhos tentando dissipar os pensamentos que se formam em relação a ela e, quando os abro novamente, lembro-me de onde estou, ao ver a cara que Michel e todos à minha volta fazem. Fodeu!

— Você é muito abusado! Queria ver se não estivesse usando essa farda aí e sem todas essas armas ao seu redor, se faria a mesma coisa — volta a me provocar.

— Pode ter certeza que sim — afirmo, olhando-a nos olhos, para que não tenha dúvidas.

— E aí, vai me prender ou posso ir embora? — pergunta cheia de coragem, cruzando os braços à frente do corpo. É muito abusada mesmo! E gostei dela exatamente assim.

— Liberada. Tenho coisas mais importantes para fazer — provoco. É verdade: não estou aqui para isso, me deixei levar até demais.

— Não pareceu — revida e se vira em direção ao carro, me deixando sem palavras ao acompanhar seus movimentos até entrar no veículo.

— Liberado, rapaz — eu me dirijo ao tal Flavinho.

Ao olhar para o lado, noto o momento exato em que a tal Bia, então em um longo bate-papo com Michel, entra no carro também, deixando-o com uma cara esquisita — estava dando em cima da mulher? Era para estar trabalhando. Mas não irei julgá-lo dessa vez, também fui distraído dos meus deveres. Não estou me reconhecendo e todos da equipe certamente também não. Quer saber, foda-se.

Peço para a equipe liberar o caminho para eles. Fico uns trinta segundos olhando o carro se afastar. Seria alvo fácil agora, estou muito distraído, mas confio em minha equipe.

— Missão original, vamos subir — digo em voz alta.

Deixo o local com Michel e Carlos, e ninguém diz uma palavra sobre o ocorrido. O silêncio impera até chegarmos ao nosso destino. Fernando já havia capturado o verme, dessa vez o correto, sem erro.

Chego em casa quase às quatro horas da manhã de domingo. Prendi o assassino de meu amigo e esperarei ficar um pouco mais tarde para dar a notícia a Isa.

Tento dormir, mas a adrenalina ainda está alta, também porque não paro de pensar na intensidade daquele olhar e do corpo delicioso, então vejo o dia amanhecer. Levanto-me às sete horas e vou para o batalhão; preciso desco-

A MISSÃO AGORA É AMAR

brir o que puder de sua vida e descobrirei isso o mais rápido possível.

Às oito da manhã eu já tenho o que necessito: endereço, telefone, onde trabalha, a faculdade que faz e até o nome do estúdio de dança em que dá aulas. Agora estou entendendo o porquê do corpo perfeito!

Saio do batalhão satisfeito. Ao chegar em casa, como algo, e aí sim, o sono vem.

Acordo às quatorze horas, depois de um sonho bem quente com a Lívia. Não é possível! Essa mulher me hipnotizou!

Às vinte horas, eu continuo inquieto, mesmo tendo passado a tarde trabalhando em umas planilhas da minha empresa. Ainda tenho que me dividir em dois, mas espero que seja por pouco tempo: logo irei me dedicar somente à empresa. Um dia, eu formarei uma família e não colocarei a vida deles em risco; então, me aposentarei do Bope. Amo o Bope, mas tomarei essa decisão em razão de um amor maior: minha família.

CAPÍTULO 6

LÍVIA

Horas antes...

Estou encarando o babaca à minha frente, que acha que porque é Capitão do Bope tem o direito de dizer e fazer o que quer. Que raiva dele e de mim, por estar me deixando abalar com sua beleza e imponência. Seus olhos me fitam o tempo inteiro, como se pudessem me ver por dentro, e isso é o que mais me irrita.

— E aí, vai me prender ou posso ir embora? — desafio, louca para sair daqui. Não posso estar sentindo isso, desejando-o como nunca desejei alguém.

— Liberada. Tenho coisas mais importantes para fazer. — Seu tom é de tanto faz, que imbecil! Fica flertando comigo na cara dura e agora me dispensa, assim. Deve ter enjoado da brincadeira. Não sei por quê, mas isso me incomoda mais do que gostaria.

— Não pareceu — revido com raiva.

Ele simplesmente não responde, como se não fosse nada de mais. Então, viro-me com muita raiva e entro no carro. A raiva é tanta que poderia até ser presa por desacato ao agredir um policial — no caso, um Capitão que se acha o dono do mundo. *O que você queria, Lívia, que parasse tudo para te levar para casa?* Ele que se dane! Amanhã nem vou me lembrar dele mesmo.

Bia também entra no carro e reparo quando devolve — meio que escondido para que ninguém veja — o celular do policial que estava com ela. Não acredito que eles trocaram números!

— Bia, você não tem jeito mesmo! — Meu tom sai tão baixo que o Flavinho nem percebe, acho que ainda está muito abalado com a situação, coitado. Ela me olha desconfiada.

— Só eu, Lívia? — Seu tom é acusatório, mas pisca em seguida. Fico sem graça. Ai, meu Deus, será que ela percebeu? Claro que sim.

— Em casa conversamos, Bia — alerto, e Flavinho dá partida, supernervoso, tadinho, com razão. Não resisto e dou uma olhadinha para trás, e ele está lá parado, de braços cruzados, olhando para o nosso carro em movimento. Pode ser um grosso, mas é lindo, isso não posso negar.

A viagem segue em um silêncio mortal, ninguém diz nada. Percebo que o Flavinho ainda está muito nervoso, afinal, ele passou a pior parte da história.

Minutos depois, nos deixa na porta do prédio, se despede e vai embora. Estava em choque mesmo, nem tentou beijar Bia, que vai dormir na minha casa. Subimos em silêncio e, mal abro a porta, Bia dispara:

— O que foi aquela guerrinha entre você e o Capitão gostosão?

Encaro-a com minha boca aberta, fingindo não entender a pergunta. Ela sacou tudo, que droga!

— Não teve guerra nenhuma, dona Bia. Alguém tinha que tomar uma atitude, ou ele iria acabar levando o Flavinho por engano. Você não viu que o cara estava confuso e nervoso? — tento convencê-la.

— Lívia, você é a pior mentirosa que conheço. Ficou toda abalada com o cara, nunca te vi assim com ninguém — diz convicta.

— Sério, Bia? Não fui eu quem ficou de paquera enquanto meu amigo estava no chão, sendo tratado como um animal — jogo em sua cara, e fica séria na hora.

— Poxa, Lívia, sabe que não foi bem assim. Não consigo falar quando fico nervosa, e não tenho culpa se o Michel foi um doce comigo, tentou me acalmar o tempo todo, muito menos tenho culpa dele ser um gato e, ainda por cima, disponível.

— Mas você é muito cara de pau, Bia, já sabe até o estado civil do policial.

— Claro, amiga, não vou perder tempo com caras que não estão disponíveis — defende-se, fazendo uma careta como se não fosse nada de mais.

— E o lance do telefone, pode isso, pegar telefone de mulher quando se está em serviço?

— Claro que não, Lívia — ela revira os olhos —, por isso coloquei meu telefone no celular dele escondido, para que ninguém visse. Você que é muito bisbilhoteira...

— E você acha que ele vai ligar?

— Não tenho dúvidas, amiga — diz convencida, sorrindo enquanto se levanta em direção ao banheiro, e fecha a porta.

Pelo menos ela tirou algum proveito dessa situação. Já eu, continuo com raiva daquele Capitão cheio de marra.

Estou sentada em minha cama depois de ter tomado banho. Seu rosto e seu tom sexy e autoritário não saem dos meus pensamentos.

— Ele é gato, apoiada! — A voz da Bia me tira de minhas lembranças.

— O quê?! — Finjo não entender seu comentário.

— Por que não admite que o cara mexeu com você?

— Acho que está com algum problema, Bia! — Encaro-a, perplexa. Levanto-me, tiro o roupão e visto a camisola.

— Eu? Sou muito sincera com meus sentimentos. Quando quero uma coisa, vou lá e pego. Viu que não deixei escapar o Sargento; quem está tentando fugir do que sente é você, dona Lívia! — *Odeio ela!*

— Acho que bebeu além da conta, Bia. Estou ainda abalada, sim, mas por tudo que passamos; por sinal, muito disso é sua culpa! Nos enfiar em uma festa naquele lugar, olha o risco que corremos e tudo que o pobre do Flavinho passou? Já não basta o coitado viver lambendo o chão que você pisa?

— Ele mexeu muito com você! — Gargalha. Em seguida, coloca as mãos na boca e finge uma careta.

— Quem está brincando com fogo é você. Terminei um noivado não tem nem um dia, sua louca! — Tento convencer a mim mesma de que ela está errada.

— A vida é assim mesmo, Lívia, quando menos esperamos, o amor da nossa vida aparece.

Jogo a almofada na cabeça dela.

— Ai!

— Não enche meu saco, Bia! Está me devendo por essa; eu estava com minha programação perfeita até me enfiar nisso.

— Para! Você adorou a festa!

— Boa noite, Bia! — Não confessaria a ela que gostei do programa, e que a noite estava ótima até aquele idiota aparecer. Não hoje.

— Grossa! Boa noite. — Ela se ajeita na cama. — Te amo assim mesmo. — Desliga o abajur do seu lado.

— Também te amo — confesso com tom ameno e arrependido.

Acordo toda suada, depois de um sonho com aquele Capitão. Não é possível que esse homem vá me perseguir até em sonho! Tenho que tirá-lo do meu sistema. Como pode isso? Vejo o cara um dia só e cismo com ele. Graças a Deus, não o verei de novo, nem pensar me envolver com um policial, ainda mais do Bope. Entraria em pânico cada vez que saísse para uma operação, seria como reviver o que passei com meu pai a qualquer momento, por isso manteria meu juramento. Pré-requisito para envolvimento: não ser policial.

Eu, hein, estou ficando maluca: até questionando por antecipação um

A MISSÃO AGORA É AMAR

envolvimento que nunca existiu e sem a menor chance de existir. Acabei de sair de um relacionamento falso. Deve ser por isso a cisma com esse homem; meus sentimentos estão conturbados, mas não cometerei o mesmo erro outra vez.

Ai, tira essas ideias da cabeça, Lívia! Não existe nenhuma possibilidade de voltar a vê-lo. Mundos diferentes, esquece esse cara!

— Já esqueci! — Meu tom sai alto, então fecho os olhos. Agora é que a Bia me azucrina. Olho para o lado e, ufa, não está mais deitada.

Levanto-me, faço minha higiene pessoal, visto um short *jeans* e uma camiseta de malha. Assim que chego à sala e vejo a hora, me espanto: já são onze horas. Em cima da mesa há um papel que não estava lá ontem, é um bilhete da Bia:

> Fui para casa. Minha mãe mandou te chamar para almoçar com a gente, naquele restaurante na Barra, de frutos do mar, de que você gosta.
> Vamos sair às 13h.
> Beijos, Bia.

Acabo meu café, pego o celular e confiro as mensagens. Estranho não ter nenhuma do Otávio, acho que entendeu o recado, que bom.

Assisto TV e aquele rosto, aquele cheiro, não me saem da cabeça... Que droga, era só o que me faltava: uma obsessão sem cabimento.

Saio para a casa da Bia às treze horas, e no restaurante distraio-me bastante. Tia Gisele é bem legal, superantenada. Ela teve a Bia com dezessete anos, é muito jovem ainda, só não entendo por que não se casou novamente ou tem um namorado. É muito bonita, acho que vou combinar um encontro dela com o tio Nelson, ele também é solteirão, vai que dá certo. Olha eu querendo bancar o cupido.

Chego em casa às dezoito horas, pois fiquei ouvindo as histórias do trabalho da tia Gisele; toda vez que ela chega, é certo contar as histórias mais engraçadas do mundo!

Meu domingo termina bem do jeito que gosto: assistindo a um bom filme até dar sono.

Na segunda-feira acordo disposta e vou para o trabalho, onde já chego cansada devido ao engarrafamento. Qualquer hora essa cidade vai parar e todos terão que voltar a caminhar, como se fazia antes dos carros existirem. Saio do trabalho às quatorze horas, debaixo de um calor infernal. Estou pensando em combinar com a Bia de aproveitarmos a praia um dia desses da semana. Se esse calor continuar, será uma boa, e como estamos em horário de verão, iremos aproveitar bem. Trabalho bem próximo à praia, mas sozinha não me animo em ir.

À noite, em casa, ligo para Bia, para dar a ideia.

— Oi, fala aí, qual a boa? — pergunta, toda eufórica.

— Tudo bem com você? Estava pensando que, de repente, podíamos combinar de você ir para o meu trabalho, e de lá aproveitarmos um pouco a praia, o que acha?

— Acho ótimo, um tempão que não fazemos isso... Mas quando seria? — Seu tom é agoniado.

— Pode ser na quarta, está bem pra você? Você está estranha, o que houve? — pergunto preocupada.

— É que meu Sargento ligou... — *Não acredito!*

— E aí, o que ele disse? — Estou muito curiosa. Ela ia me contar quando?

— Está vindo pra cá, nós vamos sair. — *Estou boba!*

— É, não sei o que dizer, só vai devagar, amiga, sabe como esses caras são galinhas. — Não quero ver minha amiga sofrendo.

— Pode deixar, vou ficar esperta. Depois te conto como foi, agora preciso desligar; daqui a pouco chega. Tenho que me arrumar, beijos.

— Beijo, amiga, se cuida. — Desligo e penso em como as pessoas se conhecem nas mais diferentes situações.

A única coisa que me preocupa é o fato de ser policial e a possibilidade de ver minha amiga sofrer. Bom, só posso pedir a Deus que dê tudo certo.

Resolvo terminar a noite mais cedo. Pego o livro em meu criado-mudo, mas não consigo focar na história como deveria, então o fecho e o devolvo à mesa novamente. Deito, fecho os olhos, e me vêm lembranças daquele Capitão idiota. Meus olhos vão pesando, e durmo pensando naquele olhar.

Na terça-feira chego cansada do estúdio; fiz aula de dança de salão depois que terminei com as crianças. Amo dançar, seja qual for o ritmo.

A Bia já me ligou umas dez vezes só hoje, para elogiar o seu Sargento. Disse que é um cavalheiro, um doce e... a outra parte preferi que não contasse. Que diferente daquele Capitão babaca.

Lívia, esquece esse cara, aff.

Na quarta-feira, acordo animada com a praia, então pego biquíni, saída de praia e chinelo, coloco tudo na bolsa, sem me esquecer do protetor.

Às treze e cinquenta, Bia chega ao meu trabalho; vou para o banheiro, me troco e logo estou pronta.

Vamos curtir uma praia...

CAPÍTULO 7

Capitão Torres

Passei o domingo em casa pensando em como é linda; não consigo tirá-la da mente.

Resolvo sair e dar uma caminhada na orla da praia. Sempre que tenho um tempo, gosto de caminhar para clarear as ideias. Nunca havia me desviado em uma missão, e ela fez com que perdesse completamente meu foco. E era por isso que não conseguia parar de pensar naquela atrevida. Além do seu endereço, local de trabalho, e que o pai dela era um policial civil, não sabia mais nada, a não ser o fato de que era bem abusada.

Tenho que admitir: pisei na bola, estava com tanta sede de pegar o assassino de meu amigo que não confirmei os dados do cara. E ela não deixou barato, me desafiou a todo o momento; não estou acostumado com ninguém me dizendo o que tenho que fazer. Conquistei o respeito de que desfruto, e ela quase me desmoralizou na frente da minha equipe. E acabei dando corda para todo aquele abuso, ao agir como um novato que não sabia o que estava fazendo.

Ela simplesmente me tirou do meu centro, ao mergulhar em seus olhos, fiquei totalmente perdido; parecia um anjo com toda aquela beleza. Mas tenho que esquecer, já passou. O cara que matou meu amigo já está atrás das grades. Esse era o grande objetivo daquela missão, e não ficar encantado com anjos que aparecem no meu caminho.

Volto para o meu apartamento. Apesar de a noite estar linda para caminhadas na orla, estou cansado, não dormi nada na noite anterior, e amanhã o dia será longo. Terei uma reunião na empresa cedo, ficarei lá até depois do almoço e, então, irei para o batalhão, de onde sairei no dia seguinte, à tarde. Como sou um dos poucos que ainda não tem família, vivo quebrando o galho dos colegas.

Quando entro em casa, vejo o papel contendo as informações de Lívia. Preciso parar de agir por impulso, como ir ao batalhão só para pegar dados de uma pessoa que vi apenas uma vez. Acho que esse lance dela me desafiar e o fato de ter sido muito grosseiro mexeram comigo. Sempre procurei cumprir o regulamento em todas as situações possíveis. Claro que com bandido já tem que chegar esculachando, mas ela não tem cara de bandida. Muito tempo de polícia, sei bem reconhecer um, pode ter certeza.

Pego o papel em minhas mãos, o amasso e o jogo na lixeira. Essa merda de ficar remoendo as coisas não é para mim. Dirijo-me ao quarto, tomo um banho e vou direto para a cama.

Acordo na segunda-feira com o despertador berrando no meu ouvido. Minutos depois, pego minha pistola e saio para a empresa.

Assim que chego, encontro Michel falando com uns funcionários. Nossa empresa, com três anos de existência, já está com uma rentabilidade muito boa. A continuar assim, logo poderemos ampliar o espaço e aumentar a produção.

Trabalhamos com todos os tipos de blindagem, e esse mercado vem crescendo cada vez mais, devido ao alto índice de violência no Rio. Todos querem recorrer a mais um dispositivo de segurança. Se meu amigo não tivesse sido tão orgulhoso em aceitar que blindasse seu carro, hoje ele poderia estar vivo. Infelizmente, tem coisas que não podemos mudar.

— Michel, e aí, tudo certo com a produção? — pergunto. Michel ficou responsável pela produção, e eu, pelo financeiro.

— Tudo certo, todos os prazos serão cumpridos a tempo.

— Que bom, a credibilidade do cliente é a nossa melhor propaganda.

A honestidade e o profissionalismo para com os clientes são a prioridade de nosso negócio. Está dando muito certo.

— E aí, cara, recuperado do fim de semana?

Fico sem entender sua pergunta.

— Passei o domingo todo em casa, por que a pergunta?

Começa a rir, só então minha ficha cai. Que babaca!

— Só queria saber qual a graça. — *Que saco!*

— Nenhuma, é que eu estava quase confundindo quem era o Capitão na última missão. — *Filho da puta, eu sabia que iria aturar isso.*

— Vai se foder, Michel! Não fui eu quem ficou tentando dar uma de bom moço, consolando uma suspeita em plena operação. Você pensa que sou cego? — rebato, e perde o riso na hora. Era melhor ter me deixado quieto.

— A Bia estava muito assustada, só disse para ficar calma, que tudo iria ficar bem, o que há de mal nisso? — *Ainda pergunta?*

— Não vou precisar te lembrar do protocolo, não é, Michel? Sabe que não podemos conversar com suspeitos.

— Ela não era suspeita, e você sabe disso. — *Vejo que fica puto.* — Porra, a menina estava assustada, e você queria que fizesse o quê? Ficasse gritando com ela, como você fez com sua amiga?

Que babão! Só porque a mulher era bonita, ficou encantadinho. Como se também não estivesse ficado encantado com o anjo que estava à minha frente. O sujo falando do mal-lavado.

— Estava fazendo meu trabalho, Michel! — defendo-me, e recebo um olhar indignado. Ele sabe que não faço esse tipo de coisa com mulheres.

— Você pensa que ninguém percebeu que ficou abalado com a mulher? Até passou o comando para o Fernando; quando foi que já fez isso? Eu nunca vi. — *Puta merda! Será que ficou assim tão óbvio?*

— Acho que temos uma reunião, não, Michel? Esse papo já deu — revido, puto da vida.

— Para você pode ter dado, mas para mim, está apenas começando. Vou criar coragem e ligar para aquela garota a qualquer hora.

Não ouvi direito, porra nenhuma que vou permitir que ligue para ela.

— Vai ligar para quem? — pergunto, já armando o sermão.

— Para a Bia, cara, a coelhinha assustada, quem mais? Ela me deu seu número de telefone.

Solto o ar que prendia. Fico aliviado de não estar falando da Lívia. Eu, hein, que merda de cisma com uma mulher.

— Não vou repetir o que já sabe: se pegar você pegando telefone de mulher na minha operação, não é porque é meu amigo que não terá punição. Fica avisado — advirto. Não era a primeira vez que fazia isso, Michel não perde a oportunidade.

— Se tudo der certo, não vou pegar telefone de ninguém por um bom tempo. A menina é uma delícia, nem acreditei quando me deu seu telefone. — *Michel e seu papo furado. Acredito... só se não o conhecesse.*

— Vamos, já estamos atrasados.

Chegamos à sala de reuniões e todos já estão nos esperando. A reunião é rápida, definimos metas e falamos das gratificações que terão esse ano para quem as cumprir — funcionário bom tem que ser reconhecido.

Passo ali a parte da manhã e depois sigo direto para o batalhão. Fico só com os serviços internos, não estou a fim de encarar outra operação por enquanto.

O resto do dia e da noite foi tranquilo.

A MISSÃO AGORA É AMAR

Saio do batalhão na terça-feira, depois do almoço, dou uma passada na empresa e fico lá até fechar.

Vou direto para casa, estou exausto. Peço por telefone alguma coisa para comer, em seguida ligo para minha irmã, que mora agora no Sul, por conta dos estudos. Preferiu ir para lá a ficar aturando a tirania do meu pai. Eu saí de casa cedo também, assim que entrei para a polícia, com vinte e um anos. Aluguei um apartamento pequeno, que dividia com mais dois amigos, queria conquistar minhas próprias coisas. Cinco anos depois, comprei este, onde moro, financiado, que graças a Deus e à empresa, consegui quitar. Não queria ficar refém do dinheiro do meu pai, e acho que a Clara pensa a mesma coisa, por isso escolheu outro estado para estudar.

— Fala aí, maninha, como andam as coisas por aí? — *Amo essa pestinha.*

— Oi, sumido, pensei que tinha se esquecido de mim. — Seu tom é choroso.

— Claro que não, sua boba, muito trabalho, só isso — explico.

— A tia Regina me contou do Guilherme, sinto muito mesmo, sei o quanto vocês eram apegados.

— É, foi uma barra, Clara — respiro fundo —, ainda não acredito que não esteja mais aqui.

— Deus sabe o que faz, maninho, ele era muito bom para este mundo.

Ela tem razão, ele era mesmo: insubstituível.

Ficamos quase meia hora no telefone, falando sobre tudo, até que escuto a campainha.

— Tenho que desligar, maninha, meu jantar chegou.

Eu sei cozinhar muito bem, mas hoje estou cansado.

— Está bom, irmão, se cuida, beijos, te amo.

— Também te amo, maninha, beijos.

Termino meu jantar, tomo banho e vou deitar. Quando fecho os olhos, penso naquele rosto lindo. Viro-me de um lado para o outro na cama, mas que droga! Como se já não bastasse essa mulher atormentar meus pensamentos o dia inteiro, agora espanta meu sono durante a noite.

Ainda bem que amanhã não precisarei ir ao batalhão, ficarei só na empresa mesmo.

Na quarta-feira acordo cedo, corro no calçadão, volto, tomo meu banho e saio para a empresa.

Ao chegar, dou bom-dia a todos e sigo direto para o escritório. Passo a manhã toda aqui, o Michel hoje só virá depois do almoço. Saio para almoçar e, quando volto, Michel está ao telefone.

— Claro, gata, pode deixar que vou dar um jeito, já sei o que tenho que fazer, fica tranquila. Muitas saudades também, beijos e até logo. — Desliga o celular e fica olhando para o aparelho com cara de bobo. Com quem será que estava falando com essa doçura toda?

Cara, todo homem apaixonado fica bobo e perde a noção. Esse também é um dos motivos pelos quais eu evito relacionamentos mais sérios, para não ter que pagar esse mico.

— Quando é o casório? — sacaneio. — Não me lembro de ter sido convidado.

— Vai devagar aí, Gustavo — fica sem graça —, só tem dois dias que estou com a menina, nós ainda temos muito pela frente. Estamos nos conhecendo.

Isso já quer dizer que é diferente, está fazendo planos para o futuro. Desde quando faz isso?

— Posso saber quem é essa gata que deixou o Sargento Targueta com cara de bobo?

Ele me olha desconfiado.

— É a Bia, nós saímos na segunda à noite. Ela é tudo de bom, cara.

Caramba, saiu com a amiga do meu anjo, uau! Já estou achando que o anjo é meu.

— Fico feliz por você, cara, tomara que seja ela a te colocar na linha — digo enquanto está com um sorriso idiota na cara.

— Tomara, porque essa não vou liberar tão cedo.

Encaro-o surpreso.

— Deixa eu me afastar, antes que isso pegue em mim. Já pensou ficar com esse sorriso idiota na cara? Eca! — digo em tom zombeteiro.

— Liga não, Capitão, você já foi contaminado, só não se deu conta ainda. — Ri da minha cara. *Que idiota, vai me zoar agora pelo resto da vida.*

— Vou fingir que não entendi. — *Continua rindo, que babaca.* — Vamos trabalhar, Michel? — pergunto, agora irritado.

— Agendei uma visita particular com um cliente às dezoito horas, quer fazer três carros conosco.

— E por que ele não vem ao escritório? — Odeio visitas particulares.

A MISSÃO AGORA É AMAR

— O cara é muito ocupado, só pode se for assim.

Que seja, não posso dispensar clientes, então vamos lá.

— Está certo, qual o local? — pergunto a Michel, uma vez que tratou tudo.

— Saímos por volta de dezessete e trinta. Vamos no meu carro, é perto da sua casa. De lá, vou embora.

— Tudo certo, por mim tudo bem. — Tinha vindo caminhando mesmo, já que a empresa fica a cinco quarteirões da minha casa.

Passo a tarde distraído, fazendo pedidos de materiais e agendando as entregas, até que sou surpreendido por Michel.

— Gustavo, está na hora, vamos lá?

— Claro, vamos lá.

Saímos da empresa e percebo que não desgruda do celular. Já digitou umas três mensagens até chegar ao carro. Está realmente muito interessado nessa garota, nunca o vi disperso assim na hora do trabalho.

— Espero que, na hora da reunião, largue esse celular. Vai ficar chato se continuar enviando mensagem a cada minuto. — Encara-me sorrindo. *Esse porra está ficando maluco!* — Só tem dois dias com essa garota e já ficou doido? Tô fora!

Digita mais uma mensagem e não me responde.

Seguimos pela orla e encosta o carro próximo ao Posto 2.

— Você marcou com o cara na praia? Um calor infernal desses! — pergunto, mas sou ignorado.

Sua atenção está voltada ao lado de fora, olhando pela janela do meu lado com um sorriso idiota no rosto. Fico sem entender o que está acontecendo, encaro-o mais uma vez e nada o distrai, permanece focado.

— Que porra é essa, Michel? — Estou ficando preocupado, imediatamente meu sensor de alerta dispara. Pego minha pistola e a destravo, ficando com ela em punho.

— Pra que isso, cara, está maluco? — pergunta.

— Eu que te pergunto o que está acontecendo! Parou o carro aqui, está olhando para os lados e está todo nervoso — revido.

— Não é nada disso, é só a minha gata que vem bem ali. — Aponta na direção dela, e puta que pariu! Meu anjo está ali também, bem na minha frente, e parece muito mais linda do que me lembrava. Agora, quem está com cara de idiota sou eu.

— Porra, Gustavo, guarda essa arma, quer assustar as garotas de novo? Daqui a pouco elas vão achar que você é o bicho-papão! — Michel me retira do devaneio.

Guardo a arma no cós da calça enquanto Michel sai do carro. Vai em direção à Bia, e ela vem correndo em sua direção. É, parece também estar bem interessada nele. Tomo coragem e saio do carro. Meu anjo ainda não tinha me notado, olhando na direção da amiga e do Michel, que estão se beijando.

Fico parado sem ação, olhando para cada pedaço do seu corpo. Essa mulher realmente tem o poder de me distrair. Quando se vira, seu olhar encontra direto o meu, e simplesmente trava em seu lugar, bem na hora em que um surfista está passando. Ele esbarra nela e a derruba. Na mesma hora, corro em sua direção. Esse idiota deve ser cego, porra, não viu que ela parou?

Aproximo-me dela, que ainda está sentada na areia com a mão na testa. O babaca está ao seu lado, todo solícito, oferecendo ajuda. Filho de uma puta. Raiva me domina na hora em que ele toca os cabelos dela.

— Está cego, seu idiota? — Abaixo-me e o empurro para longe do meu anjo.

— Já pedi desculpa, cara, ela parou do nada e não a vi — tenta se defender.

— Então você devia usar óculos! — Sou ríspido. Lívia me olha, mas não diz nada. — Pode deixar que cuido dela, mete o pé. Está surdo?! — expulso-o. Cara retardado!

— Está tudo bem, você se machucou? — pergunto, mas se mantém calada, só fica me olhando. — Ei, me deixa ver isso? — Retiro sua mão, que está em cima da testa e vejo um arranhão. — Droga! Aquele idiota te machucou! Vem, vou te levar até o carro e vamos a um hospital. — Pego em seu braço para ajudá-la a levantar, mas sinto sua resistência enquanto nega com a cabeça o tempo todo. Então, tento pegá-la no colo, mas afasta minhas mãos de seu corpo. Me sinto privado e impotente quando faz isso.

— Estou bem, foi só um arranhão, e foi na cabeça, não nos pés — quebra o silêncio, toda dona de si.

— Por isso mesmo temos que ir a um hospital, ferimentos na cabeça são perigosos. — tento argumentar, mas simplesmente começa a se levantar, sem me dar a mínima atenção, e isso mexe comigo de uma maneira que

A MISSÃO AGORA É AMAR

não queria.

— Engraçado, você agora está preocupado com minha integridade física? — Seu tom é irônico.

Nossa, que mulher difícil e desafiadora.

— E por que eu não estaria? — pergunto, olhando dentro de seus olhos e os mantenho presos aos meus, mas logo o contato é desfeito por sua amiga, que me empurra para se aproximar mais de Lívia.

— Ai, meu Deus, Lívia, está tudo bem, amiga? — pergunta apreensiva enquanto Lívia começa a tirar a areia da saída de praia que veste.

Ela é o ápice da perfeição. Realmente parece um anjo, agora não tenho mais dúvidas: essa mulher definitivamente mexeu comigo como nenhuma outra.

— Não foi nada de mais, Bia, é só um arranhão bobo — responde à amiga e continua andando, me deixando para trás com cara de idiota.

Assim que chegamos ao calçadão, Bia pega um lenço e um álcool em gel da bolsa e começa a limpar o ferimento. Lívia reclama um pouco, talvez por conta da ardência, mas Bia continua.

— Acho que não é certo passar esse tipo de álcool em ferimentos — alerto Bia, e a Lívia me fuzila com os olhos.

— Você é médico? — pergunta-me em tom de ironia enquanto a amiga continua limpando seu ferimento.

— Não, mas fazemos cursos de primeiros socorros no batalhão.

Revira os olhos, como se não estivesse nem aí para minha resposta. Encaro-a, e desvia o olhar.

— Bia, vamos embora, já deu por hoje — pede à amiga, e eu continuo sem conseguir desviar os olhos. Minha vontade é segurá-la em meus braços e não a deixar se afastar de mim.

— Claro, Lívia, tem certeza de que não precisa de um médico? — Bia pede confirmação.

— Amiga, foi só um arranhão, nem está doendo — responde.

Olha-me de novo, antes de se virar para ir embora. Não queria que fosse e isso me assusta.

— Levo vocês — oferece-se Michel, e não consigo dizer nada, ainda estou tentando entender que merda está acontecendo comigo.

E a reunião?, penso. Como se lesse meu pensamento, pisca para mim e percebo que não havia reunião alguma. Foi tudo uma armação sua. Que safado, querendo bancar o cupido! Pena que o tiro saiu pela culatra. Eu realmente iria gostar que tivesse dado certo, mas esse anjo é muito rebelde, não sei se conseguirei domá-lo um dia.

Elas aceitam e entram no carro. Ele dá partida, e a cena dela me deixando para trás está prestes a se repetir mais uma vez, mas não permito. Corro em direção ao automóvel antes que Michel acelere, sei que me vê pelo retrovisor, porque não coloca o carro em movimento.

— Vou precisar de uma carona também, Michel — comento assim que entro no carro ao lado de Lívia.

Encara-me surpresa enquanto Michel, agora sim, põe o veículo em movimento sem comentar nada, e vejo o esboço de seu sorriso pelo retrovisor. Lívia se afasta de mim, mas me aproximo novamente dela, que me dá uma careta em resposta.

— Não se preocupe, não mordo, a não ser que me peça, claro. — Pisco.

— Idiota! — responde, mas não é tão firme quanto gostaria. Sei que também mexo com ela.

— Você é sempre assim? — Puxo assunto, queria tudo que pudesse ter dela.

— Assim como? — responde confusa.

— Intransigente — Sou direto.

— Só com pessoas como você — revida, e minha vontade é só calar sua boca atrevida com um beijo.

— Pessoas como eu? — Não resisto e afasto alguns fios de seus cabelos, para enxergar melhor seu rosto lindo, mas se afasta antes que eu cumpra meu objetivo.

— Abusadas e que se acham o dono do mundo! — Seu tom é irritadiço.

— Se me conhecesse melhor, veria que não sou nada disso, pelo menos em parte — defendo-me enquanto a encaro o tempo todo; não consigo olhar em outra direção.

— Não estou interessada! — Aperta a bolsa no colo e vira o rosto para o seu lado da janela, me deixando sem palavras.

Será que ela tem algum poder mágico que tira o meu de raciocinar? Que porra de fixação é essa com uma mulher? Tudo bem, não é uma mulher qualquer, é o meu anjo e não desistirei assim tão fácil. Com esse pensamento, percebo o quanto estou ferrado.

Minutos após um silêncio ensurdecedor, pelo menos na parte de trás do carro, Michel desliga o motor, e ela se apressa em abrir a porta, mas puxo seu braço antes que consiga.

— Não vai se despedir? — pergunto com o rosto a milímetros do seu, sua respiração acelera e seus olhos queimam os meus, mas ela não consegue disfarçar o desejo dessa vez, está nítido.

— Você tem problema? — Sua pergunta sai com tom carregado.

— Um dos grandes, e é a única que pode resolver. — Meus lábios estão prestes a tocar os seus, nunca desejei tanto uma mulher.

— Sinto muito por seu "problema", e engano seu, não posso e não quero resolver, tchau! — Desce do carro antes que consiga impedi-la novamente, me deixando mais uma vez com cara de bobo, mas dessa vez também me sinto abandonado como nunca me senti antes.

Desço do carro logo em seguida, mas tarde demais, pois já está entrando em seu prédio, seguida por Bia.

Olho para Michel, que está sorrindo.

— É melhor não dizer nada! — advirto-o, e sigo para o carona, completamente frustrado, acompanhado pela sua risada.

— Quando é o casório? — pergunta em zombaria ao ligar o automóvel.

— Vai se ferrar, Michel, não enche!

— Tentei ajudar, cara, mas ela é dura na queda mesmo — comenta o que eu já sabia e nem respondo.

Ao chegar em casa, tomo meu banho e logo estou andando de um lado para o outro, a imagem dela não sai da minha cabeça.

Sempre fui conhecido por toda a corporação como um cara focado e centralizador. Sim, gosto de tudo ao meu comando, e nada e ninguém me tiram do meu objetivo. Sempre funcionei bem com a cabeça, sentimentalismos não são para mim. E agora estou aqui, confuso e totalmente perdido. Pela primeira vez, não sei o que fazer, como agir, estou muito ferrado! Não existe outra palavra que possa definir a bagunça mental.

Olho na direção do bar e vejo a garrafa de uísque que deixo para as visitas. Desde que entrei para a corporação, não bebo mais. Mas hoje, estranhamente, preciso de uma dose, pelo menos assim dormirei logo e a esquecerei de vez.

Uma dose não foi suficiente, continuo pensando nela e vendo-a na minha frente, cheia de autoridade, e aquela frase que me disse no sábado continua ecoando: "Queria ver se não estivesse usando essa farda aí e sem todas essas armas ao seu redor, se faria a mesma coisa".

Passo a mão pela cabeça, tomo mais uma dose e, quando percebo, já foi meia garrafa. Preciso vê-la e tirar tudo isso a limpo de vez. Visto uma camiseta branca, meu tênis, e saio.

Deixo a pistola em casa, coisa que nunca fiz antes, mas tenho que mostrar para ela que não sou aquela pessoa horrível que está imaginando. E se me quer desarmado, assim me terá.

Entro no carro e as lembranças de seu cheiro e sua boca ao meu alcance me deixam muito mais ansioso. Preciso que conheça o Gustavo por trás do policial, sei a merda que fiz e que fui muito grosseiro com ela na operação, mas preciso que pelo menos me dê uma chance, só uma.

Chego à porta do seu prédio e fico analisando como entrar, sei que se me anunciar, não vai me receber. Quando vejo o porteiro, percebo que será mais fácil que imaginava. É o Sr. João, ele já trabalhou no meu prédio e batíamos altos papos. Vai ser moleza.

Aproximo-me e faço sinal de positivo para ele, tentando parecer sóbrio para não estragar meu disfarce. Caralho, já estou pensando igual a bêbado, isso não foi boa ideia.

— Boa noite, Sr. João, tudo bem? Meu amigo está me esperando, já liguei pra ele, não precisa anunciar — minto descaradamente.

— Oi, meu filho, tudo certo, e como andam as coisas lá no seu prédio?
— Porra, estou tentando parecer normal e o cara quer puxar conversa.

— Está tudo certo, o prédio continua em pé. — Faço sinal de positivo com a mão, e me olha confuso. Também, que porra de resposta é essa? Sigo para o elevador, ele não diz mais nada, permanece me observando. Paro, apoiando uma das mãos na parede, tentando não balançar.

Lembro-me claramente do seu andar e apartamento; mesmo se não estivesse estado aqui hoje, saberia, decorei seu endereço depois de olhar inúmeras vezes para aquele pedaço de papel.

Entro no elevador e aperto o dois de segundo andar. Levo uns dez minutos para achar sua porta, os números estão todos se mexendo.

Quando a encontro, toco a campainha e bato na porta ao mesmo tempo.

A MISSÃO AGORA É AMAR

CAPÍTULO 8

LÍVIA

Acordo com a campainha e batidas na porta da sala. Só pode ser a Bia, que esqueceu sua chave; outra pessoa teria sido anunciada antes. Agora tenho certeza de que é maluca, já são onze e meia da noite, poxa, sabe que acordo cedo.

Coloco meu robe por cima da camisola de cetim branca que visto e sigo em direção à porta. As batidas continuam, que falta de paciência a dela para esperar!

— Já vai, Bia, que saco! Você me acordou, sabia? — Abro a porta e quase caio para trás. Só posso estar tendo um pesadelo.

Não é possível! Que pesadelo, que nada, só pode ser um sonho mesmo. Não tem como ser ele na minha porta. Ou tem? Como descobriu meu andar e apartamento?

Se for uma visão, é muito boa e real. Está me olhando com a mesma intensidade que quase me fez beijá-lo na praia ou naquele carro, as mãos apoiadas uma de cada lado do umbral, parece que enxerga dentro de mim. Como consegue fazer isso? Minhas pernas estão bambas, o coração ameaçando sair pela boca a qualquer momento. Ele continua imóvel, sem desviar os olhos dos meus em nenhum segundo, e eu ainda não consegui formar nenhuma palavra. Só nos olhamos.

Sem que espere, retira sua camisa de malha branca de uma só vez, joga-a no chão da sala, me empurra para dentro e fecha a porta atrás de si. E estou como uma marionete em suas mãos, que envolvem minha cintura firmemente. Paralisada, quase babando em seu peitoral perfeito e definido, como imaginei e sonhei todos esses dias.

Permaneço atônita, como fiquei mais cedo. Quando o vi na praia, fiquei totalmente imóvel e sem fala, fui até atropelada por um surfista. Será assim todas as vezes que o vir?

— E aí? Estou aqui, sem uniforme e, como pode ver, desarmado. Só quero saber o que você irá fazer comigo agora — pergunta impetuoso, com o nariz e a boca próximos ao meu lóbulo, então, sinto o cheiro de álcool. Sabia que havia algo de estranho: está bêbado. Que idiota de policial é ele, para sair de casa desarmado, e ainda por cima bêbado! Está colocando sua vida em risco por pura idiotice. Sinto raiva, mas não sei o porquê, já que isso não é da minha conta.

Saio do meu momento hipnótico e tiro suas mãos de minha cintura bruscamente. E no mesmo instante se desequilibra e quase cai em cima de mim; empurro-o para longe e encosta-se à porta.

— Posso saber como obteve o número do meu apartamento? E como conseguiu subir sem ser anunciado? E o que está fazendo aqui? — disparo muito irritada, mas comigo mesma, por sentir o que estou sentindo, não posso querê-lo assim.

— Tss, tss, tss... Uma pergunta por vez, por favor — pede estalando a língua. — Sou caveira, não é difícil descobrir as coisas com aquele sistema que temos no batalhão: você digita um número de documento e puf! Aparece tudo. Entro onde eu quero, sou bom nisso! E você, já se esqueceu de mim? E o seu machucado está melhor? Juro que se ele tivesse te machucado mais sério, iria acabar com a raça dele e com a prancha também.

Nossa, está muito bêbado! Fala tudo enrolado, como conseguiu chegar até aqui? Sinto uma angústia ao pensar que poderia ter acontecido algo com ele, apesar de ser o cara mais idiota do mundo!

— Não esqueci, lembro-me de cada babaquice sua, e o meu machucado está bem, obrigada, foi só um arranhão, nada de mais. — Ergue uma das mãos e passa o polegar em cima do arranhão e todo meu corpo responde ao simples toque. — Faltou responder uma pergunta: o que veio fazer na minha casa a essa hora da noite? E ainda por cima nesse estado! Espero que o álcool não tenha queimado seus neurônios e você tenha ciência do perigo que correu.

Um sorriso de lado se abre em seu rosto, fazendo meu coração parar. Fica mais lindo ainda quando sorri.

— Está preocupada comigo, meu anjo? Bebi só um pouquinho. — Faz um gesto com o indicador e o polegar, inclinando a cabeça. — Precisava tirar você da minha cabeça e, como não estava conseguindo, apelei para o uísque. Mas tem muito tempo que não bebo, acho que esse foi o problema. Aliás, te avisei que meu problema só você poderia resolver, tentei a bebida,

A MISSÃO AGORA É AMAR

mas como pode ver, não adiantou, você continuava lá, linda, aparecendo na minha frente. Então aqui estou, ao seu dispor.

Estou totalmente surpresa com sua revelação.

Sem que eu perceba, seu corpo já está totalmente grudado ao meu de novo. Uma força invisível parece nos unir. Seus dedos tocam meu rosto com delicadeza, removendo uma mecha de cabelo, em seguida desce para os meus lábios, desenha-os com o seu polegar. Não consigo me mexer... Sua mão em minhas costas me prende ao seu corpo, e a outra sai do rosto e envolve minha nuca, me forçando a encarar seus olhos que são de puro desejo. Sinto a sua ereção em minha barriga no mesmo instante em que nossos lábios se encostam. Sua língua invade minha boca sem pedir licença e eu correspondo; seu beijo é avassalador, sua pegada é firme, e sinto como se estivesse sendo beijada pela primeira vez na vida.

Eu me entrego, a sensação é indescritível, minhas mãos passeiam por suas costas até chegarem aos seus cabelos.

Que homem é esse? A essa altura, minha camisola já está na altura da bunda e não estou nem aí, estou prestes a entrar em combustão a qualquer momento, nunca me senti dessa forma, tão viva e desejada.

Deus, ele é policial, não devo me envolver, tenho que preservar meus sentimentos. Esse homem é totalmente disperso com a própria vida! Não sou do tipo que pega sem se apegar, então, tenho que buscar forças para afastá-lo. Minha cabeça diz que sim, que preciso me afastar imediatamente, mas meu corpo já está implorando por mais e mais de seu beijo e dele. Mas tenho que obedecer à minha cabeça e não ao meu corpo. Então, continuo andando em direção ao sofá o guiando junto, sem desfazer o contato, quero aproveitar cada segundo.

Quando estamos perto o bastante, pego-o distraído com um dos golpes do meu pai, fazendo-o cair deitado sobre o sofá. Fico em pé na sua frente e está com uma cara de quem foi derrotado por uma formiga.

— Me admira o Senhor, Capitão, deveria estar mais ligado — digo para ele, que me olha com aquela cara de quem acabou de perder um *round*.

— Você me pegou desprevenido, em um momento de fraqueza, mas fico feliz que seu pai tenha te ensinado a se defender — diz sem conseguir se mover da posição em que se encontra. Claro, o álcool realmente está mandando na situação. Como sabe do meu pai?

— Policiais não deveriam ter fraquezas! Não acha, Capitão? — pergunto olhando dentro dos seus olhos. Mas sei por experiência própria que eles têm.

— Nós não somos de ferro, sabia? — revida, e mais uma vez me lembro do meu pai. Esse envolvimento não terá futuro, com certeza, de uma forma ou de outra sairei machucada.

— Infelizmente, Capitão — confirmo. Por que tem que ser policial? Nunca senti nada assim por ninguém, e quando sinto, tem que ser por uma pessoa que poderá sair da minha vida sem que ela mesma queira, como foi com o meu pai. Passo as mãos pelos cabelos para tentar arrumar a bagunça que ele fez.

— Vá embora, por favor.

Ergue a mão em minha direção, em resposta.

— Para com isso, meu anjo, deita aqui comigo. — Está muito bêbado mesmo, como irei fazer para tirá-lo daqui nesse estado? Se alguma coisa acontecer com ele, irei me culpar pelo resto da vida.

—Não sou seu anjo! — Sou ríspida.

— Você é, sim! Está vestida como um anjo, claro que na versão anjinha muito sexy! Foi feita para mim.

Estou desconcertada, sem saber o que dizer e com uma vontade louca de deitar ao seu lado, mas não posso me envolver. E se tem uma coisa que eu não sou, é ser perfeita para ele.

— Pode dormir aí no sofá, até amanhã — digo, e tenta se levantar para vir atrás de mim, mas não consegue. Fica lá, com o braço sobre o rosto.

Volto em seguida com um travesseiro, olho na sua direção e já está dormindo todo torto no sofá, do jeito que caiu. Com certeza irá acordar todo dolorido. Problema dele, quem manda encher a cara e vir perturbar as pessoas a essa hora da noite? Ando em sua direção, fico ali um pouco, olhando-o dormindo. Está sereno, é tão lindo, pena que proibido para mim, não quebrarei meu juramento. Coloco o travesseiro por debaixo de sua cabeça, me abaixo e tiro seus tênis, pego sua camisa do chão e, por instinto, coloco-a no meu rosto, sentindo seu cheiro. Um cheiro maravilhoso, de uma colônia masculina amadeirada. Por segundos, fico agarrada à sua camisa, relembrando do momento que acabamos de ter, do seu beijo... Minha pele ainda queima com o calor de suas mãos. Mas é só isso que será: um momento. Estico sua camisa em uma cadeira, ligo o ventilador de teto e o deixo.

Vou para o meu quarto e me xingo mentalmente por ainda não ter consertado a fechadura da porta. Mas do jeito que está bêbado, não corre-

A MISSÃO AGORA É AMAR

rei riscos.

E essa agora, desse homem vir aqui atrás de mim? Não poderei me render a ele. Não suportaria conviver com a incerteza e a insegurança que sua profissão oferecem. Ficaria aflita com cada atraso, com cada telefonema não dado. Não, eu não quero isso para minha vida. Isso não é para mim. Fiz uma promessa e irei cumpri-la.

Meus sentimentos guerrilham dentro de mim. Acredito que, de alguma forma, também mexo com ele, senão não estaria agora na minha sala, dormindo no meu sofá. Que loucura! Nunca senti antes o que senti hoje, com seu beijo e seu toque. Há uma conexão entre nós que não sei explicar. E o cara é policial! Isso só pode ser alguma piada do destino. Nem sei seu nome, tenho que ficar chamando-o de Capitão, ele nem ao menos me diz, deve gostar dessa coisa de ser superior às pessoas.

Acordo com o barulho do despertador. Quando abro os olhos e vejo um braço forte enrolado em minha cintura, desperto rapidamente. Que merda é essa? Ele está aqui, na minha cama! Como não acordei? Está totalmente colado às minhas costas, seu nariz enfiado em meus cabelos. Mas é muito abusado!

Tento alcançar o celular para desligar o alarme, que tem um barulho irritante, e ele nem se mexe. Estico-me um pouco para frente e seu braço me puxa de volta. Ah, vou matá-lo!

Que abuso! Consigo pegar o celular com muito esforço e desligar. Dou uma olhada para trás e vejo que está só com uma cueca boxer preta. E, meu Deus, que corpo é esse?!

Inacreditável como alguém pode ser tão sem noção e tão gostoso ao mesmo tempo. Saio do seu abraço, me levanto e vou para o outro lado da cama, depois puxo o lençol para cima com toda força, fazendo-o cair direto no chão.

— Caramba, meu anjo! Isso lá é jeito de me acordar? — pergunta ainda no chão, se fingindo de indignado. Quase fico com pena... quase.

— Já disse que não sou seu anjo! E que merda é essa de vir pra minha cama? — Estou muito irritada, com os braços cruzados, o encarando.

— Não podia continuar naquele sofá, é muito pequeno; iria acordar todo quebrado hoje, olha meu tamanho, Anjo. — *É muito cara de pau.*

— Você é muito abusado! Era só ter continuado na sua casa e dormiria confortável, melhor que aparecer na casa de uma pessoa que nem conhece direito e ainda reclamar do sofá dela! — rebato, tentando evitar olhar na direção do seu corpo. Ele continua com cara de paisagem.

— Não esquenta a cabeça com isso, Anjo, dormi muito confortável, há muito tempo que não dormia desse jeito. Mas aquele sofá, temos que comprar um maior, um que caiba nós dois nele. — Pisca para mim.

O quê? Ele é louco! Só pode ser isso. Que história é essa de *temos*? Se depender de mim, nem pisará mais aqui, e ainda quer falar mal do meu sofá, que adoro? Perdeu a noção do perigo.

— Você é maluco?! Ou ainda está bêbado? Quem pensa que é, para chegar à minha casa querendo dar ordens? Só deixei você ficar aqui porque não tinha nem condições de ficar em pé, mas pelas besteiras que diz, vejo que está bem. Vá embora da minha casa, e não apareça mais aqui.

Ele me olha, como se tivesse ficado magoado, e quer saber? Não estou nem aí, essa situação seria muito cômica se não fosse triste e irritante.

— Queria que você soubesse que não sou de beber. Não bebia desde que entrei para a corporação; policiais e bebidas não combinam. — *Bom, pelo menos tem consciência da burrice que fez, o idiota!*

— Não quero saber da sua vida, isso não é problema meu, só quero que vá embora e não apareça mais. — Estou com muita raiva do seu abuso.

— Queria que me desculpasse pela minha atitude.

Pelo menos sabe pedir desculpas; mesmo assim, não justifica.

— Qual delas? A de ter sido um troglodita na sua tal missão; por vir até minha casa sem ser convidado, me agarrar à força; ou pelo fato de ter deitado em minha cama sem permissão?

Dá aquele sorrisinho de lado, e quase amoleço.

— Só de ter sido um troglodita. Juro que não queria gritar com você; é que estava com a adrenalina lá em cima devido à tal missão, e também fiquei com raiva. Não conseguia entender uma mulher tão linda assim ao lado de um bandido.

Seu tom é muito calmo ao dizer essas palavras, e me olha nos olhos o tempo todo. Eu não posso ceder a ele, tenho que resistir ao seu olhar. Não vou ser mulher de polícia, não quero passar a vida pensando em quanto tempo minha felicidade vai durar. Só preciso expulsá-lo da minha casa, da minha vida, e ficará tudo bem. Certo, não será tão difícil assim.

— Agora que sabe que não ando com bandidos, pode ir embora, por favor, estou atrasada para o trabalho.

A MISSÃO AGORA É AMAR

Ergue as sobrancelhas.

— Ainda não acabei. Agora, sobre o fato de ter vindo aqui sem autorização, posso até ter errado, mas não me arrependo. E, apesar de bêbado, não me lembro de ter te agarrado à força, só me lembro de ter gostado e correspondido. — Jogo o travesseiro na cabeça dele, que o segura e começa a rir.

— Você está se aproveitando de um homem desarmado? — Começa a andar na minha direção e instintivamente recuo.

— Do jeito que chegou ontem aqui, seria um alvo fácil para qualquer um — alerto, para que tome mais cuidado da próxima vez. *E o que tem com isso, Lívia?* Deixe-o fazer a merda que quiser da vida dele, não é da sua conta.

— Pode deixar, Anjo, não fica preocupada, isso não vai se repetir de novo! Só para deixar claro, também sou bom de porrada.

Não aguento e começo a rir.

— Claro, do jeito que estava ontem, o Anderson Silva seria fichinha pra você. Outra coisa: apesar de ainda não saber seu nome, sabe o meu muito bem. Então, pare de me chamar de Anjo.

Ele se aproxima e estende a mão em minha direção.

— Gustavo Albuquerque Torres, muito prazer, ao seu dispor, a hora que quiser — diz convencido, e finjo não notar sua mão.

— Comeu Palhacitos? — pergunto bem séria, e começa a rir sem parar. Nossa! Esse homem não tem jeito de ficar feio, é lindo de todos os jeitos. Tento a todo custo me manter séria, não irei dar mole de rir com ele.

— Agora, por favor, vá embora, realmente tenho que trabalhar e já estou muito atrasada, não precisa agradecer nem nada, só vá embora.

Cruza os braços e me olha sério. Ai, o que foi agora?

—Vou te levar, fica tranquila, pode se arrumar que espero na sala.

Claro que não permitirei isso, será que não vê que quero me livrar dele e não me aproximar mais?

— Nem pensar! Sei muito bem o caminho do trabalho, não precisa me levar.

Balança a cabeça e sai do quarto. Deve ter se mancado e vai embora.

Vou para o banheiro e tomo um banho rápido. Estou com a hora bem apertada por causa desse troglodita. Visto minha calça branca e a blusa do uniforme, coloco os sapatos, pego minha bolsa e retorno à sala.

Levo um susto. O abusado fez café e ainda mexeu na minha geladeira. Na mesa tem torradas feitas na hora, que amo, queijo, manteiga e suco. E ainda duas xícaras de café. Paro de frente para a mesa onde ele está confortavelmente sentado, cruzo os braços e o encaro.

— Além de maluco, é surdo? Pedi para ir embora, não fazer o café.

— Senta aí, está esfriando. Não vai sair sem tomar café e, além do mais, também estava com fome. Que coisa feia, não oferecer nem um café para as visitas.

Pisco sem parar, não consigo acreditar no seu abuso. Sento à mesa, porque não vou desperdiçar o meu café da manhã comprado com o meu dinheiro. Se ele fez, problema dele.

— Só para deixar claro, você não é visita.

Dá um sorriso de lado.

— Sei disso, por isso fiz o café.

Afffff... Ainda finge que não entendeu o que disse.

— Não quis dizer nesse sentido, disse que você não foi convidado para estar aqui, e nem será. Agora, anda logo porque estou mega atrasada. — Ergue seu olhar e encara-me como se eu fosse maluca.

— Já disse que vou te levar — diz bem sério.

— E já disse que não. — Encaro-o da mesma forma.

— É só uma carona, não vou arrancar pedaço e, de qualquer forma, vou na mesma direção, moro quase ao lado do seu trabalho, então, para de bobeira — diz como se o assunto tivesse sido resolvido.

— Como sabe onde trabalho? — Baixa o olhar parecendo culpado. Se sabe do meu pai, saber do meu trabalho seria mole. — Quer saber, deixa pra lá!

Termino meu café e vou para o banheiro. Quando volto, já retirou a mesa. Pelo menos se mancou em ajeitar a bagunça que havia feito. Pego minha bolsa e a chave, abro a porta e já está ao meu lado. Desço pelas escadas, como sempre, e ele vem atrás de mim como uma sombra.

— Até nunca mais — digo e levanto a mão para lhe dar um adeus debochado, mas ele a pega na mesma hora e começa a caminhar me levando junto.

— Você, com certeza, é maluco! Já disse que não quero sua carona.

Encara-me com o maxilar cerrado.

— E você é muito birrenta! Não me custa nada, se vou para o mesmo local. E também não acho legal pegar ônibus com essa calça. Nem deveria mais usá-la — diz cheio de autoridade.

— E posso saber por quê? Essa calça é uniforme, uso-a todos os dias.

— Esse cara tem algum problema, além de ser muito gostoso. O que tem

A MISSÃO AGORA É AMAR

a ver minha calça com o ônibus?

— Simplesmente porque estou conseguindo ver toda a sua calcinha, e tenho certeza que todos dentro do ônibus não irão perder a oportunidade.

Sem comentários, não vou ficar discutindo sobre minha calcinha. Puxo minha mão da sua, me viro e vou em direção ao ponto.

— Vai me obrigar a fazer isso mesmo? Vou ter que ir de ônibus com você, e depois voltar aqui para buscar meu carro?

Juro que estava tentando me segurar, mas agora me tirou do sério.

— Me deixa em paz, não tem que fazer nada! Não é da sua conta, nem era para estar aqui. Segue teu rumo, não vou aceitar ordens suas, entenda isso, que saco!

Encara-me chateado. Se não me preservar, ninguém fará isso por mim.

— Desculpe, Lívia, só quis ser gentil. Achei que, como tomei seu tempo e você está atrasada, e de qualquer forma vou para a mesma direção, não custava nada te dar uma carona. Mas fica tranquila, vou seguir meu rumo, até mais.

Olho para ele, estranhando sua mudança repentina. Para quem estava tão decidido, mudou de ideia rápido. Quer saber? Melhor assim. Viro-me e começo a seguir meu caminho.

— Lívia! — Ouço seu grito depois de dar uns passos e travo. — Só um conselho: se é obrigada a usar uniforme, acho melhor que vista no trabalho.

O que tem com isso? Há um ano que vou de uniforme para o trabalho, muito mais prático. Quem ele pensa que é para dar opinião na minha vida? Viro-me novamente sem me dar ao trabalho de lhe responder e continuo descendo a rua. Quando olho no relógio, fico em pânico: já são sete e vinte. Com certeza, chegarei atrasada, e a dona Júlia comerá meu fígado. Odeio atrasos, tudo por culpa desse idiota!

Mas bem que tentou se redimir, e se não fosse tão orgulhosa, evitaria a bronca. Agora aguenta. Estou quase chegando ao ponto de ônibus, quando escuto uma freada brusca. Levo um susto e dou um pulo para trás.

— Mudei de ideia, meu Anjo — comenta, já vindo em minha direção. Estou tão assustada que não consigo dizer nada, me puxa pela mão e me coloca no banco do carona, dá a volta, entra no carro e sai.

Por alguns minutos, ninguém diz nada. Levamos quinze minutos para cruzar a Linha Amarela até a entrada da Barra, pelo menos não chegarei atrasada. Quando estamos na Avenida das Américas, meu celular toca, na tela vejo um número não identificado. Observo, decidindo se atendo ou não, odeio atender número desconhecido.

— Não vai atender? — Gustavo quebra o silêncio.

Resolvo atender. Pela hora, deve ser algo importante.

— Alô...

— Lívia, sou eu.

Sei muito bem quem é, conheço essa voz melhor do que gostaria.

— O que quer, Otávio?

— Só queria saber se está bem. — Percebo que está ofegante. — Me controlei muito para não te ligar no fim de semana inteiro, queria te dar um tempo.

— Não posso falar agora, estou indo para o trabalho. — Olho na direção do Gustavo, que está me olhando como se eu tivesse duas cabeças.

— Por favor, jante comigo, nós precisamos conversar melhor, estou sentindo muito a sua falta, minha linda. — *Como me sair dessa?*

— Otávio, nós não temos mais nada para conversar, já deixei claro minha posição pra você.

— Me perdoa, por favor! Eu te amo!

Fecho os olhos, realmente sinto dor em seu tom, porém não tem mais volta, não só pela traição, mas também porque não o amo.

Nesse momento, percebo que Gustavo olha mais pra mim do que para a rua, e parece que vai quebrar o câmbio do carro, de tanta força que imprime nele.

— Agora realmente não é um bom momento, Otávio, estou descendo aqui no trabalho. — Não vou ficar falando nada na frente do Gustavo, já se intrometeu muito na minha vida.

— Ok, mais tarde te ligo, beijos, e te amo. — Ai, meu Deus, ele está acreditando em reconciliação. Como minha vida mudou tanto em um fim de semana? Desligo o telefone sem dizer nada e o guardo na bolsa.

— Quem era? — *Agora essa, ele já passou do ponto de enxerido.*

— Não interessa — respondo e recebo um olhar não muito legal. Não me importo, não lhe devo satisfações.

— Se não me interessasse, não estaria perguntando, Lívia. — *Nossa! Cadê o Anjo agora? Tô fora!*

— Você não é o Caveira? Descubra — sou irônica.

— Seu namorado? — Seu tom é irritado. *O quê? Achou que iria chegar e eu estaria disponível?*

— Noivo — omito o fato de que é ex-noivo. Ele bate no volante com raiva.

A MISSÃO AGORA É AMAR

— E quando iria me dizer? — pergunta, muito irritado.

— Achei que soubesse. — Encosta o carro em frente ao meu trabalho.

— E como iria saber disso? É aquele cara que estava com você no sábado? — pergunta no momento em que saio do carro.

— Obrigada pela carona, valeu mesmo, cheguei bem na hora.

Olha-me ainda bastante colérico. Interiormente, estou até me divertindo com essa situação. Como homem é desligado, por mais esperto que pareça. Nem se deu conta de que os nomes são diferentes.

Entro no trabalho e ele ainda está lá, parado. Logo em seguida, liga o carro e vai embora. E sinto uma pequena sensação de abandono.

Que bom que cheguei na hora. Dona Júlia está com a macaca, atirando para todos os lados. Não vejo a hora de abrir meu negócio com a Bia, é só vender a casa e nós começaremos a ver um lugar para realizar nosso sonho. Até lá, terei que aturar isso aqui mesmo.

Saio do trabalho às quatorze e trinta, pois a Sara se atrasou, levando a maior bronca, coitada. Sem necessidade, mulher maluca! Quase que peço demissão, fiquei com pena da Sara, tem um filho e precisa muito do emprego. Quando tiver meu negócio, a chamarei para trabalhar comigo.

Assim que chego em casa, ligo logo para Bia, preciso contar tudo o que aconteceu.

— Sabia que o Capitão gostosão tinha gostado de você. — *É, um maluco conhece o outro, penso eu.*

— Nossa, Bia, toda essa situação me deixou muito confusa. Esse cara é muito louco, não sei o que pensar.

— Ontem ficou bem preocupado com você na praia e depois no carro, estava claramente dando em cima de você. Sabe qual é seu problema, amiga? Pensa demais.

— Achei muito estranho o fato de eles saberem exatamente o posto da praia em que estávamos.

— Comentei com o Michel que nós estaríamos lá.

Só então minha ficha cai: ela armou o encontro.

— Não acredito que teve coragem de armar um encontro com aquele Capitão, depois de tudo que fez com a gente?

— Ele também não sabia — confessa em um tom muito baixo.

— Você sabe muito bem por que não posso me envolver com ele, Bia

— digo chateada.

— Desculpe, amiga, não fiz por mal, é que nunca a vi assim com outra pessoa, e pelas coisas que você me disse e que vi no carro, o cara está louco, sim, mas por você, amiga. Só penso que, de repente, pode estar jogando o homem da sua vida fora por medo.

Pode ser verdade o que está dizendo, mas não posso arriscar, não quero e não vou passar tudo por aquilo novamente.

— Tudo bem, Bia, só não faça isso de novo, não quero mais vê-lo. — Desligo o telefone e fico tentando me convencer de que disse a verdade para minha amiga.

Tomo um banho, arrumo a cozinha e vou tirar um cochilo. Acordo com meu celular tocando, vejo o identificador e é a dona Márcia, gestora da faculdade. Espero que tenha boas notícias.

— Oi, dona Márcia, tudo bem?

— Tudo, minha filha, estou ligando porque consegui aquela vaga para você.

Não posso acreditar, dou pulinhos de alegria.

— Nossa, não sei nem como lhe agradecer, muito obrigada mesmo. — Estou muito feliz, será uma grana boa e me ajudará a montar a academia.

— Que isso, minha filha, você merece. Sei como é esforçada. Na quarta à tarde, venha aqui na faculdade que acertaremos todos os detalhes. É para começar na próxima semana. Serão três vezes na semana, uma hora por dia. Do jeito que tinha te falado. Beijos, minha filha, até quarta, então.

— Ok, passo aí na quarta, quando sair do trabalho, muito obrigada de novo. Beijos. — Enfim, uma notícia boa. Nesses últimos dias, minha vida está lembrando uma novela. Acho que não tive tempo ainda de digerir tudo o que aconteceu.

Irei dar aulas de alongamento para funcionários de uma empresa que presta serviços para a Petrobrás. Recebendo quase a mesma coisa que ganho onde trabalho. Meu celular começa a tocar de novo, atendo logo em seguida, pensando que dona Márcia se esqueceu de algum detalhe.

— Oi...

— Oi, minha linda, podemos jantar hoje? — *Não acredito que vai insistir mesmo nisso.*

— Claro que não, Otávio, por favor, siga com a sua vida que seguirei com a minha. Não crie expectativas. — Estava bom demais.

— Quero você de volta! — *Acho que todos os malucos do mundo resolveram colar em mim.*

A MISSÃO AGORA É AMAR

— Querer nunca foi poder, Otávio. Entenda de uma vez por todas que não há nada que você diga ou faça que vá fazer com que volte pra você. — Esse papinho dele já está me irritando.

— Me perdoa, minha linda, eu te amo. — *No mínimo, deve estar com problemas na audição.*

— Vou dizer mais uma vez: não tem volta, Otávio, acabou!

Fica em silêncio por uns segundos, não diz nada. Tomara que entenda dessa vez.

— Não vou desistir de você e nem do nosso amor, vou ter você de volta, custe o que custar.

Me assusto com seu tom de voz; realmente, está convencido do que está dizendo. Resolvo não atiçar mais e cortar o mal pela raiz.

— Adeus, Otávio, não me liga mais, por favor! — Desligo o telefone na sua cara. Meu celular toca de novo logo em seguida. Isso já está ficando muito chato, estou muito irritada, como vou fazer para que ele esqueça que eu existo? Acho que vou comprar outro chip para o celular. Ele agora irá me escutar.

— Já disse pra você não me ligar mais! Esquece que eu existo, *acabou!*

— Anjo? Está tudo bem? — Ouço uma voz cheia de preocupação do outro lado. Só de ouvi-la, meu coração dispara. E agora, como irei sair dessa?

CAPÍTULO 9

LÍVIA

Fico sem palavras, não sei o que dizer, pensei que não iria me procurar mais, já que, para ele, sou noiva. E agora está do outro lado da linha, todo preocupado.

O que eu falarei para ele?

Por que ele me deixa assim, totalmente desestabilizada?

— Anjo, você está aí?

Estou com as mãos trêmulas, não sei o que dizer. Enfim, resolvo acabar logo com isso.

— O que você quer comigo? — exijo ríspida, estou com raiva de como está mexendo com meus sentimentos em tão pouco tempo.

— O que está acontecendo? Com quem pensou que estava falando? Quem tem que te deixar em paz? — Faz um monte de perguntas ao mesmo tempo.

— Ninguém que seja da sua conta — respondo irritada.

— Claro que é da minha conta. Ligo pra você, e atende toda nervosa! Que merda é essa? Quero saber quem está te ameaçando. — Está no modo Capitão e furioso.

— Achei que tivesse entendido que não estou disponível.

— Achou errado! Pode parecer, mas não sou idiota.

Estou tão cansada disso tudo! Desde que terminei com Otávio, minha vida virou de cabeça para baixo e um turbilhão. Sentimentos duelam dentro de mim, nunca estive tão confusa em toda minha vida.

— Jura? — sou irônica.

— Sabe, andei pensando depois que te deixei no trabalho essa manhã, lembrei que o nome do cara que estava com você no sábado é Flavinho, e não Otávio. Então, pensei mais um pouco e percebi que não vi nenhuma aliança no seu dedo. — *Ai, que merda, como vou tirá-lo do meu pé se souber que estou disponível?* — Então, Anjo, quem é esse Otávio?

— Não posso falar agora, tem outra ligação aqui, tchau! — digo e desligo o telefone.

Não sabia o que responder, achei melhor desligar e ganhar mais um tempo para pensar no que falar para ele. Sei que, como policial, não desistirá e irá até o fim. Preciso esquecer isso um pouco, caso contrário, vou pirar.

Ligo a TV para me distrair; chega de discussão por hoje, vou ficar aqui quietinha, assistindo a algum programa.

Coloco em um canal de filmes, e está passando um que amo! Não canso de assistir, sei todas as falas, se chama *Se ela dança, eu danço*. E consigo me distrair, esqueço tudo por um momento, até que aqueles olhos, aquela boca, aquele beijo me vêm à cabeça...

Para com isso, Lívia, não pode ficar atraída por ele, é loucura, sofrimento na certa.

Então, por que não consigo tirá-lo da cabeça? Se todos os meus instintos me mandam ficar bem longe dele?

E ainda tem o Otávio, que cismou que me terá de volta. E, para completar, minha amiga está se envolvendo com um cara da equipe do Gustavo. Tudo ao mesmo tempo, quero me desligar de tudo isso. Não vejo a hora de voltar às aulas, chegarei cansada e não ficarei pensando em nada disso.

Já no final do filme, uma batida forte na porta faz meu coração disparar. Bia tem a chave e está em um encontro; eu tinha proibido a entrada do Otávio. Acho que já sei quem está em minha porta: Gustavo.

Escuto mais uma batida, vou abrir antes que a derrube. Abro, e minhas suspeitas se confirmam.

— O que você está fazendo aqui? — Quase não consigo formular minha pergunta. Ele me encara e... nossa, está ofegante e tão lindo e tão gostoso...

Para com isso, Lívia, se concentra!

— Te fiz uma pergunta e não me respondeu, não é educado desligar o telefone na cara das pessoas, você ainda não sabe disso?

Como irei sair dessa? Não consigo nem sair do meu lugar. Tento manter o controle.

— Você não tem nada a ver com minha vida, já te disse isso. Tem algum problema para assimilar as coisas?

Ele simplesmente invade meu apartamento, anda em direção ao sofá e se senta lá. Assisto a tudo sem acreditar em sua petulância, fecho a porta, já que é a única coisa que posso fazer no momento.

— Vai me dizer quem é esse tal de Otávio? Ou vou ter que dar meu jeito para descobrir? — Seu tom e olhar são sérios e inquisitivos.

Cruzo os braços e o encaro. Mas é muito abusado mesmo, acha que tem algum direito de perguntar qualquer coisa sobre minha vida?

— Não tenho que te dizer nada, minha vida não lhe diz respeito. — Estou com raiva do seu atrevimento, quem pensa que é? Além de lindo, claro, mas isso não precisa saber.

— Isso quem decide sou eu — revida com a cara fechada. Olha para os lados, como se estivesse procurando algo, até que pega meu celular e começa a mexer nele.

Isso já está indo longe demais.

— Ei, o que pensa que está fazendo? Larga meu telefone! — Vou para cima dele e tento tirar de suas mãos; ele levanta o aparelho e não me deixa pegá-lo.

— Eu te perguntei, não me disse; então, eu descubro. — Começa a procurar nas chamadas recebidas, até que percebo sua intenção quando vejo o nome do Otávio na tela. Não posso deixar que faça isso!

Como não consigo tirar o aparelho de suas mãos, devido à sua altura, subo no sofá e pulo em suas costas. Ele leva um susto e, então, pego o telefone, desligo o aparelho e fico em pé no sofá. Gustavo, que está de costas para mim, se vira e me agarra.

— Minha vez. — Caímos juntos no sofá. Ele fica por cima de mim, me encarando; não consigo desgrudar meus olhos dos seus. Encaro sua boca e não resisto, subo a minha em sua direção e, quando menos percebo, nós já estamos nos beijando, e é um beijo maravilhoso.

Sinto como se meu corpo reconhecesse o dele desde sempre e como se lhe pertencesse. Eu não tenho mais controle de nada enquanto ele continua me beijando com urgência, como se não houvesse mais nada nesse mundo — estamos em nossa bolha.

Ele interrompe o beijo e me olha por uns segundos, parece sugar minha alma e me prende só com o olhar. Dá pequenos beijos em todos os lugares do meu rosto e vai descendo até o pescoço... Ai, meu Deus, não consigo parar com isso, estou excitada como nunca estive, meu corpo queima pelo desejo, cada pedacinho meu o quer, sinto sua ereção, e tenho certeza de que também me quer.

Continua a sessão de beijos, descendo pelo meu pescoço, e ao continuar descendo para o colo, tenho certeza de que se não o parar agora, não conseguirei mais.

Então o empurro direto para o chão.

— Poxa, Anjo! Para com essa mania de me jogar no chão na melhor parte! —reclama, se apoiando nos cotovelos, sem desviar o olhar de mim, e perco-me mais uma vez em seus olhos lindos. Como ele é perfeito, e como sou burra de dispensar um gato desses. É lindo em todos os lugares, não consigo achar nenhum defeito. Tudo nele é magistral, menos sua profissão.

A MISSÃO AGORA É AMAR

— Quem manda você se enfiar onde não deve! — Estou totalmente abalada, meu tom sai sem certeza alguma. Ele me dá um sorriso safado.

— Acho que estava justamente onde deveria. Agora é que estou no lugar errado: longe de você.

Ai, meu Deus, tinha que falar essas coisas? Levanto-me e saio de perto dele para não correr o risco de pular em seu colo.

— Você é muito abusado e convencido! — Eu tenho que ficar longe, ou não serei mais responsável pelos meus atos. Por que a vida é assim?

— Foi você quem começou, Anjo, se tivesse respondido minha pergunta no telefone, teria evitado isso. Estou muito feliz que não tenha respondido, só para deixar claro. Mas, agora, realmente preciso saber quem é esse Otávio e por que está te ameaçando. Eu juro que vou caçá-lo até o inferno se for preciso. — Vejo que é hora de acabar logo com isso, sei que não lhe devo satisfação, mas se for mesmo atrás do Otávio, o que não duvido, a situação ficará pior do que já está. Esse homem é louco de pedra.

— Meu ex-noivo — meu tom sai mais controlado.

— E por que está te ameaçando? — pergunta com tom estranhamente calmo.

— Ele não está me ameaçando, é que terminamos há pouco tempo e quer voltar.

Olha-me, parecendo intrigado.

— E você, quer voltar para ele? — pergunta, e sinto certo receio em seu tom.

— Nosso noivado terminou de uma maneira um tanto brusca, não tem volta.

Balança a cabeça de um lado para o outro, seu corpo está rígido e sua postura muda.

— Não foi o que perguntei, perguntei se você quer voltar para ele — diz impassível.

— Apesar de isso não ser da sua conta, te respondo: não, não quero voltar pra ele.

Solta o ar com força e vem em minha direção.

— Você ainda o ama? — pergunta bem próximo a mim.

Mais uma vez, perco toda minha capacidade de formar palavras, então digo o que não deveria, ele não precisava saber isso:

— Não.

Sou puxada para um abraço apertado, e sua boca logo encontra a minha, como se o mundo fosse acabar nesse momento, e retribuo. Coloco minhas mãos em suas costas, por baixo da camiseta que usa, e as arranho. Ele geme, e eu sinto que vou sair voando a qualquer momento. Aprofunda mais o beijo e, quando me dou conta, já estou em seu colo, com as pernas em volta de seu corpo, minhas mãos envolvem seu pescoço, e não paramos de nos beijar nem um segundo sequer. Caminha comigo em seus braços até o sofá e se senta sem desfazer o contato ou o beijo, sinto sua ereção sob minha bunda.

Sei que preciso parar o que estamos fazendo, mas meu corpo não obedece ao comando do meu cérebro, parece que tem vida própria. Suas mãos passeiam por todas as partes do meu corpo, como se quisessem decorar cada parte minha. Agora me segura pelos cabelos, fazendo com que o encare.

— O que está fazendo comigo, meu Anjo? Você destrói cada célula de controle que existe em meu corpo, isso nunca me aconteceu antes — revela com a boca bem próxima à minha.

Não digo nada, é exatamente da mesma forma que estou me sentindo.

Coloco as mãos em seu peito e sinto a vibração do seu coração, que parece prestes a pular para fora a qualquer momento. Volta a me beijar e sinto como se o seu beijo fosse a cura para todas as minhas dúvidas. Mas não é, e não posso deixar isso ir em frente. Sei que, depois, o sofrimento será bem pior do que parar de beijá-lo agora; não posso sentir como estou me sentindo — como se lhe pertencesse. Tenho que tirá-lo da minha vida enquanto ainda é possível.

Mesmo contra minha vontade, quebro nosso contato e, mais uma vez, me afasto, levantando do seu colo. Isso é insano, devo encarar que se trata apenas de uma atração física, nada mais. Não posso me arriscar por uma simples atração. Continua em silêncio me olhando. Está ofegante e confuso por conta da minha atitude.

— Por favor, Gustavo, você precisa ir embora, isso não pode voltar a acontecer de novo.

Meneia a cabeça em negativa e vem em minha direção. Dou um passo para trás e ele para sem entender nada.

— Por favor, pare com isso, meu Anjo, sei que também me quer, então, pra que evitar o inevitável? — pede com a voz cheia de desejo.

Por muito pouco não recuo, mas, se não o fizer, depois será bem mais complicado, sei disso. Estarei entrando em uma parte de mim que nem eu

A MISSÃO AGORA É AMAR

mesma conheço.

— Você não sabe nada, não quero você, Gustavo, é difícil entender isso?

Ele me olha e vejo mágoa em seu olhar. É o único jeito, não tenho escolha, preciso tirá-lo definitivamente da minha vida.

— Sei que está mentindo, seu corpo está dizendo outra coisa. Então, pare de se fazer de durona e deixe as coisas rolarem, e vamos ver no que vai dar.

Já sei no que vai dar, por isso não posso deixar ir mais longe, estou muito mexida com ele e tenho que interromper, ou será tarde demais para mim.

— Você não sabe de nada. Um tesão momentâneo não quer dizer nada, já senti coisas bem mais fortes, e nem por isso não passou de um momento. Agora vá, já deu, já enjoei. Até que beija bem, mas não é para tanto! Agora, por favor, vá embora, porque amanhã acordo cedo.

Não diz nada, só me fita, tentando buscar nos meus olhos algo que denuncie mentira em minhas palavras, mas me mantenho firme. Então, se vira para ir embora.

Tenho que fazer isso, é a única maneira de afastá-lo. Se é o certo a fazer, por que então estou sentindo meu coração tão apertado? Parece que se formou um buraco em meu peito. Meu corpo já reclama sua falta. Ele abre a porta, e dou meu tiro de misericórdia:

— Ah, e outra coisa. — Ele se vira e me olha nos olhos. — Pare de se meter na minha vida e esqueça que eu existo. — Assente sem questionar e sai batendo a porta. Não acredito em mim quando digo essas palavras, mas não há outra saída.

Encaro a porta fechada, e sem que eu espere, uma lágrima cai no meu rosto e depois outra e outra... Assim fico um bom tempo. Por que tenho que me sentir assim, logo com ele?

Vou para o meu quarto, entro no banho e fico um bom tempo embaixo do chuveiro. Como foi que tudo isso tomou essa proporção tão rápido? Sempre fui centrada nos meus sentimentos, e agora chega esse Capitão e vira tudo de cabeça para baixo. Não consegui parar de pensar nele desde aquele sábado em que o vi pela primeira vez. Mas sei que essa relação não terá futuro, por isso tenho que fazê-lo se afastar de mim, será melhor para os dois.

Termino meu banho e vou me deitar, amanhã terei que acordar cedo para o trabalho e depois irei para a casa da minha mãe. Preciso tirar esse homem da cabeça.

Saio do trabalho e vou direto para a rodoviária, já que não preciso levar bagagem — tenho roupas na casa da minha mãe. Quando entro no ônibus que me levará a Angra, fico mais tranquila. Daqui a algumas horas estarei com a minha mãe, estou morrendo de saudades dela. Enfim, será um fim de semana tranquilo.

Na rodoviária de Angra dos Reis, pego um táxi. Ao descer do veículo, minha mãe está no portão de sua casa me esperando; saiu da loja mais cedo por conta da minha chegada. Ela me abraça forte e entramos, vou direto tomar banho.

Quando saio, o lanche já está pronto com tudo de que gosto. Coisas de mãe.

Conversamos sobre as novidades enquanto lanchamos. Nem toco no nome de Gustavo, realmente quero esquecer que o conheci. Como minha mãe já sabia o que havia acontecido com meu noivado, também não tocamos mais nesse assunto. Falamos só da rotina, da loja dela, e lhe conto da novidade sobre o novo emprego e fica muito feliz.

À noite, ficamos em casa matando saudades uma da outra. Deixarei para sair amanhã com meus primos. Às vinte e três horas vou dormir. Antes de deitar, olho o telefone, mas não tem nenhuma mensagem de Otávio, da Bia ou do Gustavo. *Você ainda espera que te mande mensagem?*

Claro que não, depois do que disse a ele, sabia que não me procuraria mais, é melhor assim.

Durmo pensando no seu beijo e seu rosto lindo.

Acordo com meu celular tocando. Olho para a tela e vejo que é a Bia.
— Oi, Bia, bom dia.
— Bom dia, amiga, e aí, como estão as coisas?
— Está tudo bem, amiga, não quis vir comigo, perdeu, está um sol maravilhoso! — Olho pela janela e confirmo o que acabei de dizer.
— Poxa, Lívia, é que combinei de sair mais tarde com o Michel. — Realmente está gostando dele, nunca a vi se prender assim em um relacionamento.
— Agora vou ficar de lado, já vi tudo — brinco com ela.
— Poxa, Lívia, me desculpe, é que tinha combinado com ele, e você só

A MISSÃO AGORA É AMAR

me avisou depois que iria para Angra — diz, com receio de que eu tenha ficado mesmo chateada.

— Estou brincando, sua boba, fica sossegada aí com o seu Sargento. Domingo à noite estou de volta, daí conversamos e me conta as novidades.

— Está bem, então, aproveita a praia, e dá um beijo na tia Cláudia por mim. Na próxima, vou com você.

— Pode deixar que falo com ela, beijos e divirta-se.

Desliga o telefone e vou para o banheiro me arrumar. Coloco um biquíni e uma saída de praia e sigo para a sala. Encontro um bilhete da minha mãe, dizendo que está na loja, mas voltará na parte da tarde.

Resolvo ir até a casa dos meus primos para ver se alguém topar ir comigo para a Ilha da Gipoia, que eu adoro. Chamo no portão e o Léo vem atender.

— E aí, primo, como vão as coisas?

— Lívia, não sabia que estava por aqui. — Vem e me dá um beijo. — Entra, Miguel está lá dentro junto com a Jéssica, sua nova namorada. — Olho-o espantada. Essa é novidade: Miguel namorando sério.

É, as coisas estão mudando mesmo. Agora fiquei curiosa para saber quem é a guerreira que levou o coração do meu primo, o cara mais galinha que conheço.

— Ah, essa quero ver! — digo já entrando.

Quando chego à sala, vejo um Miguel com cara de bobo olhando para uma menina linda, com os cabelos vermelhos que caem por seus ombros, pele clara e corpo bem moldado. Agora não duvido de mais nada, tudo é possível.

— E aí, primo, não vai me apresentar? — digo em tom de brincadeira.

Ele se levanta e vem me abraçar. Nós três éramos muito unidos desde crianças. Eles são mais velhos e sempre acharam que tinham o dever de cuidar de mim.

— Claro que sim, quando chegou?

— Cheguei ontem à noite, mas fiquei em casa matando saudades da minha mãe.

— Essa é a Jéssica, a mulher que roubou meu coração — ele fala com um sorriso pateta no rosto.

— Oi, muito prazer — ela diz me estendendo a mão. É muito bonita mesmo, eles fazem um belo casal.

— O prazer é todo meu! Depois você vai me contar como domou essa fera aí.

Ela começa a rir, e eu gosto dela de primeira.

— Pode deixar que conto tudo — promete, e meu primo fica sem graça.

— Conta nada, não vai na onda da Lívia, não, é muito enxerida — diz colocando o dedo em meu nariz.

— Sou nada, Jéssica, só estou curiosa, isso deveria sair no Fantástico: *Miguel Gomes está com os quatros pneus arriados por uma linda mulher chamada Jéssica.* — Todos riem. — Vamos para a Ilha da Gipoia? Já estou arrumada.

— Ih, prima, hoje vamos ter que ficar só na piscina mesmo. Fecharam o cais por conta de um protesto, e não temos como fretar um barco nem saveiros, e sem uma lancha própria, seremos obrigados a ficar por aqui — esclarece, dando de ombros. —Mas já tínhamos programado um churrasco na piscina. Também é legal, né?

— Claro que sim, quem não pode ir à ilha, fica na piscina, viu? Rimou! — Caímos todos na gargalhada.

Nossa tarde foi bem divertida, revi vários amigos que não via desde criança. Rimos muito, contamos piadas, dançamos, me senti muito bem. Quando olhei no relógio, já eram vinte e uma horas. Nossa, o tempo passou muito rápido, me despeço de todos e vou para casa.

Chego à casa da minha mãe, que está na sala vendo a novela.

— Oi, filha, se divertiu muito? — pergunta-me animada.

— Tanto, mãe, que até perdi a hora! Desculpe, venho pra cá para ficar com você, e passo o dia todo na casa da tia — digo me aproximando dela no sofá e deitando a cabeça em seu colo.

— Não esquenta, filha, ainda temos tempo para colocar a conversa em dia — diz, fazendo cafuné nos meus cabelos. O mundo podia parar nesse momento, carinho de mãe é tão bom. Como o dia tinha sido legal, me distraí de todas as loucuras que me cercaram ultimamente.

Falamos de vários assuntos, só não toco no nome do Capitão. Não que não conversasse com minha mãe sobre tudo, só não queria tocar no nome dele. Ficaria só na lembrança mesmo, sei que depois do que disse, nunca mais me procuraria. Peguei um pouco pesado nas palavras e vi a cara de decepção que fez. Melhor assim.

Explico melhor como foi o término do noivado com o Otávio, e ela também se espanta em saber como ele foi fingido esse tempo todo. Diz que foi melhor descobrir agora do que depois de casar.

Vamos dormir bem tarde, colocando em dia as conversas pendentes. Sinto-me muito bem em conversar com minha mãe. Depois de esgotarmos os assuntos, tomo um banho e vou dormir.

A MISSÃO AGORA É AMAR

Acordo tarde, já quase na hora do almoço, que minha mãe está preparando junto com minha tia. Hoje o almoço será aqui, e os meus primos e a Jéssica também virão para cá. Que bom, poderemos bater mais um papo.

Após almoçarmos, ficamos todos em uma conversa animada. Quando me dou conta, vejo que está na hora de ir embora. Como o fim de semana passou rápido, até abusei da hora. Só conseguirei pegar o ônibus das dezenove horas, chegarei um pouco tarde no Rio, mas valeu a pena.

O Léo me leva até a rodoviária e entro no ônibus, que está praticamente vazio. Estranho, sempre o pego completo. Vou para o meio, que é onde sempre gosto de me sentar, acho mais seguro; sento na janela e ligo meu iPod. Tomara que o trânsito esteja bom, não quero chegar muito tarde no Rio e ter que pegar um táxi.

Quando chega em Mangaratiba, um sujeito vem lá da frente. Penso que vai ao banheiro, mas se senta ao meu lado. Finjo que não o vejo.

— E aí, você estava passando o fim de semana em Angra?

Olho para ele, que me encara com uma cara muito estranha.

— Sim — respondo seca, para ver que não estou a fim de papo, e viro para olhar pela janela de novo.

— Sempre passa o fim de semana em Angra? — *Que saco, homem chato.*

— Às vezes. — *Volta para o seu lugar, babaca.*

— Você é linda, sabia? — *Era só o que me faltava.* — O que acha de, quando descermos do ônibus, tomar algo e nos conhecer melhor?

— Não, obrigada, tenho namorado — digo olhando para ele, que está com uma cara de predador. Meus instintos de defesa entram em alerta.

— Ele deve ser muito idiota em deixar uma coisa linda como você assim sozinha — diz passando a mão em meu braço, e recuo, mas ao olhar de relance para sua cintura, vejo que está armado e não tem cara de policial. Finjo que não notei a arma. Primeira regra nesses casos: você tem que fingir que está dando corda, assim retarda o ataque e tem mais chances na defesa.

— Pode ser. — Dou um sorriso sem vontade, e ele acha que sua cantada está funcionado.

— Eu, no caso dele, não deixaria uma coisa assim tão linda andar sozinha, não se sabe quem pode encontrar pelo caminho. — Passa a mão na minha perna desnuda, estou usando um short *jeans*.

Agora o pânico começa a me bater, sinto ameaça em suas palavras.

Afasto minha perna, pensando em me levantar para falar com o motorista, mas vi que está armado e sei que suas intenções não são boas. Meu pai sempre me ensinou que temos de manter a calma e pensar na melhor saída. Finjo que não estou entendendo suas investidas. Pego meu celular e busco o número do tio Nelson. Ele fica me olhando como se isso não fosse adiantar nada. Ligo, e a chamada cai na caixa postal. Logo agora, o que vou fazer?

— Não está atendendo, gata? — ele me pergunta, cheio de ironia.

Dou um sorriso forçado para ele e continuo tentando. Não sei como será quando o ônibus parar, esse homem não está com cara de bom amigo. Só consigo pensar numa maneira de me livrar desse cara, sei que não é o certo, mas temo pelo que esse sujeito poderá fazer quando descermos.

Então, vou em chamadas recebidas e acho o número do Gustavo. Seja o que Deus quiser, não vejo outro jeito, o cara ao meu lado continua me encarando e eu fingindo que está tudo bem. Inicio a chamada, rezando para ele não ter ficado com tanta raiva a ponto de nem atender minha ligação. O telefone começa a chamar e atende ao segundo toque.

— Lívia?

A MISSÃO AGORA É AMAR

CAPÍTULO 10

Lívia

— *Oi, amor, só para avisar que já estou chegando...* — Fica mudo por uns segundos. Ai, meu Deus, tomara que não desligue na minha cara, é a minha única chance de me livrar desse louco ao meu lado.

— Anjo, você sabe com quem está falando? — pergunta confuso, mas não tiro sua razão. Depois de tudo que lhe disse em minha casa, só espero que ele me entenda e possa me ajudar.

— Claro, amor, vai dar tempo, fica tranquilo. — Tomara que não pense que estou bêbada.

— O que está acontecendo? Está tudo bem? Você está estranha. — Como fazer para que me entenda? O cara do meu lado está me encarando, não posso demonstrar que estou nervosa.

— Amor, peguei o ônibus um pouco atrasada, mas já estou quase chegando em Santa Cruz.

— Porra, Anjo! Está acontecendo alguma coisa dentro do ônibus que você não pode me dizer, é isso? — Respiro aliviada. Pela primeira vez agradeço por ser um policial; se não fosse, acho que não me entenderia.

— Sim, amor — digo aliviada. Espero que seja rápido, seu silêncio dura alguns segundos, talvez pensando no que irá me dizer.

— Tem alguém te ameaçando? E não tem como me dizer, diga se estou certo. — Seu tom é agoniado, também sinto o nervosismo e o medo nele.

— Claro que sim. Vai dar tempo, amor, daqui a pouco estou chegando à rodoviária e nós vamos para a casa do seu amigo. — Escuto o barulho de uma porta batendo, graças a Deus ele entendeu, tomara que chegue a tempo.

—Você está em que altura, Anjo? — Sua voz está bem alterada.

— Na altura de Santa Cruz — confirmo pela janela.

— Já estou no carro, Anjo, fica tranquila. Chego lá antes de você; se ele te encostar um dedo, está morto! — *Ai, meu Deus, tomara que eu tenha feito a coisa certa.*

— Claro, amor. Daqui a pouco nos falamos, vou descer na plataforma 8.

— Eu te espero, Anjo, não vai acontecer nada, fica calma.

Acabo me tranquilizando um pouco. Não queria, mas me sinto segura com ele.

— Eu sei, também te amo — digo essas palavras sem me dar conta do peso delas. Ouço sua respiração do outro lado da linha. Encerro a chamada e seja o que Deus quiser.

Olho para o lado, e o cara está totalmente virado na minha direção. Meu coração congela.

— Você acha mesmo que vou acreditar nessa sua encenação? — pergunta irritado, e arregalo os olhos.

Será que escutou o Gustavo falando do outro lado da linha? Começo a entrar em pânico de verdade, agora tenho certeza de que sua intenção não é boa.

— Desculpe, do que você está falando? — Me faço de desentendida, mas sei que meu tom entrega meu nervosismo.

— Estou falando de você ao telefone, fingindo falar com um namorado que não existe. Acha mesmo que acreditei? Sei que, se tivesse namorado, não seria burro de te deixar sozinha em pleno domingo à noite — diz cheio de razão e com um tom ameaçador que me deixa em pânico.

— Isso não é da sua conta, me dá licença. — Tento me levantar, mas segura meu braço para me impedir. Em seguida, levanta sua blusa, me mostrando o que já percebi: sua arma. Congelo em meu lugar.

— O que você quer comigo? Se quiser meu celular e carteira, pode ficar com eles, não vou dizer nada.

— Não esquenta, coisinha gostosa, nós vamos nos divertir muito hoje. — Balança a cabeça em negativa e dá um sorriso malicioso.

Ao olhar para ele, agora tenho certeza de que vê o medo em mim.

— Meu namorado vai estar me esperando na plataforma, então, acho que seus planos não vão dar certo. É melhor voltar para o seu lugar e me deixar em paz — revido com o resquício de coragem que me resta.

— Hoje, você vai ter que dar um bolo nele. Vai ficar comigo, já está resolvido — diz todo dono de si.

Mal sabe que não está falando de qualquer um, e, sim, de um Caveira. Olha eu agradecendo e até gostando que o Gustavo seja da polícia. O que não fazemos e pensamos em momentos de pânico?

— Vai estar na plataforma me esperando, e vai ver quando descer do ônibus — alerto, tentando convencê-lo.

— Deixa eu te contar uma coisinha: por causa de muitos roubos de bagagem que estavam acontecendo, agora o familiar, amigo, ou seja lá quem for, está proibido de esperar na plataforma. Eles têm que esperar no andar de cima, e como vamos sair por outra direção, não vai ter como ele te en-

A MISSÃO AGORA É AMAR

101

contrar. Uma pena, não?

Fico um tanto sem reação com essa informação. Aí me lembro do que o Gustavo me disse no dia em que estava bêbado: ele é Caveira, entra onde quiser. Espero que dessa vez também seja assim.

Fico calada, não digo mais nada, esse idiota não sabe onde está se metendo. Assim espero, sei que não está de brincadeira.

Quando percebo, já estamos entrando na rodoviária e meu coração bate descompassadamente e minhas pernas estão bambas.

Mal o ônibus encosta, ele me puxa pelo braço.

— Você vai ficar bem quietinha, de bico calado, aí não se machuca. Caso contrário, o negócio vai ficar feio, entendeu?

Assinto. *Se o Gustavo realmente estiver aí, vai ficar feio pra você, seu idiota!*

Caminho à sua frente pelo corredor do ônibus, ele segura firme meu braço, ninguém percebe nada, parecemos um casal. Não conseguiria dar nenhum golpe de defesa agora, tenho que aguardar o momento perfeito, ou não terei outra chance. Isso só funciona quando pegamos o oponente de surpresa.

Começo a descer as escadas e procuro pelo Gustavo, olho em todas as direções e nada dele. Não deve ter conseguido chegar, ou chegou e não lhe permitiram descer. Agora estou nas mãos desse cara, e só Deus para me ajudar.

— Não para de andar — ameaça atrás de mim.

Já descemos do ônibus, agora não sei como será, já que o Gustavo não está aqui. Fico totalmente apavorada! De repente, sinto o homem sendo tirado das minhas costas, fecho os olhos com um alívio sem igual, já sei quem é.

Olho para trás e vejo o Gustavo em cima do homem, dando vários socos em sua cara, só noto o sangue jorrando de seu nariz. Ele vai matar o cara na porrada, preciso fazer alguma coisa. Quando olho para o lado, vejo alguns dos caras que estavam na operação com ele, e todos com armas na mão.

— Gustavo! — chamo-o, e para na hora.

Ele se levanta e vem praticamente correndo em minha direção, seus amigos já estão tirando o cara dali e o levando para fora da rodoviária.

— Está tudo bem, meu Anjo? Ele fez alguma coisa com você? Nunca senti tanto medo em toda minha vida — confessa, colocando as mãos em meu rosto e olhando dentro dos meus olhos.

Só nego com a cabeça, mas parece não acreditar, começa a me inspecionar de cima a baixo. Abraço-o e ele me segura firme. Não consigo mais segurar as lágrimas, choro com o rosto encostado em seu peito. Sinto-me segura como há muito tempo não me sentia.

— Está tudo bem agora, meu Anjo. — Beija meu cabelo, e não digo nada, por uns minutos, só fico ali tentando me controlar e me embriagando do seu cheiro amadeirado, que se tornou meu cheiro favorito.

— Vem, vou te levar para casa. — Seca minhas lágrimas. Em seguida, saímos dali abraçados.

Chegamos ao seu carro, abre a porta do carona e me solta, e meu corpo reage na hora. Uma sensação de abandono me invade, não quero ficar longe dele, mas tento me controlar para não o agarrar de novo. Com todo carinho, me coloca no banco, dá a volta e liga o carro. Ficamos em silêncio, até que crio coragem para falar.

— Nem sei como te agradecer, juro que não queria te incomodar...

— Coloca uma coisa na sua cabeça, Anjo — me interrompe —, você não me incomoda nunca! Entendeu? — Segura minha mão.

Olho pra ele e assinto com a cabeça. Não sei o que poderia ter acontecido se ele não tivesse aparecido. Deito minha cabeça no encosto do banco e respiro aliviada. Nesse instante, o celular dele toca.

— Pode falar, Carlos — pede e fica ouvindo por alguns segundos, até soltar uma respiração profunda. — Desgraçado! Ainda bem que chegamos a tempo.

Olho para ele, deve estar falando do homem que estava comigo no ônibus.

— Obrigado, Carlos, agora ele vai virar mocinha da cadeia. — Fico agoniada para saber se realmente estão falando de quem penso. Desliga o celular e pega minha mão novamente, mas dessa vez a leva aos seus lábios, e sinto como se meu corpo estivesse crepitando.

— O desgraçado está preso, Anjo!

Fecho os olhos, aliviada, mas não consigo dizer nada.

— Estava sendo procurado. Tem dez estupros nas costas, sendo que sete de suas vítimas foram abordadas como você foi, dentro de ônibus com o mesmo trajeto que estava fazendo.

Fico apavorada no mesmo instante. Meu Deus! Se eu não tivesse ligado para ele, nem sei o que poderia ter me acontecido; na verdade, sei sim, seria estuprada e quem sabe, morta.

— Eu, eu... — tento falar, mas minha voz não sai.

A MISSÃO AGORA É AMAR　　　　　　　　　　103

— Eu sei, Anjo, ainda bem que foi esperta e conseguiu me ligar, não quero nem imaginar o que teria acontecido com você se não tivesse me ligado — diz, parando em frente ao meu prédio. Desliga o carro e vira na minha direção e fica me olhando.

— Se não fosse você entender o que eu queria dizer, na verdade não sei como teria sido. Só me resta te agradecer. Muito obrigada mesmo, salvou a minha vida. — Meus olhos estão marejados. Sinto a mão de Gustavo no meu rosto e é como se no mundo só existíssemos eu e ele. Fecho os olhos, esperando o beijo... Mas ele não chega, então ao abri-los, vejo que continua me encarando com aquele olhar que me desnuda.

— Você pode me agradecer deixando que faça o jantar.

Olho para ele e dou um sorriso enquanto espera minha resposta.

— Isso não seria te agradecer, seria te explorar mais.

Dá um sorriso de lado e quase pulo em cima dele. Nossa! Não me canso de admirar sua beleza.

— O agradecimento é meu, então eu resolvo — me diz e dá uma piscadinha. Ai, ai, Lívia, esse homem será sua perdição.

— Tem certeza? Está tarde e já ocupei muito seu tempo por hoje.

Abre um enorme sorriso, como criança quando ganha o brinquedo tão esperado.

— Faço um macarrão delicioso! E fica pronto em, no máximo, trinta minutos. Bem antes de chegar qualquer coisa que pedir por telefone.

— Está bem, vamos ver como são seus dotes culinários.

Ele assente, sai do carro e vem abrir a porta para mim.

Por essa não esperava.

— Humm, que cavalheiro — comento, e o sorriso não sai de seus lábios.

— Tudo para você, Anjo. — É o suficiente para que meu corpo todo se arrepie, mesmo sabendo que diz em tom de brincadeira.

Entramos no prédio, e o Sr. João nos olha intrigado. Deve estar pensando que eu não perco tempo; mal terminei um noivado e já estou trazendo outro homem para casa. Hoje não irei esquentar com isso, deixa o povo pensar o que quiser. Gustavo dá um tchauzinho para o Sr. João; pelo menos é educado, diferente do Otávio, que nem o cumprimentava.

Eis-me comparando os dois, isso não tem cabimento nenhum, meu relacionamento com o Gustavo não pode passar de gratidão por ter salvado minha vida. Então, por que estava querendo que me beijasse há pouco lá no carro? E agora percebo que nem tentou. Vai ver, desencantou de mim. Também, com tudo que eu disse para ele... Até que está sendo bem-educado comigo, porque o que não deve faltar é mulher querendo ser boazinha para ele. Só de pensar nisso, sinto desespero, não consigo imaginar que possa olhar para outra mulher como me olha.

Desencana, Lívia! Você não tem nada com ele e nem quer ter, então deixa o cara seguir sua vida.

Querer eu quero, e muito, só não posso.

Sou interrompida em meus pensamentos pela voz do Gustavo.

— Fica tranquila, minha comida não é tão ruim assim. — *Antes estivesse pensando na comida.*

— Espero que não, estou morrendo de fome — alerto sorrindo, e abro a porta. Fecho-a atrás de nós e coloco minha bolsa em cima do sofá. Olho pra ele, que parece sem graça, como se quisesse me dizer alguma coisa.

— O que foi, superchefe? Desistiu de fazer o jantar? Pode falar, vou entender. —Continua me olhando com certa dúvida. — Fala, Gustavo, detesto suspense!

— É que... Se incomoda se deixar minha pistola aqui em cima?

Sorrio, e fica sem entender.

— Claro que não, meu pai era policial, esqueceu?

Relaxa visivelmente e solta o ar que parecia estar prendendo, tira sua arma do cós da calça e coloca em cima do aparador próximo à porta.

— Agora pode ir tomar seu banho, que cuido da cozinha — ordena. Pronto, já relaxou e voltou para seu modo Capitão.

— Me dando ordens, Capitão? — pergunto com as mãos na cintura. — Eu posso te ajudar, afinal, a cozinha é minha e não vai saber onde estão as coisas.

— Me viro, sou bom em investigações. Pode deixar que vou achar o que precisar. — Pisca convencido e segue para a cozinha.

— Ok, Capitão! — Presto continência, séria; ele me olha e começa a rir. — O Sr. está no comando.

— Bem que eu queria, Anjo — diz com um olhar tão profundo, e sei que não está falando do jantar. Não digo nada, ele entra na cozinha e sigo para o meu quarto.

Tomo um banho bem demorado, preciso me distrair do fato de o Capitão gostosão estar agora na minha cozinha, preparando meu jantar. Como chegamos a isso? Quem sabe será o início de uma grande amizade? Ah, vá, agora quem está fazendo piada: amizade com ele? Sentindo o que

A MISSÃO AGORA É AMAR

sinto toda vez que chego perto? Não sei como poderia levar essa amizade à frente.

Mas, pelo menos hoje, irei esquecer essas questões de relacionamentos. O cara salvou minha vida e não posso simplesmente dizer tchau e muito obrigada. Na verdade, posso sim, seria o certo a fazer. Escuto uma batida na porta e, logo em seguida, ela é aberta. Ai, meu Deus, estou só de toalha!

— Gustavo! Você não sabe esperar eu responder?

Olha-me fixamente, piscando sem parar.

— Desculpe, foi mal, é que o jantar está pronto — informa e continua parado feito uma estátua.

— Você pode me deixar colocar uma roupa?

— Por mim, pode ficar assim, sem problemas, sinta-se em casa.

Pego o mesmo travesseiro da outra vez e atiro na cabeça dele.

— Engraçadinho!

Segura o travesseiro sorrindo, mas seus olhos não saem de mim.

— Já que faz tanta questão de colocar uma roupa, e provavelmente não me deixará assistir — arregalo os olhos e nego com a cabeça —, te espero na sala. — Pisca e sai do quarto. Já estou tirando a toalha, quando abre a porta de novo, assustando-me.

— Gustavo! — grito, estendendo a toalha só na frente do meu corpo. Agora me olha sério, com uma expressão que ainda não conhecia.

— Esqueci de avisar para não demorar — pede com o tom carregado. Sai, fechando a porta.

Pego um short bem soltinho, rosa, uma camiseta branca e uma calcinha também branca e vou me vestir no banheiro, mais seguro. Termino de escovar o cabelo, que lavei de manhã, e sigo para a sala. Fico surpresa em ver que arrumou a mesa; uma travessa com macarrão no centro, dois jogos americanos com os pratos em cima, talheres e dois copos, até pegou suco de uva. Ele já está sentado e faz um gesto para que eu faça o mesmo. Sento à sua frente, pensando que nunca me senti tão nervosa comendo com outra pessoa, então, tento descontrair um pouco, porque me olha como se eu fosse a refeição — e o fato de querer isso também está me assustando.

— O cheiro está bom, vamos ver o gosto — comento, tentando parecer animada.

— Sim, o cheiro está maravilhoso, e só de pensar no gosto, fico com a boca cheia de água. — Seu olhar é intenso, e sei que não está falando do macarrão.

Começo a me servir enquanto continua parado me olhando. Nossos

CRISTINA MELO

olhos se conectam por alguns segundos e me perco neles.

— Você não vai comer? — indago, quebrando o contato visual e tentando me concentrar no jantar.

Dá uma risadinha safada e levanta as sobrancelhas. Desisto, não vou falar mais nada, tudo está saindo num contexto errado.

— Espero que goste — comenta. Acho que nota o quanto estou sem graça e começa a se servir também.

— Nossa, muito bom! — digo ao provar. — Onde aprendeu a cozinhar assim? Tenho que admitir que minha comida não é lá essas coisas, mas você realmente me surpreendeu.

— Quando fui morar sozinho, tive que aprender a me virar.

— Mora sozinho há muito tempo?

— Desde que entrei para a polícia, faz dez anos.

— Tem esse tempo todo de polícia? Quantos anos tem? — Só percebo que perguntei demais quando as palavras saltam da minha boca.

— Tenho trinta e um, entrei cedo para a polícia, queria minha independência, por isso saí de casa. — *Não aparenta ter essa idade.*

— E você, mora sozinha há quanto tempo?

— Desde a morte do meu pai. Minha mãe ficou comigo uns três meses, mas depois optou por morar em Angra dos Reis. Estava vindo de lá, vou pra casa dela a cada quinze dias. Optei por ficar aqui por conta da faculdade.

— Sinto muito, como faleceu? — Seu tom é compadecido.

— Em uma tentativa de assalto. Atiraram assim que descobriram que era policial, não teve nem como se defender. — Sei que passo muita dor em meu tom.

— Sinto muito mesmo, Anjo. — Sua mão toca a minha, baixo os olhos e assinto, ainda me dói muito me lembrar de meu pai e de como tudo aconteceu. — E sua mãe, como lidou com tudo isso, a perda dele, você aqui sozinha? — indaga-me parecendo realmente preocupado.

— Temos que seguir em frente. Desculpe, Gustavo, não é um assunto que goste de falar.

Assente.

— E a faculdade, falta muito? — Quebra o silêncio de alguns segundos.

— Termino em julho — respondo. Mesmo que não queira, me sinto à vontade com ele, meu pai é assunto que não toco nem com a Bia.

— Planos para depois...?

A MISSÃO AGORA É AMAR   107

— Eu e a Bia pretendemos abrir uma academia com um grande estúdio de dança. Ela fica com a parte da academia e eu com o estúdio, que é minha paixão. Amo dançar.

Presta atenção em cada palavra que estou dizendo, como se estivesse decorando para fazer uma prova.

— E você, gosta de ser policial? — Imediatamente me arrependo da pergunta.

— Amo o que faço.

Sabia que não iria gostar da resposta. Termino meu suco, me levanto e começo a retirar a mesa, sem nem perguntar se ele terminou.

— Desculpa, Gustavo, estava uma delícia mesmo, mas é que amanhã acordo muito cedo e já está tarde. Obrigada pelo jantar, você manda muito bem na cozinha. — Tento parecer indiferente à sua expressão de que não está entendendo nada.

Ele se levanta sem dizer uma palavra, pega seu prato, o copo, e os leva para a cozinha. Vou atrás dele com meu próprio prato e copo.

— Pode deixar que lavo a louça, afinal, já fez o jantar, nada mais justo. — Ele me ignora completamente e começa a lavar seu prato sem me responder.

— Eu disse que lavo, Gustavo. — Paro ao seu lado na pia e tento tirar o prato de suas mãos. Ele congela em seu lugar, fecha a torneira e para à minha frente, com um braço de cada lado do meu corpo.

Agora congelo, meu coração parece que vai sair pela boca, sinto um arrepio na espinha e em cada parte do meu corpo. Curva a cabeça até ficar bem próxima ao meu rosto, sua boca a centímetros da minha, e todo meu corpo treme.

— O que disse de errado, Anjo? Por que a mudança de repente? Só me dizer. Será que não podemos nos entender de uma vez? Sei que também sente o mesmo. — *Convencido.* — Então, não sei por que faz essas coisas e tenta me afastar. Nunca senti por ninguém o que sinto quando estou com você. — Roça seus lábios nos meus, sei que é capaz de sentir como minha respiração está acelerada, acho que ouve até as batidas do meu coração. Nunca quis tanto alguém como o quero.

Ele me ergue em um único movimento, estou sentada sobre a pia enquanto se encaixa no meio das minhas pernas. Esqueço-me até como se respira. Seu nariz e a boca roçam em meu pescoço lentamente, sei que dessa vez não terei forças para pará-lo, na verdade, eu não quero parar.

Continua com a tortura em meu pescoço, e agora suas mãos começam a fazer carinho em meus braços, descendo por minhas costas, barriga, e pula para os seios; aperta meus mamilos sob o tecido da minha blusa e gemo. Estou muito excitada, nunca senti isso antes.

Em um impulso, o prendo com minhas pernas, sinto sua ereção, quero mais dele. Coloco minhas mãos na bainha de sua camisa e a puxo para cima. Ele quebra o contato em meu pescoço para me ajudar a retirá-la. Tira-a completamente e a joga no chão da cozinha; com os olhos presos aos meus, ataca minha boca. Tenho seu peitoral totalmente encostado a mim, minhas mãos tateiam suas costas, então o puxo mais e mais, com fome dele. Todo o medo e a insegurança que sentia em relação a esse momento com o Otávio, com ele não existem, é como se o esperasse esse tempo todo e agora tudo parece perfeito!

Quebra o contato do nosso beijo.

— Só não venha me dizer que esse é um tesão momentâneo, Anjo. — Seus olhos estão tomados de desejo.

— Não vou. — Sinto como se meu cérebro congelasse. Só meu cérebro, porque meu corpo é puro fogo.

Ele me levanta, e continuo com minhas pernas envoltas em sua cintura. Caminha comigo em direção ao quarto, senta na cama comigo ainda em seu colo, suas mãos envolvem minha nuca e me beija com desespero. Continua o beijo e desce as mãos retirando minha camiseta. Levanto os braços, facilitando o acesso a ele, que desliza o tecido bem devagar pelo meu corpo, até retirá-la totalmente. Seus olhos se fixam na pele que acaba de revelar.

— Você é perfeita! Linda! — Ele me vira e me deita na cama, vindo por cima de mim. Sua boca encontra a minha, então percorre meu rosto, pescoço, colo; seus beijos são depositados lentamente, sua boca desce por meu corpo exatamente como fez da outra vez em meu sofá.

Não tenho mais resistência: eu o quero, aqui e agora, não tenho mais controle. Meus medos, receios e neuras já não importam mais, preciso desse homem como nunca precisei de nenhum outro em toda minha vida.

— Ai, meu Deus, Lívia! — uma voz muito conhecida invade meus ouvidos.

A MISSÃO AGORA É AMAR   109

CAPÍTULO 11

Lívia

— Bia!!! O que faz aqui a essa hora?

Gustavo já tinha se virado e de frente para mim, e eu de frente para ele, escondendo meus seios em sua parede de músculos. Minha cabeça está um pouco acima da sua, e seu rosto em meu pescoço, bufando.

Que situação! Demorei tanto para resolver sair da minha condição e quando resolvo, aparece a empata da Bia. Olho para minha amiga, que agora está com as mãos nos olhos, toda nervosa.

— Desculpe, amiga, é que como você nunca dormiu com ninguém e a luz da casa está toda acesa, fui entrando, pensei que estivesse acordada, quer dizer, está acordada, né, digo, pensei que estivesse sozinha, como sempre — alega nervosa, levou um baita de um susto mesmo. — Estou... já estou de saída, amiga, esquece que estive aqui, só... deixa pra lá, amanhã nos falamos. — Sai do quarto toda nervosa, coitada. Gustavo está completamente parado e calado.

— Sério, isso? — Quebra o silêncio e seu olhar inquisitivo me encara.

— Desculpe, é que a Bia tem a chave daqui e vive aparecendo a hora que quer — explico.

— Isso eu percebi. Perguntei se é sério que nunca dormiu com ninguém. — Apoia a cabeça na mão e fica sobre o cotovelo, e me fita direto nos olhos.

— Sem contar com a mala da Bia e o dia em que você dormiu na minha cama sem permissão, a resposta é não.

— Você mentiu sobre o noivado? — Engole em seco e arregala os olhos. Pergunta com as sobrancelhas enrugadas, fazendo um vinco no meio delas.

— Claro que não! Eu odeio mentiras! Que isso fique claro. Fui noiva por um ano e estava com o Otávio há quase um ano e meio.

Parece mais confuso ainda.

— Você nunca dormiu com ele na sua casa, é isso? — *Como o homem é lento e fica rodeando para perguntar as coisas, que raiva!*

— Nunca dormi com ele, nem aqui, nem em lugar nenhum. — *Pela cara dele, continua não entendendo. Cadê o policial espertão?*

— Como isso é possível? O cara não fazer questão de dormir com você. — *Que tonto! Não consigo segurar mais, solto uma gargalhada e sua expressão é confusa.*

— Que foi? Está rindo de quê?

— Pode ter certeza de que ele fazia muita questão de dormir comigo, eu que não queria. — Tento segurar o riso.

Balança a cabeça, parecendo entender menos ainda.

— Tudo bem que estava bêbado quando dormi com você, mas não me lembro de ter ouvido você roncar ou de ser uma sonâmbula, então o quê?

— Ainda sou virgem, Gustavo, é isso. Entendeu agora?

Arregala os olhos, em choque.

— Como isso é possível?

— Se você nunca fez sexo antes, acho que é bem possível — comento.

— Não foi isso que quis dizer, Anjo, nós estávamos quase fazendo amor... e você ia me contar quando? — pergunta, retirando uns fios de cabelo de meu rosto, e seus olhos se prendem aos meus, esperando minha resposta, sua respiração está alterada. — Porra, anjo, você me enlouquece cada dia mais.

— Ia te dizer um pouco antes de sermos interrompidos — confesso, e sua boca encontra meu pescoço de novo, trazendo de volta todas as sensações com força total.

Envolvo sua nuca com as mãos enquanto uma das suas envolve um de meus seios e gemo. Acaricia todo meu corpo, sua boca desce do meu pescoço para um de meus mamilos, depois o outro. Nossa, é bom nisso! Jogo a cabeça para trás, cheia de desejo, e ele continua a tortura, descendo por minha barriga, dando beijos em todos os lugares... Até que para, de repente, fazendo-me sentir um grande abandono.

— Tem certeza disso, Anjo? Posso esperar. — Seu tom só transmite desejo.

— Nunca tive tanta certeza — afirmo, e dá um sorrisinho diabólico, continuando seu caminho. Retira meu short junto com minha calcinha e trava por um tempo, me contemplando.

— Você é linda, Anjo! Meu Anjo! Linda, linda. — Beija o interior das minhas coxas e vai descendo devagar, até chegar ao meu centro. Nunca senti nada parecido, é uma sensação maravilhosa... E, em poucos minutos, explodo em mil pedaços. Meu Deus, como isso é bom! Por que esperei tanto tempo?

Volta a subir bem devagar, dando pequenos beijos por todo meu cor-

A MISSÃO AGORA É AMAR   111

po, me embebedando de prazer, sem pressa, como se estivesse memorizando cada pedaço dele.

— Você é demais, Anjo, perfeita para mim, seu gosto é delicioso! Bem melhor do que eu imaginava, nunca vou me cansar de você — revela, atacando minha boca, ávido por um beijo.

— Você está de calça — alerto, quebrando nosso beijo por um segundo. — Preciso de você, Gustavo. — Quero-o muito, quero ser dele, pelo menos por hoje.

— Também preciso, Anjo, mas não hoje.

Olho pra ele, confusa.

— O quê? Que merda é essa de não hoje? — revido irritada.

— Você teve um estresse muito grande hoje, meu Anjo, não vou deixar que associe sua primeira vez a isso. Nós temos muito tempo e a quero com toda calma do mundo. Amanhã acorda cedo, e vai ficar dolorida, e não quero que fique desconfortável no trabalho. Também não quero que sua primeira vez seja traumática, quero que se lembre com muito carinho e amor no futuro, e que esteja certa se é isso que quer de verdade. Só Deus sabe o quanto isso está custando para mim, mas já disse que posso esperar.

— *Ele me deixa confusa. Que homem faz isso?*

— Se não iria chegar até o fim, por que começou?

Dá um sorriso safado.

— Não sabia que era virgem quando comecei isso lá na cozinha, e depois que soube, achei que você precisava relaxar. Também admito que não resisti. É muito linda! E não se engane, quero você, quero muito! Chega a doer de tanto que te quero, mas acredite em mim, hoje não é um bom dia. Então vamos devagar e, logo, logo, você será toda minha, porque eu já sou seu. Pode acreditar, nunca quis tanto uma mulher como quero você. — Acaricia meu rosto e me dá mais um beijo. — Quero que sua primeira vez seja uma lembrança só nossa, e que não venha misturada com tudo o que aconteceu hoje.

Fico sem saber o que dizer. Não tinha pensado nisso, ele me distrai tanto que, por um momento, me esqueci de tudo, até do fato de que nosso relacionamento não terá um futuro. Mas se não me entregar a ele, acho que não farei isso com mais ninguém — nunca senti por alguém o que sinto por ele.

— Agora acho que a senhora deveria dormir. — Apoia o indicador no meu nariz. — Está muito tarde, pode deixar que apago tudo. — Ele se levanta sem esperar minha resposta e sai do quarto.

Será que vai embora sem se despedir? Que maluco! Levanto-me, vou ao banheiro, tomo um banho rápido, volto para o quarto e nada do Gustavo, foi mesmo embora. Meu coração se aperta de uma maneira que me sufoca. Visto um baby-doll sem ânimo, e vou até a sala confirmar se bateu bem a porta quando saiu. As luzes estão apagadas, foi embora mesmo, dessa maneira, sem se despedir direito.

— Ahhh!! — Levo um susto com o barulho que vem da cozinha.

— Que foi, Anjo, tudo bem? — Sai da cozinha desesperado.

— Que susto, Gustavo! O que você está fazendo na cozinha a essa hora?

Vem em minha direção e percebo que está só de cueca boxer e com o cheiro do meu sabonete. A alegria por ainda o ver aqui me domina.

— Já terminei, estava terminando de lavar a louça do jantar. Vem, vamos dormir que amanhã tem que trabalhar, e eu também.

— Como assim, você vai dormir aqui? — indago confusa e balança a cabeça, como se tivesse feito a pergunta mais idiota do mundo.

— Não vai me mandar embora a essa hora, vai? Está muito tarde e a rua, a essa hora, é muito perigosa, Anjo. E, além do mais, não será a primeira vez que dormimos juntos.

Seguro um sorriso.

— Você é muito cínico, sabia? Cadê o Caveira agora?

Faz uma cara de cachorro que caiu da mudança.

— Está de folga hoje. — Ele me abraça pela cintura. Cara de pau mais lindo e gostoso do mundo!

— Seu cara de pau! — Dou um tapa em seu ombro. Então me pega nos braços, seguindo para o quarto, logo fecha a porta atrás de si e se deita na cama junto comigo. Fica na mesma posição de quando acordei com ele ao meu lado, com o nariz em meu cabelo e bem abraçado a mim. Começo a fechar os olhos e já estou quase dormindo quando o ouço dizer.

— Sabe, fiquei muito feliz em saber que fui o único que dormiu com você, além da Bia, claro. Morreria de ciúmes em saber que outro cara ficou na mesma posição que estou agora.

Não digo nada. Apesar de tudo, sinto que nos seus braços é o meu lugar. Pena que exista o fato de que nessa vida passamos também pelo que não gostamos, e sei que essa sensação de segurança não durará muito tempo — não com sua profissão; nunca saberei quais noites serão assim, e quais serão de angústia por não ter voltado para casa ainda.

A MISSÃO AGORA É AMAR

— Boa noite, Anjo. — E é a última coisa que ouço, antes de adormecer.

Acordo com meu despertador berrando. Parece que acabei de dormir, hoje o dia será longo.

Estico-me e o desligo. Gustavo ainda está dormindo, totalmente agarrado a mim, e a sensação é maravilhosa, pena que não poderá se repetir.

Quer saber, vou dormir só mais dez minutos, estou com muito sono e sem nenhuma coragem de sair dos seus braços.

Desperto com vários beijos pelo meu pescoço, rosto, até que fica em cima de mim e me dá um beijo preguiçoso e delicioso. Essa maneira de acordar é bem melhor do que com o barulho irritante do meu despertador.

— Acho que está na hora de se levantar, mocinha, se não quiser chegar atrasada. Ou quer que te prenda nessa cama o resto do dia?

Que preguiça, mas o dever me chama. Sua proposta até que é bem tentadora, mas com a ditadora da dona Júlia não se brinca — preciso do meu emprego.

— Então é melhor eu levantar, antes que você me prenda aqui.

Ele me olha com muito desejo.

— Não seria má ideia, Anjo, admite. — Roça seu nariz ao meu. Dou um sorriso tímido, não sei o que dizer. Isso já foi longe demais, e não sei como, nem de onde, tirarei forças para me afastar dele. Até admiti que a ideia de ficar presa na cama com ele é boa. Estou lascada, entrando num beco sem saída, como irei sair dessa?

— Realmente, preciso ir. — Claro que é verdade, mas o que mais preciso agora é fugir do seu contato.

Ele sai de cima de mim e enfim consigo me levantar. Vou direto para o banheiro e fecho a porta. Tenho uns minutos longe dele para pensar em tudo e como farei para me afastar dele. E pensar que ontem estava decidida a me entregar, não que hoje fosse me arrepender, tenho certeza que não, mas se só com a intimidade que tivemos já está difícil me afastar, imagina se tivesse sido dele de fato?

Aí que está a grande questão, Lívia: você já é dele.

Mas não posso viver com todo o ônus que traz sua profissão. Simplesmente estou ferrada! Deixei a coisa ir longe demais, porque não é fácil resistir a ele. E bem que tentei, e muito, mas parece que me atrai mais e mais. Estou perdida, não sei o que fazer agora.

Saio do banheiro, visto meu uniforme, calço a sapatilha, e deixo o quarto. Quando chego à sala, também já está vestido, sentado em uma cadeira, mexendo no celular, e o café sobre a mesa, como da outra vez. Quando levanta a cabeça e me olha, não faz uma cara muito boa. Agora essa, o que fiz de errado?

— Não acredito que vai insistir em usar essa calça?

Agora vai querer mandar na minha roupa? Era só o que me faltava.

— Já te disse que este é meu uniforme. Se não gosta, deveria reclamar com minha chefe, não comigo — rebato, me sentando para tomar meu café tranquilamente.

— Só acho que deveria colocar no trabalho, já que tem que usá-lo. — Está todo irritadinho, e vai querer me irritar também logo pela manhã.

— Sempre fui trabalhar de uniforme e não vou deixar de ir porque você está dizendo que não devo.

Balança a cabeça, totalmente contrariado. Quando vai argumentar, meu interfone começa a tocar. Levanto e vou atendê-lo. Vira a cabeça e olha para minha bunda assim que passo por ele, balançando ainda mais a cabeça.

— Bom dia, pois não?

— Bom dia, Senhorita Lívia, tem uma entrega em seu nome, posso mandar subir?

— Pode sim, Sr. João, obrigada. — Desligo e volto para a mesa.

Ele está com as mãos cruzadas sob o queixo, me olhando, mas não estou nem aí, não vai me intimidar. Pego o pão que ele esquentou no forno e começo a passar manteiga. A campainha toca, e quando vou me levantar, se levanta na frente e fica me olhando intrigado.

— Está esperando alguém? — O abusado já está se sentindo em casa.

— Não, o porteiro me disse que tem uma entrega. — Vai em direção à porta.

— Um pouco cedo para entregas, não?

Reviro os olhos, agora vai querer controlar até minhas entregas.

— Entrega para a dona Lívia, o senhor pode assinar aqui, por favor — o entregador diz quando abre a porta.

Ele cruza os braços e encara o menino com cara feia.

— Pode voltar com isso, ela não quer nada, e fala pra quem mandou

A MISSÃO AGORA É AMAR

que é comprometida.

Escuto aquilo e fico indignada. Como assim, voltar com uma entrega que é para mim? E como assim, sou comprometida?

— Ei, pode voltar nada, a entrega é pra mim e vou recebê-la. — Levanto, indo em sua direção.

Continua com os braços cruzados, me olhando com cara de quem não gostou nem um pouco da minha atitude. Que palhaçada é essa, quem ele pensa que é?

Assino a guia de recebimento e pego o enorme buquê de rosas vermelhas, quase não consigo segurá-lo. O entregador me olha de cima a baixo e me entrega um cartão.

Gustavo o fulmina com os olhos enquanto entro com o buquê nos braços. Eu o levo direto para a mesa da varanda, pois é muito grande para a minha sala.

Gustavo continua me olhando, sem acreditar que aceitei a entrega. Ele não tem noção alguma do que seja respeitar meu espaço. Pego o cartão e começo a ler, já sei de quem é, mas estou gostando de irritá-lo.

— Que porra é essa, Anjo, quem te mandou isso? — pergunta todo nervosinho.

— Está endereçado a mim, não é da sua conta, não lhe dei o direito de se intrometer nas minhas entregas.

Ele bufa, andando de um lado para o outro na minha frente, como um leão na jaula. Continuo lendo, mostrando indiferença à sua atitude.

No cartão, com uma caligrafia perfeita e elegante, Otávio escreveu:

Lívia, minha linda, estou sentindo muito a sua falta, minha vida não é a mesma sem você. Volta pra mim, deixa eu te provar que você é a mulher da minha vida.

Eu te amo muito e sei que você também me ama. Por tudo que vivemos juntos, me dê mais uma chance e eu juro que vou te fazer a mulher mais feliz do mundo. Te amo. Seu,

Otávio.

Será que não desistirá nunca? Dou um sorriso involuntário, é o suficiente para Gustavo vir na minha direção e tomar o cartão da minha mão. Que abusado!

— Isso é particular, pode me devolver, por favor? — reivindico muito irritada. Não posso tolerar esse tipo de atitude.

— O que esse cara ainda quer com você? Vocês não terminaram? Que porra é essa de "minha linda"? Pode dizer pra ele que agora está comprometida e que não vou admitir esse tipo de coisa. Se não falar, falo eu, mas na base da porrada, vai entender rapidinho. — Está surtado.

— Você está maluco?! De onde tirou que estamos comprometidos?

Encara-me e parece chocado.

— E não estamos? Achei que isso tinha ficado claro ontem à noite. Você quer ficar com esse cara, é isso? — Seu tom é irritado.

Claro que não quero o Otávio, mas não o deixarei impor regras na minha vida. Aqui não é o batalhão dele.

— Isso não é da sua conta, e não me lembro de te pedir em namoro e nem nada do gênero.

Agora está andando de um lado para o outro com as mãos na cabeça.

— Então me explica o que foi aquilo ontem, Lívia? Você ia se entregar para mim, isso não significou nada? Não consigo te entender, senti entrega em você ontem, por que esse empenho todo para me afastar?

Não posso contar a verdadeira razão, sei que achará uma bobeira da minha parte e irá tentar me dar uma segurança que não existe.

— Tenho vinte e três anos, Gustavo, não vou negar que você me atrai, sim, e muito, e é por isso que queria me entregar ontem. Mas isso não quer dizer que estamos namorando ou algo assim. Admira-me você, com trinta e um anos, nunca ter ouvido falar em sexo casual.

Trava na hora e me encara consternado com o que acabei de dizer. Olha-me fixamente, e dessa vez não vejo mágoa e, sim, raiva.

— Já ouvi e já fiz muito sexo casual, pode ter certeza. Mas, com você, não quero sexo casual, quero fazer amor, e se não for dessa maneira, prefiro não fazer — rebate muito sério, sem interromper nosso contato.

Não consigo dizer mais nada, ele acabou comigo só com essas palavras. Fico presa ao seu olhar, será uma missão quase impossível afastar esse homem da minha vida e esquecer que um dia passou por mim.

— Realmente preciso ir, Lívia, te deixo no trabalho, vamos? — Ele se vira, pega sua pistola sobre o aparador, coloca no cós da calça, abre a porta e me espera. Não terminei meu café, mas também a fome nem existe mais.

Continua me olhando como se eu fosse um ET. Mas ele já decidiu o que será; se não quer sexo casual comigo, não terá mais nada. Não terei um

A MISSÃO AGORA É AMAR

relacionamento sério com ele, isso está fora de questão.

Resolvo não entrar em outra discussão, pego minha bolsa e saio.

Ele bate a porta atrás de nós, como se morasse aqui. Então, chamo o elevador, não estou a fim de prolongar meu tempo com ele descendo pelas escadas.

Próximo ao seu carro, ele destrava as portas; chego na frente, abro a porta do meu lado e entro, ele faz o mesmo do seu lado.

— Coloca o cinto — pede sem nem olhar pra mim.

Maluco pirado! Coloco o cinto e ele arranca com o carro. Não diz mais nada, o carro está em um silêncio mortal, até que liga o som. É, não está a fim de conversa mesmo. Seleciona uma música no *pendrive*, e a música da Paula Fernandes, *Pássaro de Fogo*, começa a preencher todo esse silêncio. Quem diria, o Capitão do Bope ouvindo esse tipo de música... E quando começo a prestar atenção na letra, sei que não a escolheu aleatoriamente.

> "(...) Vai se entregar pra mim
> Como a primeira vez.
> Vai delirar de amor
> Sentir o meu calor
> Vai me pertencer (...)"

A música continua e finjo que nem é comigo, mas na verdade me afetou, sim. Se for isso realmente que sente, eu estou entre a cruz e a espada. Viajo com as lembranças da noite anterior, de quando me salvou, de como me senti em seus braços, da forma como fez meu corpo ir por lugares antes desconhecidos.

A viagem segue só com as músicas, sou completamente ignorada. Sinto sua tensão, pois as mãos estão grudadas ao volante e os nós dos dedos, brancos. Tenho que dar um jeito de terminar com isso logo, só não sei ainda como farei, já que minha cabeça diz que é para ficar longe, mas meu corpo e coração o querem demais.

Vinte e cinco minutos depois, para o carro na frente do meu trabalho. Olho em sua direção para agradecer, e seus olhos estão fixos no para-brisa do automóvel.

— Obrigada por tudo, Gustavo, inclusive a carona — meu tom sai um tanto abalado, seus olhos me fitam pela primeira vez desde que saímos do apartamento, e estão muito sérios.

— Não por isso, Lívia.

Sinto falta do Anjo. Mas não tenho o que fazer, se é para acabar, que acabe de uma vez. Saio do carro sob seu olhar, e o sinto em mim até entrar no trabalho. Assim que entro, escuto-o arrancar com o carro.

Meu dia será longo, agora tenho certeza. Como queria chorar na minha cama.

Começo a trabalhar e meu celular toca. É a Bia.

— Oi, Bia, agora não posso falar agora. — Se a dona Júlia me pega no celular, é bronca na certa.

— Eu sei, amiga, queria pedir desculpas por ontem, foi mal. Assim que sair, me liga, beijos.

— Beijo, Bia. — Meu tom é o mais desanimado do mundo. Tomei a decisão de me preservar, então terei que arcar com as consequências, sei que não será fácil.

Saio do trabalho e vou direto para casa. Quando chego, tomo um banho e vou deitar. Por que não consigo parar de pensar nele? Preciso tirá-lo da minha cabeça, mas não consigo.

Desperto com a Bia me chamando.

— Acorda, preguiça, a noite foi boa, hein? Conte-me tudo, como foi? Foi carinhoso com você? — Que mania que tem de disparar um monte de perguntas sem que eu tenha respondido nenhuma.

— Não aconteceu nada, Bia. Não tenho nada para dizer.

— A culpa foi minha, não é? Desculpa, não poderia imaginar que você ia estar com o Capitão gostosão.

— Não, Bia, a culpa não foi sua, ele que simplesmente resolveu que não seria um dia bom, por tudo que tinha acontecido comigo.

Olha-me com as sobrancelhas arqueadas.

— O que aconteceu, Lívia?

Conto todos os detalhes, desde o ônibus até meu salvamento heroico. Encara-me com os olhos arregalados e com as mãos na boca.

— Amiga, não tinha ideia de que tinha passado por isso, ele subiu mais ainda no meu conceito. — *Era só o que me faltava, a Bia aliada do Gustavo.*

— É, foi muito inteligente em entender meus códigos.

— Amiga, ele salvou sua vida, sabe-se lá o que teria acontecido, não quero nem imaginar... — Seu tom sai choroso.

A MISSÃO AGORA É AMAR   119

— Eu sei, e vou ser grata a ele por isso.

— Acho que está muito mais do que grata, Lívia, você está gostando dele, amiga, por que não dá uma chance? Pelo que me contou, ele também está gostando de você. Que homem cheio de tesão pararia para esperar o momento certo se não gostasse?

— Eu sei, Bia, e isso é que está acabando comigo. Acho que preferia que fosse um canalha. Mas não posso, por que logo ele, Bia?

Ela me abraça e ficamos assim por um bom tempo.

— Bom, já te disse o que penso, mas como não posso abrir sua cabeça e colocar isso lá dentro, você resolve. Agora, vamos ao que me trouxe aqui: sexta-feira é meu aniversário, espero que não tenha esquecido.

— Claro que não esqueci. — Sou firme, e começa a rir.

— Que bom. Como minha mãe vai estar embarcada, queria comemorar meu aniversário naquela boate nova da Barra, que estávamos doidas para ir, o que acha? — Espera minha resposta ansiosa.

— O aniversário é seu, você decide — respondo e dá um grito, toda eufórica.

— Então, está decidido, nós vamos. — Por mais que eu adore dançar, não consigo me animar.

— Quem vai, Bia?

— Pensei em chamar algumas pessoas da faculdade, mas aí lembrei que o Flavinho ficaria sabendo e também iria querer ir. Por mais que eu nunca tenha tido nada com ele, ainda tem esperança e não gostaria de me ver com o Michel. — *Bom, pelo menos tem essa consciência.*

— Está certa. Então, você e o Sargento estão firmes, hein?

— Ele é um sonho, Lívia. Nunca achei que fosse gostar de alguém como estou gostando dele.

— Fico feliz, amiga, você merece, quero te ver feliz, sabe disso.

Ela me abraça de novo.

— Eu sei, amiga, e realmente estou, você acha que também não tenho medo? Eu te entendo perfeitamente, amiga, só que escolhi ser feliz. Sabe aquela história de que "seja eterno enquanto dure"? Quero tentar.

— Não vou dizer que é louca, Bia, gostaria de ter sua coragem, mas você me conhece bem e sabe que, para mim, tudo é muito mais complicado. E, além do mais, se esse cara te magoar, eu o capo e arranco suas bolas.

— Essa fala é minha. — Começa a rir. — E seria um desperdício à humanidade capá-lo. Pode ter certeza.

— Bia! Não quero saber disso, guarda pra você!

Não para de rir.

— Amiga, tenho que ir, Michel ficou de ligar. Então está marcado, hein, sexta-feira vai entrar para a história. — *Ela é demais.*

— É, Bia, vai sim! Quando sair, bate a porta, amiga, vou voltar a dormir.

— Você está bem, não é? — *Podia me conhecer menos.*

— Vou ficar, Bia, fica tranquila.

Balança a cabeça, como se eu tivesse falado uma grande mentira.

— Olha, amiga, vou deixar você aí com seus sentimentos contraditórios, e vê se pensa bem, porque se deixar passar essa oportunidade, depois pode ser tarde demais. Escolha ser feliz também, amiga, do jeito que for e como der. Lembre-se disso: ninguém fica disponível para sempre. — Sai do quarto, me deixando pior que estava.

Que amiga é essa? Agora vai ficar do outro lado. Sabe dos meus motivos, poxa.

Passo o restante da noite rolando de um lado para o outro da cama. Sinto falta do seu abraço, seu cheiro ainda está em meus lençóis, não consigo esquecê-lo. Só me faltava essa — ter me apaixonado por ele. Deve ser só química mesmo, e o fato de ser "proibido", talvez seja isso que está mexendo com minha cabeça. Então, por que não paro de olhar o celular, para ver se tem alguma mensagem ou ligação perdida?

Agora as coisas devem ter ficado bem claras para ele; parou até de me chamar de Anjo. Eu já gostava desse apelido que ele tinha me dado: Anjo. E adormeço agarrada ao travesseiro que ele usou para dormir, sentindo seu cheiro.

Acordo com o despertador berrando e me lembro de como ele me acordou ontem com beijos — bem melhor que essa porcaria de barulho irritante!

Levanto da cama com um mau humor desgraçado. Já sei que meu dia não será fácil.

Saio do trabalho e vou direto para o estúdio onde dou aula. Encerro meu período de aulas, mas permaneço ali até umas dezenove horas, dançando alguns ritmos nas outras turmas. Preciso me distrair e tirar meu estresse, e a dança é uma das coisas que me acalmam.

Chego em casa, tomo meu banho, faço um lanche rápido, mesmo sem vontade, já que hoje não almocei e gastei muita energia com a dança.

Vou deitar, nada de mensagem do Gustavo. Nossa, para quem estava tão a fim, desistiu fácil.

Você também não sabe o que quer, né, Lívia?

Melhor sofrer pouco agora do que muito depois.

Levanto na quarta sem vontade alguma. A única coisa que está me animando é que hoje irei falar com a dona Márcia, para acertarmos todos os detalhes da empresa em que eu irei trabalhar. Será mais uma distração para esquecer esse homem de vez.

Chego à faculdade por volta das dezesseis horas e dirijo-me à sala da dona Márcia, que já está me esperando.

— Oi, dona Márcia, tudo bem? Desculpe a hora, é que peguei muito trânsito — explico-me com um cumprimento de mãos.

— Tudo bem, filha, sem problemas. Sente-se.

Eu me sento.

— Então, filha, como lhe disse, essa é uma empresa muito conceituada no mercado, que desenvolve alguns trabalhos para a Petrobrás. Agora, o meio empresarial anda preocupado com o desempenho e estresse dos seus funcionários, por isso surgiu essa ideia de uma aula de alongamento e relaxamento. Temos sido procurados por empresas em busca de profissionais que estão se formando, para ocupar esses cargos. E como você havia me pedido, quando surgiu a oportunidade pensei em você.

— Nossa, nem sei como agradecer, muito obrigada mesmo, veio em boa hora.

Ela me entrega um envelope.

— Aí estão as informações sobre o cargo, o endereço e os documentos que você deve levar à empresa. Deve se apresentar na segunda-feira.

— Não sei mais o que dizer, muito obrigada.

Nós nos despedimos e vou embora. Chego em casa cansada, esse trânsito do Rio anda cada vez mais caótico. Enquanto não entrar um governo com vontade de trabalhar de verdade, temos que continuar passando por isso.

Acordo mais animada na quinta-feira. Estou feliz por ter conseguido mais um emprego — quer dizer, ainda terei que passar por uma entrevista, mas estou confiante de que dará tudo certo.

Chego ao trabalho e realmente não aguento mais esse lugar e o humor bipolar da dona Júlia, muito louca! Executo meu trabalho como todos os dias, e mal dá a hora de sair, estou com minha bolsa na mão e vou direto para o estúdio. Daqui a uma semana e meia voltarei às aulas na faculdade, graças a Deus.

Chego em casa, tomo um banho, preparo uma salada, que como acompanhada de peito de frango grelhado.

Ainda está cedo, então, pego um livro para ler, estou bem entretida na história quando meu celular apita com um WhatsApp da Bia. Leio a mensagem:

> Adivinha com quem tô jantando agr?

> Eu q sei... Michel?

> Eu, Michel, Gustavo e uma amiga lindíssima!

Meu coração gela. Raiva toma conta de mim. Que filho de uma puta! Todo cheio de amor para o meu lado, mas não tem nem uma semana e já está jantando com outra, em um programinha de casais com minha melhor amiga. Cachorro! Agora mesmo que não irei mais nem querer olhar na cara dele. Que ódio! E eu aqui, sofrendo por sua causa. Galinha! Estava muito bom para ser verdade, aquela ceninha toda de que comigo não queria sexo casual, queria fazer amor... *grrrrr*... Vou matá-lo se aparecer na minha frente de novo.

> Como assim... amiga?

Pergunto muito puta da vida.

> Uma amiga com muita intimidade com ele, parece que se conhecem há bastante tempo, é toda sorrisos pro lado dele, mas gostei dela, muito simpática.

A MISSÃO AGORA É AMAR

Não acredito nisso: minha melhor amiga elogiando a peguete do galinha ordinário.

> Bom pra ele, Bia, assim esquece q existo, na verdade acho q já esqueceu, melhor assim.

Minha vontade é de ir naquele restaurante e desmascará-lo, mas não lhe darei esse gostinho.

> Ok, Bia, me deixa voltar para meu livro q está bem mais interessante.

Minhas mãos já estão tremendo ao digitar essa última mensagem. E pensar que estava quase caindo na lábia dele!

> Tá bom, amiga, só fiquei ansiosa para t contar a fofoca, mas depois t conto com mais detalhes.

Qual parte ela não entendeu de que não quero saber de nada? Ele que se pegue com quem quiser! Nem respondo mais sua mensagem, tento voltar a me concentrar na história, mas não consigo.

Levanto e vou até a cozinha pegar um copo com água. Começo a andar de um lado a outro, dirijo-me até a varanda para tentar me acalmar — nada. Não consigo parar de pensar em como foi duas caras, igualzinho ao Otávio. Isso não vai ficar assim!

Volto para o quarto que nem um foguete, pego meu celular. Ele tem que saber que sua máscara caiu.

CRISTINA MELO

CAPÍTULO 12

LÍVIA

> Amiga???

Envio a mensagem, muito puta da vida. Muito cara de pau de sair com a peguete dele junto com minha melhor amiga. Que vingançazinha idiota, quem pensa que é? Acha que vai me abalar com isso?

Conseguiu, estou com muita raiva! Fez de propósito, com certeza, sabia que a Bia iria me contar. Ou realmente estava pouco se lixando. E a segunda opção me deixa com mais raiva ainda.

Estou muito abalada, nunca senti o que estou sentindo agora: com vontade de matá-lo, arrancando cada pedacinho do seu corpo.

Já se passaram trinta minutos do envio da mensagem a ele, e nada. Sei disso porque estou verificando meu telefone a todo instante. Idiota! Deve estar mesmo muito ocupado. Não me seguro mais e envio outra mensagem à Bia.

> Ainda jantando?

Sei que não deixará de me responder.

> Não, amiga, terminamos tem uns 15 minutos, estou no carro com o Michel, indo para casa, por quê?

Se eles já tinham acabado de jantar, como ele ainda não viu a mensagem?

> Nada, amiga, só curiosa.

> Sei...

Ela que começou isso, por que me falou então?

> Sabe dizer se o Gustavo estava com o celular?

Que se dane, me conhece bem e deve saber que estou muito irritada com a situação.

A MISSÃO AGORA É AMAR

> Estava sim, amiga, vi em cima da mesa, mas acho que estava desligado. Foi levar a Carol em casa, deve ter se esquecido de ligar.

Claro, devia estar bem ocupado mesmo. Que merda é essa agora, minha amiga cheia de intimidade com a mulher. *Carol*, uma pinoia — para não dizer um palavrão gigantesco.

> Nossa, vejo que já está íntima da tal Carol, que bom pra vc.

Digito cheia de ironia.

> Ih, já vi que está com a macaca, ama-nhã nos falamos. Beijos

Essa é boa, estava aqui, quieta no meu canto, ela me passa mensagem para tirar meu juízo, e eu que ainda estou com a macaca? Deixa ela comigo.

O outro, a essa hora, deve estar dando a sobremesa para a vagabunda. Estou com tanta raiva dele; deve estar na casa dela ou ela na dele, sei lá, todo solícito com ela. Qual será o apelido que lhe deu? Do jeito que é, deve estar chamando-a de Anjo também, não duvido, deve fazer isso com todas. Babaca!

Escuto o som de mensagem no meu celular, deve ser a Bia.

> Sim, alguma coisa contra?

É dele. Ainda é debochado; preferia que fingisse não ter visto a mensagem.

> Claro que não! Só curiosidade.

É muito irritante!

> Pensei que minha vida não te interessasse.

Ainda quer se fazer de vítima? Agora que arrumou outro passatempo, eu não tenho mais importância, então que se dane. Só quero lhe mostrar que sua máscara de homem certinho e apaixonado não cola mais comigo.

> Pensou certo, quero que você e sua amiga se explodam!

Aperto *enviar* tão forte que quase quebro a tela do telefone.

> Não é o que está me parecendo.

Está interpretando mal minha reação, deve estar achando que estou com ciúmes, quando, na verdade, quero mostrar que não sou tão idiota como ele possa pensar. Ou sou? A quem estou querendo enganar?

> Não me interessa o que está te parecendo, quero que você aproveite sua noite como achar melhor, não estou nem aí.

Ai, que ódio!

> Jura que quer isso mesmo?

Que vontade de o matar.

> Com a mais absoluta certeza que sim.

Nunca me senti tão furiosa em toda a minha vida, nem quando peguei o Otávio com outra fiquei com essa raiva toda. Sim, estou assim só de imaginar que uma qualquer está em seus braços, sentindo seu cheiro, tocando seu corpo, sentindo o gosto de seus beijos. Se o vir com outra, nem sei o que sou capaz de fazer. É insano, mas é o que sinto no momento.

> Então abre a porta para mim, meu Anjo.

Congelo no lugar, parei até de respirar. Está aqui na porta? Fico parada na sala como uma estátua. Como isso é possível? Estava aqui esse tempo todo?

Meu coração está a mil por hora, minha boca está seca, não consigo me mover. Só de pensar que está a poucos metros de mim, agora, me falta o ar.

> Abre, Anjo.

O celular apita em minha mão e saio do transe.

O que eu vou fazer agora? Sei que não devia fazer isso, mas a vontade de vê-lo, bater nele e até matá-lo, é muito mais forte.

Vou em direção à porta, e quando destranco e a abro, está em pé na minha frente, mais lindo do que nunca. Olha-me e, sem que eu tenha tempo de formular uma pergunta, sua boca cobre a minha com muita vontade. Empurra-me para dentro e bate a porta atrás de si, ainda comigo em seus braços, a mão direita em meus cabelos, sem desfazer o beijo, a mão esquerda em minhas costas me prende totalmente ao seu corpo. Minhas mãos se encontram em sua nuca, ele me suspende, e envolvo minhas pernas em volta dele enquanto caminha comigo em direção ao quarto e, a essa altura, já esqueci tudo, só o quero com todas as minhas forças. Percebo agora como realmente senti sua falta, parece que estava muito tempo sem

A MISSÃO AGORA É AMAR

voltar para casa. É como se ele fosse minha casa — essa é a sensação que eu tenho —, esse homem já está no meu sistema nervoso central, não tem mais jeito.

Deita-me na cama e paira sobre mim, sinto seus beijos em todos os lugares, suas mãos tateiam cada pedacinho meu, parece querer ter a certeza de que realmente estou aqui. Começo a retirar sua blusa e me ajuda, logo a peça está fora de seu corpo, minhas mãos tocam a pele de suas costas, quero decorar cada pedacinho, senti-lo por inteiro; assim que chego ao cós de sua calça, percebo que se esqueceu de tirar a arma.

— Capitão, a arma — alerto, praticamente sem fôlego.

— Desculpe, Anjo. — Olha-me cheio de culpa.

Ele se levanta e já sinto sua falta. Deposita a arma sobre a cômoda, aproveita para tirar a calça, os tênis, e a meia. Fica só com a cueca boxer. É um verdadeiro deus grego, não sei quando irei me acostumar com sua beleza. Volta para a cama como um leão em busca da sua presa.

— Senti tanto a sua falta, meu Anjo, você não faz ideia. — Vejo muita verdade em seus olhos. — Achei que nunca mais a sentiria assim, quase pirei esses dias longe de você. Me diz que também sentiu minha falta e que não vai mais tentar me afastar. — Seu tom é tão sedento que me arrepia.

— Também senti sua falta — confesso, e me ataca com um beijo cheio de paixão. Não saberia mais viver sem esse beijo; me rendo, ele é o que preciso agora, o resto resolvo depois. Beija-me com voracidade, lentidão, carinho, desejo, paixão. É um misto de muitos sentimentos em um só beijo, e é delicioso, estou totalmente perdida em desejos desconhecidos, meu corpo está em chamas.

Seus dedos correm a lateral do meu corpo lentamente, e logo a parte de cima do meu baby-doll está no chão; continua seu caminho de beijos até chegar aos meus seios, entro em um momento de puro êxtase, gemidos desconexos saem da minha boca, o que o faz murmurar alguns palavrões. Seus lábios entreabertos descem por minha barriga, até que chegam ao elástico do meu short-doll, suas mãos começam a retirar o tecido bem devagar enquanto sua boca beija cada pedaço de pele que vai desnudando.

— Linda! Não vou me cansar nunca de olhar pra você, te quero com todas as minhas forças, meu Anjo. Também me quer? — ainda pergunta.

— Sim — afirmo em um resquício de voz, consumida por tanto desejo. Continua com sua tortura até retirar o short e a calcinha juntos.

— Você tem um cheiro delicioso, eu passaria horas aqui desse jeito...

Sua boca toca meu centro, e uma tortura maravilhosa se inicia, sei que não demorarei muito... Um calor que só conheci com ele faz todo meu corpo reagir e logo me desmancho em um milhão de pedaços, chegando a um orgasmo incrível. Uau, realmente sabe usar sua boca.

— Preciso de você, por favor, Gustavo, me faça sua — praticamente imploro e ele, com um sorriso travesso, se levanta, vai até sua calça e pega um preservativo em seu bolso. Que safado! Já veio preparado.

— Tem certeza disso, Anjo?

E, nesse momento, tenho a certeza de que estive esperando por ele todo esse tempo.

— Absoluta, como nunca tive em toda minha vida — declaro.

Seu sorriso safado que já amo, aumenta. Seus olhos me fitam o tempo inteiro enquanto retira a última peça de seu corpo lindo, e eu arregalo os olhos, a boca fica aberta. Isso, com certeza, está mais para um importado tipo X1 da BMW.

Suas sobrancelhas se erguem em resposta à minha expressão.

— Que foi, Anjo, desistiu? — pergunta, e estou insegura, sem saber o que responder.

— Não mesmo. — Enfim respondo e quase não reconheço a voz como minha, tamanho é o meu desejo por ele.

— Você foi feita pra mim. — Cobre o membro com o preservativo e seu corpo paira sobre o meu novamente, sua boca encontra a minha e logo aprofunda o beijo — Fica calma, vamos bem devagar, não quero que sinta dor — declara me dando a segurança de que preciso e assinto. Ele se coloca entre minhas pernas, apoia-se nos cotovelos e não tira seus olhos dos meus nem por um segundo.

— Se doer, é só falar que eu paro — promete com um beijo suave.

Minhas mãos estão agora em seu peito, seu coração parece uma bateria de uma escola de samba, de tão forte que ressoa. Acaricio suas costelas, suas costas. Então sinto sua primeira investida, começa a me penetrar bem devagar e isso está acabando comigo, o quero por inteiro. Aprofunda mais um pouco e sinto um pouco de desconforto. Enrugo as sobrancelhas e ele para na hora.

— Tudo bem, Anjo?

— Mais que bem, continua... — peço e me penetra mais um pouco e sinto como se algo estivesse se rasgando dentro de mim. Investe mais um pouco e... — Ahhhhhh... — O desconforto e a dor são inevitáveis, mas

A MISSÃO AGORA É AMAR

enfim, o sinto todo dentro de mim. Para seus movimentos e me encara com o olhar preocupado e maravilhado ao mesmo tempo. Tento me acostumar com a dor e com ele dentro de mim.

— Está tudo bem? — Eu confirmo ante sua pergunta. — Vou me mexer um pouco, se doer me avisa. — Assinto.

Começa a se mexer bem devagar, e o desconforto vai dando espaço a uma sensação deliciosa. Aumenta o ritmo e vai ficando cada vez mais gostoso. Esse homem é tudo de bom!

Arranho suas costas, movida pelo desejo, geme com a boca grudada à minha e eu gemo junto com ele, a sensação de tê-lo assim é muito boa.

— Eu te disse que foi feita para mim, meu Anjo, você é minha e eu sou seu.

— Sua... — É a única palavra coerente que consigo dizer.

Aumenta suas investidas e agora só sinto prazer, meu corpo começa a enrijecer...

— Vamos, meu anjo, goza pra mim, não feche os olhos, olha pra mim...

É o suficiente! Meu corpo é levado a uma dimensão jamais conhecida, a sensação do mais puro deleite me domina. Chego ao clímax, me desfazendo em seus braços, ouço gemidos que só depois percebo que são meus. Ele dá mais duas investidas e goza diante de mim, olhos fixos nos meus, e pela primeira vez deparo-me com um olhar que não conhecia e que me fascina: luxúria, desejo e paixão.

Permanecemos em silêncio e sem nos mexer, como se qualquer movimento fosse nos tirar da nossa bolha. Como se precisássemos desse tempo, para fixar na memória cada segundo deste momento.

— Nesse segundo sou o homem mais feliz do mundo. Você é tudo que preciso, nunca vou me cansar de te dizer isso, Anjo — declara, dando beijos suaves por todo meu rosto.

Não consigo dizer nada, só o olho encantada. Está sendo o meu momento perfeito, tudo que sempre sonhei, me lembrarei desse dia para sempre. Sai de dentro de mim e sinto um abandono sem igual. Retira o preservativo, e segue para o banheiro. Retorna segundos depois, ainda nu, e não consigo deixar de admirá-lo mais uma vez. Deita-se atrás de mim, beija meus cabelos, meu lóbulo... Como isso é possível, já o quero de novo, me viciei!

— Acho melhor irmos tomar banho, antes que você durma.

— Quem disse que quero dormir? — Encaro-o com cara de quem quer muito mais.

— Anjo! É melhor irmos devagar, amanhã ainda é sexta-feira e você vai ficar dolorida e desconfortável no trabalho.

— Quem decide isso sou eu — revido, roubando sua fala do outro dia.

Puxa-me para cima dele com um movimento único, e já o sinto duro de novo. Nosso beijo começa em tom de brincadeira e logo fica muito sério. Desce pelo meu pescoço, suga um seio de cada vez e não consigo segurar os sons que saem da minha boca, e isso parece deixá-lo mais excitado ainda.

— Criei um monstro! — murmura em um tom rouco muito sexy.

— Quem manda ser lindo e gostoso? — rebato, e ele ergue os olhos me olhando com uma cara de safado, dando aquele meio sorrisinho.

— Então é isso? Sou só um corpinho bonito pra você? — Finge-se de ofendido.

— Claro que não! Boca também, e os olhos e... — Ele me cala com um beijo delicioso.

— Anjo, quero muito você! Agora que finalmente consegui, não vou te deixar assim tão fácil, nem adianta vir com suas maluquices, que não caio mais — diz convicto.

Realmente queria que fosse tão simples assim, mas isso deixa para outro capítulo, agora quero mais é aproveitar meu Capitão gostosão.

Levanta-se comigo agarrada em sua cintura e pega outro preservativo em sua calça. Safado!

— Trouxe o estoque da farmácia? — pergunto com ele já entre minhas pernas.

— Espero que te deixe satisfeita agora, Anjo, é a última, já vi que terei que deixar uma caixa fechada aqui. Amanhã vou providenciar, pode deixar. — Pisca convencido.

Posiciono-me sobre ele, que apoia as mãos em meus quadris, guia-me lentamente até estar dentro de mim. Já não há dor, apenas um leve incômodo. Desço devagar, até que o sinto por inteiro, e é uma sensação de entrega indescritível. Eu sou dele, sem sombra de dúvidas.

Cavalgo nele lentamente, aproveitando cada movimento. Olhamos um para o outro, nossos olhos selam promessas não ditas. Sua boca, ora na minha, ora nos meus seios. Suas mãos passeiam por todo meu corpo, nenhum pedacinho é esquecido por ele.

— Você é linda, linda — sussurra com o tom carregado de desejo, e olhar de pura veneração.

A MISSÃO AGORA É AMAR

À medida que nossos beijos vão ficando mais urgentes, eu rebolo em cima dele com mais intensidade, agarrada aos seus cabelos. Jogo minha cabeça para trás e me entrego completamente à luxúria. Palavras desconexas são misturadas aos nossos gemidos. Somos apenas um neste momento, quando sinto que mais um orgasmo se aproxima. Grito de puro prazer, e, em seguida, vejo seu corpo enrijecer, e também se junta a mim. Só consigo pensar em uma coisa: se o mundo acabar agora, morrerei feliz.

Deito minha cabeça em seu ombro, ainda com ele dentro de mim. Nossos corpos estão suados, e nossa respiração vai normalizando aos poucos. Com muito esforço, saio do seu colo e deito na cama. Fica ao meu lado, acariciando todo o meu corpo.

Eu me sinto a pessoa mais importante da sua vida neste momento, tudo está perfeito demais, e esse é meu medo: perder tudo de uma hora para outra.

— Anjo, agora temos que tomar banho, senão amanhã você não vai conseguir trabalhar. Está muito tarde.

Sei que está certo, mas não queria que este momento acabasse nunca.

Estou me sentindo exausta, então ele se levanta e me puxa para o seu colo, levando-me para o banheiro em seguida.

— Sério que vai tomar banho junto comigo?

Arqueia a sobrancelha e me coloca no chão.

— Claro que vou, não perderia isso por nada. — Pega o sabonete líquido, coloca na esponja e começa a me ensaboar. — Não me canso de olhar para você, Anjo, é linda e toda minha.

Pego o sabonete de suas mãos e também passo nele. Uau! Ele é a perfeição em pessoa, estou aproveitando e decorando cada músculo, meus dedos sobem e descem por seus braços, pescoço, peitoral...

— Gostando do que vê? — Pisca para mim.

— Muito! — confirmo e me puxa contra ele e, quando me dou conta, já estou com as pernas envoltas em sua cintura e as costas coladas ao azulejo frio do boxe, que é até um contraste bom para o fogo que está dentro de mim. Ataca minha boca com um desejo feroz. Quero-o de novo e sei que ele também, pelo tamanho de sua ereção. Céus, que homem é esse?

— Ah! Quero muito você, Anjo, te juro que não tenho nada, faço meus exames regularmente e nunca transei sem preservativo. Sei que você também não tem nada. — Sinto a súplica em seu tom, e seu olhar é quase de desespero.

Também não posso esperar até amanhã para tê-lo de novo, e sinto que tudo o que me disse é verdade. Olho para ele e assinto. Dá um sorriso e começa a me penetrar, duro, feroz. Isso só fica melhor a cada vez.

Ele geme sem parar.

— Porra, Anjo, dessa vez não vou aguentar muito tempo — confessa ao meu ouvido.

Mordo seu ombro, e tenho certeza de que também estou perto. Sinto-o todo dentro de mim, suas investidas são fortes e rápidas, não tenho mais palavras para descrever como é bom.

— Oh, sim, Capitão, quero mais, mais — eu peço descontrolada.

Ele aumenta seus movimentos e gozo mais uma vez, gritando por ele, que não resiste e me segue. Ficamos nessa posição por uns minutos.

— Não foge mais de mim. Tenho certeza que agora não vou suportar ficar longe — implora com as mãos em meu rosto e os olhos nos meus.

Não sei o que responder. Será que eu suportaria ficar longe dele? Não depois de hoje, então seja o que Deus quiser.

— Não me deixe fugir — peço com os olhos marejados olhando dentro dos dele.

— Não vou deixar, Anjo, não vou deixar. — Ele me dá um beijo e selamos nosso acordo.

— Agora me ponha no chão que nós dois temos que trabalhar amanhã, e você já me explorou demais por hoje — digo fazendo um biquinho.

— Realmente, eu criei uma monstrinha. — Dá uma gargalhada.

Assim que voltamos ao quarto e vejo a roupa de cama, percebo que não teremos condições de dormir nela. Vou para meu armário, pego outro lençol e outro edredom e começo a arrumar a cama.

— Vou apagar tudo e trancar a porta — diz, saindo do quarto.

Volta pouco tempo depois, e eu já tinha colocado outro baby-doll. Ele apaga a luz e se deita ao meu lado; pego meu celular para colocá-lo para despertar e me assusto com a hora: quase duas da manhã. Bem que me disse que estava tarde. Estou ferrada para trabalhar daqui a pouco, mas valeu a pena cada minuto que fiquei acordada. Meus olhos começam a se fechar sem que me dê conta.

— Boa noite, meu Anjo. Hoje vou dormir bem, com você aqui do meu lado. Como senti sua falta!

— Também senti — confesso, e me abraça muito forte. Agora sei que não conseguirei viver sem esse abraço e todo o resto dele.

A MISSÃO AGORA É AMAR

CAPÍTULO 13

Lívia

Desperto de um jeito maravilhoso, com vários beijos por todos os lugares.

— Está na hora, vai chegar atrasada se não se levantar agora. — Abro meus olhos e me deparo com aquele par de olhos lindos. Como ele consegue ser tão lindo assim até na hora em que acorda?

— Não quero levantar... — Meu tom sai manhoso. Seu braço envolve meu corpo e seus lábios tocam meu pescoço.

— Vamos, Anjo, amanhã te deixo dormir até mais tarde — diz com um carinho delicioso em minhas costas.

— Você fazendo essas coisas, fica difícil eu querer sair dessa cama. — Eu me aproximo mais dele.

— Pra mim, está mais difícil ainda, Anjo, pode acreditar, mas o dever nos chama, já são dez para as sete.

— Ai, meu Deus, Gustavo! Por que não me disse que já estava tão tarde? — Dou um pulo da cama, e ele me encara sorrindo.

— Estou tentando, você que não entendeu. Vou preparar o café. — Levanta-se também.

— Acho que não vai dar tempo, Gustavo.

— Claro que dá tempo, se arruma rapidinho. — Pisca e sai do quarto.

Corro para o banheiro, faço minha higiene pessoal, visto meu uniforme e sigo para a sala. Nunca me arrumei tão rápido. Quando chego à sala, ele está saindo da cozinha com as xícaras de café na mão. Assim que me vê, fecha a cara.

— Anjo! Sério isso? Vai continuar indo com essa calça? Isso já é provocação. — *Que cisma boba.*

— Ah, Gustavo, não começa. — Eu me sento à mesa e ele ainda está parado com o café na mão. — Vai ficar parado aí ou vem tomar café?

Ele se senta à minha frente e me encara.

— O que custa ir de *jeans* e colocar a calça do uniforme no trabalho? — pergunta sério, sem desviar o olhar.

Ele acha mesmo que vai mandar nas minhas roupas? Assim que começa: você muda uma calça, depois um vestido e, quando vê, já está se vestindo do jeito que ele quer. Isso não iria rolar comigo.

— Mais prático, já discutimos isso e não vou voltar atrás. Então, é melhor mudarmos de assunto.

Ele bufa e finjo que não vejo.

— Você é muito teimosa, Anjo. O que vou fazer com você? — pergunta mais para si mesmo do que para mim, dando um gole em seu café.

Lembro-me de um assunto inacabado. Se ele pensa que eu esqueci, está enganado. Só porque me confundiu ontem com toda a sua beleza e gostosura, acha que não vou querer saber mais da tal Carol. Terá que me explicar essa história, direitinho. Sei que estou atrasada, mas agora não me importo mais, preciso esclarecer esse assunto.

— Posso saber quem é a amiga que você levou para jantar ontem?

Levanta a cabeça com minha pergunta e me encara com um sorriso de lado.

— Ciúmes, Anjo? — *Mas se acha muito!*

— Não é questão de ciúmes, quero só saber onde estou me metendo.

Balança a cabeça para frente, tentando segurar o sorriso.

— Qual o problema? Vai falar ou não? — exijo com o tom mais alterado. Odeio deboche, ele está rindo de mim?

— Claro, falo tudo que quiser saber, Anjo.

Apoio os cotovelos na mesa, coloco as mãos sob o queixo e o encaro.

— Estou esperando — declaro, e ele balança a cabeça como se esse assunto não tivesse importância alguma.

— Curiosa demais, não? — *Se não parar de me enrolar, vou voar em cima dele.*

— Quer falar logo, que saco! Que foi, está com medo de me dizer a verdade?

Balança mais ainda a cabeça e agora não controla o riso.

— Ela é só uma grande amiga, Anjo, fica calma, nós nos conhecemos há muitos anos.

— Deve ser bem íntima mesmo, pra você levá-la para jantar em um programa de casais, logo com minha melhor amiga. Achou que a Bia não me contaria ou você fez de propósito?

Ele cai na gargalhada. Olho pra ele, muito puta da vida, odeio isso!

— Não foi um encontro de casais, Anjo, ela também conhece o Michel e marcou com a gente para entregar o convite do casamento dela. Estava com o noivo, portanto, quem estava sobrando era eu.

Juro que vou matar a Bia! Ela me deixou fazer papel de boba.

— E você armou essa palhaçada toda com a Bia? — pergunto ríspida, e ele para de rir na mesma hora.

— Claro que não, Anjo, nem estou sabendo do que está falando. Viria pra cá de qualquer maneira, não estava conseguindo mais ficar longe de você. Quando vi sua mensagem, já estava descendo do carro na frente do seu prédio. Fiquei parado na sua porta durante uns dez minutos, antes de responder à mensagem. Não entendi o tom e nem como você sabia que eu tinha jantado com a Carol, aí me lembrei da Bia. Fiquei feliz quando percebi que estava com ciúmes.

— Não fiquei com ciúmes, seu convencido! — defendo-me, ele arqueia as sobrancelhas, se levanta e em seguida ajoelha-se ao lado da minha cadeira.

— Não? Então o que foi aquilo de mandar eu me explodir? — Ele me puxa para ficar de frente para ele.

— Só achei abuso você ir a um jantar de casal com minha amiga, só isso — explico quando já está entre minhas pernas, acariciando meu rosto.

— Hum, hum, sei... — Beija meu pescoço. Pronto, agora já esqueci até o assunto que estávamos tratando.

— Gustavo, vou chegar atrasada — argumento, e me cala com um beijo. E que beijo!

— Só um beijo de bom-dia, Anjo. — E me dá mais um beijo.

— Você disse que era só um, realmente preciso ir. Se chego atrasada, é bronca na certa — explico, e ele se levanta, vai até o quarto, na certa para pegar sua arma. Quando volta, já o estou esperando com a minha bolsa.

— Ok, o dever nos chama.

Saímos, quando entramos no carro, me manda colocar o cinto, liga o carro e partimos.

— Só preciso que você dê uma paradinha rápida em uma farmácia. — Assente, mas não diz nada.

Encosta o carro na frente da farmácia e desço. Preciso comprar a pílula do dia seguinte. Já que fui irresponsável, preciso garantir que não vou ficar grávida agora. Uma gravidez a essa altura do campeonato e com uma pessoa que mal conheço e logo na minha primeira vez, não seria bem-vinda. Não que eu não queira ter um filho um dia, mas tudo tem sua hora certa para acontecer. Compro a pílula junto com uma garrafinha de água, abro e a tomo logo para não correr o risco de esquecer. Entro no carro e me olha curioso.

— Pílula do dia seguinte. Ainda não é dessa vez que vai ser papai — declaro em tom de brincadeira.

— Desculpa, Anjo, eu devia ter me comportado.

— Para com isso, Gustavo, a culpa foi dos dois, problema resolvido.

Dá um sorriso sem graça. Será que acha que porque eu era virgem sou desinformada? Eu, hein!

— A que horas você vai sair hoje? Vou estar por perto e te pego. — Sem cabimento, agora vai deixar de trabalhar para ser meu motorista. Ou deve ainda estar sem graça e está mudando de assunto.

— Saio às quatorze horas, mas não precisa se preocupar, sei pegar ônibus.

— Eu sei disso, mas vou estar bem perto, e não me custa nada.

— Não precisa mesmo, obrigada, hoje é aniversário da Bia e ainda vou passar no shopping para comprar o presente dela.

Balança a cabeça em negativa.

— Que foi? — indago.

— Você não vai ao shopping com essa calça, fora de questão e sem necessidade.

Não acredito no que está falando.

— Minhas necessidades quem decide sou eu, e não você, que isso fique bem claro. — declaro bem séria, mas sem levantar o tom de voz. Ele precisa entender que não vai chegar ditando o que tenho de fazer. Que vá dar ordens lá no batalhão dele, não para mim.

— Só acho que você morando perto de um shopping, pode muito bem passar em casa, trocar de roupa e depois ir.

Agora sou eu que balanço a cabeça em negativa.

— Só porque você quer? Acho melhor encerrarmos o assunto por aqui.

Fica mudo e não diz mais nada. Um tempo depois, para o carro em frente ao meu trabalho, e quando vou descer, me puxa e me dá um beijo que me faz querê-lo aqui, nesse instante.

— Bom trabalho, Anjo.

Ainda estou em estado de êxtase.

— Pra você também, bom trabalho. — Apesar de achar que ele não devia trabalhar nisso. Mas se resolvi ficar com ele, tenho que aceitar seu trabalho. Sei que não será fácil, e essa é a única certeza que tenho. Dou mais um beijo nele e saio do carro; espera até que eu entre no trabalho e só então vai embora.

Faço meu trabalho como todos os dias: atendo telefone, recebo os clientes, os encaminho até a sala onde será feito o procedimento, e assim é até a hora de sair. Passo a manhã inteira pensando no que aconteceu essa noite e em como foi maravilhoso. Sempre esperei que esse dia fosse especial, só não imaginava que seria tão lindo. E agora vai ser praticamente impossível me afastar dele. Talvez a Bia tenha razão — como diz a música de Lulu Santos: "vamos nos permitir". Ser feliz é o que importa, e só posso pedir que essa felicidade não termine. Mas a dona Bia irá se ver comigo, não hoje que é seu aniversário, mas a pego na curva. Sei que, como ela me conhece, sabia que eu estava precisando de um empurrão, mas isso foi muito mais. Onde já se viu, ficar me provocando daquele jeito, omitindo que a mulher estava acompanhada. Já é a segunda que me apronta. O que é dela está guardado.

Às quatorze horas, pego minha bolsa e saio. Passo pela porta e vejo Gustavo encostado no carro me esperando. Vou em sua direção e, quando chego perto, me puxa e me dá um beijo de tirar o fôlego.

— Oi, meu Anjo, estava cheio de saudades.

— Oi, também, mas te disse que não precisava, não faz sentido sair do trabalho no meio do dia para me buscar. — Ele me abraça mais forte ainda e beija meu pescoço.

— Faz todo o sentido do mundo. Já disse que estava com saudades?

Aproveito o momento e não digo mais nada. Entramos no carro, e ele parte. Cinco minutos depois entra na garagem de um prédio próximo à orla.

— Onde estamos indo?

Ele me olha um tanto culpado e pisca.

— Minha casa. Não posso ser mal-educado; me recebeu tão bem em sua casa, está na minha hora de ser o anfitrião. — *Cara de pau, cínico!*

Coincidência ele morar tão perto assim do meu trabalho. Para o carro em uma vaga e saímos.

— Você pode tirar a tarde de folga? Posso conhecer sua casa outro dia, sem problemas.

Pega na minha mão e seguimos em direção aos elevadores.

— O Michel ficou lá, não se preocupa.

— Mas ele pode ficar no seu lugar, sendo Sargento?

Gustavo me olha confuso. Será que disse alguma besteira?

— Não no batalhão, Anjo, ele ficou na empresa.

— Empresa? — Agora estou boiando.

Entramos no elevador, aperta o sexto andar, e as portas se fecham. Abraça-me pela cintura, seu corpo encostado atrás do meu.

— Eu e o Michel temos uma empresa de blindagem.

Ele tem uma empresa, então por que fica se arriscando na polícia? Isso é muita burrice! Mas quem sou eu para dar algum tipo de opinião na sua vida? Nosso relacionamento ainda está muito novo, quer dizer, nem sequer começou ainda.

Fico em silêncio até as portas se abrirem e me puxar para fora do elevador e para fora dos meus pensamentos.

— Ei, eu ia te contar, não fica assim, só não tive tempo e oportunidade até agora. Não precisa ficar com essa cara. — *Se soubesse qual é minha verdadeira preocupação...*

— Está tudo bem, Gustavo, nada de mais, existem muitas coisas que ainda não sabemos da vida um do outro. — Gustavo me olha preocupado, talvez meu tom de voz não tenha saído do jeito que queria, transmitindo incerteza para ele. Devolvo-lhe o olhar com um sorriso forçado.

— Tem certeza de que está tudo bem? — ele me pergunta, parecendo angustiado. O que eu vou dizer? Não, está tudo péssimo pelo fato de você ser policial. Ou, ainda: Sai da polícia e nossa vida vai ser perfeita. Não tenho esse direito; o conheci na polícia e, por mais que não aceite isso, ou me adapto à situação ou me afasto. Ele me disse que ama a profissão, então tenho que tentar conviver com ela, não irei carregar o peso de ele ser infeliz por minha causa.

— Está sim, tudo bem — confirmo e acho que consigo convencê-lo dessa vez. Me pega no colo e me ataca com um beijo delicioso e sedento. Gustavo me suspende em seus braços e envolvo minhas pernas em seu quadril enquanto caminha comigo pelo apartamento.

— Você não liga se eu mostrar o apartamento depois, não é? É que estou com muitas saudades e preciso ter você agora na minha cama. — Seu tom sai rouco e cheio de urgência e desejo, uma mão em minhas costas e a outra na minha nuca, sua boca não deixa a minha durante todo o caminho. Deita-me em sua cama, me fita e me sinto a presa que está prestes a ser devorada, tamanha é a devoção que vejo em seus olhos. Tira sua camisa e sua calça junto com os tênis, e em segundos está apenas de cueca.

Parece que eu estava dias sem vê-lo, será que nunca irei me acostumar com sua beleza? Aproxima-se mais de mim e puxa minha calça, lentamente, minha barriga se comprime com a expectativa, o desejo por ele me

A MISSÃO AGORA É AMAR

domina completamente.

— Você fica perfeita em minha cama — sussurra, e já estou pronta para ele. Seus dedos começam a retirar minha blusa, e me apresso em ajudá-lo.

— Nunca vou me cansar de te olhar, Anjo, perfeita! Você é minha, só minha — declara e pega um preservativo na gaveta de seu criado-mudo.

Ficamos na cama a tarde toda, nos amando como se não existisse nada, nem ninguém em todo o mundo. Eu me sinto a mulher mais feliz e completa quando estou com ele, todas as minhas dúvidas desaparecem. Somos somente nós dois.

— Gustavo, realmente preciso ir, te disse que hoje é aniversário dela. — Está todo enrolado em mim, e é uma sensação maravilhosa, mas eu preciso tomar algumas providências antes de me dirigir à tal boate, apesar de agora essa ideia me parecer bem chata em relação à minha posição atual. Mas eu prometi, então terei de ir.

— Está tão bom, não quero sair daqui — sussurra com o nariz em meu cabelo.

— Também não queria, mas preciso. A Bia é minha melhor amiga, e se eu não comprar o presente dela e não for à boate, vai me matar.

Levanta a cabeça na hora para me encarar.

— Que história é essa de boate, Anjo?

— Hoje é aniversário dela...

— Essa parte já entendi — interrompe-me.

— Posso terminar? — pergunto com ironia e ele franze as sobrancelhas.

— Deve.

— Então, ela quer ir na boate nova que abriu aqui na Barra, por isso tenho que ir para casa, passar correndo no shopping, comprar o presente dela e depois me arrumar. — Está me olhando com a cara amarrada e desconfiada.

— Que boate é essa? — Já está com o tom de voz diferente ao fazer essa pergunta. Cadê o homem doce e delicado de agora há pouco?

— É a Sirius.

— Nem fodendo que você vai nessa boate! — *Quem ele pensa que é para me proibir alguma coisa?*

— Não me lembro de ter te pedido permissão, Gustavo. — O encaro de igual.

— Essa boate está cheia de ocorrências de agressão, todo fim de semana tem confusão. E eu, muito provavelmente, estarei de serviço hoje à noite — se justifica.

— Eu não vou me meter em confusão, pode ficar tranquilo, e, além do mais, Michel vai com a gente — alego, e balança a cabeça em negativa.

— Você acha mesmo que, na hora da confusão, ele vai deixar de proteger a namorada dele para proteger a minha? — *Caraca, muito neurótico!*

— Muito estranho você não confiar em um membro de sua equipe e, ainda por cima, seu sócio — acuso e levanto-me da cama. Não tenho paciência para "pitis" desnecessários. Encara-me enquanto pego minhas roupas espalhadas pelo chão do quarto.

— A questão não é essa, eu confio muito no Michel. — *Então é só implicância mesmo.*

— Então está resolvido, não precisa dar "piti".

Ele abre e fecha a boca, me encarando com cara de quem foi pego de surpresa por minhas palavras.

— Não estou dando "piti", trabalho com segurança, esqueceu? Só estou querendo dizer que, se houver uma confusão grande, ele pode não conseguir defender as duas, e claro que vai optar por defender a namorada dele primeiro. Então, deixa para ir nessa boate quando eu tiver certeza que vou estar junto, muito mais seguro assim.

Só pode estar maluco se pensa que vou desmarcar um programa com minha melhor amiga por ele considerar perigoso. Conheço muito bem essa mania de perseguição de policial — para eles, todos são suspeitos.

— Só que o aniversário é dela, então, eu não tenho o poder de decidir nada. Sinto muito, Capitão, mas só a Bia pode resolver isso. E se ela quer ir à boate comemorar seu aniversário, é para lá que vou, o senhor gostando ou não! Agora deixa eu tomar meu banho, já estou com a hora apertada. — Mando um beijo para ele e sigo em direção ao banheiro.

Fica com cara de bobo e sem fala; está muito enganado se acha que vai ditar algum tipo de regra para mim.

Tomo meu banho sossegada, reparando em como seu banheiro é bem maior que o meu. Na bancada da pia há uma colônia pós-barba, um pote de sabonete líquido, pasta de dente e duas escovas de dentes. Percebo que

A MISSÃO AGORA É AMAR

uma ainda está na embalagem; sorrio feito uma boba ao constatar que ele a comprou para mim. Na parte de baixo, um nicho com toalhas.

Seu quarto também é bem masculino, pintado em dois tons de azul diferentes; sua cama *King Size* fica no meio do quarto; duas mesinhas de cabeceiras nas laterais; em uma lateral há uma poltrona. Não vejo guarda--roupas no quarto, deve ter um closet atrás da outra porta que fica ao lado da do banheiro. Na outra lateral do quarto há uma porta de correr com persianas que vão até o chão — imagino que dê acesso para a varanda.

Termino meu banho, visto minha roupa e vou para o quarto. Ele não está, onde será que deixei minha bolsa? Abro a porta e refaço o caminho que fez comigo no colo até chegar à sala. Quando entro, vejo que está muito alterado falando ao telefone.

— Não me interessa, Michel, estou te dizendo que a Lívia não vai nessa porra de boate!

Ele realmente está acreditando que vai definir onde eu posso ou não posso ir. Encaro-o com os braços cruzados, escutando-o discutir minha vida. Se acha que vou deixar minha amiga sozinha no aniversário dela, está muito enganado. Quem ele pensa que é? Não vou permitir isso, sem noção.

— Ah! E você acha que se der alguma merda vai conseguir defender as duas?! — berra ao telefone. — Caralho! Basta você convencer sua namorada a ir a outro lugar, porque a Lívia só está indo por causa dela. — *Estou ficando muito puta com a reação dele. Ele tem que resolver comigo e não ligar para o amigo para tentar resolver o que já estava decidido.* — Porra, se você não consegue fazer sua namorada mudar de ideia, para que você serve, então? — Olha quem fala, dá até vontade de rir: o sujo falando do mal-lavado, se não fosse trágico, seria cômico. — É claro que consigo, ela só está insistindo em ir porque não quer ficar mal com a amiga.

Quer saber? Isso está indo longe demais, não vou perder meu tempo aqui. Vejo minha bolsa no sofá, a pego e vou em direção à porta; paro com ele segurando meu braço.

— Resolve isso, Michel — exige, puto da vida e desliga o telefone. — Aonde você pensa que vai?

—Você está maluco ou o quê? Eu disse que tenho que ir embora.

— Eu vou te levar, pode esperar dois minutos? — *pergunta irritado. Cadê o Gustavo carinhoso? Porque esse aí é um saco.*

— Não precisa, disse que tem que trabalhar e já ocupei muito seu tempo. — Passa a chave na porta e a tira. *Que merda é essa agora, vai me manter presa aqui?*

— Abre a merda da porta, Gustavo! Não estou achando graça! — exijo, e ele se vira sem responder e segue em direção ao quarto. Sigo-o e puxo seu braço.

— Me dá a droga da chave! Eu quero ir embora — meu tom está bem alterado; o que ele está pensando? Homem louco!

— Já disse que vou te levar, deixa só eu tomar um banho rápido — diz com toda a calma do mundo, e ainda manda um beijo na minha direção, como eu fiz com ele há pouco. *Que ódio! A tarde foi tão perfeita, tinha que estragar tudo?*

— Não quero que me leve, Gustavo, só que abra a porta — exijo, gritando na direção do banheiro onde entrou.

Agora virei sua prisioneira, só o que me faltava. Não responde e sento-me na cama, bufando com suas atitudes. Eu mereço, onde fui me enfiar?

Dez minutos depois, sai do banheiro enrolado só com uma toalha. E que corpo é esse? Por um momento esqueço tudo, não vou me cansar nunca de admirar esse homem, estou igual a cachorro que fica olhando o frango girar naquelas frangueiras de padaria, sem mover um músculo sequer.

Ele tira a toalha na minha frente. Filho da mãe! Se estava tentando me distrair, conseguiu. Seus olhos encontram os meus... Cacete, deve ter visto a baba escorrendo, está com aquele sorriso safado na cara.

—Tem certeza que quer mesmo ir embora?

Puta que pariu! Falando desse jeito, parece loucura mesmo. Não que eu queira ir embora, mas preciso. O que eu iria falar para a Bia depois?

— Ab... absoluta! — Meu tom sai ridículo de tão abalado, nem eu mesma o reconheço como meu.

— Se você está dizendo, acredito — diz convencido, e vem em minha direção totalmente nu. Agora sim, esqueço até como se respira. Ele se senta ao meu lado e começa a me beijar em todos os lugares. E como é bom, o safado sabe direitinho como me convencer, estou quase cedendo. Mas não se trata de qualquer pessoa e, sim, da Bia, e eu não irei fazer isso com ela. Então, me levanto e vou para bem longe dele. Preciso fugir da tentação.

—Te espero na sala — declaro, e me olha com uma cara de cachorro que caiu do caminhão de mudanças. Saio quase correndo dali. Vejo que já são quase dezenove horas, ainda bem que já sei o que comprar para ela,

A MISSÃO AGORA É AMAR 143

senão estaria lascada.

Ele chega à sala todo arrumado e com uma pequena bolsa de viagem na mão, deve ser seu uniforme. Seu cheiro invade o ambiente em questão de segundos. Que cheiro bom!

— Vamos?

Assinto e me levanto. Ele pega sua arma sobre a mesa perto da entrada, e saímos. Minutos depois encosta logo à frente, entra num shopping bem próximo à sua casa.

— Pode ser aqui para comprar o presente? É mais vazio, e a essa hora qualquer um deve estar lotado.

— Pode, sim — confirmo, e logo descemos. Pela primeira vez, me arrependo de estar de uniforme; ele todo lindo, e eu, assim, mas serei rápida.

Pega minha mão e entramos no shopping. Na entrada, pergunto ao segurança se tem a loja que eu procuro; ele confirma, agradeço e seguimos na direção indicada.

Chego à loja e Gustavo fica o tempo todo atrás de mim, não consigo nem me mover direito. Olho para ele, intrigada.

— Pode me dar um espaço? — Está com a cara amarrada. — Que foi agora?

— Você ainda me pergunta? Todos os homens deste local estão olhando pra sua bunda — bufa.

— Você é uma comédia! — Não me seguro e começo a rir. — Acha que só existem eu e minha bunda no mundo?

— Acho — confirma, continuando de cara amarrada, e desisto de tentar entender.

Compro o tênis que Bia estava querendo, custou uma fortuna, mas ela merece — quer dizer, não ultimamente, mas merece. Ele paga o estacionamento e saímos. Quando chegamos ao meu prédio, falo para ele entrar com o carro e colocar na minha vaga. Subimos, e assim que entramos no meu apartamento, seu telefone toca.

CAPÍTULO 14

Lívia

Ele atende o telefone, e vou para a cozinha beber um copo com água. Quando volto, já está encerrando a ligação.

— Ok, chego aí em no máximo trinta minutos — garante e se despede encerrando a ligação.

Eu o encaro. Sério isso? Nossa relação será assim: ele sendo chamado quando menos esperamos, e todo e qualquer plano tendo que ser desfeito — como era com meu pai? Quando achávamos que, enfim, ele iria para aquela festinha de família, ou até mesmo um shopping que fosse, alguém ligava e simplesmente tinha que ir. Tínhamos que esperar pelas férias, único período que poderíamos ter certeza de sua presença. E tudo isso para, no final, não ter nem como defender a si próprio e acabar assassinado na porta de casa, o lugar que deveria ser o mais seguro no mundo inteiro.

E é isso que será minha vida de novo se ficar com Gustavo. Quantas vezes vi minha mãe triste por não ter a presença do meu pai? O melhor seria fazer o que a Bia me sugeriu, antes de começar a puxar sardinha para o lado dele: tirá-lo do meu sistema e depois seguir com minha vida. Sei que junto com ele não terei futuro algum, e esse telefonema foi prova disso. Ele havia me alertado que provavelmente iria trabalhar, mas eu até tinha esperanças de que não fosse. E não quero esse mundo de ilusão, quero uma vida real como todo mundo. Sair de manhã para trabalhar e, à noite, poder contar com a presença do meu marido, conversar sobre seu dia, jantar juntos, dormir juntos todas as noites... Coisas normais do dia a dia. Sei que com ele isso não será possível. Então, para que começar algo que não terá futuro? Pura perda de tempo. Sei que será bem complicado me afastar dele, mas tenho que tentar e, de alguma forma, conseguir.

— Anjo! — Saio de meus pensamentos com sua voz me chamando. — Está tudo bem? Eu te chamei, e você não me ouviu. Ficou parada aí me olhando, como se estivesse em outro mundo. — E realmente estava, mas nesse mundo ele não terá lugar, não com seu trabalho.

— Está tudo bem, sim, só estava pensando na roupa que vou usar. — Dou um sorriso forçado e tento disfarçar minha angústia.

— Você vai mesmo?

— Já te disse que não tenho opção, a Bia que escolheu. Não vamos começar tudo de novo, por favor. Você tem que trabalhar e eu tenho que começar a me arrumar. — Procuro transparecer toda a calma do mundo ao dizer essas palavras. Ele me encara, tenso, da cabeça aos pés. — É melhor você ir, para não se atrasar, nos vemos outro dia — digo, me aproximando e dando um selinho em seus lábios, tento parecer o mais normal possível. Ele não se mexe.

— Que merda está acontecendo? Que porra é essa de outro dia? — Encara-me angustiado.

Tento acalmar meus batimentos. Eu preciso me manter tranquila, porque ele me olhando desse jeito parece desvendar minha alma.

— É só uma maneira de falar, Gustavo, sério, melhor você ir agora. — Como convencê-lo de que está tudo bem, se não consigo nem convencer a mim mesma?

Cada um sabe o que pode suportar. Eu sei que não conseguirei suportar isso. Seu celular apita, e dou graças a Deus, pois me livrou daquele olhar de raios-X dele. Ele lê a mensagem e fecha os olhos em sinal de derrota.

— Realmente preciso ir, vou estar com o celular ligado o tempo todo, qualquer coisa você me liga, envia uma mensagem, e eu dou um jeito. — Está com as duas mãos em meu rosto, me olhando direto nos olhos. Assinto, e ele dá um suspiro. — Ficaria muito mais tranquilo se você convencesse a Bia a ir a outro lugar.

Não digo nada, ele me abraça forte e me beija desesperadamente, como se não houvesse amanhã, e só de pensar nisso me dá vontade de pedir para ele ficar comigo e não ir nessa operação. Mas sei que não posso fazer isso. Ele se vira para sair e vou atrás para abrir a porta. Ele me dá mais um beijo e correspondo, como se estivesse tudo certo, mas nada está certo.

— Se cuida — é a única coisa que consigo dizer.

— Eu sempre me cuido, Anjo, fica tranquila. — Pisca, entra no elevador e vai embora.

Juro que quero ficar tranquila. Mas não consigo. Fecho a porta e sigo para o quarto, deito em minha cama e penso em como as coisas aconteceram tão rápido. Eu tinha que ter me mantido afastada dele, porque agora que o tenho, será impossível.

Vou para o banheiro e tomo um banho bem demorado, pensando em como meus sentimentos pelo Gustavo estão cada vez mais fortes. Sei que temos uma química muito forte, caso contrário, não teria me entregado para ele, e o fato de não conseguir me afastar só mostra o qual forte é mesmo! A continuar com isso, a tendência é só aumentar, até que, quando menos perceber, estarei apaixonada. Tenho que me afastar e esquecê-lo; cada um de nós define seu destino, e eu tenho que definir o meu antes que seja tarde demais.

Os sentimentos que outrora me fizeram querer ficar com ele, sem pensar no amanhã, agora parecem não ser mais tão relevantes assim. Há duas vozes que duelam na minha cabeça: uma me diz para ir em frente e curtir o momento, sem pensar no amanhã; a outra me faz pensar em um futuro próximo de incertezas e sofrimentos.

Saio do banho e seco meus cabelos. Quando termino, olho a hora, e vejo que são quase vinte e uma horas. Caramba! Com essa confusão toda, me esqueci de um detalhe muito importante. Então, pego o celular e ligo para uma confeitaria próxima a minha casa e faço o pedido, com certa urgência, de uma minitorta de chocolate — a preferida da Bia.

Ligo para a Bia:

— E aí, como vai a aniversariante do dia?

— Oi, amiga, estou muito ansiosa, daqui a pouco vamos sair, quero chegar lá por volta das vinte e três horas, a fila fica muito grande se deixarmos para ir muito tarde.

— Ok, só estou com dúvida de qual vestido usar.

Faz parte de nosso ritual que ela sempre passe aqui para cantar Parabéns primeiro. Fica quieta por uns segundos.

—Você tem cada vestido lindo, coloca o vermelho, aquele novo que compramos outro dia. — *Como farei para que suba?*

— Não sei, acho que não, o achei muito curto. Realmente estou precisando de sua ajuda, amiga, sobe rapidinho; pode trazer o Michel.

— Ai, Lívia, você e essa indecisão! Tudo bem, passo aí em quarenta minutos, vou subir com o Michel, vê se fica composta. — *Como se eu andasse pelada pela casa que, ainda por cima, é minha.*

— Ok, não demora, senão iremos nos atrasar.

— Daqui a pouco chego aí, beijos.

Corro para terminar de me arrumar, coloco o tal vestido vermelho, uma sandália preta, e começo a fazer minha maquiagem. Quando estou para finalizar com a máscara de cílios, o interfone toca. A torta chegou, e que bom antes da Bia.

Coloco a torta no centro da mesa, já com as velas, vou para a cozinha, pego um espumante e três taças e coloco junto ao bolo. Peço para o Sr. João

A MISSÃO AGORA É AMAR

me avisar quando a Bia chegar. Corro para o quarto, pego uma *clutch* preta em que caiba meu celular, chaves e documento, e retorno à sala. Dez minutos depois, o interfone toca; é o Sr. João avisando que ela subiu. Apago a luz da sala e fico a esperando abrir a porta. Quando abre e acende a luz...

— Surpresa!

Ela fica paralisada por um momento e depois vem me abraçar. Michel está com um sorriso idiota no rosto.

— Ah! Amiga, pensei que esse ano você tinha se esquecido do meu bolo, e como minha mãe também está no trabalho, achei que seria só a boate mesmo — confessa toda chorosa.

— E você acha que iria esquecer a melhor amiga do mundo?

Ela sorri e me abraça de novo.

— Você que é, eu te amo, sabia?

— Eu também te amo, sua maluca.

Michel olha a cena de camarote.

— E agora, é hora dos parabéns! — declaro.

Cantamos os Parabéns e fazemos um brinde à aniversariante, que está muito animada. Comemos o bolo e entrego o presente que comprei. Como eu já previa, adorou. Jogamos conversa fora por uma hora mais ou menos, até chegar a hora de sair para a boate. Gostei muito do Michel, é muito divertido e conta cada piada ótima, nos acabamos de rir com ele. Acho que Bia encontrou sua alma gêmea, os dois combinam, e agora torço mais ainda para que deem certo.

Saímos para a boate e eu não paro de pensar no Gustavo. Tomara que esteja bem.

Como queria que ele estivesse aqui conosco... Não sei o que fazer, como vou resolver isso dentro de mim. Uma hora, queria não o ter conhecido; na outra, quero-o perto de mim, e quando está perto, então, não consigo me afastar de jeito nenhum. Meu mundo virou de cabeça para baixo e gira em uma só direção: Gustavo. Meu lado sensato me diz para me afastar dele o mais rápido possível, enquanto meu lado masoquista diz que eu não posso ficar sem ele. O que irei fazer? Esse homem irá me deixar louca, quer dizer, já está deixando.

— O que você acha, Lívia?

— Oi, Bia, não escutei. — Estamos no carro, e ela está sentada na frente com o Michel.

— Você está em que mundo, Lívia? Perguntei o que você acha de amanhã pegarmos uma praia com os meninos. O Michel topou.

— Não sei, Bia, depois conversamos sobre isso. — Não irei ficar discutindo com ela na frente do Michel. Além do mais, estou querendo me afastar do Gustavo; fazer programas de casais não irá ajudar em nada.

— Ai, Lívia, você é uma velha chata, sabia?

Melhor nem responder, deixar para lá, hoje é seu aniversário, não quero discutir.

Chegamos à boate, e a fila está enorme. Nossa sorte é que o Michel se identifica na portaria como policial e nós passamos na frente, senão, nem iríamos conseguir um bom lugar. Entramos e está praticamente lotada. A música é animada, e percebo que eles variam os ritmos: tocam de eletrônica até sertanejo universitário. Já gostei!

— Hoje é dia de comemorar, então, só vamos de espumante — falo, e ela concorda, menos o Michel, por estar dirigindo, e talvez pelo fato de ser policial e querer ficar atento.

Eu não sou de beber, mas hoje estou a fim de esquecer por umas horas certo corpo gostoso. Lembro-me de suas palavras: *Eu sou só um corpo gostoso para você?* Claro que não é, e justamente isso é que está me assustando. Resolvo que hoje irei esquecer e me divertir o quanto der. Chamo Bia para a pista de dança, e o Michel fica só observando, parece um cão de guarda nos olhando de braços cruzados.

Já estou na quarta taça seguida de espumante. Não sou fraca para bebidas, não bebo porque não gosto, mas hoje é um dia especial. Vejo quando a Bia retira o celular da mão do Michel após ele digitar uma mensagem — ela é muito louca mesmo. Coloca o aparelho dentro de sua bolsa e o puxa para dançar. Fico sentada um pouco, observando os dois, eles formam um belo casal!

De repente, avisto o Edu. Não acredito, se tivéssemos combinado, não teria dado certo. Vou em sua direção, pelo menos eu não ficarei de vela.

— E aí, Edu, que coincidência você aqui — falo, puxando seu braço. Ele me olha e me dá um abraço apertado.

— Oi, gata, está sozinha?

— Estou com a Bia e o namorado dela, hoje é seu aniversário e ela quis comemorar.

Ele sorri para mim. Nossa, esse homem é lindo, pena que joga em outro time.

— Estou esperando uns amigos, mas eles só vêm mais tarde.

A MISSÃO AGORA É AMAR

— Poxa, então fica na mesa com a gente até eles chegarem — peço, concorda e me segue.

Adoro conversar com o Edu, ele também dá aula no estúdio, é um excelente professor de dança de salão. Admiro-o dançar sempre que posso. Além de ótimo dançarino, tem um coração gigantesco e é muito solidário. Uma pessoa nota mil.

Chegamos à mesa, onde a Bia e o Michel se encontram. Apresento Edu para o Michel, a Bia já o conhece. O papo rola descontraído, e a minha noite até que está bem divertida. O Edu é boa-praça, se dá bem com todo mundo. Dançamos vários ritmos, estamos fazendo inveja às pessoas ao nosso redor, eu e o Edu formamos uma dupla incrível.

Voltamos à mesa para descansar um pouco e beber mais, quando toca uma música que adoramos dançar. Sempre dançamos essa música no estúdio.

— Vamos, Edu, temos que dançar essa. — Eu o puxo pela mão bem na hora em que ele vai cumprimentar dois caras que acabaram de chegar.

Ele faz um gesto de derrota para eles, que sorriem, então me segue mais uma vez para a pista de dança. Coitado, estou cansando-o, mas sei que gosta de dançar tanto quanto eu. Começamos a dançar ao ritmo de uma música da Anitta: *Na batida*. Ele tinha feito essa coreografia junto comigo e amávamos dançá-la.

Estamos arrasando na pista, e bem na hora em que dançamos colados, Edu é separado bruscamente de mim. Fico em choque por um momento e me lembro do que o Gustavo disse sobre essa boate. Ai, meu Deus, e agora? O choque aumenta com o meu amigo sendo arremessado ao chão depois de uma agressão descabida. Quem faria uma coisa dessas?

Quando percebo quem está agredindo o Edu, sinto um ódio sem igual, não acredito no que estou vendo, isso não ficará assim.

CAPÍTULO 15

Gustavo

Deixo o apartamento da Lívia muito puto da vida. No fundo, tinha esperanças dessa operação não acontecer hoje, e quando meu celular tocou, foi como um balde de água fria. Eu não tinha como dizer não. *Missão dada é missão cumprida*, esse é nosso lema. E quando vi meu Anjo como estátua me olhando, sabia que algo não estava certo, e pela primeira vez em dez anos, desejei não ter que fazer essa operação e não ser do Bope. Ter que deixá-la sozinha, logo hoje, e sabendo que ela iria para um lugar como aquele, estava acabando comigo.

Entro no carro, decidido. Não quero isso para nós. Não poder fazer planos com ela, ter que deixá-la no meio da noite, sozinha — eu não conseguirei. Sabia que estava ferrado desde aquela operação em que a conheci, mas hoje tive a certeza. Não a deixarei passar pelo mesmo que a Isa e sua mãe passaram. Apesar de ter crescido nesse meio e, provavelmente, ser a única mulher a entender minha profissão. Não quero isso para nosso futuro; minha empresa já está muito bem, graças a Deus, e sei que esse dia chegaria. Quando eu teria que abrir mão do Bope, a grande paixão da minha vida, por um grande amor. É, eu estou perdidamente apaixonado por esse anjo chamado Lívia. E quando vi o olhar de abandono no rosto do meu Anjo, naquele momento, me decidi. Eu largarei o Bope.

Vou esperar mais uns seis meses, no máximo, e então saio. Ficarei só com a empresa e à disposição do meu Anjo.

Chego ao batalhão e já estão à minha espera, todos me olham com curiosidade. Eu sempre fui o primeiro a chegar e o último a sair, e hoje estou bem atrasado. Gosto do que faço, e é essa adrenalina que me movia — até aquele sábado. Agora, o que me move é outra coisa, quer dizer, outra pessoa, meu Anjo, e por ela farei qualquer coisa, irei do céu ao inferno sem pensar duas vezes.

— Que foi, nunca me viram?! — exijo, louco para descontar minha raiva em alguém. Ninguém comenta nada. Sigo para o vestiário, visto minha farda e vou para a sala do comandante pegar todas as informações necessárias.

Entro na sala e presto continência.

— Senta aí, Capitão Torres — diz apontando para a cadeira em frente à sua mesa. Sento-me e fico esperando o que irá me dizer.

— Só lembrando ao senhor que, dessa vez, quero o cara vivo. — Puta que pariu, ainda terei que ser babá de bandido.

A MISSÃO AGORA É AMAR

— Sim, senhor, Comandante — digo pouco confiante, não sei se o cara sobreviverá à viagem, sabe como é.

— Eu falo sério, Capitão, estou fazendo um favor para um grande amigo meu. Ele é Major da PM, e seu filho era Sargento, que foi morto por esse elemento. Ele quer olhar na cara do infeliz. — Caralho, é cada uma.

— Entendido, senhor Comandante, fique tranquilo, vamos trazer o cara vivo.

Despeço-me, presto continência e saio da sala muito puto da vida. Olho no relógio e já são dez da noite: eu preciso pegar esse merda em tempo recorde. Claro, sem me arriscar e também a minha equipe — segurança em primeiro lugar, mas isso é fácil, basta entrevistar com muita "educação" as pessoas certas. E do jeito que eu estou hoje, será com toda a "educação" do mundo.

Saio para o pátio e reúno minha equipe para uma conversa rápida.

— É o seguinte, vamos entrar, pegar o cara e sair. Nada que não possamos fazer bem rápido, entrevistando as pessoas certas. Um detalhe muito importante: o Comandante quer o cara vivo. Entendido? — Todos assentem.

Saímos em quatro viaturas dessa vez, alguns de meus homens não irão, incluindo o Michel. Estou um pouco mais tranquilo pelo fato de ele estar com a Lívia. Mas bem pouco mesmo. Confio nele de olhos fechados, mas da minha mulher cuido eu, e mais ninguém.

Chegamos à entrada da comunidade onde o desgraçado está escondido. Descemos do carro, e reúno todos de novo.

— Um dando cobertura ao outro, atividade, e vamos pegar logo esse idiota e sair daqui.

Começamos a andar pelas ruas e becos, ligados, até que vejo um grupinho distraído vendendo drogas. Bom, vamos entrevistar os senhores, eles podem ter informações preciosas. Olho para trás e para o lado, e minha cobertura está aqui, então saio.

— Mãos ao alto, porra! Encosta na parede, agora!

Eles se assustam e jogam para o alto as drogas que estavam segurando e encostam-se à parede. São três ao total, devem estar bolados por não ter escutado os fogos dos fogueteiros. Ainda não aprenderam como é o nosso trabalho, sabemos entrar e sair e só entramos onde der para sair.

— Boa noite, senhores!

— Booa noooite. — Engraçado como ficavam todos educados com

nossa presença.

— Por gentileza, os senhores podem me dizer onde eu encontro o Zé Colmeia? — Puta que o pariu, bandido é escroto até para escolher apelido.

— Não sabemos, não, senhor.

Passo as mãos pelo rosto, muito puto da vida.

— Eu vou dar uma segunda chance para a memória de vocês, aproveitem a chance, vão me poupar tempo. — Eu me aproximo mais deles. — E aí, lembraram? — pergunto bem tranquilo, mas a verdade é que nunca estive tão puto em uma operação.

— Não, senhor, não sabemos de nada, não, senhor.

Balanço a cabeça e olho para o lado, na direção de Carlos.

— Quando estamos com amnésia, sabe o que pode nos curar? — pergunto num tom de voz bem baixo.

— Nãoo, se-se-nhor — falam gaguejando.

— Umas pancadas na cabeça. — Já dou o primeiro tapa na cara de um, que começa a chorar. Como choram rápido, viram umas moças com nossa presença.

— E vocês, se lembraram de alguma coisa ou também vão ter que passar por um tratamento? — Encaro os dois que ainda estão de pé.

— Faz isso, não, senhor, não sabemos de nada. — Pelo meu conhecimento de causa e pela negação tão ávida deles, sei que sabem de alguma coisa, e só sairei daqui quando me derem o que quero.

— Por que eu não acredito em vocês? Você está acreditando neles, Sargento? — pergunto ao Carlos, que nega com a cabeça.

— Faz isso, não, senhor, juro que não sei de nada. — Que vontade de rir, acha que irá me enganar?

— Deixa eu te falar o que aprendi quando era criança: quem jura, mente — Já dou um tapa na sua cara. — Fala logo, porra! — exijo, dando vários tapas nos dois.

— Faz isso, não, senhor, se *nóis* falar, *nóis* morre — falam chorando.

— E se não falarem, vão morrer também, vocês decidem — ameaço.

Vê se vou ter peninha de lágrima de bandido. Fico muito puto em ver jovens assim, se bandeando para o crime. Eles têm opções, mas acham a vida do crime mais fácil. Perder jovens para o crime é algo comum. Esses daqui, com certeza, serão futuros marginais, levarão muitas mortes de inocentes nas costas. Nosso trabalho é como secar gelo, culpa desse sistema de merda do nosso país.

— E aí, vão falar? — tento induzir, destravando meu fuzil. — Essa é a hora. — Aponto o fuzil para sua cabeça, na esperança de que seu medo

A MISSÃO AGORA É AMAR

o faça ceder. — Fala, porra!!!

Ele se assusta com meu grito.

— Eu falo, ele mora naquela casa verde na terceira rua à direita. Agora libera *nóis*, por favor.

Respiro aliviado, por minha pressão psicológica ter dado certo mais uma vez.

— Claro, depois que eu pegar o cara, libero vocês, os senhores foram de grande ajuda.

— Você vem com a gente. — Puxo o que me entregou a casa do cara. — E vocês dois, não se preocupem, vou deixá-los com seguranças. — Deixo dois de meus homens com eles e vou pegar o tal cara.

Seguimos em silêncio e sem sermos vistos. Quando chegamos à porta do cara, minha equipe se posiciona e eu meto o pé na porta, abrindo-a de primeira.

— Perdeu, vagabundo! Encosta na parede e mãos na cabeça. — Tem uma mulher na casa, mando-a pôr as mãos na cabeça também, alguns de meus homens já fazem a varredura na casa.

— Tudo limpo, Capitão — informa o Cabo André. Faço sinal de positivo para ele com a cabeça.

— É esse cara mesmo, Sargento? — Carlos afirma.

— Então, vamos dar uma volta. — Algemo o cara e o puxo pelo pescoço. — E a mulher, está limpa?

— Está, sim, Capitão, não achamos nada.

— Então, nossa missão está concluída, libera os meninos lá fora e vamos embora — dou a ordem ao Cabo André.

— Eu não fiz nada, senhor, pegou o cara errado — fala todo santinho.

— Eu peguei o cara certo, minha missão era só te pegar, agora o que você fez não me interessa. — Eu não erro, quer dizer, sem contar aquele erro do sábado em que conheci a Lívia. Na verdade, aquele foi o maior acerto da minha vida, porque conheci meu Anjo.

Descemos a rua e coloco o cara na viatura comigo. Irei levá-lo em segurança até o batalhão, depois não será mais da minha conta. Pego meu celular. Nenhuma chamada ou mensagem. Olho a hora e é quase uma da manhã. Envio uma mensagem para o Michel.

> Acabei aqui, e aí, como estão as coisas?

Após uns cinco minutos, recebo sua mensagem.

> Tudo em ordem, por enquanto, só seu Anjo que está exagerando um pouco.

Que porra é essa?

> Como assim, exagerando?

Ele não me responde, que merda está acontecendo?

> Michel, responde, porra!

Caralho, sabia que ia dar merda, para ele não estar me respondendo, alguma coisa séria aconteceu.

— Vai ficar desfilando na pista? Anda logo com essa porra! Desse jeito vamos chegar ao batalhão só amanhã — desconto minha raiva e preocupação no Cabo que dirige o veículo.

— Estou a cem quilômetros por hora, Capitão — defende-se.

— Não te perguntei a velocidade, mandei andar mais rápido, porra! — Estou fora de mim. Como ela faz isso comigo? Tirando-me do eixo dessa forma? Vou acabar pirando. Envio uma mensagem para ela.

> Está tudo bem?

Nada de resposta. Tento ligar, mas também não me atende. Aconteceu alguma coisa, não é possível, e só de pensar nisso já estou ficando louco.

> Vc pode me responder, pelo menos com um: oi, tá td bem?

Envio outra mensagem, e nada. Caralho, que mulher difícil! Minhas mãos já estão suando com a possibilidade de algo ruim ter acontecido.

Chegamos ao batalhão e saio voando do carro, puxo o cara de trás com toda a raiva do mundo e sigo para a sala do Comandante. Presto continência e entro na sala, após ele autorizar.

— Com licença, Comandante, está entregue — digo, me referindo ao bandido ao meu lado.

— Ok, capitão, dispensado. — Era só o que queria ouvir.

Presto continência e saio da sala e vou quase correndo para o vestiário. Tiro minha farda, coloco minha calça *jeans*, minha camisa de malha preta, pego minha pistola e saio em direção ao estacionamento. Nem me despeço de ninguém; em minha cabeça só tem uma pessoa: Lívia.

E o fato de ela estar correndo qualquer perigo agora, por menor que

A MISSÃO AGORA É AMAR

seja, está me deixando totalmente desesperado. Entro no carro e saio como um louco pelas ruas do Rio de Janeiro; preciso chegar o quanto antes naquela boate e ver se está tudo bem, só assim eu ficarei tranquilo.

Chego ao estacionamento da boate em vinte minutos, nem eu sei como consegui tão rápido. Saio do automóvel e sigo em direção à entrada. Quando os seguranças me param para a revista, mostro minha identificação e eles me deixam entrar. Pego meu telefone para passar uma mensagem e ver onde eles estão. Com essa merda lotada, será quase impossível achá-los se não tiver sua localização exata.

> Tô aqui nessa merda, onde vcs estão, Michel?

Fico procurando de um lado para o outro e nada. Caralho, que sensação de impotência. Não há sinal de ter havido alguma confusão aqui, mas como essas casas recompõem a ordem rapidamente, não dá para ter certeza. Só irei sossegar quando ela estiver em meus braços — onde é seu lugar —, não aqui, nessa espelunca. Meu celular vibra no bolso, até que enfim.

> Estamos aqui na área VIP, próximo à pista, mesa 42.

Pelo menos agora me respondeu. Mesmo assim, ainda irá se ver comigo.

Com muita dificuldade sigo para o local que me informa, e quando vejo a cena, me desconcerto totalmente. A Lívia dançando de uma maneira bem sensual, o corpo colado a um sujeito. Está com um vestido vermelho muito curto e, com os movimentos da dança, este sobe mais e mais. Estou imóvel, até que ele aproxima as mãos de sua bunda quase desnuda. Agora, sim, é meu copo cheio. Vou matar esse cara! A raiva toma conta de mim e retira meu raciocínio.

— Que porra é essa! — grito já puxando seu braço para separá-los. — Tira suas mãos da minha mulher! — Parto para cima do cara com tudo. Dou um soco, que atinge seu queixo, e ele cai. Ajoelho-me e o pego pelo colarinho para levantá-lo e bater mais. — Mexeu com a mulher errada, seu filho da puta! Nunca mais vai colocar suas mãos imundas na minha mulher! — berro e aperto mais a blusa em seu pescoço, quando sinto uma mão puxando meu braço. É ela.

— Para com isso, Gustavo, está maluco?! — pede, tentando me segurar. Eu estou com muita raiva, minha vontade é de matar o cara na porrada! Como a Lívia foi capaz disso? Agora vai defender o cara, é isso mesmo?

— O quê?! Estou atrapalhando sua noite? — Meu tom sai cheio de ódio. Ela me encara com um olhar mortal. Ainda pensa que está com a razão se exibindo desse jeito, que tipo de idiota acha que sou?

— Ele é meu amigo, solte-o agora, seu troglodita! — exige muito irritada, como se eu tivesse feito algo errado.

Um pequeno grupo de curiosos se aglomera à nossa volta. Eu não quero nem saber, meu negócio é com esse infeliz que ousou colocar as mãos na Lívia. Dou outro soco na cara dele com muita raiva! Principalmente por conta de ela sair em sua defesa. É nessa hora que o Michel chega, me segurando.

— Para com isso, cara! Larga ele! — Não existe nada pior que estar em uma briga e alguém te segurar. Ele me puxa para longe do cara com a ajuda de mais dois que se meteram onde não foram chamados.

— Me solta, porra! — exijo, e continuam me segurando e vejo quando a Lívia vai para perto do cara toda preocupada, me deixando mais furioso ainda. Parece que está se desculpando, não consigo ouvir por causa dessa música alta, e esses merdas não me soltam.

— Porra, Michel, me solta, ou vai sobrar para você também! — Ele não solta.

— Eles só estavam dançando, cara, ele não fez nada de mais. Estamos aqui um tempão de boa, está tudo bem. Vou te soltar agora, vê se não faz besteira.

— De boa? Porque não é com a sua mulher, e sim com a minha. Agora vou falar a última vez: me solta! — Estou furioso como há muito não ficava.

— Tudo bem, mas não vai fazer besteira para se arrepender depois. — Ele me solta e vou em direção à Lívia e do tal que está com ela. Eles estão sentados à mesa, o Michel vem atrás de mim igual a um cão-guia. Ela está toda carinhosa com o sujeito, e a Bia, junto com os dois.

— Você vai continuar com esse cara na minha frente? — pergunto com uma raiva que nunca senti antes na vida. Essa mulher será minha perdição, cadê meu autocontrole?

— Vou! Isso não é da sua conta, você é um grosso mesmo! Bater em uma pessoa só porque ela está dançando. Isso é absurdo! — *Ainda acha que está certa?*

— No caso em questão, ele estava se esfregando na minha mulher, e isso é motivo para porrada, sim!

Ela me olha embasbacada e furiosa com as minhas palavras.

— Eu já te disse que ele é meu amigo, você é surdo?! — *Amigo? Essa é boa!*

— E é dessa maneira que trata seus amigos, se esfregando neles?

— Eu não estava me esfregando, estava dançando, você é cego? — *E que dança; queria ver se eu dançasse assim com minhas amigas, se ela iria gostar.*

— Não, não sou cego, sei muito bem o que vi, por isso esse idiota aí teve o que mereceu. — Ela balança a cabeça muito irritada, deve estar com

A MISSÃO AGORA É AMAR

raiva porque estraguei sua festinha.

— Vai para o inferno! Some da minha frente e esquece que eu existo!
— *Até parece.*

— Não, eu vou para o céu e você vai junto comigo. — Puxo-a pelo braço e saio arrastando-a junto comigo.

— Me solta! Está me machucando, não vou a lugar algum com você.

Coloco-a na minha frente, seguro em sua cintura e colo meu corpo no seu. Ela está de costas para mim e eu, totalmente colado nela. Como senti falta do seu cheiro, nem parece que a vi poucas horas atrás. Pela respiração acelerada, sei que está com raiva, mas não a perderei assim tão fácil. Vou empurrando-a na multidão, para que continue andando.

— Me solta, não vou a lugar algum com você, hoje é aniversário da minha amiga e vou ficar com ela. — *Não sairei sem ela daqui nem a pau.*

— Sinto muito informá-la, mas o aniversário de sua amiga acabou há duas horas, então, nós vamos para casa, continue andando.

Tenta se esquivar dos meus braços, mas seguro-a firme e continuo empurrando-a para a saída. Preciso dela com urgência para esquecer toda essa merda. Quando estamos quase perto da saída, relaxo um pouco os braços e ela consegue se virar de frente para mim. Paro quase no fim do meu percurso e fico encarando aqueles lindos olhos verdes que são minha salvação e minha perdição. Seu olhar é de raiva, misturado com excitação.

— Me deixa, Gustavo, não quero ir com você. — Seu tom sai sem certeza alguma.

Sinto cheiro de álcool em seu hálito. Ela andou bebendo? Agora está explicado; aquele idiota estava se aproveitando. E que merda de amigo que eu tenho que não percebeu que ela está nesse estado e ainda veio defender o cara?

Tiro-a daquele lugar, sem que tenha tempo para formular a segunda frase. Puxo-a pela mão até chegarmos ao carro.

— Você andou bebendo, Lívia? — pergunto, e só faz balançar a cabeça de um lado para o outro.

— Já disse que não vou com você, e o que faço ou deixo de fazer não é da sua conta. — Tenta dar um passo para trás e quase cai. Seguro seu corpo na hora.

— Engano seu, você é muito da minha conta e vai comigo, sim. — Levanto-a do chão, colada à frente do meu corpo, e vou em direção à porta do carona.

— Meu vestido! — Eu o puxo com uma mão para baixo.

— Agora que você está preocupada com seu vestido? Na hora que você estava lá dançando com aquele merda, não se preocupou com o vestido. — Coloco-a no banco do carona e ela fica lá, contrariada. Não estou nem aí, não vai ficar aqui sozinha, nem fodendo!

— Você só pode ser maluco, precisa se tratar urgente! — *Ela vai ver qual será meu tratamento.*

— Não se preocupe, que já sei que remédio devo tomar.

Ela me olha intrigada.

— Se você sabe, então devia tomar antes de sair na rua desse jeito.

— Eu tomei, mas quando chegar em casa, vou tomar de novo, e dessa vez uma dose bem maior. — *Ela irá saber já, já, a que remédio eu me refiro.*

— Então vê se toma com vidro e tudo dessa vez — zomba, revirando os olhos.

— Vou tentar. — Pisco para ela, que vira o rosto para a janela. Em dez minutos, estou entrando no meu prédio. Buzino e o porteiro abre o portão.

— Que merda você pensa que está fazendo? Pode me levar pra casa, não vou ficar aqui.

— Aqui também é sua casa.

Ela fica calada. Paro o carro em minha vaga, desço, e ela permanece dentro. Vou em sua direção e abro a porta para ela.

— Me leva pra casa, por favor. — Abaixo e a pego no colo; ela me olha o tempo todo nos olhos.

— Já disse que está em casa, Anjo. — Coloca a cabeça em meu ombro e não diz mais nada. Tranco o carro com o alarme e vou em direção ao elevador. Ele chega rápido, entro com ela ainda aninhada ao meu colo, e as portas se fecham.

O elevador para em meu andar, e caminho com ela até minha porta.

— Pega as chaves em meu bolso, Anjo.

Coloca a mão em meu bolso para pegar as chaves e abre a porta. Quando entramos, sigo direto para meu quarto, em seguida meu banheiro. Sento-a na bancada, e me encara bem séria. Fico entre suas pernas e a olho dentro dos olhos também. Retiro alguns fios de cabelos que estão em sua testa e rosto, e seus olhos me fitam o tempo inteiro, e esse silêncio está me matando.

— Fala alguma coisa, Anjo — peço, e balança a cabeça de um lado para o outro.

— Você é louco, Gustavo, e eu só quero ir para casa. É difícil pra você entender isso? — Seu tom soa tão tranquilo, o que me desarma totalmente. Eu a quero muito, mas não irei forçar a barra, se é isso que quer, eu farei.

— Desculpe, Anjo, você tem razão, sou louco, só que por você. Eu estava com medo que algo tivesse te acontecido, passei mensagens para você,

A MISSÃO AGORA É AMAR

liguei, e nada. Tentei o Michel, falei com ele uma vez e depois não consegui mais falar. Eu estava pirando com a possibilidade de ter acontecido algo ruim. Aí, quando chego lá e vejo você dançando daquele jeito com aquele cara, saí de mim, fiquei cego de raiva. Desculpa, por favor. Se eu não posso imaginar alguém tocando em você, ver então, foi a gota d'água. Me perdoa, só te trouxe pra cá porque você é minha casa, não importa onde estejamos, sempre vou me sentir em casa com você. Gostaria que sentisse o mesmo, mas sei esperar e...

Não me deixa terminar, me enlaça com as pernas e braços e me beija com sede, como se tivesse encontrado um oásis no meio do deserto. Também me sinto assim: estou no céu junto com meu Anjo.

— Anjo, eu... — tento falar, mas não me deixa, calando-me com outro beijo. Tiro minha arma do cós da calça, e a coloco na bancada.

Ela não para de me beijar e eu estou adorando cada minuto. Tiro sua sandália, uma a uma, e a jogo no canto do banheiro, começo a descer o fecho de seu vestido e o levanto bem devagar, até passar por sua cabeça.

Está só de calcinha preta na minha frente, e não tem no mundo melhor visão que essa, nunca irei me cansar de olhá-la. Linda, perfeita e toda minha. Eu sou um filho da puta de muita sorte. Ela começa a retirar minha blusa e eu a ajudo, jogando junto ao seu vestido, no canto do banheiro. Eu já retirei meus tênis, suas mãos agora estão no meu cinto e eu também a ajudo, me desfazendo da calça, junto com a cueca.

— Eu já estou pronto; falta só tirarmos essa calcinha linda. Você fica mais linda ainda sem ela.

Ela não diz nada, apenas levanta um pouco o quadril para que eu possa retirá-la. Voltamos ao nosso beijo, eu pego um preservativo que guardei hoje de manhã aqui. Não quero mais dar o fora que dei com ela na primeira vez, arriscando-a a uma gravidez indesejada. Se bem que, para mim, seria muito bem-vinda, sempre fui louco para ser pai e, apesar de tão pouco tempo juntos, tenho certeza de que, se não for com ela, não terá sentido com outra pessoa. Mas ela ainda tem coisas a realizar, então esperarei seu tempo.

Caminho com ela em meus braços na direção do boxe, suas pernas em volta da minha cintura. Ligo a ducha e ficamos uns segundos embaixo da água. Coloco-a no chão, em pé de frente para mim. Pego o mesmo sabonete que tinha em seu banheiro — comprei-o hoje de manhã para ela, junto com seu xampu e condicionador. Começo a acariciar todo seu corpo que eu venero e já decorei cada pedacinho dele. Ela geme e fico mais duro ainda. Olha em meus olhos, e a seguro pela nuca e dou-lhe um beijo avassalador. Lívia é tudo que eu quero, preciso estar dentro dela agora. Solto a esponja, pego o preservativo e entrego a ela, que o abre no mesmo instante e o desenrola meio sem jeito no meu pau. Viro-a de costas para mim, que fica com a bunda empinada e a penetro com força, sedento por aquilo. Seguro seus cabelos e começo a entrar e sair, alternando entre o rápido e o devagar. Ela começa a rebolar e fico mais louco ainda, é perfeita para mim, feita sob medida. Com um movimento rápido, a viro de frente para mim. Preciso olhar em seus olhos quando gozar, preciso ter a certeza de que é minha, só minha. Continuo com meus movimentos, só que agora bem devagar, não quero que isso termine tão cedo. Ela está em meu colo e nossas bocas não se desgrudam.

— Você foi feita para mim, meu Anjo, nunca vou me cansar de você — prometo, olhando em seus olhos, e sinto quando seu corpo começa a enrijecer, está quase lá... — Goza pra mim, meu Anjo. — Bastam só essas palavras para chegar ao seu clímax, e eu não resisto e vou junto com ela.

Ficamos assim, grudados e acalmando nossos batimentos por um minuto. Quando nos acalmamos, volto com ela para baixo do chuveiro e continuo seu banho. Terminamos, e sei que está muito cansada, como eu — a nossa noite foi longa. Ela nem consegue dizer nada, pego uma toalha para mim e outra para ela, que somente abre um sorriso e logo em seguida boceja.

— Cansada, meu Anjo?

— Muito. — Vou para o closet, visto uma cueca boxer preta e pego uma camiseta branca para ela.

— Aqui, meu Anjo, é o que tenho. Amanhã temos que deixar algumas coisas suas aqui em casa.

Ela me olha com olhar exausto e respira fundo.

— Amanhã conversamos, Gustavo, agora só preciso dormir.

Agora fiquei bolado com esse "amanhã conversamos", mas deve ser por conta do sono e do cansaço. Deito-a na cama e dou um beijo em sua cabeça. Ela solta um suspiro e logo apagamos.

Acordo e não sinto sua presença. Olho para o despertador e já são dez e meia da manhã. Nunca dormi assim por tanto tempo, não que me lembre.

Dou um salto da cama, preocupado. Quando abro a porta do quarto e vou caminhando em direção à sala à sua procura, o alívio me domina ao me deparar com ela olhando pela sacada da varanda, com os braços cruzados e muito pensativa. Sente minha presença e me olha com um semblante que nunca vi antes.

A MISSÃO AGORA É AMAR

CAPÍTULO 16

Lívia

Acordo com um corpo todo enrolado a mim. Fico um tempo ainda na cama, pensando em como cheguei aqui e como vim parar nessa posição.

Olho para o rosto de Gustavo. Ele dorme tranquilamente com o nariz em meu cabelo, pernas e braços por cima de mim. Flashes da noite anterior começam a vir à mente, principalmente de mim na boate dançando com o Edu, e o Gustavo chegando do nada e o agredindo. A coisa foi muito feia, esse homem é louco de pedra. Onde eu amarrei meu bode?

A raiva me invade conforme me recordo da noite com todos os detalhes. Não posso mais continuar com isso.

Tiro suas pernas e braços bem devagar, para não o acordar. Preciso ficar longe dele para pensar com clareza. Levanto-me da cama, e ele continua dormindo feito uma pedra, graças a Deus! Preciso esclarecer algumas coisas em minha cabeça. Abro a porta do quarto tentando não fazer nenhum barulho. Necessito muito usar o banheiro, mas verei se tem algum no corredor, com certeza deve ter um banheiro de visitas. Abro a porta quase ao lado da sua e vejo que é outro quarto; fecho-a e vou para próxima. Mais um quarto; a essa altura estou quase fazendo xixi de tão apertada. Vejo outra porta e abro, suspirando de alívio. Agora sim!

Entro, faço minha higiene pessoal e saio. Chego à sala e vejo a hora no celular dele; a essa altura, não sei nem onde está minha *clutch* com meu celular, chave e dinheiro. Será que ficou na boate? Só o que faltava, meu celular novinho! A chave eu dou um jeito, pois tenho a da Bia. Pego o celular dele e tento ligar para o meu. Quando coloco meu número no telefone, aparece uma foto minha dormindo na minha cama com o nome Anjo. Uau! Quando aperto para discar, constato que tinha me ligado mais de vinte vezes só ontem à noite. Puta que pariu, o cara é louco mesmo! Desisto de fazer a chamada — vai que minha bolsa está lá no quarto, e ele acorda.

Devolvo o celular ao mesmo lugar e vou para a varanda; a vista é linda! Fico ali um bom tempo pensando no que aconteceu ontem. Coitado do Edu, ficou bem machucado, e esse louco nem me deixou ajudar meu amigo, saiu me puxando para fora da boate. Será que está pensando que sou sua propriedade agora? E, ainda por cima, em vez de me levar para casa, me traz para a casa dele. Estava tão cansada e um pouquinho bêbada também, confesso, que fiquei sem forças para mais uma discussão. Mas também, quando me pegou no colo e senti seu cheiro, foi jogo sujo, eu não consegui pensar em mais nada que não fosse ele. Quando me colocou na bancada, minha cabeça começou a clarear de novo, mas aí veio com aquela história de que eu sou a casa dele — justamente como me sentia —, e pior, vi sinceridade em suas palavras. Por um momento, achei que fosse me dizer que estava apaixonado, tive medo, não sabia o que fazer, então o beijei.

Aí já viu, foi como se ele fosse meu primeiro gole. Depois de beber a primeira dose, não se consegue mais parar. Isso está ficando doentio, será que é isso? Eu estou viciada nele. Será que existe o VAG (Viciada Anônima em Gustavo)? Ih, já estou surtando.

Uma coisa é certa: terei uma conversa bem séria com ele; o que aconteceu ontem não poderá se repetir. Onde já se viu sair agredindo as pessoas de graça, sem nem conversar antes, ele é o quê? Um homem das cavernas? Sinto sua presença atrás de mim sem nem mesmo precisar olhar. Quando me viro, está lá só de cueca, me olhando todo preocupado, mas eu me mantenho séria.

Isso mesmo, fique preocupado, que agora o bicho vai pegar!

Não é assim que eles falam? Agora vai ver que encarar bandido é fichinha perto de mim quando mordo a minha língua. Ele se aproxima e continuo na mesma posição, encarando-o.

— Bom dia, meu Anjo! — deseja com um sorriso desconfiado e tenta me abraçar. Eu me afasto.

— Não me chama de meu Anjo, não sou sua propriedade — digo ríspida e vou em direção ao bar que tem em sua sala, encostando-me a ele para manter a distância. Ele me olha muito intrigado com minha atitude, seu rosto agora está mais para desespero.

— Que foi, por que você está agindo assim? — Ele se aproxima de mim, porém faço um gesto de mão e ele para, me dando o espaço de que preciso.

— Você ainda pergunta? Que merda foi aquela ontem na boate?

Começa a piscar sem parar, acho que está buscando as palavras.

— Eu já te pedi desculpas, Anjo, me excedi.

— Se excedeu?! Você é muito cara de pau mesmo! — Estou muito exaltada.

— Calma, podemos conversar, não precisa ficar assim — pede com desespero.

— Engraçado, agora quer conversar? Por que não fez isso ontem? Em

A MISSÃO AGORA É AMAR

vez de atacar meu amigo feito um troglodita, só porque estávamos dançando? Você é louco! — acuso.

— Eu te expliquei ontem, fiquei cego de raiva, não pensei direito, só o queria longe de você. — Sinto medo em seu tom de voz.

— Coloca uma coisa na sua cabeça de uma vez por todas, Gustavo: eu não sou um objeto e você não é meu dono, e muito menos sou sua mulher.

— Não diga isso, Anjo, sei que você não é um objeto, mas você é minha e não vou deixar ninguém te tirar de mim — fala como se tivesse em suas mãos minha posse por escrito.

— Você, com certeza, tem problemas para assimilar as coisas. *Eu não tenho dono!* Entenda isso!

Olha para mim, paralisado.

— Acho que deveria se acalmar e tentar ver meu lado um pouco — pede. *Era só o que me faltava, ele ainda acha que está certo pelo absurdo que fez.*

— Você ainda pede para eu me acalmar, Gustavo? Você agrediu uma pessoa que não teve nem chances de defesa, pois foi pega de surpresa, isso tudo porque ela estava dançando com "a pessoa com quem você está ficando".

Cruza os braços, parecendo irritado com o que eu disse. Quero mais é que fique irritado mesmo. Eu, hein, tem que aprender a se colocar no seu lugar. Eu o conheço não tem nem um mês; se acha que tem algum direito sobre mim, está muito enganado.

— Só para deixar claro, você não é só "a pessoa com quem estou ficando". Eu quero que faça parte da minha vida, e não acho legal ver o que vi. Sei que exagerei um pouco, mas fiquei cego, só queria você longe daquele imbecil.

— O imbecil a quem está se referindo, vou te dizer só mais uma vez: é meu amigo há muito tempo e não vou admitir esse tipo de atitude.

Concorda com a cabeça, mas sei que na verdade não está concordando com nada.

— E ele sabe que você é só amiga dele? — diz com um tom de cinismo.

Além de troglodita, é um ignorante!

— Ele não estava dando em cima de mim, Gustavo, se é o que está pensando. Você deve desculpas a ele.

— Mas não devo mesmo, posso até ter exagerado nas porradas, mas ele mereceu pelo tempo que ficou abusando de você. — Reviro os olhos.

Não sei mais o que fazer, o cara é louco mesmo.

—Isso já foi longe demais, Gustavo. — Começa a balançar a cabeça de um lado para o outro, parecendo não querer escutar o que irei dizer. — Tenho minha vida, meus amigos, e vou continuar fazendo o que eu acho que tenho que fazer. Você não tem o direito de interferir na minha vida. Acho que nós dois não temos como... — quando vou completar a frase, ele já está à minha frente, me enlaça pela nuca e me dá um beijo tão forte que chega a doer. Começo a bater em seus braços e tento afastar seu corpo do meu, mas ele é maior e mais forte que eu. Mordo seus lábios e, em vez de se afastar, geme. É maluco e masoquista!

Segura meu rosto com as duas mãos e me olha dentro dos olhos. Contudo, estou com muita raiva dele e de sua atitude de ontem.

— Eu não vou deixar você fazer isso com a gente. Sei que sente o mesmo que eu, então para de querer me afastar de você, já te disse que agora não vai ser tão fácil.

— Você não sabe de nada, quer dizer, sabe sim: agredir pessoas inocentes.

Ele me olha furioso. Não estou nem aí, esse olhar de Capitão não me assusta mais.

— Aquele imbecil teve o que mereceu, estava se aproveitando de você, do fato de ter bebido. Cheguei bem na hora que ia passar a mão na sua bunda.

Eu me seguro para não soltar uma risada na cara dele. O Edu podia passar a mão na minha bunda e não faria diferença alguma, nem para ele e nem para mim.

— Não me interessam seus achismos, o que me interessa é sua atitude, e eu quero deixar claro que não vou tolerar esse tipo de coisa.

Coloca as mãos na minha cintura e continua com seu olhar no meu.

— E eu também não vou tolerar ninguém passando a mão em você, que fique claro — declara, começando a levantar a blusa dele com que estou vestida. Dou um tapa na sua mão atrevida.

— Você não tem que tolerar nada. Já disse que ele é meu amigo e tenho absoluta certeza de que não ia passar a mão em mim, estávamos só dançando.

Ainda está bolado pelo tapa que dei em sua mão.

— Eu sei o que vi, o cara estava quase te devorando na pista de dança.

Não consigo segurar dessa vez e começo a rir.

— Que foi? Está achando engraçado o papel de idiota que fiz?

Balanço a cabeça em negativa.

— Estou achando graça de você achar que o Edu iria querer algo comigo... Mas que fez papel de idiota, isso você fez — confirmo, e levanta as sobrancelhas, se afasta um pouco e cruza os braços, me encarando.

A MISSÃO AGORA É AMAR

— E você ainda confirma. Quer dizer que só não ficou com ele porque ele não quis, mas pelo jeito que dançavam, acho que queria, e muito; eu que atrapalhei o climinha, é isso?

— Pode ser, quem sabe. — Deixo-o pensar o que quiser. Essa será minha vingança: deixá-lo pensar que isso é verdade. — Posso saber onde está minha bolsa? Preciso ligar para o Edu e ver se precisa de alguma coisa — provoco.

— O quê?! Você não está falando sério. — *Terá que aprender a se comportar como gente civilizada, não vou mais admitir esse tipo de comportamento.*

— Sério, você pode me dizer? Realmente estou muito preocupada com ele. — Ele continua muito puto, me olhando sem dizer uma só palavra. — E, além do mais, acho que nós dois já demos o que tínhamos que dar, hora de buscar novos conhecimentos — digo para provocá-lo mais, claro que não irei buscar nada.

— Você vai ver os novos conhecimentos que vou te dar agora. — Ele se agacha e me joga sobre os ombros.

— Aaahh, seu louco, me coloca no chão! — Minha cabeça fica na metade de suas costas, e ele dá um tapa bem forte em minha bunda desnuda e vai caminhando em direção ao quarto. —Você é maluco, me solta! — Ele dá uma mordida leve em minha coxa, e eu me derreto.

— Você vai ver o quanto eu sou louco, Anjo.

Como assim, o que vai fazer comigo? Por que tinha que provocá-lo?

— Me solta agora, ou vou começar a gritar — ameaço quando já está entrando no quarto comigo.

— Claro, meu Anjo, tudo que você quiser — diz em tom de ironia. Me solta em cima da cama, vindo por cima de mim, se encaixa entre minhas pernas e me encara com seu olhar intenso, como se me desvendasse por inteiro. Não consigo desviar, parece que me hipnotizou.

— Diga agora, olhando dentro dos meus olhos, que nós dois já demos o que tínhamos que dar e que você quer ficar com aquele cara; diga e prometo deixar você ir.

Seria minha chance de afastá-lo da minha vida, mas como conseguirei fazer isso olhando em seus olhos? E justo com ele nessa posição? Não digo nada, e beija meu pescoço, sinto um arrepio que só ele tem o poder de provocar.

— Fala, Anjo, e deixo você ir.

Safado! Ele me provoca com aqueles beijos deliciosos em meu pescoço. Com a outra mão, começa a acariciar toda a lateral do meu corpo. Que

CRISTINA MELO

filho da mãe, sabe como me torturar.

Minhas mãos já estão em suas costas e, a essa altura, não quero outra coisa a não ser ele dentro de mim.

— Me diz o que você quer, Anjo — fala com a boca quase colada à minha. Não conseguirei dizer nada além da verdade.

— Você — digo em um sussurro, mas é o suficiente para atacar minha boca com um beijo delicioso, com fome, sedento, como se eu fosse tudo de que ele precisa. É exatamente como me sinto em relação a ele.

Todos os meus medos desaparecem nesse momento, então... Seja o que Deus quiser! Como dizia minha avó: "Quem morre de véspera é o peru, coitado". Eu irei me permitir ser feliz ao lado dele, o amanhã a Deus pertence. Não poderei levar esse medo comigo para sempre, sei que não devemos quebrar juramentos, mas o meu quebrei desde aquele sábado, quando o conheci. Sei que será uma barra, mas por momentos iguais ao que estou tendo agora, farei tudo valer a pena.

Seguro sua nuca e o beijo com desespero. Eu já sou dele, está certo, não há outro lugar no mundo que quero estar, a não ser aqui, nessa cama junto com ele.

Ele se vira junto comigo, deixando-me por cima. Retira minha camisa e agora estou nua, e ele me olha sedento.

— Linda e toda minha.

Concordo com a cabeça.

— Sua, somente sua — prometo e se levanta, pega um preservativo em cima da mesinha de cabeceira e me abraça. Ficamos ali sentados, comigo por cima dele com as pernas em volta de seu corpo. Não para de me beijar e fazemos amor em total entrega um para com o outro. Chegamos ao clímax juntos. Permanecemos abraçados, sem dizer nada, só ouvindo a respiração um do outro, e é tão bom! Saímos do nosso momento perfeito com um barulho de campainha tocando.

— Esperando alguém? — pergunto a ele, que me encara confuso.

— Não, ninguém, mas para subir sem ser anunciado, deve ser conhecido. — Ele se levanta, não antes de me dar mais um beijo, coloca a cueca, entra em seu closet, pega um short enquanto o estou admirando. Enrolo-me no edredom com uma preguiça absurda. — Vou despachar seja lá quem for e volto para tomarmos uma ducha juntos, não saia daí.

Até parece, aonde eu iria? Meu maluquinho gostoso! Nossa, a campainha não para de tocar, deve ser urgente mesmo.

A MISSÃO AGORA É AMAR

Sai e encosta a porta do quarto. Não demora nem cinco minutos, volta com uma sacola na mão e me entrega.

— O que é isso?

Abro a sacola e vejo alguns objetos meus: um short *jeans*, duas camisetas, calcinha, sutiã, saída de praia, biquíni, chinelo, óculos de sol, entre outras coisas, inclusive meu celular. Só pode ser coisa da Bia, essa maluca. O Gustavo ainda está me olhando, e eu arqueio as sobrancelhas.

— Você que pediu para ela trazer essas coisas?

Balança a cabeça em negativa.

— Não, tudo sou eu, agora? — Cruza os braços ao dizer isso, está com aquela cara de pobre coitado. — Ela está lá na sala, com o Michel, e disse que tinha combinado praia com você hoje.

Ai, meu Deus, será que vou aguentar dois malucos juntos? Eu disse que depois conversaríamos sobre isso, e me aparece aqui de mala e cuia, bem coisa da Bia mesmo.

— Não disse nada disso, Gustavo, disse que depois eu ia resolver.

— E aí? Quer que eu fale que você não vai? Quer dizer, que nós não vamos.

Dou um sorriso para ele, por conta do *nós*.

— Não, ela não desiste fácil, deixa pra lá. O dia está lindo, você se incomoda se formos à praia?

Dá um sorriso todo convencido:

— Claro que não, tudo por você, Anjo.

Começo a me levantar.

— Então, me deixa tomar uma ducha rápida e me arrumar que ela é muito impaciente, não duvido que invada esse quarto se demorarmos.

— Então vou junto com você para economizar tempo. — Ele sorri e eu o acompanho no sorriso.

— Sei...

Ele me olha com aquela cara de safado que eu amo e entramos juntos no banheiro. Tomamos um banho bem rápido mesmo. Até que tenta mais alguma coisa, mas lembro de que a Bia e o Michel estão esperando e ficará chato se demorarmos muito. Além do mais, já é mais de meio-dia, e ainda nem tomamos café, então teremos que almoçar cedo.

Saio do banheiro, coloco meu biquíni azul e uma saída branca que a Bia trouxe. Gustavo sai do closet já com uma sunga de praia preta e, na mão, uma bermuda estampada estilo surfista e uma camiseta branca. Segura meu rosto.

— Do jeito que está gostosa com esse biquíni, vou ter que agredir muita gente hoje — diz em tom de brincadeira, e dou um soco no seu braço. — Brincadeira, meu Anjo. — Alisa o braço onde eu bati.

— Vamos? — pergunto, e me enlaça pela cintura me dando um beijo demorado. Eu me afasto um pouco, essa ideia de praia já tinha ficado absurda. Por mim, ficaria o dia todo aqui aproveitando meu Capitão. — Já está tarde, vamos logo, estou com fome, não tomei café e gastei muita energia.

— Desculpe por isso, meu Anjo. — Ele me lança um sorriso safado. — Fica resolvido assim: vamos almoçar primeiro, depois vamos à praia. Tem um restaurante ótimo na outra rua. — Pega minha mão e me conduz até a sala.

— E aí, demoraram, hein! — Bia fala, toda contente pelo fato de seu plano ter funcionado.

— Já estamos aqui, vamos? Só uma coisinha, nós vamos almoçar antes. Se vocês não estiverem com fome agora, nos encontramos na praia em alguns minutos — Gustavo comunica.

— Nós também estamos morrendo de fome, bem que você podia oferecer algo para as visitas, né? — Bia fala, e minha cara vai ao chão. Ela é muito cara de pau!

— Bia! Você não tem jeito. — Todos começam a rir.

— Da próxima, juro que preparo algo para vocês, hoje eu estava muito ocupado.

Bia arqueia as sobrancelhas e me olha. Morro de vergonha, agora devo estar da cor de um tomate.

— Amiga, vai devagar com o Capitão, ele está até abatido, coitado. — Ela realmente resolveu exagerar nas piadinhas hoje. Michel e o Gustavo se olham e começam a rir. Eu quero um buraco no chão para me enfiar, mas finjo que sua brincadeira não me atingiu.

— Vamos, ou vai fazer outra piada? — pergunto bem séria e dou uma encarada no Gustavo, que para de rir na hora. Pega suas chaves e carteira e vai em direção à porta e a abre, esperando por nós.

— Precisa relaxar mais, Lívia, estava só brincando — Bia comenta, se fazendo de inocente.

Saímos, e Gustavo fecha a porta. Logo em seguida, para ao meu lado, envolvendo-me o ombro com seu braço. Bia já apertou o botão do elevador, que chega, entramos, e o Gustavo fica o tempo todo atrás de mim, com o nariz em meu cabelo, beijando-o algumas vezes.

A MISSÃO AGORA É AMAR

Saímos do elevador sem ninguém ter dito nada.

— E aí, onde vamos almoçar? — pergunta Michel animado.

— Vamos naquele restaurante de frutos do mar, na rua ao lado.

Concorda, mas não antes de perguntar a opinião da Bia. Seguimos a pé, porque pelo que parece, é bem perto. Gustavo está de mãos dadas comigo, e a Bia com o Michel. Michel começa a contar uma de suas piadas, e o clima logo fica descontraído. Todos nós rimos juntos com o fim da piada, hilária.

Chegamos ao restaurante e descubro que é o mesmo que eu amo. Sempre vinha com Otávio, e quando dava, com a Bia também. Nossa, não sei como não esbarrei antes em Gustavo, muita coincidência trabalhar perto da casa dele e ele também frequentar o mesmo restaurante ao qual venho sempre. Como o mundo é pequeno.

— Acertou em cheio dessa vez, Capitão! — Bia comenta, e Gustavo olha curioso para ela sem entender nada. Depois me olha com o mesmo olhar.

— Esse é meu restaurante favorito, por isso ela disse isso.

Dá um sorriso satisfeito.

— Bom saber, como não te achei antes, meu Anjo? — pergunta, me puxando para um abraço junto com um beijo. A recepcionista nos encara, mais ao Gustavo do que a mim, claro. Que vaca! Na minha frente!

— Mesa para quantos, senhor? — Continua olhando-o de cima a baixo. Muito abusada, não está vendo que ele está comigo?

— Para quatro! — Eu me coloco na frente dele e respondo. Ela percebe minha atitude e fica sem graça, assente, e nos leva até a nossa mesa. Bia e Michel nem percebem, estavam em um papo só deles, já Gustavo...

— Calma, sem agressão, lembra? — Gustavo comenta e pisca para mim, coloca as mãos na minha cintura e me guia até a mesa, seguindo a recepcionista periguete. Chegamos à mesa e ela vai embora. Acomodamo-nos e ele fica rindo de mim.

— Que foi, tem alguma palhaça aqui? — Está sentado ao meu lado e estamos de frente para Bia e Michel, que continuam entretidos sem prestar atenção em nós. Aproxima a boca do meu pescoço e ouvido, e é o suficiente para que me arrepie inteira.

— Não precisa ter ciúmes, Anjo, sou todo seu! Cada pedacinho do meu corpo te pertence — sussurra em meu ouvido. Beija meu pescoço e me derreto inteira.

— Não precisa ficar convencido! Só achei abuso da parte dela, viu que você estava acompanhado, deveria se pôr em seu lugar. Afinal, está trabalhando.

Ele ri com a boca ainda em meu pescoço, e sei que não acreditou em nada do que disse. Nem eu acredito.

Resolvemos pedir uma paella para quatro pessoas, todos pedem suco. Nosso almoço segue bem agradável, falamos sobre vários assuntos: faculdade, família, as histórias engraçadas deles juntos, minha e da Bia. Acabo conhecendo um lado brincalhão do Gustavo, contado por Michel, os dois têm várias histórias juntos para relatar, nos divertimos muito. Enquanto Gustavo pede a conta, vou ao banheiro. Como a Bia está numa conversa muito animada com o Michel, nem a chamo, não quero atrapalhar. Ela está tão entretida que nem notou que levantei. Dou uma risada em pensamento, vendo como está apaixonadinha pelo Michel — só o enxerga à sua frente.

Sinto o olhar de Gustavo me acompanhando o tempo todo. Entro no banheiro, faço o que tenho que fazer e, quando saio, esbarro em uma parede de músculos. Ao levantar o olhar para me desculpar, não acredito ser possível quem eu vejo.

A MISSÃO AGORA É AMAR

CAPÍTULO 17

Lívia

Não é possível, muito azar encontrar o Otávio logo hoje.

Ele apoia uma mão na lateral da minha cintura, acho que por instinto mesmo, nossos corpos estão bem juntos devido à colisão. Seus olhos se prendem aos meus com um olhar intenso, apaixonado; seu semblante demonstra uma felicidade absurda, acho que pelo fato de ter me encontrado e estarmos tão próximos.

Tento me afastar um pouco, mas não permite, me mantém bem próxima. Encaro seu rosto, para pedir que me largue, e noto como está abatido, com olheiras, bem diferente do Otávio que me lembrava de um mês atrás.

— Minha linda, como você está? Senti tanto sua falta, parece mentira que estou aqui agora com você. — Passa uma das mãos em meu rosto. Ai, isso vai dar merda, com certeza, não quero nem olhar na direção do Gustavo. Ainda bem que a área do banheiro fica afastada do salão e, com sorte, sairei dessa antes do Gustavo perceber.

— Estou bem, Otávio. — Tento tirar suas mãos do meu rosto, mas não alivia e me puxa para um abraço apertado.

— Que saudades, minha linda, como queria ter o poder de voltar no tempo. Minha vida parou sem você, está um caos completo.

— Otávio, por favor, sabe que não tem volta, fui sincera com você, não dá mais. — Seus dedos acariciam meus cabelos, rosto...

— Eu faço o que você quiser, só me dá uma chance, é só o que te peço, sei que ainda me ama.

Em seus olhos vejo desespero. Como vou dizer não? Que na verdade nunca o amei, e, pior, que já estou com outra pessoa. Isso será como acabar de enfiar a faca no seu peito. Sei que ele errou, e vejo seu arrependimento, mas infelizmente, para nós dois não há mais um futuro e nem um presente. Tento buscar as palavras corretas para dizer isso a ele, que continua com as mãos em meu rosto.

— Otávio, eu...

— Estou interrompendo alguma coisa? — *Puta que pariu mil vezes! Essas coisas só acontecem comigo.*

Eu e Otávio olhamos em direção ao tom irritado que já conheço muito bem. Não sei o que fazer, fico imóvel e totalmente sem ação.

— Desculpa, amigo, estamos atrapalhando a passagem — Otávio fala, todo educado, dando alguns passos para liberar o caminho e me puxando delicadamente junto com ele.

Gustavo o olha com um olhar assassino. Eu continuo na mesma, sem saber o que fazer.

— Você vai tirar as mãos da minha mulher por bem ou vai ser por mal mesmo?

Agora ferrou! Otávio olha para mim e para Gustavo, sem entender nada, tira as mãos do meu rosto, mas só para colocá-las na minha cintura, me puxando mais para junto dele. As palavras não se formam em minha boca.

Gustavo vê a cena e me puxa para o seu lado na mesma hora.

— Você é surdo?! Eu mandei tirar as mãos dela!

Otávio continua me olhando sem entender nada, e minha cara de apavorada não está ajudando muito.

— Olha, cara, não sei o que bebeu, mas ela é minha noiva.

Minha reação é só colocar uma mão na testa. Fodeu!

Gustavo me encara, como quem pede explicação. Isso tinha que acontecer logo aqui, logo hoje? Já estou até vendo amanhã, estampada em todos os jornais, nossa foto com a manchete "O pior barraco da história da Barra".

— Ex-noivo, Otávio — é a única coisa que consigo dizer.

Gustavo me puxa para que eu fique atrás dele, mas não me mexo. Continuo no meu lugar, tentando ser um escudo para ele não agredir Otávio a qualquer momento, noto como seu maxilar está tenso e como as veias do seu pescoço pulam.

— Quem é esse cara, Lívia? — Otávio pergunta direto para mim. Aquele rosto de quem estava confuso, minutos antes, não existe mais, sua expressão agora é de pura raiva.

— Sou o namorado e futuro noivo — Gustavo responde antes de mim, com sangue nos olhos. Ele está com os braços cruzados encarando o Otávio, que não se abala e continua na mesma posição com seu olhar direto para mim.

Ai, agora vai começar a guerra de quem mija mais longe, estou muito ferrada.

— O que significa isso, Lívia? — pergunta direcionado a mim de novo, e baixo minha cabeça por não saber o que dizer, passando as mãos pelos cabelos.

Que situação constrangedora! Tenho certeza de que quero o Gustavo, mas estou com muita pena do Otávio.

A MISSÃO AGORA É AMAR

— Você é retardado? Eu já te disse o que significa; agora dá o fora e não chega perto dela de novo — Gustavo fala todo dono de si, como se tivesse ganhado a disputa de mijo. Otávio não baixa a cabeça e o encara de igual.

— Não, retardado é você, que não vê que ela só está te usando para me atingir. Deixa eu te falar uma coisa: eu e a Lívia temos uma história de um ano e meio, nós éramos noivos e vamos voltar a ser! Fiz uma merda muito grande com ela, sei disso, mas também sei que ainda me ama, e que isso é só uma vingançazinha besta. Quero deixar claro que não vou desistir do nosso amor, e sei que ela vai pensar bem e vai acabar me perdoando — diz convencido, olhando dentro dos meus olhos; está na postura advogado e fazendo sua autodefesa. — Então, cedo ou tarde, é comigo que ela vai ficar, porque o amor sempre vence no final, e é a mim que ama, não se engane. Nosso relacionamento só acabou por uma grande idiotice, mas quem nunca errou?

Gustavo o olha, engolindo em seco toda hora. Seu semblante mudou, não para de piscar.

— Eu sei que, no final, o amor dela vai falar mais alto, e aí você não vai aparecer nem em suas lembranças, seu idiota! — Otávio vocifera para Gustavo.

— Você vai ver quem é o idiota. — Vai partir com tudo para cima do Otávio, que está com um sorriso debochado e balançando a cabeça de um lado para o outro, como se ele fosse louco. Seguro-o pela blusa.

— Para com isso, Gustavo! Ninguém vai bater em ninguém aqui, estamos em um restaurante, pelo amor de Deus!

Gustavo para na hora e Otávio o olha com desdém.

— Viu só? Te disse, no final, sou eu quem ela quer ver bem.

Agora já me arrependo de segurar Gustavo; Otávio está merecendo um soco na cara, provocando onça com vara curta.

— A gente se fala, minha linda — promete, piscando para mim na frente de Gustavo, que está uma fera, daquelas que são provocadas e que não podem sair da jaula para se defender, e vai embora. Gustavo se vira de frente para mim, cruza os braços e me encara. Vejo raiva e muitas dúvidas em seu olhar. Não é possível que ele tenha acreditado no que o Otávio disse. Poxa, fiquei um ano e meio com o Otávio e foi para ele que me entreguei, então não admito que tenha dúvidas em relação a isso. Otávio é um excelente advogado mesmo, até o Capitão ele convenceu com sua ladainha. Continua me olhando bem sério e...

— Poxa, gente, vamos, estamos igual a dois bobos torrando lá fora no sol, esperando vocês. Deixem para namorar depois — Bia interrompe minha defesa e começa a andar.

Ele puxa minha mão, e a seguimos em silêncio. A Bia e o Michel num papo superanimado, e eu e o Gustavo calados. Ele está com uma cara muito fechada, nem olha na minha direção, parece que estamos de mãos dadas só para fazer um papel.

Logo atravessamos a rua e chegamos à praia. Michel e a Bia, bem à frente, param em um quiosque para alugar cadeiras e guarda-sol.

O silêncio de Gustavo está acabando comigo, mas não vou discutir com ele e estragar o passeio de nossos amigos, que estão tão animados. Vou falar quando estivermos sozinhos; agora vou tentar levar numa boa e fingir que nada aconteceu. Quem sabe note que o que aconteceu no restaurante não me afetou? Minha preocupação foi apenas evitar agressões dentro de um restaurante.

Quando chegamos à areia, o menino já traz as cadeiras e nós arrumamos ao nosso modo. Ele tira a camiseta e se senta, tiro minha saída de praia bem na sua frente, tentando provocá-lo, esperando que diga alguma coisa. Mas não diz nada, só respira fundo e olha para os lados. Pego meu protetor solar e vou até ele, parando entre suas pernas.

— Gustavo, me deixa passar protetor nas suas costas, o sol está muito forte.

Não diz nada, só se inclina um pouco para frente e cola o rosto em minha barriga. Sinto quando respira fundo. Passo o protetor, deslizando minha mão com lentidão pelas suas costas bem definidas, seguindo para seu ombro largo. Não consigo ficar imune ao que o corpo dele faz comigo. Passo o protetor sem pressa, massageando seus ombros de um lado a outro, ele não se mexe. Não me lembro de tê-lo tocado de uma forma tão absorta.

— Agora na frente e no rosto. — Volta à posição em que estava sem dizer nada. Passo protetor em seu peitoral da mesma forma, meus pensamentos viajando nos seus peitos largos, braços musculosos, pescoço. — Agora só falta o rosto. — Meu tom sai rouco, carregado de desejo.

Inclina a cabeça um pouco para trás e começo a passar o protetor. Fecha os olhos por um momento, e quando os abre, estão diretos nos meus, me queimando como brasas. Ficamos assim por uns segundos, e não resisto e o beijo. Ele não reage, e isso acaba comigo. Acredita mesmo que o estou usando para vingança? Não é possível. Levanto-me, e agora quem está puta com sua atitude sou eu. Coloco protetor em minhas mãos e começo a passar no meu corpo, nem olho em sua direção. Bia está na água com o Sargento dela, fico de costas para ele e me concentro no mar. Sinto

A MISSÃO AGORA É AMAR

um corpo colado às minhas costas e sei que é ele.

— Me deixa retribuir sua gentileza. — Seu tom é sexy, mas ainda sinto raiva em sua voz, por isso não falo nada.

Pega o frasco das minhas mãos e começa a passar pelas minhas costas. A raiva de segundos atrás se transforma em desejo, e pelo toque de sua mão em meu corpo vejo que não ficou indiferente, é como se quisesse me torturar. Seu toque queima minha pele; a mão passeia lentamente por todo meu corpo, demorando-se em minha bunda. Que safado!

Ele me vira de frente e continua com aquela tortura maravilhosa, eu já estou respirando com dificuldade. Ele passa protetor na minha barriga e lentamente sobe para os seios, não tirando os olhos dos meus. Desce a mão novamente pela barriga e vai para minhas coxas, e eu não sei se sou capaz de aguentar isso por mais tempo. Olho para baixo, e pelo volume em sua bermuda vejo que ele também não.

— Prontinho, agora você está protegida — diz, me entregando o frasco, e pelo tom em sua voz, sei que não é só do protetor solar de que fala.

— Gustavo... — Quando estou para falar, sinto gotas de água sendo jogadas em mim. — Ahhh, Bia! Está gelada! — Dou um pulo para o lado e fico colada em Gustavo, que envolve minha cintura com os braços, minhas costas coladas em seu peito. Agora, sim, me sinto protegida e em casa.

— Bia, você é muito sem graça! Essa água está um gelo.

Começa a rir e agarra o Michel.

— Não está nada, está uma delícia, vocês não sabem o que estão perdendo. —Arqueia a sobrancelha. — Agora que voltamos, podem ir que ficamos aqui.

Gustavo começa a me puxar em direção ao mar.

— Não, a água deve estar muito gelada. — Finge que nem escuta o que digo e continua me puxando assim mesmo. Quando chegamos à beira da água, confirmo que realmente está um gelo.

— Eu não vou entrar mesmo.

— Vai, sim, eu te esquento. — Ele me dá aquele sorriso safado que amo e pisca para mim, já me erguendo do chão e entrando na água comigo em seus braços.

As ondas começam a bater em minhas pernas e nem ligo. Estou tão feliz que voltou a ser o Gustavo atencioso e apaixonado que não vou ligar se morrer congelada.

Paramos quando a água bate no meio de minhas costas. Seguro-me em seu pescoço enquanto me fita profundamente, como quem está procurando alguma resposta. Eu lhe dou um beijo, e dessa vez corresponde com paixão e desejo; esse é o Gustavo por quem me apaixonei.

Quê? Eu disse "apaixonada"? Ai, meu Deus, acabei de admitir o que venho tentando negar esse tempo todo: me apaixonei pelo Gustavo. Agora, sim, estou ferrada. Envolvo as pernas em volta de sua cintura, e nosso beijo agora é mais tranquilo. Tenho certeza de que ele é meu, assim como eu sou dele. Felicidade define esse momento.

— Jura que você é minha e que sou eu quem você quer? — *Será que agora consegue entrar também nos meus pensamentos?*

— Claro que é você, como pode ainda ter dúvidas? — pergunto, olhando dentro de seus olhos. Ele respira fundo e me abraça mais forte ainda.

— Sou todo seu, meu Anjo. Agora sei que me apaixonei por você naquele sábado, quando nos vimos pela primeira vez. Eu te amo, meu Anjo, e não vou conseguir ficar longe. Nunca senti por ninguém o que sinto por você. Só me diz que não sou um jogo para você, porque não iria suportar se fosse. — Seus olhos estão marejados.

— Não é, pode ter certeza — afirmo, e me beija, parecendo feliz com minha resposta.

Eu quero dizer que também me apaixonei e nunca senti por ninguém o que sinto por ele, mas travo, sem conseguir dizer nada. Interrompe o beijo e me olha profundamente. Acredito que, no fundo, ainda tenha alguma dúvida, mas a segurança que quer, só o tempo dará.

— Vamos embora? Eu preciso muito de você.

Respondo com um sorriso, é exatamente o que penso. Essa praia não faz sentido algum, desde que saímos de casa. Se não tivéssemos saído, nada disso teria acontecido.

— Claro, até agora não consegui entender por que saímos daquela cama.

Ele me beija com aquele sorriso safado que é só meu, e vamos em direção à areia.

Quando chegamos perto da Bia e do Michel, que estão sentados um ao lado do outro, pego minha saída de praia e a visto com pressa.

— Não acredito que vocês já vão embora — Bia fala toda chorosa.

— Pode acreditar, amiga, temos coisa melhor para fazer. — Nem acredito quando digo isso.

Gustavo começa a rir, pegando a camiseta. Eu pego minha bolsa e meu chinelo e nem espero acabar de me secar e pentear os cabelos, como

A MISSÃO AGORA É AMAR

sempre faço antes de ir embora da praia.

— Vou lá, pessoal, o dever me chama —diz em tom de brincadeira enquanto nos retiramos.

— Você vai ver só se, da próxima vez, vou trazer roupas pra você — Bia diz em tom de brincadeira.

— Ela não vai precisar delas, Bia, fica tranquila — Gustavo fala, enquanto Bia e o Michel não param de rir.

Continuo andando até o calçadão e nem olho para trás. Tento remover um pouco de areia dos meus pés antes de colocar os chinelos, mas não resolve muita coisa.

— Vem, lavamos lá no condomínio antes de subirmos. — Pega minha mão e seguimos para o seu prédio.

Lavamos os pés no local apropriado e subimos. Pego sua chave que está em minha bolsa, ele abre a porta e, assim que entramos, me ataca com um beijo maravilhoso. Ele me guia em direção ao quarto e vamos direto para o banheiro, onde liga o chuveiro. Tira sua bermuda, retira minha saída de praia e entramos no boxe, eu ainda de biquíni e ele de sunga. Ficamos embaixo da água retirando o excesso de areia, e ele retira meu biquíni e eu, sua sunga.

Pego a esponja com o sabonete líquido e começo a esfregar seu peitoral, braços, coxas, e seguro seu membro em minhas mãos, lavando-o bem devagar e fazendo-o gemer. Suas mãos estão em meus cabelos enquanto observa cada movimento meu.

Repetimos de novo a dança das mãos, há pouco ensaiada na praia.

— Hora de esfregar as costas, Capitão — digo, ainda com as mãos em seu membro.

— Hum... Na melhor parte, você gosta mesmo de me torturar, Anjo.

Dou um sorriso bem sem-vergonha para ele.

— Virando, Capitão, isso é uma ordem.

Ele fica de costas para mim, e eu passo a esfregá-las.

— Só para lembrá-la de que minha vez também vai chegar e aí vai estar perdida. — Bobinho.

— E quem te disse que não quero me perder? — É o suficiente para se virar, despejar um pouco de sabonete em suas mãos e passar a esfregar todo o meu corpo. Inicia pelo pescoço, descendo até os seios, barriga... Tudo muito lentamente, até chegar ao meu centro, e começa ali uma tortura prazerosa, até que não me seguro mais e gozo em seus dedos. Eu o quero mais e mais, quero sentir seu gosto, então me ajoelho. Ele fica sério,

CRISTINA MELO

me olhando e tento colocar em prática algumas teorias malucas que escutei da Bia e de outras colegas de faculdade. Surpreso com minha atitude, ele passa a me conduzir no seu ritmo.

— Se você não parar agora, não vou me segurar mais.

Ao escutar essas palavras, continuo com que estou fazendo até que o sinto enrijecer e em seguida o gosto do seu gozo em minha boca. Ele acaricia meus cabelos e me levanta, deixando-me de frente para ele, e me beija.

— Eu te amo, sou o homem mais feliz do mundo.

Sorrio encantada ao ouvir essas palavras. Sei que deve estar esperando ouvir o mesmo, mas simplesmente ainda não consigo dizê-las. Quero que saia naturalmente e não pela obrigação de dizer. Apesar de ter certeza dos meus sentimentos, fico assustada com a rapidez com que isso aconteceu e preciso de tempo para digerir tudo.

Não diz nada em relação a eu ter ficado quieta com sua declaração. Terminamos nosso banho e vamos para o quarto. Vou em direção à bolsa que a Bia trouxe, onde procuro uma camisola de cetim vermelho que havia visto.

— Nem pensa nisso, ainda não acabamos. — Retira a peça de minhas mãos.

Ele me abraça por trás e deitamos em sua cama, e ali nos amamos mais uma, duas, três vezes, até que o cansaço nos vence e apagamos...

Acordo e estou sozinha na cama. O quarto está todo escuro, procuro pelo relógio que fica na mesa de cabeceira do Gustavo, e quando olho a hora, vejo que já são nove da noite. Dormi muito, estava com sono atrasado, agora me sinto bem, mais disposta.

Procuro pelo short, calcinha e uma camiseta, vou para o banheiro, coloco as peças, escovo os cabelos e dentes e vou para sala, em busca do Gustavo. Encontro-a vazia, será que foi trabalhar e não me avisou?

— Gustavo...

CAPÍTULO 18

LÍVIA

— Gustavo — chamo novamente.

— Oi, Anjo, aqui, na cozinha.

Sigo sua voz e entro em uma porta que fica do lado oposto da sala.

— Oi, o que está fazendo? — O cheiro é muito bom. Só agora percebo o quanto estou com fome. Ele pisca para mim enquanto pica brócolis.

— Estou preparando filé de linguado com batata *soutée* e arroz com brócolis. Espero que goste do cardápio, não quis acordá-la para perguntar.

Nossa, arrasou no cardápio.

— Está querendo me prender pelo estômago, Capitão? Amo peixe!

— Pelo estômago e principalmente pelo coração. — Ele sorri e, em seguida, me olha sério. Eu deveria dizer que pelo coração já me prendeu, mas fico quieta.

— Você podia ter me acordado para te ajudar, já está bem tarde, dormi muito. O que posso fazer para te adiantar aí? — Mudo de assunto, e ele me olha notando isso, mas também não diz nada. Está muito gato só de cueca e avental.

— Não se preocupe, acordei há meia hora, nunca dormi assim durante a tarde, você está acabando comigo, meu Anjo. — Pisca para mim, ordinário. — Se quiser me ajudar, pode pegar as batatas na geladeira, por favor, estão na gaveta de baixo.

— Claro. — Vou em direção à geladeira e me inclino para pegar as batatas.

— Não dessa maneira, não vai ter jantar se continuar me provocando, não sou de ferro, sabia? — Levanto na hora e o encaro.

— Você é muito tarado! — E eu adoro isso. Agacho, pego quatro batatas e fecho a geladeira.

— Quatro está bom, superchefe?

Balança a cabeça e me olha de rabo de olho.

— De quatro, de lado, em pé, qualquer forma é bom com você. — Sorri da própria piada.

— Nossa, que engraçado. — Tento parecer zangada com sua brincadeira. Vem em minha direção, me abraça e me beija em seguida.

— Não fica assim, não tenho culpa se você é tão linda e gostosa.

— Hum, sei... Agora é melhor voltar a cozinhar que estou com muita fome, gastei muita energia hoje, vou descascar as batatas para você. — Não consigo manter meu tom sério.

— Sim, senhora. — Presta continência.

Após descascar as batatas, corto-as da maneira que me orientou. Ele já está terminando o arroz, começa a grelhar o filé de Linguado, em seguida prepara as batatas. Fico com a louça que ele vai sujando, para manter a ordem na cozinha.

— Vou colocar a mesa, onde ficam os pratos? — pergunto e me aponta o armário. Pego dois pratos e levo à mesa que fica no canto da cozinha, próximo à porta, um cantinho bem aconchegante. — Talheres?

Ele aponta a gaveta e pego o necessário. Mostra-me também onde ficam os copos e os pego junto com um suco de pêssego que tem na geladeira.

Gustavo termina o jantar, nos servimos e sentamos à mesa. Coloco uma garfada na boca enquanto me olha com expectativa.

— Hummm, uma delícia! Você é bom nisso! Devia abrir um restaurante, seria sua cliente assídua.

Fica todo satisfeito com o elogio.

— Para você, cozinho a hora que quiser, meu Anjo, não preciso abrir um restaurante. — Agora eu que fico toda satisfeita com sua resposta.

— Já vi que terei que voltar a correr duas vezes por dia, senão vou virar uma bolinha.

— Mas será uma bolinha muito gostosa, de qualquer forma.

Até parece. Sorrio. Estamos jantando num clima bem agradável, quem diria que aquele troglodita e grosso que conheci naquele sábado seria tão doce e educado. Falando em educado, lembro-me que não sei nada de sua família.

— Seus pais moram aqui no Rio? — Ele me olha com aquele olhar de quem não estava esperando esse tipo de pergunta. Ora essa, eu tenho que conhecer suas origens, isso é natural em qualquer relacionamento.

— Meu pai, sim, mora no Leblon.

— Uau! Mora bem, hein!

Sorri com meu comentário, que acaba saindo sem querer.

— É, mora, sim. Minha mãe não vejo há quase 21 anos.

— Como assim, ela faleceu?

Nega com a cabeça, um sorriso apagado surge em seu rosto.

— Antes fosse isso.

— Não fala isso, Gustavo — repreendo-o.

— Ela foi embora um mês depois que minha irmã nasceu, sem se

A MISSÃO AGORA É AMAR

despedir, nada, simplesmente foi. Que tipo de mãe abandona dois filhos, sendo um deles recém-nascido?

Estou em choque, sua infância deve ter sido bem difícil. Eu, graças a Deus, tive pais maravilhosos que me amavam, e uma infância muito feliz.

— Não sei como te responder a isso, Gustavo, mas ela deve ter tido um motivo bem forte, você devia procurá-la.

Baixa o olhar e só nega com a cabeça.

— Eu tive uma mãe até meus dez anos. Já minha irmã nunca a conheceu, e sinto muito por isso. Ela colocou na cabeça que nossa mãe foi embora por sua causa. Que o seu nascimento foi o estopim para alguma coisa que já não ia bem. Que um filho a mais foi demais para ela.

Nossa, que triste isso, coitada dessa menina. Imagino como deve ser sua cabeça, eu não me imagino sem minha mãe.

— E sua irmã, mora com seu pai?

— Não mais, foi fazer faculdade no Sul para se livrar dele.

Como? Que família é essa?

— Não entendi — digo confusa.

— Meu pai é um tirano, só pensa em trabalho e em engordar cada vez mais sua conta bancária, por isso saí de casa assim que entrei para a polícia. Ele ficou revoltado, queria que eu seguisse seus passos e assumisse a construtora, quando se aposentasse. Mas não era isso que queria para mim. Sempre sonhei em ser policial, era fascinado pelos seriados e filmes policiais quando criança, por isso entrei para a polícia. Ele não aceita até hoje. Nós nos falamos, mas muito pouco, só mesmo em datas festivas.

Meu coração está apertado em saber dessa parte de sua vida, deve ter sido muito difícil passar por isso tudo.

— Como seu pai lidou com o abandono de sua mãe?

— Ele se tornou pior do que era. Antes, ainda me dava atenção aos domingos. Depois que ela foi embora, nem aos domingos o via mais. Não me lembro de tê-lo visto com minha irmã uma vez sequer no colo. Fomos criados por babás, e não o víamos nunca, vivia viajando e chegava muito tarde em casa, quando já estávamos dormindo. Ele só sabia nos dar ordens, por intermédio dos empregados, é claro. Eu, por minha vez, tratei de ser o melhor irmão que a Clara poderia ter, não achava justo que nunca tivesse conhecido o amor dos pais.

Fico horrorizada. Como um pai podia agir dessa maneira com os próprios filhos, que ainda por cima foram abandonados pela mãe?

— Sinto muito, Gustavo, eu nem sei o que dizer. — Pego em sua mão. Ele me dá um sorriso forçado, meu coração se aperta.

Isso pode explicar um pouco de seu comportamento possessivo. Olha eu querendo analisar; mal o conheço, mas quero conhecer mais dele e fazer com que nosso relacionamento, que ainda não sei definir direito em que ponto está, vá à frente.

— Não é nada, meu Anjo, já superei, não fica assim. — Sei que nota meu rosto angustiado. — A Clara também, acredito eu, ela é uma pessoa muito especial, a melhor irmã do mundo. — Seu semblante muda ao falar da irmã, e já tenho vontade de conhecê-la, deve ser especial mesmo, vejo como ele fica feliz só de falar nela.

—E você, mocinha, como foi sua infância?

— Foi a melhor que poderia ter sido, minha mãe sempre fez tudo o que eu queria.

— Agora sei por que você é tão mimada — ele me interrompe.

— Não sou nada. — Dá uma gargalhada com o tom da minha defesa. No fundo, eu sei que sou um pouco mimada, sim.

— E seu pai, era muito carrasco por ser da polícia?

Eu dou uma risada por imaginar meu pai carrasco.

— Meu pai era o melhor pai do mundo.

Ele arqueia as sobrancelhas e dá um sorriso com minha resposta. Acho que fica contente por eu ter tido uma família normal e feliz.

— É que os policiais têm fama de bravos, sabe como é.

Sorrio. Ele também não é nada daquilo que pensei. É impulsivo, mas irei tentar lhe mostrar que nem tudo funciona com porrada.

— Pois é, eu sei. — Meu tom é de brincadeira e ele começa a rir, sabe que estou me referindo a ele também. — Mas meu pai só era valente na rua mesmo; em casa quem mandava era minha mãe, e ai dele se discordasse da dona Cláudia. — Ele sorri, acho que imaginando a cena. — Era um ótimo marido, eles estavam juntos havia mais de 26 anos, e o que minha mãe dizia era uma ordem. Os amigos dele, que considero como meus tios, viviam tirando sarro da cara dele; falavam que meu pai descontava nos bandidos o que minha mãe fazia com ele. Ele nem ligava, amava muito minha mãe e ela também o amava. A única coisa que nos deixava tristes era a falta de tempo dele para a família, por conta dessa profissão. — Gustavo engole em seco. — Mas, nos raros momentos livres, ele fazia valer a pena. Sempre foi meu exemplo e o admirava incondicionalmente: era meu herói e o considerava

A MISSÃO AGORA É AMAR

a pessoa mais inteligente do mundo, e principalmente, imortal, até aquele dia em que meu mundo desabou. — Sinto quando uma lágrima escorre do meu olho. É muito difícil falar do meu pai, evitava conversar até com minha mãe sobre isso, mas com Gustavo sai naturalmente.

Gustavo se levanta e me coloca em seu colo. Sinto-me protegida em seus braços.

— Eu sinto muito mesmo, meu Anjo.

Coloco a cabeça em seu ombro e as lágrimas começam a cair silenciosamente. Ele acaricia minhas costas.

— Era o melhor policial que conheci e foi morto covardemente, só porque era policial. Aqueles infelizes destruíram nossa família por nada. — Ele me abraça forte. — Foi por isso que eu tentei te afastar. Não vou conseguir passar por isso de novo; aquela cena ainda se repete na minha cabeça quase todos os dias. — E, de repente, tudo o que estava tentando esconder dele esse tempo todo sai da minha boca sem que eu perceba.

— Eu não fazia ideia, você havia me contado de sua morte, mas não do trauma que ela causou. Você não vai passar por isso de novo, meu Anjo, te prometo, não vou deixar que passe. — Me abraça forte.

Rezo para que não tenha de passar por tudo aquilo de novo, porque não está mais em minhas mãos, já que não consigo mais me afastar de Gustavo. Ainda mais agora que eu tenho certeza de que estou apaixonada.

— Tudo que eu mais quero é que esteja certo.

Ele me abraça mais forte ainda e beija minha cabeça.

— Eu vou dar um jeito, tudo vai se resolver, pode deixar.

Que jeito ele dará? Blindará o próprio corpo? Só há uma saída, e essa, depois do que me declarou hoje sobre sua fixação em ser policial, eu não terei coragem de pedir.

Eu dou um sorriso forçado para ele. Limpo meu rosto, dou um beijo em seu pescoço e me levanto de seu colo.

— Hora de lavar a louça — comento, tentando sair do clima pesado a que essa conversa nos conduziu.

Retiro os pratos da mesa e ele ainda está sério, me fitando o tempo todo. Levo a louça até a pia, volto para pegar os copos e enquanto os lavo, ainda sinto seus olhos em mim.

— Que foi? — pergunto com o tom mais calmo. Ele dá um sorriso.

— Essa casa fica bem melhor com você aqui — confessa me deixando feliz.

— E você já disse isso para quantas? — pergunto em tom divertido.

Dá uma gargalhada com vontade, logo se levanta e vem em minha direção.

— Depois diz que não é ciumenta. Apenas pra você que eu disse, nunca trouxe outra mulher aqui, além da minha irmã e da faxineira — declara me deixando em choque.

— Vou fingir que acredito. — Meu tom sai incerto.

— Não estou dizendo que sou santo, apenas que respeito minha casa. Não consigo imaginá-lo com outra mulher.

— Está bem, não quero saber de mais nada. — Coloco as mãos em sua boca para calá-lo.

— Então não falo, o que importa agora é você e mais ninguém.

— Que isso seja verdade, para o seu próprio bem — ameaço, e me agarra, me erguendo do chão.

— Ainda tem dúvidas, meu Anjo? — pergunta, e vejo muita verdade na intensidade de seus olhos.

— Um pouco... O que vai fazer para mudar isso? — desafio-o.

— Você vai ser a sobremesa — diz, me tirando da cozinha. Eu já sei para onde vamos.

— A louça, ainda não terminei — Tento me fazer de difícil.

— Amanhã cuidamos da louça; temos coisas mais importantes a fazer. — Sua boca cobre a minha em seguida.

Acabamos a noite da melhor maneira possível, nos amando como se o mundo fosse acabar em algumas horas e não tivéssemos outra chance. Dormimos um nos braços do outro.

Acordo toda enrolada em uma coberta chamada Gustavo. Levanto, vou ao banheiro, faço minha higiene e volto. Preciso ir para casa. Não fiz nada o fim de semana inteiro; minha casa está uma bagunça só; sem contar que tenho que separar a roupa para a entrevista amanhã. Eu não irei trabalhar, já inventei uma desculpa para dona Júlia. A entrevista será às dez horas da manhã, na cidade.

— Capitão. — Estou sentada ao seu lado na cama, com a mão em suas costas.

— Hum... — geme em resposta, ainda de olhos fechados.

— Preciso ir pra casa. — Ele me puxa com um braço e me coloca deitada ao seu lado.

— Você está em casa. — Gustavo me aperta junto ao seu corpo. —

Vamos dormir mais um pouquinho, ainda está cedo, você abusou muito de mim ontem.

— É sério, já são quase dez horas e eu tenho muita coisa pra fazer em casa. Pode ficar aí descansando, que vou embora. — Tento me levantar e segura meu braço.

— Nem pensar! Se quiser mesmo ir, eu te levo. — Passa a mão no rosto, tentando espantar o sono. Agora fico com pena de tê-lo acordado.

— Não precisa, posso ir sozinha. Você ainda está com sono, fica e descansa. — Tento convencê-lo, mas se levanta e me dá um beijo.

— Dois minutos e vou estar pronto — diz sem deixar margem para discussão e entra no banheiro.

Termino de arrumar minhas coisas, coloco meu short *jeans*, camiseta, meu chinelo, prendo os cabelos e estou pronta.

Vou para a cozinha, termino de lavar a louça, insiro a cápsula de café na cafeteira, pego pão de forma, queijo branco, manteiga, suco, e coloco na mesa. Pego outra xícara para fazer o café dele, arrumo tudo na mesa bem na hora em que ele entra.

— Com direito a café da manhã e tudo? — pergunta, e dou um sorriso para ele, que já está me abraçando.

— Só retribuindo sua gentileza. — Pisco, e ele me dá um delicioso beijo de bom-dia.

Tomamos café e, logo em seguida, saímos com ele segurando minha bolsa e uma outra bolsa de viagem, a mesma do outro dia.

Entramos no carro, ele coloca sua pistola embaixo da coxa e dá partida no veículo.

Eu me pego pensando em como esse fim de semana foi cheio de acontecimentos, um atrás do outro. Acabo me lembrando do Edu, coitado, que foi agredido sem nem saber o motivo. Eu tenho que dar um jeito nisso, e já sei como.

Pego meu celular e envio um WhatsApp para ele.

> Oi, Edu, bom dia, tá tudo bem com você? Está em casa?

Ele responde em seguida.

> Bom dia, estou sim, fica tranquila, gata, a Bia me explicou o porquê da agressão, esse seu bofe é maluco!

> Eu sei, não sei o que te dizer,
> passo aí daqui a pouco, bjs

> Te espero, gata, bjs

Quando termino de enviar as mensagens, Gustavo está me encarando, em vez de olhar para a estrada.

— É melhor se concentrar na pista.

Ele está sério.

— Posso saber quem era? — *Curioso!*

— Claro que pode, estava falando com o Edu.

Ele me olha incrédulo.

— Como assim, o que você estava falando com ele?

Ele nem imagina. Depois de hoje, vai pensar mil vezes antes de agredir alguém sem pensar. Se age por impulso, sem medir as consequências, irei lhe mostrar que não é por aí que a banda toca.

— Estava perguntando se está em casa, nós vamos passar lá. — Gustavo me olha surpreso.

— Como assim, vamos passar lá? — pergunta-me sem entender.

— Vamos lá, e você vai pedir desculpas por sua atitude grotesca. Ele podia dar queixa, sabia?

— Eu não vou pedir desculpas por ter defendido minha namorada — diz irritado.

— Primeiro, você não me defendeu de nada. Estava só dançando com um amigo e colega de trabalho, fazemos isso o tempo todo lá no estúdio.

Está espantado e abismado com minha declaração.

— Como assim, você dança com ele daquele jeito o tempo todo? — pergunta, sem acreditar no que está ouvindo.

— Antes que comece seus "pitis", vou esclarecer as coisas.

— "Pitis"? Não estou dando "pitis", só estou preservando o que é meu.

— Que seja. — Ele balança a cabeça o tempo todo em negativa, está muito bolado. — Edu é meu amigo...

— Isso você já disse mil vezes, Lívia, já decorei essa parte — diz em tom alterado, e o olho de rabo de olho.

— Posso terminar? — Assente. — Edu não me vê como você está pensando.

— Não? Então, ele só pode ser... — Para antes de concluir e me olha.

— Pois é, Gustavo, ele é gay. Demorou a cair a ficha, hein?

A MISSÃO AGORA É AMAR

Fica completamente sem graça, seu rosto está em dez tons de vermelho.

— Porra, Anjo! Como ia saber, dançando daquele jeito com você? Fiquei cego de raiva.

— Isso que eu te falo: tem que perguntar antes de sair agredindo as pessoas deliberadamente.

Fecha os olhos por dois segundos, acho que agora percebeu a merda que fez.

— Eu sinto muito — diz, e agora vejo que está arrependido de verdade da sua cena de violência.

— Só que é para ele que você vai dizer isso. — Concorda e não diz mais nada. — Você vai pegar a saída do Méier, ele mora bem próximo ao estúdio.

— Sim, senhora — concorda com o tom mais tranquilo e arrependido.

Chegamos à rua do Edu.

— É naquele prédio ali na frente — aponto, e segue até lá, parando numa vaga próxima à portaria.

Descemos do carro, ele coloca uma das mãos na base das minhas costas e entramos no prédio.

— Bom dia, apartamento 403, por favor. É a Lívia, ele está me esperando.

O porteiro anuncia e nós subimos. As mãos do Gustavo estão suadas, acho que deve estar muito envergonhado.

O Edu abre a porta, e quando vejo seu rosto, até que esperava que estivesse pior; tem um pouco de inchaço na boca e um corte no supercílio.

— Oi, entrem aí. — Está muito surpreso, acho que não esperava que o agressor estivesse junto comigo.

— Oi, Edu. — Dou um abraço nele. — Esse é o Gustavo. — Apresento os dois formalmente e Gustavo estende a mão, sem graça, para um cumprimento.

— Sentem, querem beber alguma coisa? — Coitado, não consegue nem ser mal- educado.

— Não vamos demorar, Edu, é que o Gustavo insistiu muito para eu trazê-lo aqui.

Gustavo arregala os olhos na hora, na minha direção, e o Edu fica esperando o motivo da visita.

— Poxa, cara, eu queria me desculpar — começa, falando sem jeito. — Sei que peguei muito pesado com você, não estava num dia muito bom e, infelizmente, não pensei direito e exagerei.

Percebo que ele está desconfortável com a situação. Problema dele, agora assuma as consequências de seus atos.

— Que isso, cara, todos passamos por momentos difíceis, mas já foi, deixa pra lá — Edu fala, estendendo a mão para Gustavo, que a aperta em um cumprimento. — Amigos? Porque, se você for me bater cada vez que eu dançar com a Lívia, vou ter que começar a andar de armadura e capacete.

— Não vou, cara, sinto muito mesmo. — Gustavo começa a rir.

— Sem grilo, nem doeu tanto assim. — Começam a rir juntos, e fico muito mais aliviada.

— Obrigada por nos receber, Edu, nos vemos na terça? Agora, realmente, precisamos ir.

— Claro, gata. — Ele me abraça de novo e aperta a mão do Gustavo mais uma vez.

Nós saímos e o Gustavo está mudo, ainda constrangido pela situação que passou.

— Viu como não dói se desculpar? — comento quando já estamos dentro do carro. Ele balança a cabeça.

—Você não tem jeito, Anjo, por essa eu não estava esperando.

— Nem ele estava esperando suas pancadas.

— Um a zero para você, Anjo.

— Também sei fazer estratégias, Capitão — digo, tentando me fazer de séria, e ele dá uma gargalhada.

— Muito bem, parabéns.

Não digo mais nada, e quase dez minutos depois que saímos da casa do Edu, está entrando na garagem do meu condomínio.

— Você vai ficar?

Ele me olha desconfiado, já estacionando o carro.

— Sou ótimo com faxinas — fala, já saindo do carro.

— Quero só ver — digo para ele e entramos no elevador.

— Sério, não quero atrapalhar, se quiser, posso ir embora. É que estou de serviço hoje à noite e queria ficar mais um pouquinho com você — esclarece todo manhoso.

— Tudo bem, Capitão, pode ficar. — Também não quero ficar longe.

Entramos em casa e vou direto ao quarto, onde recolho umas roupas para colocar na máquina.

Quando chego à sala, Gustavo já está sentado no meu sofá vendo um

A MISSÃO AGORA É AMAR

programa de esportes na TV. Sei... bom em faxina. Não falo nada, coloco a roupa para bater. Passo uma vassoura e pano na casa, depois jogo uma água na varanda para tirar a poeira. Ele continua entretido na TV.

O que os homens veem nesses programas? Nossa, nem respira.

Passo na sua frente e vou para meu quarto, só falta o banheiro agora. Deixarei para separar a roupa de amanhã mais tarde.

Quando termino de lavar o banheiro, tomo logo um banho, estou toda suada.

Coloco um vestidinho leve e uma rasteirinha e vou para a sala. Ele está entretido no telefone, mas quando sente minha presença levanta o olhar e seu semblante se transforma em alegria.

—Vamos almoçar, senhor "bom de faxinas"?

Ele se levanta e vem na minha direção.

— Claro, aonde você quer ir? — pergunta, com a boca em meu pescoço.

— Tem um restaurante ótimo no shopping, vamos?

— Claro, vamos. — Gustavo me abraça.

No restaurante, pedimos uma massa e, enquanto não vem, beliscamos umas entradas que colocaram à mesa. Está me olhando e sinto que algo o incomoda.

— Está tudo bem, Gustavo? Você está quieto. — Ele me olha, ainda calado.

— Posso te fazer uma pergunta?

— Claro que pode — confirmo.

— Existe alguma possibilidade de você voltar para aquele cara?

CAPÍTULO 19

Lívia

Sinto nervosismo e ansiedade em seu tom. De novo esse assunto? Achei que tivesse entendido que eu e o Otávio não temos mais nada.

— Já te disse que não, Gustavo, não estou entendendo o porquê da pergunta —respondo um pouco impaciente. Ele me olha e vejo muitas dúvidas em seus olhos.

— Sei o que você me disse, só preciso ter certeza.

Não sei como dar essa certeza a ele.

— Então acho que esse assunto está encerrado. O Otávio faz parte do meu passado.

Ele morde os lábios e vejo que ainda está preocupado.

— Qual foi a merda que fez para te afastar?

Achei que não iria precisar mais repetir essa história, mas ele merece saber.

— No dia em que eu finalmente resolvi me entregar a ele, o peguei transando em seu escritório com outra mulher, foi isso. — Meu tom sai seco, sem querer prolongar o assunto. Não que isso me afete, só acho desnecessário falar disso.

Gustavo pisca sem parar, com uma mão sobre a boca.

— Por isso terminaram? Por que o pegou transando com uma mulher?

— Quê? Ele está achando que isso foi pouco?

— Por que, queria que fosse com duas? — pergunto irônica.

— Claro que não, meu Anjo, o que eu quis dizer é que você pode estar magoada pela traição, no entanto ainda amá-lo, como ele disse. — Ainda está bolado com as coisas que o Otávio disse. Otávio era bom mesmo, tinha conseguido plantar a semente da dúvida na cabeça do Gustavo.

— Realmente fiquei muito chateada com a situação, ele me mostrou ser uma coisa que na verdade não era. Mas todo lado ruim tem um lado bom.

Ele me olha intrigado.

— E qual seria o lado bom dessa história? — pergunta receoso.

Olho bem dentro dos seus olhos.

— O fato de descobrir que, na verdade, nunca o amei. Estava com ele por costume, ou por achar que estava apaixonada, sei lá, só sei que não o amava, disso tenho certeza.

Solta o ar que estava segurando e aperta minha mão sobre a mesa.

A MISSÃO AGORA É AMAR

— Eu só posso te dizer que ele é um imbecil de fazer uma coisa dessas com você, mas também devo agradecê-lo pelo mesmo motivo.

— Está vendo, foi o que te disse! Deus escreve certo por linhas tortas. — A comida chega e sinto-o muito mais leve e tranquilo depois da minha declaração.

Almoçamos e conversamos sobre vários assuntos, incluindo a entrevista à qual irei amanhã. Ele fica superfeliz por mim. O clima está mais leve entre a gente, não me sinto tão bem assim há muito tempo.

Terminamos nosso almoço e voltamos para casa. São quase quatro da tarde quando entramos no apartamento. Ele já entra me atacando com beijos, que tiram todo meu raciocínio. Seguimos para o quarto e ali fazemos amor. Dormimos em seguida, estamos cansados.

Acordo com um celular tocando, que vem do bolso da calça de Gustavo, largada no chão. Retiro-o e, quando olho a tela, vejo que é Michel. Gustavo ainda está dormindo, devíamos estar dormindo há duas horas. Coloco o celular sobre a mesinha de cabeceira e vou em direção ao banheiro. O celular começa a tocar de novo, então me lembro de que havia dito que estaria de plantão hoje. Por mais que não queira, tenho que acordá-lo, deve estar atrasado. Vou em direção à cama, e ele continua apagado. Passo a mão em suas costas bem devagar...

— Gustavo. — Ele não se mexe. — Gustavo, acorda, acho que está atrasado. — Começa a despertar e dá um sorriso preguiçoso, lindo. Eu queria amarrá-lo nessa cama. — Você não tinha que trabalhar hoje? O Michel já ligou três vezes.

— Caralho! — Dá um pulo da cama. — Que horas são? — pergunta desesperado.

— São dezenove e quarenta e cinco.

— Estou muito ferrado! — Corre para o banheiro e sai em menos de dois minutos de lá. — Esqueci de colocar o despertador, não achei que fosse pegar no sono. — Já vestiu a calça, pego sua blusa e lhe entrego. Ele a veste rápido, pega seus tênis e, sem calçá-los, segue com eles nas mãos em direção à sala. Vejo sua bolsa em cima da poltrona e a pego, indo para a sala atrás dele.

— A bolsa. — Ele a pega e me beija bem rápido, já abrindo a porta.

—Te envio uma mensagem assim que chegar lá. — Gustavo me dá mais um selinho rápido e sai para o elevador.

— Se cuida, Capitão! — peço quando o elevador chega.

— Eu sempre me cuido. — Manda um beijo e entra no elevador. Ainda bem que o carro dele está na garagem, porque parece que pulou o muro da casa da amante, todo bagunçado e descalço.

Volto para dentro e fecho a porta. Vou até o quarto, para separar a roupa que eu usarei amanhã para a entrevista. Separo uma calça social cinza-escuro que tem um belo corte, apertada na parte de cima e vem abrindo nas pernas; escolho uma blusa social branca bem moderna, um sapato preto com salto médio e uma bolsa preta. E pronto, agora estou mais tranquila. Separo os documentos exigidos e coloco-os em um envelope. Deixo tudo arrumado e vou tomar um banho. Quando termino, coloco um baby-doll e vou para a sala pegar meu celular. Verifico se há alguma mensagem ou ligação do Gustavo. Do jeito que é louco, daqui a pouco aparece aqui para perguntar por que não atendi ao telefone.

Olho meu telefone, e nada. Uns quarenta minutos já se passaram, acho que já deu tempo de chegar ao batalhão, então, por que não me ligou ainda? Vou esperar mais uns vinte minutos antes de ligar para ele.

Vou para cozinha preparar um lanche. Preparo um sanduíche de queijo branco com pão integral e pego um copo com suco de laranja. Resolvo assistir à TV e me distraio com um filme enquanto lancho. Mais uma hora se passa e nenhuma mensagem. Estou começando a ficar preocupada, não havia ligado para ele ainda, com medo de atrapalhar. Disse que me enviaria mensagem, e nada até agora, já se passaram duas horas desde que saiu daqui, será que aconteceu alguma coisa?

Pego meu telefone e começo a ligar para ele, só preciso ter certeza que está bem, só isso. Estou preocupada porque saiu correndo daqui... e se sofreu um acidente?

Não, Lívia, fica calma que notícia ruim chega rápido.

O celular só chama e ele não atende. Deve ter acontecido alguma coisa. Envio uma mensagem...

> Gustavo, me liga ou só diz se está bem, estou preocupada. Você ficou de enviar uma mensagem, e fiquei aguardando até agora.

Ele não responde.

Ando de um lado para o outro sem saber o que fazer. Sabia que essa relação não daria certo, já estou aqui desesperada com o fato dele não atender a uma ligação.

Começo a fazer uma oração silenciosa. Que ele esteja bem, meu Deus...

Mais uma hora se passa, e nada de notícias. Olho o relógio e já são quase onze da noite. Tenho uma ideia e ligo para a Bia.

A MISSÃO AGORA É AMAR

— Oi, amiga, qual a boa?

— Oi, Bia, tudo bem?

— Comigo tudo, mas você está com uma voz estranha, o que houve?

— *Poderia me conhecer menos um pouquinho.*

— Nada de mais, Bia, só preocupada, é que o Gustavo saiu daqui correndo para trabalhar, disse que me enviaria uma mensagem, e até agora nada! O telefone dele só chama e não atende — falo angustiada.

— Lívia, sabe que o trabalho deles não permite ficar de papo no telefone, eles têm que ficar ligados.

Sério isso? Ela vai querer me ensinar como um policial trabalha.

— Sei disso, Bia, só estou preocupada porque ficou de me enviar uma mensagem, estou com medo de ter acontecido alguma coisa.

— Não aconteceu nada, Lívia, fica tranquila, deve ter esquecido com a correria. — Bia sempre foi tranquila, não esquenta a cabeça com nada.

—Torço para que seja isso mesmo, Bia, mas ele não tem que dizer que vai enviar mensagem nenhuma se não pode cumprir. — Meu tom está um pouco alterado.

— Calma, vá descansar, tenho certeza que logo que puder, vai entrar em contato com você.

— E eu consigo, Bia? Sabia que esse negócio não iria dar certo comigo — desabafo.

— Calma, Lívia, vou tentar ligar para o Michel e já te ligo.

— Obrigada — agradeço esperançosa.

Ela desliga e fico aguardando seu retorno, ansiosa. Dois minutos depois ela me retorna.

— Oi, Bia, e aí? — Estou mordendo os lábios de tão nervosa.

— Lívia, não consegui, o telefone dele só dá desligado. Deixei uma mensagem para me retornar. Assim que ele me ligar, te ligo.

— Está bem, Bia, pode me ligar a qualquer hora, valeu mesmo. — Que angústia. Muita sacanagem do Gustavo em fazer isso comigo.

— Fica preocupada não, tente relaxar, tenho certeza de que se algo ruim tivesse acontecido, já saberíamos.

— Vou tentar, Bia, a entrevista é amanhã, preciso tentar dormir. — Tento me convencer de que conseguirei dormir.

— Está bem, te envio uma mensagem se tiver alguma notícia, para não te acordar se já estiver dormindo. Boa noite e boa sorte amanhã. Quando sair de lá, me liga. Beijos.

— Boa noite, Bia, pode deixar que ligo, beijos.

Apago tudo e vou para meu quarto com o celular nas mãos. Ativo o despertador para sete e meia da manhã e me deito. Rolo de um lado ao outro sem conseguir pregar o olho. Vejo o telefone e já são duas da madrugada.

Acordo com o barulho do meu despertador tocando. Nem sei ao certo a que horas peguei no sono, só me lembro de que a última vez que verifiquei o celular, já passava das três da madrugada.

Não podia fazer isso comigo, falta de consideração! Deixa ele comigo. Levanto com um mau humor infernal.

Faço minha higiene e minha maquiagem, carregando no corretivo, logo me arrumo para a entrevista com a roupa que tinha separado. Vou tentar esquecer o Gustavo, por enquanto.

Tomo meu café e saio de casa. Como chego lá adiantada, às nove e meia, fico esperando ser chamada na sala de espera. Às dez em ponto sou chamada pela secretária, que me leva até a porta.

— Não precisa bater, o Sr. Gonzáles já está lhe aguardando.

Assinto e sorrio educadamente, sendo correspondida com outro sorriso. Já gostei dela. Quando entro na sala, tem um homem sentado atrás de uma mesa, entretido em seu notebook.

— Bom dia — cumprimento.

Ele ergue o rosto e me encara, e, meu Deus! O homem é lindo! Me dá um sorriso todo caloroso, e continuo sem saber o que dizer. O cara parece um desses modelos de capa de revistas.

— Bom dia. Lívia, não é? Estou certo? — Seu tom é calmo, muito sereno.

— Sim, senhor — confirmo um pouco envergonhada, sem saber por quê.

— Só Marcelo, por favor, sente-se. — Aponta a cadeira à sua frente com um gesto de mão. Dou um sorriso em sinal de simpatia e me sento.

— Então, Lívia, você foi muito bem recomendada. Já sabe mais ou menos como pode nos ajudar?

— A Sra. Márcia me passou algumas coisas, mas disse que o senhor... — Ele me olha e faz uma careta. — Desculpe, que *você* me passaria os detalhes. — Sorri da minha tentativa em não o chamar de senhor.

— Nós estamos querendo implantar um programa aqui, que já existe nas outras sedes fora do país e faz muito sucesso, com grandes resultados. Acreditamos que funcionário feliz e bem-disposto produz muito mais. Por

A MISSÃO AGORA É AMAR   195

isso precisamos de sua ajuda. Nossa ideia é uma aula de alongamento três vezes por semana, com duração de cinquenta minutos, sempre no final do expediente, para quem se interessar. Estamos preparando uma sala para isso, e gostaria da sua opinião profissional sobre o que colocar nessa sala. E então, o que me diz?

— Acho ótimo, seria maravilhoso se todas as empresas aderissem a esse programa de vocês. E, com relação à sala, não acredito que precise de muitos aparatos, já que é uma aula de alongamento. Vou precisar apenas de colchonetes e um aparelho para músicas.

— Ótimo, quanto antes começarmos, melhor. E quais dias você prefere?

Oi? Está me perguntando quais os dias que eu prefiro? É isso mesmo? Será que é pegadinha, tipo aqueles testes psicotécnicos malucos?

— Estou à disposição, o que for melhor para a empresa — tento uma resposta que não me comprometa e noto que tenta disfarçar um sorriso.

— Fico muito feliz que esteja à disposição. — Não sei se estou muito nervosa e imaginando coisas, mas seu tom me soou ter saído em outro contexto, que não o profissional. Espero que não. — Podemos fechar então segunda, quarta e sexta às dezessete horas?

— Por mim, está ótimo — digo em um tom profissional, e ele dá um sorriso de lado que é um charme só, mas não me enche os olhos.

— Você trouxe os documentos? — pergunta-me com as mãos sobre o queixo, me olhando profundamente.

— Sim, estão aqui. — Coloco uma das mãos no envelope que está sobre a mesa.

— Ótimo, então é só levar ao RH e tudo resolvido. Começamos na próxima segunda, está bom para você?

Que pergunta! Com o salário que irei receber, começaria agora se ele quisesse.

— Está ótimo! — digo um pouco animada demais, e ele sorri. Tem um sorriso bonito, mas não chega a ser lindo como o do meu Capitão.

Levanto-me e se levanta junto comigo.

— Vou acompanhá-la até a sala do RH — fala, vindo em minha direção. É alto também, mas acho que um pouco mais baixo que Gustavo.

— Não é necessário, não quero incomodar, me informo com a sua secretária.

Ele finge não ter ouvido o que acabei de dizer.

— Faço questão, vai que desiste, está muito difícil arranjar um bom profissional hoje em dia.

Não falo nada, esperando mesmo que seja só educação de sua parte. Estranho sua atitude, mas não disse nada de comprometedor, então, não tenho o que questionar. Vai ver que é educado assim mesmo.

Saímos da sala dele, e avisa a secretária que vai me acompanhar até o RH. Ela faz uma cara de quem não está entendendo nada.

O cara deve ter um cargo alto aqui, para ter o poder de contratar uma pessoa. Que entrevista foi aquela? Nem me perguntou se tenho experiência e se sei o que estou fazendo, nada, simplesmente me contratou. Acredito que seja pelas referências passadas por dona Márcia.

Vamos em direção à sala do RH, no segundo andar. Ele caminha ao meu lado em silêncio, mas sinto seu olhar sobre mim o tempo inteiro. Finjo não notar, esse homem já está me deixando constrangida. Dou graças a Deus quando chegamos.

— Está entregue! Será um prazer ter você trabalhando em minha empresa. — Estende a mão em minha direção.

Como assim? O cara é o dono da empresa. Seguro meu queixo em pensamento para que não caia. Essa empresa, pelo que me informei com meu amigo Google, é uma multinacional com sede em vários países, e o cara faz questão de me levar até o RH? Não entendi nada agora. Escuto um som saindo de sua garganta, como uma tosse forçada.

— Você não vai me deixar com a mão estendida muito tempo, vai? Isso é algum exercício que ainda não conheço?

— Claro que não, me desculpe pela distração — digo totalmente sem jeito, estendendo a mão para ele.

— Então, até segunda. — Segura minha mão com firmeza.

— Até segunda, obrigada pela oportunidade e por ter me acompanhado até aqui. — Tento ser educada enquanto ainda segura minha mão.

— Foi realmente um prazer, Lívia. — Olha dentro dos meus olhos intensamente e logo depois se vira e vai embora, me deixando sem ter o que dizer.

Entro na sala, onde a menina do RH me olha toda desconfiada. Finjo que nem noto, preencho a ficha, entrego os documentos e vou embora.

Que loucura foi essa, o dono da empresa, um homem que deve ser muito ocupado, fazendo questão de me levar ao RH pessoalmente? Dona Márcia, com certeza, tem muito prestígio mesmo, ou o homem está realmente preocupado com o bem-estar de seus funcionários. Bom, deixa pra

A MISSÃO AGORA É AMAR　　　　　　　197

lá, do jeito que deve ser ocupado administrando uma empresa desse porte, provavelmente será quase impossível encontrá-lo de novo.

Chego em casa às treze e trinta da tarde. Tomo um banho, coloco um vestidinho bem fresquinho de alcinhas, estampado, bem verão, que bate no meio das coxas.

Preparo legumes cozidos e um bife grelhado para o almoço, o que está ótimo. Almoço e vou ligar para a Bia.

Nesse momento, percebo que me esqueci de ligar o telefone. Quando ligo, aparecem várias mensagens simultâneas do Gustavo. *Agora que você lembrou, Capitão? Nem dormi direito por causa do seu esquecimento.* Vai ficar na espera, não vou retornar, ele vai ver como é bom. Ligo para a Bia.

— E aí, amiga, consegui o emprego, nosso sonho está mais perto de se realizar — falo toda contente.

— Que bom! Parabéns! Temos que sair para comemorar. — Tudo para a Bia é motivo de comemorar, mas tenho que admitir que esse é um grande motivo, sim.

— Com certeza, Bia, estou muito feliz! Você precisa saber do salário: vou receber mais do que ganho lá na clínica, e serão somente três aulas de alongamento por semana, de cinquenta minutos.

— Que máximo! Se aparecer uma vaguinha, lembre-se da sua amiga.

— Muito boba, vive dizendo que só irá trabalhar quando abrirmos nosso próprio negócio.

— Pode deixar! Agora preciso de um cochilo, estou exausta, não dormi nada essa noite por culpa de certo Capitão irresponsável — digo, já trazendo minha raiva de volta.

— Por falar nisso, ele está atrás de você. Já pediu para o Michel me ligar três vezes para saber se tinha dado notícias.

Vou fazê-lo provar do próprio veneno.

— Se Michel te ligar de novo, diga que ainda não falou comigo.

— Lívia, sabe que não sei mentir, e isso é uma criancice da sua parte.

Eu que sei o que passei ontem; ele tem que aprender a cumprir o que fala. Se deixar passar a primeira, só irá piorar depois.

— Você é amiga de quem, Bia? Nunca te peço nada, o que custa? — Tenho que lembrá-la de que eu vivo ajudando-a quando me pede.

— Está bem, Lívia, mas continuo achando isso uma bobeira da sua parte. Ele estava trabalhando — fala a defensora dos "frascos e comprimidos".

— Bobeira ou não, eu resolvo da minha maneira. — Sei que estou sendo um pouco rude, mas ela tem que saber que farei isso como achar melhor.

— Ok, poço de gentileza, resolva do seu jeito, você quem sabe, o Capitão é seu, você está no comando.

Já estou arrependida da maneira com que falei. A Bia sabe como fazer uma chantagem emocional, acerta meu ponto fraco direitinho.

— Desculpe, Bia, estou um pouco nervosa, foi mal.

Começa a rir do outro lado. Sabia!

— Você sempre cai, Lívia, eu deveria ser atriz — continua rindo.

— Você vai ver só, Bia, um dia ainda te prego uma peça.

Não para de rir.

— Está bem, amiga, beijos.

— Não esqueça do que combinamos. Beijos.

Mal desligo e meu celular começa a tocar. É ele. Não vou atender mesmo! Coloco no silencioso e vou dormir. Pois se está pensando que sou idiota, está muito enganado.

Quando acordar, se me ligar de novo eu atendo, porque não irei mais ligar para ele.

Acordo e já está escuro. Vejo a hora no celular, e há um milhão de chamadas e mensagens do Gustavo. Já passa das dezoito horas. Levanto, vou ao banheiro e, quando volto, vejo o telefone aceso. Sento na cama e atendo.

— Alô — atendo como se não soubesse que é ele.

CAPÍTULO 20

LÍVIA

— Meu Anjo, está tudo bem? — *Que pergunta idiota, claro que não está tudo bem.*
— Tudo ótimo! — respondo com uma animação que estou longe de sentir.
— Fiquei preocupado, não estava atendendo o telefone, e a Bia disse que não sabia de você. — *Bom saber que minha técnica tinha funcionado.*
— Jura?! — Sou sarcástica, e ele fica mudo por um tempo.
— Está tudo bem mesmo?
Depois do que fez, realmente acha que está tudo bem? Não que eu queira fazer tempestade em copo d'água, mas foi muita sacanagem de sua parte.
— Sabe, Gustavo, me esqueci de perguntar: onde fica seu batalhão?
— Em Laranjeiras, por quê? — pergunta desconfiado. *É agora que te pego.*
— Por nada. O Rio de Janeiro realmente anda um caos, esse trânsito está cada vez pior. Você levou quase vinte e quatro horas para chegar a Laranjeiras, isso é um absurdo!
— Não curto ironia, Lívia. — Sinto raiva em seu tom.
— Sério?! — pergunto com deboche. — Então deixa eu te falar o que não curto. — Estou bastante irritada, mas com o tom de voz bem baixo. — Não curto que me falem uma coisa e façam outra; não curto como fiquei preocupada achando que tinha acontecido alguma coisa com você, e não curto ter ficado sem dormir quase a noite toda, pensando que, se acontecesse alguma coisa, eu provavelmente nem seria avisada ou seria a última a saber — desabafo sem alterar a voz nem um minuto.
— Desculpe, meu Anjo, não aconteceu nada. Esqueci o telefone no meu carro, e foi tanta correria no batalhão que simplesmente não me lembrei. — Seu tom é arrependido.
— Tão simples, né, Gustavo? Realmente espero que, da próxima vez, se houver uma próxima vez, você não prometa o que não poderá cumprir, porque não estou a fim de passar por isso de novo.

— Isso não vai se repetir, eu te garanto. — Está sério. — Eu gostaria muito também que você atendesse o telefone, Lívia, e não ficasse fugindo de mim. Isso não é muito maduro. — Agora ele quer virar o jogo?

— Não estava fugindo de você. Eu tenho uma vida também e não posso ficar à sua disposição, esperando a hora que resolva me ligar — digo e já me arrependo. Escuto sua respiração do outro lado da linha.

— Eu já te pedi desculpas, Lívia, não vou ficar no mesmo assunto o tempo todo. — Seu tom é grave.

— Ok, Gustavo, desculpado. Agora preciso desligar, tenho que recuperar a noite de sono perdida, já que amanhã trabalho.

Ele fica mudo por uns segundos. Está pensando que vai me intimidar com esse tom de *eu sou o Sr. Maduro e você está sendo infantil por causa de um telefonema*. A questão não é só o fato de ele ter esquecido o telefonema ou mensagem que seja, e, sim, como eu fiquei desesperada por isso. O medo que me invadiu foi real e isso me assustou bastante. Acho que ele deveria ter mais um pouquinho de consideração. Após me abrir sobre meus medos, ele faz isso; e agora está me tratando como se não fosse nada de mais. Pois bem, se quer levar para esse lado, também sei jogar esse jogo de "não foi nada de mais".

— E como foi a entrevista? — Muda de assunto.

— Não poderia ser melhor, consegui o emprego — falo naturalmente.

— Que bom, meu Anjo, fico feliz! Daqui a pouco estou chegando aí para comemorarmos. — O quê? Ele não ouviu o que acabei de dizer? Esse homem só assimila o que quer.

— Obrigada, Gustavo, mas hoje não é um bom dia, deixa para outro momento. —Tento ser o mais natural possível.

— Ok, meu Anjo, daqui a meia hora, no máximo, estou chegando. — *Como assim? Está se fazendo de surdo?*

— Você entendeu que não quero comemorar nada hoje? — pergunto novamente para ver se ele se manca.

— Claro, sem comemorações, entendi.

— Então não precisa vir hoje. — Sei que não é isso que quero de verdade.

— Claro que precisa, estou morrendo de saudades. Já chego aí, meu Anjo, agora vou dirigir. Pode deixar que preparo o jantar. — Ele é maluco de verdade!

Claro que eu também estou morrendo de saudades, por isso não o convenci a não vir.

A MISSÃO AGORA É AMAR

Vou para o quarto, dou um jeito na cama, tomo um banho, coloco um short branco bem soltinho e uma blusa verde. Retorno à sala e ligo a TV para assistir ao jornal local. Nesse momento passa uma reportagem sobre a operação em uma comunidade, e pelo que estou vendo, o negócio foi feio — acabou com três policiais mortos.

Ai, meu Deus, meu coração chega a ficar apertado com essa notícia. Será que Gustavo estava lá? Vi vários carros do Bope, parece que foram resgatar alguns policiais militares presos no alto da comunidade.

Eu iria ficar maluca com isso, sei que não iria aguentar por muito tempo. Só de pensar que um dos mortos poderia ser meu Capitão, meu coração fica apertado. Ouço a campainha e sei que é ele. Abro a porta e me jogo em seus braços, que me apertam bem forte. Só de imaginar que poderia não estar aqui agora, sinto uma angústia sem igual.

— Juro que não esperava essa recepção.

Dou um tapa em seu braço.

— Cala a boca e me beija.

Não preciso pedir duas vezes. Sua boca cobre a minha com um beijo delicioso e cheio de vontade, e só agora percebo como senti sua falta. Parecia que não nos víamos há dias, talvez tenha sido pela angústia que passei. Fecha a porta atrás de si e caminha comigo em seus braços até o sofá. Senta-se comigo em seu colo e começamos a tirar nossas roupas com desespero e saudade. Ele beija cada pedacinho do meu pescoço.

— Senti tanto sua falta, fico feliz em perceber que também sentiu o mesmo — declara com uma das mãos em meu cabelo enquanto a outra passeia por todo meu corpo. Estou só de calcinha, e ele de cueca. Começo a rebolar em cima de sua ereção, meu corpo reclamando sua falta. Ele geme.

— Preciso de você dentro de mim — peço com urgência e com um tom que quase não reconheço como meu.

— Seu desejo é uma ordem, meu Anjo — fala com o tom carregado de desejo e começa a retirar minha calcinha.

Eu me levanto um pouco e a retiro completamente, seu olhar não me abandona nem um segundo. Ajoelho-me no chão, entre suas pernas, e retiro sua cueca. Passo a mão sobre sua ereção, e Gustavo joga a cabeça para trás. Quando abaixo minha boca sobre seu membro rígido, ele geme extasiado e coloca as mãos sob meu cabelo. Gustavo interrompe o momento e me puxa para seu colo novamente; cobre o membro com o preservativo e me encaixa sobre ele. Como isso é bom!

Nossos corpos se encaixam perfeitamente, então começo a subir e descer sobre ele, nossos gemidos se misturando no ambiente, sua boca ora na minha boca, ora nos meus seios. Estou muito excitada e sinto que meu gozo chegará a qualquer momento. Meu corpo começa a enrijecer...

— Goza comigo, meu Anjo. — Bastam essas palavras para que eu me quebre em um milhão de pedaços. Gozamos juntos, nos olhando enquanto ele grita meu nome.

Ficamos assim por um tempo, abraçados, e sem dizer nada um ao outro. Acaricia minhas costas, e meu rosto se encaixa em seu pescoço, aproveito e dou vários beijos em seu maxilar.

— Eu te amo, meu Anjo, você é tudo que eu preciso. — declara e me abraça mais forte ainda, e eu ainda não consigo dizer nada. As palavras estão na minha língua, mas não saem. Sinto seu peito subir com mais força, e sei que também espera ouvir o mesmo, mas não diz nada.

— Gustavo? — Chamo com o tom bem baixo, com a boca ainda em seu pescoço, quase sem força alguma.

— Humm — responde de modo preguiçoso.

— A operação de ontem foi aquela que passou há pouco na TV? Você estava naquela comunidade?

— Sim, foi essa mesmo.

Fecho os olhos com força, e meu coração fica apertado. Levanto a cabeça e o encaro.

— Eu vi como foi difícil lá, quer dizer, vi um pouco pelo que a TV mostrou. Na verdade, não faço nem ideia de como foi difícil. Não sei se vou conseguir suportar, eu fiquei desesperada ontem por falta de um contato seu; imagina se soubesse que você estava naquela situação, eu... — ele cala meus lábios com os dedos.

— Amanhã tenho uma reunião com o Comandante, meu Anjo — Olho pra ele, sem entender e acaricia meu rosto. — Vou sair.

O quê?! Eu ouvi direito, será que é isso que estou pensando?

— Como assim, sair? — Tenho que perguntar, mas confesso que estou com medo de sua resposta ser diferente do que espero. Minhas mãos estão trêmulas.

— Eu vou sair do Bope, meu Anjo — esclarece, olhando dentro dos meus olhos.

Meu Deus, é isso mesmo. Estou em choque com essa notícia. É tudo que eu quero, mas e ele? Como será para ele largar o Bope? Ama o que faz,

A MISSÃO AGORA É AMAR

e não tenho o direito de lhe tirar isso.

— Como assim? Você não pode tomar uma decisão como essa tão precipitadamente.

— Não é precipitado, meu Anjo, sempre soube que esse dia chegaria. Eu te amo e não quero que sofra e nem passe por mais nada do que passou. Estou fazendo isso por nós, um dia quero formar uma família com você e sei que, com essa profissão, não será nada fácil vivermos em paz. Não quero que nossos filhos passem pelo que você passou, tanto com a ausência do seu pai, quanto com o trauma que viveu.

Lágrimas molham meu rosto sem que eu perceba. Ele as limpa com o polegar delicadamente, uma a uma.

— Entrei para o Bope por paixão. Mas encontrei um motivo maior para sair: amor. Tive certeza disso ontem, durante a operação. Pela primeira vez na vida, tive medo. Tive medo de não voltar para você e nunca quis tanto voltar para alguém. Você que é meu amor, minha paixão, e para quem quero dedicar todos os meus dias. Não vejo mais motivos em continuar lá. Sofro em ter que deixá-la, e sei como fica angustiada por conta do que aconteceu com seu pai.

— Eu nem sei o que dizer. — Abraço-o forte. — Não sabe o quanto está me fazendo feliz me dizendo todas essas coisas. — Dá um sorriso, e agora não tenho dúvidas de que seremos muito felizes. Todos os meus medos e angústias desaparecerão assim que sair da polícia.

— Agora, é melhor corrermos para o banheiro; já, já, a Bia está chegando por aí com o Michel.

— Gustavo! — Levo um susto com sua declaração. — A Bia tem a chave, e se ela nos pega assim? — digo apavorada. Levanto-me de seu colo e começo a recolher minhas roupas e as suas. Ele ri da minha atitude. — Vai ficar aí parado, pelado e rindo? Não estou achando a menor graça, e o que a Bia vem fazer aqui com o Michel? Hoje é segunda, não é dia de visitas. — Meu tom é alterado, nervoso e confuso ao mesmo tempo.

— Eu sei, ela disse que passaria aqui e traria pizza para comemorar seu novo emprego. — E ele fala isso assim, sem preocupação de eles nos pegarem nessa situação. Só de imaginar, já estou morrendo de vergonha.

— Não acredito que você não me disse nada. — Continua sorrindo e sentado, e eu estou em pé na sua frente, agarrada com um monte de roupas.

Ele balança a cabeça como se estivesse se divertindo com a cena que vê.

— Eu ia, mas já foi me agarrando e eu não resisti, sabe como é, né?

204   **CRISTINA MELO**

Não resisto aos seus poderes de sedução.

— Anda, Gustavo, levanta, vamos!

— Fica calma, meu Anjo, ela disse que só vem lá pelas vinte e trinta. E eu pedi para tocar a campainha quando chegasse; eu precisava de um tempo para acalmar a fera.

— Sério, isso? Você agora está de complô com minha amiga?

Ele se levanta e vem me abraçar.

— Não vai ficar brava de novo, não é?

Nem respondo, saio da sala e sigo para meu quarto. Entro no banheiro, e entra logo depois de mim.

— Anjo, poxa, vamos ficar numa boa, nossos amigos vão chegar e não é legal ficarmos brigados.

Já estou embaixo do chuveiro. Abre o boxe, entra atrás de mim e começa a beijar meu pescoço.

Já era, esqueci-me de tudo.

Terminamos nosso banho da melhor maneira possível. Eu me enrolo em uma toalha e pego outra para ele, que a coloca na cintura e sai do quarto, voltando com sua bolsa.

— Vai trabalhar hoje de novo? — pergunto, já chateada com essa possibilidade.

Ele balança a cabeça, coloca a bolsa em cima da cama e a abre. Tira uma cueca boxer branca, uma bermuda de sarja preta e uma camiseta azul, separando as peças em um canto da cama. Fico feliz que não seja o uniforme do trabalho. Sorrio para ele enquanto retira mais duas bermudas, uma calça, três camisetas, duas camisas e algumas cuecas. Pega também meias e separa em outro ponto da cama, arrumando em duas pilhas, todo organizado. Apanha seu chinelo e o coloca no canto da porta.

Cruzo os braços, segurando o riso. Não sei se por achar engraçado ou de felicidade mesmo.

Finge que nem é com ele. Agora retira xampu, sabonete, desodorante, escova de dente, seu perfume que eu amo, e leva tudo para o banheiro. Ele volta e ainda estou no mesmo lugar, de pé, só com a toalha de banho, observando-o.

— Preciso de um lugar para guardar essas roupas, meu Anjo — pede tranquilamente, todo concentrado na sua tarefa.

— Claro, Capitão, fica à vontade, quem sou eu para atrapalhar? — Viro-me e vou em direção a uma gaveta da cômoda que contém poucas peças minhas, as retiro e coloco-as em outra gaveta. — Prontinho, se for pouco

A MISSÃO AGORA É AMAR

o espaço, me avisa que doo um pouco de minhas roupas para colocar as suas — digo em tom de brincadeira, e ele sorri.

— Por ora, acho que está bom, meu Anjo, não fique preocupada — responde no mesmo tom de brincadeira. Eu não me seguro mais e começo a rir também.

—Você é muito abusado, sabia disso, Capitão?

— Se você está dizendo, eu acredito. — Arqueia as sobrancelhas.

Escutamos o barulho da campainha, deve ser a Bia. Ele veste a cueca correndo, seguido da bermuda.

— Vou lá abrir. — Sai em direção à sala, colocando a camiseta.

Visto minha roupa, penteio os cabelos e o sigo também. Bia está arrumando a mesa enquanto o Michel e o Gustavo, sentados no sofá, conversam. Uma pizza gigante aguarda em cima da mesa. Vamos de pizza, então.

Ficamos ali em um bate-papo bem descontraído. Estou feliz com a mudança em minha vida, com a decisão do Gustavo, e pela Bia também estar feliz.

Um tempo depois, eles se despedem e vão embora. Agora somos só eu e o Capitão, que parece estar exausto. Imagino que esteja mesmo, pois trabalhou a noite toda. Segundo ele e Michel, a operação foi tensa e ainda permaneceu o dia todo na empresa. Não tenho palavras para agradecer a Deus por sua decisão.

— Hora de dormir, Capitão. Não vou conseguir te carregar, e você vai acabar dormindo no sofá. — Está com a cabeça para trás e me dá um sorriso preguiçoso. Eu me levanto e o puxo pelas mãos.

— Dormir nesse sofá, não, meu Anjo, iria acordar mais cansado do que já estou. Já te disse que temos que comprar outro sofá.

Não falo nada, só sorrio pelo seu comentário abusado.

Ele se levanta e me abraça. Seguimos para o quarto, deixo-o sozinho e vou para o banheiro, onde escovo os dentes e coloco uma camisola de cetim rosa--bebê, antes de ir me deitar. Quando ele entra no banheiro, pego meu telefone para ativar o despertador e percebo que tem uma mensagem de Otávio.

> Minha linda, tá muito difícil ficar longe de você. Por favor, me perdoa, eu já sofri muito e me arrependo a cada minuto da besteira que fiz. Eu te amo e sei que também me ama, já teve sua vingança, agora volta para mim.

Ele está obcecado com a ideia de que nós ainda temos volta. Eu tenho que repetir que não existe a mínima possibilidade disso; ele não é nem de longe o que quero — a questão é muito simples de se entender. Eu amo o Gustavo e agora tenho certeza disso, é ele quem quero e não há como mudar isso. Então, Otávio vai ter que seguir com sua vida. Até perdoei sua traição; sei que, no fundo, ele me fez um grande favor, pois encontrei o amor de verdade. Ainda estou envolvida em meus pensamentos e olhando a mensagem quando sinto Gustavo deitar ao meu lado. Aperto o botão rapidamente para tirar a mensagem da tela.

— Está tudo bem? Você está com a cara estranha — pergunta e fica de lado, me encarando, com uma das mãos apoiada na cabeça, expressão confusa.

— Está sim, só estava programando o alarme.

Continua me olhando, e sei que seu faro policial percebeu algo de errado, mas não quero acabar com nossa noite. Amanhã, se comentar algo, eu falo com ele.

Ele me olha por mais um tempo, mas não insiste, me abraça, e logo pegamos no sono.

Acordo com meu celular tocando e logo o desligo. Que preguiça! Olho para o lado e vejo que Gustavo ainda está dormindo. Acordo-o com beijos por seu peitoral, pescoço e, por fim, ataco sua boca. Ele corresponde, me abraça e começa a tatear todo meu corpo com as mãos. Fazemos amor de maneira preguiçosa e deliciosa — de todo jeito é bom.

— Bom dia, meu Anjo! Você está ficando insaciável, e estou adorando, mas temos que nos levantar.

— Hum... Não quero. — Beijo seu pescoço. Por mim, ficaria o dia todo assim com ele.

— Olha a dona Júlia — brinca e logo me bate a realidade.

— Você tinha que falar nessa mulher, logo agora? — pergunto desanimada e me espreguiço.

— Vamos, meu Anjo, o dever nos chama. — Levantamos e vamos tomar banho. Nós nos arrumamos e visto uma calça *jeans*. Não quero discutir com ele hoje, a notícia que me deu ontem me deixou muito feliz.

Ele me observa e dá um sorriso, mas não comenta nada — acho que também não quer estragar nosso momento perfeito. Pego a calça do trabalho e coloco na bolsa extra que estou levando; hoje é dia de aula no estúdio.

Ele está com uma calça *jeans* e uma camisa verde, fica lindo de qualquer jeito. Vou direto para a cozinha preparar um café rápido, que tomamos antes de sair. Entramos no carro e ele dá partida.

— Hoje não vou conseguir te buscar, meu Anjo, minha reunião com o Comandante é às onze horas. Depois tenho umas pendências da empresa para resolver, e à noite tem plantão. — Seu tom sai carregado de tristeza. Fico chateada, mas sei que agora será por pouco tempo.

— Tudo bem, vou direto para o estúdio de qualquer maneira. Não fique preocupado, Capitão, sei me cuidar, e quem seria maluco de mexer com a namorada do Capitão Torres?

Dá um sorriso todo satisfeito e beija minha mão repousada em seu colo.

— Espero que ninguém tenha coragem mesmo. Senão o bicho vai pegar! — Caímos na gargalhada, mas sei que ele não está falando isso de brincadeira.

Ele para o carro na porta do meu trabalho.

— Nos vemos amanhã, meu Anjo. — Puxa-me e me dá um beijo bem demorado. Nenhum de nós dois quer, mas temos que parar, então dou um último beijo e saio do carro. Ele fica me olhando até eu entrar e vai embora.

Ao fim de mais um dia de trabalho, vou direto para o estúdio. Dou minha aula e, quando termino, dou um pulinho na sala do Edu.

— E aí, como vai o melhor dançarino do mundo? — pergunto animada, estou me sentindo muito feliz hoje.

— Tudo ótimo, gata. E, pelo visto, com você também está, né?

— Como você sabe? — pergunto com um sorriso idiota no rosto.

— Nunca te vi assim tão empolgada e feliz.

— Isso é porque realmente estou muito feliz, Edu!

— Ganhou na Mega Sena?!

— Melhor que isso, Edu, eu ganhei o amor da minha vida!

— Uau! Agora fiquei com inveja, sua bruaca! — Ele arregala os olhos.

— Fica não, sua hora também vai chegar.

— Tomara que chegue com um gostoso igual ao seu. — *Ele não presta!*

— Tira o olho do meu Capitão! Vi primeiro!

— Nossa, toda possessiva! — Começa a rir.

— Vim só te dar um tchau, hoje estou cansada, já estou indo. — Dou um adeus com a mão e me viro para ir embora.

— Vai lá, fazedora de inveja!

Sorrio e continuo andando, quando ouço meu celular tocar. Vejo a foto dele adormecido na tela. Sim, eu tinha ficado com inveja da minha foto adormecida no celular dele e tirei uma dele também.

— Oi — digo, toda melosa.

— Oi, meu Anjo, já estou com muitas saudades.

— Eu também. E aí, como foi a reunião? — Sou muito curiosa e ansiosa, não iria conseguir esperar.

—Tudo certo, só preciso esperar que alguém entre em meu lugar e estou fora.

Quase dou um grito de alegria.

— E quanto tempo isso demora? — Cada dia que demorar a partir de agora será uma tortura.

— Não acredito que demore muito, no máximo uns dois meses.

Não resisto e dou um grito de felicidade. Ele começa a rir do outro lado.

— Eu estou muito feliz, Gustavo, você nem imagina.

— Eu imagino, sim, porque também estou, e o seu grito não me deixou dúvidas.

— Que bom que você também está feliz, não quero que faça isso só por mim — falo, para ter certeza que sua decisão não foi precipitada.

— Não é, meu Anjo, fica tranquila. Eu te amo, e isso é o que mais importa para mim, o resto vem depois. — Queria dizer agora *eu também te amo*, mas travo mais uma vez e fico muda ao telefone. — Você já está em casa? — Acho que pergunta isso para mudar de assunto.

— Ainda não, estou saindo agora do estúdio. — Eu me sinto um pouco mal com a situação.

— Então desliga, não é bom ficar de celular na rua, muito risco de assalto — comenta em seu modo Capitão.

— Ok, beijos, e estou com muitas saudades.

— Eu também, meu Anjo, mais tarde te ligo. Beijos nessa sua boca deliciosa! — Desligo o celular e ainda estou sorrindo quando saio do estúdio. Olho para cima e não, não, mil vezes não!

A MISSÃO AGORA É AMAR

CAPÍTULO 21

Lívia

Eu não acredito nisso, logo hoje que meu dia estava tão perfeito!

Não é possível que o Otávio ainda não tenha entendido que entre nós não existe mais nada. Irá ouvir umas verdades, minha paciência já se esgotou, que mala! Ele que começou isso tudo. Agora sei que nosso relacionamento não duraria muito tempo, eu estava vivendo uma mentira, e logo descobriria isso; mas ele deu uma ajudinha para acontecer mais rápido. Então, que saia do meu pé e me deixe em paz.

— Oi, minha linda, como você está? — pergunta próximo a mim. Eu me afasto um pouco para trás.

— Tudo ótimo, não poderia estar melhor. O que você quer, Otávio? — digo bem seca, e me olha confuso. Será que pensa que realmente o amo?

— Você está estranha, está acontecendo alguma coisa que eu não sei? — pergunta todo preocupado. Eu mereço!

— Quando você vai entender que não vou voltar pra você, Otávio? Acabou, para de ficar me ligando, enviando mensagens e vindo atrás de mim! Não quero e não vou voltar pra você, entenda isso de uma vez por todas.

Está bem sério, me olhando, acho que não gostou de ouvir o que eu disse. Que se dane, paciência tem limite.

— Sei que está mentindo só para me magoar.

— Não estou mentindo, Otávio, eu não te amo. Estou namorando outra pessoa, e é ele quem eu quero, é ele quem eu amo, entenda isso, por favor, e me deixe em paz! — meu tom está bem alterado e ele só fica me olhando, balançando a cabeça em negativa.

— Impossível! Eu não vou abrir mão de você assim tão fácil. Sei que não o ama de verdade, talvez você até esteja encantada com a novidade, mas logo sua ficha vai cair e vai perceber que sou eu quem você quer, e vou estar te esperando, meu amor!

— Você está obcecado com isso, Otávio. Já te perdoei, está tudo bem, pode seguir com sua vida. Minha ficha caiu no dia em que te mandei embora do meu apartamento. Eu nunca senti por você nem um terço do que sinto pelo Gustavo, eu o amo, e nada do que você diga vai mudar esse fato, é com ele que eu quero ficar.

Seus olhos estão marejados, e ele balança a cabeça em afirmativa. Ufa!

Até que enfim, entendeu.

— Eu te amo tanto, Lívia, minha vida simplesmente não tem sentido sem você ao meu lado. Sei o quanto te magoei e está muito machucada ainda. Vou te dar o tempo de que precisa e, no fim, sei que tudo vai dar certo — fala com as mãos na cabeça.

Oi? Como assim? Será que não ouviu nada do que eu disse? Ele está me assustando.

— Eu realmente acho que, para seu bem, você deveria me esquecer. Nunca tive tanta certeza em toda a minha vida. Gustavo é quem eu amo e sempre vai ser, entenda isso, pelo amor de Deus!

Passa as mãos pelo rosto, cabeça; está transtornado. Juro que estava evitando dizer isso, assim, mas ele tem que me deixar em paz de uma vez por todas; tem que parar de me procurar, precisa me esquecer e seguir com sua vida. O que tínhamos, acabou, e tem que aceitar isso.

— Eu vou tentar, Lívia, se é isso que quer, vou tentar. — Seu semblante, similar ao daqueles psicopatas que mudam a postura quando são acuados, me assusta. Seu rosto agora vestiu uma máscara de indiferença. Espero que ele realmente tenha entendido e que eu esteja vendo coisas de mais. — Eu vim aqui também para te dizer que o inventário saiu, você está liberada para vender a casa.

Respiro fundo para aliviar a tensão que estava sentindo. Pelo menos uma notícia boa. Parece que está tudo dando certo na minha vida, agora é vender a casa e começar a procurar um local para realizar meu sonho.

— Obrigada, Otávio, de verdade. — Apesar de tudo, não consigo sentir raiva dele, espero mesmo que ele me esqueça e siga com sua vida.

— Não por isso, espero que consiga realizar seu sonho, e se precisar de um advogado, sabe onde me achar — diz com sua máscara profissional.

— Pode deixar, eu agradeço e espero que você seja feliz e encontre seu caminho, Otávio.

Ele me olha bem sério, como se não acreditasse nas minhas palavras.

— Eu vou, Lívia, pode ter certeza disso. — Vira-se e vai embora. Que loucura! Sei que o tempo cura tudo, ele vai entender que nós dois não éramos para ser.

Sigo em direção ao ponto de ônibus, um tanto assustada com suas palavras. Não sei o que quis dizer de verdade, mas seja lá o que for, não faz diferença para mim.

Chego em casa e ligo para minha mãe, preciso dar a notícia a ela sobre

A MISSÃO AGORA É AMAR

o inventário.

— Alô...

— Oi, mãe, que saudades. — Como é bom escutar sua voz.

— Oi, filha, como vão as coisas, está tudo bem? — Mães e suas preocupações.

Conto a ela todas as novidades, inclusive meu namoro com Gustavo e meu novo emprego. Falo também do inventário, e ela fica feliz. Pede para eu ligar à imobiliária e que anunciem a casa. Despeço-me dela e digo que, assim que der, apareço e levo o Gustavo para que possa conhecê-lo.

Assim que desligo, meu celular toca de novo. É o Capitão mais gostoso do mundo.

— Oi...

— Oi, meu Anjo, e aí, como você está? Já chegou em casa?

— Sim, tem uns dez minutos, estava falando com minha mãe no celular.

— Pegou trânsito? Demorou para chegar?

E agora? Acho melhor dizer a verdade e virar de vez essa página.

— É que... — Eu me lembro de que vai trabalhar, e não quero deixá-lo nervoso. — Depois conversamos, Gustavo, não é nada de mais. E você, tem novidades?

Ele fica mudo no telefone por segundos.

— Estou indo até sua casa, Anjo — Seu tom é sério.

— Você não tem que trabalhar? — pergunto, estranhando sua atitude.

— Mais tarde, dá tempo, ainda está cedo, te vejo daqui a pouco. Eu te amo, beijos. — Nem me espera responder, desliga o telefone. Será que ficou bolado porque não completei o que iria dizer?

Ele não tem como saber o que iria dizer, eu é que estou muito chateada com essa situação do Otávio. Mas acho que agora entendeu e não vai mais me perturbar.

Vou para o quarto, recolho algumas roupas do cesto do banheiro, inclusive as dele, e as coloco na máquina. Dou uma ajeitada na sala e passo um pano por causa da noite de ontem, com toda aquela pizza. Ao terminar, decido tomar meu banho. Estou saindo do boxe quando ouço a campainha tocar sem parar. Só pode ser o Gustavo, com esse desespero todo. Enrolo-me em uma toalha e vou abrir a porta.

— Nossa, Anjo! Você precisa me dar uma chave; estou aqui na porta há um tempão e nada. — *Que exagero!*

— Não escutei, estava no banho.

Ele me abraça e começa a cheirar meu pescoço. Gustavo me suspende e, quando dou por mim, já estou em seu colo com as pernas em volta do seu corpo — a toalha quase caindo. Ele segue comigo para o quarto e se senta na cama.

— Seu cheiro é maravilhoso, meu Anjo. — Beija meu pescoço. Estou sentada em seu colo, de frente para ele. — O que você ia me dizer quando te liguei? — solta a pergunta quando menos espero. *Sério, agora?* Encara-me bem sério.

— Não acredito que veio até aqui por causa disso! E também não acredito que interrompeu nosso momento para fazer essa pergunta.

Continua me encarando.

— Eu sou seu namorado, Lívia, preciso saber o que se passa, e se você se negar a me dizer, tenho o direito de procurar saber. Sei que iria me dizer algo no telefone e mudou de ideia e assunto, não sou bobo, Lívia.

Não! Só neurótico. Tento me levantar do seu colo. Já que ele quer conversar, vou colocar uma roupa. Mas não deixa.

— A senhora vai ficar justamente onde está, não vai fugir de mim e nem de responder o que te perguntei.

Não acredito que vai fazer isso mesmo, e eu vou ter que ficar pelada falando com ele, quando poderíamos estar fazendo coisa melhor. Pego um travesseiro para me esconder, uma vez que a toalha ficou em algum lugar da sala ou do corredor.

— Anjo, não tem nada aí que eu já não tenha decorado, então, não precisa se esconder de mim, estou adorando a visão. — Retira o travesseiro da minha mão e coloca-o ao seu lado na cama.

— Não é nada de mais, Gustavo, eu já resolvi — tento convencê-lo, não quero falar do Otávio agora. Ele me olha ainda mais sério.

— E eu posso saber o que não é nada de mais, e o que você já resolveu?

Não tem jeito, vou ter que dizer o que houve.

— É só o Otávio, que apareceu hoje no estúdio, quando estava saindo.

— E você fala que é só? Que porra é essa?! — Ele me olha abismado. — O que esse cara ainda quer com você?! — Está muito exaltado, ainda bem que não falei nada por telefone.

— Ele colocou na cabeça que ainda temos volta e...

— E o que você disse?! — interrompe-me.

— Posso terminar?

Assente, e seu rosto só transmite raiva.

— Eu disse para parar de me procurar, que eu estou com você, e é com você que quero estar. Ele, no final, pareceu entender e foi embora.

A MISSÃO AGORA É AMAR

— Eu juro por Deus, se esse cara chegar perto de você de novo, eu vou encher a cara dele de porrada, e vai entender rapidinho. — A raiva exala em suas palavras.

— Não vai precisar, Gustavo, deixei claro minha posição para ele. Acho que não vai mais aparecer.

— Para o bem dele, espero que não apareça mesmo. — Solta o ar com força. Coloco as mãos em seu pescoço.

— Agora, será que posso matar a saudade do meu namorado estressadinho que pensa que é um lutador de MMA?

Sorri e me joga de costas na cama.

— Não estou te impedindo, meu Anjo — comenta com o tom mais tranquilo e aprofunda o beijo. Retira sua arma do cós da calça, estica a mão e a coloca sobre a mesa de cabeceira.

Eu retiro sua blusa, ele pega um preservativo na gaveta da mesa e começamos a fazer amor totalmente livres de dúvidas. Somos apenas nós dois.

Uma hora depois, me avisa que precisa ir, e minha angústia aflora só por saber que irá arriscar sua vida mais uma vez. Ele percebe minha mudança.

— Falta pouco, meu Anjo, e eu sei me cuidar, não fica assim, vai dar tudo certo, te prometo.

Sorrio para ele, tentando acreditar no que está me dizendo. Gustavo se levanta e vai para o banheiro, e eu continuo deitada. Ele sai de banho tomado e começa a se vestir; termina, pega sua pistola e se despede com um beijo, me deixando apenas com sua promessa de que se cuidará.

A semana voa e finalmente chega segunda-feira. Hoje eu começarei na empresa nova e voltarei para a faculdade também. Mas como tenho apenas uma matéria pendente, mais o TCC, só irei para a faculdade duas vezes por semana — esse último período será mais tranquilo para mim.

Vou para o trabalho. Depois do expediente, irei ficar um pouco na casa do Gustavo, para não chegar muito cedo à empresa. Aceitei sua sugestão, já que se fosse para casa, o horário ficaria muito apertado. Ele não estará lá, mas me deu uma cópia da sua chave.

Chego ao seu apartamento, que está muito vazio sem ele. É estranho ficar aqui sozinha, seu cheiro está em todos os lugares.

Tomo um banho e faço mais uma hora, depois, começo a me arrumar para o trabalho novo. Visto uma calça *jeans* e uma blusa branca que tinha trazido. Arrumo a bolsa onde levarei uma calça *legging* preta, um top e uma camiseta bem soltinha, junto com meu tênis.

— E aí, está pronta?

— Aahhh! Que susto, Gustavo! Quer me matar do coração? — pergunto com a mão sobre o peito, e ele ri de mim.

— Desculpa, eu pensei que tinha escutado o barulho da porta — diz, ainda sorrindo.

— Você não está em nenhuma operação, portanto, não precisa chegar de surpresa.

Ele me abraça e eu dou um tapa em seu braço.

— Ai, anjo! Você está ficando com a mão muito pesada — reclama.

Até parece.

— Não tinha que estar na empresa?

Pisca para mim e se aproxima mais, me dando um abraço.

— Michel chegou, e aí eu consegui sair. Vou te levar e fico te esperando.

— Não tem necessidade disso, Gustavo. Depois ainda vou para a faculdade, tenho que resolver algumas coisas lá e não sei a hora que vou sair.

— Sem problemas. Hoje e amanhã estou ao seu dispor, para me usar e abusar como quiser. Aproveita, Anjo! Além disso, estou com saudades, não nos vemos desde sábado de manhã. — *Mas é muito dramático.*

— Você deve estar cansado, fica descansando, não precisa ficar de motorista particular — tento convencê-lo.

— Claro que preciso, tenho que cuidar do que é meu. — Beija meu pescoço.

— Ok, Capitão, me convenceu. Então, vamos, não posso me atrasar no meu primeiro dia — digo toda animada. Estou cada vez mais assustada com meus sentimentos pelo Gustavo.

— Sim, senhora, seu desejo é uma ordem. — Pega a bolsa que eu tinha separado e saímos.

Quando chegamos à empresa, me identifico, e ele entra com o carro no estacionamento para funcionários, que é enorme, e estaciona em uma vaga.

— Espera aqui, Gustavo, a sala em que vou dar aula fica naquele prédio. — Aponto com o dedo. — Em, no máximo, uma hora, eu estou saindo. — Assente e me beija, pego a bolsa no banco de trás e saio do carro.

Chego ao prédio, me apresento na entrada e vou para o banheiro me trocar. Saio e avisto a sala que o rapaz da portaria indicou como sendo a da aula e, quando entro, surpresa e vergonha me acometem. A sala só tem homens, e todos estão de braços cruzados me olhando como se eu fosse alguma refeição e não comessem há uma semana. Respiro fundo e tento me concentrar no que vim fazer.

— Boa tarde, senhores, só um minuto, eu já volto. — Viro-me em direção à porta e escuto algumas piadas e assobios.

— Volta mesmo, gracinha, estamos ansiosos te esperando. — Que merda é essa? Que falta de respeito!

Saio da sala sem dizer nada e sigo até a entrada do prédio onde fica o rapaz que, por sinal, foi muito educado comigo.

— Oi. — Ele se vira para me olhar. — Desculpa te incomodar, é que estou com uma dúvida.

— Sim, se eu puder ajudá-la.

— Nenhuma mulher quis participar da minha aula?

Ele me olha confuso.

— Bom, só temos duas mulheres na empresa: a secretária do dono e a moça do RH. Claro, com você são três. — Sorri para mim.

Meu Deus, como será isso? Os caras são totalmente sem noção e não têm um pingo de respeito e profissionalismo, parecem um bando de vândalos sem controle.

— Eu sabia que essa ideia do senhor Gonzáles não iria dar certo. — Saio dos meus pensamentos com a voz do rapaz cujo nome nem sei. — Os caras são uns broncos, a maioria só está lá para fugir mais cedo do trabalho e agora que te viram, por sua causa, lógico.

Estou sem saber o que fazer, dou um sorriso sem graça para ele.

— É, eu vou ter que tentar, ver no que isso vai dar.

Sorri e balança a cabeça para mim, deve estar achando que sou louca de voltar.

— Corajosa, você!

Sorrio mais de nervoso do que de outra coisa e me afasto. Quando chego à porta, respiro fundo e entro.

— Boa tarde, senhores, meu nome é Lívia e sou a professora de alongamento. Vamos começar? Por favor, todos peguem um colchonete.

216 **CRISTINA MELO**

Eles me olham sem dizer nada, nem eu acreditei no tom sério e altivo de minha voz. Eles se encaminham para a pilha de colchonetes, cada um pegando um, e eu ligo o aparelho de som. Coloco uma música bem tranquila, própria para aula de alongamento e relaxamento.

— Vamos começar com os braços acima da cabeça, esticando lá em cima e contando até dez. — Estou bem séria e centrada. Olho no relógio de parede, e hoje, por conta da gracinha deles, só teremos trinta minutos de aula. Quinze minutos já se passaram e, quando penso que estou no controle, as piadas recomeçam.

— Oh, lá em casa!

Olho de cara feia, mas não funciona, começam os assobios de alguns. Vai ficar difícil! Bem na hora em que eu vou parar a aula, para esclarecimentos de como eles devem se comportar, a porta se abre.

— Mudança de professor! Eu vou dar uma aula pra vocês, agora!

Não acredito no que estou vendo, quer dizer, quem estou vendo. É o Gustavo, todo dono de si com os braços cruzados.

— Sai daí, deixa a professora gostosa, que está bem melhor!

Escuto vaias ao mesmo tempo em que o Gustavo puxa meu braço e me tira de dentro da sala. Quando chegamos ao corredor, disparo contra ele.

— Você está maluco, Gustavo? Como você faz uma coisa dessas? Estava no meio de uma aula!

Ele me olha sério.

— Cadê sua bolsa?

— Está lá na sala.

Ele se vira e volta à sala, sai em menos de um minuto com minha bolsa nas mãos, e me arrasta de mão dada pelo corredor.

— Tem mais alguma coisa sua nesse lugar? — Faço que não com a cabeça. — Ótimo! Porque é a última vez que coloca os pés aqui!

— Quem você pensa que é para agir dessa forma comigo, Gustavo? Quem decide isso sou eu. — Tudo bem que do jeito que estava indo a aula, eu não iria voltar mesmo, mas não vou admitir que ele decida isso por mim.

Continua me puxando até chegarmos ao carro. Ele para e me encara com os braços cruzados.

— Você não precisa dessa porra, Lívia! — Abre a porta do veículo e me acomoda dentro. Entra em seguida e arranca com o carro, todo nervoso. — Eu não vou admitir que você volte aqui. Aqueles imbecis estavam quase te agarrando, e que merda iria dar se eles resolvessem fazer isso?

A MISSÃO AGORA É AMAR

— Claro que isso não iria acontecer, Gustavo, estávamos dentro de uma empresa... Você viaja!

Faz cara de quem não está acreditando no que eu disse.

— Eu que viajo?! E se não tivesse vindo com você? Sabe-se lá se eles não te seguiriam... Não quero nem pensar nisso, Lívia, o mundo não é cor-de-rosa como você pensa.

Ele está extrapolando todos os limites. Falar que logo eu penso que o mundo é cor-de-rosa... Encaro-o com um olhar fulminante.

— Pare o carro, Gustavo! — exijo exaltada, e me olha como se não estivesse entendendo o que eu disse. — Está surdo?! — Nega com a cabeça.

— Não existe a menor possibilidade de eu te deixar no meio do caminho. Quer ficar de bico, pode ficar; sei que fiz o correto em te tirar daquele lugar — diz o senhor sabe-tudo.

Eu não falo mais nada ou sequer olho em sua direção. Estou muito puta da vida. Acho que estou mais chateada pelo fato de ter perdido o emprego. Não teria como trabalhar naquelas condições, e sei que Gustavo agiu por instinto para me defender. Talvez até eu, em seu lugar, faria a mesma coisa, mas não vou dar esse gostinho a ele.

— Você vai direto para a faculdade? — pergunta-me com o tom sereno e baixo.

— Vou para casa — digo seca. Eu só preciso resolver quais dias terei que frequentar. Farei isso amanhã; hoje o dia foi cheio e estou muito chateada, só quero chegar em casa.

Por mais um tempo ele não fala nada, e já estamos bem próximos ao meu prédio.

— Vou poder subir com você ou vai me deixar de castigo?

CAPÍTULO 22

Lívia

Continuo calada e olhando pela janela.

Não pergunta mais nada, simplesmente entra no prédio e para o carro em minha vaga. Desço assim que estaciona, pego minha bolsa no banco de trás e sigo em direção ao elevador. Trava o carro e vem atrás de mim, para ao meu lado e pega a bolsa da minha mão. Continuo em silêncio. Nem estou com tanta raiva da atitude dele, e sim, mais chateada com o fato de o emprego não ser aquilo que pensei. Poxa, eu criei várias expectativas, e agora estou decepcionada. E esse é meu modo de agir sempre que essas coisas acontecem: me manter em silêncio e querer ficar na minha até a poeira baixar.

— Vai me ignorar até quando? — pergunta, me tirando dos meus pensamentos.

O elevador chega e entramos. Ele também é muito impulsivo, precisa entender que não sou criança e preciso tomar minhas próprias decisões e resolver minhas coisas do meu jeito. Se não aprender a me dar espaço, mesmo que eu o ame, nossa relação não terá futuro — ninguém tem que ficar à mercê do outro. A vida a dois é feita de trocas, e ele terá que respeitar meu espaço e minhas decisões. Eu iria resolver o problema de hoje do meu jeito; não precisava ele ter sido tão visceral daquela forma. Não pode exercer a função de Capitão comigo, e em qualquer lugar que frequente.

Sinto seus olhos em mim o tempo todo. Não quero conversar agora, por isso ainda não respondi nada. Abro a porta do apartamento e caminho para o quarto. Entro no banheiro e tranco a porta. Sento-me no chão e fico pensando em um ditado que minha avó vivia me dizendo: "Quando a esmola é demais, o santo desconfia". Como pode uma empresa tão renomada ter funcionários tão primatas e sem um pingo de profissionalismo? Com certeza, retornarei para participar o ocorrido à direção da empresa. Tal comportamento é inadmissível em qualquer lugar, principalmente em uma empresa daquele porte. Foi uma total falta de respeito.

E com o Gustavo eu conversarei em breve. Sei que nosso relacionamento ainda é muito novo e não definimos todos os limites, mas terá de entender que não permitirei esse tipo de intromissão, principalmente no âmbito profissional. Precisa aprender onde começam os meus direitos e

A MISSÃO AGORA É AMAR

terminam os dele.

Tiro minha roupa e tomo um banho. Agora estou mais calma. Enrolo-me na toalha e saio do banheiro uma hora depois. Ele não está no quarto. Coloco um baby-doll, deito na cama e ligo a TV. Começo a assistir a um episódio do seriado que eu amo. O episódio já está quase no fim quando o escuto entrar no quarto. Continuo com minha atenção na TV, sem olhá-lo. Ele se senta ao meu lado na cama.

— Você pretende ficar quanto tempo sem falar comigo? — pergunta com as mãos em meu cabelo, fazendo um carinho tão bom! Olho em sua direção.

— Estou muito chateada com sua atitude, Gustavo. Eu já te disse isto: preciso ter o controle da minha vida e não vou aceitar esse tipo de atitude da sua parte — alerto em tom bem baixo. Ele não diz nada, apenas escuta, enquanto nos olhamos. — Já sou bem grandinha, e por mais que não pareça, eu sei me cuidar. Ficar me seguindo e agindo da maneira como agiu, me arrancando daquela sala, não é assim que se resolvem as coisas. Você precisa ter mais limites e saber respeitar minha opinião, caso contrário, vai ficar cada vez mais difícil nos entendermos e levar isso para frente.

— Primeiro de tudo, meu Anjo, eu não estava te seguindo, fui te levar naquele maldito lugar. — Reviro meus olhos com suas palavras. — Fui até o prédio para usar o banheiro que o porteiro me indicou; ao sair passei em frente à sala em que você estava dando aula, e escutei vários assobios. Juro que ainda fiquei um tempo ouvindo atrás da porta, tentando me controlar, mas quando escutei alguém te chamando de gostosa, meu sangue esquentou. Não vou escutar isso em relação à minha namorada e ficar quieto, queira você ou não. E se sou seu namorado, tenho o dever e a obrigação de te proteger e cuidar de você; assim como se puder, tentarei evitar que qualquer coisa ou alguém te faça mal. As pessoas vivem dizendo que é errando que se aprende, mas não é tão por aí assim. Se eu puder evitar que você passe por esses tropeços, vou fazer, porque eu te amo e não quero te ver sofrer de forma alguma.

Respiro fundo.

— Você precisa aprender a colocar mais o pé no freio, Gustavo, todo esse impulso e agressividade não vão funcionar comigo.

Espero realmente que ele se ajeite; me conheço e sei que tem coisas que não tolero, por mais que eu esteja apaixonada. Certos tipos de atitude não funcionam comigo, e ele precisa entender isso. Está deitado ao meu lado e eu, fazendo seu braço de travesseiro — nem sei como chegamos a essa posição. Ele está sem camisa e só de cueca. Pelo cheiro do sabonete diferente, tomou banho no outro banheiro.

— Eu juro que vou tentar, meu Anjo. — Beija meus cabelos.

— E eu espero que você consiga, pelo nosso bem, Capitão. — Eu recosto a cabeça em seu peito e dou o *play* para voltar a assistir o seriado.

Ele não fala nada e me dá mais um beijo.

— Jura que você gosta de assistir isso?

Dou um sorriso. Ele não tem jeito mesmo: se metendo no que eu estou vendo.

— Eu amo, e não fala mal do meu seriado. — O clima já está mais leve e eu, bem mais confortável em seus braços.

— Nossa, Anjo, que coisa horrível esses zumbis!

— Já disse para não falar mal e não acredito que logo você, "o Caveira", está com medo de uns zumbis.

— Claro que não estou com medo, só achei que você assistisse outro tipo de seriado. Isso é muito bizarro. — Apoia o nariz no meu cabelo.

Começo a rir em seu peito, e a paz volta a reinar.

Um mês depois...

As coisas estão indo bem, graças a Deus. Tudo está calmo e eu, cada dia mais feliz e ansiosa para chegar logo o dia em que o Gustavo sairá do Bope. Cada vez que ele sai para uma operação, meu coração se aperta. Nosso relacionamento está cada dia mais firme, e ele vive fazendo de tudo para me agradar. Dormimos juntos todas as noites, quando não está de plantão. Não conseguimos ficar longe um do outro. Quando ele consegue sair cedo da operação, vem direto para cá; ou nos dias em que eu não tenho estúdio ou faculdade, vou para a casa dele. Ambos temos a chave da casa um do outro.

A casa em que morava com os meus pais já foi colocada à venda, e eu e Bia estamos fazendo vários planos, inclusive vendo alguns possíveis lugares para montar nossa academia. Sei que é precipitado procurar algo sem ter o dinheiro, mas o corretor da imobiliária disse que várias pessoas estavam interessadas na casa, e que é questão de tempo vendê-la, uma vez que a localização é excelente.

É quinta-feira, e eu estou saindo do estúdio e indo para casa. Acertei tudo na faculdade e só preciso ir lá uma vez por semana, fazendo a orientação on-line mesmo. Meu telefone toca.

— Oi, Bia — atendo, já entrando na van.

— Oi, amiga, achei um espaço maravilhoso! A localização é ótima, você precisa passar aqui para ver.

Chegamos a visitar vários lugares, sem que nenhum tenha nos agradado.

— Eu ainda não cheguei em casa, onde você está?

— Estou aqui no local, o moço está me mostrando. Desce aqui, amiga, é naquela rua da lanchonete de que gostamos, número 45. Eu te espero aqui. — *Mas é muito afobada!*

— Ok, sim, senhora, daqui a uns dez minutos estou aí. Beijos.

— Estou te esperando, não demora. Beijos! — *Maluca!*

Desço no ponto da rua que ela me informou por telefone, e quando estou me aproximando do número, já a vejo no portão.

— Ela chegou! — Bia fala toda empolgada.

— Oi, boa tarde. — Aperto a mão do senhor que está ao seu lado.

Entramos no local, e uma vez dentro, já imagino tudo direitinho. Tem o espaço perfeito para a academia e o estúdio. Eu amei; Bia estava certa: é perfeito! Tanto a localização quanto o espaço. Agora não sei o que dizer e fazer; ainda não vendi a casa, então, como pagaremos pelo espaço? A Bia tem um terço do valor guardado, e eu, umas economias, mas ainda irá faltar uns sessenta por cento, fora toda a reforma necessária. Mas se garantirmos o espaço, pelo menos, podemos esperar a venda ser concluída para começar a reforma.

Explicamos nossa situação para o senhor, que é o dono, e ele nos garante que se aparecer outra pessoa querendo fechar, nos informará. E quando tivermos resolvido tudo, nos dará preferência na venda. Acha muito legal duas jovens batalhando para ter seu próprio negócio. Disse que também começou assim e conquistou tudo o que tem com muito sacrifício.

Ficamos ali uma hora batendo papo com ele, que parece ser muito carente de atenção. Trocamos nossos números de telefone, cheias de esperanças de que tudo vá dar certo.

— É perfeito, Bia! — falo com muita esperança.

— E eu não sei; por isso insisti para você vir.

— É, amiga, agora é rezar para que tudo dê certo — digo enquanto subimos a rua.

— Vai dar, amiga, tenho certeza. — Bia sempre foi muito positiva em relação a tudo, e amo isso nela. — O seu Capitão trabalha hoje?

— Disse que não. Por quê?

— Michel também não. Nós podíamos ir naquele barzinho novo que abriu aqui perto, tem pista de dança e tudo, o que acha?

— Acho uma ótima ideia, só preciso ver com o Gustavo, e te falo daqui a pouco.

Ela fica empolgada, adora uma farra.

— Então aguardo você, me liga para eu falar com o Michel.

Estamos em frente à sua rua, ela atravessa e me dá tchau. Eu continuo mais uns cinco minutos até meu prédio. São quase sete da noite, a hora passou rápido. Entro em casa e vou direto tomar banho, e logo escuto o Gustavo.

— Anjo, cheguei! — Entra no banheiro, só de cueca, retira-a e entra no boxe comigo.

— Chegou na hora certa, Capitão!

Ele me dá um beijo e eu entrego a esponja para ele esfregar minhas costas.

— Quer dizer que só sirvo para isso? — pergunta-me, se fingindo de zangado, e sorrio.

— Claro que não! Serve para outras coisas também, tipo: fazer o jantar, trocar a lâmpada, me esquentar no frio... — Ele me vira e me cala com um beijo.

— Você é muito cara de pau, senhorita — acusa-me sorrindo, com seu corpo totalmente colado ao meu. — Vou te mostrar que outra utilidade eu tenho.

— Essa é a melhor de todas!

Gustavo me suspende e já estou com as pernas em volta dele, que me beija loucamente. Ele me coloca um pouco no chão, sai do boxe e pega um preservativo, e logo voltamos à mesma posição. Fazemos amor em total entrega, como ocorre todas as vezes em que estamos juntos.

Saímos do banho e nos enrolamos nas toalhas.

— Capitão?

— Hum... — Está mexendo na gaveta que lhe dei, para e me olha.

— A Bia perguntou se não gostaríamos de ir a um barzinho aqui perto, com ela e o Michel.

— Você quer ir? — Arqueia as sobrancelhas.

— Eu gostaria, se não estiver muito cansado.

— Para você eu nunca estou cansado, Anjo. — Ele sorri para mim.

Sorrio e o abraço.

— Vou ligar pra ela, então, para avisar que vamos.

Saímos de casa uns quarenta minutos depois. Chegamos ao bar, que

A MISSÃO AGORA É AMAR

está bem movimentado. Pegamos uma mesa próxima à pista de dança e nos sentamos. Eu e Bia pedimos dois chopes, eles pedem refrigerantes e petiscos. O povo não deve entender nada.

As músicas são bem variadas e a banda que toca, muito boa. Começamos a bater um papo animado, até que a linguaruda da Bia começa a falar o que não deve.

— Vocês não vão acreditar, meninos!

Eles se olham e nos encaram tentando entender o comentário.

— Nós conseguimos o espaço hoje, é maravilhoso, perfeito para nosso negócio — conta toda animada, e eles sorriem satisfeitos. Logo em seguida, Gustavo me encara com aquele olhar de *Quando iria me contar?*

— Não conseguimos nada ainda, Bia. Nós só vimos o local hoje, quando cheguei do estúdio, e não temos como fechar nada, você sabe disso — falo para ver se ela muda de assunto. Aqui não é hora de falar disso, além de não ter nada certo ainda.

— Mas vamos, Lívia, o Sr. Cristóvão disse que esperava, você é muito pessimista!

— Pé no chão é diferente, Bia. — Reviro os olhos e faço uma careta para ela.

Michel e Gustavo estão assistindo à nossa "discussão".

— E vocês gostaram do local? — Gustavo pergunta.

— Amamos! — respondemos juntas.

— E? — pergunta.

— É que ainda não vendemos a casa e não tenho uma previsão de quando isso vai acontecer. O corretor disse que não demora, mas não é nada certo.

— E de quanto vocês precisam? — pergunta com as mãos sob o queixo.

— É muito! Mais de 100 mil.

— Temos quarenta por cento do dinheiro e faltam ainda 110 mil para a compra do imóvel — Bia responde na minha frente.

Gustavo olha para Michel, que assente.

— Podemos emprestar a grana pra vocês, se é esse imóvel mesmo que querem. Não seria legal perder o negócio.

Bia me olha e sei que ela está sem graça e arrependida do que disse.

— Não precisa, Gustavo, nós podemos esperar, obrigada — digo, olhando para Bia que não sabe onde enfiar a cara.

— Nós podemos emprestar sem problemas, meu amor — Michel fala para a Bia.

— Nem pensar, esquece o que eu disse.

— Lívia, temos dinheiro parado na conta. Quando você vender a casa, nos devolve, simples assim, e vocês não perdem o negócio — Gustavo fala como se estivesse me emprestando dez reais.

—Vou conversar com a Bia e, se precisar, eu te falo. Agora vamos dançar. — Puxo-o até a pista de dança para fugir do assunto.

— Anjo, eu não sei dançar, é sério — diz.

— Claro que sabe, é só se deixar levar pelo ritmo, eu te ajudo.

Está tocando um pagode, e eu começo a dançar colada a ele. Ele é todo duro, não sabe nem os passos básicos: dois pra lá e dois pra cá.

— Aiiiii... — reclamo quando pisa no meu pé pela segunda vez.

— Desculpe, Anjo, te disse que não sabia — se desculpa todo sem graça, e eu desisto de dançar e o puxo de volta à mesa.

— Você vai ter que entrar na aula do Edu, urgente!

Ele me olha e faz uma careta, como quem diz nem pensar.

— Eu não posso ter um namorado que não saiba dançar, você vai, sim — digo como se já estivesse resolvido.

Ficamos mais uma hora e vamos embora, temos que trabalhar no dia seguinte. Chegamos em casa, tomamos banho e deitamos como sempre, bem agarrados um ao outro...

Já estou super mal-acostumada com esse modo de dormir. Quando ele não está, durmo muito mal. Esse Capitão me viciou... Ele me dá um beijo no pescoço, e logo apagamos.

A MISSÃO AGORA É AMAR

CAPÍTULO 23

Lívia

Uma semana depois...

Estou saindo do trabalho quando meu celular toca. Olho e vejo que é o número do corretor.

— Alô.

— Oi, aqui é o Paulo, o corretor da imobiliária.

— Sim, pode falar. — Tomara que seja notícia boa.

— Estou ligando para falar que fechamos negócio na casa. — Nem acredito, que coisa boa!

Ele me passa todos os detalhes e diz que, no máximo em quinze dias, tudo vai estar resolvido e o dinheiro, na minha conta. Agradeço e desligo. Ligo para minha mãe e conto a novidade. Ela fica muito feliz e pede para eu avisá-la quando precisará vir para assinar os documentos. Ontem mesmo o Gustavo insistiu muito para que eu aceitasse o dinheiro emprestado e lhe respondi que esperaria mais um pouco ou, pelo menos, até que o Sr. Cristóvão me ligasse. E hoje o corretor liga e diz que a casa foi vendida. Estou muito feliz, sei que meu sonho e o da Bia se tornará realidade. Tenho que ligar para ela.

— Bia.

— Oi, amiga, tudo bem? — Agora vai ser uma oportunidade boa de pregar uma peça nela.

— Mais ou menos, você pode ir lá em casa daqui a meia hora?

Silêncio.

— Amiga, o que houve, aconteceu alguma coisa? — pergunta toda preocupada.

— Aconteceu, mas só vou te falar pessoalmente. — Seguro ao máximo a vontade de sorrir, ela está tensa do outro lado.

— Lívia, estou preocupada, é alguma coisa séria? — Sinto pelo seu tom de voz que está nervosa e agoniada.

— Muito sério, mas não posso falar agora, beijos. — Desligo o telefone. Nossa, ela deve estar muito curiosa e intrigada, mas vou dar só uma sacaneada nela, já me fez várias.

Entro na van e ligo para o Gustavo, que atende no terceiro toque.

— Oi, meu Anjo, tudo bem? — atende preocupado. Quase nunca ligo para ele a essa hora, com medo de atrapalhar seu trabalho.

— Mais do que bem! Tenho uma novidade ótima.

— Que novidade? — pergunta com medo. *Eu, hein, o que será que está pensando?*

— A casa foi vendida!

Escuto uma respiração forte do outro lado, será que está tudo bem com ele?

— Então é isso? — Seu tom é desanimado.

— O que estava achando? — pergunto, curiosa com sua reação.

— Nada, meu Anjo, que novidade boa! Parabéns! — diz tentando mostrar entusiasmo, mas não consegue.

— Não liguei em boa hora, né? À noite conversamos melhor.

— Não é isso, você pode me ligar a hora que quiser. — Está esquisito, mas depois falo com calma com ele.

— Ok, Capitão, agora vou desligar, já vou descer no meu ponto e você também precisa trabalhar. Até mais tarde, beijos.

— Beijos — é só o que me diz e desliga.

Chego em casa correndo, pego um espumante e coloco no congelador. Peço ao Sr. João para me avisar quando a Bia chegar.

Assim que ela chega, estou de banho tomado.

— Lívia! — já entra me chamando.

Saio da cozinha estourando o espumante, fazendo-a levar um susto.

— Está maluca?! — Mostro a garrafa para ela, que faz uma careta de quem não está entendendo nada.

— A casa foi vendida, Bia! Nosso sonho agora é real!

— Aahhh, não acredito! — Ela me abraça e ficamos pulando feito duas loucas, numa felicidade só.

Gustavo chega e encontra a mim e à Bia ainda fazendo planos de como será a academia. Qual será nosso foco, que materiais usaremos, esse tipo de coisas. Não conseguimos parar de sorrir, acho que por felicidade, e culpa também do espumante — a garrafa já está vazia. Ele vem em minha direção e pulo em seu pescoço toda alegre. Ele me beija e me dá os parabéns de novo. Bia se despede e vai embora, volto minha atenção para Gustavo e pergunto por que estava chateado ao telefone.

— Nada, Anjo, eu pensei que fosse outro tipo de novidade, tipo: que você estivesse grávida.

É louco ou o quê? Não tem como isso acontecer, sempre nos precavemos. E eu nem penso na possibilidade de ter um filho agora.

— Está brincando?

— Não — nega, e vejo que realmente é sério, vou interná-lo!

— Sei que um filho agora não está nos seus planos, Gustavo, nem nos meus, fica tranquilo. — Ele me olha sério. — Que foi, falei algo de errado? — pergunto, e afirma com a cabeça.

— Um filho, ainda por cima com você, sempre vai estar nos meus planos, meu Anjo.

É maluco, agora tenho certeza. Estamos juntos há, sei lá, três meses, e ele vem me falar em filho. Eu quero ser mãe e gostaria muito que ele fosse o pai, mas no futuro.

— Fico feliz que você pense assim, Gustavo, mas agora não é o momento — finalizo o assunto e assente. Então, pulo em seu colo. Terminamos a noite como se deve: nos amando muito!

Um mês depois...

Fechada a compra do espaço, pretendemos abrir nosso negócio em, no máximo, três meses. Minha vida está uma loucura, saio direto do trabalho e, com a Bia, vamos pesquisar e comprar materiais para a obra, além de estar envolvida com o trabalho de conclusão da faculdade — tudo ao mesmo tempo. No entanto, sei que no fim valerá a pena. Ando exausta, e o Gustavo, coitado, quase não estou conseguindo lhe dar atenção direito, mas ele sabe os motivos e me apoia em tudo.

Esse mês passou muito rápido, o Gustavo me falou que essa será a última semana dele no Bope. Ainda não consigo acreditar, é possível uma pessoa ser tão feliz como eu estou? Isso me assusta bastante, mas só tenho a agradecer a Deus por tanta felicidade. A Bia também está superbem com o Michel, ele parece amá-la de verdade, e eu estou muito feliz por eles.

Estou morrendo de saudades da minha mãe. Desde a assinatura do documento da casa não a vejo, e isso já tem uns vinte dias. Ela ficou encantada com o Gustavo, que fez questão de puxar o saco da sogra. É só elogios para ela. Fico feliz com o fato de terem se dado bem, mas também, quem não se der bem com minha mãe, não se dá bem com ninguém — ela é a melhor pessoa que conheço.

Daqui a uma semana, entrarei de férias no trabalho. Estou com férias vencidas, e a dona Júlia não se manca. Tive que praticamente impor a ela que tiraria férias. Não poderei largar meu emprego até que as coisas no nosso estúdio comecem a andar com as próprias pernas. Preciso de mais tempo livre para resolver as pendências da obra; tudo nas costas da Bia é sacanagem.

Hoje é sábado, e quero ficar o dia inteiro à disposição do meu Capitão. Estou sentindo tanto sua falta! Por mais que durmamos juntos quase todas as noites em que ele não trabalha, vivo tão cansada que não estou lhe dando a atenção que merece.

— Eu vou ficar mal-acostumado desse jeito.

Saio dos meus pensamentos com sua voz ainda de sono. Ele chegou quase às cinco da manhã do plantão, e eu me dei ao luxo de sair ontem do trabalho e ficar aqui na casa dele. Resolvi que esse sábado será só nosso.

— Estava fazendo seu café e ia trazer para você na cama. Quem mandou estragar a surpresa, Capitão? — Faço um biquinho de quem ficou chateada. Sorri, me abraça e beija meu pescoço da forma que só ele sabe.

— Não existe surpresa melhor do que acordar e ver a mulher que amo ao meu lado na cama ou na minha cozinha preparando o café da manhã.

Sorrio com sua declaração. Ele sabe como me fazer sentir a mulher mais amada e especial do mundo.

— E, com certeza, não existe namorado melhor que você, Capitão.

Ele me olha com um sorriso que ilumina seu rosto, me suspende e me coloca sentada na bancada da pia.

— Fico feliz que você pense isso, meu Anjo e amor da minha vida.

Sua boca cobre a minha, suas mãos retiram a parte de cima do meu baby-doll. Os lábios descem para meu pescoço e logo para os meus seios, como se eu fosse o seu café da manhã. Com os dedos entre seus cabelos, meus gemidos se misturam aos de Gustavo. Ele passa os dedos pelo elástico do meu short-doll, e eu já sei o que quer; levanto um pouco o quadril para que possa retirá-lo. E ele o faz de uma só vez, fica entre minhas pernas e, com uma das mãos, abre o armário que fica acima de onde estou sentada, pega um pote de creme de avelã, abrindo-o em seguida. Com o indicador, pega um pouco e passa sobre meus lábios e me beija, saboreando e limpando o creme que acabou de colocar; em seguida, passa um pouco em meu pescoço, seios, abdome. Quando já estou toda lambuzada, ele volta para o pescoço de novo, limpando com beijos e sugando o creme delicadamente com sua língua. Continua com sua doce tortura bem devagar; meus

A MISSÃO AGORA É AMAR

229

gemidos saem sem controle, entregando minha excitação. Ele para por um instante e me encara; nos seus olhos eu vejo paixão, desejo e amor.

— Não existe café da manhã melhor do que esse, meu anjo. Você é a melhor coisa que me aconteceu. Quero e preciso ter você em minha vida desde aquela noite em que nos conhecemos, quando olhei em seus olhos... Você parecia desvendar minha alma só com o olhar, e eu não conseguia desgrudar dele. Me prendeu naquele momento, e ali eu soube que você seria meu anjo, minha salvação ou minha perdição. Você preencheu todo o vazio que existia em minha vida, e não quero que este retorne. Não sofremos pelo que não conhecemos, e agora que a tenho, não sei mais como viver sem você. Só me diga que é assim que se sente também, porque, por você, eu vou do céu ao inferno sem pensar um milésimo de segundo sequer.

A emoção me domina, e meus olhos se enchem de lágrimas. Disse cada palavra me olhando profundamente, eu vejo amor e desespero ao mesmo tempo.

— Também não me imagino sem você, Gustavo. Sinto pavor cada vez que sai para uma operação, e total desespero só de pensar em te perder ou ter que ficar longe. Eu não sei como seria minha vida sem você, Capitão, e por mais que tenha lutado contra esse sentimento, sei que você também me prendeu naquela operação quando nos olhamos, e sei que minha pena é perpétua, eu...

Ele me cala com um beijo maravilhoso bem na hora que ia dizer que o amo, mas acho que já sabe disso. Nós nos beijamos com desespero, minhas pernas estão em volta de sua cintura, ele me levanta da bancada e começa a caminhar comigo em seus braços.

— Te quero na minha cama, meu anjo, lá é seu lugar. — Volta a me beijar enquanto caminha comigo em seus braços.

Deita-me na cama e já vem por cima de mim, pega um preservativo e está dentro de mim com os olhos presos aos meus. Fazemos amor bem devagar, como se quiséssemos que esse momento durasse para sempre. Atingimos o ápice juntos, e ficamos um tempo ainda abraçados, um sentindo ao outro. Eu não posso mais viver sem ele, meu corpo e coração lhe pertencem, e sei que não haverá outro por toda a minha vida.

— Capitão, preciso tomar café, estou com fome, você sugou todas as minhas energias.

— Pode deixar que vou trazer o café pra você, meu Anjo — sorri com a boca em meu pescoço —, preciso que você fique bem alimentada para aguentar nossa maratona.

Arqueio as sobrancelhas enquanto me encara com uma cara de safado.

— Como assim, maratona? — me faço de inocente.

— Você sabe muito bem. Está detida para averiguações e não vai sair dessa cama sem que me dê os devidos esclarecimentos — finge um tom sério.

— E eu posso saber do que estou sendo acusada, Capitão? — pergunto com um tom sexy, entrando na brincadeira. Ele sorri e se ajoelha no colchão ao meu lado.

— Você está sendo acusada de ser muito gostosa. — Passa o indicador pelo meu corpo lentamente. — De provocar uma autoridade com esse corpo e essa bunda deliciosa. — Coloca uma das mãos sob minha bunda e a aperta, me fazendo gemer.

— Acho que o senhor está fazendo acusações descabidas, e se isso realmente aconteceu, deveria ter me prendido no dia. — Dá um sorriso de lado muito sexy. Eu me levanto e fico na mesma posição que ele, encarando-o de frente.

— Nunca é tarde para capturar um, no caso em questão, *uma* foragida, e vejo que a senhora não mudou nada, continua atrevida. Sinto muito, mas eu tenho que revistá-la. — Olha-me e sei que está adorando a brincadeira, assim como eu.

— Acho que não tenho onde esconder nada, Capitão — falo num tom desafiador e sexy ao mesmo tempo. Ele pisca para mim e em seguida cola sua boca em meu lóbulo.

— Nunca se sabe onde esses criminosos podem esconder armas ou qualquer tipo de coisas ilícitas, então, tenho que revistá-la, é o correto a se fazer. — Seu tom é firme e baixo ao mesmo tempo, e eu estou muito excitada.

— Mãos ao alto, senhora — diz impetuoso, assumindo a postura de Capitão.

Eu não penso duas vezes e ergo minhas mãos acima da cabeça, logo suas mãos tocam as minhas e lentamente descem por meus braços, eriçando cada pelo do meu corpo...

Ele desce por meus seios, circulando-os com os dedos e apertando-os um de cada vez com maestria, sua boca se une à minha, mas não a beija. Meus lábios se abrem instintivamente, esperando os dele, que não chegam. Ele está levando a brincadeira a sério mesmo. Suas mãos continuam em meus seios, me levando ao limite.

A MISSÃO AGORA É AMAR

231

— Preciso ter certeza de que não existe falsificação aqui, isso agravaria sua pena. — *Porra! O que ele quer: me enlouquecer? Está conseguindo.*

Sei que vê a excitação em meus olhos e morde o lábio inferior. Suas mãos descem bem devagar até meu abdome e param ali.

— Por favor, senhora, pode abrir as pernas? Preciso revistá-la e não gostaria de usar a força.

Abro na hora. Isso está muito bom, eu estou queimando, a ponto de sucumbir de tão excitada. Sua mão desce pela lateral do meu corpo e vai até meu joelho, evitando meu centro, que tanto a anseia. Que safado! Está me provocando.

— Como o senhor pode ver, não estou armada — provoco-o também, e sorri, passando o nariz por meu pescoço.

— A senhora está com muita pressa, ainda não terminei. Nunca se sabe onde podem esconder certas coisas. — Uma das mãos, enfim, toca em meu centro, mas permanece parada, sem fazer nenhum movimento, seus olhos queimam os meus. — Parece que está tudo certo.

Eu vou matá-lo se continuar me provocando assim, estou a ponto de entrar em erupção.

— Acho que o senhor deveria averiguar mais a fundo, nunca se sabe.

Sorri, surpreso com minha resposta.

— A senhora tem razão, acho melhor tirarmos a dúvida. — Enfia um dedo dentro de mim, e gemo deliciada com a sensação. Envolvo seu pescoço com as mãos para aproximar mais nosso contato e ele para na hora o movimento que fazia. — Mãos ao alto, senhora, ou vou ter que algemá-la — exige, bem sério, e imediatamente levanto as mãos de novo. — Ainda não defini bem se você está realmente sem provas incriminatórias. Preciso averiguar bem devagar e com muito cuidado. — Enfia mais um dedo, e gemo mais.

— A senhora está muito alterada — constata bem próximo da minha boca, e tento beijá-lo, mas se afasta antes que consiga. — Já deveria saber que tentativa de suborno não funciona comigo — sussurra e continua a tortura com seus dedos, até que não consigo mais segurar e...

— Gustavo! — grito seu nome ao chegar ao clímax.

— Porra, Anjo! Você me enlouquece e a cada dia me surpreende mais.

— Pega um preservativo e me entrega. Cubro toda sua ereção até a base, ele me vira e me coloca de quatro sobre a cama e me penetra com tudo. Uma mão agarra meus cabelos formando um rabo de cavalo, e a outra apoia-se na base da minha coluna. Penetra-me cada vez mais fundo, estou adorando cada momento, e sinto que meu gozo se aproxima novamente. Gemo sem controle, meu corpo começa a enrijecer e Gustavo está cada vez mais rápido e mais fundo.

— Goza para mim, meu Anjo! — Seu comando é minha perdição, me desmancho em mil pedaços. Ele dá mais duas estocadas e goza também.

Caímos juntos na cama e ficamos só com nossa respiração, que ainda está acelerada.

— Agora perdi o resto das forças que ainda tinha, Capitão — comento exausta, e ele me beija.

— Vamos tomar um banho, e depois vou preparar um lanche para nós. — Levanta-se, me puxando junto com ele.

Entramos no banheiro e tomamos banho. Visto outro baby-doll, já que aquele ainda está na cozinha, e me deito na cama. Estou cansada e com muita preguiça. Ele me olha e sorri, vem em minha direção e me beija.

— Eu já volto, meu Anjo. — Gustavo se vira e sai do quarto.

Passamos o dia inteiro assim, de preguiça no quarto. Se eu achava bom ficar em casa assistindo aos meus seriados e comendo porcarias, com ele ao meu lado é muito melhor. Vemos alguns filmes, fazemos mais amor, comemos... estamos praticamente hibernando dentro desse quarto, e eu não quero outra vida e nem estar em outro lugar que não seja esse. Tudo está tão perfeito e maravilhoso que me dá medo.

Passamos o domingo também de forma maravilhosa. Fomos ao cinema ver um filme de guerra que tinha estreado e que ele estava louco para assistir. Eu reclamei, mas até que gostei do filme. Passamos em meu apartamento rapidinho, para pegar algumas coisas, e voltamos para o apartamento dele. Como irei trabalhar no dia seguinte, ali poderei acordar um pouco mais tarde. Estou mal-acostumada com todos esses mimos do Gustavo. Quando chegamos à casa dele já está bem tarde, então tomamos um banho e apagamos.

A semana passa voando, e quando dou por mim, chegou sexta-feira. Hoje será o último dia de trabalho do Gustavo no Bope. Não posso acreditar que esse dia finalmente chegou: será sua última operação e minha última preocupação. Tudo agora será muito melhor do que já é, se é que é possível. Nosso relacionamento não poderia estar melhor, sou a mulher mais feliz de todo o mundo. Minha academia ficará pronta em, no máximo, um mês. A partir de segunda-feira, eu entrarei de férias no trabalho e terei mais tempo para acertar todos os detalhes da obra, e meu Capitão será só meu mesmo.

Não consigo parar de sorrir no trabalho, e nem o fato de ter que ficar aqui até às dezessete horas consegue me estressar. Combinei com o Gustavo de ele ir para casa assim que sair da operação; quero preparar algo bem romântico para comemorarmos. Tenho também que terminar de ver uns portfólios para definir os últimos detalhes da decoração da academia. Quero que tudo fique perfeito e, para isso, preciso dar ok para a Bia até segunda-feira.

Saio do trabalho e passo em uma confeitaria que amo, perto do trabalho. Vou comprar uma torta que terei de carregar no ônibus, mas valerá o sacrifício. Dirijo-me direto ao balcão; a menina até já me conhece — estou sempre por aqui.

— Oi, tudo bem? Sabe a torta de nozes que eu e meu namorado sempre compramos? — Confirma com a cabeça. — Eu quero uma pequena, se tiver; é que estou de ônibus hoje, mas mesmo assim quero muito levar. Estou planejando uma surpresa, e ele ama essa torta, não pode faltar. — Pisco, e ela sorri com meu entusiasmo.

— Só um minutinho que acho que ainda tem lá dentro. Se tiver, eu já embalo e a trago para você.

— Muito obrigada! — agradeço toda feliz. Ela se vira, sai, e eu fico aqui no balcão com cara de boba.

— Lívia? — Escuto uma voz que, infelizmente, sei de quem é. "Não vai estragar meu dia, não vai estragar meu dia..." é meu mantra ao me virar.

— Oi, Otávio, como vai? — cumprimento somente por educação.

— Eu estou bem, e você? — pergunta com o tom bem tranquilo.

— Nunca estive melhor. — Dou um sorriso forçado. Parece praga encontrar com ele logo hoje.

— Coincidência! Eu estava visitando um cliente aqui perto e entrei para tomar um suco.

Coincidência para ele, azar para mim. Continuo calada, não quero prolongar a conversa.

— Me acompanha? — oferece, toda educação, jogando seu charme fajuto para cima de mim. É só o que faltava.

— Não, obrigada, estou com um pouco de pressa — respondo bem seca, para ver se ele se manca.

— Só um suco, pelos velhos tempos. Eu já entendi que você não quer mais nada comigo e que está bem com outra pessoa. Fique tranquila, vai ser um suco entre amigos, bem rápido, não vou tomar seu tempo. — Está com aquela cara de pobre coitado.

Puta merda, ele realmente tem o dom das palavras, sabe como convencer qualquer um. Quer saber, vou tomar esse suco o mais rápido possível para me livrar logo dele. Do jeito que é, vai insistir e usar mais e mais argumentos até eu aceitar. Não estou a fim de ouvir suas ladainhas.

— Ok, Otávio, só um suco.

Assente sorrindo, todo satisfeito. Em seguida pede dois sucos de laranja para a outra menina que atende no balcão. Sabe que é o meu preferido.

— E aí, já conseguiu vender a casa? — pergunta, querendo puxar assunto.

Passo a mão pela testa. Eu prometi que hoje nada me tirava do sério.

— Sim — respondo na mesma hora em que os sucos chegam, e nada da menina com a minha torta, que demora!

A moça coloca os sucos em cima do balcão, e eu olho na direção da porta em que a outra menina entrou. Se ela demorar muito, terei de ficar aqui o aturando.

— Lívia, seu suco. — Ao me virar em sua direção, está com os dois copos nas mãos e me entrega o meu.

— Amigos? — Ergue o copo para fazer um brinde.

— Amigos — digo sem vontade, para me livrar logo dele, e viro o suco quase que de uma vez só enquanto Otávio me dá um sorriso e balança a cabeça. A menina chega com minha torta embrulhada, graças a Deus!

— Aqui, desculpe a demora. É que o confeiteiro estava terminando de fazer.

— Sem problemas, obrigada pela atenção.

Ela sorri e vai atender outro cliente.

— Eu preciso ir, Otávio, até qualquer hora — despeço-me, mostrando educação. Ele assente e continua sorrindo. Está estranho, mas isso não é problema meu.

Vou até o caixa pagar, e quando estou pegando a carteira em minha bolsa, sinto uma tonteira e quase caio, se não fosse o Otávio me segurar.

— Está tudo bem, Lívia? — pergunta todo atencioso. Sua voz ecoa distante. Eu passo as mãos nos olhos e tento fixar a atenção nele, que agora parece mais um borrão em minha frente.

Algo está errado, tento pegar meu celular para ligar para o Gustavo, mas meu braço não obedece a esse comando. Que merda está acontecendo comigo? A boca está seca, os olhos, pesados; começo a ouvir vozes indistintas, até que ficam cada vez mais longe...

A MISSÃO AGORA É AMAR

CAPÍTULO 24

Gustavo

Horas antes...

Acordo da melhor maneira possível: com meu Anjo ao meu lado. Ela é linda até dormindo.

Fico uns dez minutos decorando o que já está decorado, mas não me canso de admirar cada pedacinho do seu rosto e o corpo que é todo meu. Sou um filho da puta de muita sorte! Nunca vou me cansar de repetir isso, agradeço aos céus todos os dias por tê-la em minha vida. Nunca imaginei que amaria tanto uma pessoa como a amo, e se alguém me dissesse isso há uns meses, eu não acreditaria. Lembro-me de uma música de que gostava muito. Começo a cantarolar bem baixinho enquanto ela ainda dorme em meus braços.

> "(...) Eu te vi e já te quis
> Me vi tão feliz
> Um amor que, pra mim, era sonho
> Surpreendente provar
> Do que eu só ouvi falar
> E você resolveu me mostrar
> Logo eu que nem pensava
> Eu não imaginava te merecer
> E agora sou o dono desse amor
> Eu nem quero saber por quê
> Eu só preciso viver
> O resto desta vida com você(...) "
> **(LOGO EU - JORGE E MATEUS)**

Termino de cantar como se estivesse fazendo uma oração, espero muito que ela se sinta assim também. Tem demonstrado que é exatamente assim que se sente. Vejo amor em seus olhos, apesar de nunca ter se declarado com as palavras *eu te amo*. Sei que ela me ama, enxergo a felicidade em seus olhos. Todas as vezes em que estamos juntos, ela é muito transparente, e a dúvida e medo que eu tinha em relação ao ex-noivo babaca, foram embora. Só sei dizer que tirei a sorte grande, ela é tudo que eu quero e preciso para ser feliz. Aperto um pouco mais o meu abraço e começo a acordá-la com beijos em seu pescoço, sei que é assim que gosta de despertar.

— Hum...Você está me acostumando muito mal, Capitão — confessa toda manhosa.

Eu adoro ouvir sua voz rouca quando acordo. Acaricio todo o seu corpo e logo estamos fazendo amor.

Após tomarmos banho, nos arrumamos, tomamos café e saímos. Essa noite eu dormi em sua casa. Nossa vida não poderia estar melhor, quer dizer, poderá sim: no dia em que se tornar minha esposa. Que vontade de pedi-la em casamento; tenho certeza de que é a mulher da minha vida, então, para que adiar o inevitável? Mas tenho medo de assustá-la, por isso estou me segurando ao máximo. Ela precisa realizar seus projetos, e eu tenho consciência de que, apesar da minha ansiedade, ainda não é o seu momento.

— Capitão?

Amo quando me chama assim. Saio dos meus pensamentos e desvio rapidamente o olhar em sua direção. Estou dirigindo.

— Sim, meu Anjo. — Retiro a mão do câmbio para apoiar na dela, que está em minha coxa.

— Sei que hoje é sexta-feira e seria para eu ir para sua casa, mas como você está de plantão hoje... Ainda não acredito que é o último... — comenta irradiando felicidade com o fato de hoje ser meu último dia no Bope.

É isso que eu também quero, mas sei que sentirei falta por um tempo. Afinal, são dez anos. Mas ela vale qualquer coisa, e não tenho dúvidas de que estou fazendo o correto. O medo e insegurança que me invadiam ultimamente só de pensar em vê-la sofrer, por qualquer motivo que fosse, estavam me deixando maluco.

— Eu vou ter que ficar até um pouco mais tarde no trabalho, pois a outra recepcionista não vai. E como ainda tenho que decidir algumas coisas da reforma, preciso ir para casa. Então, quando você sair da operação, vá direto pra lá, como você sempre faz, pode ser? — Sorri para mim, e como resistir a esse sorriso?

— Sem problemas, Anjo. — Ergo sua mão e dou um beijo, amo cada pedacinho dela.

Assim que estaciono em frente ao seu trabalho, ela sai do carro, e fico como sempre, feito um bobo, admirando a mulher mais linda do mundo e que é toda minha. E eu que vivia dizendo que se apaixonar era para os bobos... Mas eu sou um bobo muito feliz. Ela entra, e eu sigo para a empresa.

Chego, cumprimento alguns funcionários e vou direto para o escritório. Dou uns telefonemas, agendo umas entregas de materiais e, logo em seguida, o Michel entra na sala.

— Bom dia, Gustavo. E aí, animado para sua última operação? Quem diria que o Capitão Torres seria dominado um dia. — *Não perde a oportunidade de me sacanear sempre que pode. Eu não estou nem aí, o importante é que estou muito feliz.*

— Digo o mesmo para você, Michel: quem diria que uma baixinha daquelas mandaria em você? E, sim, estou muito feliz por ser meu último dia de operação. Agora eu terei tempo para dar a atenção que meu Anjo merece. Agora, você deveria ter cuidado. Sabe como é, mulher muito sozinha fica carente e vai atrás de quem lhe dê atenção. — *Rapidinho o sorriso bobo em seu rosto morre.*

— Vai se foder, Gustavo! Eu dou muita atenção à Bia, pode ter certeza de que ela está muito satisfeita. — *Sinto raiva em suas palavras. Ele tem esse problema, gosta de zoar, mas não gosta de ser zoado. Não aguento e começo a rir. Ele cai na pilha fácil!*

— A Bia disse alguma coisa para a Lívia? — *Ficou preocupado. Mané!*

— Claro que não, Michel! Você fala o quer, escuta o que não quer. *Nota que é brincadeira e melhora o semblante.*

— Estava só brincando, Gustavo, não precisa pegar pesado.

— Ok, Michel, nós dois fomos fisgados, cara, não tem jeito — *Dou uma gargalhada.* — Elas é que mandam, só nos resta obedecer e fazê-las feliz.

Sorri também, concordando com a cabeça.

O dia passa rápido e, quando vejo, já estou indo para o batalhão. Meu dia foi tão corrido que nem liguei para o meu Anjo. Ela deve estar enrolada também, tentando decidir o que definir para a decoração da academia. Estou até vendo a cena: ela cheia de papéis nas mãos, sem a mínima ideia do que escolher. É muito indecisa, toda hora muda de ideia, eu mesmo já tentei ajudá-la na sua escolha. Se decide por algo, aí chega no dia seguinte, muda tudo de novo. Espero que hoje consiga decidir mesmo a tal decoração. E quando chegar o dia do nosso casamento, imagino a confusão que vai ser — cada dia, vai querer o casamento de um jeito.

Chego ao batalhão e nem acredito que hoje será meu último dia. Tantos anos fazendo a mesma coisa, mas não estou nem um pouco arrependido. Meu anjo vale cada sacrifício, e eu começarei uma nova etapa da minha vida que, com toda certeza, será bem mais feliz.

Saímos para uma operação de rotina, nada muito sério e perigoso. Fico aliviado por isso, porque não correrei riscos, quero voltar são e salvo para o meu Anjo.

Chegamos à comunidade, fazemos nosso trabalho e saímos orgulhosos em cumprir mais uma operação com sucesso; no meu caso, a última. Daqui para frente terei apenas uma missão: amar o meu Anjo, e eu sou o homem mais feliz do mundo por isso.

De volta ao batalhão, ainda são duas da madrugada, sigo direto para a sala do Comandante.

— Comandante. — Presto continência, será a última também.

Ele assente e pede que eu me sente na cadeira à sua frente.

— Capitão Torres, o senhor será uma grande perda para nosso batalhão. É meu melhor Capitão e muito bom no que faz. Realmente, sinto muito pela sua decisão em nos deixar. Quero informá-lo de que vou segurar sua baixa aqui por uma semana, e tenho esperanças de que mude de ideia.

Aprecio a consideração de sua parte, nunca o vi tendo esse tipo de atitude com ninguém.

— Eu agradeço, Comandante, mas estou certo da minha decisão e não vou mudar de ideia.

Assente, e sinto que realmente está sendo sincero quando diz que sente muito por minha saída.

Saio de sua sala para seguir ao vestiário e, quando chego ao pátio, a cena que vejo me comove. Todos estão em forma e, conforme me aproximo, prestam continência ao mesmo tempo, e eu respondo da mesma maneira.

— Operações de elite! — grita o coro para mim.

— Caveira! Sempre será! — todos gritam ao mesmo tempo e estão em forma.

Olho para trás, e vejo que o Comandante também segue o coro, e eu só assinto com a cabeça, batendo na caveira que fica no meu peito. Presto continência mais uma vez, me despedindo.

Estou muito honrado e emocionado com a homenagem, levarei cada um comigo. Sei que, independentemente de tudo, eu sempre serei um Caveira, não tem jeito — está tatuado em meu coração.

Ficamos no batalhão ainda por uma hora batendo papo e nos despedindo.

— Você vai fazer falta, Capitão — comenta o Sargento Novaes, Carlos, que, além de companheiro, se tornou um grande amigo.

— Nós vamos nos ver muito, Carlos, você é um grande amigo. — Assente.

Fernando também vem falar comigo. Tornou-se Capitão recentemente e

A MISSÃO AGORA É AMAR

será meu substituto. Apesar de nossa relação não ser de amizade, é um bom companheiro de trabalho, e tenho certeza de que fará bem o seu papel.

Despeço-me de todos, troco de roupa e vou embora. Estou louco para ver meu Anjo. Eu agora sou todo dela, enfim, será o fim de seus medos e dos meus. Não teremos mais essa assombração em nossas vidas, seremos muito felizes, tenho certeza.

Chego em seu apartamento, que está com todas as luzes apagadas. Vou até a cozinha, bebo um copo de água e sigo para o quarto, louco para sentir seu cheiro e dormir com seu corpo colado ao meu. Ainda bem que amanhã é sábado e poderemos acordar bem tarde.

Quando abro a porta, meu sorriso morre, meu coração para de bater. O que estou vendo não é real, só posso estar tendo o pior pesadelo de minha vida! Levo as mãos à cabeça, tamanho é meu desespero. Eu preferia estar morto a ver uma cena dessas! Não o meu Anjo! Passo as mãos pelo rosto na esperança de que a imagem diante de mim desapareça. Mas é em vão, nada muda, então a incredulidade e desespero dão lugar à raiva, e um ódio que nunca senti antes me domina.

Ela está dormindo na nossa cama, quer dizer, na cama dela, com aquele idiota do ex-noivo! Não posso acreditar que teve coragem de fazer isso comigo, que foi capaz de algo tão baixo. Ela não!

Vou em direção à cama, e agora sou capaz de derrubar dez caras na porrada. Meu sangue ferve nas veias, nunca senti tanto ódio e nojo em toda minha vida, nunca!

— Que porra é essa! — Meu grito é estrondeante, arranco o edredom de cima deles de uma só vez.

O babaca logo acorda, enquanto ainda encaro a cena como se não fosse real. Ele está só de cueca e com uma cara de deboche para mim. De calcinha e sutiã, Lívia continua dormindo. O infeliz se ajeita na cama e se senta.

— Na boa, cara, você pode ir embora e nos deixar dormir. Amanhã ela conversa com você.

Não consigo raciocinar, busco o ar por várias vezes, não há uma parte sequer do meu corpo que não esteja trêmula, pisco sem parar. Isso não é verdade, passo as mãos pelo rosto mais uma vez, minha única vontade é matar esse cara aqui e agora, mas se está aqui, é porque ela permitiu. Mas eu não irei embora nem a pau sem uma explicação dela.

— LÍVIA!

— Será que não vê que está sobrando aqui? Não gosto de dividir.

— Cala a boca, seu merda! Senão, não vai sobrar um dente sequer nessa sua boca para contar história! — grito com o dedo em riste para ele. Não é possível, deve estar fingindo, como não acordou ainda? Com certeza, é dela a arte do fingimento, mas isso não vai ficar assim, quem ela pensa que é para me fazer de trouxa? — Acorda, porra! Não finja que está dormindo, você vai me explicar direitinho toda essa história! — grito, puxando o seu braço.

Abre os olhos e pisca várias vezes.

— Capitão, você chegou? — pergunta confusa e com a voz bem baixa. Passa as mãos pelo rosto e as coloca depois na cabeça, alisando os cabelos. Eu a encaro com ódio e repulsa.

— O reencontro de vocês foi tão bom assim que nem pensou em mim? Você sabia que eu vinha pra cá, não conseguiu resistir? Ou era para ser dessa forma mesmo?

— Quê? — pergunta, se fazendo de desentendida. Ela me olha confusa. Muito cínica mesmo!

Ela vai debochar de mim na cara dura, o idiota está lá de braços cruzados me olhando.

— Eu não merecia isso, porra; como você foi capaz de fazer isso comigo?

— Do que você está... — Olha para o lado e finge se assustar, caindo no chão. Uma atriz digna do Oscar. — Otávio? Como? O que... você... está fazendo aqui?! — Puxa o lençol para se cobrir enquanto pergunta.

Devia achar que ele já tivesse ido embora, está fazendo esse jogo há quanto tempo? Há quanto tempo está com os dois? Cruzo meus braços e a encaro com muito ódio; como não percebi nada, ela me cegou completamente. É isso, está mesmo com os dois?

Tenho milhares de perguntas, mas nenhuma resposta.

— Não precisa mais mentir, minha linda, foi melhor assim. Agora podemos ficar juntos, numa boa.

E eu fui o quê, esse tempo todo? Uma vingança? Ela me usou esse tempo todo para atingir esse merda. Minha ficha cai, assim como meu mundo. Se ela não conseguiu resistir às investidas desse cara, então realmente o ama.

— O quê? Do que... você está falando?! — Coloca as mãos na cabeça, como se estivesse doendo, e me encara.

Uma mão segura o lençol para cobrir seu corpo e a outra está na boca, seus olhos estão arregalados.

— Como... Otávio? Eu... — Ela me olha apavorada.

A MISSÃO AGORA É AMAR

— Não precisa mais fingir, Lívia, eu já entendi. Fui só um jogo pra você, sempre foi ele, não é?

— Não! Não tenho nada com o Otávio, eu... — Ela segura meu braço.

Sorrio com deboche e retiro sua mão de meu braço. Não consegue nem sequer admitir que me enganou.

— Não toca em mim! Estou vendo como não tem nada com ele. — Encaro-a. Agora, além de raiva, meu olhar tem desprezo e nojo.

Ela nota, e lágrimas começam a descer, molhando seu rosto. Falsa do caralho! Viro-me para ir embora, estou com nojo dessa cena e vou acabar fazendo merda. Ela se agarra ao meu braço de novo.

— Gustavo! Eu não... me lembro de nada... não sei como...

Encaro seu cinismo, e chora mais ainda.

— Não sabe como? — Acha mesmo que sou a porra de um retardado? Ela nega com a cabeça.

— O vi mais cedo...

— Pelo menos admite que marcou um encontro com ele! — vocifero, e balança a cabeça em negativa.

— Eu... não marquei nada! Fui...

— Cala a maldita dessa boca, porra! — grito e tiro sua mão do meu braço de novo. Não vou ficar ouvindo suas malditas desculpas, sigo em direção à porta.

— Otávio... pelo amor de Deus! Explica! — implora muito alterada. Acho que ela quer que o cara desminta, o que é impossível.

— Só existe uma explicação, minha linda: a de que nos amamos. Deixa esse trouxa ir embora.

É a gota d´água para mim. Avanço em cima dele e disparo vários socos em sua cara, quebrando o seu nariz. Do jeito que estou com raiva, vou matá-lo fácil.

— Para com isso, Gustavo! — Ela me puxa pela camisa. Ele estava certo o tempo todo. No fim, é ele que ela quer ver bem. Largo-o e a empurro.

— Me arrependo do dia em que te conheci. Você poderia ao menos ter me poupado de ver essa cena. Como não consegui enxergar antes o quão falsa e dissimulada você é? Vocês se merecem, faça bom proveito desse merda — digo cada palavra com uma calma que não sinto. Saio do quarto e ela vem atrás de mim.

— Não faça isso, amor, não... vá embora assim. — Ela me puxa pela roupa com desespero.

— Não me toque, porra!

— Me escuta... eu não sei como... Eu... te amo!

Paro na hora.

— Só pode estar de brincadeira! Não sabe o quanto quis ouvir de você essas palavras. — Forço um sorriso e olho dentro dos seus olhos. Estou lutando muito para não derrubar as lágrimas acumuladas. Como pude me enganar assim? — Mas agora não faz a menor diferença, porque acabo de perceber que tudo foi uma grande mentira. O que foi? Quer continuar comigo também? Ele não te comeu como esperava? Para seu próprio bem, esqueça que eu existo. Eu te odeio e tenho nojo de você! — grito, me afasto de seu toque e saio batendo a porta de seu apartamento.

Entro no carro e desabo, chorando sem controle. Eu não queria chorar por aquela falsa, mas não consigo segurar as lágrimas. Estou vivendo o pior pesadelo de minha vida!

Como não enxerguei e me deixei levar dessa maneira? Se ela não me ama, por que esse esforço todo para ficar comigo? Entregou-se a mim por pura vingança, e agora teve uma recaída por aquele merda e me destruiu de uma maneira que nunca achei possível; a dor na porra do peito é insuportável. Larguei o Bope pelo amor que sinto por ela e jogou tudo fora, por causa de um miserável que nunca a amou de verdade. Que seja bem infeliz com aquele babaca, e ele que a traia bastante — eu entreguei meu coração, e ela nunca o quis ou o recebeu.

Paro o carro no primeiro bar que vejo. Preciso me anestesiar e esquecer essa merda toda. Eu nem sequer sou mais um Caveira, então, qual o problema em encher a cara? Meu telefone não para de tocar. É ela; ainda tem coragem de me ligar. Coloco no silencioso e deixo tocar, não sou capaz de ouvir sua voz, acabarei fazendo uma merda e voltando lá e a pegando para mim, mesmo que contra sua vontade. Se a ouvisse agora, era isso que faria e não posso me rebaixar a esse ponto; não merece, nunca mereceu cada merda de loucura que fiz por ela, não merece nada, nem um centímetro da porra do meu coração, mesmo que tenha sido a única que já o teve — estou tomando-o de volta e nunca mais o entregarei a ninguém novamente.

Peço uma dose de uísque após outra e, quando dou por mim, vejo que já é quase manhã e a garrafa está vazia. O dono do bar não quer me vender mais nada, mas de tanto eu insistir, acaba cedendo. Meu celular acende novamente, e agora vejo que é o Michel. Resolvo atender.

— Aalôô. — Meu tom sai arrastado e ainda muito abalado. Não consi-

go conter as lágrimas, nunca imaginei que a noite acabaria assim.
— Graças a Deus! Onde você está, cara?
— Em um bar... Eu perdi tudo, Michel... — desabafo com meu amigo.
— Em que bar?
Sinto sua preocupação, então fico tentando lembrar qual é a localização do bar em que eu estou .
— Gustavo, porra!
O senhor do outro lado do balcão pega o telefone das minhas mãos. Abaixo a cabeça, derrotado. Nem falar ao telefone eu posso mais.
Silencio, me sentindo um nada e sem saber como será minha vida sem ela. Eu não vou conseguir, ela me tirou tudo, minha vida não terá graça sem seu sorriso, seu corpo, seus olhos... como conseguirei sequer dormir sem ela ao meu lado?

— Gustavo — escuto a voz do Michel e levanto a cabeça.
— Ela me deixou, cara, voltou pra aquele merda. Não tenho mais nada, eu nem sou mais um Caveira.
Ele balança a cabeça e começa a me levantar. Vejo quando paga a conta.
— Vamos, cara, vou te levar pra casa. Tenho certeza que tudo isso tem uma explicação, a Lívia não faria isso com você, ela te ama — diz convicto, e o olho negando com a cabeça.
— Eu vi, Michel, ela também te enganou, enganou todo mundo com aquele olhar angelical. Era tudo mentira, parceiro, me enganou direitinho, enganou a porra do Capitão, como caí nessa, Michel? Eu... — travo. — Nem sou mais a porra de um Capitão, não sou mais nada!
— Quando você estiver mais calmo, vocês conversam, e sei que tudo vai se resolver.
Não consigo dizer mais nada. Quem dera fosse assim tão simples.
Ele me ajuda a entrar no banco do carona, no lugar que era dela. Seu cheiro está no encosto do banco, e me embriago nele. É só o que me resta, agora: seu cheiro.

Ele entra com o carro em meu prédio e me ajuda a descer do veículo. Subimos de elevador, e logo abre a porta do meu apartamento. Quando entro na sala, meu sorriso se abre. É meu Anjo, ela voltou para mim.

CAPÍTULO 25

Lívia

— *Eu te odeio!* — É só o que fica comigo quando ele bate a porta do meu apartamento.

Ando de um lado para o outro, muito confusa ainda, a cabeça dolorida. Estou completamente desesperada, a dor em meu peito me sufoca de uma forma que não consigo sequer respirar. Gustavo tem que acreditar em mim! Eu não tenho ideia de como o Otávio veio parar na minha cama.

Meu Capitão não pode me odiar, não posso viver sem ele. Sei que o que viu foi muito ruim, mas tem que haver uma explicação para isso. Ainda que nem eu saiba qual, ela existe, nunca faria isso com meu Capitão. Tremo da cabeça aos pés e minhas lágrimas não param de cair. Vou até a lavanderia, abandono o lençol, pego um robe e o visto. Assim que retorno à sala, vejo minha bolsa em cima da mesa, pego de dentro o meu celular e ligo para Bia. Ela precisa me ajudar a tirar o Otávio daqui.

Atende no quarto toque.

— Bia, pelo amor de Deus! Você precisa vir pra cá agora. — Solto a frase em completo desespero, nem sei como consegui ligar para ela.

— Lívia! Pelo amor de Deus, calma, amiga, me explica o que aconteceu, fala devagar, onde está?

— O... O... O... Gustavo, amiga, ele me pegou na cama com o Otávio, e eu não sei como isso aconteceu. Me ajuda, Bia, ele disse que me odeia e saiu desesperado daqui e não quis me ouvir — imploro entre um soluço e outro. Agora estou muito além do desespero, a dor é indescritível, como se mil facas me furassem ao mesmo tempo.

— Michel está aqui em casa, chegamos aí em cinco minutos, fica calma, tudo vai se resolver.

— Ele não vai me perdoar, amiga, me ajuda — peço chorando muito.

— Já estou saindo de casa, calma. — Seu tom é angustiado.

Desligo e vou em direção ao quarto como uma louca. Esse desgraçado do Otávio acabou com a minha vida, só não deixei o Gustavo matá-lo na porrada porque sabia que iria se prejudicar, mas ele não vale isso.

— Como você foi capaz disso, como veio parar aqui? O que fez, seu desgraçado?! — disparo contra ele, que está sentado na cama com uma toalha sobre o nariz. Seus olhos me encaram.

A MISSÃO AGORA É AMAR

— Estou lutando pelo nosso amor, com as armas que tenho. Agora que está livre, podemos nos entender de vez.

Balanço a cabeça em negativa e tento limpar um pouco das lágrimas que embaçam meu olhar.

— Você está doente! O que fez?! — exijo aos berros.

— Calma, amor. — Levanta-se e vem na minha direção.

Faço um gesto com as mãos para que não chegue perto de mim. Preciso me controlar, ou eu mesma vou matá-lo

— Otávio, vou falar bem devagar pra que você entenda de uma vez por todas. — Baixo meu tom de voz e tento manter a respiração sob controle. — O único amor aqui é o que eu sinto pelo Gustavo, esse que tentou destruir com essa armação barata. Como você conseguiu fazer isso?

Começo a raciocinar, e a realidade me atinge como um raio.

— Você me dopou, seu desgraçado?! Eu te odeio! É desprezível, me dá nojo! Vai dizer pra ele que armou isso, ou eu te mato, ouviu bem? — ameaço com o dedo em riste para ele, que me olha abismado. Meu controle se evaporou.

— Eu não vou dizer nada, sei que me ama. — Tenta se aproximar de mim novamente. Eu vou matar esse idiota maldito!

— Eu não te amo, nunca te amei, seu idiota! Some da minha vida! Sai da minha casa agora! — Eu me afasto dele, que me olha muito chateado, os olhos cheios de lágrimas. Que se dane ele, não estou nem aí.

— Me escuta, meu amor, eu fiz isso por nós dois. — *Eu não acredito que vai insistir nisso, ele precisa de tratamento, está louco!*

— Saia daqui! — Aponto para a porta do quarto, ao mesmo tempo em que Bia chega com Michel.

Bia vem em minha direção completamente pálida, enquanto Michel se mantém na porta, de braços cruzados, tentando entender a cena que está vendo.

— Vocês podem ir embora, é só uma briga de casal — alega Otávio, e não me seguro: voo para cima dele.

— Não tem casal nenhum! Você está louco! — Começo a estapeá-lo com toda força que tenho.

Bia me puxa, e o Michel pega o braço do Otávio, separando-o de mim.

— Você vai sair daqui agora, seu filho da puta! — exige Michel, puxando-o para a sala.

— Me solta, seu imbecil! Eu não vou a lugar algum! — Otávio tenta se desvencilhar, mas Michel é muito mais forte que ele e o arrasta pelo corredor.

— Você vai sair por bem ou na base da porrada. E isso... — Michel dá um soco no abdome de Otávio, que grita de dor — é pelo imbecil.

Bia volta para o quarto e vem com as roupas dele nas mãos. Michel abre a porta e o joga no corredor.

— Vá embora, seu infeliz, e não volte mais aqui, senão eu vou ser seu pior pesadelo, pode apostar. — Pega as roupas da mão da Bia, joga-as em cima de Otávio, batendo a porta em seguida.

Assisto a tudo paralisada, sem conseguir parar de chorar. Como esse infeliz foi capaz disso? Ele acabou com a minha vida.

— Eu não tive culpa, Bia, acredite em mim, nunca faria isso com o Gustavo, eu o amo. Esse desgraçado armou tudo, ele me dopou. Só me lembro de estar na confeitaria e depois não lembro de mais nada. Acordei com o Gustavo puxando meu braço. Ele saiu como um louco daqui e disse que me odeia.

Michel me olha quieto. Será que também acha que eu fui capaz disso?

— Coloque uma roupa, Lívia, temos que te levar para um hospital — diz com o tom mais calmo do mundo. Bia o encara, acho que também não está entendendo.

— Eu estou bem, Michel, não preciso de um hospital, o que preciso é falar com o Gustavo e saber se *ele* está bem — peço com desespero.

— Você precisa fazer um exame de sangue para termos prova de que aquele infeliz te dopou e também ver se houve violência sexual. E, se aconteceu isso mesmo, temos como colocá-lo na cadeia — esclarece sério, e concordo. Faria qualquer coisa para ter Gustavo de volta e ver aquele verme do Otávio se arrepender do que fez.

Bia vai comigo até o quarto, pega uma calça larguinha e uma camiseta no meu armário, e me entrega. Visto no automático. Em menos de dez minutos estamos saindo do meu prédio. Estou no banco de trás, pego meu celular e ligo para o Gustavo. Ligo sem parar, mas não me atende, e isso acaba de me destruir. Era para estarmos comemorando e não passando por isso. Vou lhe contar toda a história, e ele vai acreditar. Nosso amor é maior que tudo isso, ele precisa me ouvir.

Chegamos ao hospital, que fica bem próximo à minha casa. Michel vai até a recepção e vejo-o conversando com a recepcionista. Bia não sai de perto de mim nem um minuto.

— Eles vão te atender agora, expliquei a situação e vão colocá-la na frente. Vai com ela, Bia, vou ficar na sala de espera. — Ele lhe dá um beijo e passa a mão no meu braço.

A MISSÃO AGORA É AMAR 247

Quarenta minutos depois, eu já fiz exame de sangue e fui examinada por uma ginecologista de plantão.

Ela deu um atestado de que não houve ato sexual. Pelo menos isso aquele infeliz teve um pouco de decência. Coloco o documento na minha bolsa, agradeço à doutora e saio da sala. O exame de sangue só ficará pronto em uma semana.

Eu e Bia voltamos para a sala de espera.

— Tudo resolvido, não houve ato sexual e o exame de doping só sai em uma semana — Bia fala para o Michel, que respira aliviado.

— Me leva para a casa do Gustavo, por favor, preciso falar com ele e ver como está — peço a Michel.

— Ele está de cabeça quente, deixa ele se acalmar um pouco, Lívia, aí vocês poderão conversar melhor.

Não vou esperar nada, eu preciso vê-lo, e ele precisa me ouvir.

— Eu vou com ou sem você, Michel, preciso explicar o que aconteceu, e ele tem que me ouvir.

— Eu te levo, mas vamos subir com você.

Concordo com a cabeça, e seguimos para a casa do Gustavo. Tento mais uma vez, sem sucesso, ligar para ele.

Chegamos ao seu apartamento e está tudo escuro. Vou direto para o quarto e nada dele. Meu Deus, aconteceu alguma coisa, já era para estar aqui.

— Liga para ele, Michel, vai ver ele te atende — peço muito desesperada, e ele assente, tirando o telefone do bolso.

Fico ansiosa vendo o Michel ao celular. Gustavo enfim atende, e eu solto o ar com força. Tento pegar o aparelho das mãos de Michel, mas ele faz um sinal com a cabeça para que eu espere.

— Graças a Deus! Onde você está, cara? — Michel pergunta ansioso, e faz uma careta, erguendo as sobrancelhas. Ai, meu Deus, o que está acontecendo?

— Em que bar está? — *Bar? Como assim, ele está em um bar? Não bebe. Sem contar aquela vez em que esteve bêbado em minha casa, ele nunca mais bebeu.*

O Michel fica mudo um tempo, à espera de que ele responda. Estou agoniada com isso.

— Gustavo, porra!

Sinto que Michel está nervoso, e começo a ficar louca só de imaginar que pode ter acontecido algo a ele. Michel fica um tempo sem resposta, até que fala de novo.

— Sim, eu sou amigo dele. — *Como assim, com quem ele está falando? O que aconteceu?* — O senhor pode me passar o endereço e já chego aí. — Michel faz um gesto pedindo uma caneta, corro e pego o bloco e a caneta que ficam na mesinha da sala e lhes entrego.

— Eu sei onde é, estou perto. Daqui a uns dez minutos chego aí, obrigado. — Ele desliga, e o olho ansiosa. — Ele está em um bar próximo, parece que bebeu muito e se recusa a vir embora. Vou buscá-lo e já volto. Meu amor, espera aqui com a Lívia, vou pegar um táxi na frente. Terei que trazer o carro dele, não está em condições de dirigir.

— Qualquer coisa liga, Michel, pelo amor de Deus! — imploro, e ele assente. Dá um beijo em Bia e sai. Fico encarando a porta fechada, rezando para que ele esteja bem.

— Lívia, vá tomar um banho e esfriar um pouco a cabeça. O pior já passou, logo Michel chega com ele aqui.

— Você tem razão, mas é que não consigo deixar de pensar como vai ser se ele não me quiser mais, amiga. E não posso culpá-lo, o mataria se o visse na cama com outra mulher — digo, já caindo no choro de novo.

— Calma, Lívia, sei que é algo bem difícil de acreditar, mas agora temos provas. Ele te ama e tudo vai ficar bem, você vai ver — diz confiante e me abraça.

— Eu não vou aguentar até o resultado desse maldito exame ficar pronto. — Eu me afasto dela e tento sorrir. — Eu não demoro.

Bia confirma com a cabeça e se senta no sofá.

Sigo correndo para o banheiro e tomo um banho rápido. Estou com aquele cheiro de hospital, e não tomo banho desde manhã. Deixo a roupa suja no cesto do banheiro e vou para o closet. Pego um short largo de ficar em casa e uma camiseta. Volto para a sala apressada, com medo de que ele chegue sem que esteja aqui, para recebê-lo.

Sento ao lado da Bia e fico esperando, de mãos dadas com ela.

Vinte minutos se passam, até que ouço o barulho da porta se abrindo. Levanto-me e o espero entrar com o coração na boca. Estou com medo de sua reação, mas sou inocente, e ele tem que acreditar em mim e no meu amor.

Quando eles entram, ele me olha e trava em seu lugar. Nossos olhos se encontram e um sorriso lindo ilumina seu rosto. Será que o Michel explicou tudo para ele? Só pode ser isso.

— Meu Anjo, você voltou para mim! — fala bem embolado. Vou em sua direção e me abraça muito forte, logo em seguida me afasta um pouco e apoia as duas mãos em meu rosto, parecendo não acreditar que sou eu

A MISSÃO AGORA É AMAR

mesma ali. Sinto um alívio percorrer todo meu corpo.

— Estou aqui, meu amor, eu te amo e sou só sua, é você quem eu quero e sempre vai ser. — Volta a me abraçar.

— Eu te amo tanto, meu Anjo!

Meu coração se enche de alegria ao ouvir essas palavras. Olho para Bia e Michel, que estão assistindo a tudo calados, como se fosse o último capítulo de uma novela ou o final feliz de um filme.

— Vocês podem ir agora, fico com ele.

— Tem certeza, amiga? Ele não parece muito bem, não quer ajuda?

Sorrio para ela. Como eu posso ter dúvidas?

— Tenho sim, muito obrigada, Bia, e Michel, não tenho como agradecer a vocês dois, agora está tudo bem.

Michel joga um beijo para mim, puxa a mão da Bia, e eles saem no momento em que Gustavo aprofunda seu abraço e me beija em desespero. Correspondo, e ele começa a caminhar comigo na direção do quarto. Quase cai várias vezes, mas consigo segurá-lo.

Ele tira a minha roupa com pressa, como se sua vida dependesse disso. Eu abro sua calça, retiro seus tênis e meias para descer a calça em seguida; tiro também sua cueca e vejo todo seu desejo exposto.

— Eu te amo tanto, meu Anjo, você é minha! Só minha. — Ele me joga na cama e deita por cima de mim.

— Eu também te amo, Capitão, e sou sua para sempre enquanto eu viver — prometo, olhando em seus olhos, que estão cheios de água, como os meus.

Ele me beija e me penetra em seguida, e como é bom senti-lo dentro de mim. Nossos gemidos se misturam, e ele não para de me beijar nem por um segundo. Fazemos amor com desespero e muito amor.

— Você é linda, meu Anjo, sempre vou te amar, sempre — se declara, e minhas lágrimas descem, mas agora são de alegria. Ele beija cada uma delas com carinho e cuidado. Ficamos mais um tempo assim, até que chegamos ao clímax no mesmo momento.

O meu Capitão voltou para mim e eu sou a mulher mais feliz do mundo de novo. Ele sai de cima de mim e se deita de lado, apagando na mesma hora. Eu me levanto com o sorriso que acabou de voltar aos meus lábios, fecho o blecaute da porta da varanda, porque já é de manhã. Pego um edredom e me deito na cama ao lado do meu Capitão, meu amor, e durmo, com a sensação de estar em casa e segura de novo.

CAPÍTULO 26

Gustavo

Acordo com uma dor de cabeça horrorosa. Abro os olhos, estou todo enrolado em meu Anjo. Paraliso completamente, assim que minha consciência retorna implacável... Será que foi um sonho? Fecho os olhos mais uma vez, pedindo com todas as minhas forças que tudo aquilo fosse um pesadelo, até que a cena volta tão real que não me deixa mais dúvidas; Lívia estava na cama com aquele merda. Então, o que faz aqui na minha cama?

Meu braço envolve seu corpo que eu amo — ela está nua, assim como eu. Flashes da noite de ontem começam a ficar mais fortes em minha cabeça: ela me dizendo que me amava; eu socando a cara daquele infeliz, e ela o defendendo e mandando-me parar; eu saindo da casa dela como um louco e enchendo a cara em um bar, muito arrasado, e com uma maldita dor no peito, que retorna agora, ainda pior. Então, como ela está aqui, nua, na minha cama e em meus braços?

Sinto o cheiro dos seus cabelos e é tão bom!

Isso não é real, Gustavo, alerto a mim mesmo.

Ela me enganou da pior maneira possível, não sei como chegou até aqui; aliás, não sei nem como eu cheguei até aqui. Só pode ter se aproveitado da minha bebedeira para tentar me seduzir, mas eu não irei permitir que me engane de novo. Será que pensa que sou idiota? Era exatamente o que estava sendo: um idiota, mas não serei mais, não colocarei novamente a venda nos olhos; ela nunca mais me enganará.

Levanto-me da cama bruscamente, me afasto dela o mais rápido possível. Eu não posso cair nos seus encantos de novo; é boa nisso, e eu me odeio por ainda desejá-la tanto e por saber que nunca mais sentirei por ninguém o que sinto por ela.

Vejo nossas roupas jogadas pelo chão do quarto. Devia estar muito bêbado mesmo, não consigo me lembrar de nada depois do bar. Apoio as mãos na cabeça e tento ao máximo entender tudo isso e nada, nada faz sentido, a não ser o fato de que ela é a única responsável por toda essa merda. Sigo para o banheiro, saio alguns minutos depois, entro no closet, pego um short e o visto. Quando volto ao quarto, ela ainda está dormindo de bruços, é a visão mais linda e falsa ao mesmo tempo. Não entrarei no seu jogo novamente.

O que ela ainda quer comigo? Será que está arrependida de ter cedido aos encantos do babaca? Será que quer levar essa relação a dois? Ou será que o babaca, depois de comê-la, deu um chute na bunda dela e por isso veio até a mim para consolá-la? Tantos *serás* que minha cabeça está fervilhando, mas uma coisa é certa: ela não me fará mais de bobo, nunca mais. Sento na poltrona à frente da cama e a observo dormir. Estou sendo um masoquista, mas preciso guardar essa última visão dela.

Nem sei por quanto tempo exatamente a observo. Ela começa a se espreguiçar, e não há visão mais bonita que essa. Abre os olhos e me olha com seu maldito olhar angelical, um sorriso lindo ilumina seu rosto perfeito.

— Bom dia, Capitão, por que está aí tão longe de mim? — pergunta com aquela voz de sono e manhosa que eu amo, mas que não tem mais sentido para mim. Já que seu amor não é meu, então eu terei que encarar a realidade de uma vez.

— O que você está fazendo aqui? — Sou rude, encaro-a sedento por uma explicação, com uma mão sob o queixo e um dedo sobre os lábios. Ela enruga as sobrancelhas e me olha confusa.

— Meu amor, não estou te entendendo, por que você está agindo assim? — *Não acredito que ela esteja me fazendo essa pergunta. Que tipo de idiota ela acha que sou?*

— Não está entendendo? — Sou irônico, forço um sorriso, e ela nega com a cabeça, respondendo minha pergunta. — Primeiro, não me chame de seu amor, deixe de ser falsa, sua máscara caiu ontem, e acho que não era pra você ter nenhuma dúvida em relação ao meu comportamento, depois do que eu vi.

— Eu achei que tivéssemos nos entendido; o que você viu não era exatamente o que está pensando.

Dou mais um sorriso debochado. Cínica!

— Você cada vez me surpreende mais... Acha que é só vir aqui, deitar pelada na minha cama, e está tudo resolvido? Não tem desculpas para o que eu vi, e gostaria que você fosse embora e esquecesse que eu existo. Não quero saber os motivos que te levaram a me fazer de otário, só saia da minha casa, agora!

Ela balança a cabeça de um lado para o outro e começa a chorar. Só a encaro. É boa nesse lance de fingimento, estou impressionado.

Ela se levanta da cama e está totalmente nua, e essa visão me desestabiliza um pouco, mas eu não irei ceder. Veste minha camisa, que está jogada no chão, e esconde sua nudez. Pelo menos eu não terei distração, preciso me impor, não vou fazer papel de corno manso.

— Amor... Gustavo, não fala isso, você precisa me ouvir e acreditar em mim, pelo amor de Deus! É você quem eu amo.

Continuo olhando sua cena de plateia. Pensa mesmo que sou algum imbecil e que vou acreditar nela?

— Deixe de ser falsa! Eu vi você na cama com aquele merda! Que foi, ele já te dispensou? — acuso, e ela balança a cabeça, logo vem em minha direção e se ajoelha na minha frente.

— Por tudo que é mais sagrado, Gustavo, acredita em mim! Eu sei que o que você viu parece não ter explicação, mas eu te garanto que tem! O Otávio armou tudo, eu não sei como ele fez, se me seguiu, só me lembro de estar na confeitaria, comprando aquela torta de que você gosta, para comemorarmos sua saída do...

Será que pensa que vou cair nessa desculpa tão idiota? Nem ao menos se esforçou, ou confessa a merda que fez.

— Já disse que não me interessa! Ouvir sua voz me enoja; pare de se comportar como uma vadia, se vista e saia da minha casa, ou eu mesmo vou te colocar pra fora, do jeito que está. — Não me preocupo em esconder o ódio em meu tom, e ela não para de chorar, mas não sou tão burro para acreditar nisso.

Lívia é uma mulher muito inteligente, mas não está ao menos se esforçando para me convencer com uma história plausível. Acha mesmo que o amor que ainda sinto por ela me fará acreditar em qualquer merda que fale. O que essa mulher ainda quer de mim?

Levanto-me e a afasto. Mas não dou nem dois passos, e seus braços envolvem minhas costas, me fazendo parar qualquer movimento. Ela é minha kryptonita, preciso me afastar ou cometerei uma loucura e perdoarei o imperdoável.

— Por favor, meu amor, não faça isso com a gente! Acredite em mim! Nunca faria isso com ninguém, ainda mais com você, que é o amor da minha vida. Pense bem em tudo que vivemos, não tem cabimento, Gustavo, eu te amo — declara chorando muito, mas não vou cair nessa e fazer papel de bobo.

— Não encosta em mim! — exijo, me afastando dela novamente. — Eu te dei várias chances, Lívia, de você me falar o que queria. Ficaria com você, mesmo que tivesse me dito que ainda amava aquele merda. Teria feito qualquer coisa por você, eu te dei a minha vida. Agora você diz que me ama? Esperei por isso todos os dias; no fundo, sabia que você não falava porque não sentia. Mas eu faria você me amar, suportaria qualquer coisa por você. Só não suporto essa sua traição. Se você me queria para fazer parte de um jogo, parabéns, conseguiu, mas agora estou fora. Vou te pedir

A MISSÃO AGORA É AMAR

mais uma vez: vai embora da minha casa e esquece que eu existo, *some da minha vida!* — Não consigo segurar mais e lágrimas queimam meu rosto.

Está paralisada me olhando, nunca havia gritado com ela depois do dia da operação. Engulo em seco o tempo todo, e está totalmente sem reação. Ela se abaixa e começa a se vestir lentamente, piscando sem parar enquanto limpa as lágrimas com as costas das mãos. Encara-me com os olhos que amo inundados de lágrimas e ódio. E a dor em meu peito aumenta, mesmo contra minha vontade.

— Só vou te dizer uma coisa, Gustavo: se eu sair por aquela porta, você é que vai ter que sumir da minha vida, não vou te perdoar por isso, ouviu bem? — *Essa é boa, minha vontade é de bater palmas para ela.* — Você tem que confiar em mim. Sei que o que viu não é muito confiável, mas estou aqui com você e não com ele, e estou te implorando para acreditar em mim! Se quiser que eu espere você apurar os fatos, espero, só não me tire da sua vida desse jeito, senão, quem não vai te querer mais sou eu.

— Sai da minha casa, Lívia! Não vou repetir: quem não quer mais você sou eu, não vou cair nesse seu drama, já me enganou o suficiente. Agora sai, vai embora! — exijo com o tom estrondoso.

Ela engole em seco, me fita por uns segundos e sai pela porta do quarto sem dizer mais nada ou implorar mais. Sento na cama com as mãos na cabeça. Está tudo tão confuso, não consigo entender, não sei o que pensar. O que ela fazia aqui comigo? Será que teve apenas uma recaída com aquele merda? Que se foda, dei para essa mulher algo que ninguém jamais teve de mim: minha vida. Minha cabeça parece que vai explodir de tanta dor, mas nada que se compare à dor em meu peito. Eu estou destruído, sua imagem na cama com aquele desgraçado não me sai da mente. Ela jogou tudo fora. Eu sei que essa ferida demorará muito para cicatrizar, mas um dia irá sarar e eu nunca mais farei papel de bobo na minha vida.

Como queria ter escutado tudo que tinha a me falar. Mas, no fundo, sei que se escutasse mais alguma coisa, acabaria caindo em sua teia de mentiras, mais uma vez. Ela acusou o tal ex-noivo. Havia investigado a vida dele, o cara é ficha limpa, tem um nome a preservar, não iria se meter em nenhuma merda e arriscar sua carreira. Sei que tomei a atitude certa; o que ela fez é imperdoável. Por mais que eu a ame, não conseguiria seguir em frente com nossa relação.

A única certeza que tenho é de que minha vida nunca mais será a mesma depois dela...

Ouço a porta da sala bater e desabo, choro como uma criança. Ela levou meu coração, e sei que nunca mais o terei de volta.

CAPÍTULO 27

LÍVIA

Saio do quarto do Gustavo totalmente arrasada. Ele não acreditou em mim e nem no meu amor; implorei, e nem assim quis me ouvir. O ódio e o desprezo que vi em seu olhar acabaram de vez comigo. Realmente estava muito bêbado, nem se lembrava que tínhamos feito amor e nem de todas as declarações e juras que fizemos. A dor que eu sinto é dilacerante, comprime meu peito de uma forma que parece que vou parar de respirar a qualquer momento, nem sei como chegarei em casa. Meu mundo desabou mais uma vez em minha cabeça, talvez meu destino seja sofrer.

Pego minha bolsa, tiro o atestado fornecido pela médica e coloco junto com a cópia das chaves que havia me dado em cima do balcão de seu bar. Não sei se lerá, mas quero deixar pelo menos uma prova de minha inocência. Sei que está completamente cego pelo ódio, mas não levou nada em consideração, e isso me deixa muito magoada.

Bato a porta atrás de mim. Estou com muita raiva de sua atitude, não foi nem um pouco humano, será que não viu o quanto estou sofrendo? Só ficou me julgando e me chamando de falsa. Saio do elevador e o porteiro me encara assustado, sei que meu estado deve estar deplorável.

— A senhora está bem? Posso ajudar em alguma coisa? — pergunta aflito.

— O senhor pode me conseguir um táxi? — Tento não chorar.

— Claro, tem um ponto aqui pertinho, vou ligar, só um minuto.

Eu me sento no sofá da portaria e baixo a cabeça. Toda vez que escuto o barulho do elevador, olho, na esperança de ser Gustavo me pedindo para não ir. Algum tempo depois, o táxi chega, agradeço ao porteiro que sempre foi muito gentil comigo, e parto. Dou o endereço da minha casa e, após vinte minutos, estou entrando em meu prédio.

Em meu apartamento, então desabo, sem conseguir parar de chorar. O sábado vai embora e o domingo chega, e ainda estou na mesma.

Estou deitada em minha cama e só me levantei para ir ao banheiro, mais nada. O domingo também vai embora, estou sentindo uma dor fora do comum, como se meu coração tivesse sido esmagado. Sabia que iria sofrer no final, só não sabia que a dor seria tão grande!

— Lívia!

Desperto com a voz da Bia me chamando, abro os olhos, e está com uma cara de pavor.

— Ai, meu Deus! O que aconteceu, amiga? Michel me ligou agora, disse que o Gustavo chegou lá para trabalhar, e quando ele perguntou por você, disse que não sabia.

— Ele me expulsou da casa e da vida dele, Bia, tentei de tudo, mas não quis me ouvir... Minha vida acabou, amiga — constato, muito desanimada, sem nem sequer me mexer, não tenho nem mais lágrimas para chorar.

— Não acabou nada, para com isso! Essa não é a Lívia que eu conheço. Desde quando está aí nessa cama?

— Desde sábado, eu acho. Que dia é hoje? — pergunto confusa, com tom fraco.

— Ai, meu Deus, Lívia! Por que não me ligou? Você comeu alguma coisa? Hoje é segunda-feira. — Parece desesperada. *Eu só quero ficar quieta no meu canto.* — Quando foi a última vez que comeu, Lívia? — exige. *Eu não quero comer, quero meu Capitão aqui comigo, só isso.* — Lívia, responde, droga! — Bia está muito nervosa, mas não consigo responder. Ela pega meu pulso enquanto sinto meus olhos mais pesados... *Eu só quero dormir e esquecer.*

Acordo em um quarto que não é o meu, lembra um quarto de hospital. Olho para o lado e vejo um escalpe em meu braço e um soro pendurado. Como vim parar aqui?

— Acordou a Bela Adormecida! — A voz da Bia e é um alívio para mim.

— O que estou fazendo aqui, Bia? Que dia é hoje? — pergunto, passando as mãos pelo rosto.

— Ainda é segunda, e a senhora nunca mais me dê um susto desses, senão juro que te mato, ouviu bem?! — Pega minha mão e se senta ao meu lado. — Por que você não me ligou, amiga? Eu quase tive um treco quando te vi naquele estado — diz chorando.

— Eu só queria sumir, Bia! Ele me expulsou da sua vida, e só via ódio em seu olhar, dói tanto, Bia! Entendo que não foi nada legal o que viu, mas, poxa, eu fui lá, implorei, nós fizemos amor, Bia, e nem se lembrou disso.

— O cara estava bêbado! Acho que você, tipo, abusou dele — diz, limpando o rosto. Não tem jeito, mesmo sem querer dou um sorriso, não aguento.

— Você não vai mudar nunca, não é, dona Bia? Me perdoa por ter feito você passar por isso, não queria que ficasse chateada comigo.

— Está tudo bem agora, só não esqueça nunca que eu estarei sempre ao seu lado, amiga.

— Obrigada. — Meus olhos ficam marejados. — Eu vou procurar forças, amiga, ainda não sei onde, mas vou.

— Eu sei, essa força está aí dentro de você. É a pessoa mais forte que conheço, Lívia — declara.

— Ele não confiou no nosso amor. Me humilhei, me humilhei muito, Bia, e mesmo assim, não teve nem um pingo de compaixão. Cadê aquele amor todo que disse que sentia?

— Amiga, a cena que ele viu não foi muito favorável para que fizesse isso. Você precisa lhe dar um tempo, a cabeça do cara deve estar muito confusa.

— Disse isso, que daria esse tempo, e pedi por tudo que lhe era mais sagrado para não me afastar. Poxa, Bia, eu estava lá com ele, será que isso não conta? Se quisesse o Otávio, não estaria ao seu lado; ele não me deu nem o direito de explicar.

Ela arqueia as sobrancelhas.

— Fica calma, amiga, sei que vocês vão resolver isso. Vocês se amam e, no final, vai dar tudo certo.

Olho para Bia e, nesse momento, tomo uma decisão: eu não sofrerei mais assim, nem por ele e nem por ninguém. Se não confiou em mim quando implorei, então quem não o quer mais sou eu. Será muito difícil tirá-lo de dentro de mim, está enraizado em cada célula do meu corpo. Mas conseguirei. Ele não me deu nem o direito da defesa; o seu ciúme, ódio e orgulho foram maiores que o amor que disse sentir por mim. Sei que a cena que viu foi muito ruim, mas só me viu dormindo. Não foi como quando eu vi o Otávio, ali não tinha o que contestar; mesmo assim, sei que se eu o amasse de verdade, o teria perdoado. Estou muito magoada com sua atitude, nem sei se ainda quero esfregar na cara dele o exame que irá provar que fui dopada.

— Ele já resolveu, Bia, quando me expulsou do seu apartamento sem dó nem piedade. Nem sei como cheguei em casa, só queria morrer e fazer a dor incessante em meu peito parar. Mas, agora, o que quero é viver e esquecer que um dia o conheci, tanto ele quanto aquele desgraçado do Otávio.

A MISSÃO AGORA É AMAR

— Só toma cuidado para não cometer o mesmo erro que ele, Lívia: jogar sua felicidade fora.

Que felicidade? Minha felicidade tinha ficado naquela confeitaria, e sei que nunca mais a pegaria de volta.

— Eu só quero esquecer, Bia, temos uma academia para abrir, e eu ainda um diploma para pegar, e isso vai ser a prioridade na minha vida.

— Vou estar sempre com você, amiga, para o que decidir. — Sorri de maneira afirmativa com a cabeça.

— Eu não tenho dúvidas disso, Bia.

Saio do hospital e já é quase noite. Bia fica comigo o tempo todo, e o Michel vem nos buscar. Ele está sendo um grande amigo também, sei que acreditou em mim, assim como a Bia. Estou muito abatida ainda, e a dor que sinto sei que médico nenhum poderá tirar de mim — eu terei que me acostumar com ela. Não será nada fácil, já que tudo me lembra Gustavo, até mesmo o próprio Michel.

Chegamos ao meu apartamento, e a Bia se despede do Michel e esclarece que vai ficar comigo hoje. Digo a ela que não é necessário, mas insiste e fala que de jeito algum me deixará sozinha.

Acordo depois de uma noite maldormida e cheia de pesadelos com o Gustavo me rejeitando. Não sei como terei forças para ficar sem ele, mas as encontrarei, focando no meu sonho e vivendo da maneira que for possível. Sei que, com o tempo, a dor ficará mais fraca, assim espero.

Levanto-me, tomo um banho e vou para a obra com a Bia. Preciso esquecer minha dor, nem que seja por umas horas. Conseguimos decidir os últimos detalhes da reforma, e o responsável nos garantiu que em menos de um mês nos entregará tudo pronto — pelo menos uma notícia boa. Decidi nesse fim de semana ir para a casa da minha mãe, estou precisando muito do seu colo.

A quarta-feira chega, e estou mais calma. A dor continua lá, mas estou aprendendo a conviver com ela e com o desespero de não ter mais o Gustavo. Eu me divirto muito com os empreiteiros da obra, eles são muito engraçados! Meu TCC está quase finalizado, ainda bem, pois não teria cabeça para terminá-lo por ora.

Bia me ajuda muito: não toca no nome do Gustavo e nem deixa o Michel tocar também — é como se ele não tivesse existido. Só na teoria, porque de dentro de mim ele não quer sair; tudo que diz respeito a Gustavo ainda está bem vivo.

A quinta-feira chega, e sei que devo estar com uma cara horrível, já que minhas noites estão sendo bem longas. Demora muito até eu pegar no sono. Sinto uma falta absurda dele, nunca me imaginei ser tão dependente assim de uma pessoa.

— Oi, amiga, e aí, como estão as coisas por aqui? — Bia chega com uma animação meio forçada, aí tem coisa.

— Por aqui tudo certo, e com você? Que cara é essa, o que você está me escondendo?

É péssima em mentir e esconder alguma coisa, eu sempre descubro.

— Nada, amiga, eu, hein! — Eu a encaro e ela desvia o olhar.

— Fala logo, Bia, nada vai fazer eu me sentir pior do que já estou.

Morde os lábios e sei que está em dúvida se diz ou não.

— Ai, amiga, você vai acabar sabendo mesmo, acho melhor te dizer logo.

Estou séria e minha respiração, acelerada.

— Fala logo, Bia! Já estou nervosa com essa enrolação toda.

— É o Gustavo...

Não a deixo terminar, faço um gesto de mão para que pare o que ia dizer.

—Não quero saber, Bia, já disse que nada que diz respeito a ele me interessa, então, por favor, me poupe.

Ela assente e não diz mais nada.

— O que você acha dessa cor para o estúdio de dança? — pergunto para mudar de assunto e mostro a paleta de cores para ela.

— Acho linda! Arrasou, Lívia!

Sorrio, tento parecer feliz, mas só eu sei como está sendo difícil.

Permanecemos ali mais um tempo, até a hora de eu ir para o estúdio. Hoje será meu último dia lá, não dará mais para conciliar por causa da academia, já avisei a dona do estúdio. Só estava esperando uma substituta, o que já foi resolvido. Irei sentir falta das crianças, mas sempre que der, as visitarei.

Chego ao estúdio e fico muito emocionada: a sala está toda enfeitada, e as crianças fazem uma linda homenagem para mim — tem até um lindo bolo.

Uma hora depois, despeço-me de cada uma com muito carinho e amor.

Saio do estúdio e vou direto para casa. É tão difícil quando entro em casa, tudo me lembra ele. Pego um livro para me distrair e até que consigo me envolver na história, mas quando menos espero, o cansaço me vence.

Acordo na sexta e me arrumo para ir à casa da minha mãe. Seria uma tortura se ficasse o fim de semana todo dentro desse apartamento.

Chego a Angra e o dia está chuvoso, combinando com meu estado de espírito. Passo na loja da minha mãe para dar um oi e vou para casa. Chego ao meu quarto e o único pensamento que eu tenho é o Gustavo. Será possível que não conseguirei esquecê-lo nunca? Pego meu celular e nada, nem sequer me ligou uma única vez desde sábado passado.

O que será que a Bia queria me dizer? Será que ele está com outra pessoa? Seria isso, já teria esquecido tudo o que vivemos? Só de pensar nele com outra mulher me dá desespero.

Esqueça isso, Lívia, ele não faz mais parte da sua vida, então ele tem o direito de ficar com quem quiser.

Meu celular apita em minhas mãos e levo um susto, quase o jogo para o alto.

> Chegou bem, amiga?

Caramba, tinha me esquecido de retornar para ela.

> Cheguei sim, Bia, e como vão as coisas por aí?

Ela demora um pouco para me responder.

> Tudo certo.

> Ok, qualquer coisa me passa msg ou me liga. O tempo está bem chuvoso aqui, nem devo sair de casa, bjs

> Aqui tbm está bem fechado e bota fechado nisso, bjs

O que ela quis dizer com isso? Espero que esteja falando do tempo mesmo. Fico no quarto até que minha mãe chega. Conversamos muito, ela me aconselha a conversar com o Gustavo e denunciar o Otávio na polícia, pois o que ele fez é crime. Mas eu não acho que isso vá adiantar; o pior dano foi ter perdido o amor da minha vida por sua causa.

Resolvo ir embora sábado, depois do almoço. Combinei com a Bia que iríamos à academia para acertar algumas coisas. Ainda há algumas pendências para serem resolvidas, e tudo tem que estar perfeito daqui a uma semana, quando será o grande dia.

Chego em casa às dezoito horas. Passo uma mensagem à Bia dizendo que já estou em casa. Sigo para o quarto e me deito, e sem que queira, lembro-me de Gustavo. Abraço o travesseiro que era dele, onde seu cheiro ainda permanece. Por que tinha que acontecer isso com a gente, e ele tinha que ser tão radical e insensível? Como pôde agir assim, como se eu nunca tivesse existido? Penso em tudo que vivemos. E como foi intenso desde o início, como sentíamos a falta um do outro, e agora parece que eu nunca existi em sua vida. Perco a hora lembrando dos nossos momentos perfeitos; é só o que tenho agora: as lembranças. E quando me dou conta, já estou com o celular nas mãos e digitando uma mensagem. Juro que não iria enviar, mas quando menos espero, a dor da saudade e a decepção são tão grandes que aperto o botão de enviar.

> **Como você pôde agir assim, como se eu nunca tivesse existido?**

Quando a ficha cai, já é tarde, enviei a mensagem. Merda!

Uns dez minutos após estar me estapeando pela atitude insana de ter enviado a mensagem, meu celular apita e levo um susto, sem acreditar que ele havia respondido. Droga, droga! E agora, será que eu quero ler essa mensagem? Meus olhos ardem pela saudade; depois de tanto tempo, isso será o mais próximo que terei dele. Não resisto e leio.

> Não posso falar agora.

Como assim, não pode falar agora? É sábado à noite!

Eu sabia, ele já está com outra pessoa. Pensei que não conseguiria me sentir pior, mas estava enganada. Mordo o lábio inferior com tanta força que sinto o gosto de sangue.

A MISSÃO AGORA É AMAR

> Desculpa, enviei para o número errado, não vai acontecer de novo, já estou retirando seu número da minha agenda.

Foi a única coisa que me veio à cabeça. Quem me mandou mexer em formigueiro?

Ele começa a digitar, mas parece desistir, porque a mensagem não chega. Minutos depois, ainda estou ansiosa esperando, mas ele não responde mais nada, então termino a noite chorando muito. Nunca imaginei que ele fosse capaz disso. Está realmente com outra, sendo que eu ainda não tive coragem nem de abrir sua gaveta para devolver suas coisas que estão aqui. Choro agarrada ao seu travesseiro, até pegar no sono.

Acordo cedo para ir ao encontro da Bia na academia. Estamos a todo vapor com os últimos preparativos para a inauguração, na próxima semana. Ainda há muitos detalhes para cuidar e não queremos atrasar, por isso marcamos hoje. Está tudo tão lindo! A academia é dividida em vários espaços: teremos a área de musculação, treinamento funcional, crossfit, pilates, tudo o que tem de mais moderno na área fitness. O ambiente é climatizado, tudo perfeito! Já temos quatro professores contratados, mais a recepcionista que é a Sara — nem pensou duas vezes quando liguei para ela: topou na hora.

O meu estúdio está um sonho, tudo do jeito que sempre quis. Ele foi dividido em quatro salas enormes e uma sala de espera bem confortável. A inauguração está marcada para as vinte horas da próxima segunda-feira, com mais de cem pessoas confirmadas. Eu e a Bia estamos muito felizes.

— Lívia, marquei com o buffet para chegar aqui às dezessete horas, já está confirmado.

Respiro aliviada, tem que estar perfeito.

— Tia Gisele vem, não é, Bia?

— Claro, ela não iria perder. — Ela sorri.

Que bom, colocarei meu plano em prática.

Ligo para o tio Nelson, e ele confirma presença também. Vou tentar, vai que dá certo. Eu querendo dar uma de cupido, quando minha própria vida amorosa está péssima. Mas já aprendi a conviver com a dor, minha companheira inseparável. Eu preciso dela como uma dependente química precisa da sua droga. Isso me faz sentir viva, é a prova de que Gustavo existiu, não foi um sonho.

Ele até agora não me procurou. Eu não largo meu celular, ainda tenho esperança.

Não vou pensar nisso. Estou realmente animada com nosso estúdio, meu TCC já está pronto e o da Bia também. Agora é só mais um mês e meio de aulas para me formar. Meus planos estão se realizando.

Admiro como tudo está tão lindo. Queria tanto meu pai aqui e na minha formatura, mas sei que, onde quer que ele esteja, está muito feliz por mim. Com esse pensamento, não consigo evitar as lágrimas, sozinha no meu estúdio. Sonhei tanto tempo com isso, e meu pai sempre disse que eu conseguiria. E agora aqui estou com meu sonho realizado e o coração destruído. Sentada no chão, pego meu iPod e seleciono minha *playlist*. Preciso desse tempo comigo mesma. Uma música inicia, baixo a cabeça sobre os joelhos, e as lágrimas não param de cair. Não quero mais chorar por ele, mas não consigo, ainda dói muito ficar sem o Gustavo, e ouvindo essa música. *Simplesmente aconteceu*, de Ana Carolina, tocando em meus ouvidos, todas as lembranças ficam ainda mais vivas. Parece que ela conta minha história...

> "(...) Simplesmente aconteceu
> Não tem mais você e eu
> No jardim dos sonhos
> No primeiro raio de luar
> Simplesmente amanheceu
> Tudo volta a ser só eu (...)"

Sinto uma presença, e parece que meu coração vai abrir passagem em meu peito. Eu já sei quem está aqui, e quero muito que não seja mais um sonho. Quando levanto a cabeça e abro os olhos...

A MISSÃO AGORA É AMAR

CAPÍTULO 28

Gustavo

Chego à empresa ainda muito transtornado. Fiquei naquele quarto desde sábado, e só saí para comer alguma coisa. Meu fim de semana foi todo assim, prisioneiro de uma dor que parece não passar nunca. Só vim para cá hoje porque é a única coisa que me resta e sei que preciso reagir a esse estado de letargia em que me encontro. Ou acabarei enlouquecendo com a falta dela.

— E aí, cara, como foi o fim de semana? — pergunta Michel entrando na sala.

Só o encaro, e ele nota que não foi bom.

— Cadê a Lívia, cara? — *Só pode estar de sacanagem com a minha cara.*

— Eu é que sei? Pergunta para o novo atual dela, ele deve saber. Não tenho vocação para corno, Michel! — esclareço com muito ódio, e me encara espantado.

— Eu pensei que vocês tinham se acertado no sábado, quando cheguei com você do bar.

— Como assim, Michel? Não estou entendendo.

Ele me olha intrigado. O celular dele toca, e faz um sinal para que eu espere.

— Oi, amor, bom dia! — *Só o que me falta, ter que aturar isso?* — Amor, ele me disse que não sabe dela... Não sei, vai até a casa dela e qualquer coisa me liga. Beijos, eu te amo.

Fecho os olhos ao ouvir essas palavras, só me lembram dela, tenho que esquecê-la.

— Já vi que vou ter que começar do início — volta a falar comigo depois que desliga o telefone.

— Não, Michel, você não tem que começar nada do início, já sei o suficiente e não me interessa mais nada que diga a respeito da Lívia. Por favor, se respeita nossa amizade, não toca mais nisso, eu sei o que vi.

— Mas cara, ela...

— Porra, Michel! Vou ter que ser grosso com você ou sair da sala para respeitar minha decisão? — Nega com a cabeça.

— A vida é sua, Gustavo, espero que não se arrependa da sua atitude. Deveria escutar o que ela tem a dizer — insiste.

— Não enche, Michel! Falar é fácil; no dia que você pegar a sua mulher na cama com outro, aí conversa com ela. Agora deixa que eu resolva as coisas do meu jeito. — Nem o deixo responder, saio da sala e bato a porta com toda força.

Sigo para a área de produção, preciso me envolver com alguma coisa para tirá-la da minha cabeça. Eu não consigo parar de pensar em toda a nossa relação, como não enxerguei isso? Tinha certeza de que ela também sentia o mesmo, não é possível que tenha conseguido fingir tão bem. Sentia sua entrega e até seu amor, então por que foi para a cama com aquele merda?

Nada mais faz sentido, eu perdi a mulher da minha vida e, de quebra, também saí do Bope, que era o que me movia até o dia em que a conheci e me enfeitiçou com aquele olhar.

Então, lembro-me do que o Comandante me falou sobre esperar para encaminhar a baixa. Achei absurda essa ideia, mas agora que não a tenho e nem a terei mais, tentarei pelo menos resgatar o que joguei fora por causa desse amor que achei ser verdadeiro.

Volto para minha sala, e o Michel não está mais lá. Fico ali até as dezoito horas e vou para casa. Não dormi mais em meu quarto desde sábado, é insuportável permanecer ali; seu cheiro e suas lembranças estão por todos os lados. Passei a usar o quarto de hóspedes, o único cômodo neutro da casa. Não consigo nem mais cozinhar na minha própria cozinha — tudo me lembra ela. Só queria acordar desse pesadelo e ter meu anjo de volta. Ainda não sei se desejaria nunca a ter conhecido, porque esses quase cinco meses foram os mais felizes e completos da minha vida, mas a dor que estou sentindo agora também é a maior que já experimentei. Não sei como irei superar, mas lutarei. Por isso tomei uma decisão: voltarei para o Bope, não poderei perder ao mesmo tempo as duas paixões da minha vida.

Mais uma noite em que eu só durmo quando o cansaço me bate quase de manhã. É como se estivesse faltando um pedaço de mim, e a hora de dormir é a pior: sinto falta do seu corpo grudado ao meu, o cheiro dos seus cabelos, sua pele, sua voz ao acordar. E só de pensar que tudo isso agora é daquele merda, me deixa louco! Além do meu coração, ela também está levando meu juízo.

Acordo e vou direto para o batalhão. O Comandante fica surpreso em me ver — afinal, uma coisa que eu tenho é palavra.

Digo a ele que surgiu um imprevisto financeiro e terei de esperar mais um pouco para sair. Eu que não iria dizer que levei uma galhada, me tornaria a chacota do batalhão. Já basta a zoação que aturei por conta do atrevimento da Lívia naquela operação. Ele concorda, parecendo satisfeito com minha decisão e me deixa à vontade para ficar anos ou sair a hora que me for conveniente. Agradeço e me retiro também satisfeito. Sou um Caveira novamente, isso ela não me tirou.

A quarta-feira chega, e permaneço na empresa o dia inteiro, todos estão meio bolados comigo — meu humor não está dos melhores. Saio às dezoito horas e vou para casa, estarei de plantão hoje.

Chego na operação que nem um louco, minha vontade é de resolver todos os problemas dessa comunidade em uma só ação, estou com sangue nos olhos. Graças a Deus tudo correu bem, e durante a operação, eu não pensei nela. Tomei a decisão correta ao retornar; com o tempo, a esquecerei e voltarei a ser o Capitão Torres de antes de conhecê-la.

Sexta-feira. Estou em minha sala, na empresa, e entretido, quando escuto uma batida na porta.

— Entra!

Quando a porta se abre, vejo a Bia.

— Posso entrar?

Não vou negar que estou surpreso por ter demorado tanto tempo para aparecer, e isso só confirma a culpa no cartório da Lívia.

— Claro, Bia, fique à vontade. — Afinal, ela sempre foi muito gente boa comigo e não tem culpa da merda que a amiga fez.

Ela sorri sem graça, entra, e se senta na cadeira à minha frente.

— Fiquei de encontrar com o Michel aqui.

Concordo com a cabeça, ainda sem entender o que quer na minha sala.

— Gustavo, sei que não tenho nada a ver com a vida de vocês, mas dá pra ver que você também está sofrendo tanto quanto a Lívia. Por que não a procura?

Porque ela escolheu foder com aquele cara; então, que seja bem infeliz com ele, só não quero mais ficar tocando nesse assunto. Já dói o suficiente sem ter que falar.

— Olha, Bia, não quero ser indelicado, gosto muito de você, mas se veio aqui para falar da sua amiga, perdeu a viagem.

Ela me olha e nega com a cabeça.

— Gustavo, nunca vi minha amiga nesse estado, estou muito preocupada com ela. Você sabia que ela foi parar no hospital depois que saiu da sua casa?

Levo um baque, meu coração para por um segundo, e tenho certeza que meus olhos estão arregalados.

— O que houve, Bia?! — Sei que não deveria querer saber mais dela, mas minha preocupação é maior.

— Ela simplesmente não comeu e nem bebeu nada desde que saiu da sua casa. Na segunda-feira, eu a encontrei deitada na cama e desmaiou. Tive que chamar uma ambulância, foi sorte eu chegar a tempo.

Engulo em seco e não consigo dizer nada, só de imaginá-la assim eu tenho vontade de morrer.

— Juro que não fui antes, porque achei que estava com você, no sábado, quando eu e o Michel saímos do seu apartamento. Parecia que vocês tinham se entendido.

Que porra é essa de ela e o Michel falarem que parecia que tínhamos nos entendido? Não vejo como isso seria possível, até agora estou estranhando o fato de ela ter acordado pelada na minha cama.

— Eu levei um susto muito grande quando a vi naquele estado.

Saber que ela precisou de mim e eu não estava lá acaba comigo.

— Cadê aquele merda agora, que não viu isso? E por que não me disseram nada no dia? — exijo com o tom alterado e cheio de ódio.

Ela revira os olhos e balança a cabeça em negativa.

— Jura que você acreditou mesmo na armação barata daquele idiota, Gustavo? — exige irritada, e não consigo responder. — E não falamos pra você porque você disse ao Michel que não queria mais saber nada dela, e eu falei para ele não te dizer. Mas você tinha o dever de confiar nela!

Eu a encaro. Será que todo mundo vai querer desmentir o que vi com meus próprios olhos? E como eu confiaria vendo o que vi?

— Bia, como eu já te falei, não quero falar de... — tento encerrar a conversa, a dor em meu peito volta a me sufocar.

— Como você me explica o fato de eles não estarem juntos? De ela ter ido na mesma madrugada atrás de você? Ter dado uma surra nele, claro, do jeito dela, depois que você foi embora, e ainda ter me chamado para aju-

A MISSÃO AGORA É AMAR

dá-la a tirar o traste de lá? E, pior, ter quase morrido por sua causa? — me interrompe, disparando várias perguntas, e ainda estou tentando assimilar tudo ou ao menos ter uma das respostas que me pede.

Cruza as duas mãos sob o queixo enquanto me encara esperando as respostas que eu não tenho, mas a última pergunta mexe muito comigo. Não consigo nem imaginar, meu coração se aperta de um jeito que achei que não voltaria ao normal. Eu me seguro para não chorar na sua frente, que merda de caveira seria se fizesse isso?

— Ela está sofrendo muito, Gustavo, me disse que a vida dela acabou. Se eu não tivesse chegado a tempo na segunda-feira, não sei se ela estaria aqui hoje; já tinha se entregado.

Se ela se sente dessa forma mesmo, por que então me trair com aquele cara? E depois bater nele e expulsá-lo de sua casa? Claro, deve ter se arrependido de ter ido para a cama com ele. Vai ver que o cara era uma merda na cama, também. Caralho, estou ficando maluco!

— Desculpa, Bia, não sei o que ela pensou, não tenho como saber, só sei que o que vi vai ser difícil de esquecer. — Levanto-me e sigo em direção à porta. Cansei dessa conversa e não quero ser grosso com a Bia. Na verdade, ainda estou pensando no fato dela ter precisado de mim e eu não estar lá. Apesar de querer, não consigo odiá-la; ainda a amo e não consigo imaginá-la nessa situação por minha causa, apesar de ela mesmo ter provocado isso.

— Pense, Gustavo! Que policial você é? Ligue os fatos, está sendo burro, e quando perceber seu erro, pode ser tarde demais. Conheço minha amiga, ela é dura na queda, estou te avisando porque gosto de você, e sei que a ama de verdade. Tenha certeza de uma coisa: se eu não achasse isso, a essa altura já estaria sem suas preciosas bolas!

— Bia! — Michel a repreende atrás de mim, e é minha deixa. Saio sem nem dizer adeus.

Como queria que a Bia estivesse certa.

Ela realmente acredita na inocência da amiga. Porra, agora isso! Bia encheu minha cabeça, a ponto de eu até começar a duvidar dos meus próprios olhos. Minha cabeça é uma confusão só, não paro de pensar na traição da Lívia e em como ela jogou fora tudo que tínhamos. Por outro lado, o desespero dela, e agora esse fato de ter ido parar no hospital. Eu preciso respirar ou irei enlouquecer.

Pego meu carro e saio sem rumo. Quando vejo, estou em frente ao seu prédio, querendo vê-la. Sou a porra de um masoquista, mas saber que ela poderia ter morrido mexeu demais comigo. Ela tem que me explicar de novo o que houve, mesmo sabendo que nada me convencerá do contrário. Estou até pensando na hipótese de perdoá-la, fingir que acredito em sua história, sei lá, só tenho que olhar nos seus olhos.

Deixo o carro em frente ao seu prédio, não sei se proibiu minha entrada.

Deparo-me com outro porteiro. Ele já me viu umas duas vezes com a Lívia, sabe que sou seu namorado — no caso, agora ex. Passo por ele, dou bom-dia, e responde normalmente, parece que ela não comunicou nada na portaria. Estranho...

Chego em seu apartamento e, por força do hábito, não toco a campainha, entro direto com a chave que ainda tenho em meu chaveiro. Todo aquele tormento do último sábado volta à minha mente com força total.

O apartamento está muito silencioso. Meu corpo está trêmulo. Ando até seu quarto, com passos lentos, pensando em voltar, não aguentarei de novo ver aquela cena. Eu me pego rezando baixinho ao abrir a porta lentamente. Encontro-o vazio, assim como seu o banheiro também. Inesperadamente, sinto um imenso alívio. Sento na sua cama e a cena dela dormindo com aquele merda não me abandona. Revejo tudo na minha frente, meu sangue esquenta, o ódio volta a me invadir com força total. Estou me iludindo e sendo um idiota mais uma vez. Levanto-me com muita raiva e vou embora de seu apartamento. Ainda bem que não estava aqui.

Sigo para casa e não saio mais.

Acordo tarde no sábado e resolvo dar uma volta na praia. Preciso me acalmar, e o mar tem esse poder.

Eu serei capaz de tocá-la, de beijá-la de novo sem pensar naquele cara fazendo a mesma coisa? Conseguirei confiar nela algum dia? Por que meu coração me diz que estou fazendo a coisa errada, e minha razão, o contrário? Deveria seguir minha razão e tirar essa mulher da minha vida definitivamente. Mas meu corpo e meu coração me dizem que jamais conseguirei seguir sem ela. Estou caminhando perdido em meus pensamentos conflituosos quando meu celular toca. É o Comandante do meu batalhão. A tarde já se aproxima, e nem vi o tempo passar.

— Sim, Comandante.

— Capitão, sei que hoje é sua folga, mas houve um imprevisto com

A MISSÃO AGORA É AMAR

um dos nossos homens de comando e precisamos de você aqui. Será uma operação arriscada e não confio em mais ninguém.

— Ok, Comandante, pode contar comigo — confirmo seu pedido. Até que esse chamado veio a calhar.

— Eu o aguardo às dezoito horas. Até mais — desliga o telefone.

Paro assim que chego à confeitaria. Vou fazer um lanche antes de ir para o batalhão. Entro e vou direto para o balcão.

— Por favor, gostaria de um pedaço da torta de nozes e um suco de abacaxi com hortelã.

— Claro, sua torta preferida. Como está sua namorada? Ela está bem? Estranho a pergunta, está falando da Lívia?

— Desculpe minha intromissão, é que na última sexta, quando esteve aqui comprando sua torta, ela passou mal. — *Oi? Estou paralisado ouvido cada palavra e tentando ligar os pontos.* — Sorte que estava com um amigo que a socorreu. Fiquei com pena dela, estava tão feliz dizendo que faria uma surpresa pra você.

A confusão em minha cabeça só piora, mas como um clarão, tudo começa a fazer sentido. Lívia havia mencionado sua vinda aqui na sexta, que porra! Balanço a cabeça, tentando reformular tudo de uma vez.

— Ah, sim, ela está bem. Você poderia me dizer exatamente o que viu? — peço ansioso, com o coração cheio de esperanças. Eu me agarro à chance de tudo aquilo ser realmente um engano.

— Olha, me desculpe, não quis te causar algum tipo de ciúmes. Fique tranquilo, eles não fizeram nada de mais. Só tomaram um suco. — *Puta que o pariu! Maldito!* — E na hora em que ela levantou para pagar a torta, percebi que não estava passando muito bem. — *Desgraçado, eu vou matá-lo!* — Desmaiou, e o amigo dela disse que estava tudo bem, a levaria para casa, que sempre tinha esses desmaios.

A realidade me bate como um tsunami, estou malditamente aliviado. Meu Anjo foi dopado, aquele filho da puta a dopou. Eu vou acabar com a raça dele, vai desejar nunca ter nascido.

Minutos depois saio correndo em direção ao meu apartamento sem saber o que fazer, preciso falar com ela, preciso do seu perdão. Meu Deus, que merda eu fiz? Aquele babaca armou tudo, e eu não acreditei na sua inocência, ela jurou que jamais me perdoaria.

Devo estar parecendo um louco enquanto corro, todos me olham, e só então percebo que choro. Choro de alívio, de dor, de raiva, de remorso.

Choro mais por ter sido um babaca, ela poderia ter morrido, não consigo parar de chorar. Entro, enfim, em meu apartamento e me encosto à porta, deixando meu corpo deslizar até o chão. Choro mais ainda, como se esse choro fosse lavar a alma, perdoar os meus erros. Quando me acalmo, lembro que tenho que ir para a missão. Será bom ter esse tempo, preciso pensar no que vou fazer. Minha vontade é de ir agora atrás dela, mas já fiz merda demais, terei que agir com calma. Vou tomar um banho com um alívio enorme dentro do peito. Ela não fez aquilo, e eu pedirei perdão a cada segundo da minha vida por não ter acreditado nela.

Chego ao batalhão, me reúno com a equipe e pego todos os detalhes da operação. Às vinte horas saímos rumo à comunidade. A operação dessa vez será pegar um traficante foragido. O desgraçado é como um rato, está muito difícil a sua captura. Assim que entramos na comunidade, o bicho começa a pegar. Várias barricadas impedem nossas viaturas de subir, e nós tiramos as que são possíveis, até que temos que abandonar os veículos e armar o cerco a pé mesmo. Já temos a posição do infeliz, graças a umas "entrevistas" bem-sucedidas. Sigo na frente, a adrenalina a mil por hora, nosso grupo tem um total de quinze. Estamos avançando quando, de repente, começamos a ser alvejados por vários tiros. Separamos a equipe e vamos derrubando um a um, mesmo assim os tiros não cessam. Meu telefone vibra no bolso e estou encostado entre uma parede e um carro, na rua. Pego o celular e vejo que é uma mensagem da Lívia. Meu coração dispara, não resisto e abro a mensagem.

> Como você pôde agir assim, como se eu nunca tivesse existido?

Despedaço-me nesse momento, meus olhos seguram as lágrimas que tentam cair. Como ela pode pensar que a esqueci? Se estou sofrendo tanto por justamente não conseguir esquecê-la e nem dos nossos momentos. Minha vontade é de ligar para ela agora e dizer que sou um cara fodido e que não a mereço. Não mereço seu amor.

> Não posso falar agora.

Digito rápido, para não pensar que não quero nem lhe responder. Assim que der, retornarei, precisamos colocar as coisas em pratos limpos.

A MISSÃO AGORA É AMAR

> Desculpa, enviei para o número errado, não vai acontecer de novo, já estou retirando seu número da minha agenda.

Eu leio e não consigo acreditar. Claro que a mensagem foi para mim. Não a perderei de novo, ela está muito machucada e eu faria qualquer coisa, qualquer coisa para que me perdoasse. Pagaria qualquer mico que pedisse. Se me enviou essa mensagem, é claro que não tinha desistido de mim.

Começo a digitar uma resposta com o coração se enchendo de esperanças. Eu a terei de novo, nem que para isso tenha que viver exclusivamente para ela. Eu mereço qualquer coisa que ela me fale ou faça.

> Meu anjo, eu te amo tanto, tanto...

— Quer morrer, Capitão?! — O grito de Carlos não me deixa finalizar a mensagem. Então me lembro de onde estou; ele está me dando cobertura e atirando à minha frente. Caralho, essa mulher destruiu até meu instinto de defesa, estou ferrado!

— Obrigado, Sargento — agradeço já voltando para a ativa com a corda toda, até pegarmos o infeliz.

Terminamos a operação sem nenhuma perda e com a missão cumprida. Saio do batalhão às cinco horas da manhã e retorno para casa. Vou direto tomar um banho, estou ainda com toda aquela adrenalina pelo corpo. Saio do quarto e dou de cara com dona Celina, a senhora que cuida da minha casa. Esqueci que viria no domingo para fazer a faxina e deixar comida pronta para mim. Ela teria que viajar durante a semana e estava muito preocupada comigo.

— Bom dia, dona Celina.

— Bom dia, tudo bem com o senhor? — Ela sorri, é uma senhora muito simpática.

— Ainda não, mas vai ficar, dona Celina, vai ficar. — Pisco sentindo alegria que não sinto há dias.

— Sr. Gustavo, reparei que o senhor não mexeu nas correspondências que separei semana passada, e queria ter certeza se o senhor as viu. Coloquei nessa gaveta. — Vai até a gaveta e as retira.

Caralho! Tinha me esquecido até das contas, coisa que nunca fazia — sempre pagava tudo em dia. Com certeza, devia ter um monte delas vencidas.

— Realmente não vi, deixa eu aproveitar e dar uma olhada.

Bom que faria uma hora para não ter que acordar meu anjo. Acho que não seria bom para mim. Ela me entrega e começo a ver: tem fatura de cartão, luz, gás, extrato bancário... Vejo uma folha dobrada, que parece uma receita médica. Quando leio a data e o laudo, com o nome da Lívia nele, meu coração congela. É daquele sábado; ela tinha feito esse exame que atestava não ter havido ato sexual em menos de 12 horas. Aquilo só atestava minha burrice. Começo a me lembrar da cena que vi, agora com mais clareza: ela estava com a mesma calcinha e sutiã que tinha colocado naquela manhã. Nunca dormia assim, era sempre de baby-doll ou camisola.

Aquele infeliz conseguiu me enganar, por isso ela demorou tanto para acordar, e quando acordou, parecia confusa. Minhas mãos estão tremendo. Como fui burro, ainda fui embora e a deixei lá, nas mãos daquele canalha, vou matar esse cara! Desgraçado!

Eu fui um babaca com ela naquele sábado, vai me odiar e com razão. Porra, como fui idiota, ela me implorou para acreditar e, mesmo assim, a expulsei. Fecho os olhos, mantendo as mãos na cabeça. Que merda de policial eu sou, como disse a Bia, que não consegui ligar os fatos e ver na hora que aquilo era uma armação vagabunda daquele merda? Ele destruiu minha vida, e só espero que ela me perdoe.

Levanto-me e vou para o quarto me arrumar. Preciso conversar com o Michel, preciso de uma luz. Não sei como ela vai me receber. Tenho que saber a real situação, sei que a essa altura do campeonato será difícil me perdoar, mas lutarei por ela até o fim, por isso necessito de todas as informações que puder ter, e sei que o Michel poderá me dar algumas. Se eu tivesse sido menos orgulhoso e falado com ele quando quis conversar, as coisas já teriam se resolvido. E como não vi esse laudo antes? Ela deve ter deixado para provar sua inocência e só tive acesso a ele hoje — todo esse sofrimento à toa.

Saio e vou até a casa do Michel. Antes, passo na confeitaria. Dirijo-me à moça que me passou a informação.

— Oi, está tudo bem com você? Senti-me muito culpada por ter te falado aquilo ontem, você não fez nenhuma besteira, não, né?

— Ainda não fiz, mas pretendo. Vocês têm as fitas dessas câmeras de segurança? — Ela me olha desconfiada. — É que sou policial e minha na-

A MISSÃO AGORA É AMAR

morada levou um "Boa Noite, Cinderela". Eu queria ver a filmagem, para ver se me ajuda a pegar o cara, pode ser?

— Meu Deus! Você precisa falar com o gerente, mas acho que ele não vai negar.

Consigo pegar uma cópia da filmagem, que o gerente grava em um *pendrive* e me entrega. Saio da confeitaria com muito ódio daquele merda, ele mexeu com o cara errado, irá se arrepender. Para o bem dele, espero que meu Anjo me perdoe; se perder a mulher da minha vida por causa dessa armação, será bem pior para ele.

Chego à frente do prédio do Michel e ligo. Espero que esteja sozinho.

— Gustavo? Aconteceu alguma coisa? — atende preocupado.

— Você está sozinho?

— Sim.

— Então abre a porta, que estou subindo.

Ele me atende. Parado na porta, me espera com uma cara de surpreso.

— Você poderia ter me algemado à porra de uma barra de ferro para eu te escutar.

Estamos sentados no sofá de sua sala, tomando um suco, e ele me conta tudo desde o início. Diz que a levou a um hospital, que ela fez aquele exame para confirmar se havia tido ato sexual ou não. Pelo jeito e desespero em que ela estava, ele tinha certeza de que havia sido uma armação. Até o Michel enxergou isso e eu não — como me deixei levar e não confiei nela? Diz que também fez um exame de doping, para ter certeza de que foi dopada, e o resultado deu positivo. Esclarece que a mandou processar o cara e que não quis processá-lo, porque o que ele tirou dela, ela não teria de volta. Meu coração está esmigalhado com essas declarações.

— Eu fui um babaca com ela naquele sábado, Michel. Deve me odiar, e com razão. Porra, como fui burro, ela me implorou para acreditar nela e a expulsei!

Fecho os olhos e estou com as mãos na cabeça, minhas lágrimas começando a cair. O que mais me dói é o fato de tê-la feito sofrer por pura insegurança.

— Calma, cara, vai dar tudo certo. Vocês se amam e sei que vão se acertar — fala com a mão em meu ombro.

— Eu espero muito que seja assim, Michel. Estamos separados por pura burrice da minha parte. Tinha que ter enxergado o que você enxergou, mas a raiva, a desconfiança e o orgulho me cegaram.

Ele assente.

CRISTINA MELO

— Você sabe onde ela está agora? Preciso vê-la, não posso esperar mais.

— Está na academia, elas estão resolvendo os últimos detalhes, a inauguração é na semana que vem.

Pego a chave do carro e saio correndo do apartamento. Dirijo como um louco pela Linha Amarela. Chego ao Cachambi em menos de quinze minutos. Estaciono em frente à sua academia e entro. A Bia me vê sem acreditar no que está vendo, pelo menos é o que percebo pela sua cara.

— Demorou para cair a ficha, hein, Capitão! — constata em tom de deboche.

— Cadê ela, Bia?! — pergunto e estou tremendo da cabeça aos pés.

— Está lá em cima e...

Nem a deixo terminar, subo as escadas correndo em total desespero. Assim que chego ao segundo andar, meu coração se quebra com a cena que vejo: está sentada com a cabeça nos joelhos, não notou minha presença ainda. Aproximo-me devagar e me ajoelho à sua frente. Seu cheiro me invade por completo, e como senti falta disso! Ela levanta a cabeça, e noto seu rosto lavado em lágrimas e muito abatido. Eu me sinto um filho da puta de um canalha. Talvez, no fundo, eu seja pior que aquele babaca. Ele, pelo menos, estava lutando com o que tinha para tê-la de volta, enquanto eu só a afastei de mim e a fiz sofrer. Sinto-me um fraco, meu coração para de bater, nossos olhos se encontram e não consigo segurar mais minhas lágrimas...

A MISSÃO AGORA É AMAR

CAPÍTULO 29

LÍVIA

Sinto sua presença e seu cheiro, só não queria que fosse mais um sonho. Quando levanto a cabeça e abro os olhos, o vejo. Nossos olhos se conectam, e nesse momento é como se o mundo parasse e só existíssemos nós dois nele. Ele também está chorando, sentado sobre os joelhos, me olha profundamente com aquele olhar que desvenda minha alma. Está muito abatido, e acho que até emagreceu um pouco. Meu coração se aperta, por que isso tinha que acontecer com a gente? Ainda não dissemos uma palavra, só nos fitamos como se não nos víssemos há anos. Limpo um pouco das minhas lágrimas, retiro o fone dos ouvidos e o encaro confusa. Por que está aqui? Faço a pergunta a mim mesma, mesmo sem precisar da resposta, porque seus olhos inundados de lágrimas e dor me respondem. Fecho os olhos novamente, e o alívio e a esperança me invadem — ele resolveu me escutar e acreditar no que eu disse, nosso amor falou mais alto, ainda me ama.

— O que você quer aqui, Gustavo? — meu tom sai fraco, não irei aceitar mais nenhuma acusação de sua parte, mas preciso perguntar para ter certeza.

— Me perdoa, meu Anjo, por favor, me perdoa, eu senti tanto sua falta, não consigo mais ficar sem você — pede chorando muito, e meu coração se enche de alegria.

— Você acredita em mim? Eu nunca iria te trair, Gustavo.

Ele se aproxima mais e segura meu rosto, beijando cada pedacinho dele; meus dedos encontram seu rosto e limpo suas lágrimas com muito carinho. Voltou para mim, sua ficha enfim caiu e concluiu que eu não teria feito aquilo com ele, porque o amo. Abraço-o muito forte, como é bom senti-lo assim perto de mim, minha boca encontra a sua e ele a recebe sôfrego, nosso beijo é cheio de saudades, esperança, recomeço e amor, muito amor.

— Anjo... — sussurra extasiado em meu pescoço enquanto investe seus beijos, me deixando louca.

— Eu te amo, nunca faria aquilo, meu amor, nunca — declaro mais uma vez para que tenha certeza.

— Agora eu sei, meu Anjo, descobri tudo, aquele merda armou pra nós.

Solto-o na mesma hora, confusa, e me encosto de novo na parede para encará-lo.

— Como assim, você descobriu tudo? Viu o laudo que te deixei e deduziu que só podia ser uma armação, é isso? — Quase não consigo terminar a pergunta, e ele baixa o olhar.

— Eu estive na confeitaria e a menina me explicou o que aconteceu na sexta-feira, só depois vi o laudo e também a filmagem de como aquele merda te enganou.

Engulo em seco o tempo todo; é como se um balde de água fria caísse sobre minha cabeça. Então foi por isso que veio: porque tem certeza da minha inocência, não porque sentiu minha falta e concluiu por si mesmo que eu só poderia estar falando a verdade por tudo que vivemos.

— Então você confia nas palavras de uma pessoa que nem conhece, mas não confia na sua namorada, que estava totalmente desesperada e pedindo pelo amor de Deus para não fazer aquilo, porque te ama? — A dor incessante volta ao meu peito. Não foi seu amor que o trouxe aqui e, sim, a maldita razão. Esta não faz diferença para mim, não mais. Implorei, me humilhei, e esperaria por sua razão se não tivesse me expulsado da sua vida daquela maneira.

— Não é isso, meu Anjo, eu sei que fui um burro por não conseguir enxergar toda aquela armação. Deveria ter confiado em você e no nosso amor, mas o que vi foi muito forte e fiquei cego de ódio, eu não conseguia acreditar que você fosse capaz daquilo. — Sinto desespero em seu tom, mas agora também estou com raiva da sua atitude.

— Não sou, Gustavo, nunca faria isso com ninguém, pena você ter descoberto um pouco tarde e não me escutado quando lhe implorei que fizesse. — Minha voz sai sem emoção.

Fácil demais para ele; não quis saber nem um minuto como eu estava me sentindo. Até com outra já saiu. Não posso ficar com ele assim; quem ama de verdade, confia — ele tinha que pelo menos ter me ouvido. Eu me humilhei, pedi por tudo que lhe era mais sagrado e, mesmo assim, não teve pena de mim. Só eu sei o que passei e ainda estou passando esses últimos dias. Esse relacionamento não terá futuro de qualquer forma, ele provou que não confia em mim. E se houver uma próxima vez, investigará primeiro antes de me perdoar? Minha palavra será sempre questionada?

— Me perdoa, pelo amor de Deus, me perdoa, Anjo, sei que fui um grande idiota, mas me perdoa — implora chorando.

— Vai embora daqui, Gustavo, eu não aguentaria isso de novo na minha vida — declaro bem séria, e meu olhar é de muita mágoa e revolta.

A MISSÃO AGORA É AMAR

— Não, meu Anjo, não deixa esse merda vencer, eu te amo. Essa semana foi a pior que tive em toda minha vida.

Tenho certeza de que sofreu, mas seu orgulho idiota falou mais alto do que o amor que sente por mim. Eu é que acreditei que nosso amor estava em primeiro plano na sua vida. Mas foi colocá-lo à prova para perceber que não é bem assim.

— Não, Gustavo, você fez isso com a gente. Fiz de tudo para que acreditasse em mim, até aceitei sua desconfiança naquele momento, sua raiva, suas palavras duras. Mas, no fundo, acreditava que quando você estivesse mais calmo, viria me procurar e me escutaria. Eu merecia isso, Gustavo: me defender, mesmo que fosse culpada. Você não me deu nem o benefício da dúvida, agora é tarde.

— Eu faço o que você quiser, meu Anjo, sei que me ama também, então me perdoa pelo amor de Deus! — Suas mãos estão sobre a cabeça em total desespero.

Balanço a cabeça em negativa. Sim, ainda o amo, e muito. Mas não posso mais arriscar minha felicidade desse jeito, viver na corda bamba com o Gustavo. E eu que achava que todo o nosso problema era apenas sua profissão.

— Agora é tarde para ter certeza do meu amor. Eu te perdoo, mas não sei como levaremos esse relacionamento adiante. Essa sua desconfiança abriu um abismo entre nós, estou confusa e não sei como agir. Você não só duvidou do meu caráter, duvidou do meu amor, do nosso amor — esclareço bem seca, secando meu rosto com as mãos.

Preciso me afastar dele, é muito ruim essa sensação de estar perto e longe ao mesmo tempo. Consigo me levantar e, quando tento me afastar dele, me agarra pela cintura.

— Eu não vou deixar que faça isso, sei que te magoei por não acreditar em você, mas nós vamos superar, porque nos amamos. — Levanta minha blusa e começa a beijar minha barriga, dando vários beijos, até chegar ao cós do meu short.

Meu corpo está me traindo; estou toda arrepiada. Suas mãos agarram minha bunda, me mantendo presa. Como eu senti falta dele! Minhas mãos estão quase chegando aos seus cabelos, mas travo o movimento, não posso deixá-lo me dominar com sexo. Sei que se eu ceder, não conseguirei mais pará-lo, porque meu amor, desejo e saudade são grandes demais, mas preciso me manter firme.

Então uso a única arma que tenho e dou uma canelada entre suas pernas com toda minha força.

— Porra, Anjo! — grita, caindo de lado no chão e segurando o saco. Está todo vermelho.

— Da próxima vez, pense duas vezes antes de me agarrar! Não tente me seduzir, não sou tão imune a você como pensa. Não mais. Agora vá embora, tenho muita coisa ainda para arrumar aqui e está tomando meu tempo — exijo, eu mesma tentando acreditar no que acabei de dizer, porque meu coração, despedaçado, não concorda com minhas palavras.

— Eu sei que pisei feio na bola com você, mas não faça isso, tente me entender. Sinto muito, mas preciso de você como o ar que respiro. — Seu tom sai esganiçado. Sei que ainda está com dor, mas finjo não notar, já que estava quase pedindo desculpas por meu ato impensado.

— Eu te avisei, Gustavo, agora saia daqui, vá procurar a mulher que estava com você no sábado; de repente, ela pode te consolar mais uma vez. — Trago minha raiva de volta, antes que eu pule em seu colo. Ele me olha intrigado, mas sem esperar sua resposta me viro para ir embora. Se não quer sair, saio eu.

Quando estou quase chegando às escadas, sou puxada por ele. Ele me segura pelo braço e me encara bem sério.

— Do que você está falando?!

— Você sabe muito bem do que estou falando, não se faça de santo! Mas agora isso não me interessa, faça da sua vida o que bem quiser, não me diz mais respeito. E solte o meu braço — exijo, olhando para sua mão sobre meu braço. Saber que está com outra me deixa com uma raiva descomunal.

— Eu não estava com ninguém, meu Anjo. Não respondi sua mensagem direito, porque estava em uma operação muito complicada e não tinha como falar.

Meu queixo vai ao chão, a raiva dá lugar à dúvida; devo ter entendido errado.

— Você estava onde?! — pergunto sem perceber, completamente chocada.

— Eu voltei para o Bope, meu Anjo, precisava encontrar uma maneira de conseguir viver sem você, e não vi outra saída. Estava desesperado e sem conseguir pensar direito.

Estou muito surpresa! Com raiva, revolta, tudo junto. A boca aberta e os olhos arregalados.

— Você mentiu pra mim! Disse que não sairia só por minha causa; aí a gente se separa e você volta para o Bope no dia seguinte!

Ele balança a cabeça de um lado para o outro em pânico.

A MISSÃO AGORA É AMAR

— Não é nada disso, meu Anjo. Eu estava sem rumo sem você, não podia perder tudo ao mesmo tempo, mas vou sair de novo, amanhã mesmo resolvo isso, fique tranquila — confessa com tom desesperado.

— Você vai sair é daqui e da minha vida! — Puxo meu braço de sua mão. Estou com muita raiva dele; que idiota, que ridículo, que... Ahh! — Não quero mais você, ouviu bem? Esquece que eu existo! Para mim não faz mais diferença onde trabalha e o que é; não vou voltar para você. Você escolheu, agora faz o favor de aceitar! — grito, viro-me e desço as escadas com ele me seguindo.

— Anjo!

Olho para ele, revoltada.

— E não me chama mais de Anjo!

Bia presencia tudo de braços cruzados. Encaro-a.

— Bia, eu vou para o escritório fechar os pagamentos. Por favor, não quero ser incomodada.

Ela assente e eu entro no escritório. Bato a porta com toda a força e a tranco para que ele não entre, e desabo. Ele só veio até aqui porque descobriu que sou inocente e, ainda por cima, voltou para o Bope.

Escuto uma batida na porta, espero que não seja ele.

— Sou eu, amiga, abre aí — ouço a voz da Bia e abro a porta.

— Ele já foi. Está muito arrasado, Lívia.

Olho para Bia enquanto limpo minhas lágrimas.

— Não acredito que você ainda sinta pena dele, depois de tudo que passei — digo ríspida.

— Não desconta em mim, não, eu só estou comentando. Poxa, Lívia, o que mais você quer? Ele veio aqui te pedir desculpas, então por que não ficam logo de boa? Vocês se amam! Vai jogar tudo fora por causa daquele infeliz do Otávio? A culpa é dele, que armou tudo.

— Não! A culpa é do idiota do Gustavo que não acreditou no meu amor, precisou ter certeza de que não o traí para me procurar. Eu ainda acreditava, Bia, que ele viria de qualquer jeito, até mesmo achando que fosse verdade, mas que me olharia nos olhos e veria toda a verdade neles. Eu o convenceria do meu amor e ele não precisaria de prova nenhuma para saber que eu não posso viver sem ele. Mas não, só veio aqui porque descobriu que eu realmente não fui para a cama com o Otávio.

Ela me encara e nega com a cabeça.

— Você está cometendo o mesmo erro que ele, é só olhá-lo para ver que também está sofrendo.

— Sabia que ele voltou para o Bope? — pergunto. Baixa a cabeça me dando sua resposta. Claro que sabia, rio alto em um único som, com muita raiva.

— Eu ia te contar, você não quis ouvir! Então, não me acusa com esse "Rá"! — defende-se irritada, até minha amiga se virando contra mim.

— Vamos trabalhar, dona Bia! Esquece que o Gustavo existe, ele não faz mais parte da minha vida. — Tento convencer a mim mesma. Bia me olha e não diz mais nada.

Entretemo-nos com os afazeres até que o Michel chega por volta das treze horas.

— Meninas, eu trouxe o almoço — fala erguendo as embalagens.

— Que bom, amor, eu estava faminta. — Bia o beija, e meu coração se aperta. Queria muito que meu Capitão não fosse tão idiota, quer dizer, agora ele não é mais meu, mas continua sendo um idiota.

Eu forço algumas garfadas para Michel não ficar chateado. Quando não consigo empurrar mais nada, coloco o prato de lado. Eles me olham, mas não dizem nada.

— Bia, acho que vou indo, as coisas já estão bem adiantadas e estou com um pouco de dor de cabeça. Michel, valeu mesmo pelo almoço. Apesar de não estar com muita fome, estava muito bom. — Despeço-me dos dois. Preciso da minha cama.

Chego em casa, tomo um banho, coloco um baby-doll, em seguida desabo na cama. Apesar do cansaço, não consigo dormir, falta alguma coisa e sei o que é. Há uma semana que não durmo mais de três horas por noite — estou um caco. Será que fiz a coisa certa dispensando o Gustavo? Apesar de estar muito magoada, será que conseguiríamos levar essa relação como se nada tivesse acontecido? Preciso de um tempo, estou com a cabeça a mil. Alguma coisa em mim mudou. Viro-me de um lado para o outro e nada de conseguir dormir. Eu tenho que voltar à minha vida normal, mas como farei isso? Aquele Capitão safado me viciou com aquele corpo lindo e maravilhoso.

Aahh! Eu preciso esquecê-lo!

Olho o relógio e já são vinte e uma horas. Já fiz de tudo para me distrair: havia lido, entrado nas redes sociais, assistido a uns filmes, seriados, e nada me fazia dormir. Será que eu terei que começar a tomar algum tipo de medicamento? Não, isso só seria outro vício. Isso irá passar, eu me acostumo. Resolvo apagar a luz do quarto e forçar o sono.

A MISSÃO AGORA É AMAR

Pelo menos, meu desespero diminuiu; a dor permanece, mas estou mais consciente da situação.

Estou quase dormindo quando escuto a porta do quarto se abrir. Levo um susto. Bia? Foco minha visão melhor na silhueta que vejo no escuro. Não acredito! Passo a mão pelo rosto para ter certeza de que eu não estou tendo uma miragem.

— O que você está fazendo aqui?! — pergunto com o tom fraco. Ando tão cansada disso tudo, que hoje não tenho mais forças nem para brigar com ele.

— Anjo, eu não durmo direito há uma semana, por favor, me deixa ficar — pede, já tirando a camisa, e eu engulo em seco com essa visão. A saudade me domina. Retira sua arma do cós da calça e a coloca em cima da mesa de cabeceira. Não consigo dizer nada, me sinto tão fraca... Ele começa a retirar a calça, será que está bêbado de novo?

— Claro que não — respondo sem nenhuma emoção. — Você bebeu?!

Só balança a cabeça em negativa e se aproxima da cama, entrando embaixo do edredom junto comigo. Abismada com sua atitude, as palavras não se formam na minha boca. Minha vontade é de chorar, e nem sei pelo quê.

Ele me puxa de encontro a ele e eu me debato; não vou aceitar isso, quem ele pensa que é? *É o homem por quem é completamente apaixonada*, respondo a mim mesma.

— Pode me soltar e sair da minha cama e da minha casa — exijo sem certeza alguma. A proximidade do seu corpo acende o meu como pólvora e fogo; ele é meu combustível. Eu estou perdida.

— *Shiuu...* Meu Anjo, por favor, só vamos dormir, até porque ainda estou dolorido do chute que você me deu. Amanhã conversamos — pede com o tom fraco, e não consigo deixar de sorrir. Percebo que ele realmente está muito cansado.

Meus olhos estão pesados, me viro de costas para ele, que me puxa, envolvendo minha cintura com o braço e enfiando o nariz em meus cabelos. Estamos colados um no outro. Deixo algumas lágrimas rolarem pelo meu rosto.

Por que nossa vida tinha que ser assim? Por que Otávio fez isso com a gente? Juro que quero expulsá-lo, falar um monte de coisas, mas a sensação de tê-lo assim de novo é tão boa que não consigo fazer nada. Não demora muito, sinto sua respiração mais tranquila, indicando que já está dormindo, e eu não demoro para também apagar.

Acordo com uma sensação muito boa, não dormia bem assim desde a semana passada, quando nos separamos. Ele está todo enrolado a mim e dorme feito uma pedra. Fecho meus olhos de novo e fico bem quietinha, mas sei que logo terei que tomar uma atitude. Não poderei ceder tão fácil assim, não sei nem se ainda o quero realmente na minha vida.

Quero aproveitar ao máximo esse momento.

Desperto com beijos por meu pescoço e rosto. Só posso estar sonhando, então, evito abrir os olhos para não acordar desse sonho maravilhoso. Gustavo não seria tão cara de pau de estar fazendo isso de verdade. Claro que seria, é exatamente o que fez: invadiu minha casa e dormiu aqui na minha cama sem minha permissão — os beijos são o de menos.

— Pare com isso, Gustavo — peço antes mesmo de abrir os olhos, mas ele continua.

— Eu quase fiquei louco sem você, meu anjo, achei que nunca mais ficaríamos assim, eu te amo tanto... — Por mais que eu o queira, não posso permitir que ele faça isso comigo.

— E não vamos, não vou voltar atrás, Gustavo. Você não faz mais parte da minha vida. Você pensa que é só vir aqui e dormir na minha cama, me beijar do jeito que eu gosto, e tudo se resolve? — Sou irônica, imitando o que me disse em sua casa, naquele sábado. Ele me deita de costas na cama e fica em cima de mim, me olhando nos olhos.

— Me perdoa, meu Anjo, eu te amo. Sei que fui burro, idiota, um completo canalha com você, mas fiquei com muito ódio de ver o que eu vi e não consegui pensar direito.

— Não posso, Gustavo, eu e você não teremos mais um relacionamento sadio depois do que aconteceu. Você provou que não confia em mim, e eu descobri que consigo viver com a dor de não ter você.

— Não! — Ele nega com a cabeça em desespero. — Eu sei que está magoada, mas não me peça para ficar longe; sei que essa promessa eu não vou conseguir cumprir. A não ser que diga que não me ama mais; se for assim, não te procuro mais.

— Amar não tem nada a ver com o fato de eu querer me preservar e

A MISSÃO AGORA É AMAR

ficar longe de você. E vou conseguir; nada que um novo amor não resolva — provoco, e me olha indignado.

— Novo amor, porra nenhuma! — Ele me ataca com um beijo.

Eu tento resistir, mas minha saudade e meu corpo me traem e eu correspondo. Beijamo-nos com vontade, fome, amor, desespero e muita saudade. Mas, além de tudo, é um beijo de despedida. Eu preciso de um tempo, mas não poderei dizer isso para ele. Jamais aceitaria, então, que seja uma despedida, eu arriscarei perdê-lo para sempre. Não sei mais o que esperar dessa relação; estou muito, muito cansada de tudo isso.

Minhas mãos vão para as suas costas, e ele geme. Estou a ponto de deixar todo meu questionamento de lado e ceder a ele e ao meu amor, mas não posso, isso só tornaria as coisas mais difíceis para os dois. Então o empurro, aproveito sua distração e saio da cama, com a respiração ofegante e a cabeça muito confusa. Não posso deixar a fraqueza me derrubar.

— Saia da minha casa, Gustavo! Eu não quero mais querer você. Acabou, veja se entende isso de uma vez por todas! — exijo descontrolada. Preciso convencê-lo de que falei a verdade, caso contrário, não sairá mais daqui, sei o quanto é persistente. Eu preciso ficar distante dele para pôr meus sentimentos no lugar.

Encaro-o sentado na cama, com uma cara de espanto, então entro no banheiro e tranco a porta, antes que minhas fraquezas me dominem.

Tomo um banho para me acalmar, e quando saio do quarto, não está mais lá, mas sua arma e suas roupas sim. Isso significa que ele ainda não foi embora. Respiro fundo e me visto com um short *jeans* e uma blusa preta, penteio os cabelos e faço um rabo de cavalo. Vou me encontrar com a Bia na academia.

Estou me sentindo bem fisicamente, parece que dormi uma semana direto. Tenho que admitir que, pelo menos, Gustavo me ajudou a descansar, me sinto novinha em folha e cheia de energia. Claro que meu corpo está sentindo falta dele de outra maneira também. Mas preciso acalmar meus ânimos. De certa forma, saber que agora ele sabe de toda a verdade me faz sentir mais leve, como se um enorme peso tivesse sido tirado das minhas costas.

Respiro fundo e sigo para a sala, mas também não está aqui. Pego meu celular em cima da mesa, e quando vejo a hora, quase tenho um treco: já é uma e meia da tarde, nós dormimos mais de doze horas. Tem várias chamadas da Bia no meu celular, não sei como não veio aqui atrás de mim

— quer dizer, vai que veio e entendeu tudo errado.

Estou faminta, vou para a cozinha e o vejo, está só de bermuda, pelo menos colocou uma. Um homem desses na sua cozinha, só de bermuda, é realmente um atentado ao bom juízo de qualquer mortal.

Eu realmente o quero fora da minha vida? *Sim, Lívia, você quer.*

— Acho que te pedi para ir embora. — Abro a geladeira para pegar um suco enquanto me encara.

— O que você está fazendo? — me indaga.

Ele está preparando alguma coisa no fogão, não sei o que é, porque não quero olhar muito em sua direção. Percebo, porém, que minha pia está uma bagunça, com farinha de trigo e vários outros ingredientes para uma salada.

— Acho que tenho o direito de comer e beber na minha própria casa sem ter que pedir permissão para ninguém — respondo sem olhá-lo.

— Você não vai comer nada, eu estou terminando o almoço, e você vai almoçar. Pelo jeito que emagreceu, deve ter uma semana que não se alimenta direito.

— Acho que nesse quesito estamos empatados, não é? — questiono bem atrevida. Ele me olha, não me responde, mas tira o suco da minha mão.

— O almoço fica pronto em dez minutos — diz como se eu não tivesse dito nada.

Olho para ele e pisco várias vezes; sua atitude não muda mesmo: tem que controlar tudo, e tudo tem que ser da sua maneira. Isso vai ser mais difícil do que pensei. Saio da cozinha e volto para a sala, tenho que ligar para a Bia.

— Amiga, desculpa, acabei de acordar, daqui a pouco vou até aí.

— Estou sabendo, mas pode ficar tranquila que resolvi tudo por aqui, já estou até indo embora. — Estou a imaginando sorrir do outro lado. Eu sabia! Ela veio até aqui.

— Não é nada disso, Bia. O Gustavo é louco, eu já disse mil vezes que acabou, mas parece que não entende ou não quer entender; não sei mais o que fazer — explico um pouco exaltada.

— Ok, Lívia, eu desisto, você quem sabe. Já dei minha opinião, mas a decisão é sua, agora deixa eu desligar, beijos. — Desliga sem nem esperar eu me despedir. Agora eu sou a vilã?

Quando olho para o lado, o Gustavo está em pé, com os braços cruzados, me encarando muito sério. Minha vontade é de abraçá-lo e dizer que tudo isso irá passar, que tudo voltará a ser como antes. Mas não posso,

A MISSÃO AGORA É AMAR

nada faz sentido nesse momento, eu só quero ficar sozinha.

— O almoço está pronto — é só o que diz, se vira para voltar para a cozinha. Sinto que ficou magoado com minhas palavras, mas isso não é mais da minha conta.

Vou para a cozinha e me sirvo, estou realmente com fome. Pego o prato e o copo de suco e vou para a sala. Ele preparou panquecas de carne com uma salada, e estão com um cheiro e uma cara maravilhosos.

Sento-me à mesa e começo a comer, parece que meu apetite de uma semana está todo concentrado na mesma refeição. Está uma delícia! Esse filho da mãe, além de gostoso e lindo, cozinha muito bem. Senta-se à minha frente e também come sem dizer uma palavra. Mas me olha o tempo todo, e isso me agonia.

Terminamos a refeição em completo silêncio, não aguento mais todos os questionamentos em seus olhos e resolvo falar.

— Gustavo, quero que me ouça e olhe bem pra mim, para que perceba que não estou irritada ou magoada com você neste momento — digo pausadamente, e com muita calma.

Seus olhos se fixam nos meus imediatamente.

— Não vejo como podemos voltar a ser um casal novamente. Nós nos magoamos muito e existem coisas que não podem ser coladas. Desde o início, nosso relacionamento foi intenso, não tivemos muito tempo para nos adaptar um ao outro, e acho que acabamos pulando etapas. Não amadurecemos nossa relação para resistir aos desafios que poderíamos enfrentar. Fomos ingênuos acreditando que nosso amor superaria qualquer coisa. No entanto, não foi assim. A única certeza que tenho, Gustavo, é que eu ainda te amo, mas não sei se esse amor é o suficiente; ele não foi quando mais precisei. No momento só preciso desse tempo, preciso me redescobrir, dosar tudo, tenho muitas coisas pela frente e não quero deixar de viver nenhuma delas, preciso conhecer e entender todos os riscos, quero me conhecer e ter certeza de que estou tomando a decisão certa. O que sinto por você não pode me dominar, tem que me fazer feliz e não me trazer angústias.

— Você era feliz, meu amor, sei que sim.

— Esse é o seu problema, Gustavo: você não pode tomar decisões pelos dois. Não é assim que funciona; o meu tempo é, e sempre vai ser diferente do seu, só tem que aprender a respeitar meu espaço.

Gustavo me olha com olhar inquisitivo. Como um bom policial, procura algum indício de que eu esteja sendo dissimulada em minhas palavras.

Mas estou sendo sincera, e não baixo meu olhar um único instante.

— Posso me arrepender um dia dessa decisão, mas no momento é o que quero. Agora gostaria que você fosse embora e não me procurasse mais.

— Está realmente certa disso? — pergunta, pronunciando cada palavra com muita dificuldade, e engole em seco o tempo todo.

— Sim, estou. — Tento passar o máximo de certeza possível.

Nega com a cabeça, levanta-se da mesa em silêncio e segue em direção ao meu quarto.

Permaneço sentada com as mãos na cabeça, pensando no que ele irá fazer agora. Não demora muito, retorna vestindo sua camisa, me dá um beijo na cabeça e vai em direção à porta.

Ele aceitou minha posição. Sinto um vazio enorme com essa constatação. Logo sai e bate a porta atrás de si.

Lágrimas começam a descer, vou para o sofá e abraço meus joelhos. Não será nada fácil esquecê-lo, mas conseguirei. Eu não poderei me arrepender da minha decisão.

A MISSÃO AGORA É AMAR

CAPÍTULO 30

Gustavo

Saio muito angustiado do apartamento do meu Anjo. Em nenhum momento vi dúvida em suas palavras. Meu coração está apertado com o fato de ela realmente estar falando a verdade.

Eu não posso perdê-la! Como fui burro! Devia tê-la escutado quando me implorou, mas não consegui, meu ódio e meu orgulho me dominaram, sufocaram todo meu amor, fui egoísta e só pensei no que sentia. Mais uma vez fui o culpado por fazer ela se sentir magoada e ferida — logo eu, que sempre quis defendê-la e poupá-la de qualquer sofrimento.

Disse que acha que nosso amor não será o suficiente, mas vou provar que sim, senão, minha vida não terá mais sentindo algum.

Iludi-me pelo fato de ela me deixar dormir na sua cama; na verdade, ela não deixou, mas acabou aceitando. Pensei que hoje as coisas estariam mais tranquilas, talvez só tenha deixado por estar tão exausta quanto eu. Para mim, foi como se meu mundo tivesse voltado a girar. Só de dormir ao seu lado, sentindo seu cheiro e seu corpo em meus braços, tudo pareceu estar em seu lugar novamente, mas não estava, e eu não tenho mais a certeza se um dia estará. Quando nos beijamos, senti sua entrega e o quanto ainda é minha, mas ela não quer aceitar isso, e estou com muito medo de perdê-la para sempre.

Escutá-la dizendo à Bia que tinha acabado e que não queria mais nada comigo me deu muito medo. E o pior foi vê-la expondo seus sentimentos na mesa, com toda a calma do mundo. Entrei em pânico, ela parecia ter certeza de sua decisão de não ficarmos mais juntos, e a culpa é minha. Eu destruí tudo, por isso resolvi ir embora para pensar em como a reconquistar. Ela tem razão: na maioria das vezes sou impulsivo e não dou o espaço de que precisa, mas nunca amei uma mulher como a amo. Sei que cometi erros bobos e até idiotas, e me deixei levar por esses impulsos descabidos, tudo pelo medo de perdê-la, e agora a sinto escapando entre meus dedos. Não quero nem pensar na possibilidade de ela não voltar atrás, seria minha ruína.

Minha raiva está além do normal: aquele merda conseguiu nos separar e irá pagar, ou não me chamo Gustavo Albuquerque Torres. Mexeu com o cara errado; estou com sangue nos olhos, isso não ficará assim.

Dirijo-me a um shopping bem próximo à minha casa, preciso pagar algumas contas que já estão vencidas. Antes de descer do carro, ligo para o Michel.

— Fala aí, Gustavo, o que manda? — Seu tom está um tanto alegre demais, bem diferente do meu estado de espírito no momento.

— Eu sou o cara mais burro do mundo, Michel! Ela disse que não me quer mais, cara, e não tenho ideia de como vai ser minha vida sem ela — desabafo com ele.

— Está magoada, cara, isso vai passar, você pegou muito pesado com ela.

— Tudo culpa daquele merda, Michel! Ele vai me pagar por isso, quando eu o pegar, vai se arrepender de ter nascido. — Meu ódio é palpável.

— Não vai fazer merda, Gustavo, esfria a cabeça.

— Se a Lívia não me perdoar, ele vai pagar o pato. Se não fosse pela armação dele, estaríamos juntos e felizes.

Disso eu tenha absoluta certeza.

— E se você não fosse tão cabeça-dura e escutasse, também. Agora vai fazer outra merda para piorar tudo.

Engulo calado, sei que ele está certo, mas só na parte do cabeça-dura. Eu sou caveira e irei correr atrás do prejuízo.

— Michel? — o chamo para ter certeza de que ouvirá o que direi a seguir.

— Fala, cara! Eu estou te ouvindo...

— Aqui é caveira, porra! *Caveira!* — Estou muito exaltado.

— Porra, Gustavo! Cuidado, não faça besteira, não vale a pena.

Claro que vale a pena, aquele merda não vai ficar de boa com o que fez, nem fodendo.

— Não vou, Michel, pode deixar que vou resolver isso da melhor maneira, quebrando a cara dele até se arrepender do que fez.

Fica mudo por um instante. No fundo, sabe que eu tomarei a atitude que ele também tomaria.

O ódio que está dentro de mim é fora do normal, esse filho da puta vai me conhecer. Sinto um gosto de sangue na boca neste exato momento, tenho que resolver esta situação o mais rápido possível. Aquele sacripanta irá pagar o pato, por causar a dor que causou em meu Anjo, em mim, e por me fazer acreditar que ele conseguiu ter o que apenas eu tinha.

— Valeu, Michel! De resto, está tudo bem na empresa?

— Está sim, Gustavo, se cuida, irmão.

— Valeu, parceiro.

Desligo o celular e vou em direção às Casas Lotéricas para pagar as contas.

A MISSÃO AGORA É AMAR

Saio do shopping e retorno para casa. Ao entrar em meu apartamento, a primeira coisa que me vem à mente são as lembranças do meu Anjo. Sinto sua presença, eu a queria aqui, junto de mim, queria tocar seu corpo, fazer amor com ela. Vou lutar até minhas últimas forças para tê-la novamente.

Pego o telefone e envio uma mensagem:

> Anjo! Por mais que pareça o fim, não vou desistir de você, sabe por quê? Eu acredito no poder do amor, sei que nós fomos feitos para nos amar, e que você foi feita pra mim. Você é meu encaixe perfeito, minha dádiva de Deus, não me delete de sua vida, porque eu te amo e não vou conseguir viver sem você.

Acabo de escrever esta mensagem e me deparo com lágrimas descendo pelo meu rosto. Estou virando mesmo um mariquinha. Mas é que essa porra toda dói muito.

Tomo um banho, preparo um sanduíche de queijo minas com peito de peru, pego um copo de leite gelado e empurro garganta adentro. Estou sem apetite, mas tenho que me alimentar, preciso me manter forte pelo menos por fora, já que por dentro eu estou destruído. Termino meu lanche e vou para o quarto de hóspedes, que se tornou meu quarto. Minha vontade é de ir para a casa do meu Anjo, mas necessito dar um tempo para ela, senão a perderei de vez.

Pego meu celular e observo que visualizou a mensagem, mas não me respondeu. Eu estou com muito medo, será que ela deixou de me amar?

Porra! Como pude não confiar nela? Burro, burro, mil vezes burro! Estou quase arrancando meus próprios cabelos. Passo uma noite infernal rolando de um lado para o outro, minha vida virou um inferno!

Vou para a empresa, onde chego antes de todos. Entro na minha sala e tento me distrair, mas não consigo. Meu desespero é tamanho que me sinto totalmente impotente com essa situação, o medo já me domina. Eu preciso dela.

Quando Michel chega, não me seguro mais. Eu tenho um problema para resolver e será agora. Pego a chave do carro em minha mesa e digo ao Michel que retornarei logo. Ele assente e eu saio. Entro no meu carro. Agora, a única coisa que me domina é meu ódio, aquele miserável irá me conhecer hoje.

Chego à portaria do seu prédio e vou logo entrando, ai de quem me parar. A recepcionista até tenta me chamar, mas acho que desiste quando vê minha cara de poucos amigos. Entro no elevador e aperto a cobertura, minhas mãos fechadas em punho, com tanta força que os nós dos meus dedos estão brancos.

Chego à cobertura, e tem uma senhora sentada atrás de uma mesa. Olho para a mulher, que me devolve o olhar, tenho certeza que consegue ver a raiva em meu rosto.

— Bom dia, senhor, posso ajudá-lo?

Nem respondo, vejo uma porta fechada e o nome do desgraçado escrito nela. Abro-a de uma vez só, viro para a esquerda e o vejo lá, sentado com um monte de documentos nas mãos. Seu nariz está com um curativo. Dou um sorriso de lado, porque ele irá precisar de outro.

Ergue a cabeça, e o fulmino com os olhos.

— O que está fazendo aqui?

— Seu filho de uma puta! Você vai me conhecer. — Puxo-o pelo colarinho por cima da mesa, derrubando-o junto com todos os papéis no chão. Disparo um soco, que acerta sua boca. Ele tenta reagir, mas não deixo, dando outro soco em seu olho. — Desgraçado, você destruiu a minha vida. — Outro soco.

Puxo o idiota pela gravata e o jogo em cima da mesa, a cara dele já está lavada em sangue. Quando eu vou começar a socar sua barriga, sou puxado para longe dele por quatro homens, que devem ser os seguranças.

— Me larga, porra! — exijo cheio de ódio, minha vontade é matá-lo.

A senhora que me abordou quando cheguei vai para cima dele, toda solícita, e os caras continuam me segurando. Nesse momento, chegam outros funcionários curiosos para dar plateia.

— Eu vou te denunciar, seu louco — ameaça-me ao se levantar. Está com um lenço, tentando limpar a bagunça que eu fiz em sua cara.

— Faça isso, seu merda! Eu é que vou te colocar na cadeia; já tenho todas as provas da sua armação barata! — berro para ele, que arregala os olhos.

— Não sei do que está falando — ele se finge de desentendido. Filho da puta! Não é capaz nem de assumir seu erro.

— Eu tenho exame de sangue acusando o doping, testemunha e uma filmagem com toda a sua ação. Você é muito imbecil de achar que eu não descobriria.

Engole em seco e vejo medo em seus olhos. É isso mesmo, eu quero pavor, seu desgraçado! Todos na sala o olham.

— Se você chegar perto dela de novo, eu te mato, ouviu bem? — ame-

A MISSÃO AGORA É AMAR

aço com o dedo em riste para ele. — E reze, mas reze muito para ela me perdoar pela merda que fiz por sua causa, porque se ela não me perdoar, eu vou te caçar até o inferno e vou ser seu maior pesadelo, seu infeliz!

— Você está me ameaçando? — pergunta tentando parecer tranquilo.

— Claro que não! Eu estou te fazendo uma promessa, e não costumo deixar de cumpri-las.

Arregala os olhos com minha resposta. Filho de uma puta! Desgraçado!

— Me solta, porra! Por hoje eu não vou fazer mais nada com esse merda. — Os seguranças me soltam, viro e dou de cara com uma grande plateia abismada. Não perco a oportunidade.

— Fiquem sabendo — encaro a todos —, que o chefe de vocês não consegue nem levar uma mulher para cama sem dopá-la. Último aviso — olho para ele de novo —, nunca mais chegue perto da *minha* mulher.

Saio do seu escritório sem nem mesmo olhar para trás. Estou mais aliviado, no entanto, ainda com raiva, queria ter batido mais. Espero que ele realmente entenda o recado, porque se pegá-lo perto da Lívia de novo, aí, meu irmão, não vai ter mais chances para ele.

Quando chego à empresa, já está na hora do almoço. Mas não estou com um pingo de fome. Pego meu celular, ligo para a Lívia, preciso pelo menos ouvir sua voz. Ligo umas três vezes, mas não me atende; eu juro que vou pirar! Quer dizer, já pirei!

Horas depois saio da empresa e vou para casa, pego meu uniforme e sigo para o batalhão. Ficarei no Bope até que ela me aceite de volta, senão, como será minha vida sem ela e com tanto tempo livre? Preciso me ocupar e colocar minha raiva para fora, e onde melhor para fazer isso se não no Bope? Agora eu posso dizer que serei o pior pesadelo para quem cruzar meu caminho.

Saio do batalhão por volta das quatro da manhã. Estou com tanta saudade, parece que eu não a vejo há um ano, e essa dela nem atender meu telefonema está acabando comigo.

Quando vejo, já estou entrando em seu prédio; eu preciso pelo menos vê-la. Entro no seu apartamento bem devagar, essa merda de madrugada silenciosa faz qualquer barulho se tornar um escândalo! Fecho a porta do apartamento com a maior cautela possível — até parece que estou em uma missão. Na verdade, eu estou, sim; quero só ver o amor da minha vida, meu Anjo. Sei que é errado invadir sua casa sem permissão, sei que não estou cumprindo o que me pediu, tenho plena consciência da merda que estou fazendo, mas quem nunca fez uma loucura por amor? Então, podem me julgar, eu não estou nem aí.

Tiro meu tênis na porta para não fazer barulho, e ando num silêncio mortal para o corredor. Estou sendo muito ridículo e um bobo, mas nem ligo, só quero vê-la. Abro a porta do quarto bem devagar... Seguro o lábio com o dente, chego até a fazer uma careta, com medo de acordá-la. Quem diria, um Caveira como eu, com medo de uma mulher. Mas ela não é uma mulher qualquer, tem em suas mãos todas as minhas fraquezas, angústias, medos e toda a minha felicidade. Tudo depende dela, eu sou seu refém e quero continuar sendo por toda a minha vida.

Dou graças a Deus pela TV estar ligada, assim conseguirei ver melhor meu Anjo. Ela é linda até dormindo. Está deitada de lado, agarrada ao meu travesseiro, uma de suas pernas está por cima do edredom. Estou com uma vontade alucinante de me deitar ao seu lado, abraçá-la, beijá-la e fazer amor com ela até que fiquemos exaustos, mas não tenho mais esse direito, e isso me machuca de uma maneira que me faz preferir a morte. Sento-me no chão, encostado ao seu armário, e velo seu sono por uma hora mais ou menos, não me canso de olhar para ela.

— Não, Gustavo! Não faça isso com a gente, eu te amo, por favor, não destrua tudo! — grita enquanto dorme, e meu coração dispara.

Está tendo um pesadelo, se debate muito, e o que mais me dói é saber que eu sou o motivo de seu pesadelo. Sei, sei mesmo que não devia e que ela vai me escorraçar quando acordar, mas não consigo ficar quieto, me deito ao seu lado na cama e a abraço.

— Eu estou aqui, meu Anjo, vai ficar tudo bem, é só um sonho ruim. — Beijo sua cabeça e seu rosto. Tiro o travesseiro do seu abraço para que abrace o meu corpo.

Caralho! Minha pistola! Lembro-me e a retiro, colocando-a sobre a mesinha do meu lado. De olhos fechados, Lívia me abraça muito forte, e seu corpo se acalma na hora. Inalo seu cheiro e a aproximo mais de mim. Continua dormindo e eu fico admirando cada pedacinho dela. Pego o controle que está ao seu lado na cama e desligo a TV. Eu estou em casa, ela é minha casa, aqui é meu lugar. Seus braços e pernas envoltos em meu corpo me causam a melhor sensação do mundo.

A MISSÃO AGORA É AMAR

Acordo e já amanheceu. Lívia continua dormindo na mesma posição, estou totalmente rendido, mas tenho que sair daqui antes que ela acorde, não quero que se irrite com o fato de eu ter dormido aqui. Sou maluco em fazer o que fiz.

Que se dane, nunca escondi que sou louco por ela.

Levanto-me bem devagar, e ela se mexe, como se seu corpo reconhecesse a falta do meu. Tenho certeza que será questão de pouco tempo até acordar, então pego minha pistola e saio praticamente correndo do quarto e de seu apartamento.

Só de ter ficado essas horas com ela, mesmo sem seu conhecimento, renovou um pouco minhas forças.

Vou direto para a empresa, onde ficarei na parte da manhã. À tarde eu irei colocar uma ideia meio absurda em prática, que me fará muito feliz se tiver meio por cento de chances de eu reconquistar meu Anjo.

Almoço e sigo em direção ao meu destino. Caralho, isso não irá dar certo, mas preciso tentar, faria qualquer coisa por ela.

Nem acredito quando estou parado batendo em uma porta.

— Pode entrar — responde a voz que eu ouvi apenas uma vez.

— Oi, boa tarde, cara, está lembrado de mim? — pergunto muito sem graça, nunca passei uma situação tão embaraçosa.

— Claro! Você é o namorado da Lívia. Olha, vou logo avisando que já tem um tempo que não danço com ela — defende-se em tom de brincadeira, e sorrio um pouco.

— Não é isso, Edu, posso te chamar assim? — pergunto, o cara parece mesmo ser gente boa.

— Claro, todos me chamam assim. Em que posso te ajudar?

Hesito um pouco antes de falar. O que pensará de mim?

— É que a Lívia adora dançar, você sabe, não é? — pergunto sem jeito, e ele cruza os braços enquanto me encara.

— Sei, ela realmente ama.

— Então, eu queria te perguntar se você poderia me dar umas aulas? Em particular, é claro.

Dá um sorriso e fica quieto por uns instantes, aumentando meu nervosismo.

— Olha, poder até posso, mas me desculpe a indiscrição, por que não pede para a Lívia te ensinar? Ela é uma ótima professora.

— É que não estamos juntos no momento — abaixo a cabeça sem graça —, mas vou fazer de tudo para tê-la de volta, inclusive aprender a dançar. E você me ajudaria muito se ela não ficasse sabendo, queria que fosse uma surpresa. Lívia me disse, uma vez, que o namorado dela tinha que saber dançar, e sou uma negação completa, nem sei se vou conseguir aprender algo, mas preciso tentar, por ela.

Ele sorri e concorda com a cabeça.

— Você vai ser um bom dançarino, isso te garanto — promete empolgado, embora eu não consiga ter essa confiança toda.

— Só de não pisar no pé dela a cada passo que der, já vou ficar bem satisfeito. Quando começamos?

— Agora mesmo! Minha próxima aula é só daqui a uma hora, e estava entediado mesmo. Vamos ver o que conseguimos?

Nunca achei que seria tão complicado aprender a dançar; vendo as pessoas, parece tão fácil. Senti que o Edu já estava perdendo a paciência, eu admito que sou muito ruim, nem consigo sair dos passos básicos, isso não irá dar certo.

Despedimo-nos, e ele remarca para o dia seguinte, no mesmo horário. É muito paciente, mas se eu continuar assim tão desajeitado, ele desistirá, aí estarei ferrado.

Volto quinta, sexta e sábado à tarde. Agora, eu até que estou gostando e começando a me sair bem. Edu é mesmo um ótimo professor. Michel está estranhando o fato de eu sair da empresa esses dias seguidos no mesmo horário, mas não posso lhe contar. Sei que poderá soltar sem querer para a Bia, e aí será a mesma coisa que falar para a Lívia.

Não vi a Lívia desde a madrugada de quarta-feira, quando fui à sua casa e saí sem que ela me visse. Estou tentando me segurar ao máximo. Quero respeitar seu pedido, mas está cada dia mais difícil ficar sem ela.

São vinte horas de sábado, estou muito tenso, hoje é minha folga e não sei mais o que fazer com tanto tempo livre. Resolvo dar uma corrida na praia, para gastar um pouco dessa energia acumulada que só penso em gastar com a Lívia. Do jeito que estou, teria que correr o Rio todo e, mesmo assim, seria complicado para o meu lado, eu só a quero.

Chego em casa depois das vinte e três horas. Encontrei uns amigos que não via fazia muito tempo e ficamos batendo papo em um quiosque. Até que me distraí um pouco das minhas lembranças.

Vou para o banheiro e tomo um banho. Já tinha comido um peixe na praia, então vou checar meus e-mails. Quando termino, ligo a TV e começo a me interessar por um filme. Sei que não dormirei tão cedo sentindo a falta dela, é assim todas as noites.

O filme já está quase terminando quando ouço um som de mensagem no meu celular. Só pode ser do batalhão. Pego-o e abro a mensagem. Ao perceber que é da Bia, meu coração dispara. A essa hora, só pode ser merda. Respiro fundo antes de ler...

> Gustavo, desculpa te incomodar, mas não estou conseguindo falar com o Michel, ele está de serviço. É que eu e a Lívia resolvemos sair para comemorar a abertura da academia na segunda, e ela está exagerando na bebida. Tem um cara que diz conhecê-la, mas não o conheço, e ele está passando dos limites, não sei mais o que fazer.

Meu sangue ferve no mesmo instante, meu coração está acelerado. Quem é esse cara? É a primeira pergunta que me faço, eu já não consigo mais raciocinar. Minha cabeça já está a mil, só consigo pensar merda.

> Onde vocês estão?

Ela me passa o endereço e sua localização exata. É bem perto aqui de casa, pelo menos isso.

Visto a primeira roupa que vejo: uma calça *jeans* preta e uma camisa também preta, coloco meu tênis, pego minha pistola, a chave do carro e saio igual a um maluco.

Chego ao local muito mais rápido do que esperava, e quando me aproximo, vejo Lívia tentando se esquivar do cara. Parece uma boneca de pano; Bia a puxa de um lado, e o cara, de outro. Minha raiva vai ao extremo ao percebê-lo com a mão em meu Anjo. Minha vontade é já chegar quebrando a cara dele, mas sei que, se fizer isso, me afastarei mais ainda dela e perderei a chance de reconquistá-la.

Respiro fundo e me aproximo mais, meu maxilar está cerrado, tento controlar a raiva. Ela está de costas para mim, mas Bia vê quando eu chego e relaxa visivelmente. Por trás da Lívia, passo um braço em sua cintura, puxando-a contra meu corpo. Sentir seu corpo junto ao meu alivia um pouco a tensão, mas só um pouco. Ela sente minha presença na hora e congela, o sujeito também trava, me olhando.

— Posso saber o que está acontecendo aqui? — pergunto, encarando o sujeito nos olhos com um ódio mortal.

CAPÍTULO 31

Gustavo

Ele a solta na hora, enquanto ela se vira de frente para mim, me olha, sorri e me envolve pela cintura, ficando completamente colada a mim. Agora quem não está entendendo nada sou eu.

— Não está acontecendo nada que seja da sua conta. Não precisamos de um segurança aqui, pode ir — o sujeito me responde.

Como é que é? A Lívia continua me abraçando com o rosto em meu ombro.

— Ele é o namorado dela, seu idiota! Você que está sobrando aqui, dá o fora enquanto ainda está em tempo — Bia revida cheia de atitude, e eu ainda estou perdido, sem reação.

O cara me olha de cima a baixo, parece não acreditar no que Bia acabou de dizer.

— Está surdo? — Tiro Lívia com cuidado dos meus braços e a coloco sentada. Encaro o cara de frente. — O que você quer com a minha namorada, posso saber?

— Nada que você possa resolver — responde impetuoso, filho da puta! Ele cruza os braços e faz cara de deboche para mim.

Quando estou para voar nele com tudo, Lívia me envolve por trás, o que me faz parar.

— Deixa ele pra lá, Capitão — diz colada às minhas costas, e sua voz está toda embolada. Bia está ao meu lado com a mão em meu braço, parece tentar impedir algum movimento meu.

— Hoje é seu dia de sorte, seu idiota, mas não cruza meu caminho de novo, para o seu bem. Agora some daqui! — exijo, estou muito preocupado com meu Anjo, para perder tempo com esse infeliz.

Ele arqueia as sobrancelhas e vai para o meu lado. Encaro-o.

— Nos vemos por aí, Lívia — dirige-se a ela, cheio de deboche em relação a mim.

Esse cara está me testando? Puxo-o pelo colarinho, pronto para quebrar sua cara, quando Bia puxa meu braço de novo.

— Não faz isso, Gustavo! Ele não vale nem a sua porrada. Vamos embora, Lívia não está muito bem.

Empurro-o para longe e me viro para ver meu Anjo.

— Está tudo bem? — pergunto a ela com as mãos em seu rosto. Então sorri para mim.

— Não poderia estar melhor — confessa visivelmente bêbada.

Bia pega a bolsa das duas, e nós caminhamos para a saída. Pego a comanda, onde constam quinze caipivodkas, e pago no caixa próximo à saída. Lívia me abraça o tempo todo e sorri muito. Bia parece bem sóbria, então a Lívia deve ter tomado a maioria, por isso esse estado. Quando estamos caminhando em direção ao meu carro, ela estaca, e faço o mesmo. Cambaleia até parar à minha frente, envolve meu pescoço com as mãos e não para de sorrir.

— Capitão, você está muito sério, não liga para aquele idiota, é você quem eu amo, e eu só quero você — diz convicta, movida pelo álcool.

Mesmo sabendo que ela está bêbada, meu coração se alegra com a declaração, eu sei que diz a verdade. Fica na ponta dos pés e me beija. Retribuo, abraçando-a muito forte. Que saudades!

— Eu vou ter que assistir a isso mesmo? — Bia pergunta em tom de brincadeira. Por um momento, me esqueci dela totalmente. Então interrompo o beijo.

— Vamos, meu Anjo, vamos pra casa. — Ela sorri e eu a abraço. Caminhamos assim até o carro, a coloco no banco da frente, a Bia entra atrás, e saímos.

— Viu, Bia? Meu Capitão veio me salvar... Aquele babaca deve ter ficado com medo... Meu Capitão é Caveira... Eu disse isso pra ele... Ele não me ouviu — fala tudo embolado, sua mão está em minha coxa e sua cabeça, em meu ombro.

— Eu sei, amiga, agora senta direito — Bia pede preocupada.

— Não vou sair de perto do meu Capitão! Ele é meu, só meu, não é, meu amor? — pergunta, e sorrio

— Sim, meu Anjo, sou seu, só seu — confirmo e dou um beijo rápido em sua cabeça. Apoia um dos braços em minha barriga, tentando me abraçar sem sucesso, já que o cinto a impede.

— Viu, Bia, eu te disse.

Ela permanece nessa posição e eu, apesar de saber que isso é efeito da caipivodka, estou adorando sua proximidade.

— Ok, amiga — Bia fala sem muita paciência.

Minutos depois paro o carro em frente à casa da Bia, bem na hora em que o Michel também está estacionando. Ela desce do carro, e ele também.

— Tudo bem? — pergunta, olhando para ela e para mim ao mesmo tempo, muito preocupado. Olha para dentro do carro e estranha ao ver Lívia agarrada a mim.

— Eu te explico tudo, vamos entrar — Bia pede, e ele assente.

—Valeu, cara, até amanhã — agradece, e eu me despeço.

Ligo o carro e sigo para o prédio da Lívia. Quando estaciono, ela me olha.

— Chegamos. — Afasto-a um pouco para descer do carro, pego no banco de trás sua bolsa que mais parece uma carteira grande. Já tinha me dito o nome desse tipo de bolsa, mas não me lembro, vou para a porta do carona e a abro para que ela saia.

Tiro seu cinto e a ajudo a descer. Ainda bem que não tem ninguém aqui, seu vestido está na altura da bunda e eu estou vendo toda a sua calcinha branca de renda. Tento abaixar um pouco o vestido verde colado ao corpo, e ela fica rindo.

— Você é muito possessivo, Capitão!

Nem respondo, a retiro do carro, e quase cai. Mas a seguro e caminho com ela até o elevador. Quando entramos, ela para à minha frente e me abraça, passando as mãos sob minha camisa e beijando meu pescoço. Puta merda, estou muito excitado e numa seca desgraçada, mas não poderei levar isso adiante, não com ela nesse estado.

Chegamos ao seu andar e a puxo para fora do elevador. Abro a porta de seu apartamento e mal a fecho, ela me empurra até que eu me sento no sofá. Então se senta em cima de mim, retira minha blusa, que acabo ajudando-a, claro, e dá vários beijos em meu peito e pescoço, até chegar à minha boca.

Estou muito ferrado! Seu vestido já está embolado em sua cintura, uma de minhas mãos está em sua bunda e outra em suas costas. Ela rebola em cima de mim o tempo inteiro, meu desejo por ela está além do limite. Como eu senti falta disso, mas mesmo a desejando como um louco, tenho que parar, não posso me aproveitar de seu estado.

— Eu senti tanto a sua falta, Capitão — confessa em um sussurro, me deixando mais excitado ainda. Caralho!

— Eu também, meu Anjo, você nem pode imaginar como senti sua falta.

Ela me ataca com um beijo de tirar o fôlego e o juízo de qualquer um. Se eu não a parar agora, não conseguirei mais, e amanhã ela poderá me culpar por tudo isso, e com razão, já que eu sei muito bem o que estou fazendo, enquanto ela, não tenho certeza.

— Meu Anjo, vem, vamos tomar um banho — peço, quebrando nosso beijo e a tirando do meu colo. Ela me olha chateada.

A MISSÃO AGORA É AMAR

— Não quero tomar banho, quero você, Capitão!

Porra! Isso está ficando cada vez mais difícil. Como eu irei resistir? Levanto-me e a puxo junto para que venha comigo. Caminho com ela até o banheiro do quarto e começo a retirar seu vestido. Ela sorri.

— Agora sim, é o Capitão que eu conheço.

Sorrio e ela começa a me torturar de novo, dando beijos por todos os lugares do meu peitoral e pescoço.

Retiro seu sutiã e agora está só de calcinha, e é a visão mais linda do mundo. Como senti falta disso! Ela começa a abrir minha calça, e a ajudo, retiro as meias, meus tênis haviam ficado na sala junto com suas sandálias. Ela tenta tirar a cueca, mas não deixo, preciso ter algo nos separando. Quando abaixa a cabeça para tentar retirar minha cueca de novo, não resiste mais e vomita bem na minha frente, no chão do banheiro. Afasto-me um pouco para trás e seguro seus cabelos. Em segundos, vomita pelo chão todo, a puxo um pouco em direção ao vaso, abro a tampa e ela vomita mais e mais lá dentro, parece que não vai acabar nunca. Ajoelho-me atrás dela e seguro seus cabelos. Já dei descarga umas duas vezes e ainda continua vomitando. Como tinha tanta coisa dentro dela assim, eu não sei. Depois de uns vinte minutos nessa posição, ela para e eu a levo até o boxe, abro o chuveiro e a coloco embaixo da água. Lavo seus cabelos com cuidado, retiro sua calcinha e lavo todo o seu corpo com sabonete líquido.

— Meu Anjo, consegue ficar em pé sozinha, só um minuto?

Ela assente e encosta-se na parede. Eu saio do boxe, pego a sua escova de dente com pasta, pego duas toalhas e jogo em cima do vômito do chão, volto para o boxe e entrego a escova para que escove os dentes aqui mesmo. Enquanto isso, retiro minha cueca, coloco pendurada junto à sua calcinha e tomo meu próprio banho, muito rápido. Desligo o chuveiro, pego a toalha dela e a enrolo, pego outra para mim e enrolo em minha cintura.

Saio com ela do banheiro, coloco-a sentada na cama, até que se joga para trás. Pego um baby-doll branco na gaveta onde guarda suas roupas de dormir e o visto nela; em seguida, seco seus cabelos o máximo que consigo. Vou até a cozinha procurar algo para porre na caixa de remédios, e não encontro nenhum. Pego um copo de água e volto para o quarto.

— Anjo, levanta um pouco, bebe isso.

Ela se levanta com dificuldade, e entrego o copo de água. Bebe quase todo e volta a se deitar; um minuto depois, já está dormindo.

Abro minha gaveta percebendo que tudo está exatamente como deixei, deixo escapar um sorriso cheio de esperanças e pego uma cueca. Vou para o banheiro novamente, recolho as toalhas que havia colocado no chão, junto com minha calça e meias que também estão sujas, e levo para a lavanderia, colocando tudo na máquina de lavar.

Pego alguns materiais de limpeza e vou para o banheiro dar um jeito naquela sujeira. Após deixar tudo limpo, sigo para a cozinha, bebo um copo de água e volto ao quarto para dormir com ela. Enrosco-me nela, agora mais relaxado. Não sei qual será sua reação amanhã ao acordar, mas não poderia deixá-la sozinha nesse estado.

A MISSÃO AGORA É AMAR

CAPÍTULO 32

Lívia

Acordo e nem consigo abrir os olhos, parece que caiu um ônibus em minha cabeça de tanto que dói. Abro-os devagar. Estou em meu quarto e nem me lembro de como cheguei até aqui, e quando olho para o meu lado, vejo Gustavo dormindo.

Que merda aconteceu? Como ele está aqui? Vejo que estou com meu baby-doll e tento me lembrar de alguma coisa, mas não consigo. Fecho os olhos de novo, minha cabeça está uma bagunça. Coloco as duas mãos sobre a testa, tentando aliviar a dor que estou sentindo. Maldita caipivodka! Nunca mais vou beber isso em toda minha vida.

Minha boca está seca, preciso de água. Tento me levantar, mas o Gustavo está com o braço em cima de mim. Quando tento retirá-lo, ele abre os olhos e me olha. Estou confusa, não sei como chegamos a isso.

— O que aconteceu? — pergunto com uma das mãos na cabeça. Ele arqueia as sobrancelhas.

— Acho que você bebeu demais — é só o que me responde e se levanta da cama e sinto um abandono imenso.

— Aonde você vai? — pergunto enquanto está pegando uma bermuda e uma camiseta na gaveta, vestindo-as em seguida.

— Vou até a farmácia, não demoro. — Calça o chinelo e, antes de sair, se abaixa e me dá um beijo na cabeça.

Deixa-me com cara de boba e com uma baita ressaca. Tento me lembrar de algo, mas não consigo. Levanto-me e vou até o banheiro, então vejo minha calcinha pendurada junto com sua cueca no boxe. Puta merda! Eu fiz amor com ele e nem me lembrava, nunca fiquei assim tão bêbada a ponto de não me lembrar de nada.

Faço minha higiene pessoal e volto para o quarto. Cinco minutos depois, ele entra e me entrega dois comprimidos com um copo de suco de laranja. Nem pergunto que remédio é; tomo logo. Não consigo nem o encarar, estou com muita vergonha. Minha cabeça está rodando, então me deito de novo e fecho os olhos, preciso melhorar um pouco para esclarecer algumas coisas com ele.

Ele retira a camisa e a bermuda e se deita novamente ao meu lado, me abraçando. Estou ferrada! Não consigo entender como chegamos a isso novamente.

Acordo bem melhor, a dor de cabeça havia passado. Gustavo não está mais deitado, será que já foi? Saio do quarto e vou à sala, vejo minha bolsa, abro e pego meu celular. Caraca, são quatorze horas! Vou até a cozinha pegar um copo com água, e ele está lá.

— Está melhor? — pergunta-me todo receoso, e eu confirmo com a cabeça. — Estou fazendo uma canja, você vai ficar melhor depois que comer um pouco, já está quase pronta.

Não me lembro de ter ficado tão sem graça como estou nesse momento. Não consigo dizer nada, nem pensar nada, e nem sei que atitude tomar.

Saio da cozinha e volto para a sala, sento no sofá e ligo a TV. Olho para o lado, vejo seus tênis junto com a minha sandália e uma blusa preta que eu sei muito bem que é dele. Depois de ter dito todas aquelas coisas, me entrego assim tão fácil para ele, e pior, nem me lembro?

Começo a refazer cada passo de ontem à noite: eu e Bia fomos para aquela boate, insisti muito para que ela fosse comigo, eu precisava me distrair um pouco, não conseguia mais ficar em casa pensando no Gustavo. Finalmente ela topou, e me lembro que comecei a beber caipivodka, e, quando estava na pista de dança, quem eu encontro? O Marcelo, meu ex-chefe. Ele até que começou o papo bem, se desculpou e lamentou muito o ocorrido na sua empresa. Disse que só ficou sabendo do incidente um mês depois, porque estava fora do país, e que todos tinham sido advertidos de seu comportamento e que ele não iria tolerar mais isso na empresa. Até me ofereceu a vaga de novo, agradeci e disse que agora era inviável para mim.

Dançamos mais duas músicas. A Bia não queria dançar, permaneceu só sentada, observando.

Voltei para a mesa já bastante tonta, tomei mais um pouco de caipivodka, mesmo com a Bia me mandando parar várias vezes. Mas eu queria mais era tomar um porre, queria esquecer um certo Capitão que não saía da minha cabeça.

Voltei para a pista de dança, e ele começou com umas indiretas bem diretas, e falei que tinha namorado. Eu só pensava no Gustavo. Voltei para a mesa, tentando me afastar dele, que insistia para que eu fosse com ele à área Vip. Recusei o convite e não saí mais do lado da Bia, e isso é tudo de que me lembro.

— Aqui. — Saio dos meus pensamentos com o Gustavo me entregando uma tigela com canja.

— Obrigada. Você não vai comer? — pergunto sem graça.

Ele assente e volta para a cozinha, retornando em seguida com dois copos com suco, me entrega um e apoia o outro sobre a mesinha ao lado do sofá. Volta mais uma vez à cozinha e sai com uma tigela nas mãos e se senta ao meu lado. Comemos calados, nem consigo olhar na sua direção. Quando termino, ele pega a tigela das minhas mãos e a leva para a cozinha, voltando em seguida e sentando ao meu lado novamente. Está muito calado, e eu agoniada com isso.

— Obrigada, estava uma delícia — comento, tentando puxar conversa. Sei que a última vez em que esteve aqui e cozinhou, escutou o que não queria, e eu ainda estou tentando entender meus sentimentos. Depois que ele saiu por aquela porta, naquele dia, minha vida se transformou em um completo vazio, e eu ainda me pergunto se fiz a coisa certa, pois sentia sua falta a cada segundo do meu dia. Ele até tinha me ligado e enviado mensagens, mas não tive coragem de responder a nenhuma delas, porque se fosse responder, diria para ele correr para mim. Eu tentando me afastar, e ele acorda na minha cama, e, para piorar, não me lembro de nada do que fiz ou falei, devia estar muito bêbada mesmo. Eu realmente sou um fracasso com planos.

— Não precisa agradecer, já está melhor? — pergunta-me se virando, mas não se encosta a mim, em nenhum momento.

— Estou novinha em folha, obrigada.

Ele sorri e assente.

— Se você quiser, eu posso ir embora para você descansar melhor — diz, e sinto que também está sem graça.

— Não, tudo bem. — Ele continua quieto e encosta-se no sofá com as mãos na cabeça. Eu mexo nas unhas, inquieta. — Gustavo? — Meu coração está acelerado, mas eu preciso saber.

— Hum? — Continua na mesma posição e eu me viro de frente para ele.

— O que houve ontem? Como você veio parar aqui? Só me lembro de estar na boate com a Bia, e depois não me lembro de mais nada.

Ele respira fundo e fecha os olhos.

— Bia me passou uma mensagem pedindo ajuda, porque você tinha exagerado um pouco na bebida, e ela estava sem saber o que fazer. Então fui até lá e, quando cheguei, tinha um cara fazendo cabo de guerra com você e a Bia. Ele era muito abusado e, com certeza, estava com as piores

CRISTINA MELO

intenções em relação a você.

Ai, meu Deus, será que o Gustavo pensa que eu fiquei com o Marcelo? Por isso está assim?

— Gustavo, não aconteceu nada até onde me lembro, ele é dono daquela empresa em que tive aquele problema no meu primeiro dia de trabalho. Nós nos encontramos por acaso e ele começou a puxar conversa.

— Eu sei, fica tranquila. — Ele sorri, e é só o que diz.

Como assim, ele não está nem aí, é isso mesmo?

— Gustavo, nós... — fico meio sem jeito, tentando encontrar as palavras.

— Não, não aconteceu nada, só te ajudei com o banho, só isso, eu juro que te respeitei. — Sinto tristeza em sua voz.

— Desculpa por isso, não queria tê-lo incomodado, e muito obrigada por tudo.

Ele morde o lábio e assente.

— Não precisa se desculpar e nem agradecer, quem nunca tomou um porre na vida? — Sorrio sem graça enquanto ele se levanta.— Já que está melhor, vou indo. Então, precisa descansar. — Ele se abaixa, pega os tênis e a camisa que está ao meu lado no sofá, pega também sua pistola no aparador e sai.

Eu permaneço sentada, inerte, olhando a porta que acabou de fechar. Queria pedir para ele ficar, mas não consegui. Levanto-me e vou arrumar a cozinha, preciso me distrair um pouco. Acabo de lavar tudo e vou até a lavanderia. Estranho quando vejo duas toalhas e uma calça do Gustavo pendurados no secador, por que ele tinha lavado roupa? Ai, meu Deus, eu havia vomitado nele, que vergonha!

Passo o resto do domingo em casa, com Gustavo povoando meus pensamentos. Sabia que me afastar dele seria a coisa certa a fazer. Mas por que me senti tão bem acordando com ele na minha cama, com ele cuidando de mim como sempre fez? Não me pareceu errado, mas sim a coisa mais certa do mundo. Senti-me muito mal em ver tristeza e decepção em seus olhos hoje.

Será que pensa que eu já o esqueci, por isso o tratei daquela maneira? Ou será que não acreditou em mim quando eu disse que não estava com o Marcelo? Não poderia reatar com ele com esses pensamentos. Sei que estou correndo um risco enorme de perdê-lo, mas não posso voltar para ele enquanto estiver como estou, cheia de dúvidas e ressentimentos.

A MISSÃO AGORA É AMAR

A segunda-feira chega, e hoje será o grande dia. Acordo cedo com meu celular tocando, é minha mãe avisando que está saindo de Angra. Ela vem para a inauguração, junto com meus primos e a Jéssica, estou superfeliz por isso.

Vou para a academia acertar os últimos detalhes, está tudo praticamente pronto. Bia chega trinta minutos depois, não falei mais com ela desde sábado.

— E aí, tudo certo? — Sempre animada.

— Tudo certo, amiga, nem acredito que o grande dia chegou — falo, também muito animada e ansiosa.

— Entrega para dona Lívia — anuncia o senhor que está dando os últimos retoques na fachada. Vou até a portaria e encontro um rapaz com um grande arranjo de rosas vermelhas. Ele me entrega, assino o papel, e entro com o arranjo que quase não consigo segurar. Bia me olha e sorri.

— Até que enfim você fez as pazes com o Capitão, não estava mais aguentando seu humor, e vejo que foi bem feita, pelo arranjo que ele mandou.

Do que ela está falando?

— Não fizemos as pazes, ele só me ajudou, porque você ficou mandando mensagem para ele, né, dona Bia?

— E você queria que eu fizesse o quê? — Apoia as mãos na cintura e me encara. — Aquele cara estava quase te levando à força; onde conheceu aquele maluco?

— Ele é o dono da empresa em que só trabalhei um dia por conta daquela confusão — explico a ela, que balança a cabeça em negativa.

— E, como assim, você não fez as pazes com o Gustavo? Estava toda melosa se declarando para ele o tempo todo, e não desgrudou dele nem um minuto.

Eu sabia que estava bêbada, mas não a ponto de não me lembrar de nada. Ela me conta todos os detalhes até o momento em que ele a deixou em casa e seguiu comigo no carro, agarrada a ele. Ai, meu Deus, então é por isso que estava estranho, não deve ter entendido nada: uma hora eu o dispenso, e na outra viro uma bêbada chata e grudenta. Caramba! Sabe-se lá o que fiz quando chegamos em casa.

> *Desejo-te toda a felicidade do mundo nessa nova caminhada*
> *Parabéns e muito sucesso, você merece!*
> *Gustavo*

306 **CRISTINA MELO**

Meu coração se aperta. É só isso? Nem um "eu te amo", nem "meu Anjo", nem beijos, nada. Eu o estou perdendo, e se isso acontecer, terei que aceitar, pois ainda não estou preparada para retomar essa relação — se é que ele ainda quer isso. Agora tenho minhas dúvidas.

Minha mãe me liga avisando que já estão chegando, me despeço da Bia e vou para casa recebê-los. Antes, arrumo o buquê de rosas em um vaso e o coloco no balcão da recepção, fica lindo lá.

Após uns dez minutos, minha mãe chega com meus primos, é muito bom tê-los aqui.

Almoçamos e ficamos jogando conversa fora. A tarde passa voando e, quando vejo, já está na hora de me arrumar. Tenho que chegar um pouco mais cedo para organizar tudo e receber o buffet.

Minha mãe fica em casa com meus primos e a Jéssica. Eles só irão na hora mesmo. Quando entro na academia, me emociono mais uma vez, está tudo muito lindo e moderno.

Vejo o buquê de flores, me lembro de que eu nem agradeci ao Gustavo, então resolvo enviar uma mensagem:

> Oi, queria agradecer pelas flores, são lindas. Desculpe não ter agradecido antes, é que minha mãe chegou de Angra com meus primos e fiquei enrolada. E, mais uma vez, obrigada e desculpe por ontem.

Aperto enviar bem na hora em que a Bia e o Michel chegam. Ela está linda com um vestido longo, frente única, grafite; Michel está com um blusão social branco e uma calça jeans. Eles fazem um casal lindo.

Eu optei por um preto, com decote em V discreto, o comprimento um pouco acima dos joelhos e solto na parte de baixo. Coloquei uma sandália alta também preta, meu cabelo está meio preso com várias mechas soltas. Meu celular apita com uma nova mensagem. É dele, e quando leio, meu coração dispara.

> Não precisa agradecer, meu Anjo, tudo para você e por você.

Ao terminar de ler, meus olhos estão marejados e devo estar com uma cara meio que de boba, porque o Michel e a Bia me olham com uma expressão estranha.

Os convidados começam a chegar, o local está quase lotado, e todos muitos interessados e empolgados. Alguns já até fecham sua matrícula com

A MISSÃO AGORA É AMAR

Sara. Uma parte de mim está muito feliz, porque a outra não para de olhar o relógio — são quase vinte e duas horas — e procurar certo alguém que ainda não apareceu. Eu já conversei com várias pessoas, estou tentando dar atenção a todas elas; minha mãe não para de sorrir orgulhosa. A tia Gisele, por sua vez, está num papo empolgado com o tio Nelson — acho que o meu plano está funcionando.

A Bia também faz seu papel de anfitriã muito bem. Em todo canto que vai, Michel segue junto. O Léo, meu primo, está, tipo, dando em cima da Sara. Quem sabe sai mais um casal — tomara, ela merece alguém bacana, e sei que meu primo é esse alguém.

Começo a olhar o celular de cinco em cinco minutos e nada de mensagem ou ligação dele, sem contar que eu não tiro os olhos da porta de entrada.

— Acho que você se esqueceu de convidá-lo, por isso ele não veio — constata Bia atrás de mim. Ela tem razão, não o convidei, e devia estar muito chateado com minha atitude.

Saio andando e nem respondo à Bia, não quero discutir isso agora. Eu escolhi isso, agora tenho que encarar as consequências.

Ando de cabeça baixa para o banheiro, tentando segurar as lágrimas. Eu queria muito que ele estivesse aqui, mas nem tenho o direito de ficar com raiva dele por não estar.

Quando estou quase chegando ao banheiro, esbarro em uma parede de músculos, e ao levantar a cabeça, não posso acreditar no que meus olhos veem.

CAPÍTULO 33

Lívia

— *Rafa? Nossa, estou surpresa em encontrá-lo aqui.* — Estamos bem próximos um do outro, e ele está com a mão em meu braço.

— Pois é, sou eu, em carne e osso. E aí, como você está? Cheguei ontem de Londres, e minha mãe comentou comigo que você estava abrindo uma academia e que a inauguração seria hoje. Eu não poderia perder isso por nada, e também confesso que estava morrendo de saudades.

Eu engulo em seco, surpresa com seu comentário.

— Estou bem, e você? Nossa, já tem muito tempo mesmo — comento sem saber o que dizer.

Rafa foi minha primeira paixonite, e em quem eu dei meu primeiro beijo. Ele era meu vizinho e nossos pais, amigos desde sempre. É um pouco mais velho, dois anos de diferença, foi fazer um intercâmbio em Londres quando eu tinha 18 anos e ficou por lá. E só agora nos reencontramos, depois de tanto tempo. Todos achavam que nós iríamos ficar juntos, até os nossos pais, mas ele foi embora e não tive mais notícias suas. Vez ou outra, minha mãe me dava alguma notícia dele; com isso, fui me desiludindo, até que aconteceu tudo aquilo com meu pai e, logo depois, comecei a namorar o Otávio.

— Eu estou melhor agora que te encontrei, você conseguiu ficar mais linda ainda do que era — comenta com as mãos em meu rosto, me olhando dentro dos olhos, e eu fico muito sem graça. Apoio as mãos em cima das suas para retirá-las.

Eu não sinto mais nada, como pode? Não podia vê-lo que ficava toda boba e nervosa e, agora, nada. Ele continua lindo, mas não faz diferença nenhuma para mim, e nem me abala mais. É alto, deve ter em torno de um metro e oitenta e quatro ou oitenta e cinco, por aí. Um corpo bem definido e os olhos azuis que, um dia, foram minha fraqueza, o cabelo bem loiro. Ele não é de se jogar fora, gatíssimo!

— Está tudo lindo, Liv, parabéns — elogia, ainda com as mãos em meu rosto.

— Obrigada.

No momento em que vou retirar suas mãos de meu rosto, olho para o lado e meu coração para. Gustavo me encara sério, a certa distância. Assim que percebe que o vi, se aproxima de nós com passos lentos, sinto o coração prestes a sair pela boca. Ele não pode fazer um escândalo aqui, não hoje, não agora. Puta merda, sei que é exatamente isso que fará.

— Olá, Lívia, não poderia deixar de vir aqui hoje. Parabéns, está tudo muito bonito — elogia em um tom tão calmo que nem reconheço como dele, me dá um beijo no rosto, e eu balanço a cabeça, surpresa com seu comportamento.

— Obrigada. — É só o que consigo dizer. — Este é um amigo de infância, Rafael. Ele chegou de viagem, e eu nem o tinha encontrado...

— Prazer, Gustavo — ele me corta e estende a mão, apertando a mão do Rafa, ao se apresentar.

Nem eu sei por que faço tanta questão de que ele saiba tantos detalhes. Mentira, sei sim, quero que ele tenha certeza de que ainda o amo e que não desisti dele.

Seus olhos me fitam por alguns segundos, e todas as perguntas estão lá, e a única vontade que sinto agora é responder a cada uma delas e lhe dar a certeza de que ainda sou e sempre serei sua.

— Bom, já vou indo, só passei para te dar os parabéns mesmo. Já falei com a Bia e com Michel também. Até logo. — Vacila em seu tom, e percebo o esforço que faz para ser o que eu espero, se vira e vai embora.

Tento processar tudo que acabou de acontecer, vendo o homem da minha vida indo embora de novo. Não sei quanto tempo fico paralisada, até que resolvo ir atrás dele.

— Dá licença um minuto, Rafa. — Eu me afasto dele e sigo em direção ao Gustavo.

Tento andar o mais rápido que consigo, e quando enfim chego à rua, só escuto a arrancada brusca do seu carro indo embora. Olho para o vazio que acabou de deixar ali, sem saber o que fazer. Escuto uma música que parece vir de dentro da minha cabeça, mas ao olhar para o lado, noto que vem de um bar do outro lado da rua, e aquela música se encaixa perfeitamente nesse momento, parece que é nossa trilha sonora...

> "(...) O destino deve estar nos olhando
> Com aquela cara de quem diz
> Eu tentei juntar vocês dois
> O destino deve estar nos olhando
> Decepcionado
> Que pena, que pena

Que a gente estragou tudo
Porque pensamos tanto em ser perfeitos
E os perfeitos não sabem amar
A gente estragou tudo
Por apontarmos tanto os nossos erros
Os erros vão sempre estar aqui (...)"
(DESTINO - LUCAS LUCCO)

Eu queria tanto que ele viesse, e quando chega, vê uma cena dessas. Deve ter saído pensando alguma coisa errada dessa situação. Mas ainda estou surpresa com sua reação. Será que ele já não se importa mais comigo? Pode parecer loucura, mas, no fundo, acho que gostaria que tivesse dado seu costumeiro show e até um soco na cara do Rafa.

Meu Deus, o que estou pensando; sempre briguei com ele por se comportar como um troglodita, e agora estou desejando que tivesse agido assim. Mas com aquele Gustavo eu saberia o que fazer, teria certeza de que nada mudou. Com esse, estou completamente perdida, sem saber o que pensar e como agir.

— Lívia? — Viro-me e vejo a Sara me chamando da porta.

— Oi. — Ando em sua direção. Respiro fundo, várias vezes. Preciso me acalmar, não posso agora ficar abalada e destruir minha noite.

Uma família que quer fazer matrícula, pede um desconto especial, mas ela não está encontrando a Bia. Dou o desconto, e a família fecha com a gente, feliz da vida.

A noite foi um sucesso, mais de oitenta pessoas se matricularam. Os negócios começaram melhor do que eu imaginava, a inauguração foi um sucesso, mas meu coração está de mal a pior. Se eu não esquecer o Gustavo de uma vez por todas, não sei como conseguirei seguir em frente.

A academia está em pleno funcionamento, faz uma semana que abriu, e todos os dias novos alunos se matriculam. Meu estúdio já tem duas turmas fechadas, e eu não conseguirei conciliar meu trabalho na clínica, como achei. Na semana passada mesmo avisei a dona Júlia que não poderia retornar essa semana. Ela até que aceitou de boa e disse que acertaria minhas contas; estranhei, mas como ela é de lua, vai saber o que pensou.

A MISSÃO AGORA É AMAR

Hoje faz exatamente quinze dias que eu não vejo o Gustavo, desde a inauguração. Ele não me procurou mais, não ligou e nem mandou mensagem. Está fazendo exatamente o que pedi. E isso está acabando comigo.

Até queria perguntar para o Michel sobre ele, mas preferi deixar para lá; afinal, eu iria passar como louca. Pelo seu comportamento na inauguração, acho que ele resolveu seguir sua vida, eu não tenho o direito de interferir. Não quando ainda não tenho certeza do que quero na realidade. Não vou dizer que deixei de pensar nele, pelo contrário, penso nele vinte e três horas por dia, pois até dormindo eu sonho com ele. O Rafa não para de me ligar, está insistindo muito para sairmos qualquer dia desses. Ele deve estar achando que pode continuar de onde parou e recuperar o tempo perdido. Mas na minha cabeça e no meu coração só tem espaço para uma pessoa: Gustavo, e não sei quanto tempo demorarei para tirá-lo de lá.

A quinta-feira chega, e eu continuo levando minha vida no automático. Saio de casa às sete, vou para a academia, de onde só saio às vinte ou vinte e uma horas. Um dia na semana ainda tenho faculdade, agora só faltam dez dias de aulas e estarei formada. Contratamos mais uma recepcionista para revezar com Sara, já que a academia fecha às vinte e três horas.

Graças a Deus tudo está correndo bem, e nós, muito felizes com os resultados. Para a Bia está sendo mais difícil se acostumar com a nova rotina, nunca havia trabalhado antes, mas até que se saindo muito bem, está radiante. Eu contratei outra professora de ritmos para me ajudar no estúdio, tudo está perfeito, menos o meu coração.

São dezesseis horas, eu acabei de dar uma aula e fui para o escritório descansar um pouco, quando, de repente, a Bia entra feito uma bomba na sala, chorando muito.

— Que foi, Bia, pelo amor de Deus?

Chora muito, soluça, sem conseguir falar. Pego um copo com água e lhe entrego, e percebo que está tremendo muito.

— Fala, Bia, eu não sei como te ajudar se você não me disser o que houve.

Ela me olha, e seu olhar é de desespero.

— É o Michel, amiga... — Não consegue terminar, tomara que não seja o que estou pensando. Começo a entrar em desespero também, minha amiga não merece passar por isso.

— Oh, meu Deus, fala, amiga! — exijo já muito nervosa, mas preciso ficar calma, para ajudá-la a se acalmar.

— Ele foi embora agora e disse que acabou tudo.

Fecho os olhos e solto o ar que prendia, aliviada, não por ele ter terminado com ela, mas por não ser o que imaginei. Graças a Deus, ele está bem.

— O que houve, Bia? Vocês estavam tão bem.

Ela assente, chorando muito.

— O Flavinho, amiga. Ele estava comigo, na área de musculação, veio conhecer a academia, e quando eu menos esperava, me agarrou e me beijou, bem na hora que o Michel estava chegando — conta entre lágrimas e soluços. — Ele não quis nem me ouvir, amiga, falou um monte de besteiras, perguntou se era esse tratamento que eu dava aos meus alunos, e saiu daqui dizendo que tinha acabado, para não o procurar mais. Eu não posso perdê-lo, amiga.

Eu vejo a cena se repetir com ela, parece que estou me vendo nela. Todo o seu desespero me faz lembrar tudo o que vivi com Gustavo.

— Calma, Bia, nós vamos dar um jeito, o Michel te ama, deixe-o esfriar um pouco a cabeça. Agora não tem como você fazer nada.

— Amiga, ele me disse que acabou!

— Ele só está nervoso, claro que não acabou, vocês se amam. Vamos lá pra casa, aí você esfria um pouco a cabeça.

Ela limpa um pouco o rosto e saímos.

— Sara, você pode cuidar de tudo aqui? Não voltamos mais hoje. Faça-me um favor: ligue para a Mi e peça que ela assuma o estúdio hoje. Qualquer coisa, ligue no meu celular. Obrigada.

Ela concorda com a cabeça e eu vou embora com a Bia.

Chegamos a minha casa, e ela ainda está muito abalada, não consegue parar de chorar. Pego um calmante e dou a ela, precisa relaxar um pouco, ou acabará tendo um treco. Nunca vi minha amiga desse jeito, ela sempre foi do tipo que nunca esquentou com nada e nunca se prendeu a ninguém. Mas eu soube, desde início, que com o Michel era diferente.

Ela apaga em poucos minutos — será que dei uma dosagem muito forte? Será bom para ela dormir um pouco.

Escrevo um bilhete para ela, dizendo que não vou demorar, caso acorde e não me veja aqui. Pego minha bolsa e saio. Não vou deixar minha amiga passar pelo mesmo que eu; sei como essa dor não passa nunca, e a Bia nunca foi boa com perdas. Uma vez, quando ainda éramos crianças, ela

A MISSÃO AGORA É AMAR

cismou que queria um peixe. Um dia, ela errou na dosagem da comida, e o peixe morreu. Ela chorou por dias e nunca mais quis nenhum animal de estimação, vivia falando do peixe, que tinha até nome — se chamava Orfeu.

Pego um táxi na porta do shopping. Preciso chegar rápido e convencer o Michel da inocência da Bia, nem que eu tenha que abrir a cabeça dele para enfiar as coisas dentro dela. Não deixarei minha amiga sofrer o que eu sofri, e estou sofrendo, por causa da burrice desses homens.

Chego à portaria do seu prédio e subo direto. O porteiro já me conhece, sempre venho aqui com ele e a Bia. Quando toco a campainha do seu apartamento, ninguém atende. Olho o celular para ver a hora, e já são quase dezenove. Ele tem que estar em casa, tomara que não esteja tomando um porre também.

Quando vou tocar mais uma vez, a porta se abre, e assim que levanto a cabeça para começar a falar, deparo-me com o Gustavo. Nós nos olhamos, e eu estou completamente paralisada e sem ação. Meu coração está pulando em meu peito, parece que vai sair a qualquer momento; minha respiração se acelera e minhas mãos tremem, assim como todo o meu corpo. Como ele ainda pode provocar esse efeito sobre mim?

Simples, Lívia, você ainda o ama mais que tudo.

Ele continua parado também, não mexe nem um músculo sequer e engole em seco o tempo todo. Noto que está bem abatido e isso me machuca muito, mais do que gostaria.

Então, lembro-me de que estou aqui por causa da Bia e não por minha causa, respiro fundo e passo por ele, que fecha a porta em seguida. Vejo o Michel sentado no sofá, com as mãos na cabeça em total desespero.

— Não acredito que você vai cometer o mesmo erro que o idiota do seu amigo! — vocifero cheia de coragem, sem me importar com Gustavo atrás de mim.

Ele levanta a cabeça e me encara, e seu rosto está bem vermelho, parece que chorou muito. Chega a me dar pena, acho que não existe nada pior do que ver um homem chorando.

— Só que no meu caso, Lívia, deu para ver visivelmente que não era uma armação, ela estava bem consciente do que estava fazendo.

Eu balanço a cabeça em negativa. Homem é um bicho burro, cara!

— Aquele que você viu, era o Flavinho. Ele sempre foi apaixonado pela Bia, mas ela nunca teve nada com ele, isso eu te garanto. No dia daquela operação louca em que... — eu ia falar "em que conheci o Gustavo", mas travo, me lembrando de que está atrás de mim, então mudo o que eu ia dizer. — Em que vocês se conheceram, ela praticamente me obrigou a ir com ela, porque não queria ficar sozinha com ele, que sempre foi muito pegajoso e insistente. A Bia só gosta dele como amigo, isso eu te garanto.

Ele arqueia as sobrancelhas e me olha.

— Aquele beijo não parecia de amigos.

Passo a mão no rosto, muito irritada com ele. Que cabeça-dura! Parece até alguém que eu conheço.

— Ele a agarrou à força, ela me disse que você chegou bem na hora. Não tinha por que fazer isso com você, Michel, ainda mais com o Flavinho! Se olha no espelho e deixa de ser cabeça-dura. Ela está desesperada, nunca vi Bia assim, a não ser quando o peixe dela morreu, quando éramos crianças. Nem quando meu pai se foi, a vi tão desesperada. Sei que ela o amava muito, mas na cabeça dela, tinha que ficar forte para me dar forças. A Bia sempre foi assim, protetora.

Dá um sorriso de lado.

— Eu agora estou sendo comparado com um peixe, devo ser muito importante mesmo. — Seu tom está cheio de ressentimentos.

— Você não tem ideia de como ela amava aquele peixe, ela nem quis mais nenhum animal de estimação por causa dele, e nunca a vi chorando assim por nenhum ex-namorado. Na verdade, nunca chorou por nenhum, e hoje ela ficou tão desesperada que está lá em casa, dormindo à base de calmante.

Ele me olha, e sinto que está tentando considerar o que eu disse.

— Você tem que confiar no que sente, cara, e deixá-la falar. Não seja burro como eu fui. Não jogue sua felicidade no lixo por orgulho e por causa de outra pessoa. — Engulo em seco e fecho os olhos ao ouvir Gustavo falar. Sinto dor em seu tom e uma lágrima escapa por meu rosto, sem que eu consiga segurar. Continuo de costas para ele, e toda a dor e amor que eu estava tentando fingir que não existiam voltam com força total.

— Eu preciso vê-la. Você tem razão, vou deixá-la me explicar, preciso ouvir dela. —Ele se levanta, pega a chave do carro e o celular.

— Vamos? — Michel me encara e eu, quando me viro para sair, me vejo frente a frente novamente com o Gustavo e paraliso mais uma vez, ficando sem ação. Ele me olha e sei que nota meu estado.

— Entrega sua chave para ele; eles precisam conversar sozinhos, e nós também — pede, e meu coração está na boca, eu esqueço até como é falar.

Ele pega minha bolsa, retira minha chave e entrega para o amigo, depois puxa minha mão para sairmos juntos com o Michel. Ainda não con-

A MISSÃO AGORA É AMAR

segui dizer nada, parece que estou fora do meu corpo. De repente, me lembro do porquê estou aqui; o problema é a Bia e não eu, eu tenho que ser forte e ficar ao lado da minha amiga.

— Eu não posso deixá-la sozinha agora — explico quando entramos no elevador.

— Pode deixar, Lívia, eu não vou fazer nada, só conversar e, se por acaso a conversa não sair do jeito que imagino, prometo que te ligo para ir ficar com ela. Mas, no momento, eu realmente gostaria de ficar sozinho com ela.

Olho para Michel, e eu tenho que deixá-lo ir; sei que a felicidade da minha amiga agora depende dele, e não de mim.

— Só me promete que vai escutar e não vai fazer nenhuma besteira. E não deixa de me ligar, Michel, por tudo que lhe é mais sagrado. A Bia é mais do que uma amiga pra mim, ela é minha irmã.

— Eu prometo.

Assinto, e ele sai em direção ao seu carro enquanto fico desejando ter a certeza de que fiz a coisa certa.

— Vamos? — Saio do meu transe com a voz do Gustavo.

Ele puxa minha mão, abre a porta do seu carro, e eu entro. Não sei como agir e nem o que falar para ele. Foi ele quem cavou isso tudo com suas desconfianças. Esse tempo todo sem nos vermos e nos falarmos, e agora estou aqui, em seu carro, sentindo o seu cheiro, que é minha perdição.

Uns minutos depois ele entra em seu prédio, estaciona, sai e vem para o meu lado para me ajudar a descer. Estou no piloto automático. Nunca imaginei, ao sair de casa, que viria parar aqui, onde vivi o segundo pior pesadelo da minha vida.

Entramos no elevador. Eu ainda não disse uma palavra sequer, e nem ele, desde que saímos do prédio do Michel.

Assim que ele abre a porta de seu apartamento e eu entro, simplesmente travo. Todas as lembranças voltam com força total. Encosto-me à parede, ao lado da porta, e fecho os olhos. A dor da perda e saudade está tão viva que meu coração se comprime a tal ponto que acho que nunca mais voltará ao seu formato original. Não consigo segurar as lágrimas ou sequer respirar, dói muito ainda.

Continuo de olhos fechados, as mãos espalmadas na parede atrás de mim, sem coragem de abri-los. Sinto as lágrimas descendo mais e mais, e quando menos espero, escuto um soluço, e sei que não fui eu. Tomo coragem e abro os olhos, e a cena que vejo me quebra em mil pedaços...

CAPÍTULO 34

Lívia

Gustavo está ajoelhado à minha frente, as mãos sobre a cabeça, e ele chora com desespero. Vê-lo assim acaba de me destruir, dói muito vê-lo sofrendo, e, mais ainda, sabendo que eu sou a causa do seu sofrimento. Eu não me seguro e caio de joelhos à sua frente.

Meus dedos trêmulos tocam seu rosto e começam a limpar suas lágrimas, é como se cada uma delas molhassem o meu coração, não consigo mais lutar contra esse amor. Nesse momento não tenho mais dúvidas, só a certeza de que eu não suportaria mais não o ter na minha vida, que a força do meu querer é muito maior que a minha dor e questionamentos; é dele que eu preciso, só ele poderá fazer parar minha dor. Seus olhos se abrem e se prendem aos meus. Estamos tão próximos, que sinto sua respiração em minha face enquanto nossos olhos se desculpam e selam promessas. Ele tira as mãos da cabeça e as leva até meu rosto, limpando também minhas lágrimas, que caem sem controle.

— Me perdoa, meu Anjo, eu não consigo mais ficar sem você, está doendo muito. Juro que tentei, mas não consigo mais não ter você em minha vida — implora entre um soluço e outro.

Envolvo seu pescoço com as mãos e ataco sua boca com um beijo desesperado e cheio de saudades. Eu preciso dele mais do que o ar que eu respiro. Corresponde sedento e beijamo-nos como se nossas vidas dependessem desse beijo. Uma de suas mãos envolve minha nuca e a outra se espalma na base da minha coluna, me apertando mais e mais contra ele.

— Eu te amo, Gustavo, me perdoa, precisava desse tempo, mas juro que nunca deixei de te amar. É você quem quero e sempre vai ser — declaro olhando dentro dos seus olhos.

Ele sorri, e é o sorriso mais lindo do mundo. Começa a se levantar, me puxando junto com ele.

— Vem, Anjo, preciso muito de você, mas na nossa cama.

Fico feliz quando diz "nossa cama". Ele se abaixa e me pega em seus braços. Agora estou com um sorriso bobo no rosto, e uma certeza se faz presente: nos seus braços é o meu lugar.

Entramos no quarto e ele me coloca na cama com todo o cuidado do mundo, retira sua arma e sua camisa, e se deita em cima de mim, me dando vários beijos como sempre fazia.

— Você não pode imaginar como senti sua falta, meu Anjo — confessa me olhando nos olhos, e eu continuo com um sorriso bobo. Levanto um pouco a cabeça, atacando seu pescoço com beijos até chegar ao seu lóbulo.

— Posso sim, também senti muito a sua falta, Capitão, quase fiquei louca sem você. — sussurro e ele sorri enquanto retira minha camiseta, sua boca encontra minha barriga e deposita beijos em cada pedacinho de pele desnuda até chegar à altura da *legging* preta que eu visto. Ele a desce bem devagar, venerando cada segundo desse momento e já estou desesperada para tê-lo dentro de mim. Foi muito tempo longe dele, um pouquinho mais que um mês, desde aquele sábado em que ele nem sequer lembrava que fizemos amor.

Ele termina de retirar minha calça, e agora estou só com o top e a calcinha rosa.

— Sabe, acho que você não deveria sair com essa roupa na rua, deve ter causado muitos acidentes por aí. Eu mesmo, assim que te vi na porta do Michel, faltou muito pouco para eu te agarrar, e quando ficou na sala, de costas para mim, só conseguia me concentrar na sua bunda, meu Anjo, que, por sinal, parece muito mais gostosa — declara com as mãos sob minha bunda, e a aperta. — Eu não disse? — Ele me olha como se fosse me devorar inteira, e estou adorando.

— Eu estava dando aula e não consegui trocar de roupa, e você está me chamando de gorda, Capitão? — pergunto, tentando parecer ofendida com seu comentário em relação à minha bunda. Ele sorri e a aperta mais ainda. Envolvo minhas pernas em volta do seu corpo.

— Claro que não, só disse que você conseguiu melhorar o que já era ótimo.

Suas mãos agora investem em meu top, e eu o ajudo. Assim que a peça está fora do meu corpo, seus olhos encaram meus seios por longos segundos, e logo em seguida começa aquela tortura gostosa de beijos que eu amo. Suga um a um dos meus seios enquanto arranho suas costas, já no meu limite. Senti tanta saudade disso, de tê-lo assim todo para mim. Meus gemidos saem sem controle e coerência, o safado está me torturando.

— Ah, Gustavo!

Para na hora e me olha, dando um sorriso safado que eu amo, e volta sua atenção para o que estava fazendo. Sua boca desce por meu corpo, as mãos retiram minha calcinha bem devagar, seus lábios encontram o interior das minhas coxas e logo chegam até meu centro. Minhas mãos estão em sua cabeça, quando sua boca investe contra mim e assim continua, até que não me seguro mais e explodo num orgasmo libertador e delicioso, gritando o seu nome. Ele se levanta e tira a calça junto com a cueca e libertando todo o seu desejo. Levanto-me e sigo em sua direção, me ajoelho na sua frente. Uma de suas mãos envolve minha nuca. Ele movimenta os quadris ditando seu ritmo, seus gemidos me deixam extasiada, sinto-me poderosa, sou dona do seu amor e do seu desejo.

— Anjo, preciso estar dentro de você agora! — declara com o tom cheio de desejo e me ergue pela nuca, pega um preservativo e me puxa para o seu colo; me encosta em uma das paredes do quarto e me penetra de uma vez só. Minhas pernas envolvem seu quadril enquanto um dos meus braços, o seu pescoço; e o outro, suas costas. As mãos dele, em minha bunda, me puxam mais para si. Arranho suas costas, e ele geme e me penetra cada vez mais fundo. Estamos no limite, nossos gemidos se misturam.

— Gustavo! — grito seu nome quando meu orgasmo chega novamente. Investe mais três vezes e chega ao seu clímax também.

— Anjo! — ele grita ao atingir o seu gozo.

Nossas respirações estão aceleradas. Nós nos olhamos intensamente, como se quiséssemos gravar esse momento para sempre em nossa memória. Beijamo-nos sem pressa — um beijo de amor, de entrega.

— Eu te amo, meu Anjo, eu vou ser seu até o dia da minha morte; melhor, até depois disso.

Apesar da declaração ter sido linda, uma palavra mexe muito comigo: morte.

— Não diga isso! Eu também sou sua e também te amo, mas você só vai morrer quando estiver bem velhinho, promete pra mim — peço com certo desespero, não posso nem imaginar perdê-lo.

— Eu prometo, nós ainda temos muito pela frente, meu Anjo, não vou te deixar assim tão rápido pra você arrumar um novinho e pôr no meu lugar. Vou te dar muito trabalho ainda.

— Você é muito bobo, quem disse que eu quero um novinho? — Dou um tapa em seu braço e começo a rir. — Vou ficar muito satisfeita com meu velhinho bobo e babão.

Ele ri e caminha comigo até o banheiro. Coloca-me em pé no boxe, olho para a prateleira e todas as minhas coisas ainda estão no mesmo lugar. Pego meu sabonete líquido e o levanto contra a luz, olhando bem o vidro. Faço uma cara bem séria, ele percebe e me encara.

— Que foi, estragou? — pergunta confuso.

A MISSÃO AGORA É AMAR

— Não, estou só confirmando se está do jeito que deixei, ou se alguma sirigaita usou — esclareço, tentando controlar o riso enquanto ele arregala os olhos.

— Para com isso, Anjo. Nem eu estava usando esse banheiro; se alguém usou, foi a faxineira, só pode — comenta nervoso.

Eu não me seguro mais e começo a sorrir, fazendo-o notar que eu estava brincando.

— A senhora vai me pagar por isso. — Puxa-me contra ele e me ataca com um beijo delicioso. De repente, penso no que acabou de dizer e me afasto curiosa.

— Por que não estava usando esse banheiro? — pergunto, e ele arqueia as sobrancelhas sem desfazer o abraço.

— Porque tudo aqui me lembrava muito você; eu não ficava mais nesse quarto nem por cinco minutos. Desde aquele sábado que só entro aqui para pegar roupa e saio, estou usando o outro quarto. Seu cheiro e suas lembranças estavam por toda parte, mas neste quarto e neste banheiro é onde estavam mais fortes.

Meu coração se aperta com sua declaração. Sabia que ele estava sentindo minha falta, mas não a esse ponto. Eu o ataco com um beijo.

— Eu te amo tanto, Gustavo! Me perdoa, meu amor — peço, ao mesmo tempo em que duas lágrimas escorrem por meu rosto. Ele beija cada uma delas.

— *Shiuuu*, já passou, agora você não vai mais se livrar de mim tão cedo, só para deixar claro.

Sorrio, e ele continua a limpar minhas lágrimas.

— E quem disse que você vai conseguir se livrar de mim, Capitão?

Ele me suspende e logo estamos fazendo amor mais uma vez.

Saímos do banheiro enrolados em toalhas. Ele entra no closet, sai vestido só com uma cueca e me traz um *baby-doll*, que visto. Estou escovando meus cabelos quando, de repente, o estalo me bate.

— Gustavo! — grito, e ele me olha assustado. Estou com as mãos na boca.

— Que foi, Anjo? — pergunta, vindo em minha direção.

— A Bia! Eu esqueci o celular na sala, e se o Michel ligou? Ai, meu Deus! — Saio correndo em direção à sala; eu sou a pior amiga do mundo. Pego o telefone em minha bolsa, e quando olho, respiro aliviada. Não há nenhuma ligação perdida. Confirmo a hora e já são quase vinte e três. Nossa, o tempo passou voando.

— Ele não vai ser tão burro como eu fui, pode ficar tranquila que a essa hora eles também devem estar felizes.

— Me desculpa por ter chamado você de burro, meu amor, mas não tinha outra palavra para eu dizer, a não ser essa.

Ele vem lentamente em minha direção, com um olhar de predador, e me afasto mais e mais, sempre que ele tenta se aproximar.

— A senhora continua muito abusada — comenta no seu modo Capitão. Caminha como um leão que busca a presa, olha-me com aquela cara sexy linda.

— E o que o senhor vai fazer, me prender? — pergunto, rodeando o sofá e o desafiando. Ele pisca para mim.

— É uma boa solução; assim, a senhora nunca mais vai me desafiar e nem fugir de mim.

Dá passos mais largos, e eu vou para o lado oposto. Ele agora está onde eu estava. Vai para trás do bar e continua me acompanhando com os olhos. De repente, ele levanta um par de algemas e me mostra.

— Acho melhor a senhora se entregar, assim, sua pena pode ser menor. — Vem em minha direção, sem desviar o olhar do meu.

Meu coração está a mil por hora, e estou muito excitada com a brincadeira. Quando olho para sua cueca, vejo que ele também está.

— Mas não vou, mesmo — desafio-o, balançando a cabeça em negativa.

— Você quem escolheu. — Pisca para mim com uma cara de mau muito sexy.

Com uma agilidade incrível e sem que eu espere, ele pula por cima do sofá.

— Aahhh! — grito ao ser quase alcançada. Eu corro na direção oposta, mas ele me alcança em menos de dois passos. — Aahh, assim não vale — reclamo quando ele me agarra.

— Eu te dei a chance de se entregar, foi você que não quis, agora vai encarar as consequências. — Ele me suspende e me coloca em seu ombro, dando um tapa em minha bunda, e eu, por minha vez, belisco a dele.

— Isso é abuso de autoridade, vou reclamar com quem está no comando — declaro em tom de brincadeira, lembrando-me de quando nos conhecemos. Ele morde minha bunda e vejo quando entramos no quarto; ele me coloca sobre a cama e fica me olhando por segundos. Minha respiração está ofegante e já o quero de novo, como pode isso? Iremos recuperar

A MISSÃO AGORA É AMAR

todo o tempo perdido.

— Ótimas notícias. Eu estou no comando, e você é toda minha — declara, já se deitando em cima de mim, entre minhas pernas.

— Toda sua, para sempre, meu amor — confirmo, e ele me ataca com um beijo maravilhoso.

Ficamos nos amando por não sei mais quanto tempo, só sei que eu pareço querê-lo cada vez mais.

Ele está deitado de costas, e eu estou com a cabeça em seu peito e uma mão acariciando seu abdome totalmente definido. Traço cada linha dele enquanto faz um carinho em minhas costas. Tão bom.

— Capitão? — quebro nosso silêncio.

— Hum?

— Eu não queria interromper esse momento, juro, mas estou morrendo de fome.

— Vou fazer um sanduíche e já volto, porque ainda não terminamos, pode ter certeza. — Levanta-se, entra no banheiro e minutos depois sai do quarto.

Eu tomo outro banho rápido, volto para a cama e ligo a TV. Vejo a hora e já passa de meia-noite. Ele volta com dois sanduíches de queijo branco, alface, tomate e peito de peru, e com dois copos de suco de uva.

Devoro o meu em segundos. Gustavo ainda está comendo e me olha, com olhar inquisitivo. Eu estou com fome, fazer o quê? Mordo um pedaço do seu sanduíche, e ele me encara com olhar divertido.

— Está muito gostoso — elogio, ainda sem terminar de mastigar, e ele começa a rir.

— Vou fazer outro pra você. — Tenta se levantar e eu o seguro, dando outra mordida no seu sanduíche.

— Não precisa — falo, ainda de boca cheia, e ele agora dá uma gargalhada.

Meu apetite essa semana está mesmo além do normal, acho que estou gastando muita energia dando aulas, e por isso sentindo tanta fome assim. Não o deixo levantar, mas também acabo comendo todo o resto do seu sanduíche. Termino meu suco e só me levanto para escovar os dentes e volto para a cama de novo. Fazemos amor mais uma vez e agora bem devagar, sentindo um ao outro, e chegamos juntos ao clímax.

Logo estamos prontos para dormir, na posição que amamos ficar. Sinto-me protegida e em casa, como há dias não me sentia.

Agora, sim, minha felicidade está completa.

CAPÍTULO 35

Gustavo

Abro os olhos e me deparo com a cama vazia ao meu lado. Sou tomado por um desespero imediato, será que foi um sonho? Claro que não foi um sonho, Gustavo, foi tudo muito maravilhoso e real.

Eu ainda não consigo acreditar que recuperei meu Anjo. Então, cadê ela? Será que se arrependeu? Não é possível! Levanto da cama em um pulo, indo verificar primeiro o banheiro. A porta está fechada.

— Anjo? — Tento abrir a porta do banheiro, mas está trancada e ela não me responde.

— Anjo, fala comigo, está tudo bem? — Começo a ficar preocupado, bato na porta mais uma vez.

— Espera um pouco, já vou sair! — responde, e eu fico mais aliviado. Sento na cama e a espero. Cinco minutos depois, ela sai muito estranha.

— Que foi, está tudo bem?

Ela me olha e está um pouco pálida.

— Acho que aquele sanduíche me fez mal, eu estou muito enjoada — comenta com a mão na cabeça e se senta na cama, se joga para trás e fecha os olhos.

— Meu Anjo, é melhor irmos ao médico. — Passo as mãos em seus cabelos. Ela balança a cabeça em negativa.

— Vai passar, eu já vomitei — é só o que responde.

Fico pensando que não havia nada naquele sanduíche que pudesse fazer mal, deve ter sido porque ela comeu muito rápido, e ainda comeu quase a metade do meu, nunca a vi comendo tanto assim. Dou um beijo em sua cabeça e vou para a cozinha, acho que tenho remédio para enjoo na gaveta. Coloco umas gotas do remédio em um copo com um pouco de água e levo para ela.

— Anjo, beba isso, vai se sentir melhor. — Ela se levanta e toma o remédio.

— Que horas são? — pergunta, ainda com a mão na cabeça. Pego meu celular.

— São sete e meia. — Tira as mãos do rosto e se levanta.

— Eu preciso ir, tenho que dar aula às nove — esclarece, já entrando no closet.

— Você não está bem, devia descansar — falo indo atrás dela.

A MISSÃO AGORA É AMAR 323

— É só um enjoo e já estou melhor. Preciso ir, ainda tenho que passar em casa para pegar uma roupa para dar aula. — Ela sai, vestida com um vestido florido e com uma sandália baixa.

— Cinco minutos então, e já te levo.

— Claro que não, né, Gustavo — revira os olhos —, não tem cabimento você ir me levar e depois ter que voltar para trabalhar. Eu pego um táxi, sem problemas. — Lívia me beija, toda decidida, como se tudo estivesse resolvido.

— Tem todo cabimento do mundo, não vou deixar você pegar um táxi se eu posso te levar. E você não está se sentindo bem, eu te levo e não tem conversa. Só vou tomar um banho rápido e saímos em dez minutos. — Beijo-a e sigo para o banheiro.

Chegamos ao seu prédio e eu entro com o carro, paro e descemos. Quando entramos no elevador, ela bate a mão na testa e faz uma cara de quem esqueceu algo.

— Minha chave, está com o Michel.

— Eu tenho a minha, fique tranquila que depois pego com ele, mas é muito provável que já tenha deixado com a Bia.

Ela sorri.

— Você é muito abusado, Capitão! Eu devolvi a sua chave, e você não devolveu a minha.

Pisco para ela.

— Nunca se sabe quando vamos precisar — falo e abro a porta, com ela dando um sorriso para mim.

Quando olho para dentro, levo um susto e bloqueio a visão da Lívia no mesmo instante, colocando meu corpo à sua frente. Fecho a porta de novo, acho que ela não viu nada.

— Que foi? — pergunta assustada.

— Acho melhor voltarmos depois. — Ela balança a cabeça em negativa.

— Claro que não, Gustavo, eu te disse que tenho que trabalhar. — Lívia me empurra para tentar abrir a porta e eu travo em sua frente.

— Eu não vou deixar você entrar aí, Anjo.

Sua cara é de quem não está entendendo nada.

— Está maluco, Gustavo? Eu moro aqui, esqueceu? O que está acontecendo? Eu preciso entrar, sim, senhor.

— Ah, não, Anjo, você não vai ver isso.

— Merda, Gustavo! É a Bia? Aconteceu alguma coisa? Sai da minha frente, eu preciso vê-la. — Seu tom é desesperado, puxa minha camisa para que eu saia da frente.

— Calma, meu Anjo, não é isso. — Ela para e me olha, querendo entender o que eu disse. — É que Michel está pelado no seu sofá.

— Ah, não! No meu sofá? Sacanagem! — Ela arregala os olhos.

Não aguento a forma como fala e começo a rir.

— É, meu Anjo, acho que foi uma grande sacanagem mesmo. — Ela dá um soco em meu braço.

— E eu que apanho?

Lívia me olha irritada.

— Claro que sim, você que veio com essa de eu dar a chave para ele. Poxa, no meu sofá! Espera aí. Você viu a Bia pelada também? Ai, meu Deus! — Está com as mãos no rosto, em pânico.

— A Bia está com a camisa dele, e eu não vi nada comprometedor, mesmo porque o Michel está roubando a cena.

Respira aliviada.

— A Bia vai ver só! — Começa a tocar a campainha sem parar, e eu não consigo parar de rir. Ela realmente está preocupada com o sofá, tem um grande apego por ele.

Depois de uns minutos, o Michel abre a porta. Ele passa a mão no rosto amassado, tentando espantar o sono, agora está de calça, e a Bia não está mais na sala. A Lívia entra e dá bom-dia ao Michel, indo direto para o quarto, acho que atrás da Bia.

— A noite foi boa, hein, cara? — pergunto, sacaneando o Michel. Ele sorri.

— Você nem imagina, Gustavo — diz convencido, me zoando, só que eu duvido que a noite dele tenha sido melhor que a minha. Eu bato em seu ombro e afirmo com a cabeça.

— Imagino, Michel! Minha noite não poderia ter sido melhor.

Ele faz uma cara de desconfiado.

— Leva a mal não, cara, mas ela não está com uma cara muito boa — zomba.

— Vai se foder, Michel! Ela está puta por vocês terem transado no sofá dela; que vacilo! — Finjo estar puto.

— Foi mal, cara, não deu para segurar, sabe como é, né?

Eu balanço a cabeça para ele, em negativa.

— Não, não sei, você é a porra de um adolescente, por acaso?

A MISSÃO AGORA É AMAR

325

Ele fica sério, e eu não aguento mais, começo a rir.

— Estava todo murcho aí pelos cantos, agora voltou a ser engraçadinho, né? Vou ter uma conversa séria com a Lívia — ameaça, e nem esquento. Sei que está feliz por mim.

— Poxa, Bia, no meu sofá?

Eu e o Michel olhamos para o corredor quando escutamos o tom alterado da Lívia. Fazemos uma careta ao mesmo momento. Deu ruim!

Ela caminha pelo corredor que nem um furacão, e a Bia vem atrás, morrendo de rir. Eu e o Michel abrimos caminho para ela, que vai para a cozinha. Ela já havia trocado de roupa, está com uma calça dessas coladas, rosa, e uma camiseta comprida branca e tênis. O Michel agarra a Bia, que não está nem aí para a bronca da Lívia. Eu entro na cozinha, e ela está fazendo uma mistura no prato: banana junto com iogurte, geleia de morango, aveia e achocolatado. Eu estou enjoado só de ver. Ela começa a comer com uma vontade absurda. Olha pra mim e levanta a colher cheia.

— Quer?

Nego com a cabeça, ainda sem entender como ela consegue comer isso.

— Anjo, você não devia comer isso, não estava se sentindo bem, pode piorar.

Continua comendo e nem responde. Eu assisto à cena, abismado.

— Me deixa na academia? — pergunta, colocando o prato vazio na pia, e eu só afirmo com a cabeça. Ela sai correndo da cozinha e eu vou para a sala esperá-la. Bia e Michel se despedem e vão embora. Ela chega à sala e nós saímos.

Eu a deixo na porta da academia, ela me beija, e sigo para a empresa. Ainda não consigo acreditar que a tenho de volta, minha boca está paralisada em um sorriso que não consigo retirar do rosto. Eu consegui meu Anjo de volta.

Na segunda-feira, eu irei comunicar ao comandante minha saída. Lívia não tocou no assunto, mas sei que acabará falando do fato de eu ainda estar no Bope, e não quero que nada atrapalhe nossa felicidade.

Saio da empresa um pouco mais das dezoito horas, passo no mercado de peixe e compro camarões. Eu irei preparar seu prato predileto para o jantar. Vou direto ver meu Anjo, que ainda está na academia, não estou aguentando de tanta saudade.

Paro o carro em frente à academia e, quando entro, a cena com que me deparo não me agrada nem um pouco: ela está de costas para mim, com aquele cara que estava no dia da inauguração bem próximo a ela, passando a mão em seu braço. Meu sangue ferve na hora. Vejo quando ela tenta se afastar e, mesmo assim, o babaca insiste em se aproximar mais.

Respiro fundo e entro em estado de meditação; eu não vou perdê-la de novo fazendo nenhuma burrice, então me aproximo e a agarro por trás. Irei marcar meu território, mas de outra maneira.

— Gustavo! — Sinto que leva um susto, todo seu corpo fica tenso, deve estar achando que eu irei partir para a porrada. Vontade não me falta, mas eu sei que ela é minha e só minha.

— Oi, Anjo, tudo bem? — pergunto com a maior calma do mundo. Não vou dar mole para esse urubu se aproveitar da situação e ganhar algum tipo de vantagem.

— Lembra-se do Rafael? — pergunta, ainda se recompondo. Sei que está estranhando minha atitude, e com medo de eu voar nesse infeliz a qualquer momento.

— Claro. E aí, como vai, cara? — Estendo a mão para ele, que está olhando de mim para a Lívia, surpreso por eu estar agarrando-a por trás.

— Tudo bem. — Estende-me a mão. — Vocês estão namorando? — pergunta meio irritado. Que idiota, o que ele acha?

— Pois é, eu sou um cara de muita sorte, não acha? — Encaro-o, que fecha a cara e nem responde, só se despede e vai embora. Já vai tarde! A Lívia se vira e me encara.

— Quem é você? O que fez com o meu Capitão? — pergunta em tom de brincadeira, e eu fico aliviado. Pensei que ficaria irritada comigo.

— Ele agora é um homem apaixonado e que vai fazer de tudo para não perder a amada de novo, porque quase ficou louco sem ela.

Sorri e envolve meu pescoço com os braços.

— Então pode falar pra ele que a amada dele também não vai deixá-lo. E que ela também sentiu muito a sua falta — confessa, e a beijo. Nunca imaginei que amaria tanto uma pessoa como a amo.

— Liberada, ou ainda demora?

Sorri, e é o sorriso mais lindo do mundo.

— Liberada, deixa só eu pegar minha bolsa. — Segue para o seu escritório e eu fico paralisado, admirando a mulher linda à minha frente. Tudo aquilo é meu mesmo? Eu tenho muita sorte!

Chegamos em casa e sigo para a cozinha, e coloco o camarão na pia enquanto ela vai tomar banho. Vou para o quarto, tiro minha pistola e deixo-a na mesa de cabeceira. Tiro minha roupa e entro no boxe com ela.

— Você disse que ia fazer o jantar.

Abraço-a, cada dia que passa a desejo mais. Beijo seu pescoço bem devagar.

— E vou, mas preciso de você primeiro — esclareço, e ela sorri, a pego em meu colo. Fazemos amor deliciosamente, eu estou muito além de feliz, tudo está perfeito demais.

Saímos do banheiro meia hora depois, renovados e felizes. Visto uma cueca e uma bermuda e vou para a cozinha.

CAPÍTULO 36

LÍVIA

Levanto depois de alguns minutos deitada, me recompondo do "nosso banho" e vou ver o que o Gustavo está preparando, estou com uma fome absurda.

Entro na cozinha e, assim que o cheiro invade meus sentidos, o estômago embrulha na hora. Saio correndo para o banheiro com a mão na boca, para evitar que saia ali mesmo. Entro no banheiro do corredor, coloco tudo para fora. Nunca fiquei tão enjoada assim, eu não consigo parar de vomitar.

— Anjo — Gustavo me chama da porta do banheiro, e faço um gesto com a mão para ele sair. Que situação, vomitar com alguém olhando.

Fico ali uns dez minutos, até me sentir melhor. Levanto, lavo o rosto e vou para o meu quarto escovar os dentes. Odeio vomitar e é muito difícil disso acontecer; eu devo estar com alguma crise de fígado ou estômago, sei lá.

— Anjo, acho melhor irmos ao médico, isso não está normal — comenta preocupado.

— Se eu não melhorar até segunda, vou. Hoje fiquei bem o dia todo, foi esse cheiro, o que está fazendo?

— Estrogonofe de camarão, não é seu prato predileto? — Só de lembrar o cheiro, enjoo de novo.

— Não é mais. Desculpe, mas não vou conseguir comer isso hoje, está ruim aqui para o meu lado.

Ele arqueia as sobrancelhas e me olha desconfiado.

— Anjo?

— Quê?

Continua me olhando sério e balança a cabeça em negativa.

— Deixa para lá.

Ele se senta na cama ao meu lado, mas não fala nada, fica quieto me olhando com a mão sobre a boca, deve estar preocupado, coitado.

— Você não vai comer nada? — pergunta meia hora depois.

— Agora não, ainda estou muito enjoada. Desculpe, Capitão, você cozinhou à toa.

— Não precisa se desculpar. — Ele me beija, dá um sorriso e sai do quarto. Volta um tempo depois e se deita ao meu lado.

— Anjo, tem certeza de que não quer comer nada?

— Hum hum — confirmo também com a cabeça, eu estou com muito

A MISSÃO AGORA É AMAR

sono. Ele beija minha cabeça e me abraça.

— Tomara, Anjo, tomara... — são as últimas palavras que escuto antes de dormir.

Acordo com um homem lindo e maravilhoso agarrado a mim. Nem acredito que nós estamos bem agora, e que todo aquele pesadelo passou. Estou tão feliz. Meu mundo está perfeito com meu Capitão ao lado, meu sonho está realizado, tudo está em seu lugar, então, se o mundo acabasse agora, eu morreria feliz.

Fico uns bons minutos acordada, babando no meu Capitão. É perfeito para mim, ele tinha razão desde o início quando dizia isso. É tanta felicidade que chega a dar medo de que algo ruim aconteça, mas agora, nada, nem ninguém vai conseguir me separar do amor da minha vida, nem que para isso eu tenha que enfrentar o mundo. Não ficarei mais longe dele, a não ser que ele não me queira mais, mas só de pensar nessa possibilidade, meu coração se aperta.

Nós ainda temos que esclarecer alguns pontos, como o fato dele ainda estar no Bope. Ainda não conseguimos conversar sobre nada, era tanta saudade que fui deixando as conversas para segundo plano. Espero conseguir conversar com ele hoje e ver o que me diz. Não vou forçá-lo a nada; se quiser continuar, a única coisa que posso fazer é rezar e pedir muito a Deus para não deixar acontecer nada de ruim com ele, porque eu sei que não aguentaria se acontecesse. Não me vejo mais sem o Gustavo em minha vida, parece que existem duas Lívia: uma antes de Gustavo e outra depois dele.

Eu agora sou uma mulher mais madura, mais forte, sei o que é amor de verdade, e sei como é uma relação de verdade, sem máscaras e mentiras.

Nossa relação foi e é muito intensa, parece que estou com Gustavo há anos e não só há seis meses. Muita coisa aconteceu, e esse período mudou minha vida para sempre. Muita gente pode dizer que é pouco tempo para se conhecer e se apaixonar por alguém, pode até ser verdade, mas cada caso é um caso. Existem pessoas que ficam juntas durante anos e não conhecem o amor que eu conheci em meses, e nem têm a entrega que tive e tenho com o meu Capitão.

Se essa coisa de alma gêmea existe, tenho certeza de que encontrei a minha, e só posso agradecer por isso e pedir em minhas orações que esse amor dure para sempre.

Ele se espreguiça e me abraça mais ainda, seus beijos de bom-dia dos quais eu não conseguiria mais ficar sem, começam. Como senti falta disso.

— Bom dia, meu Anjo — deseja com aquela voz de sono que me derrete por inteiro. Eu o amo com todas as forças que tenho.

— Bom dia, Capitão, dormiu bem?

Sorri em resposta, e eu me derreto mais ainda. Será que esse efeito que ele provoca em mim passará algum dia? Ainda não acredito que eu sou a sortuda que conquistou seu coração; ele é o homem que toda mulher queria ao lado, e é meu, só meu.

Ele começa a me beijar em todos os lugares, e quando chega à minha barriga, a beija e deita a cabeça de lado sobre ela, fica em silêncio na mesma posição por segundos. Ainda deve estar com sono. Esse homem não existe! Passo as mãos em seus cabelos e permanece parado, acho que aproveitando o momento. Logo em seguida, ele volta em minha direção e fica por cima de mim, ainda quieto me olhando nos olhos. Eu vejo tanto amor e carinho em seus olhos que não resisto e o beijo. O beijo é calmo, com entrega e a certeza de que nosso amor é real e pertencemos um ao outro.

Fazemos amor assim, bem preguiçoso, e com ele é bom de qualquer maneira.

Quando terminamos, ficamos deitados mais um tempo abraçados, ele acaricia todo meu corpo com um carinho que dá vontade de ficar o dia todo aqui deitada ao seu lado.

— Gustavo?

— Hum... — Amo seu jeito preguiçoso de me responder.

— Você resolveu algo sobre o Bope? — Todo seu corpo fica tenso, sinto que o peguei desprevenido com essa pergunta, mas eu preciso saber.

— Eu vou comunicar minha saída na segunda-feira, Anjo, fica tranquila — responde com certo receio em seu tom.

— A questão não é essa, Gustavo, e, sim, se você realmente quer fazer isso. Eu sei que não vai ser fácil, mas prometo que vou aceitar o que você resolver, não quero te ver infeliz.

Ele beija meu pescoço e volta a ficar em cima de mim.

— Estou certo do que estou fazendo, meu Anjo, pode ter certeza. Eu só voltei porque precisava ter algo para me distrair da dor que estava sentindo por não ter você; eu ia acabar pirando com tanto tempo livre. Mas agora que estamos juntos novamente, não quero arriscar tudo, ficando no Bope. Não tenho necessidade financeira, graças a Deus, estou lá por amor

A MISSÃO AGORA É AMAR

mesmo, e achava que ia mudar alguma coisa da realidade do Rio, que hoje é a violência, mas percebi que vai muito além de mim. Se os governantes não fizerem a parte deles, podem existir mil Gustavos, ou um milhão, que não vão fazer diferença. Não vou sacrificar minha família por quem não está nem aí pra isso; você mais do que ninguém sabe que policiais que morrem em trabalho não passam de estatísticas. O governo não se sensibiliza com essa questão: metemos a cara para tentar defender tanto a eles quanto a população, com nossas próprias vidas em jogo. O Rio virou um campo de guerra, é muita gente inocente morrendo e muitos de nós perdemos a vida todos os dias, e para quê? Nada muda, pelo contrário, só piora. Nem pagamento digno e em dia temos. Policiais que querem dar uma vida melhor para suas famílias acabam se envolvendo em corrupção, o que não é desculpa para mim, odeio esse tipo de policial, mas com o salário de merda que recebem, acabam indo por esse lado, e isso só agrava mais ainda as coisas. Somos meros objetos nas mãos do governo; vamos morrendo, e eles vão colocando outros no lugar, a maioria sem treinamento adequado ou armamento decente. Os bandidos chegam com arsenais de guerra, enquanto o policial mal tem uma arma que funcione na hora em que precisam. E o que o Estado faz? Nada! Não querem resolver o problema, porque para eles toda essa situação não passa de política. Não melhoram nada, pois tiram vantagens dela quando é conveniente. Agora tenho essa consciência e não vou deixar minha família pagar por isso.

Eu sorrio para ele, aliviada. Graças a Deus que tem essa consciência. Infelizmente, ser policial no Brasil, e principalmente no Rio, é estar em um campo minado a todo o momento — os policiais são guerreiros urbanos que encaram uma guerra que nunca terá fim.

— Eu te amo, Capitão — declaro aliviada, e ele sorri. Então, fazemos amor mais uma vez.

Ficamos assim o dia todo, até a hora em que ele precisa ir para o trabalho. Despede-se e diz que, qualquer coisa, eu posso ligar para ele, que ficará com o celular em seu bolso. Meu coração está apertado e eu, angustiada com sua ida. Mas hoje, se Deus quiser, será o seu último dia, já que ele não irá amanhã e segunda falará com o comandante. Explicou-me que este o deixou à vontade para sair quando quisesse, fico mais aliviada por isso.

Escuto o barulho da campainha e vou abrir, só pode ser a Bia.

— Oi, amiga! E aí, já passou a raiva? — pergunta, já entrando com uma sacola de supermercado nas mãos.

— Oi, dona Bia, eu não estou com raiva, só achei sacanagem você ficar se esfregando pelada com o Michel no meu sofá, só isso — esclareço, e ela vai para a cozinha sem responder. Quando volta, está com dois copos enormes de sorvete nas mãos.

— Para me redimir, seu sabor favorito. — Sorri e me entrega o copo.

— Sua maluca! Cadê sua chave? — pergunto e pego o copo de suas mãos e sento no sofá.

— Não quis ir entrando, vai que vejo o que não quero.

Faço uma careta e volto minha atenção para o sorvete, devoro o copo todo enquanto a Bia ainda está na metade. Ela me olha e começa a rir.

— Estou vendo que acertei em cheio trazendo o sorvete.

E quando eu vou responder, aquele enjoo maldito volta com tudo. Corro para o banheiro com as mãos na boca e jogo tudo para fora novamente.

— Lívia, está tudo bem? — Bia pergunta na porta do banheiro.

— Já vou sair, Bia.

Cinco minutos depois, eu saio e ela está parada na porta, me olhando.

— O que está acontecendo, amiga? Como está se sentindo?

— Estou bem, sim, pelo menos no geral. Não sei o que está acontecendo comigo, Bia, eu estou com esse enjoo desde ontem. Gustavo preparou estrogonofe de camarão e não consegui nem sentir o cheiro, quanto mais chegar perto. E, hoje, meu sorvete predileto, como tudo e depois coloco tudo para fora, mas no geral, estou bem.

— Ai, meu Deus, Lívia! — Suas mãos estão sobre a boca. Eu me assusto com sua cara de pânico.

— Que foi, Bia?

Ela sorri agora. Eu, hein, parece maluca, quer dizer, ela é maluca!

— Lívia, você está grávida! — grita feliz da vida. — Eu vou ser titia, nem acredito.

Estou paralisada em meu lugar, tentando absorver o que ela acabou de dizer.

— Não tem como, sua maluca, nós sempre nos prevenimos e... Ai, meu Deus!

Percebo que minha menstruação está atrasada e, pelas minhas contas, se eu realmente estiver grávida, só pode ter acontecido naquele dia em que o Gustavo estava bêbado. Ele vai me matar, eu fui uma irresponsável! Mas

A MISSÃO AGORA É AMAR

da forma que tudo aconteceu, acabei esquecendo completamente.

Eu ainda estou paralisada em meu lugar. Como vou contar isso para ele? Acabamos de retomar nossa relação; tudo bem que ele me disse que queria muito ter um filho comigo, mas não sei como será sua reação se isso realmente acontecer. Caramba, logo agora?

— Bia, não pode ser, deve ser só alarme falso.

Ela balança a cabeça em negativa e ainda está sorrindo. Pimenta nos olhos dos outros é refresco.

— Só tem uma maneira de descobrir, eu já volto. — Sai e eu fico aqui sentada, com as mãos sobre a boca, sem ter a mínima ideia do que fazer.

Bia retorna uns minutos depois, agora usando sua chave para entrar; eu ainda estou na mesma posição.

— Aqui, o farmacêutico disse que esse teste é certeiro e que a chance de erro é quase nula. — Ela me entrega uma caixa, estou morrendo de medo de isso ser verdade. — Anda, Lívia, é melhor saber logo, agora não tem jeito. Se você estiver grávida, vai continuar grávida, querendo saber ou não.

Levanto-me para ir ao banheiro. Seja o que Deus quiser.

— É só fazer xixi nesse copinho e mergulhar esse palito dentro.

Entro no banheiro e faço o que a Bia disse. Deixo o copo em cima da pia com o palito branco mergulhado nele, e saio.

— E aí, vou ser titia? — Bia pergunta ansiosa, estacada na porta.

— Eu não tenho coragem de ver, Bia.

Ela nem fala nada, entra direto no banheiro.

— Aahh! Eu sabia, vou ser a tia mais coruja do mundo! — Ela me abraça e eu ainda estou sem acreditar. Estou grávida! Não tenho como não ficar feliz com essa notícia, eu serei mamãe!

Eu e a Bia nos abraçamos e sinto lágrimas molhando meu rosto, mas dessa vez são de felicidade.

Eu só preciso saber qual será a reação do meu Capitão. Agora, pensando bem, ele até parecia suspeitar disso, hoje de manhã, quando colocou a cabeça em minha barriga — vai ver, foi seu instinto de pai, se é que isso existe. Já ouvi falar no instinto de mãe; no de pai, nunca. Mas como eu e o Gustavo não somos como todo mundo...

— Você sabe que eu vou ser a madrinha, né? — exige nervosa.

— E quem mais, Bia?

— Aaahhhh! Essa criança vai ser a mais paparicada do mundo!

334 **CRISTINA MELO**

CAPÍTULO 37

Gustavo

Estou em uma operação muito complicada e, mesmo assim, não consigo tirar a Lívia da cabeça. A possibilidade de ela estar grávida está mexendo muito comigo. Com certeza seria o melhor presente que eu poderia ganhar: um filho do meu Anjo. Mas não quero alimentar falsas esperanças, vai que é uma crise de fígado, mesmo. Além do mais, sempre uso camisinha e não lembro de ter acontecido acidente algum com nenhuma delas. No entanto, seria perfeito, eu seria o melhor pai do mundo para o meu filho, daria a ele todo amor que nunca recebi do meu pai.

— Porra, Capitão! Atividade! Está no mundo da lua? A bala *tá* comendo solta — volto à realidade com o grito de Michel ao meu lado. Eu estou desligado mesmo, que merda!

— Não foi nada de mais, mas valeu. Formação! Vamos pegar esses merdas.

Subimos como sempre: na espreita, um cobrindo o outro. Muitos tiros vêm em nossa direção, esses vagabundos estão com armamento pesado, nunca os vi tão confiantes assim. Eles nos atacam, e a todo momento derrubamos um vagabundo e continuamos avançando. Nossa missão é chegar até a unidade que fica no alto da comunidade e tem sido atacada por traficantes. Precisamos chegar para dar cobertura aos policiais que estão acuados lá em cima.

— Anda, caralho! Descendo juntos, atividade, um cobre o outro. — Acabei de resgatar os PMs, são sete ao todo, mais a nossa equipe. Se ficarmos atentos, não tem como esses bandidos levarem a melhor.

Mas, dois deles, levados pelo desespero, saem da formação e correm para um beco. Puta que pariu! Isso é suicídio!

Sei bem que esse cenário de violência 24 horas vivido por nossa profissão acaba com nosso psicológico e tem horas que o surto chega e destrói nosso senso de defesa, mas não temos o direito de errar. Um erro para nós tem consequências devastadoras e, na maioria das vezes, fatal. Essa é uma dura realidade. Policiais são vistos pela maioria como máquinas e sua manutenção deve estar sempre em dia.

A MISSÃO AGORA É AMAR

— Voltem, porra! Saiam daí agora!

Eles me olham, mas continuam correndo. Vejo quando um bandido aponta sua arma para um deles de cima de um telhado.

— Merda! — Saio da formação correndo, com meu fuzil em punho, e miro no desgraçado, acertando-o antes que consiga atirar. — Voltem, droga! Vocês vão morrer desse jeito! — Corro na direção deles para resgatá-los, é muito tiro, mas consigo alcançá-los.

— Vamos, eu vou à frente, atividade, precisamos voltar a guarnição. — Começo a andar na frente, apontando meu fuzil em todas as direções. Os caras estão borrados de medo, como é que pode isso? Quando chego ao final do beco em que estava, vejo Michel, Carlos e André nos dando cobertura.

— Cadê os outros? — pergunto quando chego.

— Já desceram, vamos! — fala Carlos.

Carlos vai à frente, coloco os dois PMs para o seguirem. André vai à contenção deles, e eu e o Michel seguimos atrás. Estamos quase chegando à viatura quando uma rajada de tiros recomeça. É tiro de todos os lados. Começo a mirar em cima das lajes e acerto uns dois. De repente, vejo um filho da puta mirando no Michel, e me aproximo um pouco mais para não perder a mira. Desgraçado! Acerto-o em cheio e, no mesmo instante, sinto uma pancada em minhas costas, seguida por uma queimação. Vejo quando o sangue brota em meu peito e caio no chão na mesma hora.

— Porra, Gustavo! Fala comigo, cara!

Escuto, ao longe, a voz do Michel. As palavras não se formam em minha boca, só vejo meu Anjo na minha frente. Minha vida começa a passar como um filme diante dos olhos, pareço reviver cada cena; eu só queria que ela estivesse aqui, agora. Fecho os olhos para me lembrar dela, meu coração dói mais do que o próprio tiro que acabei de levar. Eu não conseguirei cumprir minha promessa de não a deixar. Ela preencheu minha vida de alegrias, e agora eu preencherei a dela de tristezas, mas não está mais em minhas mãos; só espero que ela me perdoe um dia.

— Fica forte, cara, você vai conseguir, já estamos chegando ao hospital. Porra, Gustavo, reage! — A voz do Michel e dos outros ficam cada vez mais longe, até que não escuto mais nada.

CAPÍTULO 38

LÍVIA

Ainda estou muito surpresa com o fato de estar grávida.

Ao que tudo indica, eu estou grávida mesmo. Minha mãe irá amar a novidade, ela sempre foi louca para ser vovó, mas preciso confirmar primeiro com um exame de sangue, para não fazer alarme falso.

A única coisa que me preocupa é reação do Gustavo. Agora eu terei um pedacinho dele, para sempre. Passo as mãos em minha barriga e fico imaginando se será um menino ou uma menina. Se for um menino, será parecido com o Gustavo? Imagino que ser for uma menina, coitada, com um pai como o Gustavo, ela só irá namorar com trinta anos. Até imagino a cena dele implicando com os meninos que se interessarem por ela.

— Você vai ficar com esse sorriso bobo na cara até quando? — Olho para o lado e vejo Bia me olhando e sorrindo também.

— Eu vou ser mãe, Bia, dá para acreditar?!

— Estou muito feliz por vocês, amiga, mas como será que o Capitão vai reagir a essa surpresa? Acho que vai ter um treco e vai ficar mais grudento do que já é. Se prepara, porque ele vai ser desses todo preocupado que não vai te deixar fazer nada. Eu já estou até vendo a cena.

— Claro que não, Bia, vida normal, gravidez não é doença.

Ficamos ali, eu e ela, fazendo vários planos de como será o quarto do bebê, se for menina ou menino; conversamos sobre várias coisas relacionadas a bebês.

O celular dela começa a tocar em cima da mesa e nos interrompe. Ela levanta e vai atender enquanto eu fico com a mão sobre a barriga, ainda encantada com a novidade. Não vejo a hora de o Gustavo chegar para lhe dar a notícia, nem irei dormir, o esperarei acordada hoje.

— Oi, amor, já saiu? Que bom, estou com saudades — ela fala animada no telefone. — Que voz é essa, amor? O que está acontecendo? — pergunta com o tom angustiado e preocupado, e fico em estado de alerta.

Ela se vira de costas para mim e sinto que está querendo me esconder alguma coisa. Meu coração já está disparado.

— Ai, meu Deus! — Seu grito agora me dá certeza do seu desespero. Travo em meu lugar, minhas mãos estão tremendo. — Onde você está? — Aconteceu alguma coisa, eu tenho certeza, a voz da Bia entrega tudo. Fecho os olhos e começo uma oração silenciosa. *Que não seja com ele, que não seja com ele...* Fico

A MISSÃO AGORA É AMAR

repetindo isso várias vezes em pensamento — Eu estou aqui, vou falar com ela.

Lágrimas já começam a cair e o desespero me consome. Estou tremendo da cabeça aos pés. O que eu farei sem ele? De novo, não!

A Bia vem em minha direção, e quando a olho, confirmo minhas suspeitas.

— Não, Bia! O Gustavo, não!

Ela se senta ao meu lado.

— Fica calma, amiga, presta atenção, ele levou um tiro...

— Não pode ser, Bia, diz pra mim que é mentira — imploro chorando muito, meu desespero é imensurável.

— Amiga, eles o levaram para o hospital, ele vai sair dessa, vamos ter fé. — *Ele ainda está vivo?*

— Eu quero vê-lo, onde ele está? Preciso vê-lo, não vou deixá-lo fazer isso comigo. — Levanto do sofá com ímpeto e limpo um pouco as lágrimas. Pego minha bolsa e vou em direção à porta, nem troco de roupa, eu preciso ficar ao seu lado. Não pode me deixar agora, ele prometeu.

— Vamos, estou com o carro do Michel, eu sei onde fica o hospital. Mas, amiga, pensa no bebê, tenta ficar calma.

Ai, meu Deus! Nosso filho, ele não pode nos deixar assim.

Chegamos ao hospital em vinte minutos, ainda bem que não tem trânsito. Eu não consigo parar de chorar e pedir a Deus para ele sair dessa, porque não conseguirei passar por tudo de novo.

Quando entramos na emergência, estou praticamente correndo. Vejo o Michel com as mãos na cabeça em total desespero, tem também vários homens lá, ainda de uniforme.

— Cadê ele, Michel? — exijo, ainda chorando e muito desesperada. Ele me olha, assim como todos que estão em volta.

— Eles ainda não deram nenhuma notícia, Lívia, mas ele vai sair dessa, vamos acreditar.

Bia abraça Michel e volta para me abraçar. Estou em pânico, o medo de perdê-lo para sempre me desespera mais e mais.

— Toma, bebe essa água e tenta se acalmar um pouco. — Um dos homens da equipe de Gustavo me entrega o copo com água, e eu tomo tudo de uma vez e lhe agradeço em seguida.

— Amiga, tenta se acalmar, pensa no bebê, isso pode fazer mal pra ele — Bia pede passando as mãos em minhas costas, e quando olho para frente, o Michel e mais dois amigos dele estão me olhando como se eu tivesse duas cabeças.

— Ele sabia disso, Lívia? — pergunta o Michel, e eu nego com a cabeça.

— Descobrimos hoje, amor, ela não teve tempo de contar a ele.

Michel dá um soco na parede e vejo quando uma lágrima solitária escapa pelo seu rosto, mas ele a limpa rapidamente, sem deixar que os outros percebam.

Já estou aqui há uma hora e ninguém dá notícias dele. Cada minuto que passa, minha agonia e desespero aumentam; eu não consigo parar de rezar e lembrar de cada momento que tivemos juntos, ele não pode me deixar. Não suportaria perdê-lo.

— Um familiar do Capitão Torres.

Eu me levanto e corro na direção da médica, e os outros vêm atrás de mim.

— Eu sou a esposa — minto, pois preciso de notícias dele e sei como esses médicos são cheios de palhaçada para falar. Eu tremo muito, e o medo é mais forte que posso suportar.

— Ele foi operado, no entanto, seu estado é muito delicado. O projétil não estava em seu corpo e passou a milímetros do coração, é muita sorte ele ainda estar vivo. Vamos aguardar as primeiras vinte e quatro horas e ver como reage. Ele agora está no CTI, em coma induzido.

— Eu preciso vê-lo, doutora, por favor, ele precisa saber que estou aqui. — Ela me olha e eu ainda estou chorando muito, sinto que ela se comove com meu estado.

— Tudo bem, mas só posso permitir sua entrada por quinze minutos, depois precisa ficar na sala de espera, ok?

Concordo com a cabeça, e ela pede que eu a acompanhe. Deixo minha bolsa com a Bia e a sigo pelo corredor.

Entro no CTI vestindo aquelas roupas esterilizadas, luva e touca. Quando o vejo, meu coração se aperta mais ainda, ele está todo entubado. Aproximo-me e apoio minha mão na sua, passando a outra em seu rosto. Sento-me na cadeira que tem ao seu lado e coloco a cabeça em seu peito e choro mais ainda. O medo de perdê-lo não me abandona nem um minuto, é muito agoniante essa sensação de que eu posso perdê-lo a qualquer momento.

— Você não pode me deixar, ouviu bem? Eu não posso criar nosso filho sozinha! Pois é, Capitão, você vai ser pai, então, trate de melhorar logo e sair desse hospital! Morrer bem velhinho, lembra? Não quebre sua promessa, preciso de você aqui comigo, reaja! Eu não vou te perdoar se você me deixar, ouviu bem?

Você precisa ser forte por mim e pelo nosso filho que vem por aí; ele ou ela vai precisar do pai. Eu te amo, Capitão, não se esqueça disso, por favor, não nos deixe.

Imploro e me debruço sobre ele de novo.

— Por favor, meu amor, fica comigo, eu preciso de você e seu filho também, nós agora temos uma família, e essa família não vai estar completa sem você. — Minhas lágrimas saem sem controle.

— Eu sinto muito, mas você precisa sair. Vai dar tudo certo, ele é forte, confia em Deus — pede uma enfermeira atrás de mim. Então me levanto e beijo a mão de Gustavo.

— Eu vou ficar aqui fora, meu amor, não vou embora, prometo. — Saio e volto para a sala de espera. Bia vem em minha direção e me abraça.

— Vai dar tudo certo, amiga, ele vai sair dessa. — Eu me sento com ela abraçada a mim. Os amigos dele ainda estão ali, todos muito aflitos também.

Já são sete horas da manhã. Todo médico que vejo sair por aquela porta, meu coração dispara, pensando que ele trará uma notícia do Gustavo. Eu nunca rezei tanto em minha vida; ninguém quer sair daqui, todos se mantêm muito quietos, acho que cada um, assim como eu, está fazendo sua própria oração.

Nesse momento, lembro-me da família dele, que não foi avisada.

— Michel, cadê o celular dele? Precisamos avisar o seu pai e sua irmã. — Não os conheço ainda, mas eles precisam saber.

— Eles me entregaram assim que chegou. — Ele retira do bolso e me entrega. Eu procuro na agenda do telefone, até que acho o nome pai; seleciono o número e aperto para ligar.

— Oi, filho, bom dia.

— Oi, bom dia, aqui é a namorada do Gustavo, meu nome é Lívia, o senhor não me conhece. — Eu me seguro muito para não chorar, preciso me concentrar e dar a notícia a ele.

— E por que está me ligando, Lívia, ainda por cima do celular do meu filho, a essa hora da manhã? — pergunta exaltado.

Respiro fundo, tentando me acalmar.

— É que ele foi baleado em serviço, essa noite, e está no CTI. — Não consigo terminar de falar, as lágrimas voltam a cair com força total. Michel pega o celular da minha mão e continua falando com o pai de Gustavo enquanto Bia me abraça.

Ainda não tivemos mais nenhuma notícia do Gustavo. Michel me informou que a irmã de Gustavo também já está sabendo, e pelo que ele contou, ela ficou muito abalada e disse que pegaria o primeiro voo para o Rio. Estou com a cabeça baixa entre as mãos, a ansiedade por notícias chega a me sufocar.

— Onde está meu filho?!

Levanto a cabeça com o tom desesperado que rompe o silêncio, e quando olho para o dono da voz, angústia e tristeza me dominam mais ainda. Gustavo é muito parecido com ele, impressionante a semelhança. É o pai de Gustavo, não há dúvidas; me levanto e vou em sua direção. Ele me encara muito consternado. Vejo quando uma lágrima escorre dos seus olhos e ele a limpa rapidamente.

— Eles não deram mais nenhuma notícia — esclareço.

— Você é a Lívia?

— Sim, senhor. — Sou surpreendida com um abraço. Pelo que o Gustavo me falou, ele não é o tipo de homem que faz isso.

— Eu sabia que isso aconteceria. Ele nunca teve necessidade disso, sempre trabalhei muito para dar o melhor para os dois, mas ele colocou na cabeça que seria policial e eu não consegui impedi-lo.

Continuo quieta, não sei o que dizer, ele nunca me viu antes e simplesmente me abraça assim. Segundo o Gustavo, ele não fazia isso com ele, nem com a irmã. Mas mesmo sem conhecê-lo, eu posso ver seu desespero.

— Eu não posso perder meu filho também. Quer dizer, sei que não fui o pai que eles mereciam, mas simplesmente não conseguia... A dor e a culpa eram muito fortes, e eu não conseguia encarar meus filhos, por isso me afastei cada vez mais deles. Não conseguia encará-los sabendo que a mãe deles se matou por minha causa. — Engulo em seco quando ele revela isso.

— Mas ele pensa que ela foi embora — é o que consigo dizer. É impressionante como para algumas pessoas é mais fácil desabafar com um estranho do que com pessoas próximas. Já tinha ouvido falar disso, e confesso que achava muito improvável, mas agora, ouvindo-o me confessar esse segredo assim do nada, sei que é possível, sim.

— Eu sei, não tive coragem de lhes dizer a verdade, sei que errei e estou muito arrependido, mas eu não podia olhar para o meu filho e dizer que a mãe se matou por minha causa. Seu ciúme a venceu, e, um dia, quando cheguei de uma de minhas farras, ela tinha tomado um vidro inteiro de calmantes e estava morta em nossa cama — confessa enquanto as lágrimas molham cada vez mais seu rosto.

Meu coração se aperta com essa declaração. Eu vejo culpa em seus olhos, sinto que ele ficou tão desesperado que não segurou mais e acabou

A MISSÃO AGORA É AMAR   341

desabafando, pois não tinha espaço em seu peito para duas dores juntas.

— A verdade é sempre menos dolorosa do que a mentira. Eles pensam que a mãe foi embora e não quis mais saber deles — falo com a mão em seu braço. Eu nunca o tinha visto e ele simplesmente conta para mim o que deveria contar para seus filhos. Sinto que esse remorso o acompanha há muito tempo, ele precisa colocar tudo para fora, então o deixo falar.

— Eu sei, mas simplesmente não pude contar a eles, achei que assim sofreriam menos. Também não conseguia encará-los; toda vez que os olhava, a via morta em nossa cama e, com isso, eu também perdi meus dois filhos. Não sei nada deles, eles não me amam, sou um completo fracasso com minha família; perdi todos por causa do meu machismo e orgulho. Agora, meu filho está nessa situação, e meu medo de perdê-lo para sempre me mostrou como fui um péssimo pai todos esses anos. Eu tinha que ter encarado a situação de frente, mas preferi fugir.

— É claro que eles o amam, só não sabem por que agia daquela forma, mas nunca é tarde para começar de novo. E agora o senhor tem um netinho vindo por aí, é a chance que precisa para recomeçar. — Ele me olha com os olhos arregalados. Eu sei que não devia contar para ele nesse momento, mas não sabia o que dizer, e confesso que fiquei com pena de sua situação, e tento consolá-lo de alguma forma. Então quando vi, já tinha saído.

— Você está grávida?

— Sim, senhor, estou sim, eu descobri ontem, mas o Gustavo ainda não sabe, não deu tempo de contar.

Ele me abraça forte.

— Ai, meu Deus! Ele tem que sair dessa; meu filho vai ser um ótimo pai, tenho certeza. Você precisava ver como cuidava da Clara, ele foi o pai que nunca consegui ser. E eu vou cuidar de ser o melhor avô que esse meninão aí poderá ter. Obrigado por isso, minha filha.

Fico emocionada com sua declaração. Sempre ouvi dizer que uma criança une uma família, mas agora tenho certeza disso, e se Deus quiser, dará tudo certo.

— Eu sei que ele vai sair dessa; precisa — falo para ele, que sorri para mim e confirma com a cabeça. Vejo o sorriso do Gustavo em seu rosto.

Ele pega na minha mão e permanecemos sentados assim, até que um médico entra na sala de espera e vem em nossa direção. Está com a feição preocupada, meu coração se aperta e levanto no mesmo instante.

— A senhora é a esposa do Capitão Torres?

Confirmo com a cabeça, e o pai dele me olha assustado. Meu coração agora parou de bater, com certeza.

CAPÍTULO 39

LÍVIA

— *Ele começou a reagir, e nós já o tiramos do coma induzido.* Agora é só esperá-lo acordar, esperamos que seja em breve. Ele realmente lutou muito por sua vida, é um milagre estar vivo, não esperávamos que reagisse tão rápido. O quadro ainda é um pouco delicado, mas o pior já passou. Vamos esperá-lo acordar e ver qual será o próximo passo. Bom, assim que tivermos mais notícias, avisamos.

— Obrigado, doutor, muito obrigado por tudo — agradece o pai de Gustavo, apertando a mão do médico.

Eu ainda não sei o que dizer, só consigo chorar, mas agora de felicidade. Ele ficará bem, eu sabia! Obrigada, meu Deus!

Quando olho em volta, seus amigos estão comemorando junto com o Michel. Nenhum deles tinha tirado o pé deste hospital para nada.

Bia me abraça.

— Eu te disse, amiga, que ele sairia dessa, ele é forte.

— Eu nem acredito, Bia. — Sorrio para ela.

— Pode acreditar, minha filha, ele é teimoso e muito persistente, não ia se deixar vencer assim tão fácil — o pai dele diz, me abraçando. — Agora, que história é essa de esposa? Ele se casou e não me convidou?

Olho para ele, cheia de vergonha pela minha mentira.

— Não, claro que não, me desculpe, é que se eu dissesse que era apenas a namorada, eles poderiam não me deixar vê-lo.

— Tudo bem, minha filha, não se preocupe. Pelo que estou vendo, esse casamento não demora muito a acontecer. Não vou deixar que meu filho te deixe escapar.

Sorrio, e ele beija minha cabeça com ternura. Parece uma pessoa muito diferente da que Gustavo me descreveu.

— Lívia, eu vou pra casa trocar de roupa. O pessoal também está indo, eles voltarão mais tarde. Estamos mais tranquilos, agora que ele está fora de perigo. Volto rápido, aí você vai pra casa com a Bia, e fico aqui.

— Pode ir, Michel, fica tranquilo, mas eu não vou sair daqui enquanto ele não acordar.

Ele assente com a cabeça.

— Bia, vai com ele, eu fico aqui com o Sr. Olavo, sem problemas, estou

A MISSÃO AGORA É AMAR 343

mais calma.

— Tem certeza, amiga? — pergunta preocupada.

— Claro, eu vou ficar bem.

— Não vamos demorar, só vou tomar um banho e pegar uma roupa pra você, já que não quer sair daqui. Vai ser rápido. — Ela me abraça.

— Pode deixar que eu cuido dela e do meu neto — Sr. Olavo fala, envolvendo meu ombro com o braço. A Bia assente para ele e sai com o Michel. Agora somos só eu e o pai do Gustavo.

— O senhor sabe que ainda não dá pra saber se é menino ou menina, né?

— Eu sei que será um menino. — Ele sorri, sinto que está mais tranquilo também. Pisca para mim, e eu sorrio. — Eu já volto, vou tomar um café, mas é bem rápido. — Assinto com a cabeça e ele sai da sala.

Permaneço sentada com meus pensamentos. Graças a Deus ele ficará bem. Mas enquanto não acordar e eu falar com ele, não ficarei tranquila. Essa foi a segunda pior noite da minha vida; o desespero que senti, achando que o perderia para sempre, não quero experimentar nunca mais. Ele só voltará para o Bope agora se passar por cima de mim.

— Aqui, eu não sabia do que gostava, e como café não é bom para o bebê, trouxe uma vitamina de morango, um suco de laranja e um sanduíche de queijo branco. Você precisa se alimentar e cuidar bem do meu neto. Nossa, ainda não acredito que vou ser avô; eu não tenho cara de avô, tenho? Mas há muito tempo que não recebia uma notícia assim tão boa.

Não aguento e começo a rir por sua preocupação comigo e com a idade.

— Obrigada, e o senhor não tem cara de vovô, mas acho que hoje em dia é assim mesmo. Minha mãe também não tem cara de vovó, e vocês dois serão avós muito corujas. — Escolho a vitamina de morango e também o sanduíche. Só aí percebo o quanto estou com fome. Sua preocupação me lembra de Gustavo.

— E seu pai, não vai ser coruja também? Mas ele terá um grande concorrente, pode ter certeza.

Meu sorriso morre na hora. Ainda não tinha pensado no meu pai sendo avô, mas sei que ele seria o melhor avô do mundo.

— Meu pai faleceu há três anos, também era policial e foi morto em um assalto.

Ele fica vermelho, e noto que ficou sem graça.

— Eu sinto muito, minha filha. — Apoia sua mão em meu ombro.

— Tudo bem, o senhor não sabia. Eu sofri muito, mas agora o que sinto é só saudades.

Ficamos mais umas três horas conversando sobre tudo. Conto sobre minha academia, e ele fica feliz; conto como conheci o Gustavo. Por sua vez, ele me conta da sua empresa e o sonho que tinha de que o Gustavo assumisse tudo; de como sente falta da sua filha e do Gustavo, e que se sente muito sozinho. Ele não quis se casar de novo e também largou a vida de boêmio. Disse que há muito tempo vive só para a empresa e não vê a hora de se aposentar logo, o que lhe parece quase impossível, já que o Gustavo não quer assumir, e Clara, apesar de estar cursando Engenharia, também se afastou dele.

Aconselho-o a contar a verdade para os filhos, só assim eles poderão entender seu comportamento durante todos esses anos. Promete que vai pensar no assunto, tem muito medo da reação dos filhos, e me faz prometer que não falarei nada. Claro que não falarei, esse assunto não diz respeito a mim.

Bia volta com o Michel e mais dois amigos do Gustavo: Carlos e André. Falo para o Sr. Olavo ir para casa, mas se recusa a sair até que Gustavo acorde.

São dezessete horas quando, de repente, um furacão louro entra na sala. Ela vem direto em nossa direção, e pelos traços iguais aos do pai e do irmão, só pode ser a Clara, irmã do Gustavo.

— Como ele está, pai? Não minta pra mim — exige desesperada, e seu rosto está muito inchado e vermelho.

— O pior já passou, filha, ele vai ficar bem, você sabe que seu irmão não se entregaria assim tão fácil.

Ela abraça o pai e começa a chorar.

— Graças a Deus, pai, eu tive tanto medo, ele é tudo pra mim, não sei o que seria da minha vida sem ele.

— Eu sei, filha, vocês dois também são a minha vida, e eu também não sei como seria minha vida sem ele.

Ela trava na hora em que ele fala isso. Não deve estar acostumada a ouvir esse tipo de coisa do pai. Ela desfaz o abraço, e percebo que o Sr. Olavo fica triste com isso.

— Essa é Lívia, a namorada dele.

Ela sorri e vem me abraçar.

— Ele me fala muito de você. Eu viria para o Rio daqui a quinze dias, quando entrasse de férias. Ele me disse que eu ia te adorar. Meu irmão é

A MISSÃO AGORA É AMAR

tudo pra mim e só quero vê-lo feliz. E se você o fizer feliz, terá a melhor amiga que poderá ter.

— Obrigada, Clara, ele também sempre fala de você com muito carinho, e eu já gosto muito de você.

Ela sorri e seu olhar desvia-se por segundos na direção de Carlos, então sua postura muda completamente, parece congelada em seu lugar. Já vi essa cena. Olho para Carlos e ele também está sério, encarando-a, nem pisca. Que merda é essa? Que tem alguma coisa entre eles, isso tem.

CAPÍTULO 40

Gustavo

Acordo com a boca seca e uma dor terrível no peito. Abro os olhos devagar e me dou conta de que estou em um hospital; tem soro em meu braço e um grande curativo sobre meu tórax, com vários eletrodos grudados nele. Olho para o lado e vejo várias máquinas ligadas. A única coisa em que consigo pensar é meu Anjo, preciso vê-la e saber como está. A última coisa de que me lembro foi ter sido atingido na operação. Lívia deve estar desesperada, seus medos se confirmaram, mas eu estou bem e preciso dizer isso a ela.

Uma enfermeira entra na sala e parece admirada por me ver acordado.

— Que bom que acordou! Eu vou chamar o médico para te examinar, só um instante.

— Por favor, eu preciso falar com a minha mulher, a Lívia. Ela está aí?

A enfermeira sorri.

— Está sim, ela não saiu um minuto sequer, desde que você chegou que ela está lá fora. Esteve aqui duas vezes para te ver, mas não pôde ficar muito tempo. Ela parece te amar muito.

— Eu sei, preciso vê-la.

— Vou chamar o médico, só ele pode decidir isso, não demoro.

Nem acredito que estou vivo, achei que não conseguiria. Mas só de pensar no sofrimento e desespero que eu causaria em meu Anjo, ela não poderia passar por tudo aquilo de novo. Sim, foi por ela, foi do seu amor que tirei forças para sobreviver — meu Anjo me salvou.

CAPÍTULO 41

Lívia

Estamos na sala de espera, Clara e Carlos continuam se conectando com olhares. Não há dúvidas de que entre os dois há alguma coisa inacabada.

Um médico entra na sala, e me levanto rapidamente.

— Ele acordou.

Respiro aliviada, junto com todos na sala. Os meninos comemoram como se tivessem ganhado a Copa do Mundo, eu abraço o Sr. Olavo e a Clara.

— Ele disse que quer te ver — declara o médico, me olhando.

— Eu também quero vê-lo! — diz Clara.

— Ele só pode receber um por vez, e por pouco tempo. Deixe-a entrar e depois você entra, ok? — pede o médico, e ela assente enquanto saio em disparado na direção da CTI. Preciso ter certeza de que ele realmente está bem.

Entro no quarto e seus olhos se conectam aos meus; lágrimas molham meu rosto sem que eu consiga controlar.

— Se eu soubesse que ficaria tão triste assim, não teria acordado agora — declara sorrindo.

— Não diga isso nem de brincadeira! Estou chorando de felicidade. Você quase me matou de susto, Capitão, nunca mais faça isso comigo! — exijo, abraçando-o com cuidado e dando um selinho em seus lábios.

— Desculpe, meu Anjo, não queria que sofresse desse jeito. — Abraço-o mais forte um pouco, e ele reclama. — Ainda está doendo um pouco — esclarece, fazendo uma careta.

— Desculpe, meu amor, eu fiquei desesperada, achei que te perderia para sempre.

— Eu te disse que não ia se livrar de mim assim tão fácil. O que é um tiro de fuzil diante do amor que sinto por você?

Sorrio e o beijo de novo.

— Eu também te amo muito, Capitão, e tenho uma surpresa pra você.

Ele me olha intrigado e curioso.

— E que surpresa seria essa? Anjo, não vai fazer um striptease, ainda não estou cem por cento, e estamos em um hospital.

— Estou vendo que está cheio de gracinha! — sorrio.

— Eu só estou muito feliz em te ver de novo, só isso.

— Sua irmã e seu pai estão lá fora, eles devem entrar daqui a pouco, e todos os seus amigos também ficaram aqui a noite toda. Alguns foram embora e vão voltar, só saíram depois que souberam que estava fora de perigo. Carlos e André já estão de volta, e o Michel, não preciso nem te dizer que também esteve aqui o tempo todo.

— Essa é a surpresa? — pergunta curioso.

— Uma delas, a outra é... — Pego o teste de gravidez que a Bia teve a brilhante ideia de trazer, e eu havia guardado em meu bolso. Ela ainda colocou um laço vermelho nele. Entrego-lhe e ele arregala os olhos no mesmo instante. Engulo em seco, sem saber qual será sua reação.

— Eu sabia, meu Anjo! Nós vamos ter um filho! Obrigado, sou o homem mais feliz do mundo, eu nem posso acreditar. — Seus olhos estão cheios de lágrimas.

— Eu ainda tenho que confirmar com um exame de sangue, mas não podia esperar para te dizer. Descobri ontem, depois que você saiu, e logo após veio a notícia de que havia levado um tiro. Eu fiquei com tanto medo, Gustavo.

— Eu sei. Eu te amo, meu Anjo, essa é a melhor surpresa do mundo, vou ser pai! — declara um pouco alto demais e segura o teste como se fosse um troféu.

— Você vai ser o pai mais lindo e dedicado do mundo, tenho certeza. Eu também te amo, Capitão! — Dou-lhe mais um beijo. — Agora, preciso sair um pouco para que os outros entrem, mas vou ficar lá fora.

Eu o deixo, com aquele sorriso bobo no rosto. Graças a Deus, ele está bem.

Após quatro dias, Gustavo deixa o hospital. Nós vamos direto para minha casa, ele ficará sob meus cuidados.

O Sr. Olavo tinha ido ao hospital todos os dias. Gustavo estranhou o comportamento do pai comigo, disse que nunca o viu gostar de alguém assim tão rápido. Mas eu senti que ele ficou feliz por isso. A irmã dele foi embora dois dias depois, prometendo que voltará daqui a dez dias, mas liga pelo menos duas vezes por dia. Minha mãe também fez um bate e volta para ver Gustavo. Ela se deu superbem com o Sr. Olavo, os dois parecem ter muitas coisas em comum, e ele já me perguntou dela umas duas vezes, como quem não quer nada.

Hoje faz dez dias que ele saiu do hospital, e está bem melhor. Eu já confirmei minha gravidez, estou com quase sete semanas. Não sei quem está pa-

A MISSÃO AGORA É AMAR

paricando quem: eu ao Gustavo, ou ele a mim. Nós ainda estamos sem sexo, o médico deu o prazo de um mês para que ele se recupere da cirurgia. Está inconformado com isso, e eu vivo correndo dele, não quero que nada de ruim aconteça. Para mim também está sendo difícil, mas se temos que esperar, irei esperar.

A Clara chegou ontem. O Sr. Olavo está feliz de tê-la em casa, nem que seja só por uns dias. Ela veio direto do aeroporto visitar Gustavo e disse que voltaria hoje.

Daqui a dois dias será meu ultrassom, Gustavo está ansioso para ver o bebê e escutar o coração dele. Ele não vê a hora de ser liberado pelo médico para começar as compras do enxoval; parece até que a criança vai nascer amanhã — ele só fala nisso.

Dois dias depois, estamos no consultório para realizar o ultra. Gustavo ainda não pode dirigir, por isso eu vim dirigindo o seu carro. Ele me diz o que fazer a todo o momento, não sei se está mais preocupado comigo ou com o carro. Expliquei para ele que aprendi a dirigir e tirei carteira com dezoito anos, mas ele não para de olhar nos retrovisores e me mandar ir mais devagar. Caramba, estou a 60 km/h, o que ele quer?

— E aí, preparados para ver o bebê pela primeira vez? — pergunta a médica.
— Sim! — respondemos juntos e ela sorri, envolvendo o aparelho em sua mão com o reservativo e o introduzindo em mim em seguida.
— Ali, estão vendo? Está começando a se formar, já conseguimos ver todo o contorno do bebê. A cabeça, o corpinho, os braços e as perninhas. Está tudo perfeito e adequado com o tempo de gestação, que é de sete semanas. — Ela nos mostra cada detalhe enquanto olhamos para a tela sem piscar.
— Ele é lindo! — declara Gustavo, e eu e a doutora sorrimos.
— Agora vamos escutar o coração desse bebê lindo — comenta a doutora. — Só um minuto, pronto. — Ela liga um aparelho, e quando escuto aquelas batidas, não seguro as lágrimas. É o coração do meu bebê. Agora, eu tenho certeza de que tem uma vida dentro de mim. Gustavo me beija e também está chorando.
— Obrigado, meu Anjo, eu sou o homem mais feliz do mundo.

Outros quinze dias passam voando, hoje é o dia da minha formatura e da Bia. Gustavo foi liberado pelo médico ontem e está alucinado, mas como ontem foi muita correria com os preparativos para hoje, acabou não rolando nada.

Clara resolveu pedir transferência para o Rio. Disse que quer acompanhar o nascimento do sobrinho ou sobrinha, mas acho que foi uma desculpa. O Sr. Olavo ficou muito contente em tê-la de volta em casa; graças a Deus, eles estão se aproximando aos poucos.

Sinto que, logo, ele tomará coragem e contará a verdade para eles. Espero, do fundo do meu coração, que o perdoem, pois a vida é muito curta para guardarmos ressentimentos, e ele já sofreu muito por conta desse segredo.

— Você está fugindo de mim, meu Anjo, mas quando eu te pegar, vai me pagar. Se prepara pra ficar trancada nesse quarto dois dias seguidos — sussurra com os lábios colados em meu lóbulo, me abraçando por trás.

Sinto sua ereção um pouco acima da minha bunda. Minha vontade é de jogá-lo nessa cama agora, mas já estamos arrumados para a festa. Ele está com um terno preto lindíssimo e eu, com um vestido longo, rosa bebê, que deixa as costas nuas; na frente, uma renda cobre-o com um decote canoa.

— Acho que hoje eu vou ter que voltar a ser o Capitão Torres; você com esse vestido, não vai ter um infeliz que não vá olhá-la.

— O importante é que eu sou sua, e é você que vai tirá-lo de mim. Eu me viro e o beijo.

Ele me aperta em um abraço.

— Assim espero, porque eu já esperei demais para ter o que é meu.

O clima começa a esquentar, e antes que eu desista de ir nessa festa, que parece começar a não fazer mais sentido, saio do seu abraço e pego minha *clutch* em cima da cama.

— Vamos, Capitão?

Chegamos ao carro e ele me puxa pela mão, me colando ao seu corpo.

— Eu esqueci uma coisa.

Olho para ele, sem saber o que houve.

— O que foi que esqueceu? — pergunto já preocupada.

— Esqueci de te dizer como está linda e que eu te amo e sou o homem mais feliz do mundo.

Sorrio e o beijo.

— Eu também te amo, Capitão, e também sou a mulher mais feliz do mundo!

A MISSÃO AGORA É AMAR

CAPÍTULO 42

Gustavo

Eu estou aqui em pé, admirando a mulher mais linda do mundo, que é toda minha.
Dona Cláudia, Léo, Sara, meu pai, minha irmã e o Michel também estão presentes. O Michel está com uma cara de bobo, babando pela Bia, que está no palco junto com a Lívia recebendo o diploma. Eu devo estar muito pior que ele, com certeza.

Até meu pai se rendeu aos encantos da Lívia. Eu e minha irmã estamos admirados com o seu comportamento, acho que o meu acidente e a notícia de que será avô deram um *start* nele e fizeram com que percebesse como afastou seus filhos. Talvez queira recuperar o tempo perdido. Dona Cláudia também parece superorgulhosa.

Meu Anjo se aproxima toda feliz, e a beijo. Estou com muitas saudades dela, hoje não me escapa. Ela me solta e abraça sua mãe e os outros que estão aguardando para lhe dar os parabéns.

— Me concede essa dança, linda dama? — Estico a mão em sua direção, interrompendo o momento. Ela me encara com uma expressão curiosa e sorri.

— Não precisa, Gustavo, meu pé vai ficar mais feliz aqui, parado mesmo.

Ela ainda não sabe das minhas aulas com o Edu, eu guardei essa carta na manga, quero surpreendê-la.

— Eu faço questão — digo bem sério.

Eu a levo para a pista de dança, onde está tocando uma música lenta. Estou muito concentrado, não posso errar nenhum passo. Ela, por sua vez, me olha surpresa e confusa.

— Como? — indaga-me.

— Eu fiz umas aulas. Você me disse uma vez que o seu namorado tinha que saber dançar, então recorri ao Edu e ele me ajudou. Não poderia perder a chance de ser seu namorado, meu Anjo.

Consegui surpreendê-la. Dançamos mais duas músicas, até que meu pai, que também está na pista de dança com a mãe dela, chega e pede para dançar uma música com ela. Ele, diferente de mim, dança muito bem. Então, trocamos os pares.

— Obrigada por fazer minha filha feliz, meu filho. Ela merece, passou por muita coisa, e eu achei que o dia de hoje, apesar de feliz, seria ao mesmo tempo triste, se é que me entende. Ela era muito apegada ao pai, e os dois sonhavam com esse dia. Estou muito feliz que você a distraiu disso tudo. Ela superou o seu trauma, graças a você, ao amor que sente por você, e vou sempre lhe ser grata por isso, por toda a minha vida. Ver minha filha sorrir de novo assim, e saber que é de verdade, não tem preço — dona Cláudia declara muito emocionada.

— Eu é que agradeço a Deus todos os dias por colocá-la em minha vida. Ela, e agora nosso filho, foram as melhores coisas que me aconteceram.

Continuamos dançando, e quando olho na direção da Lívia, vejo meu pai dançando com ela todo satisfeito.

Eu não sei como ela conseguiu, mas meu pai se rendeu aos seus encantos e, com isso, nossa família está ficando mais unida. Até minha irmã voltou para o Rio, algo que achei que não aconteceria. Lívia é realmente meu Anjo; minha vida mudou completamente depois daquela operação.

Eu já saí do Bope, minha missão agora é me dedicar à minha família e à minha empresa.

Semana que vem será o aniversário dela, e estou planejando pedi-la em casamento. Agora que teremos um filho, não há mais motivos para esperar. Meu único medo é ela não aceitar, e essa ansiedade está me matando.

Termina a música e saímos da pista de dança, seguidos por Lívia e meu pai. Meu pai não para de sorrir para a dona Cláudia, eles se deram bem. Não vejo meu pai desse jeito há muito tempo, quer dizer, nunca vi — vai ver, esse poder de encantar é de família.

— O senhor dança muito bem, estou impressionada — Lívia elogia meu pai e me abraça.

— Obrigado, eu já fui melhor nisso, agora estou um pouco enferrujado.

Nós quatro sorrimos com o seu comentário, e ele volta a ficar ao lado da mãe da Lívia.

— Eu vou pegar uma bebida, querem alguma coisa? — pergunto.

— Um suco de laranja, meu amor — meu Anjo pede.

— Pai? Dona Cláudia?

— Uísque, por favor, filho.

— Eu vou querer uma água, por favor — pede dona Cláudia.

Como vou trazer tudo? Vou ter que fazer duas viagens.

Eles ficam num papo animado enquanto sigo em direção ao bar, mas quando, por reflexo, olho para minha direita, o que vejo me tira o controle imediatamente. É minha irmã sendo puxada pelo Carlos? Que porra é essa?!

Vou em direção aos dois, meu sangue já fervendo. Carlos vai ter que

A MISSÃO AGORA É AMAR

me explicar direitinho com que direito ele se atreve a puxar minha irmã pelo braço desse jeito, e desde quando eles se conhecem? Que merda é essa?

Paro bem atrás de Carlos, que trava minha irmã na parede com uma mão de cada lado do seu corpo, em um canto isolado da festa. Ele só pode ser maluco se pensa que vou permitir esse tipo de atitude com a Clara.

— Por favor, Clara, me escuta, eu...

— Que porra é essa?! — pergunto com muita raiva, e Clara me olha assustada; já Carlos continua na mesma posição, como se não tivesse escutado nada.

— Está surdo, Carlos?! Pode tratar de me explicar que diabos você quer com a Clara.

Ele se vira de frente para mim e me encara.

— Gustavo, fica calmo, não é nada disso que está pensando — Clara esclarece toda nervosa, entrando na frente do Carlos.

— Eu perguntei para o Carlos, Clara, quero saber com que direito ele te arrasta pelo braço dessa maneira, o que existe entre vocês? E quando isso começou? No hospital? Você é muito velho pra ela, não, Carlos? Minha irmã ainda é uma criança!

— Eu não sou criança! Fiz vinte e um anos, esqueceu? E o Carlos tem vinte e sete, você devia se enxergar antes de acusar as pessoas.

Carlos passa a mão pela cabeça e segura o braço da Clara, acho que num gesto para ela deixá-lo falar. Estou além de puto, ele abusou da minha amizade para tentar conquistar minha irmã, mas não vou deixar isso barato.

— Olha, cara, eu e a Clara nos conhecemos em uma boate, isso já tem uns dois anos. Não sabia que ela era sua irmã, a princípio, descobri um tempo depois, mas te garanto que minhas intenções com ela são as melhores, eu a amo — declara olhando em meus olhos, e pelo tempo que o conheço, sei que diz a verdade.

— Deu pra perceber o quanto me ama, quando te peguei com aquela piranha.

Olho de um para o outro, boiando e sem ter o que dizer. Como é isso? Eles já se conheciam esse tempo todo e eu nunca fiquei sabendo?

— Coração, eu já te expliquei mil vezes. Acredita em mim, pelo amor de Deus! Eu te amo! — fala olhando para ela e praticamente implorando sua atenção.

— Como eu não fiquei sabendo disso, Carlos? Ela é minha irmã!

Ele me olha, e vejo desespero em seus olhos. Por mais que esteja puto com ele por ter me escondido isso, acabo me enxergando em seu desespero e sinto pena do meu amigo. Clara é muito difícil e decidida em suas ações, será muito difícil ele dobrá-la.

— Que fique claro: não é porque eu voltei que vou te perdoar, voltei por causa da minha família, não por sua causa.

Agora estou boiando mais ainda. Ela tinha ido embora por causa dele? Ele fecha os olhos com sua declaração, parece derrotado.

— Eu converso com você depois, Carlos, e o mesmo vale pra você, Clara. — Eles me olham e eu me viro e saio. Sinto que eles têm coisas inacabadas para resolver e precisam conversar. Eu volto para a mesa, muito confuso. Carlos é um cara muito gente boa, muito responsável e centrado, mas essa dele ter se envolvido com a Clara me pegou de surpresa. Não sei se estou mais puto ou com mais pena dele; pelo que vi, ele realmente gosta dela. Amanhã eu irei tirar isso a limpo com ele.

— Amor, e as bebidas? — Lívia pergunta. Estão todos em um papo animado: ela, meu pai, dona Cláudia, Michel, Bia, a mãe da Bia e o Nelson.

— Eu esqueci, meu Anjo, vou lá buscar e já volto.

Ela me olha, séria, com certeza notou minha cara.

— Eu vou com você. — Lívia se levanta e me dá a mão. Vamos andando em direção ao bar.

— Você vai me dizer o que houve? Ou eu vou ter que te torturar? — Sorrio com seu tom.

— Você não vai acreditar. Carlos e a Clara, eles têm ou tiveram um lance, que ainda não está muito explicado para mim, eu flagrei os dois juntos.

— Eu sabia!

Quê? Ela sabia e não me disse nada?

— Como assim, você sabia? — exijo, e fica sem graça enquanto a encaro, e sei que minha cara não é das melhores.

— Eu notei um clima entre eles no hospital, foi só isso, Capitão, mas não achei que eles tivessem alguma coisa ou se ainda teriam.

— Pois eles têm ou tinham, sei lá, não faço ideia. Mas amanhã vou ter um papo muito sério com o Carlos.

— E vai obrigá-lo a casar com sua irmã para lavar a sua honra? Por favor, né, Gustavo! Eles são adultos, deixe-os se entenderem, ou não.

Eu paro no meu lugar, sem acreditar que ela me disse isso.

— Não é isso, eu só acho que ele devia ter me contado, e ela então, nem se fala.

Lívia balança a cabeça em negativa, revirando os olhos.

— Ela já é adulta, Gustavo! E não lhe deve satisfações, você está sendo muito radical — acusa-me com os braços cruzados. É incrível como as mulheres se unem nessa hora.

Resolvo não discutir mais, hoje o dia é dela e eu não quero arrumar

A MISSÃO AGORA É AMAR

confusão, mas que vou tirar isso a limpo, eu vou.

Chegamos ao meu apartamento. A mãe dela foi para o apartamento dela e disse que irá embora logo pela manhã, e como o primo dela também está junto, resolvemos vir para o meu e deixá-los mais à vontade. E claro que eu também não poderia esperar mais um dia, está ruim para o meu lado. Então, nem espero: mal fecho a porta, a ataco.

— Você hoje não me escapa, meu Anjo! Estou além do limite, e você ficou me provocando a festa toda, esfregando essa bunda em mim, pensa que eu não percebi?

Ela retira meu paletó.

— Jura, Capitão? Nem percebi. — Ela se finge de desentendida. Essa mulher mexe com todos os meus instintos e me domina completamente.

Eu desço o zíper do seu vestido ali na sala mesmo, e o retiro bem devagar. Ela agora está só de calcinha, e tenho uma visão linda, só minha. Foi um mês muito difícil, mas agora, irei tirar o prejuízo, ah, se vou. Ela começa a desabotoar minha camisa bem devagar, depois vai para minha calça, e a desce junto com minha cueca, estou parecendo um adolescente, quase não consigo me segurar.

— Eu senti muitas saudades disso, Capitão — sussurra em tom sexy.

— Porra, Anjo! Não provoca mais!

Ela sorri e se ajoelha na minha frente.

—Você ainda não viu nada. — Passa a língua entre os lábios...

Nossa noite termina da melhor maneira possível; nós nos amamos até o dia clarear. Não tem nada melhor do que fazer amor com a mulher que se ama, e eu sou um filho de uma puta de muita sorte por ter isso, e juro que nunca mais conseguirei viver sem ela. Para minha felicidade ser completa, eu só preciso que ela aceite ser minha para sempre, casando-se comigo. Farei meu pedido em breve, só preciso que seja de uma maneira bem especial, pois ela merece o melhor.

Uma semana depois...

Hoje é seu aniversário, por isso estou aqui na cozinha preparando o café para levar na cama para ela. Até que seus enjoos já estão melhores, espero que hoje ela não vomite todo o café.

Preparo uma bandeja com suco de laranja, pão do jeito que ela gosta, queijo, morangos, iogurte e um mini bolo que comprei ontem e escondido, para que não visse e estragasse a surpresa. Coloco uma única vela em cima dele, acendo, e sigo para o quarto.

— Parabéns, meu Anjo! — desejo ao acordá-la. Ela me olha e dá um sorriso lindo.

— Obrigada, meu amor. — Ela se levanta e me dá um beijo.

— Tudo para você, meu Anjo. — Canto parabéns e ela apaga a vela.

Almoçamos fora, só nós dois. Combinamos um jantar com todos, no seu restaurante preferido, hoje à noite, e lá será minha surpresa. Já está tudo resolvido. Bia tem sido de grande ajuda para mim, até o anel me ajudou a escolher. Ela ama muito a Lívia, disso eu não tenho a menor dúvida.

Voltamos para minha casa e passamos a tarde inteira nos amando; nunca irei me cansar dela. Dou um último telefonema escondido para a Bia, falo bem baixo enquanto a Lívia está no banheiro. Está tudo certo, ela resolveu os últimos detalhes que faltavam.

Saímos para o restaurante, e nunca fiquei tão nervoso e ansioso em toda minha vida; minha mão sua frio. Enfio-a no bolso, me certificando de que peguei o anel de noivado — um solitário com uma pedra de diamante.

— Está tudo bem, Capitão? Você está muito quieto — indaga-me com as sobrancelhas enrugadas.

— Tudo certo — respondo tentando parecer calmo. No entanto, só ficarei quando ela aceitar meu pedido. Ela sorri e balança a cabeça.

— Vamos, então? Já está na hora

Afirmo com a cabeça e saímos. Vou rezando em pensamento para que tudo dê certo. É inacreditável, eu enfrentei cada operação sinistra e nunca fiquei com um terço do nervosismo que estou sentindo agora. Tudo tem que ser perfeito.

Chegamos ao restaurante. Bia e Michel já estão aqui.

— Parabéns, amiga! — Bia a cumprimenta e abraça, e logo em seguida o Michel faz o mesmo. Sentamos, e uma hora depois, a mesa está completa. Estão aqui meu pai, que agora não perde mais nenhum momento conosco; minha irmã; a Sara; a mãe da Bia; o Nelson, que parece estar tendo um namoro com ela; o Edu; e um pessoal que trabalha na academia dela. A única que falta é a dona Cláudia, mas combinamos em ir para a casa dela amanhã bem cedo e almoçar com ela.

Está quase chegando o momento, e estou tenso, pensando qual será sua reação.

Após dez minutos, me levanto. Digo que vou ao banheiro, e ela continua conversando com todos, em um papo descontraído.

A MISSÃO AGORA É AMAR

CAPÍTULO 43

Lívia

A conversa está ótima, estou muito feliz. Tudo deu certo, e hoje eu não estou só comemorando meu aniversário, mas também minha felicidade.

De repente, uma música invade o ambiente, e todos estranham e param de conversar, tentando entender o porquê, se até agora não havia tocado música alguma. Bia me olha, sorri e aponta para uma direção do restaurante. Ao acompanhar para onde ela aponta, não acredito no que estou vendo. Em pé, Gustavo tem um pedaço de papel nas mãos, e sorri. Eu me viro totalmente em sua direção. O que ele está fazendo?

> Oi, meu Anjo...

Ele descarta aquele papel e atrás tem outro.

> Hoje é seu aniversário, um dia muito especial...

Não acredito que ele está fazendo isso.

> E por esse dia ser especial, que eu o escolhi...

Meu Deus, não consigo segurar mais, já estou chorando.

> Pois irá ficar marcado para sempre em nossas vidas...

Ele continua passando as folhas e agora todos no restaurante olham em minha direção.

> Nunca imaginei que faria isso um dia...

CRISTINA MELO

Ele sorri, levantando os ombros; já eu estou tremendo e não paro de chorar.

> SEMPRE DIZIA QUE ISSO ERA COISA DE BOBO...

Ele balança a cabeça em afirmativa, e sorrio junto com todos no restaurante.

> MAL SABIA QUE EU ERA O BOBO POR PENSAR ASSIM...

> E, NO DIA EM QUE TE CONHECI, TUDO MUDOU...

Ele afirma com a cabeça a cada folha que passa.

> AQUELE DIA MUDOU MINHA VIDA PARA SEMPRE...

Eu não sei se sorrio ou se choro.

> HOJE, SEI QUE ME APAIXONEI POR VOCÊ NAQUELE PRIMEIRO OLHAR...

Ele pisca para mim e minha vontade é levantar e agarrá-lo, mas vou esperar até o final.

> NUNCA TIVE DÚVIDAS DE QUE VOCÊ É A MULHER DA MINHA VIDA E QUE FOI FEITA PARA MIM...

> VOCÊ É MINHA CASA, MEU ANJO, E MEU PORTO SEGURO...

Minhas mãos estão sobre a boca e a cada folha que ele passa, me emo-

A MISSÃO AGORA É AMAR

ciono mais.

> ME PERDOA POR TODAS AS VEZES QUE TE FIZ SOFRER...

> EU SEI QUE NÃO CONSEGUIREI VIVER MAIS UM DIA SEQUER, SE NÃO TIVER VOCÊ AO MEU LADO...

> VOU TE PROTEGER, TE HONRAR E TE RESPEITAR PARA SEMPRE...

Ai, meu Deus, tudo está tão lindo! E essa música ao fundo torna tudo mais lindo ainda, parece que estou em uma cena de filme. A música é do Ed Sheeran, *Thinking Out Loud*, que só deixa tudo mais especial. Não sabia que meu Capitão era tão romântico.

> ENTÃO, MEU ANJO...

> VOCÊ ACEITA...

Estou além de nervosa e emocionada.

> CASAR COMIGO?

Gritos e vivas invadem todo o restaurante... Eu me levanto, e ele vem em minha direção com um buquê de rosas lindo e logo se ajoelha à minha frente. Não paro de chorar...

— E então, meu anjo, casa comigo e me faz mais feliz ainda? — pergunta com o tom embargado, está muito nervoso.

— Sim, claro que sim! — respondo sem nem pensar, porque não tenho outra resposta para dar, a não ser essa. Ele envolve meu dedo com um lindo anel, se levanta e me dá um beijo enquanto todos gritam e aplaudem nossa felicidade.

— Eu te amo, meu Anjo.

— Eu também te amo, Capitão, e sempre vou amar.

— Então, Bia? Como estou? — pergunto à minha amiga, que está com as mãos na boca, encarando o espelho junto comigo.

Estou vestindo um vestido branco tomara que caia longo, com um tecido bem delicado, a parte de cima trabalhada com renda e justo ao meu corpo, e a de baixo, lisa e bem soltinha. Meu cabelo está com uma trança bem solta de lado e um arranjo de flores naturais, pequeno. Minha maquiagem é bem leve. Eu casarei na praia, como sempre foi meu sonho.

Meu tio Elton tem uma casa que fica numa praia em Cabo Frio, na Região dos Lagos. A praia é deserta, perfeita para realizar meu sonho.

Meu buquê é de tulipas brancas, e minha barriga quase não se nota — estou só com dezoito semanas. Pois é, o Gustavo não quis esperar mais, disse que queria casar logo. Assim, em menos de dois meses, aqui estou eu, pronta, no quarto do meu tio Elton com a Bia, para me tornar a Senhora Torres. E a única coisa que mudará será o documento mesmo, já que sou dele desde que o vi pela primeira vez naquela operação.

— Você está linda, amiga! Nunca vi em toda minha vida uma noiva mais linda que você. O Capitão vai ter um treco quando te vir, pode ter certeza! — declara e me abraça. — Você merece toda a felicidade do mundo, amiga, e eu sempre vou estar do seu lado para o que der e vier, sabe disso, né? — Seus olhos estão inundados de lágrimas.

— Claro que sei, Bia! Não vai me fazer borrar a maquiagem, porque, se eu demorar mais um minuto, é bem capaz do Gustavo entrar aqui e me arrastar até aquele altar.

— Eu não duvido, amiga. — Ela sorri. Sorrimos juntas, como sempre.

— Filha, se você demorar mais, não vou mais conseguir segurar o seu noivo, ele está muito ansioso. Você está linda! — Minha mãe me segura pelas mãos e me olha de cima a baixo. — Seu pai ficaria tão orgulhoso em te ver assim. — Ela me abraça, derramando algumas lágrimas. — Eu sei que onde quer que ele esteja, está muito feliz. — Seu tom sai embargado e me seguro ao máximo, mas falho, e algumas lágrimas rolam por meu rosto.

A MISSÃO AGORA É AMAR

Eu também queria muito que ele estivesse aqui hoje, mas tenho certeza de que, mesmo que não esteja em carne e osso, está bem vivo em meu coração e minha memória, e tudo que ele me ensinou, vou levar para sempre comigo e passarei para o meu filho ou filha. Nós ainda não sabemos o sexo, mas se for menino eu darei a ele o nome do meu pai — será minha homenagem para o meu herói.

— Eu sei, mãe, mas tenho certeza de que, mesmo que não possamos vê-lo, ele está presente.

Ela assente e me beija, acaricia minha barriga e logo começa a limpar suas lágrimas.

— Agora vamos ter que retocar a maquiagem as três. Gustavo vai pirar com a demora — Bia fala, e percebo que chora também. Sorrio para ela, que vem em nossa direção e damos um abraço triplo.

— Então vamos logo com isso, vai que o noivo desiste! — comento, e todas nós rimos.

— É mais fácil secar a água do mar, Lívia — Bia fala, já retocando minha maquiagem; minha mãe também retoca a sua.

— Eu vou avisar que já está indo. Não demora, Bia, você tem que ficar no altar, uma vez que é a madrinha. Meu amor, o Nelson está aqui na porta te esperando. Vou ajeitar tudo lá, te vejo no altar, filha.

Minha mãe entrará com o Sr. Olavo, e eu chamei o tio Nelson para entrar comigo. Ele me viu nascer e crescer, e sei que meu pai confiaria a ele esse papel.

— Preparada? — Bia pergunta.

— Como nunca estive, Bia — respondo confiante.

— Então, vamos nessa. — Ela me beija e sai do quarto.

Olho-me no espelho uma última vez e me dou conta de como tudo mudou em alguns meses. Eu sou uma mulher verdadeiramente segura e apaixonada, todos os meus medos e inseguranças ficaram para trás. Agora só haverá espaço para a felicidade em minha vida; eu terei um filho que será muito amado, e o homem da minha vida está na praia me esperando. Então, é lá que vou buscar minha felicidade.

Sorrio para mim mesma e saio do quarto. O tio Nelson me encara e sorri.

— Você está linda, minha filha. Seu pai ficaria muito orgulhoso, e eu estou muito honrado em fazer o papel dele. — Beija minha testa e limpa disfarçadamente uma lágrima solitária em seu rosto, envolve seu braço no meu e saímos. Eu só sorrio com sua declaração, pois se fosse lhe responder, teria que retocar a maquiagem mais uma vez.

Agora estamos na varanda da casa, que fica quase na areia da praia. Tudo está tão lindo, muito melhor do que havia sonhado; o clima está perfeito, são por volta das dezessete horas, e o cenário é a coisa mais linda. Um corredor formado por arranjos de flores do campo intercalados com lanternas decorativas, e velas em seu interior para ajudar na iluminação, além de um tapete vermelho esticado na areia, compõem a decoração romântica da cerimônia. Nas laterais, há cadeiras para os convidados, que são poucos — não chegam a cem pessoas, entre amigos e familiares. Queremos uma cerimônia bem íntima.

O tapete se estende até uma tenda toda enfeitada com tecidos brancos e flores, e embaixo dela está o homem mais lindo do mundo — o amor da minha vida. Ele veste um terno creme, sem gravata, e está descalço. Os padrinhos também estão bem à vontade, com calça creme e bata branca. Do meu lado tem o Léo, o Miguel e Michel. As madrinhas são a Sara, que está num namoro com o Léo, a Jéssica, e a Bia, claro. Minha mãe também está no altar improvisado na areia, com o mar como fundo, ao lado do Sr. Olavo.

Os padrinhos do Gustavo são o Erick e a Carol, o Carlos e a Clara, o André e a Isadora. Sigo com meu tio até a entrada do corredor. Paramos, e a música de Ed Sheeran, *Photograph*, começa a tocar. Caminho na direção de Gustavo, seus olhos conectados aos meus o tempo todo, como da primeira vez em que nos vimos. Lágrimas de felicidade escorrem por nossos rostos. O sorriso paralisado em meu rosto revela minha felicidade extrema — este é o dia mais feliz da minha vida. Olho para minha mãe e a Bia, e elas também estão chorando. Paro em frente ao Gustavo, e ele vem em minha direção, abraça meu tio e me beija rapidamente; seguimos de mãos dadas, ainda ao som da música, e paramos em frente ao juiz de paz.

A cerimônia dura cerca de vinte minutos, até que chega a parte esperada por todos.

— Gustavo Albuquerque Torres, aceita Lívia Gomes de Sá como sua legítima esposa, para amá-la e respeitá-la, até que a morte os separe?

— Sim — responde rapidamente, olhando para mim.

— Lívia Gomes de Sá, você aceita Gustavo Albuquerque Torres, para amá-lo e respeitá-lo, até que a morte os separe?

— Sim. — Olho para Gustavo e sorrio.

— As alianças? — pergunta o Juiz. Gustavo as pega em seu bolso e as entrega.

O Juiz entrega uma das alianças ao Gustavo e pede para que ele repita o que disser.

— Lívia, eu te recebo como minha esposa na alegria, na tristeza, na saúde e

A MISSÃO AGORA É AMAR

na doença, e vou te amar e honrar por toda a minha vida enquanto eu viver. — Envolve meu dedo com a aliança, a beija, e sussurra em meu ouvido: eu te amo, meu Anjo. Agora, o juiz me entrega a dele e eu também repito o que pede.

— Gustavo, eu o recebo como meu esposo na alegria, na tristeza, na saúde e na doença, e vou te amar e honrar por toda a minha vida enquanto viver. Eu te amo, meu Capitão. — Beijo sua mão, e ele sorri para mim.

— Sendo assim, com os poderes investidos a mim, eu os declaro marido e mulher. Então, pode beijar a noiva.

Nós nos beijamos e ele me suspende um pouco em seu colo, e todos aplaudem nossa felicidade.

— Eu te amo, meu Anjo, obrigado por me fazer um homem completo e feliz.

Beijo-o de novo.

— Eu também te amo, Capitão, e sou a mulher mais feliz do mundo por ter você ao meu lado.

A festa será aqui mesmo, tudo está enfeitado e há mesas em uma parte da praia. A iluminação é toda com lanternas e tochas de fogo, o clima não poderia ser mais romântico.

Todos nos cumprimentam, e nós dois estamos no ápice da felicidade. Parece um sonho, mas agora eu sei que esse sonho durará muitos anos. Sei que teremos nossos desentendimentos, como todo casal, mas nosso amor é tão grande que superará cada barreira e dificuldade.

Estou sentada em uma mesa com o Gustavo, olhando todos ao meu redor. Nossa felicidade parece ter contagiado algumas pessoas. A tia Gisele está em um relacionamento bem sério com o tio Nelson, Sara também está feliz com o Léo, a Bia e o Michel, nem se fala. Minha mãe tem uma cumplicidade muito grande com o Sr. Olavo; da parte dele até acho que há um encantamento muito grande, mas por ela, pelo menos por enquanto, é só amizade mesmo. Eu sei que ela ainda não superou totalmente a morte do meu pai, e precisa de mais um tempo — só torço para que ela seja feliz de novo um dia.

Estou eu aqui de costas, a ponto de jogar o meu buquê. As meninas estão eufóricas.

— E um, dois... e lá vai!

Jogo o buquê e me viro em seguida para ver quem pegou, e adivinha? Só podia ser a Bia, claro, ela está dando pulos de alegrias, e Michel sorri para ela. Gustavo começa a sacaneá-lo, que nem liga, beija a Bia com muito amor. Acho que já sabemos quem será a próxima a se casar.

— Agora está na nossa hora, não vejo a hora de tirar esse seu vestido lindo — Gustavo declara, me abraçando por trás, e beija meu pescoço. Eu me viro de frente para ele, envolvo seu pescoço e o beijo.

— Eu também não vejo a hora, Capitão — confesso.

Ele sorri e me pega no colo, indo em direção ao carro, praticamente correndo. Isso mesmo, estamos fugindo do nosso próprio casamento. Dou um tchau para a Bia, que está nos olhando e balançando a cabeça em negativa, como se fôssemos loucos. Na verdade, nós somos loucos — um pelo outro, disso eu não tenho dúvidas.

Ele me coloca no banco do carona e corre para entrar do seu lado.

— Com pressa, Capitão?

Ele se vira para o meu lado e me beija.

— Muita, Senhora Torres! — Pisca para mim e liga o carro.

Paramos uns vinte minutos depois, em uma pousada bem charmosa, em Cabo Frio mesmo. Ele reservou uma suíte bem romântica para passarmos a noite, e amanhã voltaremos para casa. Descemos do carro, e ele pega uma mala pequena, então entramos de mãos dadas na pousada.

Quando chegamos ao quarto, ele me pega no colo e eu abro a porta. Tudo está lindo, na cama há pétalas de rosas espalhadas, junto com uma bandeja com frutas e uma garrafa de champanhe; tem velas aromáticas por todo lado, compondo uma decoração bem romântica. Em um canto há uma banheira de hidromassagem, que fica à frente de uma parede de vidro enorme, de onde é possível ter uma vista linda do mar. A suíte é belíssima. Gustavo me coloca no chão à sua frente, e envolve meu rosto com ambas as mãos, seus olhos se prendem aos meus. E só isso é capaz de me arrepiar inteira.

— Enfim, casados — declara e me beija, seus dedos descem o zíper do meu vestido lentamente, então deposita vários beijos pela pele que vai ficando desnuda. Agora estou só com o sutiã e a calcinha. — Você é linda, meu Anjo, e agora toda minha, eu nem posso acreditar que estamos casados. Eu te amo tanto! Todo o resto da minha vida ainda vai ser pouco para eu te amar.

— Eu também te amo, Capitão. Se amar você fosse crime, aceitaria minha sentença feliz, pois seria um crime que compensa, e tenho certeza que estava te esperando esse tempo todo. Sempre vou ser sua enquanto eu viver, e depois também.

Ele sorri e me beija sedento, seus dedos retiram meu sutiã, apressados,

A MISSÃO AGORA É AMAR

e eu tiro sua camisa. Ele me leva até a cama, onde me deita com todo o carinho, e ali nos amamos com toda calma e delicadeza do mundo.

Depois tomamos um banho de banheira e fazemos amor mais uma vez.

— Temos que dormir, meu Anjo, amanhã saímos bem cedo, e você precisa descansar, pois a viagem será bem longa — comenta, e eu enrugo as sobrancelhas.

— Amanhã é domingo, Gustavo, não precisamos sair tão cedo, e não levaremos mais de três horas de viagem.

Ele sorri e se levanta.

— Desculpa, eu sei que deveria ter te contado, mas queria fazer uma surpresa — declara e me entrega um envelope. Então, o abro curiosa, e a surpresa maravilhosa enche meu coração de alegria. Não acredito no que meus olhos veem, lágrimas molham meu rosto.

— Meu amor, eu... — Não consigo terminar, sento em seu colo e o beijo, muito feliz e ainda sem acreditar.

— Nossa lua de mel. Merecemos uma, não acha? — pergunta, e eu não consigo parar de sorrir. Está realizando meu sonho de conhecer a Irlanda, eu não posso estar mais feliz.

— Mas, e o bebê? Eu não sei como vai ser isso — pergunto preocupada com fato de estar grávida, não sei como será por conta do tempo de voo. Ele se abaixa e beija minha barriga.

— Você vai com a gente, meu filho, fica tranquilo, não vou deixar sua mãe te tirar da jogada.

Sorrio do jeito sério que fala com minha barriga, que ainda está bem pequena.

— Deixa de ser bobo, eu quero dizer que não sei se é possível viajar grávida. Beija minha barriga mais uma vez e se deita ao meu lado de novo.

— Fica tranquila, que eu peguei todas as informações com a sua médica, semana passada, e ela me disse que sua gravidez é bem saudável e que você pode viajar tranquila. Ela só não recomendaria a viagem se você estivesse com mais de vinte e sete semanas, mas como ainda está com dezoito semanas, então, ela não vê nenhum impedimento, nem eu. — Pisca para mim ao terminar de falar.

— Obrigada, meu amor, você é o melhor marido do mundo! — Pulo em cima dele e começo a dar vários beijos em seu rosto, boca e pescoço, e quando vejo, já estamos recomeçando tudo de novo.

CRISTINA MELO

Chegamos ao aeroporto por volta das dezesseis horas, o voo sairá às dezoito. Passaremos a noite toda viajando, só chegaremos a Dublin amanhã, na hora do almoço, pois teremos que pegar outro voo de Paris para lá. Nem acredito que daqui a pouco estarei embarcando, tínhamos passado em casa para pegar as malas que a Bia — agora grande cúmplice do Gustavo — já havia arrumado. Almoçamos e depois viemos direto para cá. Ficaremos viajando por quinze dias; sete dias pela Irlanda e os outros sete, divididos entre Itália, Londres e Paris, de onde voltaremos. É a minha viagem dos sonhos, e eu não tenho como ser mais feliz.

O voo foi bem tranquilo, dormimos a maior parte da viagem. Quando chegamos ao aeroporto de Dublin, eu não posso acreditar que estou mesmo aqui. O inverno está começando, e estou adorando esse clima frio, será bem mais interessante.

Chegamos ao hotel, e é muito lindo! Fico um tempo observando a decoração da recepção em estilo europeu bem antigo enquanto o Gustavo pega nossas chaves.

Estou encantada com cada detalhe, desde cortinas, até a lareira. Logo entramos em nossa suíte, que também é um sonho — amei tudo.

Quinze dias depois, estamos indo para o aeroporto de Paris. A viagem foi maravilhosa, eu amei cada momento. Ficamos encantados com cada detalhe; todos os dias foram inesquecíveis, eu levarei cada um deles para sempre comigo.

Estamos voltando com três malas a mais do que levamos. Algumas coisas são lembranças para todos, mas a maioria são roupas e objetos para o bebê. Gustavo não podia ver nada, que comprava; ele achava tudo lindo — acho que já fizemos o enxoval completo do bebê, com tantas coisas que ele comprou. Chegou uma hora que desisti de tentar fazê-lo mudar de ideia. Chegando em casa, eu irei marcar o primeiro horário de ultra disponível, pois quero ver se conseguirei saber o sexo, dessa vez. Gustavo e o senhor Olavo afirmam que é um menino; vamos ver se estão com a razão — até roupinha azul Gustavo comprou. Ai, ai, eu não vou falar nada.

Chegamos ao aeroporto do Rio. A Bia e Michel estão nos esperando.

— E aí, amiga, que saudades! Só esse Capitão mesmo para te separar de mim assim tanto tempo. Nossa, sua barriga já está bem maior! Quero saber tudo. — Como sempre, ela fala sem parar.

— Foi tudo maravilhoso, Bia, amei tudo, cada lugar mais lindo que o outro, foi a melhor lua de mel que eu poderia ter tido.

Ela sorri e me abraça.

— E como meu afilhado ou afilhada se comportou? — Passa a mão em minha barriga.

— Se comportou muito bem, nem parecia que eu estava grávida.

— A não ser pelo o apetite dela, Bia, realmente nem parecia — Gustavo comenta, me abraçando.

— Não tinha como resistir, era muita coisa gostosa junto — defendo-me, e todos riem.

— Hoje eu sei que devem estar cansados da viagem, mas amanhã, quero saber cada detalhe dessa lua de mel, quer dizer, não todos os detalhes, só a parte dos passeios mesmo. — Ela pisca para mim.

Eles nos deixam no apartamento do Gustavo, ou melhor, nosso apartamento. Decidimos morar no apartamento dele por ser maior, o nosso filho terá mais conforto, mas ainda não me acostumei com a ideia. Meu apartamento ficará fechado por enquanto, não quero vendê-lo, significa muito para mim, e também fica próximo à minha academia, então, irei mantê-lo.

— Enfim, estamos em casa, meu Anjo, vamos tomar um banho e dormir um pouco? — pergunta e me abraça.

— Dormir, Capitão? Estou te desconhecendo.

Ele me olha intrigado e com o sorriso sexy que eu amo.

— Anjo, você está insaciável. Mas seu desejo é uma ordem. — Gustavo me pega no colo e me leva para o banheiro. — Como um bom marido, tenho que realizar todos os seus desejos, então, vamos começar tirando essa blusa. — Ele a retira bem devagar, e já o quero desesperadamente. Como é possível eu não me cansar disso? — Depois essa calça... — Ele retira minha calça bem devagar, então me suspende e me coloca sentada na bancada do banheiro.

— Eu acho que você ainda está com muita roupa, Capitão.

Ele tira a camisa e o ajudo com a calça.

— Apressada, não? — pergunta-me com uma voz baixa e sexy.

— Você nem sabe o quanto.

Seus lábios tocam os meus, depois descem por meu pescoço e seios.

— Sempre pronta para mim, meu Anjo — declara ao me preencher com um dos dedos, me fazendo estremecer, sedenta por mais, logo me penetra com mais um dedo e cada vez mais fundo, até que não me seguro mais e gozo em seus dedos. — Porra, Anjo! Quanto mais a tenho, mais eu te quero! Você me domina totalmente. — Gemo em sua boca em resposta, ele me puxa mais para si, então me penetra novamente, mas agora com seu membro, com volúpia e desejo. Parece que não fazíamos amor há séculos. Minhas pernas prendem-se à sua cintura, e a cada investida sua, aumentam meus gemidos e meu prazer.

— Você foi feita para mim, meu Anjo, nunca vou me cansar disso — promete com a voz carregada de desejo. Sinto que seu gozo se aproxima e isso me deixa mais próxima ainda do meu. Meu corpo começa a enrijecer. — Goza comigo, meu Anjo! — exige, e não me seguro mais, gozando ao seu comando. Então ele me segue, liberando seu gozo dentro de mim.

Ficamos assim abraçados durante um tempo, depois tomamos um banho e deitamos um pouco para descansar. Eu realmente estou cansada, parece que só agora o cansaço de todos esses dias me bateu. Acho que fiquei tão feliz e empolgada com tudo que vi que nem senti o tempo passar. Eu queria ver tudo o que pudesse e não desperdiçar nenhum momento dormindo, a não ser à noite, é claro.

Desperto com o som do telefone. Gustavo ainda está dormindo, então tiro o seu braço de cima de mim lentamente e vou atender ao telefone.

— Alô — atendo com a voz ainda de sono.

— Oi, minha filha, desculpe, acordei você? — É o Sr. Olavo, ele está com uma voz estranha.

— Não, está tudo bem, já estava na hora de levantar mesmo, é que esse fuso horário, o senhor sabe como é, até acostumar de novo com o ritmo daqui...

— Eu sei, minha filha, e como foi a viagem?

— Foi maravilhosa! Não poderia ser melhor.

— Que bom. — Ele fica mudo um tempo.

— O senhor está bem? Parece nervoso. — Sinto quando respira fundo do outro lado da linha.

— Eu tive um sonho ontem com a Elza, a mãe das crianças. Preciso contar a eles, filha, não sei como vou ter coragem, mas tenho que contar, e só espero que eles me perdoem. Eu não quero ficar longe do meu neto, nem deles. — Seu tom está bem abalado, e meu coração se aperta.

— Que bom que resolveu falar, o senhor vai se sentir mais leve com isso. Saiba que pode contar comigo para o que der e vier, não posso decidir pelo Gustavo, mas vou torcer para que ele compreenda e perdoe sua atitude.

— Obrigado, filha, eu vou fazer isso amanhã mesmo, vocês podem vir jantar aqui?

Como eu iria dizer não?

— Claro, iremos sim.

— Às vinte horas está bom para vocês? — pergunta angustiado.

— Está ótimo, estaremos aí, fique calmo que dará tudo certo.

— É só o que quero, filha. — Ouço seu suspiro do outro lado da linha. — Quero minha família de volta, sem nenhum segredo e sombra do passado — declara decidido.

Despedimo-nos e desligo o telefone. Eu também espero que dê tudo certo, ele não pode pagar por esse erro o resto da vida, já sofreu o suficiente, tenho certeza.

Estamos no consultório, eu nem acredito que consegui um encaixe para hoje. Tomara que o bebê colabore dessa vez, e nos tire dessa curiosidade e ansiedade. Estou com vinte semanas e com muita esperança de que hoje vamos conseguir ver o sexo.

— E aí, curiosos? — pergunta a doutora enquanto espalha o gel frio com o pequeno aparelho em minha barriga.

— Muito! — eu e Gustavo falamos juntos, nossos olhos fixos no monitor.

— Então, vamos ver se conseguimos matar essa curiosidade toda — comenta olhando atentamente o visor a sua frente. — Aqui está, eu posso ver... — Eu e Gustavo nos olhamos, e não sei dizer quem está mais ansioso. A doutora nos encara por segundos em um silêncio agonizante. — Vocês terão um lindo menininho, parabéns! — declara sorrindo.

— Eu sabia! — grita o Gustavo, e a médica se assusta. Ele me beija eufórico, e sorrio. — Eu te disse, Anjo, vai ser um meninão! — Ele me beija novamente, e o brilho que vejo em seus olhos é contagiante.

— E vocês já sabem o nome? — pergunta a doutora.

— Vai se chamar Arthur, como o meu pai — lhe conto e não consigo segurar as lágrimas. Gustavo beija minha testa enquanto a médica limpa minha barriga com papel absorvente. — É um lindo nome, parabéns! — elogia, e o sorriso de meu pai invade minhas lembranças.

Estamos sentados à mesa, eu, Gustavo, Clara e o Sr. Olavo. Já contamos a novidade a ele, que ficou superfeliz, mas nem assim conseguiu relaxar. Ele não para de me encarar, e sei que está buscando o melhor momento para começar a falar.

Logo, todos terminam e ele mal tocou na comida, coitado. Eu estou muito apreensiva e morrendo de pena dele, só torço para que tudo dê certo, sei que esse segredo já o consumiu muito e ele precisa se libertar.

— Gustavo, Clara, eu... nem sei por onde começar...

Com o tom abalado, Sr. Olavo começa a relatar tudo o que aconteceu com a mãe deles enquanto Gustavo e Clara parecem completamente chocados e abismados com o que ouvem. Um silêncio ensurdecedor enche o ambiente, ninguém mexe um único músculo por segundos, até que Clara quebra o silêncio, arrastando sua cadeira e indo ao encontro do pai, e o abraça.

Respiro aliviada, graças a Deus ela parece ter aceitado e entendido, e me surpreende ao dizer que não vai julgá-lo, pois ele só fez o que achou melhor. Agradece e declara que ele tirou o peso da dúvida de sua vida e, agora, consegue entender melhor o porquê do comportamento dele; ele lhe agradece, visivelmente feliz por ela tê-lo perdoado.

Olho para Gustavo, que continua mudo e com uma expressão muito fechada. Eu nunca o vi assim tão sério, e estou muito preocupada com sua reação.

— Você não tinha a porra do direito de me impedir de ir ao enterro da minha mãe. Você é um covarde e um ditador de merda! — vocifera para o pai e levanta-se da cadeira em um só movimento, curvando seu corpo sobre a mesa para se aproximar mais do Sr. Olavo, que está do lado oposto. Suas mãos estão fechadas em punho sobre o vidro, e seu olhar irradia ódio. O pai não diz uma palavra, só o olha.

— Eu passei todos esses anos sem entender o motivo de ela ter nos abandonado, pois era a única que me amava de verdade, e agora você confessa toda essa merda de que ela se matou, e nem sequer tive o direito de me despedir da minha mãe! Ela se matou porque não aguentou você e suas merdas, e agora depois de velho quer dar um de pobre coitado e se redimir. Não vou cair nessa sua chantagem e ladainha; a única coitada aqui foi a minha mãe, e os únicos culpados de sua morte foram você e sua tirania! — acusa aos gritos com o dedo em riste para o pai.

O Sr. Olavo baixa o olhar, olha para as mãos que aperta também sobre a mesa. Nesse momento, meu coração se enche de compaixão por esse homem que está apenas pedindo uma segunda chance.

— Você não é digno...

— Chega, Gustavo! — grito, o interrompendo antes que extrapole a falta de respeito com o seu pai. Ele me encara e balança a cabeça. Então,

A MISSÃO AGORA É AMAR

levanto-me e o puxo pelo braço. — Vamos embora, você precisa se acalmar, depois vocês conversam com calma. — exijo.

— Eu não quero me acalmar, ele vai ouvir tudo que tenho para dizer! Não vou deixar barato a morte da minha mãe! — declara exaltado, atingindo a parede na sua lateral com um soco. Estou muito assustada, nunca o vi tão transtornado.

— Filho, por favor, eu não quero me afastar de novo da minha família... — Sr. Olavo implora com olhos lacrimejantes.

— Que família? Você nunca se preocupou com isso, eu não quero nunca mais olhar na sua cara. Foi um covarde, foi sua culpa, eu te odeio! — grita para o pai, que passa as mãos pela cabeça, parece destruído.

— Gustavo, por favor... — intercede Clara.

— Você não entende, Clara, cresceu sem uma mãe e um pai, graças a ele! — acusa novamente, e a irmã nega com a cabeça. — Não vou deixar isso barato, não vou! — grita fora de si.

— Gustavo, se você não for embora agora, eu vou sozinha — ameaço com o tom alterado. Preciso tirá-lo daqui.

Ele me olha como se só agora se desse conta de que eu também estou aqui. Agarra meu braço e começa me puxar em direção à porta.

Olho rapidamente para o Sr. Olavo, e faço um sinal para que se acalme. Clara está aos prantos com as mãos no rosto, meu coração fica apertado de ter que deixá-los assim, mas é o único jeito de apaziguar a situação no momento.

Entramos no elevador, e Gustavo ainda aperta meu braço.

— Gustavo, você está me machucando — declaro, e ele o solta rapidamente e segura minha mão.

Estou possessa com sua atitude. Assim que chegamos ao estacionamento, ele me arrasta por ele sem dizer uma palavra. Solta minha mão, destrava o carro e eu entro.

— Você sabia dessa merda?! — pergunta me encarando, já sentado em seu banco. Eu o olho e não respondo nada, e ele continua com os olhos em mim. — Eu te fiz uma pergunta — exige sério.

— Em casa conversamos, Gustavo. Você precisa se acalmar, não sei nem se você está em condições de dirigir. — Assente transtornado, a raiva está estampada em seu rosto, então se vira e liga o carro.

— Coloca o cinto — exige sem me olhar, e seguimos em silêncio. Em alguns momentos, notei-o observando sua mão, então percebo que está machucada, devido ao soco que deu na parede.

Chegando em casa, vou direto à cozinha para pegar gelo. Quando volto à sala para lhe entregar o saco de gelo, a cena que vejo me parte o coração: Gustavo está sentado no sofá com a cabeça baixa entre as mãos, chorando como uma criança. Coloco o saco com gelo na mesa e corro até ele, que me abraça pela cintura, e choramos juntos. Não consigo segurar minhas próprias lágrimas, dói muito vê-lo assim.

— Preferia que ela tivesse me abandonado, eu poderia conviver com isso. A qualquer momento, nós poderíamos nos encontrar, e então a perdoaria e teria minha mãe de volta. Mas nunca mais, Anjo, nunca mais vou ter minha mãe de novo — desabafa entre lágrimas e soluços.

Nada do que eu fizer ou falar aliviará a dor que deve estar sentindo.

— Eu e seu filho estamos aqui com você, Capitão, e você tem seu pai e sua irmã também. Somos sua família.

— Eu não tenho mais pai, ele morreu hoje, junto com a revelação que fez. — Seu tom é gelado, se afasta de mim e segue até a mesa, pega a bolsa de gelo e coloca na mão machucada.

— Ele teve os motivos dele, e você não vai ficar julgando isso. Ele sabe que errou, por isso está contando a verdade e pedindo perdão, nunca é tarde para se arrepender, já pensou o quanto deve ter sofrido também?

— Para você é fácil falar, Lívia, teve uma família e viveu em um lar decente. Eu e minha irmã não tivemos a mesma sorte, então você não tem como saber o que está dizendo. Deixa que eu cuido dos meus problemas — se altera comigo.

— O que eu sei, Gustavo, é que você deve se acalmar primeiro e não falar coisas de que vai se arrepender depois. Pois eu preferia mil vezes que meu pai tivesse errado comigo do que ele estar morto, porque a morte é a única coisa que não tem volta. E se alguém foi covarde aqui, esse alguém foi sua mãe. Eu nunca, por mais problemas que tivesse, me mataria, deixando dois filhos, ainda mais uma recém-nascida — declaro exaltada, e ele engole em seco. Sei que o que eu disse foi duro, mas ele precisa me ouvir. — E mais uma coisa: a partir do dia em que nos casamos, os seus problemas são os meus e vice-versa — declaro muito chateada, me viro e saio da sala.

Vou para o quarto, e ele permanece na mesma posição. Sei que está abalado com a revelação que teve; até para mim sobrou sua ignorância, mas não vou permitir que aja dessa maneira comigo — ele tem que entender que estaremos juntos para qualquer coisa.

Entro no banheiro, e quando tiro a roupa para tomar um banho, eu gelo com o que vejo.

— Gustavo!

A MISSÃO AGORA É AMAR

373

CAPÍTULO 44

Gustavo

Estou além de puto com o meu pai, ele não tinha o direito de me esconder uma coisa dessas, e agora a Lívia virou a advogada de defesa dele. Ela não o conhece como eu.

Ele nunca teve sentimentos e, do nada, simplesmente resolve que quer ser o pai que nunca foi, solta uma bomba dessas na minha mão, e ainda espera que eu aceite e concorde de boa com essa situação — mas não vou mesmo! A Clara encarou de boa, pois ela nunca conheceu e conviveu com a mamãe; acho que até se sentiu um tanto aliviada, porque sempre achou que a mamãe foi embora por sua culpa. Mas eu vivi todos esses anos tentando entender o porquê dela ter ido embora e, de repente, descubro que morreu e que fui privado até de ir ao seu enterro me despedir dela. Eu não o perdoarei; o que fez não tem perdão. E, ainda por cima, Lívia está chateada comigo por causa dessa situação. O que ela queria que eu fizesse? Não posso achar normal um absurdo desses e passar por cima dessa merda, como a Clara fez.

Ando de um lado para o outro da sala, tentando me acalmar para pedir desculpas a ela. Eu sei que fui muito grosso, é que não pensei direito, ainda estou tentando entender toda essa história. E ela ainda ficou do lado dele, em vez de ficar do meu lado — isso me deixou muito puto.

— Gustavo! — O grito desesperado vindo do quarto faz meu sangue gelar na hora, corro em disparada na direção do som.

— Anjo? — Ela não está no quarto, então entro no banheiro com o coração disparado, ela está pálida e me estende a mão, onde vejo que tem sangue.

— Gustavo, eu estou sangrando, não posso perder nosso filho — declara chorando, e instantaneamente sinto um medo que me deixa totalmente desesperado.

— Calma, meu Anjo, tenta não ficar nervosa, vai dar tudo certo. — Ela me olha, parece tentar acreditar no que acabei de prometer, e eu, por minha vez, tento passar para ela uma calma que estou muito longe de sentir. Pego seu roupão atrás da porta, a enrolo nele e a pego no colo. Saio o mais rápido que posso do apartamento com ela nos braços, coloco-a no carro e o ligo, em seguida, sigo em direção ao hospital. Ela não para de chorar, e meu coração está muito apertado. Não posso perder meu filho, por favor,

Deus, meu filho, não!

— Tenta se acalmar, Anjo, nós já estamos chegando ao hospital. — Procuro manter meu tom o mais tranquilo possível.

Estou a mais de 120 km por hora, nem sei como estou conseguindo dirigir. Em menos de dez minutos, chego ao estacionamento do hospital, coloco o carro na primeira vaga que vejo, pego-a no colo, e sigo correndo para a entrada.

— Por favor, ela precisa de um médico! Está grávida e sangrando!

Um enfermeiro se aproxima com uma maca, a deito delicadamente sobre ela e seguimos para a sala de atendimento. Não demora muito, um médico entra na sala onde estamos.

— Vamos lá? Eu sou o Dr. Fábio. E você, como se chama? — pergunta para a Lívia.

— Lívia — responde de mãos dadas comigo e com a voz muito trêmula.

— Então, Lívia, o que está sentindo?

— Eu não estou sentindo dor alguma, fui tomar banho e percebi que tinha sangue em minha calcinha.

Ele nos olha, arqueando as sobrancelhas.

— Bom, vou ter que examiná-la. É a primeira vez que isso ocorre? — Nós confirmamos com a cabeça enquanto ele está colocando as luvas.

Ele segue na direção da Lívia e a examina. Eu passo a mão na cabeça, sei que ele precisa fazer isso, mas realmente, ver outro homem tocando sua mulher não é nem um pouco agradável.

— O colo do útero está fechado, tudo parece no lugar. Vou pedir um ultra agora para termos certeza que está tudo bem mesmo, e assim que terminar o exame, voltamos a nos falar. — Logo me entrega um papel contendo o pedido de exame e sai.

Saímos do hospital duas horas depois. O médico não entendeu muito o porquê do sangramento, disse que isso às vezes ocorre sem motivo algum, mas recomendou que Lívia evitasse esforço por uns dias e que procurássemos a médica dela. Chego ao estacionamento do prédio, desço do carro e a pego no colo.

— Eu posso ir andando, Gustavo.

Beijo sua cabeça.

— Melhor não, ele disse pra você evitar esforço físico. Amanhã vamos à sua médica e ver o que ela nos diz sobre isso, não senti muita firmeza naquele médico — confesso, e ela começa a rir.

— Sei... Não acredito que ficou com ciúmes do médico! — Ela me olha com um sorriso lindo no rosto.

— Claro que não, e agora você precisa descansar. — Coloco-a em pé um pouco, para abrir a porta, e a levo direto para o quarto, deitando-a na cama.

— Eu preciso tomar banho — declara quando volto do closet com sua camisola.

— Você precisa descansar e, além do mais, tomou banho para irmos jantar, é melhor ficar quietinha aí e não fazer mais nenhum tipo de esforço, até segunda ordem. — Ajudo-a a retirar o roupão e a visto com a camisola. Ela me olha, mas não diz nada. — Eu já volto. — Entro no banheiro e então solto o ar que prendia, respirando aliviado.

Graças a Deus está tudo bem, isso só pode ter sido por conta dos acontecimentos de hoje. Tomo um banho bem rápido e me deito ao seu lado. Ela está com os olhos fechados, bem quietinha, mas sei que não está dormindo ainda.

— Me perdoa, meu anjo? Eu não queria te falar o que disse, fiquei fora de mim, não me perdoaria nunca se acontecesse algo com você ou com nosso filho. — Passo a mão em sua barriga e beijo seus cabelos.

— *Shiuuu*, já passou, o importante é que está tudo bem e eu gostaria muito que você pensasse com carinho com relação ao seu pai. Ele só quis proteger vocês, e um pai que ama os filhos de verdade faz qualquer coisa para vê-los bem e felizes, pense nisso.

Engulo em seco com suas palavras e não consigo responder nada. Ainda estou pensando sobre o que me disse sobre a covardia da minha mãe, e sei que no fundo Lívia está certa, porque eu seria capaz de qualquer coisa para defender ela e meu filho.

CAPÍTULO 45

LÍVIA

Dois meses depois...

— Gustavo, você está exagerando! Eu já estou bem e nunca mais tive nada; a doutora te explicou isso, e não aguento mais esse seu cuidado todo. Eu tenho um negócio pra cuidar, e não posso deixar tudo nas costas da coitada da Bia. Só estou ficando lá por meio período, me sinto ótima, não vejo porque tanto drama.

Ele cruza os braços e me encara.

— Eu não estou fazendo drama, só acho que agora precisa repousar e ficar quietinha em casa. A Bia e o Edu estão dando conta de tudo, não tem necessidade nenhuma de você se enfiar lá, por enquanto. Depois que o Arthur nascer, você volta sem problemas.

Reviro os olhos pra ele. Cara, muito neurótico!

— Eu já te disse que, assim que fizer oito meses não vou mais, Capitão. Agora, pare de ser tão mandão e preocupado e me deixe distrair um pouco: gravidez não é doença! Já basta a Bia, que não me deixa fazer nada.

Ele respira fundo e passa a mão na cabeça.

— Isso porque ela tem juízo, e você sempre disse que ela que era maluca — acusa-me, bem sério, e eu começo a sorrir, envolvo as mãos em seu pescoço e o beijo, que corresponde, claro.

— Vamos logo, vai, eu prometo que não vou fazer esforço.

Ele concorda derrotado, e saímos de casa para a academia.

— Qualquer coisa, me liga, e na hora do almoço eu venho te buscar. Nada de abusar, Lívia — exige todo preocupado.

— Sim, senhor, Capitão! — concordo e presto continência. Ele sorri, me beija e sai.

— Como está o afilhado mais lindo desse mundo? — Bia pergunta, abaixada na altura da minha barriga, ainda fazendo aquelas caras que se faz quando se fala com um bebê.

— Agora eu nem existo mais, né? É só o Arthur.

Ela sorri para mim.

— Claro que existe, sua boba, mas eu penso que já está na hora de você tirar sua licença, com esse barrigão. Ano que vem você retorna, Lívia; já estamos no fim do ano mesmo, e as coisas no Rio de Janeiro só voltam

A MISSÃO AGORA É AMAR

ao normal depois do carnaval, esqueceu?

— Isso é uma academia, Bia, as pessoas se preparam para o carnaval aqui, esqueceu? Eu estou me sentindo bem, e você e o Gustavo ficam me tratando como se eu fosse alguma irresponsável. Eu nem faço nada aqui, só preciso me distrair um pouco; em casa não tem mais nada para fazer. Até a mala do Arthur e a minha já estão prontas. Gustavo é muito agoniado; não existe nada para bebês que o Arthur já não tenha, tenho certeza que ele não vai usar nem a metade. Gustavo vai quase todo dia ao shopping e chega com uma novidade diferente — desabafo meio desesperada, e a Bia começa a rir. — Está rindo? Porque não é com você, não sei mais onde enfiar tanta coisa, Bia!

— Amiga, ele só está ansioso, e o meio dele extravasar isso deve ser comprando. Mas tenho certeza que vai ser um ótimo pai, e muito babão! — Fico rindo da careta que ela faz. — E seu sogro, ainda na mesma com o Gustavo?

Respiro fundo.

— Ainda, Bia. O Gustavo nunca mais tocou no assunto; no fundo, ele sabe que o pai errou querendo poupá-los, mas não dá o braço a torcer. Clara está bem com o Sr. Olavo. Ele me liga dia sim, e dia não, para saber do Arthur. Gustavo já presenciou algumas ligações, mas não me disse nada a respeito. O pior de tudo é que o Natal é na próxima semana, e eu queria tanto que todos passassem juntos. Mas ainda vou conversar com ele sobre isso. Minha mãe vem pra cá, você também vai ficar conosco, não é? Sua mãe estará embarcada e a família do Michel não é do Rio, então não tem desculpas, os dois vão ficar lá em casa e ponto final. — Ela só sorri. — Eu vou ser abusada e vou convidar o Sr. Olavo e Clara para ficarem conosco também. Não quero que essa situação se estenda por mais tempo, e sinto que eles só precisam de um empurrãozinho.

— Vai dar uma de Bia, é?

Arqueio as sobrancelhas.

— É a convivência — respondo.

— Então tá, me deixa dar uma aula agora e já volto. — Ela joga um beijo da porta e sai.

Então começo a organizar as papeladas, já que é a única coisa que posso fazer. Separo algumas contas e faço alguns planejamentos. Tudo aqui está andando muito bem, graças a Deus. Estamos com muitos alunos, e daqui mais um ano, se continuar assim, recuperaremos nosso investimento.

Estamos até planejando abrir uma filial na Barra, mas isso é mais para o futuro. Mas sonhar é o que nos move; uma pessoa sem sonhos e projetos fica vazia e sem perspectivas. Então, como sonhar é de graça, vamos sonhar!

Olho para o relógio e vejo que está quase na hora do Gustavo chegar. Guardo as coisas e logo sigo para a recepção. Vou esperá-lo e ver um pouco do movimento. Eu e a Sara iniciamos um bate-papo animado, em que ela me conta sobre seu namoro e como está gostando do Léo. Diz que ele é superamoroso e romântico, e que já até falou em casamento. Fico feliz por eles; tanto ela quanto o Léo merecem serem felizes. Ela me pede para ficar um pouco no balcão e vai ao banheiro.

— Oi, minha linda.

Gelo completamente com a voz que ouço atrás de mim.

— Otávio! O que você está fazendo aqui?! — pergunto assustada e o encaro.

— Eu não consigo mais ficar longe de você, minha linda. Já ajeitei tudo, nós vamos ser felizes, você vai ver.

Fico paralisada, ele parece um louco falando.

— Eu sou feliz, Otávio, estou casada agora e vou ser mãe. Você precisa seguir sua vida e me esquecer de uma vez por todas — imploro, e ele balança a cabeça em negativa. Meu medo aumenta com o que vejo em seus olhos.

— Não! Pra tudo tem um jeito, minha linda, eu sou advogado, esqueceu? Agilizo o divórcio pra você, e posso criar esse filho como se fosse meu. Eu sei que cometeu um erro e foi longe demais com sua vingança, mas eu te perdoo. Agora você vem comigo, que tenho uma surpresa. — Puxa meu braço com um sorriso doentio no rosto. Meu coração está a mil por hora.

— Me solta! Eu não vou a lugar algum com você. — Tento puxar meu braço de suas mãos, e seu olhar se transforma.

— Eu não queria que fosse dessa maneira, mas sei que depois você vai entender minha atitude e desespero — Ele puxa uma arma do cós da calça e coloca sobre minha barriga.— Eu acho melhor vir comigo, ou não respondo por mim, Lívia. Dessa vez eu não vou deixar você escapar, nem que para isso tenha que fazer uma besteira. Agora, vamos.

Fico sem reação alguma, ele está totalmente transtornado, esse não é o Otávio que eu conheci.

— ANDA! — grita, e eu saio do meu transe. Começo a andar na frente dele, o desespero me leva às lágrimas.

A MISSÃO AGORA É AMAR

— Para com isso, Otávio! Pelo amor de Deus! Pensa na besteira que está fazendo, eu não te amo, não tem como ficarmos juntos — imploro enquanto continua me empurrando até a saída.

— Cala a boca! Para de mentir! É claro que me ama, nós íamos nos casar. Você só não quer dar o braço a torcer, mas eu vou te provar que está errada.

Meu Deus, ele surtou! Cada pedacinho do meu corpo está trêmulo, o medo que sinto é inimaginável. Isso não iria acabar bem, só consigo pensar no meu filho.

— Lívia! — Escuto a voz da Bia em desespero. — Solta ela, seu louco! — exige se aproximando de nós, mas ele aponta a arma em sua direção, e ela para abruptamente a menos de dois metros de onde estamos. Alguns alunos também estão olhando, mas ao mesmo tempo se protegem atrás de algo.

— Fica bem aí onde está; se chegar perto, eu atiro em você. Sei que foi sua culpa, fez a cabeça dela para não ficar comigo, por isso eu nunca fui com a sua cara. Então, te tirar do meu caminho vai ser muito gratificante — declara confiante, ainda com a arma na direção de Bia.

Ele não está brincando, eu não posso deixar que machuque a Bia.

— Pare com isso, Otávio! É a mim que você quer! — Ele me olha na hora em que grito as palavras para ele; nem eu sei como elas saíram, mas não posso deixar a Bia correr risco de morte.

— Eu vou com você — declaro, e ele sorri pra mim, satisfeito com minha resposta.

— Não, Lívia! Você não pode ir com esse maluco! — Bia me olha desesperada, chorando muito.

— Fica calma, Bia, eu vou ficar bem — afirmo, sem certeza alguma, e ela balança a cabeça em negativa enquanto Otávio me puxa pra fora, com a arma o tempo todo em minha barriga.

Mesmo que quisesse, eu não posso reagir; ele está louco e transtornado. Ele me joga no banco de trás do carro, assume o volante e, em seguida, liga o motor. Olho para trás e vejo Bia na porta chorando muito, com o celular nas mãos. Vejo também quando o Gustavo corre em sua direção, ela aponta para o carro em que estou, e logo em seguida esse maluco vira a rua e perco-os de vista.

Gustavo deve estar desesperado; a única certeza que tenho é que ele irá me achar, e só espero que seja antes desse louco pirar de vez e fazer uma merda maior ainda.

— Para com isso, Otávio! Pensa melhor, não estraga sua vida, não vale a pena, isso que você está fazendo é crime, é sequestro! — peço em completo desespero.

— Cala a boca! A culpa é sua; eu tive que tomar essa atitude por sua causa — acusa, e se vira para trás com a arma apontada para mim.

— Por tudo que lhe é mais sagrado, me deixa sair, eu não vou falar nada, prometo. Agora, para esse carro e me deixa descer.

Ele nega com a cabeça, dirige com uma mão no volante e a arma na outra, colocando-a em seu colo em alguns momentos, para passar a marcha.

— Eu não vou deixar você ir. É minha, e ninguém vai te tirar de mim, nunca mais, ouviu bem? — Está dirigindo como um louco.

Estamos para entrar na Linha Amarela, quando vejo o carro do Gustavo emparelhar com o nosso. Estou aliviada, mas em pânico ao mesmo tempo, eu só temo pela vida do meu filho e do Gustavo.

— Para esse carro, seu desgraçado! — Gustavo exige com o carro bem colado ao do Otávio. Otávio me olha e vejo ódio em seu olhar.

— Ele quer te tirar de mim, mas não vou deixar!

Eu olho para o lado, mas não consigo ver o Gustavo, meu desespero aumenta a cada segundo.

— Para, Otávio! Ele não vai desistir! Isso só pode acabar mal, por favor, me escuta!

Ele abre mais o vidro e dispara duas vezes contra o carro do Gustavo. Fecho os olhos por instinto, mas num ato impensado, seguro seu pescoço por trás, dando-lhe uma gravata. Ele tenta soltar meu braço, mas eu o seguro firme.

— Seu louco, para esse carro! — Com a outra mão, puxo o freio de mão, fazendo o carro girar na pista. Com o impacto, eu o solto e caio deitada no banco traseiro.

A MISSÃO AGORA É AMAR

CAPÍTULO 46

Gustavo

Vejo quando o carro começa a rodar e sair fumaça dos pneus; ele está perdendo velocidade, é minha chance. Jogo o carro à frente do seu, que para na hora. Desço como um leão pronto para devorar sua presa; nem penso em nada, eu só quero tirar meu Anjo de perto desse monstro.

Abro a porta do carro e o pego ainda de surpresa, puxo-o pelo colarinho e o jogo no chão.

— Eu te avisei, seu desgraçado! Agora você não tem escapatória, vou acabar com sua raça! — Ele se levanta e eu estou esperando. Quando vem em minha direção, acerto seu nariz em cheio com um soco, e o sangue jorra na hora; ele cambaleia e dou mais outro, e outro. Meu ódio é descomunal, dessa vez o matarei na porrada, ele nunca mais irá encostar um dedo na minha mulher. Soco-o em todos os lugares, ele tenta reagir, mas eu não o deixo, parece um boneco em minhas mãos, e do jeito que estou com raiva, ele não durará muito tempo.

— Gustavo!

O tom apavorado me faz olhar para trás. Então, vejo a Lívia em pé, segurando a barriga, e seu rosto só transmite dor. Largo o infeliz e corro em sua direção. É só o tempo de ela cair em meus braços.

— Anjo, fala comigo!

Ela está inclinada para frente e com as duas mãos na barriga.

— Está doendo muito, Gustavo, acho que o Arthur vai nascer — responde e geme de dor. — Aaahhh! — ela grita, e eu não sei o que fazer. Está muito cedo, irá completar oito meses na próxima semana.

— Calma, Anjo, respira — peço. Levo-a para o carro e a coloco no banco do carona e fecho a porta. Quando estou para entrar, lembro-me desse merda. Eu não sei o que fazer, minha mulher está sentindo dor, meu filho e ela correm risco, e eu tenho que socorrê-los, eles precisam de mim. Ao mesmo tempo, não posso deixar esse psicopata solto e impune. Eu tenho que pensar rápido. Escuto um carro parar atrás de mim, e vejo que é o Michel, e no outro está o Carlos. Deixo tudo nas mãos deles e sigo para o hospital o mais rápido que consigo.

— Aaahhhh! — Ela está se contorcendo no carro e chora muito.

— Vai dar tudo certo, Anjo! Esse moleque é apressado igual ao pai.

— Ela sorri em meio às lágrimas, e me olha. — Respira, não se esqueça de respirar. — Começo a respirar junto com ela; a essa altura eu não sei quem precisa mais disso: se eu ou ela. A viagem segue assim, com ela gritando, e nós dois fazendo respiração cachorrinho, como todos chamam.

Paro o carro de qualquer maneira no hospital e a pego no colo, seguindo para a emergência. Não preciso chamar ninguém, o grito dela chama por mim. Uma médica nos atende e a examina.

— Ela está em trabalho de parto. — *Jura?*, penso eu. — Vamos ter que fazer uma cesariana, pois não tem dilatação o suficiente.

Começam a prepará-la, e eu seguro a mão da Lívia o tempo todo. Se ela tivesse um pouquinho mais de força, quebraria minha mão, com certeza, de tanto que a está apertando.

— Gustavo! — ela grita e levanta a cabeça, seu rosto está todo vermelho.

— Calma, Anjo, vai ficar tudo bem — prometo, querendo convencer a mim mesmo. A maneira com que ela grita me assusta muito, e eu só ficarei tranquilo quando ela e meu filho estiverem bem e fora de perigo.

Um enfermeiro leva a maca pelo corredor e entra em uma porta larga.

— O senhor fica aqui, agora precisamos prepará-la para o parto, já o chamamos.

Eu concordo e passo a mão pela cabeça. Meu celular toca e o atendo sem ver quem é.

— Alô!

— Oi, cara, como está a Lívia? — É o Michel.

— Meu filho vai nascer, Michel! Estou esperando me chamarem.

— Eu vou avisar a Bia e já estamos indo, você está no mesmo hospital de sempre?

— Sim — respondo, e ele desliga. Deve ter me ligado para falar do infeliz, mas agora eu só quero saber do meu filho e da minha mulher!

Dez minutos depois, uma enfermeira me chama. Eu entro na sala de cirurgia e Lívia já está bem mais calma, com soro em seu braço, e um pano estendido em sua frente.

— Capitão, espero que esteja com o celular para tirar foto. — Tateio meus bolsos e o pego.

— Está aqui, Anjo, eu vou ser o melhor fotógrafo do mundo, pode deixar — prometo, e ela sorri. Então a beijo com um selinho rápido.

A médica faz um sinal para que eu me aproxime, e quando vejo, meu filho já está nascendo. Quando a médica o retira, eu não sei se tiro foto ou

A MISSÃO AGORA É AMAR

se choro — ele é a coisa mais linda do mundo! Ele chora, e meus ouvidos nunca escutaram som melhor que esse. Uma enfermeira o limpa, enrola-o em uma manta e o entrega a Lívia. Assim que se aconchega em seus braços, para de chorar na hora. Ela também é o seu Anjo.

— Ele é lindo! — ela fala, desenhando seu rosto com a mão, e dá um beijo na sua face.

— Eu te amo, meu Anjo, obrigado por isso.

Suas lágrimas, assim como as minhas, não param de cair.

— Eu também te amo, Capitão.

Eu a beijo e ao meu filho também. Achei que saberia o que sentiria nesse momento, mas só agora sei que não cheguei nem perto disso. O amor que sinto agora é inimaginável e supremo. Ele é uma parte minha e da mulher da minha vida, e ainda não sei como tive tanta sorte assim em tê-los. Eu sou o homem mais feliz do mundo!

Não tenho dúvidas: minha missão está cumprida.

CAPÍTULO 47

LÍVIA

Doze dias depois...

Estamos no hospital, e o Arthur, enfim, receberá alta. Ele está ótimo, nasceu com 32 semanas, 2.300 Kg e 43 cm. A doutora nos disse que ele estava com bom peso para o tempo de gestação, e agora que já está pesando 3.300 Kg, podemos levá-lo para casa. Tinha que ser nosso filho mesmo; como tudo que vivemos até agora, ele também veio antes do previsto. Como disse o Gustavo: apressado igual ao pai. Não poderíamos estar mais felizes. Daqui a dois dias, será Ano-Novo, e eu ainda não acredito como esse ano mudou minha vida para sempre. Eu agora tenho tudo o que preciso para ser muito feliz e agradecer a Deus cada segundo da minha vida. Gustavo é o pai mais coruja e babão do mundo, está irradiando felicidade. Todos os seus amigos já vieram ao hospital conhecer o Arthur, e para cada um que chega, ele fala com muito amor e carinho do filho. Ele perdoou o pai no mesmo dia em que o Arthur nasceu. O Sr. Olavo veio ver o neto, chegou muito sem graça, e eu me surpreendi quando Gustavo, do nada, abraçou o pai e lhe pediu perdão. O nascimento do filho realmente mexeu muito com ele, deve ter percebido que certas coisas não valem a pena.

Desde então, os dois estão superbem. O Sr. Olavo tem vindo aqui todos os dias e, como não poderia ser diferente, também está aqui: ansioso, esperando para levar o neto para casa, junto conosco. Nosso Natal foi harmonioso, mas eu e o Gustavo não ficamos muito tempo na ceia, viemos para o hospital ficar com o Arthur. O próximo Natal será maravilhoso, tenho certeza.

— E então, preparados para levar esse garotão para casa? — A doutora chega com ele nos braços, e eu o pego na hora.

— Claro que estamos! — responde Gustavo afoito.

— Oi, meu amor, a mamãe vai te levar para casa hoje, você nem imagina como estamos felizes por isso. — Beijo seu peito e dou um cheiro em seu pescoço, seu cheirinho é tão bom.

— Me deixa pegar meu príncipe um pouco — pede o Sr. Olavo, estendendo os braços. Eu o entrego, e ele fica todo satisfeito, babando o neto.

Eu e Gustavo estamos assinando a papelada da liberação e pegando todas as informações possíveis com a médica, pois eu sei que a partir de agora será tudo diferente. Não terei mais todas as enfermeiras para me orientar, seremos só eu e o Gustavo mesmo, e estou adorando isso.

Chegamos em casa muito felizes. Gustavo carrega Arthur no bebê-conforto, junto com sua mala; eu queria ajudar, mas ele não me deixou, disse que não poderia pegar peso por conta da cirurgia. O Sr. Olavo foi embora do hospital mesmo, ligaram para ele da empresa, parece que tinha que assinar uns papéis importantes, disse que voltaria mais tarde.

Coloco o Arthur no berço pela primeira vez e não consigo segurar as lágrimas. Estou tão feliz em ver meu filho aqui no seu quarto, protegido por nós, sua mãe e seu pai que o amam mais que tudo nesse mundo. Este é o nosso momento, só nosso.

Ele é tão calminho... Olho para o Gustavo, e ele também está chorando. Nós nos abraçamos e ele me beija com muito amor e carinho.

— Ele é tão lindo, meu Anjo! Se parece com você — declara, segurando sua mãozinha, que quase some em suas mãos. Eu não sabia que poderia ser tão feliz desse jeito. Ele me beija mais uma vez.

Estamos aqui em casa, com todos reunidos para romper o ano, faltam quinze minutos para o Ano-Novo. Arthur está aceso no colo da minha mãe, que o disputa com o Sr. Olavo. Eu e Gustavo estamos sorrindo da situação; a Bia não tem nem chances com esses dois, coitada — ela tentou pegá-lo umas duas vezes, mas não teve êxito. Acabou desistindo e ficou de longe, babando o afilhado. Michel também está todo bobo com o fato de ser o padrinho, mas ele tem medo de pegar o Arthur, disse que ele é muito pequeno, e não leva jeito para isso.

— Acho que vamos ter que providenciar uma irmã para o Arthur, é muita gente para um bebê só. — Gustavo me abraça por trás, e eu o olho assustada.

— Calma aí, Capitão! Vá devagar aí que o santo é de barro! — Ele não segura a gargalhada, estou usando mais uma das frases que vivia ouvindo da minha avó.

— Não se preocupe, podemos só treinar por um tempo. Mas, dessa vez, eu quero estar consciente quando fizer nossa filha, preciso me lembrar de cada detalhe. E que coisa mais feia você abusando de um pobre bêbado.

— Palhaço! Muito engraçado! — Dou um tapa em seu braço.

Ele sorri, me virando para ele.

— Já te disse que, com você, é bom de qualquer maneira, e não vejo a hora desse seu resguardo acabar para começar o treinamento. Eu te amo, meu Anjo!

— Eu também te amo, Capitão! — Envolvo seu pescoço com as mãos e o beijo. —Mas vamos mais devagar dessa vez, vamos esperar um pouco mais para dar um irmão ou uma irmã para o Arthur.

— Como quiser, meu Anjo! — Ele sorri e me beija de novo.

— Está na hora, falta um minuto para meia-noite! — fala Bia toda eufórica.

Gustavo pega o Arthur no colo e começamos a contagem, claro que sem gritar muito para não o assustar. Quem diria que estaríamos com nosso filho nos braços na noite de Ano-Novo?

— Feliz Ano-Novo, meu Anjo! Feliz Ano-Novo, meu filho! — deseja, beijando o Arthur e depois me beija.

Quase um ano depois...
Estou me arrumando, e o Arthur também, para sua festa de um aninho. Esse ano passou voando, nem acredito que ele já está andando e começando a falar suas primeiras palavras. Cada dia que passa é uma evolução incrível, eu e o Gustavo só fazemos babar a cada momento e descoberta.

Tudo está em seu perfeito lugar, estou trabalhando de novo e levo o Arthur comigo todos os dias. Fizemos um espaço para ele dentro do nosso escritório; quando eu dou aula, Bia fica com ele. Não quero colocá-lo na creche; por enquanto, está dando para conciliar, embora agora um pouco mais complicado. Como já está andando, vivemos correndo atrás dele pela academia. Eu comprei um carro para não precisar ficar dependendo do Gustavo para nos trazer; ele está muito ocupado na empresa, e também dando uma força para o pai, na construtora. Clara está trabalhando lá e, ao que parece, muito empenhada em sua função — acho que agora falta pouco para o Sr. Olavo se aposentar.

Minha mãe continua em Angra, mas vem quase todo fim de semana para nos ver. E quando vem, se hospeda no meu antigo apartamento, que resolvemos manter. Nós queríamos que ela ficasse conosco, mas prefere ficar lá, diz que não quer incomodar.

A Bia e o Michel marcaram a data do casamento para daqui a três meses. Ele também saiu do Bope, motivado talvez pelo que aconteceu com o Gustavo. Ficou muito abalado, mas o que diz é que a empresa precisa mais de sua atenção, já que não para de crescer. Graças a Deus eles estão muito felizes.

O tio Nelson e a Tia Gisele estão morando juntos, e ele não vê a hora de casar. Ela está querendo sair da plataforma onde trabalha e ficar apenas no Rio, trabalhando em um hospital só.

Eu perdi uma recepcionista muito boa: Sara casou com o Léo e foi morar em Angra com ele e o filho dela, que Léo já amava como dele. Eu estou muito feliz por eles. Eles e minha mãe vieram para a festa.

O Otávio continua preso, aguardando julgamento. O pai dele fez de tudo para livrá-lo, mas não conseguiu. Meus tios levaram para frente e reuniram muitas provas contra ele, até o meu doping colocaram; então, como ele agiu pela segunda vez me sequestrando, não conseguiu liberdade condicional. Eu não sinto um pingo de pena dele — poderia ter perdido meu filho, e do jeito que ele estava, seria capaz de tudo. Cada um escolhe seu destino, e ele escolheu o dele.

— Vamos, meu Anjo! Já estamos atrasados! — chama Gustavo, pegando o Arthur no colo. A festa será agora, ao meio-dia.

— Gustavo, que cheiro é esse?! — Sinto a bile subir e corro para o banheiro, em seguida coloco todo o meu café da manhã para fora.

— Não estou sentindo — comenta normalmente, e volto a vomitar.

— Esse que está usando — esclareço, e logo o enjoo me acomete novamente.

— Meu perfume! Está tudo bem? O que comeu? — pergunta preocupado, da porta do banheiro, enquanto eu não paro de vomitar. Quando enfim termino, escovo os dentes e o olho, que está sorrindo feito um bobo com o Arthur no colo.

— Acho que você vai ganhar uma irmãzinha ou um irmãozinho, meu amor! — diz eufórico, beijando o Arthur.

Eu continuo o olhando paralisada em meu lugar. Será possível?

Claro que é possível, e só pode ter sido na noite do noivado da Bia. Nós vacilamos, eu não achei que ficaria grávida. Arqueio as sobrancelhas para ele e coloco as mãos na barriga.

— Será? — pergunto para ele.

— Tomara, Anjo, tomara...

Três anos depois...

Estamos no carro, a caminho da casa da minha mãe em Angra, indo passar o fim de semana com a avó mais coruja e ciumenta do mundo! A Isabella está com dois anos e pouquinho — pois é, eu estava grávida mesmo. O carro está entulhado de malas e brinquedos, mas nós não podemos estar mais felizes: nossa família é perfeita e feliz.

— Arthur, não faz isso com sua irmã! Empresta o brinquedo pra ela, só um pouquinho — peço com o corpo virado para trás no banco.

— Não, mamãe! É meu! — diz possessivo, e Isabella começa a chorar.

— Filho, por favor, empresta pra ela. Ainda é muito pequena, e você é um homenzinho, precisa cuidar da sua irmã — Gustavo pede com o tom mais calmo do mundo, não sei como consegue.

— Está bem, papai. Toma, Bella, eu já sou grande e tenho que cuidar de você, que ainda é um bebezinho. — Ele entrega o brinquedo para ela, que para de chorar na hora.

Eu e o Gustavo sorrimos da maneira como ele diz isso. Chegamos à casa da minha mãe, que já nos espera no portão parecendo muito ansiosa. Assim que paramos o carro, vem logo para a porta de trás e a abre.

— Oi, meus amores! A vovó estava morrendo de saudades! — Entra com eles em seguida enquanto e eu e o Gustavo ficamos esvaziando o carro. É muita coisa para só dois dias!

O sábado amanhece lindíssimo. Nós vamos à Ilha da Gipoia com as crianças e passamos um dia maravilhoso. Eles, assim como eu, amam essa ilha.

A noite chega e eles estão exaustos. São vinte horas e os dois já dormem. Eu e o Gustavo saímos para dar uma volta pela cidade; minha mãe diz para irmos aproveitar um pouco a noite, que está linda, que ela ficará com as crianças.

Então, resolvemos aceitar a oferta. Minutos depois caminhamos de mãos dadas pela orla de Angra, e eu penso em como minha vida está perfeita. Abrimos uma filial da academia no Recreio, bem perto da nossa casa; havíamos nos mudado fazia um ano e meio, o apartamento acabou ficando pequeno mesmo para tanto brinquedo e um pai compulsivo que não para de comprá-los.

A Bia é minha vizinha e está grávida do seu primeiro filho, Lucas. Michel está radiante, ela já está com seis meses de gestação. Estamos nos dedicando mais à academia do Recreio; a outra, já bem estruturada e com muitos alunos, é administrada pelo Edu, e temos um gerente de confiança.

Eu continuo dando minhas aulas ali e também no Recreio, portanto, estou sempre de olho em tudo, e Gustavo também vive aparecendo por lá, pescando cada detalhe. É muito bom em organizar e dar ordens — o seu jeito mandão de Capitão continua, e acho que vai continuar por toda a vida. Ele se desdobra entre sua empresa, que agora é bem maior, a empresa do pai, e nossa academia; mesmo assim, não abre mão do tempo com a família. É o marido perfeito! Todos à nossa volta estão superfelizes, graças a Deus!

— Hoje fazemos aniversário! — Gustavo declara, me tirando dos meus pensamentos. Eu olho para meu marido, querendo entender seu comentário, ao mesmo tempo em que ele tira uma caixa de veludo do bolso e me entrega.

— Oi? — pergunto confusa, com a caixinha na mão, enquanto me envolve pela cintura, de frente para mim.

— É aniversário de quando te vi pela primeira vez e encontrei meu Anjo, que transformou e mudou minha vida para sempre. — Seus olhos não desgrudam dos meus. — Exatamente hoje, faz cinco anos e alguns meses desde que nos olhamos pela primeira vez — esclarece em tom apaixonado.

Fico sem palavras e abro a caixinha. Vejo um lindo cordão de ouro bem delicado, cujo pingente é um coração envolvido por asas de anjo. Admiro nas mãos a beleza da peça delicada. É lindo! É a nossa cara. Ele o retira de minhas mãos e coloca em meu pescoço; ao terminar, volta a ficar de frente para mim e me olha com aquele mesmo olhar que me desvenda por inteira.

— E toda vez que olho em seus olhos, me sinto exatamente da mesma maneira que me senti naquele dia, pois você me domina totalmente. Você foi feita para mim, é a mulher da minha vida, mãe dos meus filhos, meu Anjo! Eu te amo e vou amar para sempre e sempre...

Ele me olha o tempo todo ao declarar cada palavra, e eu já estou chorando, mas minhas lágrimas são de felicidade.

— Eu também te amo, Capitão, você me faz a mulher mais feliz do mundo, e agradeço a Deus todos os dias por ter te conhecido naquela operação, e vou te amar até a eternidade... — Nós nos beijamos ali, no meio do calçadão, com a certeza de que nossa felicidade durará para sempre...

Missão cumprida!

BÔNUS

Michel

Estou com o celular nas mãos há mais ou menos trinta minutos, tentando criar coragem para ligar.

Que merda é essa, Michel? Nunca foi do tipo tímido, eu me questiono.

Sei que não faço esse tipo, nem de longe. Mas a mulher é tão linda e perfeita que não acreditei quando me perguntou do meu celular. Simplesmente apontei para o meu bolso, e ela enfiou a mão, puxou o aparelho e começou a digitar. Estou na dúvida até agora se discou o seu número mesmo.

Acho que este é meu medo: descobrir que ela me pregou uma peça. Sabe aquelas coisas que acontecem e você fica pensando que é bom demais para ser verdade? Estou me sentindo exatamente assim.

Essa operação, apesar de ser por um motivo nada agradável — vingar a morte de um grande amigo e companheiro de trabalho —, trouxe uma surpresa e tanto, não só para mim, mas também para o Gustavo. O cara ficou de quatro pela mulher que é amiga da minha Coelhinha. Nunca o vi agir como agiu sábado. Somos amigos há anos e sócios, inclusive, mas nunca o vi perder o controle daquela maneira. A mulher fez o que quis com ele, e se fosse em outra ocasião, tenho certeza que daria voz de prisão a ela, mas Gustavo, assim como eu, se encantou.

Também, quem iria esperar que do carro no qual achávamos que estaria um desgraçado da pior espécie, sairia uma coisa tão linda como minha Coelhinha assustada? Não vou falar nada da garota dele, porque mulher de amigo meu vira meu amigo também. Mas vou pegar no pé dele até a morte, isso vou!

Caralho, Michel, você viaja! Nem ligou para a menina ainda e já está chamando-a de sua Coelhinha, nem sabe se o número que te deu está certo.

Mas vou descobrir agora.

— Alô — ela atende no quinto toque.

Puta que o pariu! Que voz! Fico mudo, não sei o que dizer, é ela mesmo. Eu sou um filho da puta de muita sorte, só pode ser isso.

— Alô! — Não digo nada, estou embasbacado em como sua voz é linda ao telefone. — Se você não tem o que fazer, eu tenho, dá pra falar logo? Palhaçada, ligar para as pessoas e ficar mudo; não consigo me comunicar por libras pelo telefone. — Está irritada com meu silêncio, e sua voz ficou

A MISSÃO AGORA É AMAR

mais linda ainda. — Alôôô — grita.

— Oi, sou eu. — Estou sem graça como nunca estive.

— Eu, quem? — pergunta confusa.

— Michel. Você colocou seu número no meu celular, na madrugada de domingo. — Escuto um engasgo, como se estivesse comendo ou bebendo algo, e ela começa a tossir sem parar. — Está tudo bem? Respire — peço preocupado. — O que houve? Bia? — chamo seu nome, já angustiado.

— Oi... Eu estou aqui, desculpa. — Seu tom mudou de irritado para surpreso. Será que ela achou que eu não ligaria? Não seria tão idiota em deixá-la escapar.

— Está ocupada?

— Não! Pode falar.

Sorrio ao sentir que a abalei, ela também está nervosa. Então resolvo ser direto.

— Estou de folga hoje, será que podemos nos encontrar em algum lugar? Ou posso te buscar em casa, se preferir.

Ela tosse de novo. Será que está gripada?

— Desculpa, pode continuar — pede.

— Não conseguimos conversar muito bem, com todo aquele mal-entendido, e gostaria muito de tirar qualquer má impressão que tenha ficado de mim ou do Bope.

Que coisa mais idiota de se dizer, Michel, você é o quê, o Governador ou Secretário de Segurança? Está querendo provar pra ela que é um bom policial? Que imbecil!

— Então... — começa a falar e para. Fecho os olhos com força, já aguardando que ela me dispense. Também, sendo imbecil desse jeito. *"Tirar má impressão..."* Essa foi foda!

— Eu não tenho carro e moro no Cachambi. Se você não se incomodar em me buscar aqui, eu topo.

Quê? Ela topa? Filho da puta de sorte!

— Sim, claro, te pego aí, com certeza! Daqui a quanto tempo? Eu moro na Barra, mas em 20 minutos chego aí — declaro meio afobado e escuto uma gargalhada. Daria tudo para estar na frente dela neste momento, seria uma bela visão.

— Me dá uma hora. — Seu tom é divertido, deve estar rindo do meu desespero.

Ela me passa o seu endereço — que anoto ainda sem acreditar que a verei novamente daqui a pouco —, desligo o telefone e corro para tomar uma ducha.

Quarenta e cinco minutos depois de desligar o celular, encosto em frente ao portão dela. Minhas mãos estão suando, e a ansiedade me domina, pareço um adolescente indo ao seu primeiro encontro. Pego o celular para avisá-la que já estou aqui, mas desisto — não quero apressá-la, ainda está dentro do prazo de uma hora que me pediu. Porém, cada minuto demora uma eternidade para passar.

Olho para o lado no exato momento em que ela sai pelo portão e... porra! Engulo em seco, ainda dentro do carro, meus olhos percorrem seu corpo de cima a baixo, constatando que tudo é mais que perfeito e muito melhor do que nas minhas lembranças.

Veste um vestido branco, colado até a cintura e solto na parte de baixo que chega até a altura das coxas lindas. Seu cabelo negro, solto, molda seu rosto perfeito e cai em ondas na altura dos seios, que pelo que vejo daqui, devem ser espetaculares, e só de imaginar, meu pau se aperta em meu *jeans*. Nunca fiquei tão nervoso em um encontro.

Na verdade, nunca tive um encontro assim. As mulheres acontecem na minha vida, é natural. Chego em algum lugar e, quando vejo, estou levando-as para o abate; elas me ligam, não eu.

Saio do carro e, pela primeira vez na vida, não sei como agir. Olho para ela, que abre um sorriso lindo, vindo em minha direção.

— Oi. — Ela me dá um beijo no rosto e sua mão toca minha cintura.

Esse simples toque faz todo meu corpo entrar em ebulição. Então, num gesto impensado, envolvo sua cintura com uma das mãos, e com a outra em sua nuca ataco sua boca com desespero, como se nunca tivesse beijado na vida. Para minha surpresa, que esperava levar um soco a qualquer momento, sou correspondido com o beijo mais doce e sexy que já recebi. Sua língua se encaixa perfeitamente na minha, seu corpo encaixa-se com exatidão ao meu. Eu a beijo como se não houvesse amanhã e este fosse o último beijo que darei na vida.

Uma de suas mãos puxa meus cabelos e a outra passeia por minhas costas, por debaixo da blusa. Minha Coelhinha não tem nada de assustada ou medrosa, veio para a luta com todas as armas e me derrotará facilmente.

Não consigo parar de beijá-la e, pelo visto, ela também não quer parar, suas mãos me puxam mais e mais em sua direção. Minutos depois, ela se afasta um pouco e seus olhos encontram os meus.

— Isso que eu chamo de um "oi" bem respondido.

Sorrio por ela ser tão direta. Suas mãos continuam em mim e as minhas nela, não quero sair dessa posição.

— Algum lugar de sua preferência?

Ela ergue as sobrancelhas, me encarando.

— Você me convidou, achei que tivesse tudo programado — diz me desafiando.

— Olha lá, Coelhinha, não me desafie — advirto-a, e ela faz uma careta, e até assim é linda.

— Coelhinha? — questiona.

— Minha Coelhinha linda. — Eu a olho intensamente.

— Sua? — indaga com uma cara muito sexy e, ao mesmo tempo, percebo que realmente queria que ela fosse minha. Nunca tive esse sentimento de posse que ela está despertando em mim.

— Pelo menos por hoje. — Tento não a assustar, já que nem eu estou entendendo meus sentimentos.

— Vamos ver, Sargento, mas Coelhinha não é um bom apelido — diz ao pé do meu ouvido, provocando mais ainda meu desejo.

— Não poderia ter um apelido que se encaixasse melhor com você, agora tenho certeza que escolhi o apelido perfeito. — Beijo seu pescoço.

— E eu posso saber por quê? — Sua voz sai rouca e cheia de desejo.

— Acabo de perceber que, de frágil, você só tem a aparência.

Dá uma gargalhada e, como imaginei, é uma cena linda de se ver.

— Faz muito sentido, Sargento! — diz ainda sorrindo. — Aonde vamos? — pergunta.

— Você decide.

— Cuidado, Sargento, não me dê tanto poder. — Seu tom é divertido, e eu sorrio.

— Não preciso te dar uma coisa que já tem, o poder é todo seu. — Meu tom sai mais sério e minha voz carregada de desejo. Ela realmente mexeu comigo como nenhuma outra.

O sorriso morre em seu rosto e seus olhos me fitam. A intensidade que transmitem me deixa refém deles. Definitivamente, o poder é dela. Sua boca vem ao encontro da minha lentamente, beija-me sem reservas, e só o seu beijo já me deixa louco. Aprofundo o beijo, sedento, encostado ao carro, com seu corpo encaixado ao meu. É estranho, meu corpo parece reconhecer o seu desde sempre, é uma sensação de *déjà vu*. Minha mãe acredita muito nesse lance de vidas passadas e sempre tentou me convencer. Não sei se é verdade, mas começo a ter dúvidas agora.

— Vamos fazer o seguinte, já que o poder está comigo: estou transferindo-o para você. Me surpreenda — diz após afastar sua boca da minha, me deixando já com sua falta.

— Coelhinha... Coelhinha, não faz isso, não sei se serei capaz de manter o controle com tanto poder. — Ela dá um sorriso sexy e seus lábios vão ao encontro do meu maxilar e seguem até meu lóbulo, deixando um rastro de beijos no caminho. Porra!

— Tenho certeza de que consegue — sussurra com o tom sedutor em meu ouvido, me deixando louco. Minha vontade é arrastá-la até sua casa e mostrar o que ela está fazendo comigo, mesmo tendo certeza de que já sabe.

Sigo minha boca para o seu pescoço e sinto o estremecer de seu corpo quando começo a fazer com meus lábios em sua pele o mesmo que ela fez comigo. Sigo lentamente meu caminho, beijo a beijo, e ouço um gemido baixo, enlouquecendo-me quando chego ao seu lóbulo.

— Massa ou japonês? — pergunto de maneira sensual, provocando-a, e ela joga a cabeça para trás, gargalhando. É igualmente linda. Vamos jogar, Coelhinha.

— Conseguiu me surpreender, Sargento. Vamos de japonês. — Pisca para mim.

Tenho certeza que, pelo nosso clima, esperava outro tipo de convite, e em outra ocasião seria exatamente o que eu teria feito. Não perdia tempo com encontros e jantares, mas não vou correr o risco de assustar essa Coelhinha que me parece muito arisca. Ela será minha, e sei que qualquer espera por esse momento vai valer a pena.

Depois de abrir a porta do carro para ela — coisa que nunca fiz para nenhuma outra mulher; na verdade, acho que acabei fazendo agora porque não conseguia me afastar —, não paro de pensar em como sou sortudo por estar com ela.

Bia

Ele para o carro na rua em frente à praia da Barra. Meu coração está disparado desde que o vi próximo ao meu portão. Não esperava o baque que levei ao vê-lo. Se já o achei lindo com aquela farda, sem ela, então, é mais lindo ainda. Consigo ver seus músculos, mesmo por cima da camisa polo branca que está usando. Quando me beijou, parecia que ia flutuar; nunca senti com ninguém o que senti com seus beijos; meu corpo se moldou ao dele de uma forma incrível, como se tivesse sido feito sob medida para o meu.

Isso é loucura! Para com isso, Bia! Nunca foi de pensar essas bobeiras, aproveita o momento e pronto, sem questionamentos; essa não é você. Você não vive romances e, sim, momentos, mesmo porque nem o conhece.

Mesmo com toda a conversa que tiveram no carro, tão natural e íntima, ele é só mais um carinha com quem está saindo para se divertir, não complica o que é simples.

Não vou complicar, mas confesso que ele me pegou de surpresa ao sugerir o jantar e não um motel, minha casa ou a dele. Com todo aquele amasso, achei que era justamente o que pediria. Mas tenho que admitir que jogou de forma muito inteligente e não foi nada previsível. Não costumo transar no primeiro encontro, mas sei que, no ponto em que estávamos, não resistiria se sugerisse isso.

— Vamos — diz ao abrir a porta do carro para mim com um sorriso irresistível.

Saio e ele me dá a mão, entrelaçando seus dedos nos meus. Meu coração, que já estava acelerado, parece que vai ter um colapso de tanto que bate. Minha barriga parece conter um milhão de mariposas. Uma única certeza me vem agora: ele é um exímio jogador, e eu terei que melhorar muito minhas próprias jogadas ou acabarei recebendo um xeque-mate.

Entramos no restaurante japonês, que fica na orla, de frente para o mar. Um garçom vestido com roupas orientais nos encaminha para a mesa.

Após decidirmos o pedido e o garçom se retirar, Michel, que está ao meu lado, começa a acariciar meu braço e cheirar meu pescoço, provocando um arrepio por todo meu corpo. A tensão sexual volta com força total.

— E então, você não me disse o porquê de estar naquela comunidade, já que mora um tanto distante de lá. Costuma ir sempre? — indaga.

— Nunca tinha ido, foi minha primeira vez. A festa é bem falada lá na faculdade, e era doida para conhecer.

— Humm. Pretende voltar? — O que é isso? Um interrogatório?

— Quem sabe... Amei a festa, e a vista é linda.

Um som rouco sai de sua garganta, como se a minha resposta estivesse errada.

— Não acho uma boa ideia continuar frequentando aquele tipo de lugar. — Seu tom é firme.

— Oi?! — questiono com incredulidade. Como assim, ele não acha uma boa ideia?

— Bia, não é o que está pensando. É só que, como policial, me sinto no dever de alertá-la. Você mesma viu o susto que foi ser abordada daquela maneira — esclarece de forma bem tranquila, me desarmando.

— Isso porque vocês não sabiam o que estavam fazendo — o desafio, e ele ergue as sobrancelhas.

— Claro que sabíamos o que estávamos fazendo, foi um engano, cruzamento de dados e uma grande coincidência. Não brincamos em serviço, Bia. — Seu rosto me encara sério, e seu olhar é intenso. — Por incrível que pareça, foi nosso primeiro erro, mas ter te conhecido faz parecer que não houve erro algum — constata.

Puta que o pariu! Ele é bom nisso. Engulo em seco. É a primeira pessoa que me deixa sem ter o que dizer. Não consigo mais encarar seu olhar e abaixo a cabeça, sem graça pela primeira vez na vida — nem eu estou me conhecendo.

— Desculpe, Coelhinha, eu me excedi. Vejo tanta merda acontecer, só quero te preservar, não quis impor nada. — Sua voz sai suave, e uma de suas mãos segura meu rosto com um toque suave, fazendo com que eu o encare novamente.

— Desculpado, mas vou te dizer que essa Coelhinha aqui é muito rebelde e difícil de adestrar. — Meu tom sai leve e brincalhão, estou desesperada para voltar a assumir o controle e ser novamente a Bia que eu conheço há quase 24 anos. Não consigo reconhecer a Bia pensativa e sem graça de segundos atrás. Não levo a vida com essa seriedade, sou mais para livre, leve e solta.

— Vou aceitar a missão, Coelhinha. — Sua boca está em meu ouvido, e em seguida deposita um beijo no meu pescoço.

Mesmo com toda a excitação que estou sentindo, sorrio por dentro, por ele pensar que poderá me domar.

— Preciso te alertar que essa é uma missão quase impossível. — Levo minha boca ao seu pescoço, provocando-o.

A MISSÃO AGORA É AMAR

397

— Eu tenho treinamento e muita tática, Coelhinha, não se preocupe.

— Vamos ver, Sargento, vamos ver — o desafio, sorrindo de seu jeito convencido.

Um tempo depois, estamos saindo do restaurante, e quando penso que vai em direção ao carro, ele atravessa a rua comigo de mãos dadas em direção à praia.

— Aonde vai?

— Ainda está cedo, Coelhinha, e eu adoro essa parte da praia, vamos aproveitar o resto da noite.

Oi? Aproveitar, olhando o mar? Ele está me testando, só pode.

— Não esperaria melhor maneira de terminar a noite que não essa — zombo.

— Coelhinha... — Sua voz sai em tom de aviso: não brinca com fogo. Ele solta minha mão, mas só para me abraçar pela cintura, e assim caminhamos abraçados pelo píer.

O local está pouco iluminado, mas isso não impede que as pessoas caminhem por aqui. Passamos por alguns casais de namorados, grupos de amigos conversam tranquilamente e, no final do píer, alguns homens pescam. Já tinha vindo aqui algumas vezes, o lugar é lindo, mas confesso que, com ele, está sendo mais do que especial.

— Adoro aqui, dá uma paz, me faz pensar que o mundo ainda tem jeito, senão, por que a existência de um lugar tão lindo assim? — diz todo sério.

— Você está de sacanagem com a minha cara?

Tive que perguntar. Depois de toda tensão sexual em que estávamos, me traz aqui para filosofar da existência do lugar. Ele solta uma gargalhada. Continuo o encarando, esperando a resposta, e agora estou na dúvida se é mais bonito sério ou sorrindo.

— Táticas, Coelhinha, eu te disse que tinha estratégias.

Ok, *game over*, xeque-mate, perdi o jogo.

— Entendido, Sargento, agora chega de estratégias e vamos para a ação. — Um ponto para mim! Peguei-o de surpresa com meu convite, sei disso.

Responde-me com um sorriso de lado enquanto o puxo pela mão para que me acompanhe. Ele trava e me puxa de encontro ao seu corpo, no meio do píer.

— Sabia que não me decepcionaria, Coelhinha. Minha casa ou a sua? — indaga com a boca bem próxima à minha. *Cachorro! Estava me provocando com todo esse papinho, sabia.*

CRISTINA MELO

— Acho que sua casa está mais próxima. — Sou direta, e ele sorri. Acho que pensou que eu desistiria.

— Excelente escolha! — Agora é ele quem caminha com pressa, puxando minha mão para que o siga.

Em menos de 15 minutos estamos entrando em seu apartamento. Não dissemos nenhuma palavra nesse tempo até aqui, mas todas as promessas estão em nossos olhos.

Ele bate a porta do apartamento atrás de nós, e nem consigo reparar em nada do cômodo, sou puxada com tudo até me colar ao seu corpo. Minha boca é preenchida com um beijo delicioso e avassalador, sua língua explora cada canto da minha de uma forma deliciosa, seus braços envolvem meu corpo, que parece que entrará em combustão a qualquer momento. Minhas mãos vão para suas costas, sob a camisa, preciso senti-lo. Minhas mãos descem e sinto que ainda está armado.

— Sua... arma. — Quase não consigo pronunciar as palavras, meu desejo por esse homem está além do limite, nunca me senti assim.

Ele não fala nada, só anda comigo, me guiando por um caminho que não me importa aonde dará, sua boca ora na minha, ora no meu pescoço, uma de suas mãos segurando minha nuca junto com meus cabelos. Sua pegada é firme e a melhor que já tive. Só paramos de caminhar quando sinto minhas pernas encostando-se a algo que não me interesso a mínima em olhar, meu único interesse está na minha frente, me beijando como se o mundo fosse acabar e só tivéssemos mais alguns segundos.

Uma de suas mãos me abandona e imediatamente sinto sua falta, mas logo vejo o motivo. Meu olhar acompanha seu movimento enquanto ele retira a arma do cós da calça e a deposita em uma mesinha ao lado de uma cama que, agora percebo, é onde minhas pernas encostam. É minha deixa.

Minhas mãos vão direto para a bainha da sua camisa, e em um movimento quase genial, a retiro, liberando a visão magnífica de seu peitoral escultural. Não me contenho e levo minha boca ao seu corpo, começando a beijar logo abaixo de sua clavícula direita. Minhas mãos tateiam o que podem de sua anatomia perfeita. Cada pedacinho da pele desnuda, e até então desconhecida, é intensamente explorada.

— Porra, Bia! — Sua voz sai rouca, me deixa ainda mais excitada e louca por ele.

Suas mãos vão para meus cabelos e os puxam levemente, expondo meu pescoço para ele, que não demora em descer sua boca sobre a pele

A MISSÃO AGORA É AMAR

evidenciada.

— Humm... — O som sai da minha garganta sem que eu me dê conta, a ansiedade por ter sua boca em outras partes do meu corpo está me matando aos poucos.

— Muito ansiosa, Coelhinha... — Parece adivinhar meus pensamentos, ou talvez seja bom em ler os sinais mais do que claros que meu corpo evidencia. — Temos a noite toda. — Sua promessa sai firme, e mordo meus lábios em ansiedade.

Ele me vira de costas e desce o zíper do meu vestido lentamente. Minha pele queima pelo desejo, e o leve toque de seus dedos me deixa ensandecida.

— Michel... — sussurro incoerente, sem saber o que dizer enquanto ele desce meu vestido.

— Vou cuidar de você, Coelhinha, vou te dar tudo que precisa. — Porra, que homem é esse! Ainda estou de costas para ele, apenas com a calcinha e o sutiã brancos, sentindo sua boca beijar cada pedacinho das minhas costas.

— Linda, perfeita... — o ouço sussurrar ao soltar o fecho do sutiã, e minha excitação é extrema. Ele o tira e me vira de frente para ele. Olho em seus olhos e vejo muito desejo neles. — Muito melhor do que na minha imaginação. — Sua boca vem na minha, inclinando-se sobre mim, fazendo com que eu me deite na cama.

Ele se estende em cima de mim, agora com meu seio esquerdo em sua boca, sugando de uma maneira deliciosa.

— Ahhh... — As sensações que desperta em mim, nenhum outro foi capaz. Sinto seu sorriso na minha pele, ao mesmo tempo em que abocanha o outro seio.

Cachorro! Sabe muito bem o que está fazendo e faz com maestria. Uma de suas mãos visita meu centro, enquanto as minhas em seus cabelos o puxam mais e mais para mim. Não quero que se afaste.

Ele desce lentamente por meu corpo, seus lábios deixando um rastro de beijos por onde passa. Seus dedos se enroscam em minha calcinha e a retiram, me deixando completamente nua e à sua mercê. Ele não me decepciona, sua boca vai ao encontro do local desejado, e sua língua trabalha deliciosamente, me levando ao ápice em pouco tempo, fazendo meu corpo explodir em um orgasmo libertador.

— Porra, Michel! — grito extasiada.

Ele vem em minha direção, seu olhar intenso sobre mim.

CRISTINA MELO

— Ah, Coelhinha, eu preciso ver isso por muitas vezes, você fica mais linda ainda quando goza, e pensar que sou o responsável por seu prazer me deixa louco de tesão, preciso ter muito mais de você, muito mais. — Sua língua me invade a boca, buscando a minha. Beijamo-nos loucamente, sedentos por mais.

Meu orgasmo não diminuiu minha vontade por ele, pelo contrário; preciso de mais dele também, muito mais.

Seu corpo se afasta do meu, mas só para buscar um preservativo na gaveta da mesinha, a mesma onde está sua pistola. Vejo agora que já está sem os *jeans*, mas em que momento os tirou, não me pergunte. O volume em sua cueca não deixa nenhuma dúvida do seu tamanho: é um X1. Sorrio ansiosa, mordendo os lábios na expectativa pela visão e por senti-lo dentro de mim.

— Alguma coisa engraçada? — Seu tom sai desconfiado, deve ser devido ao sorriso em meus lábios.

— Só felicidade por não me decepcionar. — Minha cabeça aponta para sua cueca e sua ereção fantástica.

— Então vamos liberar as cortinas e te dar o espetáculo que merece.

— Por favor. — Mordo os lábios em ansiedade enquanto ele baixa a cueca.

— E aí? — Ele me provoca, liberando seu membro rígido e lindo.

— Estou te esperando, Sargento, cumpra sua missão. — Ele coloca o preservativo, me olhando o tempo todo, descaradamente.

— Essa missão está longe de ser concluída, Coelhinha, tenho certeza disso. — Sua voz sai firme e cheia de promessas. Penetra-me em seguida, e me sinto deliciosamente preenchida.

Pela primeira vez durante minha vida sexual, me sinto de alguém. Ele me domina, e mesmo sendo a primeira vez que vamos para a cama, sinto que meu corpo é dele, parece que o esperou esse tempo todo e agora achou seu caminho. *Puta que o pariu! Eu estou ferrada!*

Michel

Um ano e dois meses depois...

Estou na minha sala, abrindo e fechando a caixinha com o solitário que comprei há quase um mês. Claro que eu não tenho dúvidas de que quero minha Coelhinha comigo para o resto da vida; meu medo é de ela não aceitar meu pedido e falar que é cedo demais. Esse sentimento está me consumindo.

— Caralho! Eu sabia que ainda veria isso, preciso filmar essa cena. — Gustavo pega o celular do bolso com um sorriso escancarado no rosto. Otário!

— Não sei qual é a graça. E olha quem fala, o senhor inteligente que já está casado e com filho.

Ele gargalha e senta na cadeira à minha frente.

— E muito feliz, não esqueça desse detalhe. Agora tenho que admitir que sou muito inteligente por não deixar meu Anjo escapar.

Reviro os olhos na sacanagem, sei que ele e a Lívia foram feitos um para o outro.

— Agora você, sei não, hein, companheiro, toma cuidado com a baixinha, ela pode se irritar com sua lerdeza e dar um pé na sua bunda.

— O que você está sabendo, Gustavo? Fala logo! — O medo me domina.

Sua gargalhada aumenta mais ainda.

— Porra, Michel, você sempre cai na pilha! Pede logo a mão da Bia, cara, ela te ama; e você, eu não preciso nem dizer, não é? Apaixonou-se no primeiro beijo que deu na mulher.

Agora quem gargalha sou eu.

— Olha quem fala! — Cruzo os braços, encarando-o. — Eu ainda dei o beijo, na verdade, beijos, e você que ficou com cara de tacho só por olhar para a aspirante a Capitão? Quer que eu te lembre quem pegou o comando da missão?

Ele faz uma careta ainda sorrindo e nega com a cabeça.

— Nunca neguei que meu Anjo me dominou e domina completamente. Nós dois fomos fisgados, parceiro. Agora pede logo a mão da Bia, até eu sei que a resposta dela será sim, pelo amor de Deus!

Sorrio esperançoso e me encho de coragem.

— Só passei para te lembrar de confirmar com a produção se terminaram o carro daquele cliente a tempo — continua Gustavo —, o cara não para de me ligar.

— Vou ver isso daqui a pouco.

Ele assente e sai da minha sala.

De repente, um plano vem à minha cabeça.

— Amor? — Só de ouvir a voz dela, meu humor melhora.

— Oi, amor. — Eu amo tudo nessa mulher. — Vem dormir comigo hoje, estou morrendo de saudades. — Sei que está sorrindo do outro lado da linha.

— Amor, tem só algumas horas que nos vimos.

— Eu tenho culpa se estou sentindo muito sua falta? Tenho algumas pendências aqui na empresa e não vou poder te buscar. Vem, amor, por favor.

— Pedindo desse jeito... Assim que terminar de dar minha aula, vou para o seu apartamento. Agora tenho que voltar. Eu te amo, amor.

— Também te amo, Coelhinha, até mais tarde.

— Até. — Desliga, e eu tenho que me adiantar para arrumar tudo antes dela chegar.

BIA

Cinco horas depois...

Quando chego ao condomínio do Michel, são quase 21 horas. Ele já deve estar em casa. Entro no elevador estranhando o fato de não ter me ligado novamente. Será que ainda está na empresa? Mas o Gustavo já está em casa, acabei de falar com a Lívia no celular, ela saiu da academia mais cedo hoje.

Abro a porta com minha chave, e meu coração vai à boca juntamente com minha mão esquerda, pois a direita está paralisada na maçaneta.

O que ele fez? Como fez? Ele é louco! Por isso o amo, porque consegue ser mais louco do que eu.

Meus olhos já estão cheios de lágrimas com tudo que vejo. A luz está apagada, mas pela claridade proporcionada por velas acesas espalhadas pela sala, há pétalas de rosas vermelhas por todos os cantos. Eu me forço a entrar e fecho a porta atrás de mim, solto minha bolsa ali mesmo perto e meus olhos captam cada detalhe. As lágrimas descem por meu rosto, sem acreditar que ele fez isso tudo. Olho para o chão e vejo um caminho de velas em meio às pétalas e um monte de coelhinhos de pelúcia, um na frente do outro, até o final do corredor.

Eu me abaixo, pego o primeiro e noto que tem um papel preso em uma das orelhas. Abro-o com as mãos trêmulas — na verdade, todo o meu corpo treme.

Eu tinha uma missão...

A MISSÃO AGORA É AMAR

É só o que diz o pequeno papel, então sigo para o próximo coelhinho e o pego, e também encontro outro papel, que abro.

> *Só não sabia que essa missão...*

Sigo para o próximo coelhinho, mal conseguindo andar...

> *Traria para mim uma grata surpresa. Me arrisco a dizer que...*

Pego o quarto coelhinho, desesperada por mais.

> *Foi a melhor surpresa que já tive. Vê-la sair daquele carro...*

Não sei se limpo as lágrimas, que são muitas, ou se seguro os coelhinhos em meus braços. Não quero deixar nenhum para trás, meu coração parece que vai explodir a qualquer minuto, de tanta emoção.

> *... fez meu mundo parar. Pela primeira vez na minha vida, nunca imaginei que poderia me apaixonar dessa forma. Você...*

Pego o próximo já soluçando de emoção, e mal consigo abrir o papel na orelha do coelho.

> *...é minha melhor parte, meu ponto de equilíbrio, minha vida e a única coisa que quero...*

Pego o último coelhinho do caminho de velas e pétalas, na frente da porta do quarto dele, que está fechada.

> *... é ter uma só missão durante toda a minha vida: te amar. Então, Coelhinha...*

Os coelhinhos acabaram e estão todos em meu colo, não tenho outra coisa a fazer a não ser entrar em seu quarto. Mal consigo tocar a maçaneta da porta, mas depois de alguns segundos, cumpro meu objetivo e a abro, e o que vejo amolece meu corpo, quase me fazendo entrar em colapso. Meus braços soltam todas as pelúcias no chão, e caio de joelhos em seguida, com as mãos na boca.

Ele está lá, o amor da minha vida, ajoelhado, segurando uma caixinha aberta com um anel, me dando a melhor e maior surpresa da minha vida, e ao lado dele a mensagem mais linda que já vi. Dentro de um lindo coração, desenhado em velas acesas, iluminando as palavras escritas com pétalas vermelhas, que dizem:

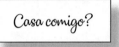

Então, venço a pequena distância, levanto-me e vou até ele, que ainda está de joelhos. Paro à sua frente, não conseguindo conter as lágrimas. Ele está mais lindo do que nunca. Nossos olhos se conectam, e nos dele vejo o espelho das minhas emoções.

— Casa comigo, Coelhinha? — Uma de suas mãos segura meu rosto com carinho, seu polegar afasta um pouco das lágrimas que rolam por minha face.

— Sim, amor! — respondo, e seu sorriso ilumina seu rosto.

— Eu te amo demais, Coelhinha! — Sua boca beija a minha rapidamente.

— Eu também te amo, meu amor, e vamos combinar que esse pedido demorou demais. Desde que peguei o buquê no casamento da Lívia, espero o pedido, estava quase pedindo sua mão, Sargento! Mas vou te perdoar, porque depois dessa surpresa, fez a espera valer a pena.

— Você merece muito mais, Coelhinha, e tenho certeza que vai me compensar por cada vela que acendi. — Ele gargalha, me fazendo rir com ele, em seguida me puxa para mais perto, e envolve meu dedo com o anel mais lindo que já vi.

— Isso, sem dúvida, meu amor. Vai lembrar dessa noite mesmo quando estiver velhinho, e até mesmo se tiver Alzheimer, vai lembrar, ah, vai!

Seu sorriso não sai do rosto, e eu não me seguro mais e o faço deitar no chão, montando em cima dele, já retirando minha blusa.

— Hoje a noite é nossa, só nossa! — declaro e aprofundo meu beijo, selando minha promessa.

A MISSÃO AGORA É AMAR

AGRADECIMENTOS

Primeiramente, agradeço a Deus, pois sem ele em minha vida eu nada seria.

Ao meu marido, por me apoiar incondicionalmente, por me ouvir na alegria e na tristeza, e por todas as vezes em que acreditou em mim mais do que eu mesma. Te amo.

A quatro amigas muito especiais: Daniela Goularte, Gisele Vidal, Adriana Melo e Danuza França. Obrigada por serem tão especiais e por me fazerem acreditar que era possível; sem seu apoio provavelmente não iria para frente. Amo vocês!

À Claudia, a melhor tia do mundo, obrigada por cada palavra de carinho, por me apoiar, por acreditar e me incentivar sempre.

À Fernanda Alves, por ser mais que especial, por acreditar e lutar junto comigo, você mora no meu coração para sempre.

À Roberta Teixeira, que é um verdadeiro anjo que Deus me apresentou, obrigada por acreditar que é possível, por ser esse ser humano generoso e incrível que é. Você é uma das pessoas que quero levar para sempre em minha vida, lhe serei eternamente grata.

À Carol Dias, por ter se tornado uma amiga tão especial e estar sempre disposta a ajudar, com um sorriso lindo no rosto e palavras de carinho. Obrigada de verdade, minha linda.

À The Gift Box e toda equipe, por me estenderem a mão no momento em que mais precisei, por sonharem junto comigo, por acreditarem no meu trabalho e por me fazerem acreditar novamente. Nenhuma palavra seria capaz de expressar minha gratidão. Serei eternamente grata e guardarei isso para sempre em meu coração.

Ao Coronel Marcos Alves, por acreditar no meu trabalho e por seu empenho em me ajudar a compartilhar essa história. O meu muito obrigada, a minha admiração e a minha eterna gratidão.

À Thaísa Gama, por sua sensibilidade e disponibilidade em ajudar uma pessoa que até o momento nem conhecia Ajudou a deixar o ensaio fotográfico lindo com o empréstimo da sapatilha representada no miolo do livro. Obrigada de coração por seu carinho e empenho, que a Lívia emocione seu coração!

Ao Rafael Braz, que gentilmente comprou a ideia e deu vida ao nosso

Capitão Torres na capa do livro. Você, junto com a The Gift Box, tornou meu sonho de capa real. Serei eternamente grata.

Ao Fabio Neder, sua esposa Gabrielle e a Neder produções por produzirem fotos lindas. Vocês foram incríveis, muito obrigada por tudo!

Ao meu grupo Romances Cristina Melo: vocês são demais, amo cada uma de vocês. Sintam-se abraçadas e beijadas, obrigada por tudo!!!

A todas as minhas leitoras e leitores, por acreditarem em mim e por seu apoio desde o início: sem vocês, não chegaria tão longe. Obrigada, obrigada e obrigada!

E a todos os blogs parceiros, que se dedicam diariamente em fazer nossa literatura crescer mais e mais, amo todos vocês. Sintam-se abraçados e beijados, sou muito grata a cada um de vocês.

A você que terminou esta leitura agora e cumpriu sua missão até o fim, espero que nossa MISSÃO BOPE 1 tenha emocionado seu coração. Obrigada pelo comprometimento, provando que missão dada é missão cumprida!

CRISTINA MELO

A The Gift Box é uma editora brasileira, com publicações de autores nacionais e estrangeiros, que surgiu no mercado em janeiro de 2018. Nossos livros estão sempre entre os mais vendidos da Amazon e já receberam diversos destaques em blogs literários e na própria Amazon.

Somos uma empresa jovem, cheia de energia e paixão pela literatura de romance e queremos incentivar cada vez mais a leitura e o crescimento de nossos autores e parceiros.

Acompanhe a The Gift Box nas redes sociais para ficar por dentro de todas as novidades.

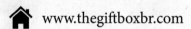 www.thegiftboxbr.com

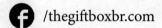 /thegiftboxbr.com

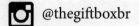 @thegiftboxbr

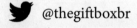 @thegiftboxbr

 bit.ly/TheGiftBoxEditora_Skoob